九龍傳說

少阳子／著

陕西新华出版传媒集团
陕西人民出版社

图书在版编目（CIP）数据

九龙传说 / 少阳子著. —西安：陕西人民出版社，2018

ISBN 978-7-224-12858-1

Ⅰ. ①九… Ⅱ. ①少… Ⅲ. ①长篇小说—中国—当代 Ⅳ. ① I247.5

中国版本图书馆 CIP 数据核字（2018）第 177595 号

出 版 人：惠西平

总 策 划：宋亚萍

策划编辑：张孔明

责任编辑：姜一慧

整体设计：杨亚强

九龙传说

著　　者　少阳子

出版发行　陕西新华出版传媒集团　陕西人民出版社

（西安北大街 147 号　邮编：710003）

印　　刷　陕西汇丰印务有限公司

开　　本　787mm×1092mm　16 开　25.75 印张　1 插页

字　　数　400 千字

版　　次　2018 年 10 月第 1 版　2018 年 10 月第 1 次印刷

书　　号　ISBN 978-7-224-12858-1

定　　价　49.00 元

序

弘治帝奋发图强力挽狂澜
王太师九龙四象一语成谶

中华历史，王朝更迭，风云变幻，群星璀璨，可歌可泣。

本书仅说大明王朝。

大明皇祚二百七十六年，历经十六帝。天子传奇，诸侯逸事，江湖述异，坊间杂谈，国粹小说，影响深远。草莽英雄，世代豪杰，武英文圣，虎跃鹤翔。历代天子更是横空出世，不拘一格，个性鲜明，有声有色。

龙生九子，各有所好。大明王朝：太祖好专权，建文好削藩，成祖好外交，仁宗好人际，宣宗好虫趣，英宗好宦官，代宗好软禁，宪宗好女宠，孝宗好治国，武宗好领兵，世宗好炼丹，穆宗好边防，神宗好攒钱，光宗好酒色，熹宗好木工，思宗好独裁。

大明由布衣天子朱元璋开国。这位“洪武大帝”修缮长城，发展生产，肃贪爱民，天子理社稷，皇子守边疆。之后，历经“建文削藩”“永乐盛世”“仁宣之治”，如日中天的明王朝开始日薄西山，进入了一段黑暗时期。

先有宦官王振穷兵黩武，怂恿明英宗发生“土木堡之变”，胡乱指挥，使得朝廷五十万大军败给胡人五万骑兵，皇帝被俘，是为国耻。

中有英宗之弟朱祁钰监国，是谓明代宗，命于谦展开“北京保卫战”，德胜门大破胡兵，后明英宗归国，发动“夺门之变”复辟。

后有英宗之子明宪宗继位，宠信万贵妃，贵妃牝鸡司晨，只手遮天，宪宗敦厚软弱，逆来顺受，万事“以和为贵”，允设西厂。西厂为表凌驾在东厂之上，杀良冒功，迫害朝臣，手段较东厂有过之而无不及。于是，外强中干，盗贼恣肆，战乱频仍，湖广、陕西、河南流民不绝。当时大明，北有蒙元后裔，东有丁亥之役，西有都掌蛮暴，南有靖州苗乱……

所谓：纵使晚照入西山，自有明月在高悬。

终于，一代明主明孝宗朱祐樘应运而生，年号弘治。身为宪宗之子，弘治帝眼见山河破碎，百废待兴，身为帝王，如若不能悬崖勒马，力挽狂澜，则大明休矣！

于是，弘治帝大刀阔斧，雷厉风行，广开言路，研读《邹忌讽齐王纳谏》，铲除弊政，提拔贤能，大明开始再次焕发生机，乾坤扭转，复兴实现，史称“弘治中兴”，其势堪比西汉“文景之治”。

中兴之主，弘治大帝，罢黜后宫，日理万机，独宠张皇后一人，用情专一，为古今帝王之最。帝选贤任能，内擢马文升、刘大夏，外派杨一清，内阁有三公鼎立——刘健、谢迁、李东阳。史称“刘公断，李公谋，谢公独侃侃”。更有历经波折，将大明弊政一路看过来的老太师王恕。正所谓：家有一老，如有一宝，国有一老，知过闻杳。

王太师历经英宗、代宗、宪宗、孝宗四朝，勤勤恳恳，默默无闻，被弘治帝发现，明察秋毫，惊为天人，倚作国柱，以师事之，终致中兴，史称王太师为“中兴第一功”。

然而，正当弘治帝志得意满，自诩大明已臻太平盛世，江山永固，万事大吉之际，一次酒宴上，老太师竟然不吃不喝，帝甚疑惑，于是便问。太师警钟长鸣道：“老臣与大唐李淳风互为西京乡党，昔日祖师爷曾留下唐太宗御用绝学《推背图》，臣私下试为大明卜了一卦，怎料竟是天雷无妄卦。”

弘治帝见老太师面色凝重，忧心忡忡，退席之后，便传太师至内堂，问：“太师，恕朕愚昧，何为天雷无妄卦，请明示。”

老爷子摇头拈须，长太息曰：“上乾下震，是谓无妄卦。天下雷行，晴天霹雳，意外之意外，妄行则有意外之灾，得意忘形而取灾。”

“朕谨守祖宗基业，诚惶诚恐，如履薄冰，不敢得意。”

岂料王恕忽然老泪纵横，道：“皇上为国，心力交瘁，殚精竭虑，堪称一代明主，如若天不假年，皇上如之奈何？”

帝叹道：“朕时常龙体抱恙，太师看在眼里，痛在心里，朕心甚慰。”于是弘治帝牵着老人手道：“朕幸有太师，如周有姜太公，汉有张良，唐有李淳风也！如若……朕大限之日速来，天不假年……”

王恕掩面而泣，帝言道：“那就劳烦太师，白发人送黑发人……许朕托孤之重，辅佐朕唯一的儿子——太子朱厚照登基。”

王恕昂首长叹，连连摇头，弘治帝追问：“太师，你到底算出了什么？太师与朕情同祖孙，辅佐过三代先帝，德高望重，说什么朕都会赦你无罪，太师但说无妨，但说无妨啊。”

王恕擦干眼泪，沉吟道：“皇上龙体只有三十五年，天雷无妄卦也并非是说皇上的卦，而是太子的。就是说，太子在位时，会像雷电般对天下发威，发威对了，就是锄奸惩恶，发威错了，就是冤杀招灾，一切就看天子是否得意忘形。第二，如果藩王有不切实际的幻想，就会发生惊天动地的大事。第三，避祸的爻辞有云：诚化之生生大有，尽人道而合天德，活力而健。就是说，只要为人君者诚心诚意，以保全万民为己任，就会有大的福气，只要他做事尽力，合乎天理，大明就有活力并且强健。第四，爻辞云：乾为体，谋事成功，利财官，震为体，有灾，事难成，多争执。就是说做事心向朝廷，就能成功，比如当官或做生意。如果任性、顺着自己脾气，就容易招灾，事情难成，人品还有争议。最后，也是最重要的一点——上司压制批评，多小人，克长男。就是说，为君者欺压地方，藩王豪绅匪寇土酋揭竿而起，与太子对抗。”

弘治皇帝大惊失色：“怎么会这样……朕……朕只有照儿一个儿子！如果他遭遇不测，朕九泉之下难以瞑目！”

王恕抱拳道：“皇上，臣命中既为大明五朝元老，就理当尽人事而听天命，皇上可以挽狂澜于既倒，臣也可以鞠躬尽瘁，为大明奋斗到最后一口气！”

弘治帝非常感动，然后琢磨着王恕的预言，思忖道：“看来曩者建文削藩，还真是箭在弦上。现如今，放眼大明诸侯，巍如群山，虽然太宗靖难之役成功后，传下许多攻克藩王的杀手锏与《大明律》，但只要藩王不死心，还是会形成割据。朕也曾担心过一些遗留的历史问题，比如宁王：昔日靖难之役，燕王问宁王借兵朵颜三卫，那曾经给永乐皇帝借过大明最强兵马的十七弟宁王朱权，等着永乐皇帝靖难成功，实现诺言，与他平分天下。可是天无二日，民无二主，永乐事成后，竟将宁王抛诸脑后，还派锦衣卫监视他的生活。若日后宁王后代起兵反叛朝廷，如之奈何？想我太祖亲生二十六子，孙辈更多！子子孙孙世世代代皆封王之爵，享国之禄，如汉高祖刘邦一个样，建家族式天下，然后诸侯做大，必会危及皇室，如今真怕重演汉景帝七国之乱、西晋八王之乱的历史，草莽英雄，子孙成群，令人堪忧。”

“岂止八王之乱，龙生九子，各不相同，少主冲龄践祚，诸王觊觎皇嗣，天下必将形成九龙之乱。”

“九龙之乱？这可如何是好……”

“陛下莫慌。老臣虽已风烛残年，不具降龙伏虎之能，但颇有经天纬地之心，陛下只有这一个儿子，大明何尝不是只有这一位储君？老臣掐指一算，事在人为——普天之下，英雄辈出，四境之内，奇秀无穷。只要搜索人才得当，假以时日，太子登基，一定会形成众星拱月之势，找到青龙、白虎、朱雀、玄武，环绕左右，成为帝国栋梁，辅佐朝廷，匡正天下。”

“青龙白虎朱雀玄武！此四象之说又当如何？”

“一句话——四象克九龙。”

老太师站立着，纹丝不动，目光如炬，大堂外一抹夕阳，映在他的脸上，眸中充满希望，格外苍劲动人。

弘治皇帝心知肚明，中原五行属土，帝王居中，故有中土之说。而四境之内，东宫青龙属木，南宫朱雀属火，北宫玄武属水，西宫白虎属金，此四者，春夏秋冬，东南西北苍穹之上，分别浮现出的四时星象是也。老太师所言，莫非是，天上的星象赐予大明祥瑞之兆?

弘治帝面东感慨："愿大明皇祚永固，愿太子一世承祥。"

有诗云：

乾元泰定日月长，人龙星辰灿帝皇。
冯夷挹流江湖幸，羲和驭日天下祥。
银针纤墨描劲藻，椽头玉案飞海棠。
气贯大明归藩主，珠连九龙共四象。

侠雄豪酋如云起，王杰英锐似风张。
四海五湖随鲲跃，八极九州任鹏翔。
圣贤秉道行狷介，英雄奋武唱疏狂。
勠力祖宗绝学继，神交先哲著文章。

樊笼总教韶华晚，经史何处觅善良?
笔锋疾走诸侯布，丹心迳贯古今芒。
揆文誓可壮泰斗，踵武毅不惭炎黄。
输忠为耻万民力，东国无不更崇强。

目录

第一章　朱雀传

第二章 白虎传

第三章　玄武传

第四章　青龙传

第五章　周藩·狴犴

第六章 秦藩·蒲牢

第一章 朱雀传

第一回　秦侠伦侯后裔千年在琉球　朱雀儿称霸东南亚海城楼

南宫朱雀陌上阳，琉球人氏，其先祖为秦国皇家“天干舰”十侯之一。

话说公元前 221 年，始皇帝混一四海，席卷八荒，欲图与天同岁之泰，行万寿无疆之法，派御医徐福为总督，觅九州舵主十人，赐封“伦侯”，组成十支皇家舰队“天干舰”：甲乙丙丁午己庚辛壬癸，舰队分别从渤海、黄海、东海、南海出发，为“国家”寻求仙药。

十位侯爷各自带领部下立志要完成任务，其部下组成为：官员（记录监督）、方士（甄别地形）、囚徒（将功赎罪）、游商（旅游冒险）、寒苦墨家人士（水手杂工）等。

陌上阳，原名墨上阳，乃战国侠之大宗师墨翟后代。陌上阳先祖由于为始皇寻找仙药而在南海遭遇台风，落难琉球。却因为掌握墨家奇绝剑法与手工技术（造车、造船、造兵器、造日用机械），代代相传，而称霸东南海。明朝中叶，陌上家族已成为南海驰名之侠盗，专门打劫南海日本、吕宋（菲律宾）、柔佛（马来西亚）、佛郎机（葡萄牙）海盗船，示好大明，用掠夺之资财建设小琉球岛、接济宝岛穷人，树德树威，琉球国王尚真王甚悦之。

陌上阳之父陌上高雄，从小教子有方，在陌上阳儿时常带他登高望远，于琉球宝岛玉山山巅感慨：“大丈夫顶天立地，虽名为浪人，也要忠孝藏心。大明一日不纳我主，我辈一日须竭表忠心，以待圣泽。我墨家立世，不比腐儒。应弘扬先祖武士精神，武士乃国家英烈之根本，当先为人臣，后为孝子，切莫贪图苟安，以失国风。”

陌上阳听言，毅然点头。那一日，玉山夕阳，格外灿烂。

从此以后，陌上阳每日必登玉山练剑，自称“玉山游侠”，无论天雨天晴，他饥餐山林果，渴饮山泉水，小小年纪，屡次行侠仗义，襄助山民，击败山贼猛兽，玉山一时变得太平无比，山民越来越多。

陌上高雄祖传一把与秦始皇太阿剑相配的神秘五尺三寸太阿剑，曾对陌上阳说："阳儿，等你长到和这把剑一样高的时候，你就是它的主人了。"而陌上阳尚未有剑高时，已会灵活使用宝剑，常在高雄出行时将宝剑偷出来玩。

陌上阳八岁那年，竟擅自驾驶南海艨艟战船，悄然尾随父亲，突然出现，相助打劫海盗，指挥作战，威风凛凛。回府时遭到父亲责备，陌上阳道："大丈夫先为人臣，后为孝子，大王都没有怪我，爹爹自然没有发言权。"高雄甚异之。陌母道："是啊，我们一家漂泊在琉球这个小地方，当然见不得世面了——但是我敢说，要是当今皇上见了我阳儿，一定喜欢得非常！"

一次深夜，陌上高雄假扮刺客考验儿子武艺。破窗闯入陌上阳母亲房间，母子酣睡之时，年幼陌上阳闻声，持匕首飞帐而出，毅然与"刺客"卧室交手，打斗间击破无数家具。最终，竟掀下了"刺客"面纱，一看原来是父亲。陌母见状，大骂高雄荒唐！可惜了各种家具！高雄却笑言："家具打破了不过千两，我儿成长了才是万福！"

之后，高雄每每夜袭寇船，总带着陌上阳，陌上阳登船不掌灯，径直潜入内舱，击败无数海盗，生擒船长，令人惊异。后来高雄问其胆量："你当时不知道里面情况，凭什么敢冲进去？"

陌上阳言："我也不知道，但是我能看见里面的人啊。"

"船舱黑暗，并无灯火，你怎能看见里面的人？"

"我不知道，可我确实看得见啊。"

"啊？"

夜里一试，原来陌上阳长了一对鹰隼目，能够在黑夜里看清移动物。高雄大悦，掌抚其头笑叹："好啊！老天爷赐我一朱雀儿！"

后来高雄对陌上阳更是倾心培养，陌上阳不负父望，进步神速，剑法一日千里，独步江湖，并自称剑法为——大秦剑法。

这大秦剑法，得益于太阿剑本身质地——浑厚精绝。剑法分为虚实两套，实剑气快，虚剑气慢，若出剑时，挥洒虚剑，最为惊人。几招挥出，数秒之后，剑气突然从四面八方袭来，即便再强的武林高手，也猝不及防。

日本剑道大师们听闻秦始皇太阿剑再世，纷纷前来讨教，要求签下生死状，若陌上阳技不如人，则要交出太阿剑。陌上高雄大怒："一群大人怎么能让小孩子和你们比剑？"尚真王惧怕日本，要求陌上高雄少安勿躁。

而陌上阳却冷静言道：“爹，我要参战。若我输了，也没脸使用咱家祖传的宝剑，若这把宝剑真属于我，它就会像伙伴一样和我一起并肩作战！”

结果，当日比剑技惊四座，日本剑道大师轮番上阵，皆死于陌上阳虚实剑下，无一生还，尚真王惧怕日本会兴兵来犯，陌上高雄承诺：“我与儿子誓死保护大王周全！”尚真王这才放心。

于是，大秦剑法煊赫一时，成为东南亚绝学。

陌上阳又私下招兵买马，驾楼船于南海抢劫海盗，并亲自擒拿百余战俘收押，作为日后训练剑术的工具。

陌上阳练剑，将战俘群置于古罗马式斗牛场监牢中，环形监牢高低梯次分布，分为七层，七层四周同时开门，解开战俘枷锁，放出囚徒，赐予武器。家仆谭庆，居高处携喊话器用日语宣布，里面的人只要能击败格斗场中心那个人物，即可当场释放——单挑群殴皆可。

谭庆之言，激怒囚徒，囚徒遂四起攻之，陌上阳眼疾手快，凌空跃起，速发一百三十余剑，潇洒一瞬间。顷刻之后，时间仿佛停止，那一百三十余人，颈上纷纷同时喷血，如地涌天泉！鲜血喷尽，双膝跪地，一命呜呼，陌上阳目不转睛。此时，谭庆取来手帕，为陌上阳擦干血手血面，拭净剑锋，又将大秦剑置其肋下，二人乃去。

十八岁那年，陌上阳用家传武功“牡雀手”击败陌上高雄，陌上高雄起身，爽朗大笑：“好孩儿！好孩儿！江山代有才人出，我阳儿青出于蓝！爹这辈子，再也没有遗憾了！”陌上阳望着爹爹像个小孩一样爽朗的笑靥和苍白的两鬓，想到这些年父亲与自己的风霜雨雪，一招一式对他的栽培，两眼泛出了泪花。

从此以后，陌上高雄将海上掠夺物资尽交陌上阳掌管，陌上阳不辱父志，疯狂扩张海洋领土，南征北战，搜获甚众，使得小琉球岛一时物阜民丰，歌舞升平，陌上一族更成了尚真王倚重的无双国士。

终于，日本大名战船硬闯台湾海峡，要求不卸甲参见尚真王，战船被陌上阳扣押，不料大名竟恼羞成怒，引无数战船包围小琉球岛。

“富贵不能淫，贫贱不能移，威武不能屈。”陌上阳吟出先贤箴言，不假思索便轰沉扣押倭船，又派三倍战船进行反包围，这令战国时期的日本六十八“国”之一的岛津久逸大名目睹了小琉球此时的物力财力，瞠目结舌。

此后不久，在岛津久逸大名过寿之日，诸子纷纷送礼庆贺，互相攀比礼物，而岛津久逸却闷闷不乐。义子岛津久龙明白父亲心事，拍案而起，扬言要攻取小琉球，以这颗“明珠”作为祝寿生日礼物，不夺小琉球誓不回国，久龙在一片惊叹声与岛津久逸期待的目光中离去。

福无双至，祸不单行，尚真王大病。这一日南海东北风盛气凌人，推波助澜，岛津久龙船速如飞，战船直扑小琉球。哨兵见状，探马飞报，陌上高雄大惊，辞别尚真王登楼查探，发现果有日本战船逼近宝岛，黑压压不计其数。

陌上高雄向属下悄悄安排了事务，决定驾小船单刀赴会，陌上阳得知父亲单枪匹马会晤日寇，遂驾数十幢楼船尾随壮势。楼船追上小船，陌上阳执意要随父亲登船，高雄无奈。

没想到陌上高雄见了日寇，却极尽讨好阿谀之能事，将小琉球岛贬得一文不值。“弹丸之地何劳殿下亲自征讨，必说服国君拱手相让。岛民只图苟安，望殿下毋伤百姓。”说得岛津久龙志得意满，连连点头，此时陌上阳却拔剑相向——

“爹！你胡说什么？”

“这里没你的事。”

“从小，你就用祖先的话教导我，大丈夫要有志气，敢于担当。大难临头不能像猪狗一样苟且偷生，卖国求荣，要为后人留下慷慨正气。事到如今，你的志气哪里去了？从小，你就告诉我，富贵不能淫，贫贱不能移，威武不能屈。事到如今，你却图了富贵，弃了贫贱，失了威武！从小，你就告诉我，武士先为人臣，后为孝子。事到如今，为人臣者居然要说服国君投降！为孝子者居然给敌人当孙子还让儿子一起受辱！我决不允许你这样做！”

陌上高雄勃然大怒：“你懂什么！是你自己要跟着来的，谁逼你当孙子了？你要是不服气可以回岛上整兵来战！不要妨碍我大日本帝国宏图霸业！”

陌上阳大吼一声，砍了父亲一剑，怒目圆睁：“你说什么？我乃大明子民，你要当汉奸就是卖国求荣的朝廷贼子，我已经上了船，就没打算回去！”于是父子二人在日本船上开战，岛津久龙挡住欲上前劝架之人，坐山观虎斗。陌上高雄一开始便竭尽全力将陌上阳打倒，只想将他赶下船去，而倒地的陌上阳一声怒吼：“逆贼！”一剑便刺向了陌上高雄胸口，陌上高雄心口剧痛，丢掉手中宝剑，望着陌上阳痴痴发笑，口中含血：“好孩子……爹这一生……不后悔……”说罢便倒地咽气，而陌上阳始终不明白爹爹临死前这句话的含义。

直到倭寇群起而攻，陌上阳飞身上了楼船，急速调转船头，打算在沿海与倭寇决一死战。船至沿海，家仆谭庆询问老爷子怎么没有回来，陌上阳说他做了汉奸，已被自己杀了，谭庆大呼冤枉！说老爷这是韬晦之计，原本已和岸上沟通好，在沿海设了三百座虎蹲炮和五千排轰天雷，打算诈降将倭寇引向埋伏区，然后发令，要和倭寇同归于尽，玉石俱焚，不许告诉你此事。现在倒好，英雄父亲先被儿子冤杀了！这鲁莽之举何颜面对苍天！陌上阳一听，昏厥倒地，忽想起爹爹临死前的那番话，那音容笑貌，遂仰天长啸——声震四海，泪洒大洋。喊破喉咙，逝去的再也回不来了。爹爹从小教了他武功、教了他做人，而以诚恳执着，身体力行著称的墨家，却少传他一样东西——兵法。

韬晦之计，马失前蹄，换来的是无尽的追悔与自责。陌上高雄，屈死在他最心疼栽培的儿子剑下，然而，他不后悔。

但是他也不会知道，这也是他儿子日后名扬天下的第一步，当然也是最为残忍的一步。

却说陌上阳正痛定思痛，契机出现！倭寇好大喜功，自动驶入埋伏区，真是苍天有眼。但是陌上阳却不忍开炮，因为爹爹的遗体还在倭船上……

“打吧！爹要当英雄，就让英雄与战火一起粉碎成时代的璀璨！”伴随着心底的声音，陌上阳一声令下，虎蹲炮响，轰天雷发，岛津久龙面对埋伏目瞪口呆，数千倭寇猝不及防，一瞬间惊涛骇浪，天雷地火。

倭船起火！火趁风势，船船相燃，连绵不绝。岛津久龙十分不甘，但也是被虎蹲炮炸伤了头颅，被迫咬牙撤退……

当天夜里，一波黑衣人即登上琉球岛城墙，来人正是岛津久龙。大言即出，岂能对不起宴上承诺，粗的不行，就来细的，明的不行，就来暗的。不甘，是武士引以为豪的执着。

陌上阳更不甘。

是夜，当岛津久龙率武士登上宝岛高城，明月高悬，彤旆乱摆，高城上立有二人。

正对着他们的是谭庆。谭庆笑意盈盈，手捧黄绢帕，一动不动。另一位，是背对着倭寇的陌上阳，但见十八岁的他——碎发刘海半遮眼，身穿蓝海白梅阵羽织，背上窃曲巴纹云披肩，脚踏赤鸷攫阳翘头履，肋下五尺三寸太阿剑，左手五指为錾金牡雀手，高贵神秘，冷峻傲人。

岛津久龙出自日本武士世家，日本小国寡民，资源有限，故而武士讲究朴素装扮，而我中华物阜民丰，资产富饶，底蕴雄厚，人杰地灵，衣着艺术，自然是有雅俗档次之分，就连市井之徒，也分为三教九流，帝王之家，更是王侯将相各自装扮，论品着衣，凭级佩玉。

面临这样一位天朝属国的少主装扮，岛津久龙嫉妒中有些愤恨，恼怒中又有些自卑，毕竟还是出招了。

可即便他再快的招数，在陌上阳眼里，都太慢了。

陌上阳八岁杀人，十二岁剑法已经出神入化，称霸东南海，手上早已沾满了无数海贼寇的鲜血，跃为千人斩。如今十八岁的他，正欲横行天下，却遭此丧父之痛，他把所有的仇恨都记到了倭寇的账上。正思报仇雪恨，他还偷袭？正好！

狼恶我还恶，戎装剥皮做，鼍强我更强，狂风吹大江。

多少深仇大恨，一交手就知道。岛津久龙横刀冲上，转过身的陌上阳突睁双目！

噌——

武士刀断裂之声，响彻高城。

定睛再看，岛津久龙的头颅已经被陌上阳金爪攫在手心，颈管向外冒血。随从武士慌乱四顾，欲夺路而逃，陌上阳闭目厉声道："赶尽杀绝。"

谭庆一吹口哨，城楼上伏兵四起，迅速包围了武士，集中放箭，武士全军覆没。陌上阳与众将心照不宣，各自抓起武士尸体上的箭尾，拖至狼圈，饿狼早已饥肠辘辘，一见尸体，即群奔而上，撕成碎块，尽情享用……

岛津久龙从此被岛津久逸一声叹息忘却，毕竟是养子，生于乱世，死于乱世，也算是武士命运。之后日本大名纷纷收缩兵力，准备岛国统一战，战败的武士，才窜扰大明谋生，是谓倭寇，宁做鸡头，不做凤尾，这个道理他们也懂。于是，广岛六十八"国"，涌出无数的乡长般"诸侯"，自立为王，你攻我打，人手一本盗版《三国演义》，并以其中英雄自居。

真正三国千年后的明朝，已是"弘治中兴"，乾坤朗朗，天下归心。

对于陌上阳，后人有诗云：

宝岛少主厉且诚，

恪忠尽孝成悔雄。

秦侯无不出剑客，

终是朱雀擒倭虫。

陌上阳与陌上高雄内为父子，外为君臣。此举在大明看来，可谓"杀父弑君"。这罪名，不知是谁报告给尚真王，尚真王震怒，下令全岛追捕逆子。

陌上阳，一夜间沦为海岛头号通缉犯，又悔又惊之余，只得趁夜来拜别母亲……

毕竟天下间，只有母亲相信他了。此时此刻，一个丧夫之人又是如何洒泪安慰一个丧父之人，令人叹息。

狼牙月，快航船。他要漂洋过海，朝着北方，再北方，一路向北。

没有人知道，这个属于月亮的少年，即将谱写一段大明王朝波澜壮阔的英雄传说，他身藏全天下四分之一的命理，将从一只宝岛宵鹳，涅槃为叱咤风云的大国之鹏……

陌上阳，字宵鹳。

第二回 下雷州郭勋遇倭寇 诛汉奸谭庆立首功

弘治英雄避诛锋，海航北往值飓风。
直下洋流三千里，兜身四顾已绝踪。
孤岛雷电并暴雨，更逸虎豹匿狼虫。
手拄太阿喟长叹，杀父应合此报凶。

“报应……”陌上阳在孤岛滩头摇头抹泪。家仆谭庆明白他的心思——误杀了最疼爱自己的亲爹，又被效忠的主公派人追杀，含泪辞别母亲，漂洋过海，却不料被台风吹到不知名的小岛上，山穷水尽，无家可归，这种滋味倒不如死了好。

陌上阳索性躺在沙滩上，朗声大笑，两股泪水从眼角滑落……不停地划落。透过泪水，他仿佛看到天上的星辰，化作了爹爹慈祥的模样，又对着不争气的他皱了皱眉。

于是陌上阳猛然坐起，擦干眼泪，道：“谭庆……这……这是……报应吗？”

谭庆明白，自从陌上阳误杀爹爹之后，夜夜从噩梦中惊醒，十八岁的他，醒后常常坐在床上泣不成声，然后凶猛地敲击着自己的左胸，那是因为……那里好痛。

陌上阳，他已变得支支吾吾，不会坦然说话了。

“少主，我原本以为，咱们活不下去了。你知道的，咱们已在海上断粮好多天了。台风一阵一阵的，前两天，我还担心咱们会死在漂泊的海上，现在是庆幸活着。毕竟，咱们好歹这也算是靠岸了啊！”

“这是岸？”陌上阳环顾四周。

“嗯——这里应该是一片小岛。而且——哈哈！应该还是一片连接大陆的岛！”

“怎么说？”

“少主你听。这里沿海狂风阵阵，对面风平浪静，而且地势平坦。如若它四面环海，应该是树木丛生、根本看不到远处。现在，即便是黑夜，也能望到远处的山丘，说不定，翻越山丘之后，就是富饶的大陆哇！”

谭庆的判断不错，因为行至半途，他们已在岛中央看到石刻——雷州岛。隶属广东雷州府，雷州府为大明“广东十府”之一。

“是广东！少主！我们居然到广东了！真是风神保佑！”谭庆喜不自胜，但一阵肚子叫打破了他的喜悦，他只好摸着可怜的肚子冲陌上阳尴尬一笑，陌上阳原本还骄傲地望着他，可那不争气的肚子也默契地同时叫了。他只得眉宇一开，无奈地说了声，“走吧。”

远处星火点点，一群说着日语的倭寇正得意扬扬地挎着刀，提着各种战利品向岸边走来，打算“光荣”回归！陌上阳和谭庆甚至都没有注意到，他们登陆的东岸，靠着一排海盗倭船。

双方碰面，倭寇们狰狞一笑，提着刀便过来了……

雷州府的军帐里，大都督郭勋正在训话：“一群饭桶！两千多人打不过一百人，还被人家把军饷给夺了，你们好意思活着吗？”众人低头不语，郭勋又说：“皇上派我郭勋来镇守这里，没想到你们这里军纪散乱，兵丁怕死，一点爱国心都没有！”

有兵士不满起身道：“都督！话不能这么说呀！怕死和爱国是两码事啊。我家上有老下有小，参加团练不就是为了挣几个钱养家，爱国就得玩命吗？”

“挣钱？钱呢？军饷都被人家给抢走了！亏你堂堂热血汉子说得出口！你是军人啊！老百姓节衣缩食，给国家交着税，日夜傻傻期盼你们保家卫国！结果你拿钱不干事，连个倭寇都打不赢，你还好意思腆着个胖脸跟我说你要养家？连你都怕死，你养这家有啥价值？你的人生能给你的家人带来什么？苟且偷生？留得青山在，大家赶快跑？这就是你打仗的口头禅？你也不看看对方多少人你就跑？你人多势众的兄弟们都被你吓跑了！合着你家是没有被倭寇扫荡过，所以你才无法了解家破人亡的痛苦是吧？小子！告诉你！身为汉子，从军的确是很雄壮的志向——军人自古以来受人景仰！但，受人景仰的前提是能保家卫国！”

兵士面有愧色：“都督，其实……我们家世代务农，我一辈子跟庄稼打交道，没见过杀人。但是……我娘生病了，我得弄点钱给他看病，所以才冒险出来投军……”

“哦，原来是这样啊。你想让老子说明你虽然战场逃跑，但是还是逃得很高尚，还真是个孝子啊？要不要老子给你家送一面锦旗，表彰你的传统美德？你这个孬种。那你回家就给你娘说你没搞到钱，磕死在你娘怀里吧！你娘养你这么个孬种，难怪一直得病。你怎么不想着你打仗打赢了，战神会保佑老太太身体健康，然后你终于可以回去挺胸抬头见她老人家？

“我……我不行。都督乃我大明开国名将郭英六世孙，将门之后，当然豪情壮志，我就是个小兵，只为挣俩钱，没有那么伟大。”

“你看吧，就是这点出息局限了你。男人这辈子，难道不应该伟大一次吗？不想当将军的士兵不是好士兵，如果都是孬种，这国家就完蛋了。军人要有斗志，要力争上游，老百姓看着才能对国家有信心，日子才过得踏实。自古文无第一，武无第二，起点低无所谓，勇往直前命运就有如神助。想我太祖当年，乞丐出身，照样豁出性命，在那个时代里龙腾虎跃。你们现在，吃饱了饭怎么反而傻了？什么叫作我是名将之后所以我豪情壮志，是因为我的祖先豪情壮志所以我才成为名将之后！我祖先要是像你们一样，当个在国家四处骗吃骗喝的食客，我现在还指不准在哪拉稀呢，还能给你说这话？所以，你现在的形象，决定你子孙后代的发展方向！你是想当一个吃饱了饭就开心的猪，还是想堂堂正正当一个国家的守护神，由你自己内心的气质决定。”

那兵士猛然抬头：“都督，属下惭愧，军饷被人家抢了，属下这就带人去抢回来！”

郭勋一拍大腿：“对了！这就是老百姓赋予你们的使命！去吧！”

当那团练总兵官带人赶到雷州岛时，最后一个倭寇已被陌上阳凌厉一剑封喉。那家伙是跪着死的，死不瞑目。因为陌上阳独特的剑法，在潇洒挥剑数秒之后，剑气才突然来临，就像之前琉球城楼上的岛津久龙一样，先是惊讶，如此快速的剑法可惜是空剑，然后上前走时，毫无防备地中剑……

面对跪地倭寇的背影，那厮脖子一歪，颈上的血就像喷泉一样涌出，夹杂着动脉血管破裂细微的哧哧声——血幕散尽，总兵官这才看清，眼前这个不俗的男人，他拥有着一对在黑夜里闪闪发亮的眼睛，那双眼就像猎鹰一样，就是那种无论周围发生什么，总是直盯着前方，谁也无法阻挡的眼睛。

回过神来，总兵官才发现，海滩周围已布满了尸体！

是的，这些尸体都是那些日本人的，就是郭勋口中那个两千人打不过一百人的那一百个人。

谭庆倒是完全没有管最后几个高手和陌上阳的决战，因此当他们酣畅淋漓地决战时，谭庆以完全不担心的样子，已经开始挨个搜刮地上的尸体了。作为陌上阳的家仆，他首先考虑的是少主的生活问题。他的责任就是让少主生活得更好。

从羽织脱到内裤，从军饷到坠子手链，从烧酒到日本刀，谭庆来者不拒，把尸体扒了个精光，在他眼里，这些都是钱，少主挣的钱。

总兵官不知道这二位是何方神圣，正要上前理论，只听远处沿海传来一声日语的“大哥”，然后从倭船上跳下两人。一人留着日本浪客的月代头，一人戴着眼镜，像狗一样跟在“月代头”后面。

“月代头”像野兽一样怒视陌上阳，而从小接受武侠教育的陌上阳，出身海盗世家，十三岁就开始驾船亲自打劫日本海盗，用逮来的战俘作为练剑工具，早已面临了无数次一对百甚至一对千的格斗——这是一个双手沾满了鲜血的男人，在他的眼中，一切上前挑衅的畜生，不过是一团会移动的肉。他只要用剑让这团肉不再会动就行了。每当他害怕、寂寞、愤怒、贪婪时，脑中总会响着爹爹的谆谆教诲：“阳儿，你记住，所谓侠客，就是壮士一种进步的生死观，伤口是你的勋章，战场是你的舞台，死亡是你作为男子汉对祖国最好的精神奉献，你是祖国和人民的守护神，任何一个侵犯你领土的畜生，都是你的食物。人，在你的眼中，不过是一团会移动的肉。你要做的，就是用你手中的剑，让这团肉不会再动，变成垃圾，任由你处置。”

“月代头”拔出武士刀，谭庆扔下手中的“战利品”，挡在陌上阳前面。“少主，你看着咱们的东西，休息一会儿，让我来。”

陌上阳转过身去，一动不动，默许了谭庆的请求。谭庆拔出他随身携带的护主雁翎刀。

起源于大唐的雁翎腰刀，愣是在谭庆的移形换影轻功中，将“月代头”打了个昏天暗地，“月代头”几刀抡空，瞬间被谭庆一招手刃。戴眼镜的大惊失色，连忙跪地求饶道：“大侠饶命！大侠饶命！”谭庆惊异地望着他，因为他居然会说中国话。

“你不是日本人？”谭庆收手，站直了问。

“是的！是的！我是中国人！我是大明的子民！做日本人生意的！”

“哦。”谭庆面无表情。

突然，谭庆的脸色严厉，他眉宇一横，横挥一刀割断了眼镜的喉咙！然后又对着眼镜的胸脯，恶狠狠地补了十几刀，因为谭庆想起了他的主人，是怎么死的。就是这帮狗杂碎！没有他们带路，倭寇岂能如此猖獗？这些内贼，带着虎狼，吃自己的同胞，比吃人的虎狼更可恶！

“狗东西，给狗当狗，真是猪狗不如。唐朝的时候，他们是怎样带着羡慕嫉妒的心理虚伪谦卑地学习我们的？如今，他们又是怎样欺负我们善良的百姓的！这些虚伪的畜生，根本不必存在这个世上，任何有血性的猎人，都有资格对一个习惯龇牙的畜生放箭抡刀。”

陌上阳转身，望着两具新尸体，冷冷道：“做得好。”

谭庆难得获得少主的赞扬，于是他来劲了，拍着胸脯对少主笑道：“做日本人生意的？

老子就是做日本人生意的！你看这满地的战利品，都是老子和日本人做的生意！哈哈哈哈……”

谭庆琢磨着眼镜也能卖钱，也把那个汉奸给扒光了。在他眼中，没什么汉奸不汉奸的，这种狗杂碎连人都不配，还给他称呼上安个“汉”字，实在是侮辱我雄汉盛唐的前朝。

总兵官带人包围了谭庆、陌上阳。并且略带颤抖的声音威胁道：“你……你们……把刚才抢的东西交出来！”

谭庆打算出手了，总兵官大喝一声：“放……放肆！我们乃大明广东雷州府团练，听出来你们是中国人，你们想造反吗？”

“住手！”

郭勋赶到。眼见地上无数尸体，郭勋用惊异的目光打量二人，打量完之后，他抱拳道：“二位英雄，怎么称呼？”

“陌上阳。”

“我是谭庆。这是我家主人，我们琉球来的，遇上台风，就到这里了。”

郭勋道：“我乃大明两广总督郭勋，见二位英雄出手不凡，实在是敬佩！说实在的，我倒是有权给二位栽赃个通倭的罪名扣押二位，但我相信我没有拿下二位这个实力。我只怕我这些弟兄都死在二位的手里了哇！哈哈哈哈……”

“你放心，不会。”陌上阳道。

“那我就真放心了。难得你们大开杀戒，也省得我们动手了，只是，朝廷拨下来的军饷，是弟兄们养家糊口的营生，被倭寇盗走，现在你们应该归还。”

“笑话讲得真动听！东西是我们抢回来的，当然是我们的。堂堂男子汉的，有本事来抢呀？扯什么淡！大明给你的军饷，你弄丢了，你应该上报损失！如果你足够勇敢，从日本人手里又夺回来了，就上报缴获，同样是一件东西，前后性质完全不同！从日本人手里一倒手，就成了你的功劳了。现在人是我们杀的，东西是我们夺回来的，你什么功劳都没有，凭一张嘴就让我们给你，你好意思吗？”

郭勋低头叹道：“是的！在下惭愧！打从投军那天起，在下倒也想精忠报国！只是初来乍到，熟悉了这里情况之后，才知道有些事情积重难返，需要慢慢调理。这样，是在下无能，被你们抢先一步，你们要拿走东西，貌似也在情理之中，而在下职责之内，只能与你们拼个你死我活，在下只是想争取一个好结果，看二位也是通情达理之人，尤其是这位小兄弟刚才痛斥汉奸那一番话，实在是慷慨激昂，掷地有声！所以在下想，你们也一定是大明奉公守法的好百姓，在下说句不要脸的话——就当是你们拾金不昧，你们愿意吗？”

眼见郭勋都快哭了，陌上阳微微一笑，对谭庆说：“给他吧。”

谭庆歪着头，有些不情愿，但还是将军饷的袋子扔给郭勋了，郭勋如释重负，谭庆道：“我只给你你们丢的，但倭寇身上的所有东西，就算一条内裤，都是我的。”

“那是当然。”郭勋笑道。

眼见被谭庆不停扒光的尸体，听着谭庆不停叫唤的肚子，郭勋对“干活”的谭庆言道：“二位在海上漂泊多日，应该还没有用膳？要不要到府上一聚，我请客！”

谭庆一边“干活”一边说道：“不用了，你们走吧。免得让我怀疑你们要设鸿门宴，一会儿我们自己抓几条鱼吃吃得了。我们江湖中人，不习惯吃你们当官的饭。俗话说，拿人家手短，吃人家嘴短，吃完了说不定你又有这个那个请求，还得耽误我们的自由身。”

“那好，这里是一张地图，我给二位留下了，还有一块末将的腰牌，以后二位在广东有什么为难之处，出示末将的腰牌，自然会有朋友接应。总之，欢迎二位回归大明母亲的怀抱！后会有期！”

谭庆“干活”之余，兴奋地对陌上阳道：“少主，中原人还挺仗义啊！也挺幽默！我喜欢！”

陌上阳点点头。

“活”干完了，焚烧了裸尸，谭庆连尸体口中的金牙都拔掉了。此时，面临堆积如山的战利品，两人寻思着，至少需要一辆马车才能运载这些东西吧？而停靠在岸边的一排排倭船，忽然令谭庆欣喜不已。“少主！船！日本人死光了！那他们的船就是……”

第三回

李良钦摆摊鬻圣器
小跟班名叫吴承恩

卖船，卖刀，卖配饰，卖羽织，卖金牙，卖眼镜。

正德元年，公元 1506 年，一对来自琉球岛的主仆，定居福州，发了大财。

陌上阳。谭庆。

陌上阳已经有了贴身侍卫，其实对于他这种武功高强的人来说，根本用不着侍卫，也不知道他是怎么想的，也许他是因为不屑于和一般人交手，所以买两个侍卫打打杂。谭庆也有了自己的小跟班，他叫——吴承恩。

吴承恩的父亲吴锐是个游商，落脚到闽地，靠卖地毯、凉席、毛毡、围巾、花帽、窗帘等彩缕织物为生。带着儿子走南闯北，没有固定的老师教他，就到处上私塾。这个六岁小孩，平时给父亲帮忙看摊，下课还在老师家里打杂，使得老师不得不免了他的学费，有时看这个孩子可爱，偶尔还多教一点。

这小孩可不一般，他不仅能将学过的东西倒背如流，还懂得应对提问、察言观色等做人的大学问。比如在和老爹一起摆摊时，他通过研究人脚走路的姿态、步伐的频率、迈步的大小，就能判断出这人是否富裕、是否有需要，可以向他推荐地摊上的商品。

谭庆摆摊卖刀时，吴承恩在旁老气横秋地端坐着，眯眼望着市井上来来往往的人脚——

“步子大，没文化，一看就是个赶趟儿的命，没戏。”

“哎？这个步子小，犹犹豫豫的，这是出门买菜还是找人呐？没戏。”

“这个步子太快，快而不稳，心里没底。这是去抓贼还是去谈大生意呀？可以试试……”

谭庆听到“可以试试”，抬头便道：“南来北往的注意了噢，正宗的日本刀，吹毛断发，滴血不沾，砍人砍柴砍老虎，出门在外，报仇防身，必备利器哟！”

那快步子大汉停住，一把抄起日本刀，声如洪钟问道：“日本刀？福州地摊上还有这玩意儿？怎么卖？”

谭庆笑盈盈起身：“好汉有眼力，拿了一把最锋利的，看来是要去砍人。水货，不二价，二两银子！”

好汉掏了二两银子掷在地上，提着刀头也不回就走了。谭庆赶紧拾了银子，望着坐如泰山、老气横秋的吴承恩，惊叹道：“臭小子，可以啊！就这一会儿你都帮我卖了五把了，你就不怕对面你爹嫉妒咱们摊子上的生意啊？”对面的吴锐看过来，想必谭庆已经知道了他儿子的奇特，于是捻须一笑。

吴承恩双臂交叉，昂首闭眼道：“那我不管。你可别忘了咱俩说好，你要给我分成的。”

“哎呀你个臭小子，小小年纪就光看钱，你谭庆哥我会说话不算话？好好说，只要你今天能再帮哥哥我卖十把，我连你下午饭都管了，带你去吃你最喜欢吃的鸭汤面。”

吴承恩一听，睁一只眼道：“说话算话？”

谭庆交叉双臂点点头，吴承恩伸过一只小拇指，要和他拉钩，谭庆笑着摇摇头，于是拉了钩。

于是吴承恩又开始了——

“这个步子太寒酸，流浪得路都走不动了，连鞋都没有，乞丐真是可怜啊……”

“这个方步迈得真结实，一定是个大官，用不着买刀。”

“这个步伐飘逸，郊游的公子哥，迈得潇洒，迈得自信满满，看来是已经约好了姑娘……”

正看着，一群无赖踏着猖狂的虎步迎来，上来就是一句：“你们的东西是从哪儿来的？”

谭庆一看，这无赖头子膀大腰圆，生得虎头虎脑，身后还带着几个日本保镖。无疑，这是个和倭寇老大勾结的山贼，他的小弟貌似也是倭寇老大给配备的倭寇，看到他们卖自己似曾相识的日本刀，一个个怒气冲冲。

“东西是从哪里来的？说话！”山贼老大吼道。

谭庆脸色平静道：“是我一个朋友转手给我的，你们想见他，就跟我来。”

谭庆对远处逛街的陌上阳使了个眼色，陌上阳屏退左右，自己率先到达一方沼泽地，谭庆随后就带老大们过来，老大们看到远处背对着他们的陌上阳，一步步走上前去，怎料陌上阳却突然转身，眼神凌厉。

事后，陌上阳合起太阿剑，满地的尸体，横七竖八地躺着。谭庆又开始贪婪地搜、扒，边干活边赞叹：“少主，这个芦花荡，周围的沼泽池就是天然的埋尸坑啊，当初发现这地儿真不错，这下我们以后杀人处理尸体可省事多了！”

陌上阳嘴角扬起：“那……我走了。”

谭庆起身，抱拳道：“恭送少主！”

话音刚落，陌上阳一闪而逝。

集市路口，陌上阳邂逅一对母子同行。老母眼瞎，一手拄着拐棍，一手被儿子牵着，儿子十六岁左右，背着一大袋棍棒，在旁不停唠叨：“娘啊娘，说是要您不要来，您就是要跟着来，儿子卖卖棍棒不辛苦，您来了反而让儿子操心呐！”

老母紧握着他的手，言道：“钦儿，娘看不见，但是娘能听见。你爹去得早，娘一个人在屋里孤单啊。我儿辛苦，正值青春年少，却整日出门营生，娘没能让你读书，也没能给你找个媳妇儿好好照顾你，反而让你为了养家糊口，四处奔忙，娘伤心啊。”说着老泪纵横，老人用袖角抹了抹。“娘只是想随你出来逛逛，我儿放心，娘不碍你事，你直管忙你的，不用管娘，娘一个人坐着就好，娘不乱跑。娘只是想听听你的声音，听听这热闹的福州集市，心里就踏实不少。”

集市上地摊林林总总，吴锐主动给这对母子让出来些摊位，还让吴承恩过来照顾老人，吴承恩拿来条凳，扶老人坐下，老人一边坐，一边摸着他的脸蛋，啧啧称赞道：“好……好……你看看……集市上多好的孩儿……你叫什么名字？”

“大娘，我叫吴承恩。”

“好名字……好孩儿……以后一定有出息。在读书吗？”

“读私塾，先生今天给我放假，我就跟着爹爹出门做生意。”

“好好……知书达理，勤劳体贴，好孩儿。”

老太太心地善良，果然如她所说，她就坐在凳子上规规矩矩，一动不动，面容也安详了许多。听见有人叫卖，老太太腼腆一笑。听见有人砍价，老太太专心欣赏。听见有乞丐凑上前来乞讨，老太太就掏出胸前衣兜里仅有的两文钱，放到乞丐的碗里，乞丐连声称谢：“多谢活菩萨，好心有好报。”老太皱眉笑笑。

老来得子，身为穷人，一辈子就这一个儿子，虽说老爷子去世，能够母子相依为命，老太已经心满意足。作为儿子，父亲给他取名为李良钦，就是让他相信，人间自有真情在。做人做事，精诚所至，金石为开，这便是他“钦”字的内涵，里面饱含着一位老父亲对儿子的期待。

李良钦将他地摊的招子竖起，上面俨然写着两字——圣器。这让过往的路人无不惊奇。

一波游手好闲的日本武士路过。李良钦知道，这个年头，能挎着刀大摇大摆在中国沿海城市招摇过市的日本人，一百个里一百〇一个都不是好人，因为倭寇的影响太坏了，他们来中国都是靠偷渡，干的事非奸即盗，严重影响国家稳定发展，因此明太祖时期规定国民“片板不得入海”，这帮豺狼就忍着，也只能在太平洋、南海烧杀抢掠，永乐年间又趁着万国来朝的氛围像苔藓一样在中国生根发芽了。但是，他们再也不会像尊重唐朝一样尊重明朝了。因为，这几百年，他们的大岛，由于地主剥削、自然灾害、强藩割据、人口生存紧张，乱成了一锅粥。但是他们当中的有些豺狼很开心，因为天下大乱，一切贵贱重新洗牌，王侯将相宁有种乎？无论是当年酒色财气的流氓地痞下三烂，还是不甘仅以武士头衔自居而胸怀大志的草莽英雄，都有机可乘！他们，把这个时代，叫战国。

于是他们读兵书，讲谋略，言天下，志统一，各种地方势力自豪地向“魏蜀吴”一样的领袖看齐，因为他们读了一本他们认为是熔兵法经典于一炉的名著——《三国演义》，写书的人叫罗贯中，一百年前刚刚过世。于是乎，一个鸟不拉屎的弹丸之地、蕞尔之国，分裂成了六十八个小弹丸互相厮杀，战败的三脚猫，或者姑且战胜并迅速膨胀的“蛇吞象”老大，把剑锋指向了大明。统一日本？格局太小。单挑大明凯旋的才是王者！

日本要统一大明来日方长，抢点东西回家乡炫耀，得意地怂恿大家以国家的名义合法抢劫，还是可以的。海盗？那可是个光荣的职业——抢别人家里的东西养活自己家里的孩子，是民族英雄。

如今的弘治皇帝、中兴之主驾崩入陵，新皇帝冲龄践祚，能在大明混的倭寇，行为明目张胆之余，身份也会掩人耳目——背后都有一个本国的渠魁为他们撑腰。

日本人崇尚刀，见到中国一个卖棍的打着“圣器”的旗帜，自然是趾高气扬。他们当中的狗腿子上前就问，李良钦自然就答——棍者，防身之圣器也。它不怒而刚，不饰而慈。刀剑有刃，难免伤人，而棍却能攻而不屠，挡而不杀，象征着武学的最高境界——止戈。止戈合起来就是中国的“武”字，也就是说，中国人的武道哲学不是开火，而是熄火。任何事，采取进攻无名无分，采取防卫可叱万言。制敌不杀敌，护主不伤身，实乃兵器中大仁大德大圣之心也，焉能不为圣器？

李良钦一席话，倭寇肃然起敬之余，就在地摊中挑了一把雕工最好的铜棍，想要据为己有，当作是“保护费”，李良钦一把夺过：“这东西，是我的宝贝，原本不打算卖，因为要给娘看病，需要钱，你要的话，十两银子。”

倭寇听身边的翻译说还要钱，指着周围摆摊的叽里咕噜说一大堆，意思是：“我们是这里的巨商，整条街都是我们老大的，在我们的地盘摆摊，看上你点烂东西还敢要钱，你问问你旁边卖地毯的，什么时候给我们要过钱。”

吴锐给倭寇递上一套“礼物”，悄声对李良钦道：“最早他们还是给钱的，后来勾结地方官员，说是这条街受到特别保护，就任他们随便吃随便拿了。”

李良钦冷笑道:“官员的客人欺负百姓？这还有没有天理！我不管这些倭寇算什么客人，这条街就算是被卖国贼租给日本人，大不了我们不在这里摆摊，娘，我们走。”

李母战战兢兢起身，却被倭寇一把抓住，翻译说：“福州岂是你们说来就来，说走就走的地方？不管你在这里摆摊多长时间，只要落脚，就要给朝廷交相应的费用！”

“放开我娘！畜生，打着朝廷的名义给日本人当走狗！你敢动我娘一根毫毛，我杀你全家！”

“不交摊位费，就休想离开这个地方！”

倭寇提刀上前，李良钦抄起铜棍，与倭寇大打出手，正如他所说，制敌而不杀敌，他的铜棍，一招招打在倭寇的拳上，拳头松了，武器掉了，除了挟持李母的人，所有人都成了赤手空拳。十六岁的李良钦，立如松柏，指着倭寇大骂:“畜生！放了我娘，她看不见！”

丧心病狂的倭寇，受不了屈辱，眼看着一个个武士，竟被一名少年打得两手空空，他恼羞成怒，眼中凶光一闪，龇着牙大喊一声，索性就抹了瞎子李母的脖子……

“娘——”

一声撕心裂肺的呼喊，可怜的老人倒在倭寇的脚下。尚未等那畜生反应过来，铜棍已经刺穿了他的胸膛！那畜生的五脏六腑都一股脑儿地掉落在地上。而那厮肢体居然还能动，手上的刀还想砍到李良钦，结果他扬刀的手臂，被李良钦一把拧断，直接从肩上折了下来，鲜血扑了李良钦一脸，但他始终环眼怒睁！这一幕，令在场的倭寇都惊呆了！

李良钦双手又伸进他被铜棍刺穿的胸膛，一声含泪地嘶吼，倭寇被一分为二！原本还是活生生威风凛凛的武士，转眼间成了地上血泊中被丢弃的两摊烂肉……

李良钦抱起母亲，号啕大哭，原本，他只想赚点钱，给母亲看好了病，母子就回乡下隐居、种地。他再找个乡下媳妇，和他一起侍奉可怜的母亲。现在，母亲却无辜死在这些畜生的手里，他在这世上唯一的亲人，手无寸铁的亲人，双目失明的亲人，就这样莫名其妙被人杀害，为什么？他恨，他真恨这些在中国趾高气扬的畜生，他们竟然敢这样无法无天！他恨，他更恨这烂泥扶不上墙的腐败明朝，连自己的国民都保护不好，还和敌人一起剥削自己百姓的畜生明朝！

丢掉了兵器的倭寇们起身要逃，陌上阳横身挡道：“往哪走？”

话音刚落，太阿剑已削掉了一名倭寇的头。

前有强敌，后有追兵。李良钦含着泪水，轻轻将娘平放好，他用力抄起铜棍，愤然起身，往地上一砸，地上的青石板顿时裂得尘土四溅——

“壮士，多谢你出手相助！我要让这些畜生，给我娘偿命！”

“好！”陌上阳居然默契地回应了他。

于是二人同心协力，风扫残云地在福州集市上，杀了个鸡飞狗跳，天昏地暗，血流成河。集市上的百姓，有惊慌逃走的，有上前助威的，还有当场惊呆的。

吴承恩就属于当场惊呆的那一类人。他和父亲躲在角落，父亲侧过脸去，不忍看这二位爷大开杀戒，而吴承恩却始终看得目不转睛。六岁的他，看着看着，居然情不自禁地低声鼓动道："杀！杀得好！给奶奶报仇！"

当吴锐听到自己儿子口中居然冒出这样的话，则惊愕地认为儿子这几年"圣贤之道"的书算是白读了。读书人岂能这样嗜血？野蛮？圣贤道："质胜文则野，文胜质则史，文质彬彬，然后君子。"在吴锐看来，儿子吴承恩这辈子，是典型的质胜文型的野人了。

谭庆来了，随手解决了最后一个逃走的倭寇。

李良钦二话不说，对着陌上阳、谭庆抱拳，意思是，谢了，二位壮士，一切尽在不言中。他默默地抱起娘的尸体，向集市的门牌楼走去。

"我带你去个地方，把老人安葬吧！"谭庆上前道。

李良钦止住了脚步，没有人看到，他依旧流着泪，不仅仅是为娘，而是为这一切，他脑海中始终就三个字——为什么。

"随他吧……"陌上阳道。

傍晚，李良钦找了一间破庙，把娘的尸体在院子火化了，在熊熊燃烧的烈火中，李良钦仰天长啸，在火光中习武。丈二棍，是他从小研习的棍法。小时候，没有钱读书，娘就送他去寺院里当俗家弟子。学武，打杂，也能偶尔读读经书。爹出海打鱼时，不幸被海啸卷走了，再也没有回来，娘从寺院里把他接回来，小小年纪，面对的却是爹的一方牌位，他坚强地咬着牙，没有哭，娘却抱着他哭了。"我苦命的钦儿……以后就剩咱们俩了……"李良钦安慰道："娘，这些年我在寺院学了不少功夫，也学会认字了，方丈和师兄弟们对我都很好，我现在就去向他们辞行，将来再想办法报答他们。我们做生意去，我不信，就凭我们两个，会活不下去。"说完，十二岁的李良钦飞奔出门，李母望着他的背影，再次涌出了热泪。相依为命的母子，在一个残酷的时代，坚强地活着。母亲每晚望着丈夫的牌位，以泪洗面，等待着出门的少年归来，无论是做生意、打渔打猎还是砍柴摘果，李良钦每晚总能弄点东西回来，绝不会空手而归，因为他知道，空手而归，就意味着以后的日子更难过。有一天，李良钦打猎归来，叫了一声娘，娘没有反应，第二声娘才听见了，他知道，是娘老了。又有一天，他回来没有叫娘，放下柴火，娘转身，眼睛直愣愣地瞪着前方，唤了一句谁，而李良钦就站在她的眼前，他用手心在娘眼前摇了摇，娘没有反应，他扑通一声跪了下来……现在，娘走了，还是被人无辜杀害的，李良钦无论如何也咽不下这口气，于是他将所有的仇恨都聚集在沿海城市趾高气扬的倭寇身上。他发誓，以后再不受日本人的欺负，自己就一个人，杀多少人都是死路一条，杀到哪儿算哪儿，因为，这些在别人的国家还横行霸道的恶棍，都是该死的坏人。

十六岁的李良钦这样含泪想着，于是他握紧他的宝贝丈二棍，冲着庙门的一座石狮子抡去，石狮嘭的一声迸溅出火花，碎成了零星的石块——这一幕，一直被一个在庙门口偷窥的小子看着，那就是吴承恩，他是偷偷溜出来的，并且他一直觉得这位大哥哥做得对，换了是他他也会那样做，可是他不会武功啊，但他很羡慕那些有武功的人。

对于吴承恩来说，陌上阳和谭庆一看就是城里出身高贵的少年，他们的举止、谈吐甚至对待外人的态度，都难免有些孤傲与自负，而李良钦，他第一眼看到的时候，就觉得特别亲切，因为他是布衣人家的好哥哥形象，牵着他眼睛看不见的娘，茫然地出现在集市上，作为同样是小商贩家庭的孩子，吴承恩瞧着这个哥哥更顺眼。

没有人知道，几十年之后的吴承恩，会为他一直追随仰慕的大哥哥，写出一部旷世巨著——《西游记》，并给他一个光鲜亮丽的英雄形象——齐天大圣。

杀杀杀，杀得好，什么妖魔鬼怪都杀尽，什么狼虫虎豹都闪开，那看着真是令人特别痛快的一件事。

但现在不是。现在是吴承恩六岁，李良钦十六岁，一个生活轻松自由，一个无家可归，甚至可以说是家破人亡。下一步怎么办，他还会不会在集市上继续卖他的棍棒，还是回山林里隐居，谁也不知道，但命运这东西，总是将一些毫不相干的人牵扯到一起，最后云里雾里，迸溅出闪电雷击，成为一段璀璨的时代传奇。

李良钦，注定会成为这个时代的大人物，因为他遇见的，正是今后中原朝廷的四象之一，神一样存在——陌上阳。

打从李良钦开始火葬母亲时，陌上阳与谭庆就已经在屋顶上正襟危坐了，谭庆明白陌上阳的意思，他想收留李良钦，这是条好汉，不能被时代给委屈了。陌上阳目前，已经是倭寇眼中的公敌，他通过明目张胆地贩卖从倭寇手中缴获的船只、物品发了财，可以说是奸商中要钱不要命的典范。出身于海盗世家的他，从小手上便沾满了日本人的鲜血，并且随着年龄的成长，不停地沾，他就像天生的倭寇克星，命运似乎让这个墨家，就在明朝开始绽放，而他们的路，似乎从秦朝“寻药事件”就开始注定了，是墨子祖师爷安放在宝岛上的一颗定时炸弹，在几千年后会自动引爆出一位英雄。

在陌上阳的眼中，自己就是一个浪迹江湖的自由人，琉球岛上的头号通缉犯。这个天下，只有一个国家是他认可的，那就是大明，那是他爹爹的志向，爹爹一辈子做海盗，没能被招安。小时候，他看爹爹读书，每当爹爹读到《水浒传》里宋江被招安的情节时，眼中总会流露出期待之光。人在江湖，身不由己，哪个人天生就必须是坏人？就一定得是坏人？都是可怜的百姓，无路可走而已。只要大义凛然，一心向善，没有人会嫌弃一个改过自新的人。

陌上阳的一生，从他出生琉球开始，命运就已经定格，他注定是亚洲洋流上盘旋的一只雄鹰，翱翔在这方领土的南部，从小琉球这块岛屿上破壳而出，一飞冲天，一鸣惊人，张开翅膀，势必就要拥抱整个大陆。

“我们有艘战船，你要不要和我们一起玩玩？”谭庆蹲在屋顶上问。

“玩什么？”李良钦转身问。

“呵呵。在南海上有一座浮鹰岛，是倭寇走私的据点，我们与其和陆地上的倭寇较劲，不如主动攻击，轰他们的老窝玩。”谭庆嘴角扬起。

李良钦张口结舌——

“你们……究竟是什么人？”

正所谓：成败世事本无常，月去终有一朝阳。包羞忍辱图后劲，方使英雄气更长。

第四回

道家谱谭庆说圣贤 浮鹰岛少主一剑征

秦时明月秦时公，秦士后裔继侠宗。
大秦尘封自有士，太阿出鞘别无锋。
雷州岛上百人斩，福州市井千夫惊。
英雄挺剑开天地，纵死亦化帝王星。

我家少主，来自小琉球，因为误杀了诈降倭寇的英雄爹爹，被琉球王以“杀父弑君”之名檄为全岛一级通缉犯。迫不得已，背井离乡，逃难来到中原。我家主人姓墨，乃战国宗师墨子后代，祖上因为“秦始皇仙药事件”而漂泊定居宝岛。我家祖先从此隐姓埋名，自创复姓“陌上”，一年一年北望中原。到我家主人这一代，陌上高雄，他已是东南亚有名的海盗，也是琉球王的左膀右臂，手下势力在沿海各岛有战船千艘，兵甲过万，足可称霸一方诸侯。我家以打击抢劫海上非法交易组织为业为荣，麾下涉及军火、走私、毒品、政治犯、小海盗、海域治安、小国诸侯纠纷等。而我家从不打劫大明商船，并且长期与沿海各司通商，可以说是爱国侠盗。来到大陆，才知道这里也不太平，沿海各地均有倭寇出现，勾结官商，欺压百姓，所以决定杀无赦。

“你们，连自己人都杀吗？”李良钦问。

谭庆狰狞一笑：“自己人勾结倭寇，欺凌同胞，内贼更该杀，用剑去砍汉奸的头颅，就像用勺敲碎一枚鸡蛋一样轻松，有何顾忌？”

“万一官府找上门来逼你们坐牢呢……”李良钦又问。

“公道自在人心。大丈夫行走天下，路见不平，替天行道，有何惧哉？况且，我们已经是琉球岛一级通缉犯了，和现在杀过人的你一样，能自在地杀坏人到什么时候，就看天意如何了。”谭庆道。

李良钦点点头，事已至此，他也别无选择，所谓人在江湖，身不由己，当他失去娘这个唯一的亲人时，他也已经决定把命交给上天，再不回头。而眼前的这两位壮士，居然是这样出身不凡的贵人，于是李良钦决定，跟了陌上阳行走江湖，出生入死，无怨无悔。只是，他即便是死，还有一个未竟的愿望，将中国棍法发扬光大。谭庆听了他的要求，觉得自己帮不了他，毕竟他不是玩棍的啊。

“要把棍法发扬光大，这我还真是爱莫能助，得靠你自己亲力亲为。可是，要怎么做才能弘扬一种棍法呢？开武馆？办团练？”

正当谭庆迟疑之际，陌上阳起身道：“多杀人。”

谭庆和李良钦张口结舌，细想之下，谭庆一捶手心：“对啊！从今以后，你就一直用你的丈二棍，跟着我们多杀人，杀的人越多，你的兵器就随之越有名。像我家少主的太阿剑，只要一出江湖，便无人不知。当年祖师爷墨子在世的时候，他的好友欧冶子祖师爷铸成两把太阿剑，而对外只公开一把。太阿剑一雄一雌，雌的最后落到了秦始皇手里，荆轲刺秦时，雌剑被荆轲壮士爱国之心所打动，有了妇人之仁，不愿出鞘。而那把雄剑，就一直佩带在祖师爷身上，欧冶子祖师爷和我家墨翟祖师爷是挚交好友，彼此都能明白对方对天下的期望，墨翟祖师爷心怀仁慈，对于战争，他主张以防守和不杀生为大任，因此他培养出来的时代特种兵——墨者，攻而不取，挡而不杀。哎对！就和你对棍乃圣器的理解是一样的。可是，你们想想，在那样一个乱世，天灾人祸，民不聊生，没有一个统一稳定的政权来对抗各种灾难，列国必然是伐交频频，诸侯各怀野心，谁也不愿屈居人下，当天灾的牺牲品，所以他们能干就干，必然要疯狂扩张领土，争取统一。那时，你对他们唱和平之歌，看法固然高尚，可是没有诸侯真正愿意遵守，对祖师爷都是阳奉阴违。欧冶子祖师爷就不一样，他琴心剑胆，以铸剑为己任，赐予诸侯杀人利器，求他们快快统一，无论是经历怎样的流血流泪，他只要求——快！不要让百姓长期生活在战乱的煎熬中，快刀斩乱麻，最好一场大战定胜负！之后河清海晏，老百姓才能过安稳日子。于是他常常调侃我家祖师爷的兼爱、非攻、尚同理论，认为，剑，就是用来杀人的，剑，也是用来防身的。在一个上流的时代，天下安泰，行侠者可以以不杀为大任，路见不平，用剑解开双方刀剑的纷争。因为时代高尚，人们普遍受教育、素质修养高，道理大家都能听进去，剑就可以做到兵不血刃而太平。然而，在一个下流的时代，剑就应该发挥它本身的作用——杀。这不是剑的问题，是人的问题，由于时代下流，人们普遍不读书，没有思想，像动物一样吃喝玩乐地活着，没有更高的精神追求，不能慈悲胸怀，而是贪似恶狼馋似虎。如此，时代就应该有猎人、侠客、军队这些驯兽组织，教训人类动物般肤浅的劣根性，并且用暴力方法令它们回归平和。动物只崇尚暴力，所以对待动物只能用武力。因为不读书、不识字，还讲什么道理？谈什么圣贤？当你用剑告诉动物，圣贤只尊重高尚的人，而且推崇国家像养畜生一样养着动物人的时候，你才知道，圣贤，不是一个只会唠叨大道理的无力老人，而是一条在各种残忍文明中千锤百炼出来的中华巨龙——他们见过屠杀、见过灾难、见过亡国、见过懦弱，只有在最残酷的环境下锻炼出来的心硬如铁但目光如炬的人，才配称为圣贤，因为只有这种人，深深明白，一个国家、一个民族、一个人，不思进取的可怕。等到积重难返的那一天，大厦将倾，人们突然难以承受了，圣贤却摇着头流着泪狂笑了……圣贤，多高尚的一个词，高尚得我说出来就觉得光荣！”

“敢问阁下，你觉得如今是一个上流的时代还是一个下流的时代？”李良钦问。

“我拿着剑，面不改色心不跳地杀着人，你问我这是一个怎样的时代，难道你把我当成了济世救人的活菩萨？你也不是没有经历过惨，真不懂你怎么还这样问……”谭庆摇头道。

“但是，你们一路上杀人，杀的都是坏人，也算是救了好人。”李良钦道。

“不完全是。”谭庆双手插腰：“我们只杀坏人，至于杀了坏人好人能不能得救，那得看造化，毕竟坏人是杀不绝的，我们只是，见一个杀一个，图个坦荡痛快，只能祈祷——好人自有好报吧。”

李良钦想着母亲遇害的那一刻，拍桌叹气道：“唉！其实好人也有好人的错……好人心慈手软，自己的慈悲心肠对好人和坏人都一样。有时候，明明知道对方是坏人，还是仁慈，又或许是因为害怕，或者不想生事，就得过且过，最后，只有自己的根本利益被触犯的时候，才会跳脚，其实到那时，即便是讨回公道，也无济于事了……一个无能为力的好人，还不如一个讨回正义却失败的烂侠客。至少，侠客用坦荡的生命诠释了什么叫作守护与报应，而憋屈的好人，只能把正义感烂在自己的心里，成为被路人误会的懦夫，一辈子龟缩在自己的躯壳里颤抖，或者维持着自保般的冷静，冷静到须发斑白、皱纹四起，闭上眼，停止呼吸，也没有人知道。曾经有个好人，在他的躯壳里，无能为力地为这个世界流过泪。那自己又何必冷静地活过这处处令人冷静而又无可作为的一生呢？”

“说得好！”陌上阳道。

“你终于明白了。”谭庆道。

“多谢二位！”李良钦抱拳道：“你们让李某看透了这个时代，李某决定，凭着自己的一颗心，能热到什么程度就保持到什么程度，干他娘的，心热着就要干起来！”

“一起吧……”

当陌上阳拍着李良钦的肩膀，道出这三个字的时候，李良钦惊异地发现，陌上阳的眼神中，充满着冷峻、坚毅与肯定。这显然是一个创世主公般的眼神，乍看起来寒如冬风，实际上热血沸腾，这是怎样的一种眼神？就像冰川下的岩浆，就像地窖里的炉火，就像白酒，水一样的外表，火一样的性格，一旦接触喉管，才知道它有多激烈。于是李良钦单膝跪地，抱拳，陌上阳将他扶起。

正德元年，公元1506年，南海的浮鹰岛地震。

不，那不是地震，地震怎么会夹杂着炮声？虎踞在浮鹰岛的日本武士世家宫本一郎摁刀而起，提刀而出，却发现沿岸停着一艘改造过的倭寇战船，正在疯狂地炮轰浮鹰岛，岛上驻守的倭寇死伤不计其数。

“混账！你们知不知道自己在干什么？你们疯了吗？”宫本一郎大骂倭船。

陌上阳、谭庆、李良钦走上船头，诡异一笑。

宫本一郎顿时觉得不对劲。这三个人除了中间那个穿“羽织”的首领（陌上阳）外，其他两个随从似乎不像是日本人。仔细一看，不对，这船貌似也不全是日本船！在日本，没有这样加强炮火与身形的楼船，这显然是个经过改造的冒牌货。

“你们是什么人？”

宫本一郎正问间，楼船已开火，幸好他反应及时，纵身一跳，因此只被轰了一脸的泥渣，于是他咬牙起身道：“到底是谁，你们这算什么，有种下来单挑！”

“少主，他吼你下去单挑。”谭庆道。

李良钦惊异道：“你还能听懂日语？”

“我会的可多着呢，都是在出生入死的实战中学来的，以后你就会慢慢发现我的才华。”谭庆自信地对李良钦笑着，李良钦佩服不已。

这艘楼船是陌上阳和谭庆的家，是他们在大陆抢劫倭寇的全部家底变卖出去后，自己建造的家，而在他们的眼中，这也不只是家，还是一种可以进攻的巨型武器。

陌上阳飞身下船，两名倭寇抽刀从两侧嘶吼着杀来，陌上阳迅速向前一冲，宫本一郎甚至都没有看见他宝剑出鞘，只看见他宝剑收鞘，两名倭寇已经倒地，一命呜呼。这种酷似日本武士决斗时的快准狠的刀法，被陌上阳在剑法中运用得出神入化，还是在八岁的时候掌握的。

如今的陌上阳，二十岁。

他，早已不是当年那个崇尚英雄的小孩了，而是自己要当英雄，事实上，他已经是了。从他开始和爹爹驾船在东南亚洋流上吞并日本海盗的时候，他就是。从他用太阿剑击败骄傲地来家里做客的日本剑道大师时，他就是。从他在罗马斗牛场式的监狱中四面八方同时放出百余倭寇战俘，以杀死他就能获得出狱自由为练剑标准的时候，目不转睛连发一百三十余剑，剑无虚发，招招毙命，浑身沾满鲜血，谭庆用手帕当场为喘息的他擦脸擦手的时候，他就是。从他在宝岛城墙上，背对着明月，取下战败来偷袭的岛津久龙头颅的时候，他就是。从他漂洋过海，平雷州，定福州，又义正词严前来收复浮鹰岛的时候，他就是。

他一直是。

碎发刘海半遮眼，身穿蓝海白梅阵羽织，肩上窃曲巴纹紫金披，脚踏赤鸷攫阳翘头履，肋下挎五尺三寸太阿剑，左手五指錾金牡雀手，右臂袖里乾坤盘龙丝。

他继承了中国武士世家的血统，是漂泊在海外的流浪儿，因为他的血液，他的气质，他的兵器，他的眼神，是从秦人的老祖先“伦侯”膝下传过来的——大秦黔首，虎狼之师，文雄武烈，名冠当时；战国壮士，义薄云天，侠之大者，巨擘墨子。三秦父老的子孙，正义、凌厉、冷峻，但又不乏温情，爱憎分明，凡事不多做解释，决定的事情一定会做，要杀的人决不放过，对祖国的磅礴与伟岸永远崇尚，对外国的侵略侮辱永远记账，忍辱负重，卧薪尝胆，厚积薄发，有仇必报，简而言之，两个字——崇强。

虎狼者崇强，龙凤者崇祥，无强便无祥。弱国无外交，虎豹无兔友，这是秦人自古以来融化在血液里的思想传统。当然，也传到了日本。

中国由于“黄河母亲经常发脾气”的呼唤，早在数千年前中国的列强“齐楚燕韩赵魏秦”就崇尚统一。当时的日本，只不过是部落民族的荒岛，大秦虎狼正规军随便一去就可以统一并开发的殖民地。后来，建武中元二年，公元 57 年，日本女王卑弥呼入汉，我光武大帝赐金印——汉倭奴国国王，倭奴国正式列为我国藩属，享受爵位、赏赐、政治保护。

到了唐朝，崇强精神的推动，影响力更是盛极一时，万国来朝，中国成为世界上最大的军事、科技、经济、文化、教育、政治中心。

宋元时期，鼎盛的文明和鼎盛的野蛮互相冲击，最后野蛮战胜了文明，元朝产生。异族文化无法彻底征服中华文化的厚重，因为他们注定要被中华文化包容，而不能去取代。就像太阳再耀眼，也取代不了宇宙的浩瀚。

明太祖，立志要和秦皇汉武唐宗宋祖一较高下，从一个乞丐，一路看破生死东挡西杀，南征北战，网罗人才，安抚民心，开创出中华新时代。而为了稳定局面，不得已而规定“片板不得入海”，却遭到了穷途末路的豺狼觊觎。

不合作，就明抢暗杀，因为活不下去，抢别人为自己就是畜生坦然的根本理由。

那么，当拾回来的野狗忍不了饥饿，目光一锐，开始对主人流口水，变成了忘恩负义的豺狼，主人要做的，是劝说，还是抄起猎枪。

宁可无狗，不可养狼！

陌上阳的太阿剑，斜挎在腰间，恰似一把日本腰刀，这种装扮令宫本一郎看不懂——这，难道是个勾结明朝的武士叛徒？

非也。此时此刻，陌上阳是学习倭寇的侵略精神，名为收复浮鹰岛，实为杀人越货。因为，他是强盗，而且是世家。从小抢到大，现在有一个岛可以抢，他倾家荡产下了血本，并且完全有能力拿下，一个富裕的小岛对于海盗来说，不能买的就可以抢，能抢又怎么会去买呢？把人杀光就行，还不能赶走，赶走就是放虎归山，必须杀光。所以，陌上阳一步步上前的冷笑中，透露出的是一颗要杀光然后清点战利品的野心。

宫本一郎，是这座岛上武功修为最高强的，泰山崩于前而色不变，他只是疑惑，这究竟是要干什么？如果对方是日本人，他至少也要搞清楚，是日本哪个大名在攻打他，破坏他岛上交易的好事，回去好报仇。如果对方是明朝人，那么是不是意味着，明朝又开始实施海禁，派正规军来围剿？只是，宫本一郎可以肯定的是——眼前这个着混搭异服的奇怪武士，肯定不是明朝正规军！不是明朝正规军……不是日本的叛徒……又穿着混搭的衣服……会是什么呢？还有什么人可以这样自由，这样恣肆，这样勇敢？突然！宫本一郎如当头棒喝，从他的口中终于冒出了一个词——海盗！

从他的口中冒出这样一个词是可笑的，因为他也是海盗。

一郎他是打着政府旗的海盗。很奇怪，政府怎么会成为强盗了？因为战国，因为乱世，人人都是强盗，能抢到东西的是英雄，什么盗不盗的，动物连饭都吃不饱，哪有这个可笑标准。你这里有饭吃，有钱花，就有兄弟们会过来，就有女人们会过来。海盗，那是靠近大明肥沃领土，并且有钱人可以砸钱买船去“用刀做生意”的肥差！生意做好了，有钱了，回家乡就强大，就可以招兵买马，一统家乡的天下。

一郎双手紧握着宝刀，像只被盯在角落的恶狼一样严阵以待猎人的出击，他咽了一口唾沫，他不知道，像他这样瘦弱的一匹恶狼，为什么猎人会盯上他？他想哭，但是他怕属下瞧不起他，于是他摇脑袋嘶吼一声“为什么”，就冲着陌上阳飞奔过来，但是他没有发现，陌上阳并没有拔剑。

狂刀抡过，陌上阳侧身一闪，这样对决的把戏，固然帅气，但对于陌上阳来说，难免无聊。因为他十三岁开始大范围抓俘虏放俘虏练剑的时候，就已经将这每次都无一例外要坚持重复的帅气无聊套路动作掌握得像喝凉水一样熟练，他甚至已经厌烦，不知道这些货色为什么老是决斗时来这一套，是不是眼神锐利一点，步子慢一点，刀横一点，会显得更像个武士，更帅气？在陌上阳看来，横起兵器，就是横起了胆子、心、命，既然把命都豁出去了，临死之前还在乎什么形象？难道是觉得自己不会死，所以摆出动作铺垫一下自己决斗前一定会胜利的王者形象，或者即便是自己死了，反正也看不到自己倒地的时候像个四脚朝天的癞蛤蟆，所以活着的时候尽可能让自己自我感觉良好一些，才像个武士——咦？这不是沉浸在自恋中的意淫吗？

倭寇与陌上阳的根本区别是，倭寇每次横起刀的时候，都特别自信，认为自己不会死，而陌上阳自从十三岁那年横起剑开始玩这一套的时候，每一次都战战兢兢，认为自己这次死定了，特别谨慎，注意力也就没有在自己酷炫的外表和动作上，而是在努力观察敌人的一举一动，一旦有破绽，不与他纠缠，直接在最短的时间内给以致命一击，这也是他剑法精准的原因——少纠缠，多关键，有效进攻一招死，招招毙命即善战。

一郎的一刀抢空，那就意味着，他的对手是个深谙此法的老手，那也就意味着，在那一招的间隙内，如果这个老手有足够杀人经验的话，足以用这几秒的时间看准了命门取他的性命。

陌上阳，八岁开始杀人，十三岁就已经积累到“千人斩”，已经有了自己的属下，编制，船队，纵横大洋，抓俘虏，抢劫，侵略，无一不是他喜闻乐见的事，甚至可以说，杀人是他的生活。对于一个把杀人当生活去成长的海盗来说，他爱的不是人命，而是那人命归西之后他可以饕餮占有的财富，那是他付出的劳动所得，不是抢。在他们认为的乱世，那不是抢，因为大家都是你抢我，我抢你的。

所以，这个老手不是简简单单地侧过身而已，在他侧过身同时的动作里，他的右袖里冒出了一根细长而闪着寒光的细丝，像古筝中最细的弦一样，但是通体油亮，随着他的动作推移，上面滑动着寒光。

盘龙丝。

取人首级只在眨眼之间。

一郎，连眨眼的力气都没有了，因为睁眼出击而又抢空的那一瞬，他的喉管已经被割断，首级已经与脖颈分离，颈上已经惊心动魄地喷出了一抹高达数尺的鲜血，他的无头躯体像个“兀”字一样平铺倒下，首级被陌上阳一攫，直到死，他的眼一直是出击时候的那样大睁……

正在这时，好几队龇牙咧嘴的人马从对面恶狠狠地涌来，带队的老者望着陌上阳手上端着的脑袋发出疾呼：“一郎!!! ”

这个人正是一郎的父亲——宫本寿。

宫本寿左右两边分别站着一名看着就骁勇善战的武士，那是他的二子和三子——宫本次郎，宫本三郎。

没有等宫本寿发出指令，勇敢的次郎和三郎就握紧宝刀，飞奔前来，冲着陌上阳左右开弓，没有人去思考，他们兄弟俩这时候怎么不弘扬武士道的一对一精神，讲单挑了，而是合围。

陌上阳退后了，李良钦以为陌上阳不敌，要跳下船去帮他，谭庆先稳住李良钦，然后二人看到陌上阳很快退到楼船炮火进攻不到的地方，而次郎、三郎跑得慢，或者说正好他们在炮火的最近射程内。陌上阳举起了手臂示意，只听一声轰鸣！次郎和三郎不见了，被轰成了漫天飘飞的破衣服、烂肉……

“次郎！三郎!!！”宫本寿喊得更伤心了。

宫本寿决定出战。

宫本寿决定出战了。

可是他还没有出战。

宫本寿迟疑了，他目光一亮。

他见过这个人!

“啊！原来是他！各位听着，眼前的这个人是琉球岛的一级通缉犯——陌上阳！这是个杀父弑君的逆子！琉球国重赏捉拿，杀了他是有赏金的，我在琉球国境内见过他的画像！”

陌上阳苦笑了，但是他的笑容还是嘴角的微微一扬，只是眉宇间拧成了一团愁云。

没想到他如今还值了钱了，他正要实施抢劫，却发现最值钱的是自己。

宫本寿在想，自己要不要自杀？答案是否定的，因为他还要留着命自由自在地享受掠夺和厮杀。

宫本寿还是没有出战。只是喊，喊了也没有人出战，因为大家望着次郎和三郎，也就是地上的几摊破衣服裹着的烂肉，陷入了沉思，如果往上冲，那边正好一开火，自己会不会就成为上面叠加的肉……

宫本寿彻底怒了，可是他还是没有出战，而是扬起手臂，示意着岛上四周的战船同时对楼船出击，转身却发现岛上四周的战船都无一例外地被人占领，而这一幕就发生在楼船还没有炮轰浮鹰岛之前!

谭庆和李良钦笑了，飞身下船，船上又随之跳下了无数缁衣杀手，人潮像瀑布一样流到岛上。

“浑蛋！”宫本寿大骂一声，冲上前来，陷入沉思的大家也突然觉醒，跟着主公冲上前来。

“飞蛾……”这是陌上阳为他的敢死队起的名字。

“上！”

少主一声令下，大家也目睹了一路上这么厉害的少主，信心十足地上阵了。

少主最先砍死了宫本寿，这是所有人都惊呆的！还是那句话，与陌上阳决战，就是遇见了眼疾手快的对手，只要一招扑空，就完蛋了，倭寇习惯双手握刀，这样看着虽然霸气，但是不实际，因为一刀抡空之后很难快速转身，然后就……

随着宫本寿倒地，异口同声的“父亲”二字，传到了陌上阳的耳里，原来，还有宫本四郎与宫本五郎。

晚来的四郎和五郎，看到父亲惨死，转身就跑，其实还不如不来，被陌上阳冲上前去，一个被右手剑从背后刺死，一个从身前左手掐死。

昔日杜少陵曾有诗云：“挽弓当挽强，用箭当用长。射人先射马，擒贼先擒王。”这首诗被儿时的陌上阳奉为经典，可是他忘了后半句，或者，他根本就不喜欢后半句，所以就没有背，只背了自己喜欢的。

擒贼先擒王，诗圣给我们教的，怎么能不学？这样一个战乱四起的下流时代，干事情当然要讲效率——王已不在，兵何自处？皮之不存，毛将焉附？

“飞蛾”势如破竹，敌众大溃，伏地投降，陌上阳上前道：“住手！”

“飞蛾”闻声而动，立如松柏，陌上阳道：“先缴械。”

俘虏将兵器尽皆交出，脱得只剩下亵裤，船上岛上宝物被洗劫一空，装楼船运走。能带走的寸草不留，带不走的就地毁灭。于是宝物、兵器、船只被席卷带走，尸体、房屋、旗帜被尽皆毁灭。自此，浮鹰岛再无海盗屯聚，偶尔能来几个渔夫歇歇脚，也是歇歇就走了，鸟不拉屎，不能住人的，俨然已经成了一座荒岛。

荒了好，总比虎豹狼虫都聚集在这里，假借做生意的名义，非法买卖，还偶尔觊觎大明江山好。

羽翼已成，是时候了……

陌上阳决定，在南部建设一个可以允许有武力存在的合法机构，是集镖局、情报、海盗为一身的庞大组织，是谓“朱雀门”。

自此，南宫朱雀的名号，将在中原愈演愈烈，最后以总舵主自居的陌上阳，就会开始他名正言顺为国家效力的第一步。

有诗云：

盘龙丝，缚在肘，攫首快如剑封喉。

南城拥主陌上立，雄关台设朱雀楼。

侍中主，自无忧，袖里乾坤睢寇仇。

英武伏作剪逆手，鸷鸟从不问江流。

第五回 通倭寇尹灏南海督战 永乐锡兰王泉州遗珠

却说陌上阳带领敢死船队驱逐了浮鹰岛倭寇，楼船上挂起朱雀门的飞旟旗，而船队在福建沿海靠岸时，却遭到了福州知府尹灏率领的船队阻截，理由是："要杀倭寇，国家有法律，岂由得你们这些狂徒胡来？"

陌上阳大怒，要杀尹灏，谭庆道："少主，你不觉得奇怪吗？浮鹰岛之战，岛上信息已经被封锁。而我们向浮鹰岛出发时，也并无人告密。我军平寇正义之师，沿海百姓那样憎恨倭寇，知我们去平倭，恨不得为我辈摇旗呐喊，擂鼓助威，有的索性跟随，有的悄悄祝福，怎么可能通报？眼下只有一个可能，是福州的倭寇得知事情不妙给尹灏报的信。"

"汉奸……"陌上阳看出来了。

为国平乱，为民除害，却被地方官不分青红皂白，用船队堵得死死的，李良钦也看不下去了："我不管这个尹灏是谁，我早已将性命置之度外，主公只要你一声令下，我就敢打他！"

一方是私人武装，却是民族英雄；一方是地方部队，却是打着国家旗号的汉奸，彼此都知道对方的身份，只好在沿海对峙。

正当陌上阳一筹莫展之际，尹灏派来一使者，此人名叫毛伯温，江西吉水人，祖籍浙江，是个秀才，在尹灏门下效力。毛伯温一来，低头沉思良久，最终吐出一句话，令陌上阳大惊。"快走，你中了尹灏的缓兵之计。"

"怎么说？"陌上阳上前一步。

“他只是在争取时间，和倭寇会合来攻打你。或者，倭寇来了，他假装两个一起进攻，其实是光攻打你，因为倭寇是他的战略合作伙伴。”

李良钦道：“我早就知道！福建为什么那么多倭寇！一定与这个狗官的不作为有关！”

毛伯温道：“尹灏名为福州知府，实为地方勾结倭寇的头号贪官。他养的倭寇横行霸道、鱼肉百姓，把索取来的钱财和倭寇五五分成，又用赃钱买通朝廷上下官员，虚报地方民情，欺君罔上，罪不容诛！绝对是个地头蛇。我身为他的管家，都看不过去了，一直想找一个机会通报朝廷，奈何尹灏封锁消息，爪牙遍布，无从下手。没想到今天却成为这样的使者，在这样的巧合下，竟然遇到了你们——东南海，海盗王陌上阳，呵呵！”

陌上阳杀父弑君的“恶名”，已经传遍江湖，而谭庆自从来到闽粤之地，也没有闲着，为了帮助陌上阳洗脱罪名，他到处张贴文示将“南海陌上高雄之事”真相大白天下，对于毛伯温这种聪明的读书人，看过之后，当然知道谁是谁非。于是在他眼中，陌上阳就成了背着海盗恶名的落魄英雄。

毛伯温道：“没想到我毛伯温饱读诗书，却无法告发一个汉奸，实在是给祖上蒙羞。如今我难得出来，是不会再回去丢人了，如果你们决定要攻打，就派我做先锋吧！”

正当陌上阳决定拔剑之际，舵手高叫：“主公不好！我军身后有大批倭船袭来！”

这下热闹了。日本大名得到“中国大名”尹灏的通报，亲率大军过来共击“海贼”，得肉均分！这下尹灏和倭寇成了正义之师，陌上阳反而成了任人宰割的鱼肉。

面对尹灏在甲板上料事如神的自得一笑，陌上阳恨不得将此汉奸大卸八块，谭庆假装挟持毛伯温让尹灏看，尹灏只是冷冷笑道：“伯温兄，这次为了国家！委屈你了！您就为国捐躯吧！”

毛伯温苦笑两声，倒也假装吼道：“尹灏国贼，天诛地灭！”于是被谭庆拉回，毛伯温只坐在地上，咬牙切齿。

毛伯温这个人，也不是好惹的，他虽然是一介儒生，但高瞻远瞩，胆识过人，平时防身使的一把铁扇，此时也从腰间抽出来，在凉风习习中，那铁扇子闪出了一丝寒光，就像他锋利的眼神一样，充满了杀气。

数十余倭船呈现钳形，向陌上阳袭来，正如一张大口，要吞并陌上阳的楼船。猛虎与群狼之战，就此开始！

参战的是日本战国四大名——

龙造寺家兼，五十二岁。

大友义长，二十九岁。

岛津忠昌，四十三岁。

毛利弘元，四十岁。

此间最值得关注的，是岛津忠昌与毛利弘元，毛利弘元因为要“自由战争”，所以不想参与日本岛的内战，直接退位让贤，让儿子接替大名之位，自己引退，当了和海盗没什么两样的自由君主。而岛津忠昌则很隆重，带着三个儿子岛津忠治、岛津忠隆、岛津胜久，全家出战，并且他打着一个响亮的旗号——秦始皇后代。

这盗版就令人恶心了，不仅令你蒙羞，还令你的祖先蒙羞，用秦地方言说就是——羞先儿！

这只是陌上阳的愤怒之一。而当陌上阳真正看到岛津忠昌的旗号，才知道他们家有个亲戚叫岛津久逸，岛津久逸有个养子叫岛津久龙，而岛津久龙这个名字，陌上阳一听到就会有一种想要杀人的冲动。在陌上阳眼里，这个人等同于杀父仇人！因为如果没有他当年的狂妄自大进攻小琉球，就不会有父亲的诈降，也就不会有……

想到这，陌上阳大吼一声：“前进！”

“什么前进？少主，我们这是在撤退啊……”谭庆摸不着头脑。

“向倭寇……前进！”陌上阳目光坚毅。

“不是应该绕着倭寇走吗？”谭庆问。忽然！谭庆不问了，因为谭庆看到了陌上阳的泪水，知道他想起了那个男人，那个他每晚都会梦到的男人，那个从小到大最珍惜他，最后却被他误杀的男人，那个就是因为对面那些仍然不知悔改的畜生，而死去的男人。事到如今，既然仇人自己送上门来，那正好！

通天彻地的炮声，蠢蠢欲动的喊杀声，一群小船和一艘楼船交织在一起，搭上扶梯，就开始了刀与剑、血与火的厮杀！陌上阳首当其冲，无人能挡，剑锋过处，退者如潮！岛津忠昌吼道：“忠治、忠隆、胜久，我们家是秦始皇的后代，现在，就是你们为大日本国当英雄的时刻，上吧！去征服中国吧！”

太阿剑出鞘，岛津忠昌瞠目结舌——“那是什么！那种光……那种长度的剑……”

尚未等岛津忠昌的一句“小心”喊出口，陌上阳已经连挑三剑，击败三男，忠昌大惊，疾呼护驾，陌上阳的周围，迅速围上来一群武士。

一对群。

这一幕，陌上阳再熟悉不过了，他从八岁开始，常常训练的一幕再现，于是陌上阳目光一锐，旋剑在手，凌空跃起，潇洒连发五十余虚剑！宝剑收鞘，后退两步。

陌上阳低着头，飘逸的碎发刘海遮住了一只眼，而他常常用另一只眼冷静地窥探敌人是怎么中剑而死……

“什么啊，根本就没有劈上啊……”众武士还在疑惑前进之际，突然——

“嗖嗖嗖嗖……”

凌空出现的五十几道剑气突然袭来，众武士猝不及防，无一幸免纷纷中剑，陌上阳眼前又出现了动脉喷涌的血幕。他只是盯着血幕散尽，镇定如鹰。

岛津忠昌在血幕的对面，护着他倒地的三个儿子，看得触目惊心！

陌上阳再无耐心了，他纵身一跃，屹立桅杆之上，居高临下，剑指忠昌，岛津忠昌这才看清，这个少年，不苟言笑却浑身是胆！绝非等闲之辈，他的鞋子——居然是翘头履！这并非明朝的百姓装扮，而是……秦国贵族。

岛津忠昌有些眩晕，他开始质疑自己“祖传”的秦始皇后代身份，或者即便他是秦始皇后代，但他觉得桅杆上的这个少年似乎从外表气质更像秦国人，那种坚毅冷酷的秦国眼神，那种古老阴沉的穿着装扮，还有那柄居然可以超越时间限制的宝剑，这，全部都是谜……

岛津忠昌不甘心，但又无可奈何，他得撤退，因为眼下已让他无地自容。可是他又不想走，他十分想了解这个神秘少年的身份，期待看他日后的发展，那样目空一切的眼神，固然孤傲，却是豁出性命、了无牵挂的彻底恣肆，这样，就一定可以创造一片天空。这只大鸟，立在树上即是枭，杀起人来则是雕！这家伙根本不是一个普通武士，而是一个会创造世纪神话的执行者，这种王者气质只在他之上，不在他之下。他越来越惊讶，越来越想要了解，这少年究竟是何方神圣？他不想走，但他又必须走，因为他看出来，这少年想杀他……

毕竟，他们原本只是得到情报，想来抢劫的，现在却是害了孩子又折兵……于是他闭上眼，带着他受伤的三男跳海了。

毛伯温的铁扇子，斜持在手，参差的尖扇头上，已经不断在滴血，交战之余的谭庆，瞥了那铁扇子一眼，心想：“这家伙果然不是盖的，转眼间居然杀了不少人……”

李良钦对战毛利弘元与龙造寺家兼，龙老大已经五十二岁了，与李良钦交战只一回合，便被李良钦一百三十五斤重的丈二棍打落了兵器，连老爷子自己也被踹入了大洋里。毛利弘元看出来了——中国兵器厚重，动辄重达几十斤上百斤，就像中国人一样，表面上平静如水，一动则形如潮涌；日本兵器轻巧锋利，以快准狠为战斗目标，只能迅速躲避之后攻击命门杀敌，而不能真正与敌兵器交手，因为重与轻交手，如果自己的抵挡力量达不到，那么即便是一把钝刀，铆足了劲也可以像大唐薛仁贵将军那样，连人带马一劈为二，因为能使得起一百多斤的兵器，再加上臂力，那一刀下来，就是战场上的噩梦。

所以，毛利弘元见李良钦兵器重，就丢弃了轻捷简便的日本刀，开始用远程飞镖行走在桅杆上攻击，李良钦躲过飞镖，弯弓搭箭，一箭飙出，毛利弘元从高处应声而落，半空中，李良钦看准时机，迎上前断喝一声，丈二棍虎猛挥出，船上传来“嘎吱”几声脆响，那是毛利弘元肋骨断裂的声音——十几根肋骨被打断，毛利弘元口吐鲜血暴亡！

残忍、血腥，甚至有些疯狂的激战，各位死的死，跳的跳，二十九岁的大友义长不忍直视，惊呼："我的老天，如今的大明朝海盗怎么会这样剽悍？这样的话我宁愿去抢朝鲜！打个劫至于要命么？各位老大，我还年轻，我还要回日本和正常人打仗，我不玩了，再见！"

大友义长的撤退，引来了一片辱骂声和同行者，其他三位大名，毛利弘元死了，岛津忠昌一家跳海，龙造寺家兼被跳海，剩下的只是一些小喽啰在顽抗。

陌上阳索性收起太阿剑，左手鎏金指甲，右手盘龙丝，一阵风一样吹过贼船，所到之处，倭寇人头尽落，落地人头在地上圆滚滚大睁双目……

尹灏原以为利用四国大名可以和海盗打个两败俱伤，自己再从中渔利。即使这四个死了，他自然还有"合作"的人，要是海盗死了，他正好可以向朝廷邀功，无论如何都是自己赢。没想到马失前蹄，这些大名根本不是海盗的对手——那么，只好自己出手！

尹灏开始率船队逼近陌上阳，怎么办，要不要反抗朝廷，这对于陌上阳敬爱的中原王朝来说，如果他失败了，皇帝面前谁对谁错的话，就由尹灏说了。如果他成功了，他会将尹灏这个逆贼五花大绑到皇帝面前，并且向皇上一一陈明真相，到时，皇上无论怎样想，至少他也问心无愧了！

尹灏威风凛凛地在船头双手叉腰，姿势非常像个海盗，而陌上阳只是坐在船头，等着他放马过来。

对于陌上阳来说，尹灏十分难打，因为他的船队比倭寇强大，还进行了改良，表面上挂着朝廷的牌子，实际上是他贪污腐败的私人武装。倭寇的船都是小船，灵活却也战斗力薄弱，以他们时下的综合国力，也造不出什么像样的大船，而大明王朝，早在永乐时期，郑和就已经留下了神一样的造船技术，据说郑大人当年，是驾驭着像岛一样的船驰骋在洋流中的，那船到哪个国家，哪个国家惊呆。而如今，陌上阳的改良船，显然没有尹灏的改良船豪华强大，因为陌上阳没有尹灏有钱。

尹灏的攻击没有得逞，因为他在攻击陌上阳时，背后首先遭到了一个人的攻击。

那是一艘规模和陌上阳"朱雀门"号差不多的船，颇有些西亚风格，船主长得也颇有些西亚风格，自称许世龙。

尹灏腹背受敌，转身吼道："混账！什么人居然敢袭击本大人的官船！是想跟朝廷作对吗？"

那西亚少年大笑道："我乃永乐年间锡兰王子世利巴交喇惹之后，许世龙，现在是泉州百姓，尹灏你这个贪官，我今天代表泉州百姓来收拾你！"

"啊！锡兰（斯里兰卡）王子？"尹灏倒是听说过，永乐年间，确有锡兰王子来大明朝给永乐皇帝进贡，回去时国家遭到政变，他的父王被外甥篡夺了王位，外甥还四处搜寻他的下落，势必要斩草除根。如今，锡兰王子东山再起，成了泉州名副其实的海上大商贾，通俗地说叫海盗，礼貌地说就是具有战斗力的海上侠商。历经几代，他也已经爱上泉州这片热土和百姓，活得自由自在，再不他往。

这锡兰王子可真是：

鬈丝披肩如楚子，黛眉八分似月氏，重环垂耳项砗磲，朱砂一点天庭实。

铜躯斜挎鲛鲨皮，猿臂坐镇海南师，沧海遗珠终有日，已化洋龙南北驰。

却说锡兰王子疯狂攻打尹灏，炮火之猛烈，定位之精准，令人咂舌。尹灏的官船一半以上的炮口尽皆被他打坏，无法填充攻击。陌上阳见势，又在尹灏背后进行狂轰，可怜的尹灏尚未开火，已经被前后夹击，形同半死，只能说着脏话撤退。撤退到岸边，抛锚，下船，一阵冷风吹过，一帮打家劫舍的土匪，手持板斧，从四面八方扑上来，将尹灏一行人剁了个血肉模糊，一边剁还一边恶狠狠骂道：“狗官！狗官！还我女儿的命来！还我娘的命来！还我家的田来……”

随从一看形势不对，只好跑出域外，去朝廷报信了。这下，福州的情况，才算真正传到了朝廷的耳朵中，当然，是被这些奴才捏造、编造、改编、渲染、夸大加工之后的消息。

要么阻挠圣听，要么混淆视听，这就是伟大的明朝奸臣作风。

而当世皇帝——明武宗（后期庙号），正德皇帝，以十五岁的姿态登基大宝，正当他右手摁着斜挎的宝剑，左手托起玉玺，骄傲自豪地宣布，朕将把大明转换成一个华丽伟大、充满热情、焕发生机的年轻王朝！

这一年，他屁股还没有坐热，就开始到处出事了。对于一个热血沸腾的少年来说，最喜欢的，自然是打仗，虽然他功夫是个三脚猫，身边也没有高手如云，可他就是敢，因为他是皇上。

“钱的事就别问朕了——你们也不能整天光看着钱，老算小账的人没有大出息，多想想我大明朝民族气节！朕要艰苦朴素、深思先帝创业之艰难，忍辱负重，然后才能厚积薄发，创造年轻的时代！”

朕有个问题一直想不通，朕无功于朝廷，何以饕餮天下？那皇上您要怎么办呢？皇上说——朕要建功。

大臣们纳闷了：此乃大定之世，何以立功？皇上，让百姓安享太平吧！皇上指了明朝地图的北面，大臣们不说话了。

“知道了？这便是朕比你们高瞻远瞩的出息，达到达不到，朕就做给你们这些老爷子看看！哼哼。”皇上心里得意地这样想。

听说南海居然有海盗？既然这样，没办法，皇上起身——“看来是时候朕要御驾亲征了！”

什么是时候？皇上你才刚刚登基啊！就御驾亲征，这也太儿戏社稷了？皇上摇摇头——朕这是身体力行，自己守护自己的江山。

“启禀皇上，老臣听了吾皇雄图大志，说是要厚积薄发，如今居然以万金之躯，亲蹈虎狼之穴，皇上你武功火候还不到，没有厚积所以也不能薄发。”

“岂有此理，你这老胡子居然敢藐视于朕，那这样朕更要去了！朕武功火候不到家，难道你武功就好吗？”

“老臣梁储，并无武功，只有一颗对朝廷、对天下的赤胆忠心——万里江山万里行，生死汗青自留名，平时袖手谈风月，国难捐躯报主情！”

皇上一听，老先生吟这诗确实感人，于是决定——

既然你看不起朕，那你就当朕薄积薄发。

挡不住的锋芒，皇上战定了。

陌上阳，锡兰王子，还能把酒言欢？他们无法知道，只要皇上天兵一到，必将令彼等血流成河，跪地求饶……

第六回

正德帝酣战海盗土匪
少主武夷山建朱雀门

一副虎贲鎏金锁子甲，一顶瑶光真武龙缨盔，一条齐腰卡簧貔貅带，一面鹅黄夔纹天蚕袍，股盖曳撒质孙胡虏裙，脚踏昱珀涡纹雪花靴，手抄天子剑，坐骑喷云骅骝王，神威凛凛，穿行沙场足以受万众瞩目。

乾清宫外，正德皇帝铠甲齐备，扬扬得意正在试马。

“皇上，你这身华丽装备这样潇洒，驰骋在沙场上完全就是一活目标啊！”侍从江彬笑道，皇上也龇牙一笑。

梁储胡子一吹，推开江彬，抱拳道：“皇上，乾坤大定，国不可一日无君。此等蕞尔流寇，人无鞍马，兵不满千，鼠窃狗盗之徒，何劳圣驾亲征？甚至毋须派兵，只吩咐地方团练巡抚足矣！”

“照这样说和他们过过招定无危险。那你还一再上奏，是否在质疑朕的能力，是说朕连强盗都打不过？”

“非也。皇上武功，天下无敌，只是杀鸡焉用牛刀？皇上你说是不？”

“朕现在就是牛刀久置。想我大明铁血王朝，太祖太宗马背上打天下，何其壮烈？他的子孙岂能坐看江山，待在宫里当‘宅男’？朕需要出去让宝剑见见血，过过瘾，否则岂不生锈了？”

“皇上英雄之心，老臣钦佩。只是皇上非自己之皇帝，乃天下之皇帝，所谓一国之君，百官之长，千军颂德，万民仰仗，如此离去，让老臣如何向内阁诸位大臣交待呀？”

“就说朕出去遛弯儿，探察民情，微服私访，总之你随便找个什么理由说说不就行了？”

“如此，恐怕老臣要被内阁同僚骂个狗血淋头了。”

“他们骂你？那你就当是为朕尽忠吧，挨他们骂。老爷子，朕很看好你哦，毕竟你一直是内阁的骨干成员嘛。”

“唉。皇上，不凑巧这几天谢大人抱恙，李大人出差，马大人他们去了边境巡查，刘大人本身脾气就不好，要是臣再不当差，恐怕就管不住了……”

“哼。管不住？你们要管谁？老爷子，朕可是看在先帝的面子上，才尊称你们一声阁老。你们名为阁老，实为人臣，希望你们不要忘了君臣之礼的本分，莫要以进谏之名僭越朝政。朕是皇帝！朕有自由做任何事，人活着不能自由和囚犯有什么区别！朕可不想做一只笼中之鸟，那笼中之鸟的叫声真的动听么？它是在叫骂！叫骂这个世界，叫骂那些自以为是剥夺它自由的人，最后活脱脱在笼中被关成了失心疯！林子里的鸟叫声，才是真正的天籁……”正德皇帝挥一挥宝剑：“朕，要开辟一个年轻的大明王朝，即使犯错，也要活力四射，朕才不在乎什么人言可畏。人，都是为自己而活，帝王，活着更是要实现自我。朕活得坦坦荡荡，任由装模作样的后人慢慢腆着个胖脸去评说！”

皇上决定的事，谁敢阻挡，这就是绝对权力。

绝对权力交给一个昏君，会导致国家崩溃；绝对权利交给一个明君，会开创一个盛世王朝或者为盛世打基础。在以人治为主的中国，圣贤之道已经成为帝王修身的不二法门，因此皇上也有另一个名称——圣上。绝对的法制难以实行，实因为国情复杂，不同地域有不同之法、不同之制，又不能上纲上线统一标准，统一了的那就是秦。统一必将经历暴烈，而暴烈必将令当时的百姓难以接受，于是揭竿而起。所以，圣贤之道的培养在中国是必要的，尤其是对统治者的要求。

再者，圣贤可不是书呆子，而是将国情看透的圣人，所谓“国法不严指令难行，人君不慈民心难赢”，人主当既有雄心壮志，又能普度广施，如此，方不失一代人杰。

圣贤之道并非一潭死水，而是万流之源，一切经纶之道，兵法要诀，存乎一心，仁心不变而有万变之策，忠义不改却设百般之谋，一言难尽，又一言蔽之。道策相生，道不变于心，策万变于事，是真圣人也！例如，孔子曾经告诫弟子——助人为乐、行侠仗义是君子；唯利是图、自私自利是小人。其学生子路救了溺水的孩子，牵着人家作为酬谢的牛回来，孔子赞赏道，好啊，以后孩子落水有人救了。学生子贡同样救了溺水孩子，却没有要酬谢，回来后孔子批评叹息道，坏了，以后孩子落水没有人救了。难道救人不要酬谢还是小人的行为？非也。因为当时的百姓都是普通市民，文化水平、知识层次、做人素养等等都没有达到君子的标准，所以用小人的理解去定榜样，能普遍得到社会宣传。而子路作为小市民，自然是认为救人拿酬谢和干活拿工钱一样，没错。子贡作为有文化的大商人，自然认为区区小事何足挂齿，自己也不缺钱，算了吧，就当自己锻炼了一次游泳。而两个名人对社会造成的影响却截然不同。所以，无私奉献不是孔子的标准，有偿助人也不是孔子的标准，孔子的标准只有一个——仁者，具体情况具体分析。

这些话是正德皇帝在一本书中看到的，虽然不知著书之人是谁，可是他坚信，如果能够找到他，一定拜他为国师，因此那个人，命中注定会是当朝国师，道理很简单——皇上看上的人，跑得了你?

如今大明科举取士，弄出来的不是迂腐守成的老顽固，就是寻章摘句的书呆子。还从来没有一个人，告诉皇帝，万事万物没有绝对的标准，一切都是圣人具体情况具体分析。

人生就是塞翁失马，焉知非福。

正所谓：

圣贤之道贵张弛，张弛变幻皆有词，万万策设由道出，一切用法贵当时。

体会时局生战略，捭阖人心探欲识。但肯宏道彰圣举，心海即是养龙池。

这本册子，成为正德皇帝的枕边书。每当他遇到掣肘的问题时，便翻开来读一读，最后总能找到豁然开朗的答案。正德皇帝颂道：像山一样雄健，像云一样奔腾，像风一样潇洒，像雷一样严肃；像火一样热情，像水一样柔和，像花一样美好，像龙一样正气。

“一定要找到他。”正德皇帝这样想着。也许，这是他难以启齿，御驾亲征的动机之一，因为那些摇头晃脑的大臣一定会说，一代天骄，怎么可以为了寻找一个人而打仗呢?实际上，正是他们这种掣肘，让坦率爽朗的正德皇帝最讨厌。读死书的老古董们，不懂什么叫作真性情，什么是真爱，什么是真慕，这些源于人心最纯洁最率直的真，只有如今这位童心未泯的少年天子有，而那些老臣，越老越世俗，皮越厚，心理承受力越强，心就越诡诈，好心人往往直率，贼心人往往淡定。故圣贤有云：老而不死是为贼也。过分承受沦为麻木，过分忍辱沦为苟安，为了贪求不择手段，为了无事委曲求全，还创造一个词，美其名曰——和平共处。

圣贤不平托日月，天地不平怒风雷，寰宇分灿，星辰交辉，万物峥嵘，何其变幻?正是因为有风雷水火，暴雨闪电，才有风吹雨打之后的海阔天空，异彩纷呈！和平共处不是苟安和享乐，和平共处只是一种策略，一种雄者蒙蔽对手的假寐状态而已。

雄者好动，雌者好静。

春发之时，猴山出猴王，狮原出狮王，虎穴出虎王，蜂巢出蜂王。面对挑战，不必妄自菲薄，面对失败，更不必一蹶不振，一朝跳动的心不死，眼前所有的龌龊，都可以凭借勇气和力量改变！心里藏着的斗魂，要让它们塞满心房、融进血液，成为一股源源不断的浩然之气，灌输进大脑，然后突睁双目——为了荣誉、为了金钱、为了女人、为了地位、为了理想，即便咬牙切齿，头破血流，目光反而更加明亮，笑容反而更加硬朗，人之所以不顾一切，只是为了要做到自己心里要求的最强。

天下，舍我其谁？未来，我当仁不让。

正德皇帝仰天长叹——是时候轮到朕登场了。

死水生蚊虫。河水动起来，民族之林才能茂盛繁荣，帝王动起来，中华历史才会真性真情。

正德皇帝决定动了，发动战争，只是为了天南地北找寻这个写书的人，他叫——公孙向东。

无情的人会说，这个天下缺了谁都自然运转；有情的人会说，这个天下非你不可，没有你，恍若彩云腹内失明阳，群星之中无皓月。这个天下，还是有情点儿看着亲切。

“梁储，随朕出发吧！”

反对皇上出征的梁储，反而成了这次行动的监军，梁储气得眼珠子都快掉出来了，但他又不能抗旨。于是他一路上跟皇上“劝谏”，皇上只好快鞭策马。

陌上阳和锡兰王子许世龙成了好朋友，这也难怪——两个人都是海盗，两个人都有正义之心，两个人都是流浪人，两个人都没了爹，两个人都想干一番事业。不同的是，陌上阳家大业大，祖宗的历史可以追溯到秦朝，而锡兰王子只是永乐年间的一个小国家酋长孩子的后代。他的外祖父世利巴交喇惹，在永乐年间随郑和回到大明，晋见成祖（正德年间叫明太宗，嘉靖改为明成祖）皇帝，锡兰国却发生政变，王子不但回不去，还被人四处追杀，只好在福建泉州避难。世利巴交喇惹后来生一女儿，取汉名世明兰，以示两国友好亲密之意，女儿嫁给了泉州商人许文东，生了许世龙，但公主却不能忘却漂泊一生的父亲，因此世明兰临终前立下遗嘱，命子孙后世以“许世”为姓。

许文东原本是做正规海上贸易生意的商人，生意做大后，受到福州知府尹灏的觊觎，常常以国家名义盘剥与威胁，强加罪名，侵吞家产，后许文东郁郁而终，因此许世龙从小对尹灏恨得咬牙切齿，那天，他见尹灏在岸上被土匪大卸八块，不禁叹道：“民意就是天意！死得好！”

尹灏固然死不瞑目，却也死有余辜，但是他是国家官员，这下问题就严重了。正德皇帝声称剿匪，剿哪些人？就是剿杀那些杀害国家官员、无法无天的匪徒。关键是尹灏在年少的正德皇帝印象里可是个好人呐！虽然正德皇帝根本就没有见过他，只是听亲近的人说，就觉得不错了，毕竟，皇上只不过是个十五岁的热血少年。尹灏的功劳，就是懂得用搜刮来的钱巴结上司，上司再巴结上司，最受益的上司正德皇帝当然就觉得尹灏治理有功了。

但是正德皇帝不知道尹灏贪污，或者说十五岁的正德皇帝，眼睛还看不到所谓的层层贪污，所以他认为，尹灏的死，是强盗土匪所致。所以，他出兵的姿态，有点为尹灏报仇的意思。

这就令一个人更看不下去了。

这个人叫廖铠，是武夷山的匪首，尹灏之事，就是他带手下们做的，廖凯很生气——

我替天行道杀贪官，你居然敢剿我，昏君老子跟你拼了！

“所谓御驾亲征，从龙有功，朕这次剿匪，身先士卒者必加官晋爵，诸位光宗耀祖在此一举！”军帐中，正德皇帝扬手一吼，诸将热血沸腾。

江彬坐如洪钟，双手压着稚刀，道：“哼哼，头等功一定会是我了。”

梁储看江彬身为护主宠臣，不但不劝阻皇上，居然还迎合，于是指责道：“江彬！你口口声声说要杀敌立功，想来也是忠心，却何以佩带倭寇稚刀？”

“这刀是我游历日本时抢来的，它的主人已经死在了他的刀下。如今我只不过觉得它好用，管它是谁的，老爷子你硬要给我安罪名的话，还是等这次战役之后吧。说我用日本刀，但我用刀宰的是倭寇，是以牙还牙。”

梁储哑口无言，只好转身启禀正德皇帝：“皇上！真的要这样么？”

“来都来了，不杀几个悍匪怎么有脸回去？”正德皇帝转过身去。

梁储道：“皇上，据老臣所知，武夷山险不亚于华山，悍匪虎踞彼处，正是因其易守难攻。老臣蒙先帝托孤之重，皇上以区区五百人犯武夷之天险，万一有个什么闪失，老臣无颜面对先帝！”

“对啊，现在就是要入虎穴，要得虎子。唉，你的担心朕明白。朕反倒觉得，朕苟且活着，吃喝玩乐才是给先帝丢人，大概你与朕看待问题的角度不同。你是从你出发，让朕围着你转，当个你手心的乖孩子，好宝贝。可朕身为一国之君，大明王朝的国父天子，正当雄视天下，只手遮天，做神一样的存在，做男女老幼膜拜信仰的偶像，朕这样伟大自由的志向，当然最讨厌别人对朕指手画脚，拖泥带水。老爷子，朕求你，就让朕当一回堂堂正正的男子汉吧？朕现在就差给你下跪了……”

“梁储，你用先帝的名义挟持皇上，现在我是证人。”江彬冷冷道。

“你闭嘴！”梁储转身道：“既是这样，有一件事皇上必须答应老臣，今天就当是当臣要挟皇上也好，臣死罪也豁出去了！”

“好，那你说。”

“皇上必须解除一切皇家装备，做兵士样，混杂在队伍中，与大众共进退。”

正德皇帝想了想，叹了口气道：“那好吧。唉……可是朕精心准备的铠甲怎么办？”

“让江彬穿！”

梁储的一席话，江彬魂飞魄散，而在座却有将领叫道：“好计！”

梁储见江彬有些胆怯，便问道：“如何，此正是考验你赤胆忠心的时刻，为皇上做替身，没问题吧？”

江彬笑道：“哼，我武艺高强，在宫里没法施展，如今正好当主角，名扬天下！穿皇上的铠甲，无上的殊荣，一般人还穿不上呢！不过是杀几个土匪而已，到时候看我给你们表演！”

乌飞兔走，斗转星移。清晨的武夷山，廖铠带领百余位弟兄从山上下来，人如潮涌，马似山崩，山下的皇家部队早已剑拔弩张，严阵以待。

双方交锋。乱军之中，廖凯看到一少年小兵，龙腾虎跃，面露坏笑，剑法势如破竹，转眼之间已杀十余人。

“想不到大明王朝，真是人才辈出，连一个小兵都这样厉害！让老子来会会你！”

正德皇帝酣战之际，廖铠突袭，背后一脚将皇上踹倒，监军梁储看得心惊肉跳，大吼一声：“江彬！护驾！护驾——”

正在骅骝王上杀得起劲的江彬，手上颈上已沾满了鲜血，环顾四周，无人敢靠近，他虽然穿皇上的铠甲掩人耳目，但用的还是锋利无比的稚刀。皇上的天子剑，固然华丽昂贵，却只是仪仗队标准，基本不实用，加上皇上年轻，缺乏战场经验，他的天子剑平时只是用来防身，杀个刺客毛贼还可以，打仗，就显得格外吃力。

江彬纵马飞跃，赶到梁储面前，梁储指着江彬的鼻子骂道：“混蛋！不要仗着你武艺高强就在这里忘我奋战，皇上今日要是有失，我杀你全家！”

江彬一看梁储气得火冒三丈，老爷子确实生气了，只好咬牙抱拳道：“老头子你放心，有我在，皇上还轮不到你来操心。”

于是江彬掣马四顾，拍马而起，轻功踏过好几人肩膀，终于在乱军之中找到那个不停进攻皇上的人，这下，假皇帝救了真皇帝，还顺手砍了廖铠一刀。

“你是什么人？”廖铠捂着伤口问江彬。

江彬扶起真皇帝，皇上已经被廖铠砍得浑身是伤，却仍旧咬牙笑着。

“你是皇帝？”廖铠又问。

正德皇帝推开江彬，言道：“江彬，你闪一边玩去，朕要亲擒此贼！”

廖铠晕了，不停打量着两人，看那样子，终于分清了主仆关系，豁然大笑：“原来是这样！原来是这样啊！”

江彬很听话，马上就抱拳离开，去吸引其他的土匪，而正德皇帝与廖铠，对视良久，廖铠眼见被自己砍成菠萝一样的皇帝，不禁觉得这皇帝是个草包，而正德皇帝，最讨厌别人瞧不起他，如果输给了廖铠，不正顺应了梁储的推断——杀鸡用牛刀？

正德皇帝知道，梁储从内心就觉得自己是个孩子，什么“杀鸡用牛刀”不让他出战的话，就是藐视自己没有作战经验的事实。可是正德皇认为，没有人，一出生就有作战经验，无论是太祖太宗，都是刀头舔血混出来的天子，自己是太祖的子孙，大明是在马背上和船头上开辟出来的国家！小小土匪，朕就是拼了命，也要证明给天下人瞧瞧，天子，不仅会拿笔，更会拿剑！

于是正德皇帝脱下士卒战袍，裸露上身，言道：“昔日东汉曹孟德虎痴将军许褚，裸衣斗马超，今朝朕朱厚照，代表大明王朝列祖列宗，御驾亲征，为民除害，诛杀武夷山匪首——廖铠，你纳命来吧！”

正德皇帝大吼一声，回旋天子剑，一气之下连发四十余招，招招要命，廖铠惊得只有抵挡的份，毫无还手的余地！终于，他看到皇上出剑破绽，即对准他背后砍了一刀，皇上中刀，单膝跪地……

此时此刻，大风忽起，流云疾驰，飞沙走石，顷刻掩日。廖铠再看眼前背对着他的正德皇帝，气喘吁吁，浑身是血，鲜血过处，背上居然浮现了四个字——申酉戌亥。

这是什么意思？

原来，正德皇帝曾经在宫里让小太监给他算命，太监说，他的命和明太祖的命理一样，都是“申酉戌亥”，这在大明王朝独一无二，是有为天子的王道之命。正德皇帝当时以为太监只是拍拍马屁，而在他内心，何尝不崇尚明太祖白手起家，像个男子汉一样征战沙场，那样大丈夫才不枉此生。

于是，这四个字就成为正德皇帝自我激励的后背刺青。意为，他背负着和太祖一样纵横沙场的命运。

当鲜血流过这四个字，一瞬间，字却神秘消失了，廖铠以为自己眼拙，眨眼之后却怎么也看不见原本清晰的四字，再看背对着他的正德皇帝，身前居然屹立着一位龙袍魂魄——明太祖朱元璋。

朱元璋拧着眉头，一只手摁着跪地正德的脑袋，一只手指着廖铠，双目与廖铠对视，盯得廖铠一阵心寒。

突然！那魂魄化作一条金龙，猛地打入正德脊背，正德的脊背上跃然显现出开国王朝团龙纹的模样！更令人惊异的是，他头顶冒着青烟，俨然一座香炉，浑身热气四散，身上的无数伤口都在热气中愈合了——龙上身。

廖铠不知道这意味着什么，但心中有一个强烈的声音是肯定的——我完了。

于是他吹响了口哨，土匪们也开始护他的驾，但是没有用。突然转身的正德皇像野兽一样用剑，横扫千军，一路左挡右杀，如入无人之境，一剑挥过，一波人马倒地，更是扫出一股绝强的剑气，将一驰来马匪劈得人马俱碎，只剩下漫天飘飞的破衣服与肉块血雨……

“皇……皇上……”梁储吓得差点没从马背上跌下来：“那……那是皇上?！”

江彬看得瞠目结舌，都不小心被土匪砍了一刀，但心想这次不用护驾了，没想到他一贯保护伺候的皇上如今居然这么猛？杀得匪首嗷嗷直叫，可是……皇上到底是怎么了？

龙上身。

正德皇帝与明太祖命理相连，申酉戌亥，神风赐灵，得到太祖皇帝的魂魄附体，不但恢复了刀伤，还增强了砍人的力道，加上天子剑的厚重与锋利，廖铠的御林军刀终于被斩断！

正德皇帝这才看清，这一把皇家御林军专用的御林军刀，居然落在一个土匪手中——

“混账！你手中怎会有皇家御林军专用的军刀？难道你还去过宫里？”正德皇帝大怒。

“哼。正德，我落在你手中，无话可说。要杀要剐随你便，如若你真的是个明君，就请你放了武夷山的弟兄们——他们，都是跟随我多年的可怜流浪人。”

“想不到你还挺仗义，你一个土匪，有什么资格跟朕谈条件？”

“官逼民反，弟兄们原本都是善良朴实的好百姓——渔民、农民、山民。可是如今是谁让他们走上绝路？你也不是没有读过施耐庵祖师爷的《水浒传》。福州知府尹灏贪赃枉法，对外勾结倭寇，对内盘剥百姓，现在是你的朝廷命官在监守自盗，可笑的是你却在为一个地头蛇报仇，屠杀你的百姓。尹灏勾结海外势力，与倭寇沆瀣一气，欺压百姓，狼狈为奸，蛇鼠一窝！你的国家一级一级官员收受尹灏贿赂，知情不报，导致东南沿海一带倭寇蜂起，民不聊生，我与可怜的弟兄们落草为寇，杀贪官，敌倭寇，从未伤害过百姓分毫！因为我们也是百姓！倭寇欺负我们的时候，娘被他们杀了，妻女被他们强暴了，房子被他们烧了，他娘的！朝廷的兵呢！弟兄们可怜得家破人亡，沦落天涯，连饭都吃不饱也没有去抢人，但是大家万众一心，一定要报仇。尹灏那个天杀的只会逮捕我们，给我们安上强盗的罪名，然后笑着放了倭寇，说声再见，希望继续贸易合作。那种货色，不是畜生是什么！不是民族败类是什么！如今倒好，呵呵？皇家部队。倭寇你打不过，却义正词严来给自己的爪牙报仇了！对倭寇你们是缩头乌龟，对善良的百姓却刀剑相向，只会欺负可怜的弱者，真他娘的孬种！谁愿意当孬种的子民！一个孬种皇帝凭什么领导一个伟大的王朝！”

“啊!!! ”正德皇帝气得热泪直流，双手摁住脑门，紧闭双目，摇头颤抖，冲动之下还砍了廖铠一刀，廖铠只得捂着疼痛的伤口，流泪道：“大家看到了吧，这就是我们的皇上！这就是我们的皇上啊！哈哈哈哈……”廖铠仰天流泪道：“我真想不通！我堂堂大中华民族，儿女成群，龙裔虎子，英雄指天画地，豪杰车载斗量！三山五岳，九州四海，云台二十八将，凌烟阁二十四臣，雄汉盛唐，太祖太宗……后代怎么会养了你们这些软蛋！你们配当男子汉吗？你们守护领土的血性呢！你们顶天立地的尊严呢！连自己的国家都守护不了的男人，有什么资格批评我们这些落草为寇的民族英雄！我们虽然穷，但是我们比你爱这个国家，至少我们不会让这个大家庭的家人们受到欺负！只是我们没有皇帝的命，也不想当什么傻瓜一样的皇帝。这些年来，我们也算是看透了，最大的贪官就是你们这些皇帝王公贵胄！如若不是你们这些帝王贪图富贵，自以为是，劳民伤财，挥金如土。怎会有这样的花花世界？眼见得朗朗乾坤，变成现在这样烽烟迭起，任人宰割！”

“住口！”正德皇帝怒不可遏，用天子剑刺着廖铠的额头，颤抖吼道：“朕的天下！任谁宰割！任谁宰割了?!”

“倭寇在你的疆土上，杀你的百姓，占你的海域，笼络你的爪牙，掠夺你的金银，还有什么宰割比这更明显的？只是你视而不见而已。皇上，草民死不足惜，草民也曾读过圣贤之书，有过忠义之举。如今，一条贱命就在皇上一念之间，只是，鸟之将死，其鸣也哀；人之将死，其言也善。弟兄们只是不愿意相信，我堂堂大明王朝，就会被几个倭寇弄得鸡犬不宁，被几个贪官弄得上下离心了！”

……

武夷山之战，不了了之，正德皇帝彻夜难眠，在院中舞剑、劈石、怒吼、喝酒。

死伤的官兵土匪，都厚葬了，这一场闹剧，让皇上彻底看清了这是一个怎样的天下，父皇留下来的所谓“弘治中兴”，似乎远远没有想象的那样太平，而最令他生气的，是廖铠的一番话，最令他欣慰的，似乎也是廖铠的一番话。国家有爱国的人，是国家的福气，但是这个爱国的人不爱皇帝，意思就是说，这皇帝配不上这个伟大国家。正德皇帝自尊心强，最讨厌别人瞧不起他，如今，他明知道瞧不起他的是个好人，却也不愿意承认自己是个坏人，他只能不断地质问自己——朕真的这么坏吗？真的这么无能吗？真的这么孬吗？

“不！朕绝非你所说的孬种，朕不杀你，朕要让你睁大眼睛看看，朕到底是怎样一个人！”这是正德皇帝私下会见廖铠时说的最后一句话，说完，皇上转身就走，头也不回。武夷山的弟兄们都觉得，皇上还挺有个性的。

廖铠，原来是内侍老太监廖鸾的堂侄，他不愿意说这样的身世，是怕皇上降罪于老人，他的沉默里，处处充满了善良。正德皇帝也看出来了，也当然认为自己绝非昏君，为了一个廖铠，一把御林军刀，还不至于处死一个忠心耿耿的老太监。他甚至，也不会杀廖铠。他要让廖铠活着，要让廖铠亲眼见证他的作风，他明白，什么政治、经济、军事都是虚的，一个真正从骨子里强盛的国家，只有一个标准——不能让忠心的人寒心了。没有这个标准，毁灭一切犹如摧枯拉朽。

对于国防来说，物质建设只是摆设，最实际的是用忠义气节填满人心，上至军队，下至百姓。当所有人都毅然决然张开双臂挡在这个美丽家园之前的时候，这个国家就无坚不摧，惊天动地。

正德元年，秋，福建沿海，廖铠带着武夷山弟兄们、正德皇帝、江彬、梁储等皇家部队，乔装成百姓，在沿海一带打鱼。没错，这些人是廖铠带队，连皇帝也是。因为正德皇帝要向廖铠证明——朕的天下，绝不再令外人宰割。

倭船开始靠近沿海。

倭船开始买通站在沿海热烈欢迎的朝廷官员。

倭船开始盘剥百姓，让百姓把打来的鱼低价卖给他们，还用刀子威胁，顺便挑选鱼中的上等品。

倭船正装货时，正德皇帝一个人走向他们，他不准别人上前，所以只是一个人，穿着百姓的衣服，佩着渔刀。

官兵过来阻挡，他对视官兵时，匕首已经刺进了这走狗的胸膛。

另一个官兵拔剑过来，他闪过剑锋，又一刀封喉。

“八嘎！”负责警卫的十余名倭寇冲过来，正德皇帝大吼一声，几招之间已连杀三名倭寇，抢夺过倭刀时，身上也中刀了，还不止一刀，但皇上依旧是流着血龇着牙怒视贼寇，只要有人上前，他就争取一刀砍死。众倭寇一齐涌上，皇上只得在乱刀之中拼杀。

看着皇上狼狈地在敌寇围困里挣扎，只为了守护他的国家，为了证明给他的子民看——这就是朕！你们现在知道朕的真心了吧！

廖铠热泪盈眶，脱下渔衣摔了，大吼一声：“皇上！”便带着武夷山的弟兄们冲上去，将倭寇团团围住，剁成了肉酱。然后廖铠扶起倒地的正德皇帝，羞愧难当。正德却面露笑容，喘息道：“朕怎么样？还不错吧？”

廖铠抱拳道：“皇上！草民知罪了！再不与皇上作对了！”

“那好，你真知罪的话，就把刚才和倭寇握手的那个大人的头，砍下来给朕带过来。”

沿海乱成了一锅粥，官军、倭寇、土匪打成一片。乱军之中，土匪更加英勇，因为他们之中，藏着御前高手江彬、锦衣卫指挥、东厂特务与被倭寇侵略过的百姓，可以说，这就是一股由皇帝暗自带领，奋起反抗的爱国起义军。

可悲的是，那个与倭寇握手的官爷并不知道这件事，还以为是海盗来了，掉头就跑，被廖铠利索地砍下头颅。

倭寇索性也上了船，掉头就跑。

此时，从南海远处姗姗驶来一座楼船，楼船上飞旃旗高挂，那是“朱雀门”号的经典标志。

楼船侧过身，二话不说，就冲着倭船连发三炮，矮小的倭船瞬间成了海上漂流的一堆烂木头。

受了伤鬼哭狼嚎的一群倭寇又逃回岸上，只得全体下跪……

正德皇帝望着那威武的大船，大有当年永乐郑和下西洋时的丰姿，那船上屹立一人——碎发刘海半遮眼，身穿蓝海白梅阵羽织，背上窃曲巴纹云肩披，脚踏赤鸯攫阳翘头履，肋下挎五尺三寸太阿剑，左手五指錾金牡雀手，右手袖里乾坤盘龙丝。

“此乃何人？”正德皇探问。

廖铠自豪地向皇帝介绍：“皇上，这便是从小称霸东南海，手上沾满倭寇鲜血的少年英雄，琉球岛少主陌上阳。”

“琉球？”正德皇若有所思：“琉球尚真王与朕交好，还经常给大明上贡呢！如此陌上阳也算是朕的臣子。”

陌上阳、谭庆、李良钦、毛伯温、许世龙下了船，皇上这才掏出腰牌，五人连忙抱拳跪地，皇上大笑道：“朕今天匿名杀了不少人，看来保卫南部，刻不容缓啊。”

此时，福州巡抚带人赶到，原本声称要剿匪，却看到正德皇帝身穿渔衣从匪中走出，瞬间明白了是怎么回事，这些“通商通敌”的贪官，是皇上亲自带人杀的，管你和福州巡抚有什么关系，巡抚惊讶伤心之余，也连个屁都不敢放，还得把宅子让出来让皇上住，皇上也懒得追究他们之间的关系，因为这些日子皇上认识了几个新人之后，为了大明王朝的未来，决定要换人了——

秦国墨子后裔陌上阳，杀父弑君罪名成立，但由于是爱国型误杀，需要朝廷派人向尚真王解释清楚。陌上阳侠肝义胆，济民有术，平寇有功，护驾有赏，鉴于祖上乃琉球公，特封为大明肃武侯，食千户，内兼兵部尚书一职，赐风宪官獬豸补服，并允许其在武夷山上建立朱雀门镖局，拥有私人船队，总监东厂、西厂、内厂，直接听从皇帝指挥。

李良钦封为福州参将，隶属朱雀门“牙”部。

毛伯温封为兵部侍郎，赐孔雀补子服、金花带、云锻鹤绶，着绯袍象牙笏，隶属朱雀门“目”部。

廖铠封为锦衣卫千户，赐飞鱼服、绣春刀，隶属朱雀门“羽”部。

雷州大都督郭勋降职隶属朱雀门“爪”部，三千营交陌上阳监督，直接听从皇帝指挥。

谭庆封为钦天监灵台郎，赐鸂鶒补子服、素银带、练鹊三色绶，着绿袍槐木笏，隶属朱雀门“舌”部。

锡兰王子后裔许世龙封为鸿胪寺少卿，赐白鹇补子服、银钑花带、盘雕绶，着青袍槐木笏，隶属朱雀门“珠”部。

加官晋爵，定鼎南山，朱雀栖门，河清海晏。正所谓：

虎臣擐甲万念空，横刀旅血浴隼睛。

奉天殿前擎圣旨，东南海上身御风。

旷古烁今日月志，改天换地雷霆功。

帝志皇臣难书尽，九州犹能续侠踪。

大明江山遥万里，国难始耀天雄星。

放眼朝廷竞德力，文武谁人欲输忠？

正德皇帝雄心万丈，势必要网罗天下英雄收为己用，虽然得到了陌上阳这只帝王猎鹰，然而，有能征之将，未必有能辅之相，大明废除宰相，可是，对于帝王来说，真的不想拥有一个能指点江山，推古论今，高瞻远瞩，王霸之计，足智多谋，俊逸脱俗的师友了吗？

非也。他只是在寻找，因为他心中，已经有了一个独一无二的人选……

第二章 白虎传

第七回　河西敦煌少年高卧月牙泉　靖难白虎竟是前朝真圣贤

西宫白虎公孙向东，河西敦煌，畏兀儿人。先祖为元朝陕西省平章政事阿必宝哈。阿必宝哈父笃绵，阿必宝哈祖父乃蒙古帝国成吉思汗御前国师塔塔统阿，塔塔统阿创建蒙古文字、掌金印及钱谷，深得元太祖信赖，地位显赫一时。及至公孙向东，家族没落，祖上又由于“靖难之役”拥立建文帝事，徙居塞外。

明朝中期，朝政不振，甘肃荒凉，敦煌一带杳无人烟，常常受到北部鞑靼、西部亦力把里、东部明军侵扰，成为四战之地。而在这荒漠黄沙中，竟然有一泓清泉，明净澄澈，静如深海，显绿浮蓝，蔚为奇观，是为鸣沙山月牙泉。

有道是：

化外一隅垂罡星，阳关西顾百丈青。

渥洼曾经越飞马，沙海已然开天晴。

弧泉映月鹈鹕饮，漠窟鸣沙白虎听。

皋比焚香决弈处，圣贤登场龙铃轻。

人言月牙泉乃“沙漠之眼”，而公孙向东则为帝王之睛——先父之所以为其拟汉名“公孙向东”，是因王之子为王子，王之孙为王孙，公之子为公子，公之孙为公孙。所谓“天上众星皆拱北，人间无水不朝东”，是也公孙向东，从名称看来，家族遗志令其东进，继承高祖文成武德之迹，胸怀天下，有韬世之心。

这公孙向东，字皇佐，他头戴嵌宝且形紫金冠，身披无极鹤氅金缕衣，脚踏掐丝玳瑁祭红靴，腰插交龙争丹玉拂尘，一袭银袷，一抹琴法，一管羌笛，一派潇洒。玉拂尘处，江河如练追絮蒲，绿绮琴间，万籁似雨沐梨花。此伊、儒、释、道四教合一人物，遁踪于沙漠，远涉于中原，夜间常临风而叹曰：

秋深月冷映楼空，怎教英雄唱大风。

宝鼐熏琴恭操曲，鹘雕举目毅望东。

飞沙袭眼无关泪，灵泉倒影有心生。

寰宇含情万姓看，星辰不远当年宗。

叹罢，公孙徐合双目，施异能“悬浮术”，竟无羽而飞，凭虚御风就此升空，于半空享受天地造化一阵，再落地回庐。时有羌戎猎手瞧见，惊呼有鬼，回报马哈木可汗，可汗笑道：“哪里是鬼，此神仙之术，我公孙兄弟是也。”

当夜，公孙向东与拿拿（奶奶）下棋，老人熬了粥，放至案几前，笑道：“东儿，这些年来，你苦读精研圣贤之道、修齐治平之法，既已满腹经纶，当学有所用，建功立业，光宗耀祖才是啊！何必在这月牙泉边陪伴我这老婆子？”

“古人云：父母在，不远行。何况拿拿期颐老人，正是家有一老，如有一宝啊！”

“家……”老人眉头一锁：“我娘俩在这月牙泉苟安罢了，我们家，在中原，在西安。当年，爷爷阿必宝哈做陕西省平章政事时，君上器重，社稷安宁。哪知，浪花淘尽英雄，青山依旧在，几度夕阳红，日月如梭，斗转星移，如今，已经是人家朱明王朝的天下了……”

“朱棣暴君，打着靖难旗号犯上作乱，如此国贼，没有文化，怎么治理天下？”公孙向东眼光一锐。

“东儿不得无礼。你熟读四书五经，群伦治要，还是心胸不开么？但看我中华历史，哪一朝不是兴亡交替，哪一朝又不出人杰国栋？秦祖非子昔日也是周王朝的马童，汉祖刘邦也不过是泗水亭亭长，他们哪一个懂得什么文化？即便是我大明太祖，不也是发迹草莽，应时而动的民族英雄？况文雅之人常高谈阔论，阳春白雪，难得民心。相反，浊酒粗谈，下里巴人，更能化众。从简从快，以化百姓，商鞅变法是也。当年变法何其简洁明快？斩敌首一枚爵升一级，何必言圣贤漫长之道，一言蔽之，赢在当下，推动大国崛起才是王道。所谓夏虫不可语冰，民有急心近忧而难谈大忍远虑，毕竟芸芸大众并非个个英雄。那么非常时用非常法，快人快语，俗人俗语，先快速成功，再漫言治理。所谓文化，不过是——不俗不足以服众，不雅不足以出众。拿拿就怕你卓尔不群，不懂得雅俗共赏中庸之道，成为云霄野鹰，而非坐山真雕。”

“叫吃。”公孙向东拈子落子，棋局胜负已定，老人点头大笑。

公孙向东道：“拿拿，东儿不解。百姓不读书，不知仁义，应该驭之以法，又何必倡导仁义道德呢？”

老人道：“你先把粥喝了，拿拿再告诉你。”老人见公孙向东捧起粥来喝，便语重心长道来：“当年，蒙古大汗也是艰苦创业的。他统一蒙古六部，攘外先安内，后来蒙古骑兵横绝欧亚，一时间竟为纵横寰宇的大帝国。可是，元兵残暴，所到之处，不施仁武，恣杀男丁，洗劫城池，大失民心，帝国动摇。我高祖塔塔统阿，进谏大汗，如此下去，国将不国，马背上打天下，切不可马背上治天下。天下未定之时，阴谋诡计，尔虞我诈，战略兵法，皆为帝王所用；天下既定，半部《论语》安天下，其中教人礼义廉耻，忠孝之道，不可废也。人之情，仓廪实而知礼节，衣食足而知荣辱，身为帝王，大定天下，当以民计民生为国本，切不可贪功好战，伤化虐民。自古文设武张，盛世设文，乱世张武，可也。”

“嗯，东儿受教。敢问拿拿，如今，是盛世还是乱世呢？”

“呵呵，西域这里自然还是游牧散众。中原，据说虽非永乐朝盛极一时，当然也不见衰败之状，当称治世。话说中兴之主弘治皇帝去年驾崩，不知道如今继位的又是哪位皇帝……”

“拿拿，其实我们修道之人，又何必在意他们谁当皇帝呢……”

“东儿，你啊，言不由衷。拿拿知道，你胸藏大志，只是由于老太婆我在才有羁绊。拿拿不想让你因为养老而委屈了自己，只要你想走，那就走吧，我们回西安老家。山高路远，长途跋涉，大不了拿拿与你一起浪迹天涯。我们娘俩都相依为命这么多年了，还有什么想不开的呢？”

“可是……这月牙泉小宅是爹爹为我们建的，爹和娘一走就是十年，这十年来，他们杳无音讯，万一我们走了，他们回来了见不到我们怎么办？”

“嗯。你爹和你娘，如果想起我们还在这里，一定会回来带我们走，如今没有回来，一定是中途遇到了什么困难。”

“究竟是什么困难，可以将他们困十年啊！”公孙向东起身，双拳紧握，满怀激动，老人望着他焦急的样子，点了点头，于是，他们做了一个决定。

东进西安。

月兔失色，金乌东升。这天清晨，月牙泉飞沙飒沓，公孙向东驱散羊群，将苗圃所产最后一分野菜喂养了庭院鸽子、骆驼。只见黄沙四起惊飞鸽，地动山摇摧骆驼。公孙向东道：“鸣沙山沙丘一向都是天然避开月牙泉凹地而向上爬，如今怎会往下刮，莫不成……”

正想着，只见茫茫大漠，千军万马从沙丘四周一跃而出，大军人如潮涌、马似山崩，带头羌王，身着虎皮甲胄，雕弓弯刀，马鞭铜角，极其威风。

大军包围月牙泉，封死月牙泉大宅入口，一校尉出阵吼道：“公孙向东出来答话！”

老太拄着凤头拐，蹒跚上前，那校尉目光一锐，弯弓搭箭，放出一箭，正中老人鹖巾。

羌王大怒，吼道："混蛋！谁让你放箭的！来人啊，拖下去打！"

结果校尉莫名其妙就被拖下马来，受了羌人军法处置。

那羌王解鞍下马，恭恭敬敬行至老太身边，单膝跪地，牵着她的手问道："拿拿最近可好？"

老太一脸慈祥："好好。马哈木啊，都长这么大了，你爹羽奴思这些年怎么样了？"

"去世了。"

"哦……愿主保佑。"老人望着烈日，一声长叹。

马哈木转过脸，眉头一皱，义正言辞道："你们都给我从马背上下来！见了太奶奶还不行礼？太奶奶是蒙古大国师塔塔统阿的后人，阿必宝哈的孙女。快向太奶奶问好！"

只见那些羌兵个个摇头晃脑、战战兢兢地下了马，乱成一片，抱肩鞠躬道："太奶奶好！"

老太连连点头，摸着马哈木脑袋笑道："好孩子……"

"你来干什么？"一声凌厉的问候，破坏了这温馨的一幕，公孙向东流星般从半空落下，拂尘一收。

"兄弟，别误会，我只是来看望拿拿的。如今，老哥我已经是蒙兀儿斯坦的可汗了。"

"那又怎么样？你带着这帮爪牙来，分明是来炫耀的。你爹去世，你也不回去守孝，太不像话了……"

"哈哈？还有这规矩。我已经把我爹的尸体，贡献给大漠里的雄鹰和苍狼了，他死了肉身还能给动物们管一顿饭，多好啊！"

"你这逆子！"公孙向东正要争执，被老太挡住，老太笑道："马哈木，恭喜你顺利继承汗位，这些年来，多亏你们接济照顾了，我们娘俩在这地方，实在不方便，加上东儿又想念双亲，所以我们决定回西安了。"

"啊！拿拿你要走……不可以！拿拿是我朝文明之血脉，德高望重，知识渊博，住在这里相当于国宝，如今去大明那里，恐会受人排挤，遭人非议。"

老太笑笑："拿拿老了，不在乎别人说什么。能活到现在，全托靠真主，眼下我们娘俩举目无亲，东儿想念爹娘，老太婆我也想念儿子儿媳啊，等了他们十年，人生又有几个十年呢？"

碧云天，月牙泉，可汗一声长叹。终究是留不住这一老一少。临行前，可汗见老人的坐骑骆驼瘦弱不堪，于是下令，唤来一匹饱食精壮的西域卷毛双峰驼，赠予老人，并留下一颗"天丝玛瑙"作为信物，扬言途中只要有人阻拦，展示此信物，如临可汗。

辞别可汗，踏上征程。行不出数里，又一队人马追来，这次是马哈木的弟弟阿黑麻，吐鲁番之王。阿黑麻不像兄长那样宽厚仁德，多了些狡黠恣肆，他披狼皮银铠，带领骑兵队挡住老少去路，环行二人周遭，闹得黄沙席卷，尘土飞扬，寸步难行。公孙向东大怒！凌空飞起，横扫拂尘，悬空落地之间，沙尘散去，阿黑麻大笑道："我以为是什么人惹得我哥有动静，原来是一老一少要走啦？"

"速檀阿黑麻！敢带一帮草包过来，挡我去路，是找死吗？"

"你说什么！公孙向东，我看你现在，是已经分不清自己血统了？瞧你，一身汉人打扮，慢悠悠、轻飘飘的，真是恶心，哪里像个男子汉？"阿黑麻扬鞭道："告诉你，我爹不在了，现在中原大西北就是我和我哥的天下，我哥统治蒙兀儿斯坦，本大爷统治吐鲁番。你在我们的地盘，还嚣张昂扬个什么劲儿？这地方岂容你说来就来，说走就走？不要以为你是大国师后裔，大爷我就得看你脸色，我哥抬举你们，大爷我可不吃你们这一套！你有什么本领，值得让我们敬你三分？"

公孙向东凝眉道："江湖险恶，弱肉强食。既然你们来送死，我就成全你们！"

"哈哈哈哈……"阿黑麻捧腹道："我没有听错吧？你可看清楚了，我今日带领了吐鲁番五百精骑，这算是本大爷的御前护卫了！你孤身一人，有何惧哉！"

公孙向东转手从交龙争丹玉拂尘中拔出一把寒光宝剑，剑光耀眼，当公孙向东与阿黑麻互刺一剑，阿黑麻中了剑，才发现公孙向东竟身坚如铁，反将他的马刀挡了回去，阿黑麻惊愕道："你这小子，什么时候学会了中原人的妖法，铁布衫……"

主帅中剑，护卫奔马上前，公孙向东腰插拂尘，眼神凌厉，双掌端平，施"悬浮术"凌空飘起，升至中天。适值烈日炫目，犹如神助，众铁骑弯弓搭箭，公孙向东一把扯下背上绿绮琴黄罗罩，悬空盘腿而坐，疾操一曲《广陵散》——此曲乃魏晋绝学，被公孙向东于月牙泉畔听风悟出，全然复原，遂成术法绝技。

神曲重生！荡人心魄，乱人意念。那五百铁骑摇头晃脑，失去控制，竟开始彼此对射，自相残杀，阿黑麻捂着伤口，目瞪口呆，喝止不住……

不出片刻，五百铁骑自杀殆尽，仅剩一人，乃阿黑麻随从，意志还算坚定。公孙向东见状，琴曲力道再加一重！那随从终于失去主张，举着马刀转向阿黑麻，气喘吁吁道："主公，呵呵！不知道为什么，我现在很想砍你一刀！让我砍你一刀吧？"

"什么？你疯啦！"阿黑麻不停躲闪，终不耐烦，一刀将其砍死。

眼下，大漠中只剩三人。战马凌乱，甲戈狼藉，公孙向东从半空落下，将绿绮琴竖插沙中，手从拂尘中拔出宝剑，一步一步走向阿黑麻，阿黑麻颈上冷汗迭出，渗透脊背……

"东儿！"

"刀下留人……"

两个声音同时发出，一个是老太，一个是远处奔马而来的马哈木可汗。马哈木可汗抱拳道：“公孙兄弟！是我没有管教好我弟兄——请你手下留情！他现在已是吐鲁番首领，杀了他吐鲁番会大乱的！”

公孙向东道：“吐鲁番首领，出言不逊，咄咄逼人，当首领就这点觉悟？”

“是我兄弟不对。”

公孙向东道：“我与拿拿远涉中原，是要寻亲归故土！先祖在世，未曾亏待你们，如今只是家道沦落，不得已才寄人篱下，你们竟敢苦苦相逼！如今你们一个个都锦衣玉食，称王称霸了，岂能让我公孙向东心平气和，坐看尔等一世繁华！”

老太一听，忽然热泪盈眶，道：“东儿啊——你终于说出了你这辈子的心里话……”

“当然了！”公孙向东道：“男儿志在四方，岂能敛迹茅庐，坐沦宅中丈夫！天覆吾，地载吾，天地生吾有意无。不然绝粒升天衢，不然鸣珂游帝都。焉能不贵复不去，空作昂藏一丈夫！”公孙向东双目含泪，剑指阿黑麻，道：“方才，你狂称——我站在你的地盘？天下江湖，弱肉强食，你本事不到家，眼下，我完全可以杀了你，取代吐鲁番大王之位，只是——花盆难养万年松，我还不习惯这羌戎膻腥之地。你也听好了，连成吉思汗都是过眼烟云，如今的你们怎敢放肆！大明朝廷恩泽你身为一方番酋，不想着经纶世务，造福百姓，整日就知道打打杀杀，兴不义之兵，真是跳梁小丑，可恨至极！”

“兄弟说得是，回去我一定好好教育他。”马哈木可汗点头。

“我公孙向东今日，千里寻亲，就算事与愿违，也势必要定居长安，振兴祖宗辉煌，再不沦落他乡。”说罢，公孙向东扶起老太，牵着骆驼，继续开始迢迢远行……

阿黑麻望着老少背影，道：“平日看这小子斯斯文文的，没想到他这么厉害……”

马哈木可汗道：“你算是长见识了。他最厉害的，还不是他的武功修为，而是他刚刚那一番话——这小子，绝非屈居人下之辈。假以时日，一旦崭露头角，这小子一定会成为中原炙手可热的人物。你看他，他那双藐视群雄的锋利眼神，俨然就是当年的诸葛亮、刘伯温啊！”

“大哥，诸葛亮刘伯温是谁？”阿黑麻问。

“唉……”马哈木可汗摇头叹息。

月牙泉里修道论仁武，公孙向东弄琴叱戎酋。

此可谓：

良驹竞风不待期，直取长安万州低。

历雄总弃苟安志，大世伯伦即掌一。

李贺燕山金络脑，荀儒文章耀骐骥。

关公赤兔破五关，太宗六骏镇昭陵。

嘶风只需继续前，睹云何必一朝凄。

天心开辉总是帝，明月毋需偷星机。

却说，公孙向东与老太行至嘉峪关，见嘉峪关上狼烟遍地，死伤枕藉，号角悲切，遍插纛旗。雄关内外不时有兵士进进出出，加固城防。四下一打听，才知是鞑靼亲王巴达荣贵犯境未遂，暂且退兵。嘉峪关总兵毛锐身中十余箭，背靠城墙，正在被军医一一拔出。

毛锐性急，嚷道:“你会不会治，一根一根拔慢死了，叫十几个人来同时拔不就好了？”

军医大惊：“毛将军万万不可，箭创伤至肌里，且不说同时拔会加剧痛苦，若不慎伤了血管，将军必失血过多而亡！”

“烦死了……”毛锐摇一摇头，抖落额上豆汗。

公孙向东上前道:“将军，在下乃甘肃方士，得知嘉峪关有变，特来行医投军，报效国家。”

毛锐忍着疼痛，仔细一打量公孙向东，觉得其相貌非凡，必有建树，便问道：“你会拔箭吗？”

“会。”

“会快速将我这箭杆拔出，治好箭伤吗？”

“会。”

“军医！让他来！”

军医一愣，指责道：“年轻人，莫说我嫌你和我抢饭碗，大将军的伤，是马文升巡抚大人交给我的差事，治好了我得回去复命。再说了，军国大事，还轮不到你们这些江湖人士插手，快走！”

“江湖人士怎么了，你我既身在江湖，哪个不是江湖人士？多个人多个帮手，小子，你且辅助他，给他当帮手吧！”毛锐道。

“我不需要任何人辅助，小事一桩。”公孙向东道。

毛锐推开军医，站直了，坦然对公孙向东言道：“小子，虽然我很佩服江湖上一些大言不惭的人说话时的勇气，但我更恨骗子，你懂我的意思吗？”

“明白。”

“那好，军医你不要插手，让他来。”

“将军不可，此人万一是敌方奸细，将军岂不空折万金之躯？”

“哈哈哈哈，想我毛家，祖上三代为将，镇守甘肃。行军多年，谁是奸细我还能分不清？此人充其量是一江湖郎中，且看他是否夸口。若是办不到，你们当即砍下他的头颅！”

公孙向东从瓶中取出一丸丹药，置瓷碗中，从囊橐倒出热水融化了，搅拌匀，言道：

“此乃用敦煌月牙泉特产七星草、铁背鱼炼制的药丸，我名之为大还丹。食之可以补血养气，强身健体，延年益寿，将军请用。”

毛锐不疑，喝酒般一碗干了。此时，公孙向东目光一锐，捋袖并指，突然间——如幻如影——冲着毛锐身上狂击一百多门穴道！身法极快，看得众将士眼花缭乱，张口结舌。毛锐被封了穴道，一动不动，坚若磐石。公孙向东一跃而起，倒立出掌，冲着毛锐天灵盖重重一击，大吼一声：“雪花盖顶！”

只听嗖嗖嗖数声，毛锐身上十余箭一闪而逝，被公孙向东从肌肤中逼出，滴血未留，毛锐就此倒地。

众将慌乱之时，毛锐穴道自解，坐起，恍如隔世，惊异地望着公孙向东，一言不发。此情此景，被前来督军的马文升瞧见，马文升见公孙向东气宇轩昂、落落大方，便探问：“少年，你是何方人士？”

“启禀大人，在下公孙向东，甘肃敦煌人，回西安老家探亲，不料路上见嘉峪关有变，自恃精通些医术兵法，特来相助！”

马文升大喜：“嗯！果然是英雄出少年！你若是能助我击退强敌，我派人用马车送你回西安！”

公孙向东一听，回首望了望老太，言道：“既如此，还望大人善待在下祖母，在下今夜去去就来。”

“你今夜何往？”马文升问。

“在下方才得知，巴达荣贵犯境未遂，正在嘉峪关五里外休养生息，打算整兵再战。”

“是的！你有何良策，但说无妨！”

“久闻鞑靼屡犯边境，甘肃此处与胡尘接壤，嘉峪关乃西北咽喉，鞑靼一定会运用成吉思汗统兵策略，攻破一点，合兵一处，全军切入，江山不保。”

马文升激动道：“小兄弟有见识！既能神通鞑靼战法，必有退敌妙策！”

公孙向东道：“此战需要化被动为主动，挫其锐气，令其不敢来犯！”

马文升有些失望，道：“此言听起来鼓舞士气，并无实策，小兄弟你还是太年轻了……你可知中原与夷狄交手，若无人数优势，犹如趋羊喂虎也！这是游牧文明与农耕文明两种文明之交锋。北宋名臣范仲淹有言——胡虏夷狄，食无定物，居无定所，逐水草而居，待天时而动，且刚悍善战，茹毛饮血，殆非人类。胡虏以夷狄相攻，尚不能胜，倘与之邻，将何术以御之哉？这便是老夫头痛之处！也就是说，同等数量的中原人，与同等数量的鞑靼人打仗，若无谋略，大部分是中原败，这绝非老夫泄气，而是两种文明的必然！游牧文明必然锻造出大批量居住不固定、勇于犯险的猎人，农耕文明必然锻造出大批量安分守己，安土重迁的农民。农民对猎人，战斗力不言而喻。”

公孙向东一摆拂尘，莞尔一笑：“大人不必担忧，为道者应通达济远，岂不知天无绝人之路？我主造物，石头剪子布，一物降一物。我言化被动为主动，并非空谈，已有全策。再者，我也未说要全员出击啊？老虎与黄蜂，谁厉害，是不是不可用数量衡量？即便是群虎与群蜂，数量相等，那又怎样，是不是也不可用数量衡量？性质不一样，胜负自然是未知。我公孙向东带兵，决不主张硬碰硬，此乃匹夫之勇，非将才所为。”

“公孙向东……”马文升双目放光，开始重新打量这位少年，发现此人仪表出众，谈吐不凡，举手投足间大有军师气派，一颦一笑里皆含国士之风，必是哪位世家公子？公孙……公孙……

“小兄弟，你复姓公孙，师承何人？”马文升探问。

公孙向东转身，望着祖母，言道：“实不相瞒，在下是祖母一手调教出来的，家父是畏兀儿部回人——阿丹，家母也是畏兀儿部回人——阿伊莎。”

“回人？啊……那不就是鞑子……和鞑子是一类的吧……”诸位将军开始窃窃私语。

公孙向东道：“我祖上乃前朝陕西省平章政事阿必宝哈，祖母高祖，是前朝国师塔塔统阿……”

“啊……前朝余孽……”诸将又开始窃窃私语。

公孙向东道：“虽然我身为回人，但祖上也曾受大明招安任仕。当年靖难之役，先祖因拥立建文帝朱允炆而事败，遭到明太宗朝臣排挤构陷，不得已而徙居塞外……”

马文升听得入神，心想道：“塔塔统阿，堪称蒙古国父，是他将文明带给蒙古，创建文字，传承文明，难得有这样的后人……至于靖难之役，那已不是我们这些为人臣子得以评价的历史。”于是马文升道：“天下大定，既然是农业文明，当以百姓安定为大计！鞑靼乃蒙古余部，苟延残喘，包藏祸心，不服教化，屡次犯境，是乃罪不容诛！公孙兄弟是回人，不是蒙古人，虽然回人也曾被蒙古人统治过，但是试问我朝之前，有哪一个人没有受过元朝的统治呢？胡无百年之运，只有汉文化方可明德济远！各位且看公孙兄弟装扮，他头戴西汉文景獬豸冠，身披无极鹤氅金缕衣，足上掐丝玳瑁祭红靴，腰间交龙争丹玉拂尘，一袭银袷，一派潇洒。这身绝配，真乃回汉结合，民族团结之典范！”

公孙向东尴尬道：“大人唤我‘兄弟’，实不敢当。”

“哎……”马文升道：“我并非唤你，而是说回汉两个民族情同兄弟，从盛唐就开始了。小兄弟你既知大义，那么如今我们应当为了国家，为了大民族，联手维护区域和平稳定。”

“义不容辞。”公孙向东道。

“那就将你全盘的策略托出，让我听听你的黄蜂战？”

“嗯，所谓黄蜂战，就是奇袭战。我观天边乌云密布，知今夜必有雷雨——天公作美，用兵之机。今夜可召五百敢死队，头戴面具，手着银铃，腰揣利刃，直逼敌营。夜间大雨，敌人必难掌灯，我军以铃声为号令，进入敌营，瞬间摇铃，随摇随走。电光一闪，见无面具者，悉数斩杀，电光一灭，全体伏地不动，敌军必乱，自相击杀，下一道电闪出，面具客起身，肆意杀敌，电灭诈死……如此反复，此黄蜂搅乱敌营之计，一夜可成。”

“呃?！”马文升一捋长髯，久久不语，终于，老人转身击掌道：“奇计也！”

于是马文升依计而行，传令遣士袭营，当夜大雨滂沱，电光石火，鞑靼军营中铃声扰成一团，处处听人嘶吼：“有鬼！有鬼！”天亮之后，见满地死尸，皆为鞑靼人，明军无一伤亡，全身而退，巴达荣贵怒火冲天，振臂嘶吼道：“马文升！老匹夫！我要杀了你！”

翌日，巴达荣贵带领大将阿希格、耶萨，怒兵直指嘉峪关，马文升用望远镜于谯门查看，瞧见鞑靼兵微将寡，人困马乏，必是昨夜袭营成功！心中窃喜，料定鞑靼此乃“强弩之末，不穿鲁缟”，西北边防，已无忧矣。

巴达荣贵于关外叫骂：“匹夫马文升！明人不做暗事，只会鬼鬼祟祟使诈术，算什么英雄！有种出关，看我不砍了你的狗头当蹴鞠！”

嘉峪关上，公孙向东凛然出阵：“住口！天下大定，尔等何以造次兴兵！”

“哎呀？马文升，请来个白面秀才跟我练嘴来了？你什么人，胆敢指责本座鞑靼亲王巴达荣贵！”

公孙向东眉宇一横：“亲王又怎样，还不是扰民乱境的盲流之辈……”

“你说什么？臭小子，我看你是活腻了，敢藐视我们鞑靼人……”

公孙向东道：“我父亲曾经教导过我——故我深知鞑靼生产生活受天时制约严重，但凡水草衰败之际，霜雪寒风，牲畜活不下去，人民生活难以为继，只能南下抢掠……但是，明朝既已与鞑靼定下盟约，就像当年辽宋澶渊之盟一样，每年赐给鞑靼岁币物资，供应生活，只要鞑靼以民生为大任，有需要可以再提，何以大动干戈，兴兵来犯？”

“蠢货！”巴达荣贵道：“人家给的哪有自己抢的用着踏实！况且给多给少看人家脸色，自己抢就随心所欲，这样的生活多痛快啊！哈哈哈哈……”

“什么？”公孙向东怒道：“此乃强盗之语，狂浪之言！看来家父对鞑靼的判断是错误的！”

“你爹是个蠢货，你也是个蠢货，哈哈哈哈……我真想知道你爹是谁？”

公孙向东道：“我爹是前朝陕西平章政事阿必宝哈之后——阿丹，我娘是敦煌美女阿伊莎。”

“哈哈哈哈……还敦煌美女……”巴达荣贵正狂笑着，忽然一怔：“阿伊莎？哈哈……

十年前，我玩过一个泼妇，也叫阿伊莎，那是阿希格从甘肃给我抓过来的！”

“什么?!!！”公孙向东惊恐万状，问道：“阿希格……把阿伊莎献给了你……”

此时，阿希格已是鞑靼大将，出阵笑道：“哈哈哈哈……果然是冤家路窄！东儿，想不到你投靠了大明，我却在这里吧?！”

“舅舅……你把娘……”公孙向东目眦尽裂，吼道：“你把娘怎么样了！我爹呢！”

“哼。你娘跟了你那个没出息的爹，原本想着他还是前朝后裔，能跟着沾点光，结果竟是一笔赔本买卖！”阿希格狞笑道。

“所以……你就把娘献给这个土匪了？”

“那当然！老爷子死得早，她来投靠我，当然得听我这个大哥的！那个没用的男人还说什么要带她去西安老家，真是狗屁啊，祖宗的那点福泽早耗尽了！与其让我妹妹跟着他吃苦，不如杀了他，早点让我妹妹脱离苦海，也让我过过衣食无忧的舒坦日子……”

“什么？舅舅你杀了我爹?！”公孙向东大惊。

“哼。那种没用的男人，连个女人都养不起，不必活了。”

“啊!!！”公孙向东怒不可遏，眼中流出热泪。

“还不止呢……”巴达荣贵道：“那个泼妇，被我玩弄了之后，也上吊死了，哈哈哈哈……貌似她对她的穷汉子很痴情啊！”

“啊……!!！”

嘉峪关上，一声撼天动地的悲呼，有道是，圣贤不平托日月，天地不平怒风雷，公孙向东咬牙流泪，雷霆般从关上腾空而起，流星一样直指大将阿希格！说时迟，那时快，鞑靼兵万箭齐发，尽皆被铁布衫挡去，公孙向东利掌挡住阿希格大刀，反抓刀刃，将阿希格抛出十丈之高，重重落地，被鞑子兵保护，阿希格大惊，一时间还来不及反应和思考……

马文升见公孙向东被围，正要开关，命大军悉出，时敌寡我众，可与鞑靼决一死战，怎料，此时沙场竟然响起琴声——《引商刻羽》。

公孙向东自创此曲，曲调异常，凄惨悲怆，一时间嘉峪关黄沙漫漫，杀机四伏，地动山摇……

浩浩黄土！飒飒秋风！风土交融！凝成四人！雄壮无比——

速不台，者勒蔑，哲别，忽必来。

此四人，合称“蒙古四獒”，乃成吉思汗手下四位开国功臣。

武将复苏，状若秦俑。公孙向东琴弦一扫，速不台手持金光锬，冲入保护圈中，一矛将阿希格挑起——琴弦一挑，哲别眼疾手快，一箭便射穿了阿希格首级，脑浆溅了一地……

鞑靼名将耶萨见状，惊呼：“这……这是速不台、者勒蔑、哲别、忽必来四位太爷爷啊！”

正看着，公孙向东琴弦再扫，耶萨已被身后忽必来弯刀劈成两半……

却说公孙向东狂扫神琴，“蒙古四獒”闻声而动，沙场大开杀戒，嘉峪关上的明朝众臣看得魂飞魄散，马文升目光如炬，一时间说不出话来。甘肃总兵官毛锐瞠目结舌，凝视着四位蒙古虎将，再看公孙向东，方知这世上不只有惊人武艺，更有动心文曲——那曲磅礴狂放，十指连弹之际，虎将闻声而动，以必死之心，赴汤蹈火，万死不辞，蒙古名将受琴法驭之，临敌之际，斩马刀现，一刀劈下，人马俱碎……

这公孙向东，到底是何许人？

此时此刻，所有人都想提出这个问题，而对于公孙向东来说，他是什么人已经不重要了。他只知道，他已沦为了孤儿，千里寻亲……突然化作了泡影！父母惨死，心中雷霆万钧。十年前，原来早在十年前，他就已经沦为孤儿了，可他却踏踏实实在月牙泉傻等了十年，十年前的他，还是一个十岁少年，与骆驼、鸽子、绵羊为伍的西域少年。他不停地放出信鸽，不停地写信，却从来不见信鸽飞回来，他也不知道信鸽会飞向哪里，由于强烈的思念，他只是不停地写，流着泪写……

“鸽子啊鸽子！快吧我的思念带到爹爹娘亲那里！全靠你了！”

有谁知道，在西北苍凉的大漠里，有一道月牙泉，十年前，有个满怀殷切期待的小朋友，在那泉水边，放走了信鸽，擦干了泪。多少次，他想从这茫茫大漠飞奔而去，回头却又看到身后奶奶一脸的艰辛。十年之后，又有谁解释他这些年来，等待的意义……

嘉峪关之战完胜！公孙向东生擒鞑靼主帅巴达荣贵。

第二天清晨，巴达荣贵的头颅，已经被悬挂在嘉峪关外，城楼上旌旗飘扬，旗下垂一长缦，上书十六字：天下虽安，忘战必危，邦国再强，好战必亡。

之后，五朝元老马文升立即回宫，慷慨激昂向朝廷重磅推荐公孙向东，待皇上召见时，已不见老少踪影……

正德皇帝好奇心十足，扬言一定要寻此高人，因为他从来没有见过，五朝元老的马文升，如此激动，目光如炬地推荐一个人，仿佛在寄托一种梦想和愿望一样……

后来听说其隐居关中，著书立说，倒是有人读过他的文章，却从未见过本人，只在书中扉页，得到一首落款为“公孙”的《叹道诗》：

道作无时何须有，道来有时总归无。

有无无无无悟道，无有有有有道出。

意有意无非真意，上观有无天下忽。

无中生有人道处，有而道无大道如。

第八回 鞑靼王子铁骑南下 曹少公萧关守西安

麒麟锦带佩吴钩，飒沓青骊跃紫骝。

拔剑已断天骄臂，归鞍共饮月支头。

汉兵大呼一当百，虏骑相看哭且愁。

教战虽令赴汤火，终知上将先伐谋。

真想不到，以佛心自居的大唐王维，一首《燕支行》竟居然也能流露出如此慷慨之气。

他笑了。

于是他一跷二郎腿，背靠太师椅，脚后跟搭在榻上，在这拥有过雄汉盛唐的十三朝古都小院中，一杯秦毫入肚，舒适地放松身子，玩玩自己的“悬浮术”。

他不喝酒，因为他信奉伊斯兰教，并且虔诚地叩拜真主。他喝茶，因为他觉得茶可以让人最大限度保持着享受与冷静。他喜欢沉浸在茶叶带给他的清香与平静中，并享受这种悠闲。

昔日嘉峪关一战成名，他得到了两个最倾慕他的伯乐，一个叫马文升，一个叫朱厚照。

马文升老爷子算是他当年的战友了，五朝元老，德高望重，铁杆伯乐，没什么可说的。

朱厚照，即是当今大明王朝圣上正德皇帝的尊姓大名。从马文升的激昂推荐到亲自看他的著作，皇上的圣旨，务必要找到他，因为皇上难得发现一个人，价值观与自己如此相似，甚至比自己高好几筹。如果说陌上阳是正德皇养的一只猎鹰，那公孙向东当是正德皇景仰的一尊神了。

三年前，从敦煌到西安。三年后，公孙向东与拿拿在这里安家了，或者说，他只是回到了当年祖先居住过的地方。要不是靖难之役，先祖拥立建文帝事败，他的人生也许不会这么颠沛流离，或许还会继承远祖陕西省平章政事这个荣誉，当个官什么的。与之相比，昔日年少的他，甚至更想继承的，是蒙古大国师塔塔统阿的文化与智慧，成为一人之下，万人之上的皇佐之才。

“东儿，水不深者，不可以广济；羽不丰者，不可以图远。年少重要的是积累，不可过度张扬。如今我们娘俩西天取经一样，终于回到了西安，这一路上，你知道你失去了父母，我知道我失去了儿子儿媳，而我们唯一的亲人，就是我托付给人家的外孙女了。”

公孙向东的表妹，是拿拿早年托孤给刘大夏的养女，叫刘西凤。而当老太太见到了外孙女，才发现，刘大夏居然已经将她培养成一名外表亭亭玉立，内里武艺绝伦的不世高手！平日西凤以义女、侍卫身份紧随刘大夏左右。刘西凤能开三石之弓，一石一百二十斤，腰缠神兵——四丈绊马索，过关斩将，百步穿杨，实有须眉莫敌之壮，万夫不当之勇。那一日兄妹初遇，她见公孙向东气宇轩昂，衣着华贵，就料定是个草包。

“想当我哥，看你有没有这个本事！”

一阵比武下来，公孙向东拂尘宝剑对刘西凤的缠腰绊马索，公孙戾气一运，绊马索被利剑斩断，然后剑刃如长蛇逶迤，寒光四射，将横空袭来的锁链依次斩断，成为废铁，掉落在地，剑锋还顺势搭在刘西凤脖子上。

“怎么样？妹妹。”

“哼。”

刘西凤夺过剑柄，反攻表哥，公孙向东猝不及防，急提真元，贯穿肌体运作铁布衫功，连续中了刘西凤好几剑，都安然无恙，最后索性夺过剑刃，收鞘拂尘，微微一笑。

“呵呵，铁布衫。”刘西凤这才心满意足地收手，但却撒娇道：“当人家哥哥，连个见面礼都没有，小气鬼……”

公孙向东只好将蒙兀儿斯坦可汗临行前赠予的“天丝玛瑙”奉上，妹子一把夺过，爱不释手，也不道谢。

老太与刘大夏寒暄，才知他不久前已经辞去朝廷职务，问为什么，刘大夏实在一腔怒火。

“哼，小皇帝不学无术，整日与宦官异人混在一起，儿戏江山，玩世不恭，老头子我不伺候了！”

且听刘大夏的片面之词：

朝鲜进贡的番邦水果，皇上不吃便不吃，还给人家回圣旨说，你这水果太难吃了，这个以后不要送来了，有更好吃的再送些来。让人家物资匮乏的邦国情何以堪，这是不会做人。

整天没事干在宫里骑马，吃奇怪的零食，还分给太监吃，喂马吃，没上没下，这是不会做主公。

对付区区几个倭寇，居然兴师动众，隐姓埋名，亲自披挂上阵，完全不把自己的性命放在眼里，不为天下人爱惜自己，这是不会做皇帝。

更令人恶心的是，请来了什么西域画师，辱伦丧德，为自己雕刻裸像，裸像由大理石砌成，置于乾清宫外，搔首弄姿，敞露下体，表情还引以为傲，供人“欣赏”，简直有失帝王大体，不知廉耻！

“那雕像呢？”

“我买通侍卫，派良将忠臣连夜给砸了。”

“皇上他知道吗？”

“应该知道。但是他应该想不到是我派人干的。哼，可是他又能拿我怎么样，如今老汉我连官也不当了！有本事就让他杀了我吧！”

“大人果然有精忠报国的气概。”老太赞赏道。

公孙向东见刘大夏一腔怒火，只好打趣道：“大师兄，你这样忤逆圣心，反而是逼皇上犯错啊，身为臣子这样做真的好吗？”

“臭小子，还说我，你整日就知道跟老师学习，龟缩在书房里，著书立说，真会说话，有本事你去说服皇上啊？”

刘大夏是不玩了，因为他真拿皇上没办法，刘西凤说这是代沟，刘大夏不同意，认为是皇帝自己“不求上进，丧德在先”。刘西凤让他推荐表哥公孙向东入仕，他不推荐，不是他不欣赏公孙向东，而是顽固的他实在不想再见到那个不可一世的皇帝。公孙向东算起来，虽是刘大夏的小师弟，但是身为大师兄的老爷子，实在是对皇帝拉不下脸。

公孙向东与刘大夏之间有一个大名鼎鼎的师傅，那就是——辅佐“弘治中兴”的太师王恕，老爷子如今九十岁高龄。

王恕与儿子王承裕在陕西三原创立宏道书院，门下有七位才华横溢的徒弟，个个堪称精英中的精英，并称“宏道七圣”：

大师兄刘大夏，字时雍，六十九岁，也曾辅佐“弘治中兴”，如今自认为是“功未成而身退”。道号天枢星，天枢星主权力。

二师兄章懋，字德懋，六十九岁，国学泰斗，直言进谏，无惧生死，朝廷言官典范，翰林院居士，谨小慎微。道号天玑星，因其清贫，天玑星主财富。

三师兄孙交，字志同，五十二岁，外号“奏折之王”，朝廷外交大使，官至四夷提督。

道号天璇星，天璇星主外交。

四师兄王承裕，字天宇，五十岁，王恕之子，精研太极，号“书院主人”，精心传学。道号玉衡星，玉衡星主廉贞。

五师兄王守仁，字伯安，三十三岁，王承裕族侄，朝廷兵部主事，独创一套《心学》思考方式，被王恕誉为天纵之才，有望会成为一代宗师。道号天权星，又叫文曲星。

六师兄赵世郁，字本学，二十七岁，山林隐者，江湖豪侠，精通十八般武艺，善调兵遣将，熟读《六韬三略》，有“小姜维”之称。道号开阳星，又叫武曲星。

七师弟公孙向东，字皇佐，二十岁，王恕逢人闭口不谈，收为关门弟子，视如己出，将毕生所学倾囊相授，师徒朝夕相处，形影不离，门中师兄弟秘传公孙向东会成为师徒七人集大成者。道号瑶光星，瑶光星主战争，又叫破军星。

天降七星，熔于一炉，便是地上的宏道书院。

可这宏道书院，却在王恕的掐指一算中，开始不对劲。

那一日老爷子正在讲课，忽闻云端马嘶，竟突然起身，昂首四望，搞得全班学生也都起立，目光炯炯地望着他。

要么说王恕老爷子不愧堪称老神仙，他望着云端，竟然当即吟了一首诗——

春来百兽竞探山，北云奔南风塞川，长城骁将观旌紧，何处大宛嘶雄关。

这首诗正是他此刻所闻到的战争气息，边疆刚刚发生的写照，只是学生们看不到。

但是这些学生一个比一个聪明，听都听出来意思了。首当其冲的大师兄刘大夏便对道：“洪武永乐扫北狄，龙盘中华今胜昔，弘治戢戈河海晏，犯境未免征太急？”

二师兄章懋，马上来一句：“皇臣报国一字忠，良驹久沐在春风，筋骨文烙报明主，何惧身殉垓心中！”

三师兄孙交：“左衽披发禽兽智，逐草随畜待时日，一朝风雪霜草尽，即断明王与约誓。”

四师兄王承裕也叹道：“杳闻鞑靼好交兵，茹毛饮血敷膻腥，财匮兴师屠万姓，不习诗书礼乐经。”

五师兄王守仁摇头道：“化远之心谓之仁，将心比心谓之义，心不顾死谓之勇，勇而无道谓之狂。”

六师兄赵世郁笑道：“驱虎必教黄蜂卒，诛狼堪施蛇蝎毒，风雷水火贵用妙，天地无处不为图。”

公孙向东道：“折将撼军可凭舌，不战教乱谓明哲，圣人浑身皆甲兵，莫教车马祸山河。”

小师弟大言不惭，惹得诸位师兄哈哈大笑，连师父也拈须笑了，问道：“哎？小学生就是可爱。好徒儿，你凭一张嘴就可以打仗，岂非效仿诸葛亮，唇枪舌剑，骂死王朗乎？”

公孙向东侧过脸傲娇道：“师父师兄，你们就好好笑话我，我会把你们的笑声当作是掌声的。”

正当众人笑谈，突然一侍卫破门而入，气喘吁吁禀报老三孙交：“启禀主公，鞑靼小王子举兵突袭西北，现已攻克灵州，直逼萧关！萧关有失，关中不保！”

孙交瞠目结舌，望着王恕老爷子，心里惊叹：“老师真神人也！”

王恕当即扔下书本，言道：“本学、皇佐，你二人立刻启程回西安，报知巡抚大人杨一清，招募乡勇，务必要驱敌于城门之外，莫教重蹈明英宗当年于谦守北京之覆辙！劳民巷战，破坏家园……”二人即领命而去。

鞑靼小王子巴图蒙克，那可是个纯野生品种。四岁骑马，五岁打猎，六岁杀人，七岁就当了草原老大，目空一切，从不把眼前移动过去的任何生物放在眼里。

当然了，也包括人。

这厮和陌上阳一样，都把人类看作只会移动的畜生。区别是，陌上阳认为，畜生有好的，谁也不招惹的；有坏的，张牙舞爪动不动伤人的，所以陌上阳最恨忘恩负义、欺软怕硬、龇牙咧嘴的畜生，并且以“让它们倒在自己的血泊中”为快感。鞑靼小王子认为，狼天生就是吃肉的，羊天生就是吃草的，羊理所当然就是让狼吃的孬种，没有必要对弱者表示同情，一切都是命中注定，所以为了活得痛快一些，让我们尽情地挥动着鞭子和马刀，享用长生天赐予我们的美食，去吃吧，对着大明王朝的羊崽子们，进攻！

于是，他成了陌上阳最恨的那种类型。陌上阳光是在朱雀门听谭庆一说，就怒上心头了，真想像那英勇的食狼鹰一样，挖空它的双目，翱翔在天看它是如何挣扎到死的，让它也好好感受感受被欺凌的痛苦……

如今，公元1505年，鞑靼小王子攻克灵州，当场扬言，大明素有“东北虎、西北狼”一样的战将，看来不过是虚张声势，没想到这么不经打。西北地区，本汗第一个想的就是打西安——关中古都，天下名城，八百里秦川沃野，土地富饶肥沃，财物丰厚，女人全部都抓回去当小妾，男人全部都俘虏了当奴隶，然后城池一破，扫荡一空，满载而归，则堪称不虚此行！

想法是好的，可是他却在萧关遇到了一位猛将的强烈抵抗。此人姓曹名雄字少公，乃魏武帝曹操之后代，雄踞萧关才刚刚半个月，已经令弟兄们大开眼界。当时他来投军的时候，他爹哭着拉着他回家，说什么曹家的香火不能断，他是家里唯一的根苗子，还没有成亲怎么能拿性命开玩笑，已经没有了老伴不能再没有儿子，老爷子一把鼻涕一把泪，一路上拽着他的衣服都快下跪了，惹得围观将士们哈哈大笑，他大吼一声：“够了！”

众人立即被这一声“虎咆”喝得严肃起来。然后曹雄道：“二妮子都和人家成亲了，我还在乎这条贱命干什么？就让我临死前为国家多杀几个人吧！”众人又开始哗然大笑。

曹雄一怒之下，把几个笑得最狂浪的揍得到处乱窜，后来又被众人围攻，凭蛮力从包围中挣脱开来，之后，无一人再敢上前。都督宋恺赶到，与曹雄大打出手，二人武艺不相上下。宋恺惊叹道：“好身手，敢问兄弟高姓大名？”

“吾乃魏武帝曹孟德之后代——西安曹雄。你是何人？”

“末将乃大明开国元勋宋晟四世孙——西宁侯宋恺。刚从五军都督府调过来的右军都督。”

“都督……”曹雄抱拳道：“恕在下冒犯！在下是来投军的。”

宋恺点点头，打量曹雄一番，问道：“小兄弟，你有没有杀过人？”

“杀过些穷凶极恶的逃犯和打家劫舍的土匪。”

“杀过多少？”

“上百个吧……”

宋恺点头道：“打仗虽说不是打架，武功底子好固然有优势，但是，功劳都是在刀锋上悬着的，你明白吗？”

“我不求功劳，就是来报效国家的。”

“好！那你就跟着我吧。”

“不，我已经有主子了。”

“谁？”

“陕西巡抚杨一清大人。”曹雄递过信件：“我和杨大人是故交，他在西安待的时日多，我曾做过他身边护卫，这次是我要脱离他干一番事业，杨大人就让我带上这封信过来。”

“哈哈，原来是杨大人手下的干将，他如今身在何处？”

“已从西安提兵出发，不日会到平凉。”

“好，就让我们一起等待杨大人的到来，决战鞑子。”

“不可！”

“为何？”

“都督，恕在下直言。军情瞬息万变，机不可失，时不再来。万一鞑子隔日就扣关攻打，难道我们要坚守不出等杨大人过几天来判断？何不伺机歼敌，创千秋大业？”

“小兄弟你固然有尚书一样的志向和眼光，在下敬佩。可是有勇无谋也并非上上之策啊……”

“有没有谋不知道，至少先要有勇。总之我们固然遏制欲望和杀气，但只要一发现有机会，就必须争取最快时间歼敌。多杀敌军，给杨大人他们减少后期负担。”

听了这话，曹雄他爹都快晕倒了，哭着闹着不要曹雄入伍，然后居然平躺在曹雄身前，耍无赖道："臭小子，你要是硬来，就从老汉我的身体上踩过去！踩死我算了！我没法见你娘了！死了都没法见了！"

曹雄望着他无赖的老爹，心想："娘去世了之后，感觉他就像被娘的灵魂附体一样，真像个婆娘一样唠叨……"

于是曹雄在宋恺耳边窃窃私语几句，宋恺点头，然后指着老爷子道："来人，绑了。"老爷子终于挣扎着喊着骂着被抬走了……

果然不出曹雄所料，三日之后，暮色降临，黑云压城，鞑靼小王子率领数千铁骑强势来袭，口号是："弟兄们，攻克萧关，就离西安不远了，杀呀，抢呀，驯服那些猎物！"

曹雄要出战，宋恺拦道："没想到这么多人，怕是守不住了……"

"都督你怕了？拦我作甚？"

"呵呵，正好，我已将城里土地一部分挖空，现将地图予你，你我准备开关迎敌，让他们用人马进来填坑？"

曹雄喜出望外："哥哥，没想到你还有这一手！"

"那是。我家娘子是西安人，孩儿也在西安长大，怎么可能让这些鞑子得逞。西安乃西京亚都，中华心腹、帝国文明之摇篮，兼容周秦汉隋唐十三朝洪基，乃我太祖皇帝二太子秦王朱樉世代龙脉封地，物华天宝，人杰地灵。其势北贯泾渭，南屏秦岭，东控潼关，西塞太白。内盘周镐京城，秦阿房宫，汉未央宫，隋大兴宫，唐大明宫，千宫垂耀。外旋潼关、武关、萧关、大散关四关开睛。东瞰华岳之巅，西通丝绸之路，南接巴蜀，北济河东，更伏泾渭浐灞沣涝滈潏，世称西汉八水绕长安，民风忠实瞻远，铁血丹心，歌呈豹尾，舞似鸢飞。我与娘子相知相爱，今必当以性命保家卫国！曩者，道凝金册，功驰海内，重光累极，志开下纪。今鞑靼之乱，禽兽之行尔，你我定当携手共进，勠力西北，宁殒千金王侯之身，莫教后世笑我无为守成之辈！"

"好！"

说罢，宋恺与曹雄击掌为誓，双双披甲上阵，曹雄身长七尺七，短发遮耳，声如洪钟，陌刀劈马。宋恺身长七尺三，兜鍪长缨，绷带缠手，枪法凌厉。

城门打开，二人带队并立左右，一波人马冲入，换来的是无穷无尽的坠落声……

左右开弓，鞑子兵中箭坠落者，驰突坠落者，不计其数。

小王子大惊失色，号令停止前进，宋恺与曹雄却带队反冲出来……

那宋恺，亮银枪有赵子龙之勇，那曹雄，陌刀有关云长之风。宋恺边战边调兵，曹雄竟大刀阔斧，策马冲着鞑靼小王子直奔过去。偶遇挡者，猛然断喝一声，惊吓了鞑子战马，骑兵坠地，被乱军踏成了肉饼。有上来试刀者，陌刀过处，人马俱碎……

鏖战之时，曹雄臂膀中箭，张口摇头将箭矢拔出，手中陌刀反而握得更紧，连连逼近，鞑靼小王子也耻于退后，遂大吼一声："让开！本汗要亲自斩杀此人！"

由于一路冲锋，耗费体力，曹雄已头晕目眩，肢体麻木，无法再举起陌刀，索性抽出腰间轻便宝剑，与鞑靼小王子交手。小王子扬鞭策中了曹雄的马，曹雄从马背摔落，小王子大叫："给我拥上来，踩死这家伙！"曹雄顺势一动，也刺伤了小王子的马，小王子也从马背上摔落。

乱军之中，马蹄穿插。马蹄之间，两人怒视——曹雄，鞑靼小王子。小王子一脸嗔怒，曹雄却扬起嘴角，潇洒地笑着。

"原本想快速围猎西安，竟不想此处有如此悍将……"

小王子换马来战，曹雄裹伤再战，此时鞑子兵集体掩护小王子，曹雄虽浑身中箭但攻势不减。二人一交手，曹雄即箭疮迸裂，汩汩鲜血不断从中箭处涌出。突然！小王子身后放箭护卫依次倒地。定睛细看，原是被宋恺率部横扫千军……

之后，二将斗一王，王不敌，要逃，被曹雄追命一箭射下马来，鞑靼兵士包围掩护，曹雄见状，释然一笑，方觉气力用尽，终于心满意足地闭上双眼，从马背上摔下来，被宋恺救走……

有诗云：

萧关猛虎曹少公，眸里春秋灿刀锋。
佥事大有尚书志，五军都督畏后生。
西羌劲卒正厉兵，北狄强虏又嘶风。
龙骑薄敌飞塞外，陌刀已夺千人功。
赤籍绰刀即国士，挥师何必顾家翁。
平生慷慨干云气，黄泉不惭面先宗。

第九回 凤姐挂帅巾帼先锋官 公孙皇佐屯兵大散关

却说鞑靼小王子萧关之战被曹雄一箭射中了屁股蛋子，手下为其敷药时不觉哂笑，小王子大怒，暴打小卒，大吼道："真真岂有此理！两个小喽啰，加起来还没有我年长，居然将我军创伤到如此地步……"

"非也！"鞑靼参谋拜道："可汗不可轻敌。属下已查明，此二人皆非等闲之辈，一位是大明开国元勋宋晟的四世孙，现封西宁侯，姓宋名恺；一位是魏武帝曹操的后代曹雄，字少公。可谓是枭雄之后，将门虎子，鼎鼎大名啊。"

小王子一甩衣襟，咧嘴道："我不读书，管他是谁。谁人能斩曹雄宋恺，赏白银五十两，牛羊五百！"

所谓"重赏之下必有勇夫"，大将图邯站出来，领命而去。

曹雄在明军帐中，被军医拔出的带血羽箭二十余枚，依次摆放在案上，围观众将钦佩不已，也是万分担忧，大都督宋恺递酒一杯，曹雄一饮而尽，闭上双眼。众将一看，以为曹雄昏厥过去，连忙呼喊曹将军，曹雄却慵懒地睁一只眼道："没死呢，喊什么。"诸将互视而笑。

围观一位小将从腰间掏出两颗猕猴桃，单膝跪地道："曹将军，此乃末将家乡盛产之水果，投军时带来一些，特献予将军品尝。"

曹雄接过水果："猕猴桃？你是周至的？"

"正是。末将之前嘲笑过将军与父亲争执，今见将军精忠报国，披肝沥胆，顿觉惭愧。

今献此果品，请将军疗伤。”

“哦。”

又一位小将掏出一把杏仁，言道：“曹将军，此……此乃末将家乡之物，平日留在囊中解馋，今分予将军！”

曹雄一看：“咦？你家乡特产是杏仁？你是乾州的？”

“嗯嗯。”

“乾州特产是杏啊！这是不是你吃剩的杏仁哇？”

曹雄反问，诸将大笑，乾州小将搔搔头道：“杏……已被末将吃光了，可是！杏仁也是好东西啊，望将军不要嫌弃……”

“嗯！好兄弟！”曹雄一把抓起，嚼了几颗。

于是，诸将纷纷将私藏物品掏出来递上，曹雄笑纳不及。正当此时，急脚子报：“萧关外大将图郜挑战。”

曹雄拍案，却疼了胳膊箭伤。宋恺道：“既然曹将军负伤，那么如今只有我上了！”

曹雄道：“都督无人辅佐，不可轻敌。”

宋恺道：“大丈夫死不足惜，城破身死乃将者之奉公。只可惜江山践踏，黎民涂炭。”

曹雄道：“其实我之前接到过杨一清大人的飞鸽传书，大人要来支援，我拒绝了。”

宋恺惊愕道：“少公，你这是何意！”

曹雄笑道：“因为我觉得他们打不过就会离开啊。鞑靼劳师袭远，抢劫行径，一旦发现城关屡攻不破，粮草难持，便不攻自退，此乃胡虏之常态。”

宋恺道：“那如今他为何再次来袭？”

曹雄无言以对。

此时，一阵强风袭来，只听帐外忽然传来一个慷慨亮丽的声音：“只因其不知——哀莫大于心不死！”

众将转身，但见一人，身高八尺，头戴汉冠，银袷鹤氅，肘托拂尘——公孙向东。其身后还站立着赵世郁、刘西凤、周尚文、杨瑾等人。

公孙向东自得一笑，北风便将他的长发吹得更加动人。

曹雄见故友来助，笑道：“哈哈，腹藏十万甲兵的公孙皇佐兄，您可让我一阵好等！”

公孙向东一看曹雄，心想：“这厮当初说是要来投军建功立业，如今怎么成这怂样了？”

互相介绍之后，公孙向东道明来意，本欲奉老师之命去西安投效杨一清大人，哪知杨一清屯兵平凉，于是便转战萧关，特来助曹少公一臂之力。闻说关外图郜挑战，刘西凤点了几员小将跟随，又接过公孙向东投来的一颗猕猴桃，转身而去。

萧关下，刘西凤银盔银铠，手抄鎏金凤嘴刀，腰缠四丈绊马索，坐骑卷毛鹿面兽，三军阵前一枝独秀，与众不同。昂首眺望远处叫阵图郜，刘西凤顺手将猕猴桃丢予一随从小卒。

“你吃吧。”说完纵马而去，风过留香，极其潇洒。

小卒沉浸在刘西凤的体香中，一边剥着猕猴桃，一边昂首陶醉道：“美女将军，赏我水果吃，真是三生有幸啊……”随从诸将羡慕不已。

话音未落，只见远处鞑靼阵营尘土飞扬，叫声嘈杂，刘西凤突然绝尘而出！策马杀回，腰间悬着带血的图郜的人头……

小卒手中未剥完的猕猴桃掉落在地，目瞪口呆。

“快开城门！”

刘西凤远处一声断喝，喝声随风而来，吓得守关兵士瑟瑟发抖，城门打开，刘西凤顺势驰入，城门关闭。

诸将士见了刘西凤，居然自发让开一条道路。刘西凤却见掉落在地的猕猴桃，骂道：“你个败家子，老娘赏你水果吃你竟给老娘扔地上？捡起来吃了！”

那小卒吓得捡起来吃，刘西凤用图郜头指小将道：“哼，这次让你拾吃，下次再亵渎本将军赏赐，你就给这颗头陪葬！”说罢策马进关。

诸将只听到关外鞑靼兵叫骂声，转而望刘西凤背影，惊叹道：“女……奇女子……”

刘西凤在公孙向东面前掷了图郜头，二话不说，转身又去迎敌，曹雄吓得不敢说话，宋恺思忖道：“久闻图郜乃小王子身边百战名将……皇佐兄！敢问令妹何方人士？师承何派？”

公孙向东笑道：“小妹西安高陵人，是朝廷兵部尚书刘大夏的养女。刘大人见她耿直忠信，性如烈火，便用武状元的标准严格教育她，她女儿家不能考状元，否则朝廷真是多一个人才。虽然如此，以她的能耐，也绝对是打遍天下无敌手了，真正交手时，连我也忌她三分。”

宋恺道：“这么说，那皇佐兄的武功还在令妹之上？”

“不不不……男女岂能混为一谈，谁都有平常发挥与极限之时，相对状态不同，未可知也。只是吾妹平日粗枝大叶，贲鼓维镛，我很少惹她。”

正说时，刘西凤又登堂，丢来一颗人头，抱拳转身而去。曹雄一股脑儿平躺在榻上，慨叹道：“要命呐，这年头女人怎么这么厉害？”

公孙向东道：“不是啊，只是你遇见了女人当中的一条汉子。”

“女汉子？”曹雄更是觉得难受了。

关内一片融洽，关外人马厮杀。刘西凤带领部众，与鞑靼十几员名将周旋，指挥作战的小王子激动道：“生擒！给本汗生擒这个美人！”

一方欲生擒，一方正拼命，那便是“百万军中救阿斗”。只不过，曹操欲擒赵子龙是爱其才，小王子欲擒刘西凤是好其色。

色即是空。

于是小王子连折十几员大将，仍旧是不甘心，刘西凤杀得卷毛鹿面兽浑身是血，嗔目吼道：“来！老娘的錾金凤嘴刀正是锋利无比！”

乱军中，一冷箭射中刘西凤臂膀，錾金凤嘴刀掉落，敌将阿鲁修趁机杀来，刘西凤悍然解开腰间四丈绊马索，忍痛挥出，铁索将阿鲁修脖颈缠住，这边用力一拉，阿鲁修便落下马，被刘西凤拖入萧关——生擒。

有诗云：

青骂西坠作欃枪，大破贼寇护天罡。
良驹有意酬明主，铁索无情系杀伤。
皇佐屯师蓄国力，凤妹振辔保家乡。
谁言巾帼不负志，烈女毕竟爱戎装。

商王妇好能开疆，隋帝木兰花名彰。
武后垂拱天下治，红玉擂鼓黄天荡。
皇圃落英四时有，长安巾帼胜儿郎。
盆中月季空晏态，耐雪梅花肃然香。

这次，公孙向东终于拍案叫绝。当夜，他命看守阿鲁修的兵士喝醉，放阿鲁修逃走，逃走前,故意令阿鲁修听到其与诸将商议子夜于三岔口劫营之事。阿鲁修逃走,报知小王子，小王子命全营竖起耳朵，备战子时。

结果，到了子时，明军竟无一人前来，有人告知小王子，怕是中计，小王子咬牙道:“阿鲁修以命换回来的情报，宁可信其有，不可信其无，严阵以待！”

过了两个时辰，还是不见动静，鞑靼已经人困马乏。公孙向东这头，兵士刚刚起床。于是召集部众，命周尚文为先锋，带领宋恺部下五百人，开始袭营。所谓出其不意，攻其不备，鞑靼从夜幕降临开始，共等了三个多时辰，人不及甲，马不及鞍。终于，素有“飞将军”之称的周尚文带领五百死士，大刀阔斧，砍瓜切菜，杀了鞑靼个措手不及，小王子大呼：“大明言而无信，子时为何不来？”

周尚文笑道：“鞑靼与大明交好，是尔等先背盟，有何面目反来问我！”

小王子大怒，要杀周尚文，周尚文依公孙向东嘱咐之计，大呼道：“阿鲁修将军，多谢你诈称子时，用疑兵之计让鞑靼中计，末将来救你了，你在哪里？”

阿鲁修正与明军交战，便被小王子背后断喝一声：“装模作样的小人，看刀！”

猝不及防的一刀，阿鲁修身首异处，至死都没明白怎么回事……

周尚文原本可以以一当百，大破鞑靼，但是公孙向东有言在先，必须诈败，周尚文不甘，大砍大杀一阵便率军撤退，鞑靼以为自己反击获胜，士气高涨，一路追杀周尚文到萧关。

周尚文逃跑成功，鞑靼虽然死伤无数，却认为自己胜了，掣马回营时，有一波人马望见小路有明军押粮官经过，那押粮官正是号称“西北长城”的杨瑾。

杨瑾遇敌逃跑，被鞑靼大将古力格劫走了粮草，回来却受到公孙向东的赞赏，因为——一切都在计划之中。

翌日，杨瑾主动挑战，大呼古力格无耻，抢走自己一千石粮食，并且疯狂进攻鞑靼，两军交锋，杨瑾异常神勇，边打边喊：“古力格滚出来。”听到鸣金收兵，才愤愤而退，小王子却心有余悸，因为昨日古力格的确缴获粮食，但只有三百石，难道他假公济私……

小王子最恨这种人！

明明是大家团结一气出发，这种人偏偏要以国家的名义中饱私囊，鼠辈还配称为名将？呸！

于是，古力格被正法，始终不承认自己侵吞了那七百石粮食，还骂小王子“狗眼看人低，老子是那样的人吗？”

有一小卒站出来承认，的确是古力格窝藏了那七百石粮食，因为他是帮助古力格押送那些粮食回家的人。其实，他只是古力格手下的一员降兵，而且是故意降的，他的名字叫赵世郁。

赵世郁把鞑靼兵带到一个叫作“七尊峁”的地方，自己却不见了。正当鞑靼兵迟疑之际，只听周遭土坡上鼓声四起，地动山摇，一群群死士从山坡的那一头俯冲下来，这样的山坡，周围共有七座，故名“七尊峁”。

明军居高临下，洪水般奔涌而来，带队的分别是宋恺、曹雄、刘西凤、公孙向东、周尚文、杨瑾、赵世郁。

鞑靼兵大败。原本总数还占优势的兵力，依次被逐步削弱，局部战争连连失利，损兵折将，最后被总攻围剿。还好小王子周围猛将极多，力保他突围，而最终，三万大军也是被消磨成不到三十余人，悻悻而回。

小王子不甘心，发誓一定要报仇，结果他又迅速在根据地灵州屯兵七万，下了血本，欲以明军萧关决一死战。还写了一封挑战书，大意就是：你们明朝鼠辈，只会偷奸耍滑，不敢与我可汗正面交锋，实在难称大丈夫。吾乃一代雄主，万狼之王，对于南边一群只会吃喝玩乐的畜生来说，我就是你们的主人。西北迟早是我吞食天地的囊中之物，只要我一朝攻破了西安，就立马称帝给你们看，哈哈哈哈。

公孙向东读完这封信后，拍案而起，提笔挥就，一首《长安士》呼之欲出——

乾坤大器必仰东，列星随旋月居中。
中华尚武崇强意，尽锁十三天朝风。
秦墙谯门封战鼓，高阶丹阙响唐筝。
剑开太阿周秦祖，钟名景云汉唐宗。

武萧潼散四境目，上林八水地伏龙。
文承武德拥天下，海内天涯称弟兄。
誓擒强虏叱背盟，吐蕃婿亲如股肱。
拒命高丽御驾辇，蕞尔扶桑慕心生。

新罗织锦作岁奉，天竺神鸟呼太平。
波斯进献捕鼠蛇，拂菻贡犬曳马能。
诃陵鹦鹉羽皆白，林邑夜光珠灿星。
骨利干驹赛大宛，泥婆罗良酢堪烹。

猛将千员凌烟阁，带甲云台虎狼兵。
万里征旆善布武，亿民爱国耻输忠。
捶髀摇首秦腔怒，泣叹委屈世上英。
丈夫焉能蓬蒿堕，泪指华山不老松。

鞑靼小王子素来不读书，一看写得整整齐齐，就撕了，最讨厌明朝这种人，干什么事都那么规矩，装模作样的……欠打。

七万大军虎视萧关，萧关却接到一封紧急军情——把你们的队伍全部撤到大散关，在大散关再打。

萧关的英雄们一个个都大眼瞪小眼。这……明明打了胜仗，为何要撤退？陕西巡抚杨一清大人这一招“以退为进”，实在叫人难以捉摸，而且，军情里还明确提出——让公孙向东来大散关。

也是。萧关一役，公孙向东出谋划策，屡立战功，但军情里并没有提及功劳之事，只是对公孙向东个人的一个指示，还是以命令的口吻。

杨一清大人德高望重，不会那样直接下命令，也不会不知萧关凯旋报捷。只是，明知萧关能守住，为何还要弃关而逃，退避三舍？这葫芦里卖的什么药，真是叫人难以捉摸。

然而，宋恺发现，这信件上的笔迹，不像是杨一清大人的。倒是很像另一个人……

“谁？”公孙向东问。

“皇上。”宋恺郑重其事地向公孙向东眨眼点头。

第十回

高陵刘西凤狠揍正德 西北活长城壮烈殉国

皇上又在大散关玩大了。

皇帝御驾亲征，历来是内阁大臣极力反对的事情，皇帝怎么能不把自己的性命当一回事呢？要为了天下人爱惜自己呀。

正德皇帝认为，这话纯属给自己脸上贴金：朕就不信，天下人没有了朕，天下人就不活了？驾崩一个朕，自有后来人。

这言论常常吓得大臣们全体下跪——

跪谏。这是正德朝廷上常常有的劝谏方式。因为大臣们实在说不过，就给跪了，意思是，求你了老祖宗，咱收手吧？你驾崩了，下一个主子指不定会认为他前任的死是我们劝谏不力，失职，按照以往的惯例，接下来肯定就是——贬官的贬官，处死的处死，大家都玩完，咱能不能平平安安的？

不能。

皇上才十五岁，正是天真活泼，大杀四方的时候，才不管你那么多，鉴于他们一直劝，皇上只是傻笑两下，送给他们的答案就两个字——没事。

这是什么答案？

这就令大臣们无语了！

要知道，皇上和大家命系一线，功名利禄全都绑定在当今皇上身上了，大家名分都稳定了，期待都稳定了，各种打算好好干活的状态都稳定了，皇上你不稳定，叫大家如何心安？换一个皇上指不准会欣赏谁，所以皇上最好还是不换的好，大家都这么认为。况且先帝就你一个儿子，先帝就你母亲一个女人，多专情的先帝，多宠爱你的先帝，臣子们从小看你长大，先帝在的时候，在大家眼里，你就是独一无二的继承人，如今，你是唯一的儿子，唯一的继承人，唯一的皇帝，更独一无二了，十五岁，一定要好好发展，稳定生活呀。

那现在你觉得你应该怎么办？

没事儿。

皇上还是这三个字。

其实皇上比以前更聪明了，他已经不会告诉你那么多，自己决定了的事，谁阻止他都在点头并且微笑，但实际上他决定的还是在照做。这就好比一个胖子，晚上要吃甜点，你引经据典劝阻他一大堆，甚至你自己都觉得自己说得合情合理，推心置腹，他诚恳地对你点了点头，掉过头去，依旧一口接一口。此时此刻，你会觉得刚才的自己，是个傻子。

这正是大臣们苦口婆心之后的感受，也是刘大夏老爷子辞职的根本原因——言不听，计不从，而且还学会了阳奉阴违，兔崽子我没法管了。

其实，再正义的道理也得死在人性面前。皇上这个年龄段，要吃、要玩，这是人性，你在人性面前讲道理，除非你的道理符合当时的人性，忤逆人性，道理再正义也没用。

于是内阁开始来硬的，下令宫门侍卫严防死守，禁止皇帝出宫。

于是皇上开始玩软的，贿赂了宫门侍卫。

于是在人性面前，皇上赢了。

宫门侍卫也是人，皇上贿赂他们，他们反而觉得不好意思，怎么能让皇上请客呢？皇上说，你们都有父母妻儿，都是朕的好臣子，那么你们效忠的是朕，还是内阁？

侍卫们一听什么都明白了，这还用说？内阁几个老爷子虽然凶神恶煞，但面对皇上要出宫的请求，还给咱们钱孝敬爹娘，你看皇上人多好！皇上说的话就是圣旨，咱能不听吗？抗旨还是抗内阁？谁都明白。况且，为皇上挡驾，多光荣的事，内阁要杀要剐尽管冲咱来，好侍卫生来不就是给主子挡刀的吗？侍卫们的正义感一下就上来了。

于是他们大义凛然地呼出两个字——遵旨。

皇上就大摇大摆地溜了，临走时还说了谢谢大家，大家还欢送了皇上。当时大家都觉得自己能这样包庇皇上真是无上光荣。

后来侍卫们都被壮汉在宫里扒了裤子，架在凳上，由内阁大人们死死盯着挨板子，死都不说皇上去哪儿了，其实他们是真不知道，有的还嘴硬，就是知道也不说。把内阁老爷子们气的，夺过侍卫的板子亲自使劲打。侍卫们都是忠臣啊。

皇上倒是玩得开心，他到大散关，直接夺了陕西巡抚杨一清的兵权，老爷子那个郁闷啊，坐着都不愿意说话，那就皇上说。

皇上说，为了掩人耳目，这次行动，朕化名朱寿，封镇国公威武大将军，不再是小兵了，可以稍微抛下头露下面。咦？皇上不是喜欢隐藏在小兵当中随军出征吗？这次为什么不了？

因为当小兵没法在最前面冲锋。杨一清一听这话，这不是明摆着作死吗？最前冲锋是要干啥？镇国公威武大将军是个啥？皇帝是君，除了皇帝都是臣，你这样一来，谁是君，谁是臣？

皇上就觉得吧，杨一清你这人就死板，你知道朕是君就行了，何必在文字上死抠，假斯文。朕是看你们一个个封号都那么长，结衔的名号读起来多爽啊，朕就皇帝，俩字读起来不过瘾，就结个衔玩玩嘛，你看你这人，是不是玩不起啊？朕给自己加个头衔怎么了？

加！加！你随便加！你皇帝俩字都封顶了还在加，这到底算是降职还是升官？

朕不跟你说了。你这人不懂得做人之情趣，死心眼。反正你知道朕文武双全就行了。

皇上的确文武双全，但也可以说是文不成武不就，啥都学了个半吊子。杨一清这次真不想不买他的账了，因为皇上是不请自来，还带了江彬、陌上阳一伙人。谁都知道，小琉球陌上阳是出了名的东南亚海盗王，杀父弑君，大逆不道，杨一清不明白，皇上怎么会跟这样的海岛头号通缉犯混在一起？于是对陌上阳也没什么好感，加上陌上阳不善言语，每次说话都不超过三个字，为人又乖僻冷峻，我行我素，除了皇帝，从不把任何朝廷大官放在眼里，毕竟，那些当官的在陌上阳眼里，也没几个清白的——前一阵的福州知府尹灏，那货就是个令人发指的典型。

事实上，最了解官的人正是强盗，历史上没有一个王朝不经历强盗行径一样的强取豪夺，然后再披上仁爱的外衣，称自己是天朝，自以为是地替天行道、代天立言。最了解强盗的人也是官，因为他们当年也是这么混过来的，现在成功者写历史，我是官了，你别给我捣乱。

像陌上阳这种海上强盗，听头衔就知道，不是朝堂上的人，但欣赏他的人是皇帝，这就另当别论了。

皇上在福州封了陌上阳一伙，只是口头承诺，正式晋封大礼还没有进行，因为皇上压根就没回去，他见陌上阳武功奇绝，人多势众，就以明太宗（嘉靖年间叫明成祖）自比，收拢英雄，打算带他们到边境带上玩一把，可以的话，就横扫漠北，以壮先帝之名。

嘿，没想到一来就有活干。

萧关大伙都说，以退为进有些莫名其妙，明明萧关之战都已经打赢了，为什么要退兵？

因为皇上乐意。

没错，皇帝的话哪怕是错的，大臣也得执行，况且，正德的优点是——超级自信，甚至有些自得、自满、自在。说白了，凡是和自有关的词，都可以和他挂上号。虽然，皇帝坐拥天下，难免有些以自我为中心，正德皇帝算是将这一点发挥到了极致。因为他从小，就是唯我独尊，先帝就他一个儿子，就他母亲一个女人，于是他从小就被誉为大明王朝上上下下官员眼中独一无二的继承人，乾清宫只手遮天的新世纪少主。

所以，皇上从不认为自己什么事干错了。第一，他想见偶像——公孙向东。第二，他想锻炼自己的战斗力，这个值得商榷。大臣认为，皇上锻炼个人战斗力这事纯属荒唐，皇上只要待在宫里批奏折，坐论天下，垂拱而治当个好学生就可以了，怎么能到处打架惹事呢？厮杀拼命是禽兽干的下等事，圣上龙体尊贵，不可造次。皇上认为，朕这是向祖宗学习，要文武双全，文的朕比不上你们，你们一个个大学士私底下都议论朕没文化，瞧不起朕，说朕学习成绩差，那朕就和你们比武功高强，调兵遣将，为国立功，这样才能在技术上彻底压倒你们，哼。朕要让你们看看，朕才不是宫里白吃白喝的傻小子，而是统领万军的真丈夫。

于是，镇国公威武大将军朱寿，坐镇大散关，面见公孙向东、刘西凤、赵世郁一行人。

一见面，刘西凤就面斥群雄——首战告捷，为何退兵，都是缩头乌龟吗！

公孙向东没有想到家妹居然如此直爽，原本打算好好聊天的他态度也变得有些像正义的质问了。

皇上一看，堂前女子，花容月貌，皓齿丹唇，碎银甲上双峰起，飞天髻内木簪横，杨柳腰间垂铁索，莲藕臂中挎凤刀。活灵活现，神气十足，俏美脸蛋上挂着两丝月牙泼辣眉，玲珑小脚八字站得像威武少将军，楚楚动人却神威凛凛，英俊洒脱又不失傲娇妩媚。

还没等犹豫的皇上开口，杨一清就一句“放肆”，直指刘西凤。

“镇国公威武大将军莅临在此，汝辈休得无礼！”

公孙向东觉得这个“威武大将军”有点面嫩。

刘西凤叉腰道：“哟，大将军来了？怎么瘦得跟个小鸡崽一样啊，官儿是买的吧？”

杨一清要起身斥责，皇上却先起身了，兴冲冲道：“美女，大将军武艺高强，你敢瞧不起在下？”

“出去单挑。”

“好！”

结果是，皇上被揍得好惨，但是皇上很享受。刘西凤的拳脚可都是动真格的，千钧神力但凡一交手，皇上基本上毫无胜算，都败在她的蛮力之下。每次都是皇上横躺在地上，露出了很爽快的笑容，然后翻身跃起，再被击倒。

刘西凤只是觉得这将军是个软蛋，真浪得虚名，但是不屈不挠的毅力倒是挺有意思。皇上的意志是——朕一定要接近你一次！几回合下来，皇上终于在中了一拳时顺手摸到了刘西凤的脸蛋，刘西凤瞬间有一种被人强暴了的感觉，而皇上却是心潮澎湃，他退后几步，嗅了嗅指间，笑道："美女，你今天出来有擦脂粉哦！"

于是刘西凤拉开架势，狠揍皇帝，皇上根本无力还手，还被刘西凤踩在脚下。这等耻辱，终于，左右护法凌空飞起——陌上阳、江彬。

江彬一看刘西凤拳头捏得嘎嘣响，退后两步对陌上阳说："你上。"

陌上阳没有理江彬，径直就冲着刘西凤，太阿剑招呼。刘西凤也抄起錾金凤嘴刀，与陌上阳大打出手。陌上阳剑法，虚实结合，交手时用实剑，防御时顺势用虚剑，原本横空扫出去的剑气，几秒后才到达，砍到刘西凤的铠甲上，刘西凤猝不及防，顺势就中了陌上阳一脚，同样被其踩在地上。

陌上阳算是为皇上挽回点面子。

妹妹被人欺负，公孙向东眼神一锐，拂尘宝剑出鞘！这下，两大高手交锋，一连几十回合，众人在一旁看得目瞪口呆。少时，公孙向东即识破了陌上阳的剑术，每当他发虚剑时，公孙向东便静立如鹤，闭目用耳仔细判断剑气所在，然后突然间左右左左移形换影般旋转几下，轻松避开了剑气。陌上阳大惊，因为打从他漂洋过海，来到中原，还从来没有人可以躲过他的剑！

公孙向东自信一笑，陌上阳心慌了，这是一种他从未有过的心慌，是一种被人紧紧把握住的心慌！

怎么办?

再施牡雀手横空袭来，公孙向东静若处子！雀手封喉，却抓不下去，因为——铁布衫。

"铁布衫！"

陌上阳觉察之时，已经中了公孙向东连环五掌，就此倒地。

呃——一向目空一切，傲视群雄的陌上阳倒地了。起身时，他惊异地望着眼前这个道士装扮的西域少年，大不了他几岁，眼神中却是满满的自信与真诚。陌上阳虽然目视前方，却开始心痛，他的心底压着一股不甘与自责——这天下，原来并非我能够自由自在、来去纵横的，想不到竟还有如此高手?

有鹰，就有箭，即便不至于用箭，也得用笼。公孙向东这个笼彻底将陌上阳装进去了。

只是他不知道，这只是公孙向东的冰山一角而已。若不是陌上阳对刘西凤出手，公孙向东是从不会主动惹事的。可是，刘西凤狠揍的人，是皇上。这事只有陌上阳、江彬和杨一清心知肚明，公孙向东并不知道。

皇上见公孙向东与众不同，便问："铁布衫？你是何人？"

公孙向东转身笑道："天上众星皆拱北，世间无水不朝东——公孙向东。"

"啊！真的是你！"

公孙向东并不认识皇上，可是正德对他仰慕已久，曾经看过他著的武士书，见过以严肃闻名的五朝元老马文升竟那样慷慨激昂地推荐一个人，从敦煌到西安，一路赤胆忠肝，心向大明，虽然身为畏兀儿人，却恰似一位汉家少年，顺天地之造化，法圣贤之经纶，这才是修身的最高境界，文武双全的榜样，活脱脱当年的金国完颜璟再世，元朝耶律楚材重生。

“表哥，是皇上下的圣旨邀请我们来，这大将军在这里人五人六个什么劲？”

刘西凤一语惊人，众人把目光投向了皇上，皇上觉得自己不能再装了，再装下去，就算刘西凤不打死自己，陌上阳和公孙向东也要打个不可开交了，现在外敌来袭，自家人要团结，一致对外。尚未等皇上自报家门，杨一清也已经忍不住了，大声道：“皇上！咱们能不能不要这样！什么镇国公威武大将军！什么朱寿！皇上就是皇上！”于是杨一清双膝跪地。

众人见杨一清跪地，也纷纷给皇上跪了，而皇上，只是望着刘西凤傻笑。刘西凤回想刚才狠揍皇上的场景，吓得目瞪口呆，可是皇上只是对自己傻笑，这是什么意思？于是刘西凤也尴尬地冲着皇上笑了。皇上见美人开颜，欣喜不已，伸过手来，只将刘西凤一个人给“平身”了。

此时此刻，皇上的眼中只有她一个人，对于皇上来说，他此刻多想说这样一句话——在朕的生命中，只有你，其他人全是配角。

刘西凤只是望着皇上脸上的伤，觉得不好意思，但皇上好像完全不介意，于是她觉得皇上挺顽强的。

为了女人，能够做到最大限度的顽强，瞬间忘记自己的任何痛苦和失落，这算是皇上的优点之一了，虽然他自己不知道。

皇上完全把配角们给“忘记”了，因为大家还跪着，他就牵着凤姐的手在众目睽睽之下离开了。

萧关。

暮色惨淡，鞑靼铁骑伴随着火烧云，在远方的丘陵上虎视眈眈，这已经是鞑靼的第三次进攻了。

自从公孙向东一行人走后，以西宁侯宋恺为中心的萧关守备，加上曹雄、杨瑾、周尚文三员虎将，以及萧关不到五千的残兵败将，居然死死抵抗着小王子七万大军。不是大家不离开，只是，就此离去，百姓们怎么办？

事到如今，只好分头行事。杨瑾和周尚文互相一点头，二人提出来打算留守萧关，掩护宋恺、曹雄携百姓后撤大散关。

曹雄临走时对二位将军道：“乡党，能挡即挡，挡不住就放他们过来，哥哥我可不怕他们。”

“少公放心。”

杨瑾和周尚文心里也没底，但是看着曹雄一身是伤，尚能如此大义，自己又何惧强敌？

曹雄真的不怕吗？七万大军，真的冲进萧关，那真是风卷残云，仅凭一人之力，再英勇，也无非是蜉蝣撼树，螳臂当车。

也许，曹雄他怕，但是他为了国家，为了百姓，他早已将自己视为死人，正如他投军时命人绑架了自己啰唆的亲爹，那就证明，那一刻，他不再是他爹的儿子，而是，他已决定，做整个大明王朝的一条好汉。

这话从杨瑾的嘴里说出，周尚文点头道：“我们不能让少公他们抵抗强敌，他们携带着百姓。那些百姓，都是相信我们的人，我们不能让相信我们的人受伤。他们都是忠于大明王朝的殷殷子民，这些天来，有多少百姓惧怕鞑子的攻击，已经选择了投敌，而那些百姓不同，他们心向大明，忠于国家，他们，才是我们要守护的亲人。正如昔日刘备携民渡江，实乃众望所归，天子之福。”

临行时，一长者紧握杨瑾的手道：“大将军身守萧关，生死全在一念之间，务必要保重，家乡没有了咱们还可以建设，百姓们只要你活着，大散关再相会。”

杨瑾是个重情重义的人，他听百姓这样说，便更不会撤退了，他决定死守，留下充足的时间让百姓撤退。这是他个人的意志，连周尚文也不知道。

于是二人召集萧关乡勇，提兵三千，悍然与鞑靼七万人马对峙。这次，鞑靼小王子再不会上当了，当日周尚文诈败，杨瑾又用公孙向东“借刀杀人”之计，令鞑靼损失两位名将——阿鲁修、古力格。小王子正思要寻仇，一看这次二人居然统兵来战，不知天高地厚，以卵击石，便下令先锋部队牵制二人主力，左右两翼包抄迂回后方，成困兽之斗，务必全歼明军！

周尚文命萧关守备城楼放箭，然后三千人回撤迎敌，如此削弱鞑靼。两军对圆，不料先锋杨瑾竟断喝一声，径直向鞑靼主力冲去，周尚文大惊，高叫道：“杨将军！”

杨瑾这是以攻为守。他的部队，像一把利剑般，从鞑靼大军中冲开一道口子，直奔小王子杀去。小王子扬扬自得：“冲着本汗来，正好！”

小王子遂命大军散开，要与杨瑾一决雌雄。杨瑾持关西大刀一路杀来，刀锋过处，鞑靼兵落马无数，意气风发的小王子此时有些心虚，但想到这便是那个诈败的贼将，无论如何，今天也要他人头落地。

杨瑾杀得尸横遍野，高瞻远方野云，眉头紧锁，大刀上的血迹未干，但他仍旧担心的是宋恺曹雄走了多远，自己能守多少时间，从鞑靼小王子自信的狞笑中可以看出，杨瑾守不了多长时间了。

小王子深知自己不是杨瑾的对手，因为他仅凭一人之力，顷刻间便斩杀鞑靼百余众，他的部下已全员战死，自己被包围在垓心，此战，若论人数来看，明军杀敌数已远超鞑靼。

周尚文在后方惊呼，多少次欲带兵冲进来解救杨瑾，奈何越冲敌人便围得越紧。杨瑾的刀锋上，闪耀着血与铁交融的红光，一旦举起，便光芒万丈，在落日的余晖中散发着独特的光芒，那是他作为一员虎将最好的象征。

小王子已深知明朝西北将士，不像他来时想象的那样，个个草包，而是名副其实的虎狼之师。对于虎狼，蒙古人有自己独特的狩猎方法，就是围猎。也就是将你围起来，四周放箭，等你中箭，然后……

杨瑾在小王子的一声“围猎”令下，像曹雄一样身中数箭，只是他没有曹雄那样的好运和矫捷的身手，他两只眼被小王子身旁的“哲别”射瞎，疼得他仰天长啸，但未跌下马来，因为对于军人来说，有温度的马儿，好歹胜过没有温度的兵器。毕竟，缰绳断了，马儿也中箭了，都没有尥蹶子抛下他，他知道它疼，所以他死死地抱着心爱的战马，脸贴在马颈上。

可惜蒙古“哲别”不只一个，后方也有。最要命的一箭，射在了杨瑾的腰上，杨瑾清晰地听到自己腰椎断裂的声音，他再也支撑不住，从马背上滚落。

小王子这时候觉得自己可以出击了。

原本是双方统帅单挑的一战，小王子实际上没有迎战，而是选择了落井下石。因为他知道，如若迎战，鞑靼的历史将被改变。

即便如此，瞎眼的杨瑾依稀还是可以听到耳边到处划过的战马、脚步声，这些看准时机就来补刀子的虎狼，怎么可以让它得逞!

杨瑾虽瞎，不减大勇，还是杀了不少想上来补刀子的豺狼。这真是令人头疼！小王子咬牙道：“素闻西安杨瑾，有大明王朝‘西北活长城’之称，一夫当关，万夫莫开。哼哼，看来今日，长城要塌了！来人，给本汗乱军冲上去，把这长城踏为肉泥！”

原本和周尚文激战的鞑靼部队，闻令而动，掉转马头，纷纷向杨瑾冲去，杨瑾的身体，成了鞑靼军肆意践踏的野草、山坡。被践踏，被辱骂，被憎恨，被踏成平原，踏进泥土……

有诗云：

云台凌烟父样卿，颗颗粲如星辰明。
皇臣报国丹心凭，身作长城御外凌。
刀劈豺狼恨气短，剑挫虎豹犹觉轻。
黄沙揾泪风知意，白云遮顶雨晓情。

能献青春成王迳，敢将衰朽映五陵。
时危安肯惧渠魁，道穷何惜兴义兵?

广武恢恢命归野，神功凛凛贯朝廷。

有朝一日虹拥殿，莫忘将军气未宁。

杨瑾壮烈殉国，在最后一刻，他即便是双目被“哲别”射瞎，也没有流出一滴泪，作为一条好汉，他只有痛苦的呻吟，在他的呻吟声中，实际是听不出来痛苦的，而是绵绵不绝的担忧声，这声，伴随着从他身上来来回回踏过的马蹄，消失在了一片混沌之中……

“啊——”

周尚文勃然大叫，从鞑靼军中杀出了一道口子，冲着杨瑾的方向呼喊他，周尚文深深明白，恐怕杨瑾已经遭到不测……但是——活要见人，死要见尸！岂能让杨将军葬送在此乱军阵地！于是周尚文不停厮杀，他的马刀，愤怒到可以一次砍断两三个鞑子兵的头颅，小王子连忙掣马后退，周尚文穷追不舍。忽然，乱军之中，周尚文被一种刺眼的光芒所吸引，那是杨瑾的关西大刀，斜插在土中，那么黄土下的人是……

周尚文不再追小王子，而是转过去一把将大刀抽出，紧握大刀的杨瑾已经血肉模糊，身上的唐猊望云甲已破落不堪，周尚文遂用力提起杨瑾，却只抽掉了铠甲，鞑靼小王子故技重施，一声放箭，鞑靼兵四散开来，周尚文知道，杨瑾就是被这招射杀的，于是他伏在马身，掣马后退，做了一个惊人的决定：

与其救杨瑾，不如为他报仇——誓杀小王子！

萧关上的兵士也在放箭，却被鞑靼兵闯关厮杀，周尚文含泪大叫：“大丈夫保家卫国，城破身死，必不毁节！”

周尚文知道，弟兄们都是好样的，没有一个投降，因为，他们要是投降，早便投降了，鞑靼兵也不会事到如今，还杀得这样激烈，“胜”得这样惨烈。眼见弟兄们、乡勇们一个个殉国，周尚文咬紧牙关，仰天长啸道：“不杀鞑靼小王子，我周尚文誓不为人，啊……”

啸罢，周尚文率领残部，调转马头，冲大散关方向疾驰而去，适值夜幕降临。

第十一回 周尚文复仇旧甲代新袍 赵世郁皇佐伏兵连云桥

萧关之战，后人有诗云：

男儿生来属四方，心橐天地志在疆。
肝胆浑如昆仑耸，弓马刀剑披金疮。
匹夫惧死能贪安，壮士好生不畏强。
赤籍挥戈即国士，血浴沙场威名彰。
汗青一笔书神武，梨园涕泪九回肠。
豪杰纵死气未绝，遥看飞虹绕山岗。

却说周尚文率领部下，穿着杨瑾带血的唐猊望云甲，一路纵马撤退大散关，誓杀小王子。他撤退，并不是害怕，而是他太恨了，恨自己能力不足，恨杨瑾英雄气短，恨小王子以多欺少，更恨自己也许会被众人误认为贪生怕死之徒，于是他决定，以最快的速度提兵反击。

行至驿站，天降大雨，他和部下随意喂了马儿几口草，望着杨将军铠甲，潸然泪下，他寻思道："昔日晋惠帝何等痴呆，乱军中嵇绍为他挡驾，血溅帝袍，事后太监要为惠帝浣洗战袍时，惠帝夺过，泪言有嵇侍中血。今杨将军血甲，同为忠臣印记，可惜物是人非……"部下无不感泣。

"杨瑾殉国，今日我便是他！"周尚文说罢，穿上杨瑾唐猊望云甲，带领部众，再不歇息，一鼓作气，冲大散关驰去。

皇上与文武大臣在大散关等候多时，曹雄宋恺已携百姓进入，而关卡远处，仅有周尚文零星几人回来，公孙向东与赵世郁面面相觑，知有不测，投奔百姓见周尚文穿着杨瑾带血铠甲归来，想来杨将军已是凶多吉少。

皇上见百姓们抹泪，便笑道："故人重逢，令人感动！"

百姓们即伏地痛哭杨将军，皇上这才恍然大悟，周尚文穿的是杨瑾的铠甲！杨瑾昔日佩将军印宿卫京师，当时还是太子的正德皇帝问他："为什么你做护卫要一直站着不动呢？"

"百姓若流水，侍卫如青山。水以流动为生，山以泰定为责。宿卫京师，保护圣驾，微臣不敢轻动。"

正德皇帝双手叉腰道："圣驾自有我保护，我武艺高强，没人能伤我父皇。"

"殿下豪气，令人钦佩。可国家安危，毕竟不能仅让殿下一人承担，杨瑾愿与殿下同在！"

"国家安危，不在朝廷，而在鞑靼。强虏犯境，朝廷是没什么事，边疆的百姓可就受苦了，我多次欲带兵出征，父皇不许，杨瑾，你既与我同志，能否代我为大明的百姓，去守护家园？"

"义不容辞！"

"你是哪里人？"

"西安。"

"好，汉唐古都，关中豪杰。那我要父皇派你镇守西北，你可愿意？"

"杨瑾愿身作长城，以微末之躯拒强虏弓马刀枪，决不后退！"

"好一座西北长城，朕以你为荣！"

当日的正德皇帝，言犹在耳，如今的杨瑾，已化为尘泥。

"朕的西北长城，倒下了……"皇上双目含泪，眺望远方，周尚文道："皇上，长江后浪推前浪！杨瑾虽死，彦章犹在！周尚文愿整兵再战，为三军先锋官！"

原本，皇上是想御驾亲征，证明自己实力给内阁老爷子们看的，虽然他这次没有带情绪激动的梁储过来，但是他有十足的信心，打败鞑靼。时下正是群英云集——左右侍卫陌上阳、江彬；曹雄、宋恺的民兵；千钧神力刘西凤；还有他景仰的名士公孙向东与师兄赵世郁。

令人称快的是，除了周尚文，这些人都愿意争当先锋，除了公孙向东一言不发之外。

皇上转向公孙向东，问道："公孙先生，你字为皇佐，必有破敌之策，可有指教？"

公孙向东道："兵者，不祥之器，能不打还是不打好啊……"

公孙向东一言，令众人大失所望，但他转而又说："可是，如果别人要打你，那当然必须还手！至少要以牙还牙，才不失大国尊严！"此话一出，众人纷纷点头，公孙向东接着道："我公孙向东饱读圣贤之书，精通君子正气之道，圣人绝不主张以德报怨，子曰——以德报怨，何以报德？对坏人施加品德，本身就是伤害自己尊严和学识的无耻无知行为。论打仗，我六师兄号称天地棋盘，那些所谓的兵卒，不过是他天地策略中的棋子而已，策略方面，交给六师兄，某愿作担保。”

正德皇帝转身对赵世郁道：“既如此，阁下有安排，愿闻其详！”

赵世郁也不含糊，上前就说：“此战兵分两路，为了全歼敌军，劳驾杨一清大人绕道平凉，先堵截后路。大散关用武之地，秦汉时期即为要塞。昔日汉高祖明修栈道，暗度陈仓，就在此隐秘进行。此战为了方便各人发挥特长，正面拒敌，主心骨由陌上阳与周尚文承担。局部分兵阻截——我与七师弟把手连云桥，皇上与江彬伏兵陈仓道，曹雄宋恺散关岭居高临下，刘西凤清姜河拒敌，大散关昔日有南宋名将吴玠吴璘二将兄弟齐心，以微末之兵在此大战金兀术！千载之后，今我大明天子守社稷，御驾亲征，四方豪杰安敢不效死命？”

皇上道：“呵呵，你既知是天子亲征，像朕这样的才华，你却为何把朕放到候补的位置了？”

“皇上，恕在下直言，历朝历代，御驾亲征，乃不得已而为之。但凡打仗，兵将须勇往直前，克敌制胜，无所顾虑。但皇上在此，在下不得不考虑圣驾安危……”

“没事儿，朕战死了不怪你。”

赵世郁哭笑不得：“呵呵？皇上，兵者，死生之地，存亡之道也，不可不察。既然皇上能如此轻视龙体而投身军旅，身为丈夫，不枉此生。”

“呵，朕就喜欢听你们这些江湖人士说话，多痛快。换了内阁大臣，一定强烈谴责朕的各种行为，朕已经被谴责惯了。所以朕这次学聪明了，除了江彬和陌上阳，没有带其他人来，来了也帮不上什么忙，净是一帮老爷子瞎操心。”

“皇上既如此忠义，那在下斗胆，让皇上在主心骨发挥，只要陌上阳和周尚文能承诺保护您的安全。”

陌上阳和周尚文立即答应，江彬傻眼了：“那陈仓不就我一个人守了？”

皇上拍拍江彬肩膀：“没事儿，小小陈仓道，敌兵也不一定会去。要是去了你就勇敢一些，多杀几个鞑子给朕长长脸，即便战死，朕回头给你风光大葬。”

“老大，可是我一个人……”

“怎么？你身为朕的御前侍卫，说句不客气的，就是替朕挡刀送死的？朕圣旨即出，你敢不从？”

“唉……那……好吧！”

“朕今日是带着战死当英雄的决心来的，你们当中要是有谁贪生怕死的，朕立斩不饶！朕都豁出去了，谁敢后退！”

“可是你有护卫我没有啊……”江彬嘀咕道。

“江彬！反了你了？敢和皇上相提并论，如此没上没下，活腻了是不？”杨一清吼道。

皇上一看江彬为难，就凑到他耳边小声道：“打赢了，朕好好请几个姑娘陪你……”

江彬眼神一亮：“皇上，君无戏言？你可要说话算话啊！”

“告诉你，朕的脸就是诚信，您请好吧！”

江彬立即意气风发道：“陈仓？小意思，到时来多少算多少！”

“好嘞，那朕就该热身上场了罢，皇帝就应该是战场的主心骨啊！”

“非也。主心骨有三个。”

“三个？”皇上比画道：“主心骨主心骨，当然是一个啊！”

赵世郁笑道：“皇上，打仗不是打架，一个主心骨，敌人一拥而上？一旦前锋受挫，后方就溃不成军，望风而逃。”

“那赵先生的意思是……”

“摆阵。”

“摆阵？什么阵？”

赵世郁从袖中掏出一卷轴，展开一看，卷轴上绘制着各种阵法，林林总总，共有上百种。赵世郁举出其中一种，道：“此乃疯蛇阵，与其他阵法一样，都是在下平日精研兵法，亲手绘制的。此阵特点，开拓性强，用得好可以披荆斩棘，直逼敌军主帅，适合一招制敌的武林高手研习。混战时，派一位将领上前，一旦斩杀敌方兵士，身后突然跃出弓箭手，眼疾手快，弯弓搭箭，然后排成横蛇，与敌交战，横蛇之后再突然跃出弓箭手，如此反复。”

“不是说只有一位将领，何来什么纵蛇横蛇？”皇上问。

“奥妙即在此处。表面上是一位将领，实际上是一条线上，无数步伐一致的将领！动作一致的敢死队，排成看不到尾的长身蜈蚣。疯蛇一旦逼近敌军，蛇首后方可像开花般突然四面八方轻功散开一波猛士，人势半空呈千手观音状，观音手纷纷弯弓搭箭，这惊人一幕，敌军防不胜防。然后散落在地的兵士，再重新组合成疯蛇，迷惑敌军。战意高涨时，屏障适当开一道口子，让疯蛇窜入，只要首将勇猛，疯蛇就会像一把利剑，直逼敌军的垓心。”

于是，皇上带领兵将尝试疯蛇阵。皇上以百人之众扮作鞑靼，陌上阳带领百余人扮作一条疯蛇。双方相遇，疯蛇迎上，貌似只有陌上阳一人，而当陌上阳眼神一锐，断喝一声“散”，背后步伐一致的兵士正如开花般从四面八方凌空跃起，弯弓搭箭，立即射倒皇上无数兵士。众人随陌上阳快剑“斩杀”几兵士之后，众人身后又突然散出十余兵士，与陌上阳站成一排，与皇上兵将交手，交手不到三招，十余人身后又凌空飞起十余人，凌空放箭，突如其来，无穷无尽……

结果，皇上兵士“全军覆没”，仅剩他一人，皇上大喜，回头望着赵世郁，赵世郁一脸“好用吧”的样子，皇上即对他钦佩不已。而皇上最为钦佩的，还是那位“五朝元老”王恕，没想到九十岁高龄的退休老爷子还能培养出来这等弟子，果然姜还是老的辣。传闻王恕的“宏道七圣”在野党队伍中，最小的弟子公孙向东集七人之大成，被王恕称为“西宫白虎”，可这才华横溢的公孙向东文质彬彬，哪像什么虎啊。

公孙向东一路向西，他的英雄夙愿才刚刚开始，自然不会锋芒毕露，但必要披荆斩棘，鞑靼小王子不会料到，大散关连云桥，将会是让他目瞪口呆的最后……

所谓“南方的才子北方的将，关中的黄土埋皇上”。自古北方骁勇善战，生产生活就是打猎杀生，民既是兵，帐就是营，集结迅速，机动性强，不需要什么“三军未动，粮草先行”的矫情策略，遇见什么就杀，杀了什么就吃，饿了射个鸟，渴了接马奶，所到之处，能用抢的何必用借呢？借东西多丢人啊。昔日金主完颜亮有诗云：“万里车书尽混同，江南岂有别疆封？提兵百万西湖上，立马吴山第一峰！”这首诗大有言外之意——爷要统一天下，铁蹄踏到的地方，哪里还有什么别的称呼？都是爷的。

没有读过书，不知仁义的化外野人，中华祖师爷给他一个光荣的标签——禽兽。这也是骂人最难听的话。

《汉书·匈奴传》有云：

夷狄之人贪而好利，被发左衽，人面兽心，其与中国殊章服，异习俗，饮食不同，言语不通，辟居北垂寒露之野，逐草随畜，射猎为生，隔以山谷，雍以沙幕，天地所以绝外内也。是故圣王禽兽畜之，不与约誓，不就攻伐；约之则费赂而见欺，攻之则劳师而招寇。其地不可耕而食也，其民不可臣而畜也，是以外而不内，疏而不戚，政教不及其人，正朔不加其国；来则惩而御之，去则备而守之。其慕义而贡献，则接之以礼让，羁靡不绝，使曲在彼，盖圣王制御蛮夷之常道也。

因此，人中的禽兽，绝不会把自己当坏人看待，因为他不识字，不读书，当然不讲理，因为他不懂，所以根本就不知道什么是好什么是坏，但是冷热饿饱这种动物的基本需求，他可是有的。所以他一定会以自己的动物需求为主，去对待这个世界，哪会管你什么人类的志向、国家的理念、什么可持续发展，在他的动物属性里，啰唆透了。

强盗从不把自己当强盗看待，即便觉得自己是个强盗，也要拿出当主人的气势来，辱骂那被抢的懦夫就像个腐败有钱的死胖子，只知道吃喝拉撒，所以不必活了。豺狼扑猪圈——大发荤财。这就是完颜亮的野性态度，是动物横行天下的“正义”法则。

大明王朝，中兴之主弘治皇帝，留下来的，是一片花花世界，朗朗乾坤，和一个同样有着热血率直、冒进任性的少年天子——正德皇帝，朱厚照。

皇上可从来没把自己当吃喝拉撒的动物看待，反而他很介意别人瞧不起他，尤其是文官，尤其是在学习方面。你们瞧不起朕，朕就偏要证明给你们看，让你们知道锄头是铁打的，朕是个大丈夫。

于是，两军交锋，来将通名，皇上自豪地吼出一个新头衔——八世明太祖。

这个头衔把鞑靼的带兵大将吓傻了。别人鞑子也许不知道，明太祖可是赫赫有名的民族英雄，当年何止“却匈奴七百余里”，更要命的是他的老四朱棣，南征北战，东征西讨，岂止是龙种，更是一员令人闻风丧胆的虎将。

不会吧？明太祖，瘦得像小鸡崽一样的那厮，自称是明太祖？老匹夫都死了多少年了……

这自豪的头衔似乎没有唬住对方，对方也没有仔细琢磨这个真实头衔的内涵，就扬起马刀攻过来了，声称要生擒那个小丑。

皇上兴奋了，他拔出天子剑，对陌上阳与江彬言道：“左右护法，跟朕上。”

三个人，三个点，跑着跑着，身后突然跃出十个人，凌空放箭，完事排成一排，再拔刀，拔刀侍卫身后突然又跃出五十人，凌空放箭，依此类推。

这种花式的交锋把鞑靼打傻了，原本人多势众的部队竟不敢往前冲，他们生怕眼前的这一群背后再散出无数弓箭手，这种高技巧开平方增加人数的打法，只有赵世郁那种“鬼才”弄得出来。

提兵打仗，最忌讳的就是冲锋时突然按兵不动，这种情况一般有两个原因，一个是主将发令，一个是兵士迟疑。而兵士主动迟疑最能影响士气。明朝与倭寇对阵时常常就是这样，原本以多碾少必胜之军，遭到少数倭寇前锋凌厉的攻击，明军后方军心就开始涣散。而此时，陌上阳将扮演倭寇凌厉攻击的那一套，用他惊世奇绝的剑法对待鞑靼。固然，皇上与周尚文也在与敌交锋，但他俩都是一个一个杀，陌上阳太阿剑出手——潇洒几剑，倒地一片，皇上看得啧啧称赞，羡慕不已，就差叫师傅了。

周尚文交手时夺过一把马刀，双管齐下，竟杀开一条血路，眼见一鞑子骑兵过来悍然撞击，周尚文引剑上手，顺势将宝剑镖去，刺死骑兵，夺过战马，再拔出鞍中马刀，一夹马肚子，左手马刀横刃在肘，不用缰绳，俯身冲入鞑靼骑兵阵营，鱼贯而去！双肘刀锋过处，骑兵无不落地，皇上惊呼：“好个飞将军！”

周尚文直管冲锋陷阵，眼中死死盯着前方，他相信，只要不停地杀，终究能看到那家伙……

江彬在陈仓道，口中咬着稻草，等了半晌，不见人来，忽然有一波鞑靼残兵败将发现陈仓捷径，想去通报，被江彬突然出现，挡住去路，对方还没来得及问“来者何人”，就被江彬痛快斩杀了。

曹雄与宋恺大军，散关岭与鞑靼兵士对射，损失惨重，宋恺道：“我们的特长是近战，干吗要和鞑靼人比哲别箭法？”于是教兵士们掩护，二人从山麓侧翼突然杀出，鞑靼哲别没有死在明军的箭下，却死在了曹雄宋恺的剑下。

清姜河，有鞑靼兵与埋伏的明军交战，明军故意将鞑靼兵往水中赶，而水中的兵士即连连发出惨叫之声，不一会儿，河水尽赤，浮尸成群，鞑靼兵四散慌乱叫道：“有水怪！”

定睛细看，刘西凤从水底腾空跃起，顺手向后丢掉了砍下的头颅，立于水中岩石之上。见是一女流之辈，鞑靼一拥而上，錾金凤嘴刀顺势砍倒一片，还将一胖子兵士捅死挑起，向后抛入清姜河中。众人瞠目结舌，刘西凤转身对自己兵士道：“眼前这些货，要是跑掉一个，老娘就剁掉你们一根手指。”兵士一听，赶紧一拥而上，将鞑子团团围困，被包围的敌军，只得弃械投降。

周尚文在垓心驰突无阻，陌上阳与皇上带领的大军逐渐将包围周尚文的部队反包围，却是不见鞑靼小王子，难道小王子另有阴谋?

明修栈道，暗度陈仓，不只有中原人懂，小王子也懂，不过，他没有读过书，更不会研究陕西地形，他下来只不过是为了抢点东西，他迷路了。

事实上，小王子来之前，已经被一波人马搞了一次突击，那就是从平凉迂回包抄的杨一清老爷子。五十二岁的杨一清算不上老，但因为他常常苦口婆心劝说皇上，皇上干脆把他叫老爷子，没叫老婆婆已经算给面子了。老爷子当年何等威风，他打仗的时候，当今皇帝还在先帝的宫后苑里撒尿和泥玩呢。所以，老爷子根本不会把皇上的圣旨放在眼里，但不能明着来，故美其名曰——将在外，军令有所不从。有兵士疑惑道：“巡抚大人，将是在外，可是皇上也在咱身边啊，咱真的要比皇上他们先动手吗？”

“当然，我宁愿抗旨护驾，也不愿遵旨让圣驾有什么闪失。皇上只是个贪玩又不知天高地厚的小孩子，我有教导他的义务，更有保护他的责任！”就这样，杨一清先发制人，奇袭敌后，打鞑靼了个措手不及，小王子只好带领残部，是退到了大散关，不是进到了大散关。

大散关上，有许多栈道，其中的一条栈道，高耸入云，居高临下，时人称“连云栈”，或连云桥。连云桥盘山而建，险峻无比，又绵延不绝，小王子只得带兵上了栈道，赵世郁已经布下天罗地网，将后路封死了，栈道上全是伺机而发的明军，桥的那一头，只有一个人在把守，那就是公孙向东。

羊肠小道，蜿蜒曲折，日高三丈，人困马乏。就这样，小王子逃到了尽头，望见了那个人——

他头戴嵌宝旦形紫金冠，身披无极鹤氅金缕衣，脚踏掐丝玳瑁祭红靴，腰插交龙争丹玉拂尘，一袭银袷，一派潇洒。

公孙向东，字皇佐。

昔日嘉峪关一战，公孙向东以妖法斩杀鞑靼亲王巴达荣贵，小王子略有所闻，萧关他又出来献计，借刀杀人，抛砖引玉，反间计，关门捉贼……

真是可气至极。

小王子决定背水一战，今日有进无退，有来无回，誓要斩杀此妖道。遂带领卫兵三十人与公孙向东展开血战。公孙向东拂尘宝剑出鞘，也毫不犹豫迎上。

一阵厮杀之后小王子才看清，公孙向东竟有刀枪不入之躯！

“传闻中原有奇术铁布衫，你究竟何方神圣？”

“天上众星皆拱北，人间无水不朝东——公孙向东。”

“念什么屁诗！不知道我听不懂吗？混蛋！你是何方妖孽？为何要反抗我鞑靼！”

“吾先祖乃陕西平章政事阿必宝哈，太祖年间归顺大明，后人靖难之役被馋臣陷害，逃至敦煌，世代隐居。今见鞑靼无道，伤化虐民，导致生灵涂炭，山河分裂，何不以苍生性命为念，就此罢兵，还百姓一个太平？”

“废话！我鞑靼继承蒙古可汗大位，铁蹄之下，无人不服，岂能屈膝于人？”

“只要百姓太平，何必在乎自己的虚名，造次挑起战争。鞑靼乃不义之国，建文四年，逆臣鬼力赤篡夺了北元可汗坤帖木儿的汗位，拥兵自重，自称鞑靼，真是沐猴而冠。”

“呦呵，你小子还懂的挺多，告诉你，朱棣都可以篡他老子的皇位，我大汗为何不行？”

“子篡父位乃家事，臣篡君位乃亡国。成吉思汗泉下有知，必死不瞑目。”

“住口！成吉思汗与你何干？”

“昔日，我太祖塔塔统阿，曾为成吉思汗蒙古国师，在波斯文的基础上发明蒙古文字，掌管金印、钱谷，权倾一时。与丘处机老神仙共劝大汗，少杀生，多蓄德，培养皇子，振兴汉学，成吉思汗不听，导致元朝权相辈出，谋害天子，祸国殃民。今鞑靼斩断了黄金家族龙脉，强弩之末，又欲重蹈覆辙，血染山河，真是旧病复发。你们这些番酋，全无一点爱民之心，不配拥有天下！”

说罢，公孙向东剑指小王子，对诸位兵士言道：“弟兄们，天下本一家，祖师爷授我辈兼爱非攻尚同之道，以不义之举动无名之师，必遭天谴，弟兄们都是有家之人，何必为了这种暴君牺牲性命，让父母子女失去依靠？昔日朵颜三卫，今已封官加爵，何不载戢干戈，投奔大明，归化王道，从此安居乐业。”

鞑靼兵士有些动心，小王子咬牙道：“俸禄？别人施舍的哪有自己抢的来得痛快，谁和你是一家，我们过抢劫的日子过惯了，不喜欢看人脸色，免谈！”

赵世郁立即带领兵士弯弓搭箭，包围小王子部队，鞑靼兵士见状，皆放下武器，表示愿意投靠大明，不再抢劫，安居乐业去了。小王子目光一锐，随即杀了几个卫兵，导致众怒，众人合力，绑了小王子。小王子骂道："公孙妖道，竟敢蛊惑人心，坏我大事，我做鬼也不会放过你！"

却说周尚文、正德皇帝与陌上阳将鞑靼军消灭殆尽，沙场上后方突然传来一声吆喝："住手！"

然后公孙向东与赵世郁押解鞑靼小王子登场，正在交战的鞑靼兵士眼珠子都快掉出来了，只得停战，周尚文一马当先，有一种要将小王子劈成两半的气势，手上的马刀已经在颤抖。公孙向东道："皇上，擒贼先擒王，这个暴徒首领交由你处置？"

"皇上！交给我吧，让我一刀将他劈成两半，然后再彻底消灭这些侵略者，以慰杨瑾在天之灵！"周尚文道。

公孙向东道："此人不服王化久矣，教唆无辜百姓，屡次犯我国境，如今生灵涂炭，皆他之罪！"

公孙向东说话，总是含沙射影，言下之意就是，鞑靼兵士无罪，全是受到小王子的教唆，入侵责任全部由带头者承担，其余人可以归降。这话鞑靼兵士听了，很是耳顺。毕竟败军之将，无法言勇，群龙无首，不如早降。

但是，正德皇帝认为，当着大家的面，杀了他们领袖，是不是有些不给面子？

的确，不能让大家看着小王子死，皇上认为，甚至不能杀他，就和皇上不怕自己驾崩而大臣怕是一个道理——在一个抱团生存的政治环境里，君王是不能经常换的，君王换了大臣位子也坐不稳，朝廷局势必然动荡。杀不得，又成放虎归山，岂不太便宜他？于是皇上做了一个奇葩的决定——单挑。

单挑？这个决定让周尚文彻底失望了——杨瑾白死了，不杀小王子誓不为人，这下真"誓不为人"了。

周尚文据理力争，皇上有自己的看法："公孙先生说得对，坏事都是你一个人干出来的，你以后要打仗，别那么劳师动众，祸害百姓干什么？你自己来紫禁城和朕单挑就行了，打赢朕，你想要什么就拿什么。朕还可以发你一张关牒，方便你一个人直接来找朕，地方官员绝对不会为难你什么。"

鞑靼小王子算是领教了，这货就是皇帝？既然你不识好歹，老子还可以跟你玩一玩。

小王子立即就答应了皇上的要求，表示可以单挑。正德皇帝道："你虽名为小王子，年龄比朕还大，单打独斗，是要赌的，朕若赢了，你叫朕一声干爹，你回你家，继续做你的老大，朕要输给你——大明的皇帝由你来做。"

正德皇帝语出惊人，众人如五雷轰顶，大呼不可，公孙向东道："皇上，他叫了你干爹，以后还怎么做人？回去怎么做老大服众，万万不可！"

"叫小叔子也行。"正德皇帝道。

"哈哈哈哈……正德，这可是你说的，今天这里所有的人都是见证！来来，按照你们皇上的圣旨，给我松绑，待我先打得他满地找牙，再和你们慢慢谈转让江山的事……"

正德皇帝上前，亲自斩断了小王子的麻绳，小王子此时，觉得眼前这个小皇帝不可思议，身为蒙古人，虽然他很佩服这种独当一面的作风，但是，他还是太年轻了。

双方一交手，小王子觉得正德招数还可以，但作为男人，一个十五岁的少年，出剑力道，显然不如一个四十多岁的大叔。

刀剑交鸣，双方阵营中的兵士看得全神贯注，这可是主帅与主帅之间的战斗，任何一人的失败，都会影响历史。

小王子怒气中发，正德已筋疲力竭，被小王子击倒在地，周尚文想要对小王子放箭，皇上大吼一声："周尚文！你想让朕失信于天下吗？"周尚文只好恨恨收箭，心里觉得皇上简直不可理喻。

皇上的剑锋，被小王子压得很低，直到剑锋砍到了自己肩膀，众人心惊肉跳，眼见皇上肩膀的血纵贯全身，流过脊背……

申酉戌亥——皇上的脊背闪烁着四道血光，是鲜血流过脊背的刺青造成的。

他的命理和明太祖一模一样。八世明太祖，此言不虚。

当血迹流过这四字，字是消失了，明太祖的魂魄却猛然浮现正德身后，化作一条金龙，打入正德体内，正德皇帝断喝一声，用力一挣脱，将小王子逼出三丈之远，连滚带爬……

"皇上怎么了?!"远处周尚文惊问。

公孙向东道："那是……太祖封印……龙上身……"

此时此刻，连陌上阳也注意到，皇上肩膀的伤口——愈合了。

"龙上身，什么意思？"周尚文追问。

"传闻真命天子，命理与开国太祖一致的，在身受危难时，常常能化险为夷，是为太祖庇佑。是亡人用魂魄解开了子孙的命理封印，作为暗能量影响子孙的行动，通俗的说法，叫爆种。"

"爆种？"

"对，爆种。人的潜力是无限的，就像种子一样，有待开发。有的人能在短暂的时间内，突然爆发出惊人的力量，这都是有不可思议的能量在影响。我曾在天竺祖师的门下修行，习得悬浮术，即古人凭虚御风之术，正是得益于与祖师朝夕相处的影响，就像铁遇上磁铁，铁终究会吸收磁铁的磁，变成同样的磁铁。皇上既有太祖庇佑，如今的力量已经完全与刚才不同了，只是……”

“只是什么？”周尚文问。

“呵呵，没什么。”公孙向东心想：“这爆种是突然爆发的力量，按照祖师理论，这种超负荷的体能运作，会对将来的寿命有什么影响呢……”

爆种之后的皇上，与之前判若两人，剑法又快又狠，眼神凌厉，全然一位绝世高手，将小王子打得毫无还击之力，连在一旁的陌上阳都在忖度，如此快而强的剑，恐怕自己也非其敌手……

几十招之后，由于努力防御，小王子的刀掉落在地，因为他实在没有力气了！而皇上，居然意犹未尽，脸不红气不喘。小王子算是服了，这突然的逆转，让他对皇上又多了一分敬畏之心，别说他，就是在场的所有人，无不被皇上奇绝的剑法所震惊，这就是当今的皇帝——八世明太祖。

“小叔子。”小王子脱口而出，输得五体投地，正德哈哈大笑，“平身。”

“为人君者，当以百姓安危为先，不得以自我私欲为主。”正德说得好听，仿佛他喜欢打仗，喜欢乱闯，不是私欲一样。

一番思想教育，皇上的意思很简单，没钱花了，大明父母之邦，可以随时接济你岁币与物资。别得意，不是因为你小子脑袋长得像个夜壶似的才给你，是为了百姓。鞑靼与大明，双方边境可以贸易，抢劫这种事，下不为例。要真想打，别祸害百姓，直接来紫禁城找朕，朕发你通行证和贵宾券，练好了再过来。

皇上说的，好像自己是武林高手一样。事实上，他虽然是个三脚猫，只要他愿意学，掌握一流武功还是不在话下的，毕竟他周围高手如云，耳濡目染也能日益精进。他已经打算，认两位师傅，把他们的本事统统学会，这两位的大名，已经呼之欲出，是的，公孙向东与陌上阳。

公孙向东道号“西宫白虎”，封为国师、右都御史、武英殿大学士、鸿胪寺卿，老规矩，结衔。

厚葬杨瑾，追封彰武侯。

周尚文封为“飞将军”，负责西北边防巡抚。

宋恺封为右军都督，南京守备。

曹雄为延绥总兵部指挥佥事。

刘西凤封为贵妃，强烈拒绝，以性命抗旨，皇上扬言，不许伤害她，要用个人魅力慢慢征服她。

赵世郁不受封，打完仗就回陕西三原的宏道书院继续潜修去了，临行时传老师之命，让公孙向东竭力辅佐当今圣上。

鞑靼小王子，拿着皇上御赐的玉佩撤退时，仍旧遭到杨一清的包围，小王子怎么都说不清楚，杨一清不得不怀疑，万一是他偷了玉佩，诈逃呢？于是暂且押下小王子的部队，飞鸽传书，问清楚了，才决定放小王子走。小王子觉得这些人太可气了！老子撤个退还唧唧歪歪扭扭捏捏的，真想豁出去干一仗算了，大不了鱼死网破，大丈夫被人这样一来二去地折腾，活着真是窝囊！

杨一清觉得，小王子怎么能放？仔细一想，皇上圣明，与其斩杀小王子令鞑靼群龙无首，不如暂且安置一个听话的，至少能保住北方局面稳定，中原百姓太平。临走时，杨一清还警告小王子：“今后好自为之，善待百姓，若敢再犯我境，定斩不饶！”

小王子小声骂着脏话头也不回就离开了，得意个什么劲，有什么了不起的。

回去之后，养精蓄锐，不到三天，脑子一转，小王子就把杨一清、正德皇帝的话忘光了……

第三章 玄武传

第十二回 呼延直破胡豪夺苏鲁锭 杨一清重赐黄膘金络脑

弘治年间，大明王朝西北边境，一直流传着这样一首民谣——“虎踞三边杨总制，龙出塞外呼延直，火炮雕弓备久时，恭迎鞑靼小王子。”

陕西巡抚杨一清，成化八年就开始在此经营军务，养战马，修城墙，招兵买马御贼寇。由于战功显赫，他平步至青云，从陕西按察副使，一路做到了陕西巡抚西北三边总制。手下强将如云，个个骁勇善战，忠不顾死。

鞑靼犯境，只要杨一清一声号令，顿时城墙上火炮齐发，箭矢似雨，明军即大开城门，擐甲扬锋，虎跃狼奔，英勇出战。

杨一清身披重甲，阵前勇冠三军，驰突垓心，威风凛凛。

鞑靼小王子是他的“老朋友”，一旦开战，二人必定会交手，一旦交手，小王子不出五十回合，必定要做一件事——逃跑。

小王子多聪明的人，多金贵的躯体，才不会让这疯子得逞，对于小王子来说，虽然他杀不了杨一清，但是即便不要脸地想一想，他就是杀了杨一清，又能怎样？他已经混到头了，鞑靼可汗。功劳？那都是他赏赐别人的，如今除非他杀了大明皇帝，否则他就是杀再多人也没人奖赏他。

杨一清就不同，他当官就是为了报效国家的，报效国家最痛快的方法就是驰骋沙场，大丈夫能做到西北总兵，不枉此生。既然做了，谁知道自己能干几年？不多杀几个人，哪对得起自己都御史的头衔？小王子的头，在杨一清眼里，那就是一本闪闪发光的功劳簿和历史书。杀了小王子，告老还乡时，吹牛还有资本呐，让子孙后代都记着，爷爷当年，是何等的威武。

小王子着实恨杨一清，非常恨。他不明白，明朝为什么派个疯子书生过来跟自己对着干，爷不就是为了抢点东西吗？至于吗？

基于小王子对杨一清的又恨又惧，故而每次交战总是打不赢就撤，杨一清也不追，因为他怕在沙漠里迷路。

杨一清选择守株待兔，老子就跟你打长久战，看你怎么办。

小王子血气方刚，也不读书，反正爷喘过气来，就接着跟你干。

杨一清手下有一先锋官，浓眉大眼，虎背熊腰，生得一对重瞳，能开五石之弓，浑身有万钧之力，复姓呼延，名直，绥德人士，在军中威名甚高。

呼延直最引以为豪的事，是在一次小王子的进攻中，他背上为杨一清挡了鞑靼弓箭手射出的五枚羽箭，转身一枪便搠死了小王子的战马，与跌落下马的小王子肉搏，不出三回合，将小王子生擒过顶，还用小王子砸死了一名鞑靼骑兵。

小王子没有死，摔成了重伤。从那以后，呼延直成了小王子不知姓名但畏惧的人。这也是他心中的一根刺，每与杨一清交战，这根刺就会刺得他不得安宁，心绪慌乱，比起杀杨一清，小王子的内心，其实更想杀这个人。

虽然呼延直是个“普通人”，但小王子是会联想的，一个无名小兵尚能如此，如何能保证杨一清手下个个不是这样力拔千钧的人？想到这里，小王子的头更痛了。

英雄总是万里挑一的，呼延直正好就是那个“一”。杨一清非常看重栽培他，认作义子，授参将衔，随军教导，朝夕相处。

之后每有鞑靼小王子入侵就让呼延直上阵，鞑靼小王子算是彻底领教了，那呼延直见了他，两眼瞪得溜圆，生怕不能交手，但只要一交手，小王子的马就遭殃了，这对于小王子来说小事一桩，宝马他有的是，关键是，呼延直这厮力大无穷，马战时，一杆长枪常常压得小王子无法反击，压得马都跪下了，小王子还是无法脱身。后来小王子学聪明了，只是远距离射箭，不与你纠缠。

于是明军战马披银甲，骑兵持钢盾，洪水一样疯狂向前死冲，小王子扬言，全军弓箭，集中射呼延直，谁干掉呼延直，赏美酒二十坛，牛羊五百匹。明军听了，都觉得这个价钱太低，实则这是小王子能付得起的最高奖赏。要有钱，他怎么还来公然抢劫呢？正是穷怕了，跟你拼了。但是，他又不愿意低三下四接受明朝岁币的施舍，用他的话说：“别人施舍的哪有自己抢的来得痛快，想抢多少就多少。”

然而眼下，即便是美酒二十坛，牛羊五百匹，对于鞑子兵来说已经是重赏，谁都愿意当那个一箭射在呼延直命门的哲别。

呼延直冲锋，看准了目标，就全副武装，用双肘挡住脸，他甚至可以不牵缰绳只夹马肚子就能让宝马疯狂向前冲，这也是杨一清最欣赏他的一点——骑术。即便是中箭，呼延直也无惧疼痛，依旧有和小王子大战三百回合的体力，而后来的小王子，基本上和呼延直交手一招，就掣马而去，那不屑的一招里，充满了小王子色厉内荏的个性。能追赶得上，呼延直就背后一枪捅死小王子的战马，从马背上掉下来的小王子，只能说着脏话再抢一匹马逃跑，顾得上的话，呼延直还会放一箭，驰射，精准度百分之百，毕竟呼延直的箭平时都是射活雕的。

这都得益于义父杨一清的悉心教导，呼延直从一介武夫得以迅速成长为将才，他认为，《汉书》中记载得没错，胡虏反复无常，得寸进尺，强取豪夺，不可轻饶。他们打仗的成本很低，繁衍又快，不彻底清除，实为后患。昔日明太祖“驱除胡虏，恢复中华”所患正在今日。我辈必遵循太祖遗训，保大明幅员辽阔万里江山。杨一清为他斟酒，问可有良策？

呼延直吐出四个字——斩草除根。古有赵武灵王胡服骑射，以夷制夷，今我与弟兄们正是如此训练，有过之而无不及。只有这样，对敌才能游刃有余。若是有人马上功夫不过硬，我呼家军一定不收。杨一清笑道：“昔日南宋岳飞正是以岳家军自居，功高盖主让高宗生疑，倘若他的部队叫赵家军，又岂会招祸？虽然岳飞屈死不只这个原因，但至少这层原因是有的。义父不想让你成为岳飞，你能明白义父的苦心吗？”

“义父费心，孩儿明白。只是，鞑虏猖獗，隔三岔五屡次相犯，不知悔改。不拿出昔日武悼天王冉闵金明门杀胡令的气势，实难立威。”

呼延直确实说出了杨一清的心里话，但是杨一清乃守城之将，只能兵来将挡，水来土掩，除了这样，对于屡犯边境的鞑靼，他真是束手无策！他不是朱棣，无法提兵深入大漠三千里，他也没有朱棣那么多兵，也没有沙漠作战经验，一旦自己有失，又由谁来维系这西北城防？眼见鞑靼越战越勇，进攻次数频繁，杨一清心头，除了无尽的沮丧，就剩下迷茫。

“鞑靼乃北元国贼，部将鬼力赤篡夺成吉思汗后代坤帖木儿所得的逆贼新政权，况且鞑靼小王子这厮不学无术，好乱乐祸，太平盛世仍不知息事宁人，恩泽百姓，如此造次，皇天不佑！昔日明太宗横扫漠北，深入不毛，今我大明养精蓄锐，雄兵百万，良将千员，绝不能以万里江山受制于人！纵使强敌天涯路远，鱼死网破，大丈夫生死有何惧哉！”

杨一清深深点头，又为呼延直满斟一杯酒，呼延直一看杨一清只是敬酒，并无动手之意，索性夺过杨一清的酒坛，酣畅淋漓地痛饮起来。

豪言助饮酒，肝肠嫉伤身，目眩耳热后，喉管自井喷。

喝多了的下场自然只有呕吐、失眠。呼延直在醉意中睡下，醒了吐，吐了睡，睡了醒，醒了吐……

呼延直并非爱喝酒，是只有酒才能让他忘却痛苦，安心睡去。可自从那件事之后，他喝过酒，却从来没有睡得安心，只是不断地起夜，不断地呕吐……

鞑靼兵劫掠了他们的村子。没有抢到东西，就一把火烧了整个村，他刚刚生育过的娘子，用菜刀和一个鞑子兵同归于尽，尸体依旧没有受到善待，那，只是一个下午的时间。

他打猎归来后，发现村子已经成了一片废墟，他的娘子，已经被火烧得认不出模样，菜刀旁躺着一具鞑子兵的尸体，他瞬间明白了一切。

他仰天长啸，用猎叉狠狠刺在烧焦的顶梁柱上，整个房子霎时间塌陷了，却没有压垮他屹立的躯体，他咬碎牙齿，内心是无限的自责与懊悔。如若他不去打猎，也许能够保住娘子一条性命，还有……

还有孩子。

孩子呢？鞑靼兵入侵村子时，呼延夫人刚刚在怀抱中哄睡了孩子，她听到这惊天动地的铁蹄声，知是不祥之兆，急中生智，忙把婴孩放入菜篮子中，用吊绳轻轻置于井里。房子塌陷时，惊醒了井中的孩子，井下传来了婴儿的啼哭声。

呼延直捞上孩子时，孩子已满头白发。这确是自己的孩子，可是他，为什么会毛发苍白，哭得那样痛苦？原来，孩子中毒了，他的右臂上，深深地印着一团被毒蛇咬过的牙印，还在往出溢血，想必是哭声惊动了井里的水蛇，所以它咬了小婴孩。

此时，井口蠕动出一条蛇，被呼延直抽出匕首，一把挑出，刺成了两半。

怎么办，孩子还在哭，他疼，他中毒了。

听说，中原医术有以毒攻毒之说，眼看着孩子眼泪快要流干，他已经管不了那么多了——他将水蛇的半截身子提起，割成两半，让孩子吮吸蛇血。孩子吸得很用力，就像在吃奶一样，血吸干了，孩子打了一个饱嗝，昏厥过去，测一测鼻息，庆幸他还活着。到了夜里，他的白发居然消退了，也不再哭，烛光下，他只是直愣愣地望着抱着他的那个人，他的生父，呼延直。

苦命的孩子，可怜的世道，为什么要这样对我们，为什么！就在呼延直亲手埋娘子的时候，遇见了杨一清，事到如今，已经过去六个多月……

曾经的呼延直滴酒不沾，然而这些天，他喝的酒比他一辈子喝的还多。

他只能喝酒，冰冷的黄酒，要么在他的胃中酝酿，变成热腾腾的泪珠滑落，要么在他的喉中阻塞，伴随一股怒气从喉管中涌出。除了喝酒，他找不到任何面对自己的方式，能够令他不喝酒的，只有一件事，就是抵御鞑靼的入侵。

他在杀敌中找寻安慰，或者说他只有杀更多的敌人，他觉得才能让鞑子悔悟自己做过的残忍事情。不知道悔悟？那就继续杀！杀到他下跪，杀到他流泪，杀到他发誓再也不敢了，都不算完，还要时时提防，一旦他“旧病复发”了，扇自己一个再也不仁慈的嘴巴，当机立断——赶尽杀绝！

鞑靼已经“旧病复发”好多次了，这正是呼延直怒不可遏的原因。

呼延直想过袭击鞑靼的营帐，以牙还牙。凭什么只有你欺负我们善良百姓的份？一群黄蜂不怕猛虎，一只也足够和你鱼死网破、玉石俱焚。壮志饥餐胡虏肉，笑谈渴饮匈奴血。岳飞，那是个英雄，然而长江后浪推前浪，我绥德也有韩世忠将军的灵宿健在，而我呼延直，正是下一个韩世忠！

于是他再不喝酒，而是端起酒坛浇醒了自己的脸，写下辞书，配备干粮，夜披铠甲，决定只身闯大漠！

出了长城，他不明方向，也没有携带地图，心中只有一个信念，往北，再往北。遇见野马，就用套马杆，放弃自己的马，骑上野马继续赶路。

守将通报杨一清，呼延直投敌去了，杨一清大惊，回到帐中，看到呼延直留下一封信，上面写道：

胡丘沙起如金屏，烽烟箭雨野云凝。死战强虏图边靖，欲剜忠肝献朝廷。

沁血北风鼙鼓宁，泪顾山河松常青。长城弓弦我即箭，南北驱驰报主情。

杨一清读罢，热泪盈眶，仰天长叹：“直儿……”

却说皇天不负苦心人，大漠之中，呼延直忽然见绿洲，坡上黄沙四起，那处洼地却是牛羊遍野，人马成群，俨然是一方军帐。军帐外，有煮肉的，有挤奶的，有打猎归来的，有磨刀的，按照大明王朝的定义，这个叫后勤。

三军未动，粮草先行，在鞑子这里，没有这样的规矩。他们骑母马出塞，饿了原地狩猎，渴了喝马奶，到了南方，热了索性脱下皮袄，裸身和你干仗，真是剽悍无比。

但是，光论表面战斗力是不行的，打仗全凭气势，人都有内劲。你让一个又高又壮的胖子去打一个低矮的瘦子，瘦子是打不过，但如果胖子把瘦子欺负到家破人亡的份上，你再去看那个瘦子的眼光，就不再充满惧怕，而是闪着狼一样的寒光。这时候，你再论战力，就不再是打一打那么回事了。

呼延直也不是瘦子，论体力智力，他远在鞑靼人之上，绥德西北重镇，历来出好汉，陕西有句名言——米脂的婆姨，绥德的汉，清涧的石板，瓦窑堡的炭。昔日飞将军李广曾在绥德下寨拒敌，南宋与岳飞齐名的大将韩世忠，也曾在黄天荡大战金兀术。屠村之仇，杀妻之恨，化作两道寒光，闪烁在呼延直眼里。

这些鞑子，杀人放火，屡教不改，抢完了就走，天底下哪有逃得了的债？吃吧，这是你们最后的晚餐。

夜里，篝火四起，呼延直爬上沙坡——他们在祭祀。祭祀的土坛中央，是一件兵器，他们很虔诚地拜那件兵器——那是一件状似涂满了乌油的黑色三叉戟，一丈三尺五寸长，戟上挂着铜环，在忽明忽暗的篝火中闪烁着神圣的光芒。呼延直不知道那究竟是怎样一种神器，只听他们交谈的口中，不时地提到一个词——苏鲁锭。

当他第一眼看到那件神器的时候，就感受到一股特殊的力量在吸引着他，他的心跳加速，像战鼓一样在跳，他知道，那是神器对英雄的呼唤。那忽明忽暗的篝火，就像一只手，在牵引着他。

就在祭祀最热闹的时候，人群中突然冲进一匹野马，横冲直撞，跃到祭坛上，马上的黑影断喝一声，拔掉了苏鲁锭。

这一瞬，昊天之上突然响了几个霹雳，映在呼延直的脸上，天空乌云密布，轰鸣不断。

从天而降的呼延直，惊到了祭祀的女巫，她一屁股坐在地上，直愣愣地望着祭坛上那个举着苏鲁锭的骑兵，以为是天神降临，而鞑子兵一看苏鲁锭被拔了，那还得了？立刻拔出腰刀，山呼海啸般从四面八方涌向祭坛。

呼延直稳稳抓着苏鲁锭，那兵器传递给他一种从未有过的安全感，似乎你只要握紧了，“我”就带你杀出重围。

腰刀毕竟难敌长矛。一寸长，一寸强，加上呼延直天生神力，苏鲁锭顺手即能将一鞑子小兵凌空挑起，肚破肠出，流得呼延直满脸都是，染红了马背，呼延直用他砸死了一个鞑靼小兵。一阵厮杀，呼延直已是满脸鲜血，浑身刀伤，但是他很享受这样的过程，比在帐里喝闷酒强多了！一时间，阵营内响起号角，帐中大小将士如潮水般从四面八方赶来，放箭的放箭，上马的上马。

呼延直马上功夫极好，枪法精准，都是在打猎时学来的，龙潭虎穴他进惯了，只要手上有家伙，猛虎一杀即一窝。杀人这种小事，习惯了真不是什么技术活，人没有虎那样灵巧，会扑会咬，苏鲁锭在手，一招捌死一人，两招两人，三招，四招……顷刻间，呼延直周遭已布满了鞑子兵的尸体。

篝火映着他一张坚毅的脸。有鞑子兵唤出了他的名字，周遭的人闻声立刻自动散开，不敢进攻。

这是一员百万军中取上将首级如探囊取物的大明猛将，浑身的血在证明，他已经砍下了不少的头颅，谁上谁死。可是，苏鲁锭在他手中，这个耻辱不能忍，那是我们膜拜的圣器，管你是谁，只要你拿着它，我和你死磕到底。

但是，呼延直刚毅的眼神，仿佛在告诉众人，老子要定这个东西了，有本事就来抢？

这和鞑靼兵抢劫边境老百姓是一样的态度。

苏鲁锭使着很顺手，你们不抢，那就给老子让开，呼延直一气呵成，杀出一条血路，正好面临前方一队弓箭手，鞑靼的弓箭手箭法可不赖，个个都是哲别，可不能正对着他们，否则面门就要被射破了，或者射成夏侯惇。

因此呼延直掣马回奔，而后方又来了一队骑兵，带兵将军是个大胡子，乍一看有张飞的模样，正好，爷就是来拼命来了，正要逮个大胡子玩玩。

后方弓箭手数箭齐发，呼延直背上、肩上、腰上、腿上中箭不计其数，但他居然忍着疼痛笑了，他想到娘子被这些人残忍地杀害、奸尸，生他养他的村子遭到了血洗，那一把火，燃烧在他的心里，化作了他战场上的一声暴喝——来啊！

这一声暴喝把大胡子给吓傻了，人傻马先惊，但总归他的骑术还不赖，没有跌下马来，这要是养尊处优鞑靼小王子的骑术，一定是先跌下马，然后再抢一匹小兵的马，小兵原地等着受死。

大胡子一看对方环眼大睁，咋还流着泪？但凡打仗哭的人，有两种，一种是极度的怕，一种是极度的不怕，也就是豁出去了，这呼延直目眦尽裂，很明显是后者。

大胡子见状决定逃跑。他随从的骑兵一看，将军都掉头跑了，咱还冲上去送死干啥？于是兵士们都骑着马追大胡子将军去了。

结果逃兵比将军逃得快，呼延直随身也带有弓箭，鉴于他弯弓射大雕，射瞎猛虎的山林本领，大胡子的腿上中箭，正要跌下马来，被呼延直驰过，大手一捞——生擒。

呼延直像擒羊一样就此把大胡子掳了，他在马背上一转身，让大胡子策马，匕首逼在大胡子颈前，就一句话——带路，带错杀了你！

大胡子还真不赖，他是个老骑手，非常称职，马术一流，他带路，呼延直管厮杀，两人配合得天衣无缝，一鼓作气，就出了大营……

一路上，追兵无数。呼延直只要一转身，弯弓搭箭，后方一名骑兵即应声而落。追兵一看，呼延直的箭法，简直比哲别还哲别，咱可是搞后勤的，拼命不是咱的事，正规军都不拼，轮得到咱煮肉的去送死吗？都跟我回营。

饮过了绿水，重新套匹野马，再横绝沙漠，大胡子就这样，载着“刺猬”呼延直，到了万里长城下。靖边营的弟兄们一看，大胡子他们不认识，后边可是呼延将军呐！单骑归来，弟兄们上去一问，大胡子把什么都说了，弟兄们钦佩不已，再问呼延将军，呼延直一想，终于撑到这最后一刻，便不自觉地从马背上摔下……

当呼延直醒来时，他的周围已立满了跟随他的将士，每个人的眼中都流露出无限的钦佩之情，坐在他床前的杨一清，异常得意，与将士们环伺一旁，营帐内即刻响起了雷鸣般的掌声，在掌声中，呼延直看到来拜访的百姓，有老人、妇女、小孩、少年，床周围摆满了各种水果、鲜花、美酒……

大胡子把什么都招了，直到现在，监狱里的大胡子还认为，自己这分明是自投罗网，可是，不自投罗网就得死，他也只好认了。明军没有杀他，每天还给他管饭，换着法子改善他的饮食，大胡子忽然觉得，在大明，这坐个牢都比我们在沙漠里吃沙子要强得多啊！其实，大明见他是个将军，当然没有用对待普通俘虏的馊饭对他，而且他好歹也是一路将呼延直带回来的有功之人。做人老实，不惹祸。

呼延直伤好之后，杨一清望着他抢回来的苏鲁锭惊叹道："此乃前朝太祖所用之物，平日都封印在国中，只有到特别的日子才拿出来祭祀，直儿，你去的日子刚刚好……天意，真乃天意！昔日前朝太祖持此神器横绝沙漠，混一六合，何等英雄？元末天下大乱，帝王不得民心，我洪武太祖出身草莽，驱除胡虏，恢复中华，何等豪杰？今鞑靼大逆不道，武将鬼力赤篡权，杀前朝太祖遗孤坤帖木儿自立为王，此器今落入你手，实乃冥冥之中自有定数。神兵赐虎将，良驹配英雄！直儿，你让义父好提心吊胆，想不到你竟有班都护以身犯险之能，寿亭侯单刀赴会之勇啊，你这个急先锋'常遇春'，教义父真是诚惶诚恐。"

杨一清带呼延直去马房，挑了一匹上等马，言道："这匹马，义父骑了十年，任劳任怨，血性十足，上战场时，冲锋所用，名为黄膘金络脑——大漠沙如雪，燕山月似钩，何当金络脑，快走踏清秋！这马儿，是义父在西北多年，缴获中千挑万选最上等的胡虏大宛马，当然，它现在已经听话多了，它只服从能驾驭它的主人，你试试看，若能驾驭得了他，从今以后，它就是你的生死伙伴了。"

呼延直飞身上马，马即怒嘶，转圈尥蹶，就是不从，呼延直攥紧缰绳，心想：鞑靼小王子我都驯得服，还驯不服你一畜生？驾！

快马加鞭，落日下，战马扬蹄，映着落日，杨一清咏道："胡马大宛名，锋棱瘦骨成。竹批双耳峻，风入四蹄轻。所向无空阔，真堪托死生。骁腾有如此，万里可横行……"

第十三回 保家不卫国侯爷遭弹劾 无定河托孤绥德汉抹脖

“什么？苏鲁锭被人夺了！什么人干的？”

“是……是呼延直……”

“是他?！带多少人来的……”

“没有多少……就……就一个人……”

“什么？”

鞑靼小王子拍案而起：“混蛋！看你们一个个不成材的样子！他娘的对方就一个人，足足能杀我们二百多弟兄？你们都是死人吗？”

“大王息怒，呼延直他……他黑夜里突然袭击祭坛……弟兄们根本来不及反应……”

“他是怎么找到祭坛的？他怎么知道你们会祭祀！”

“小的也纳闷，祭坛位置隐蔽，封印苏鲁锭的地方别说是大明，就是我们自己人也知之甚少……估计是迷路闯来的……”

“小的认为不对，迷路怎么可能正好迷到我们封印祭坛的圣地了？这也太巧了，这一定是一次有组织有预谋的钓鱼行动！”

眼见众人争论不休，鞑靼小王子冷笑道：“还有组织有预谋，还钓鱼，人家光放一个鱼饵就咬死了你们几百人，钓鱼？钓鱼也不会拿鲨鱼当鱼饵！看见你们一个个都生气，你们要是有呼延直一半的胆量，老子今天就不会这么窝囊！鞑靼以能征惯战闻名于世，说白了，从古到今都只有我们抢人家的份，哪有谁敢抢我们！现在是强盗家里被抢劫——脸都丢给客人了！大明要是再多出几个秦皇汉武，唐宗宋祖，朱棣那样的人物，把你们一个个都抢光杀光，儿女拉去做奴隶，你们就开心了？滚，都给老子滚！败家玩意儿……”

自苏鲁锭被夺之后，小王子食不知味，寝不安席，整日想着报仇，他开始像曾经的呼延直一样，整日酗酒，当他觉得自己攻打大明实力还不够的时候，就喝得更凶了。

呼延直却不同。

自从呼延直不断呕吐，喝酒再也流不出泪的时候，他便不喝了。

他思考着——与其沉溺在悲伤，不如奋发有为，化悲愤为力量，那才是真丈夫。没有人会替自己勇敢，第一个勇士没有榜样。杨一清认为呼延直有四德——轻财足以聚人，量宽足以得人，律己足以服人，身先足以率人。他已经由一位不知名的参将，长成了一名文武兼备的大将。手下将士对他唯命是从，甚至引以为傲，他也从不与兵士们计较什么，总是“弟兄们，弟兄们”地叫着，有功劳先赏赐弟兄们，有困难自己首当其冲去解决，这次突袭鞑靼，正验证了他敢说敢做的表现，你可以说他独断专行，我行我素，但是他成功了，弟兄们也就只有钦佩的份。

杨一清是想给呼延直一个自作主张的惩罚，但他转头一想，孤身袭营，需要何等的勇气与觉悟？他连自己的性命都化作忠诚，交给明朝了，这样的闯将世间少有，如今正是用人之际，大明王朝的边疆，正是需要这种有胆略、有志气、有威严的果敢将军去守护立威的，惩罚呼延直，不是伤将士们的心吗？他见呼延直和弟兄们食同桌、寝同床，只能成全他们的军旅情谊了。

好景不长，鞑靼小王子在一个半醉半醒的夜里，捏碎瓷杯，打算倾巢而出。

祸不单行，大明正好派了一位足以将自己置之死地的祸国监军，导致了后来延绥防线的彻底破碎。

这个人叫郑宏。

这一切都好像约定的一样，鞑靼小王子决定进攻时，郑宏作为朝廷钦差的武安侯总兵官登场。侯爷驾到，杨一清不敢不恭敬，可是相处了一天，杨一清就觉得，这侯爷还真是个爷。

武安侯郑宏，官不大，架子倒不小，他怕军中上下看不上他，就极力摆出一副运筹帷幄、决胜千里的样子，说话阴阳怪气，走路趾高气扬。为了表现自己卓越的地位，他铠甲要镶金镶玉，吃东西要与诸将区别开来，将士们碗里都是牛肉块，他却享用酒坛大的牛腱子，将领们都是碗酒，他喝坛酒。呼延直上前要敬他一碗酒，他却以“没上没下，傲慢无礼”将呼延直怒斥回去，呼延直也没说什么。

夜里，将士们都窃窃私语，说这个郑宏真是个草包，人长得不怎么体面，谱摆得倒是挺大，没办法，谁让人家是朝廷派来的监军，就是来监察部队的。

呼延直在一棵白杨下思索，睡不着，他望着今夜血一样的月色，恐怕是不祥之兆，将士们出来和他聊天，说郑宏真不是东西，监军还带女仆、钱财和骰子，夜夜笙歌，这样下去怎么得了，要不杀了他为国除害算了？呼延直无可奈何一笑："为国除害？他来监军，代表的就是国，你杀了他不但不会立功，还会成为逆贼。算了吧弟兄们，还是把心劲留在抗敌的时候吧，朝廷的事不是我们能左右的。"

话是这么说，其实呼延直内心真是想一刀了结了这个爷，要不是看在义父杨一清的面子上。

郑宏并不知道自己代表国家已经在军中造成了何等恶劣的影响，直到他带来的女仆绑架了他……

说来也巧，夜路走多了，半路遇着的，大多是鬼。而鬼，通常又是人吓人的把戏。郑宏身边的二鬼，是小王子设下的计谋——二鬼敲门。大明国力强盛，在小王子眼里不过是虚胖，外强中干，堡垒是最容易从内部自己爆炸的，只要渗透内奸，稍微给挑点火，任何战神都得被内政玩死。这与中原农业文明自古人多地少，资源紧张，导致人们眼界狭隘、内向自私有关。别看小王子书读得不怎么样，却很懂得从国粹中悟道，他是个象棋高手。

小王子放出来的这"二鬼"为鞑靼国尽忠，姐妹俩陪伴了郑宏多日，终于搞清了一系列问题。

第一，郑宏很有钱，而且代表的是国家，军中将士却很穷，朝不保夕，他来了之后军旅生活条件是改善了一点点，但只是吃喝改善了，战马、兵器、帐篷、药品什么的似乎不关他的事，可这还真不是皇上抠门。

第二，但凡依附郑宏的人，都成了军队中的暴发户，这使得杨一清觉得，这家伙来军队不是打仗的，是来窃权的，这下原本凝聚力很强的战斗力就从内部稀释了，一部分将士为了依附郑宏，活得都不像个兵了，像个阿谀奉承的太监。

第三，郑宏的目标是杨一清。这一点杨一清觉察到了，但是忠厚善良的杨巡抚还是不忍用歹心去分析别人，以国家大局为重，总觉得郑宏是皇上派来帮助自己的，与郑宏一起，就是对国家尽忠。

杨一清说对了，皇上还真这么想，可郑宏不这么想。弘治皇帝把他的大臣想得太团结一心了。啊，独步朝野何所恃，党争保身又专权。郑宏不是不明白皇上的初衷，但他更爱的是自己的面子和影响力，不是国家。

这样一来就危险了。杨一清爱国，郑宏打着爱国的旗帜爱自己，而且郑宏还是带爵位的监军，杨一清的爱国行动就只能一边凉快去了。

被女仆俘虏的郑宏，实际上全家已经落在了小王子的手里，小王子的命令，只要求他办一件事——呼延直。

没错，小王子要呼延直。虽然他打不过呼延直，但这反而让他更欣赏这家伙，在武士眼里，向强者挑战是可敬的，与强者为伍更是毕生宏愿。小王子扪心自问，周围没有一个人能比得上呼延直的，中原人都明白这个道理——宁吃鲜桃一个，不啾烂杏一筐。呼延直的忠心、勇敢、果断、仗义、淳朴都被小王子深深看在眼里——他恐惧，他欣赏。英雄惜英雄，就像金国人提到岳飞的名字，朝野上下无不是一片崇敬慨叹之声，而在南宋朝廷，提到岳飞的名字，大多数是嫉贤妒能者的冷笑。

游牧文明的蒙古人有着大明农业文明不具备的一种武士传统——崇强。

游牧文明认为，天大地大，好男儿志在四方！要勇于驰突、冒进、粗野、生死，要像战马苍狼一样，好汉成群成队，一旦有带领大家的强者出现，就伴随强者杀出一条血路，涤荡一切浊流，获得最高的荣誉。在蒙古，人要战胜了兽，那不是可怕，而是可敬，是神一样的存在。小小年纪就能驯服野马的男孩子，是很讨女人们喜欢的，而在大明，这样的孩子会被人心隔离开来，会被认为是不正常，冠以野蛮、粗鲁、疯子的头衔，众人避而远之，没朋友。

游牧文明崇尚武力之强，相信只有武力最强的人可以带领大家，开天辟地，而自己以武力强者的子孙为荣。

农业文明在文化上崇尚强者，在武力方面就有了尚“弱”的倾向。毕竟，太平是尚“弱”者主张的终极理想，天下都崇强，胡乱厮杀，那还得了？得死多少人啊，有伤风化。

在南宋那些苟延残喘的朝臣眼里，像岳飞这种狂徒根本是自以为是，整日打打杀杀不把皇上放在眼里，皇上管不住你，那还得了？岳飞生性桀骜不驯，但是思想忠实，他要是曹操，他就不会成为岳飞，受人尊敬了。而在南宋那些脑满肠肥、不动如山的奸相眼里，好像那些为国尽忠的武士强者生来就是在显摆自己的能力，藐视生灵。但若让宰相登场作战吧，相爷的痰就多了起来。

呼延直就是郑宏眼里的岳飞，而杨一清就是宗泽。虽然呼延直在整个大明没有什么名气，但大明农业文明，人们嫉妒的往往不是远方的人多么强大，而是身边的人多么有出息，遮住了自己的光芒。郑宏原本就对杨一清在延绥的威名不以为然，所以他站在他的立场，必须选择摆谱，只有摆谱，才能让大家看清楚，谁是真正的领导。只有摆谱，才能让核心，凝聚到自己身上来。

可是，没有手艺，不干工匠，没有胆识，别带兵卒。郑宏瞧不起别人没关系，是他同时也误判了自己的能力，所以他谱摆完之后是没有底气的。正在他最志得意满时，两个女仆的刀子逼到了他的脖子，以家人为要挟，郑宏监军保家卫国的想法，只剩下了保家。为了保家，害谁都可以——这是典型的农业文明繁衍出来的大明民众心理。所以古人说得好，孔曰成仁，孟曰取义，没读过孔孟、不理解孔孟的民众，让他保家卫国，国的概念对于狭隘且不知仁义的他来说，是渺茫的，家还实际点。

所以郑宏“义无反顾”选择了害呼延直。两个女仆这才收了匕首，发出淫荡的笑声，大摇大摆地回鞑靼复命了。

军人赤胆忠心一根筋，侯爷说什么就什么，郑宏是武安侯，杨一清呼延直都得听他的，大家平时又最喜欢分析谁是领导，因为要靠嘛，所以能不分清吗？于是决定“保家不卫国”的郑侯爷就把军队冥冥之中带进了鬼门关……

这是一场决定延绥防线主心骨的战役，鞑靼小王子带了六万大军，号称草原骑兵精锐。这些人上阵毫不啰唆，直接攻城，时间还是在夜里。太阴了。

郑宏装作很惊讶，很愤怒，叫杨一清亲自上城墙督战，杨一清中箭，被呼延直救走，呼延直请求开关出战，郑宏很顺心就答应了。

终于，虎将上场了。气势上压倒一片，鞑靼兵闻风丧胆，可没有一个人敢逃，小王子豁出去了，扣押了兵士的家小，这一招很管用，虽然是和大明学的。

没有一个人退后，但也没有一个人上前，小王子一声怒喝：“王八蛋，还我苏鲁锭！”

呼延直没拿，他早就把苏鲁锭交给大明兵工厂，已经化了，打算打造成具有大明风格的兵器。这一点小王子不知道，估计知道之后更愤怒，呼延直也懒得说，带着部队，挺枪拍马，开始疯狂厮杀。城墙上放箭的放箭，泼油的泼油。为什么要泼油？鞑靼穿的都是皮草，还搭云梯，夜里又看不清，泼油可以满足一切需要，滚油泼出去具有杀伤力，火箭点燃油，在地面更有杀伤力，马不敢前，自己又被火光暴露得一清二楚……

呼延直长枪纵横，一枪挑死一个，砸死无数，小王子纠缠不过，终于做出了伟大的决定——逃跑。

这次小王子提前算计好了，他不是真的逃跑，而是跑到“陷阱”处，何处陷阱？

无定河。

誓扫匈奴不顾身，五千貂锦丧胡尘。可怜无定河边骨，犹是深闺梦里人。

小王子不是没学过唐诗，他是粗放式学习，他不管你什么文化什么黄河母亲，读书人就是矫情，叽叽歪歪一大堆，啰唆！总之我要打仗，知道这有条河，河边有沼泽，足够了。

夜里看不清，小王子的部下都举着火把骑着马，还很害怕，因为对于呼延直来说，那不是火把，而是活靶子。呼延直往前死冲，盯准了火把就放箭，射倒了几个火把，剩余的火把都散开了。正当呼延直得意之际，发现坐骑突然发出悲鸣，因为蹄子陷到了沼泽里，动弹不得，糟了！此时要是敌人放箭，他便成了南宋的杨再兴，死在沼泽里，同样的死法。

打仗总是惊人的相似，战马的悲鸣成为信号，芦苇中突然跃出无数鞑靼弓箭手，万箭齐发！

随从将士纷纷吼道："呼将军，快下马！"

呼延直从黄膘金络脑上跃下，宝马就惨了，除了金络脑的头部，浑身中箭。

中箭的金络脑，长嘶一声，桀骜地疯狂甩头，呼延直深知战马痛苦，抽出腰间马鞭，不是抽它，而是把它从沼泽往出拉，跟随了义父多年的马儿，身上闪烁着多年来的刀疤，那是身为一匹忠实的汗血战马，最好的军旅荣光，战马，是武士除了兵器之外，最好的生命伴侣，它一样是兽中珍贵的武士，怎么能屈死在这里？怎么能……

呼延直大吼一声，也伴随着金络脑应声的长嘶，在漫天的泥点中，黄膘金络脑从沼泽中爬出，它忍着疼痛，用脖颈托起呼延直，它知道它主人眼中的方向，于是它载着主人，疯了一样越过沼泽，在射手中不断周旋，风驰电掣般，血珠四溅，一口气解决了鞑子伏兵，剩余几个还想放箭的，也被呼延直和将士们先发制人，射死了。鞑靼小王子见状，惊呼："绥德呼延直，真虎将也……"

小王子在远处，和火把们观战，知道自己命不久矣，因为他深知，远处的呼延直在怒视这些火把。

呼延直正要向前冲，后方探马来报，城池被突破，请将军速回救援，呼延直大惊。城池固若金汤，如何会破？

因为堡垒是从内部被攻破的。

郑宏身边，早已布满了鞑靼奸细，呼延直在的时候，这些人不敢动手，呼延直一出城，好戏就开始了——

侯爷悄悄逃跑，这些战斗火花开始在城里蔓延，杨一清被蒙在鼓里，怎么自己人打自己人？然后打赢的"自己人"打开了城门，杨一清才看清了一切，开始对抗内贼并且同时对抗外敌……

老爷子哪里是这些畜生的对手，他们围攻老爷子，老人家只有流血逃跑的份，但他死死记住了郑宏这个汉奸，他发誓，只要自己有一口气在，一定直指朝廷，告发郑宏的滔天大罪。

无独有偶。战败的杨一清遇见了逃跑的郑宏，大吼着就像疯了一样，策马冲向郑宏，郑宏猝不及防，马被老爷子射死了，又被冲上来的老爷子逼在山麓边打得好惨……

"我好歹也是武安侯。杨一清，你竟敢……"

"奸贼！祸害边疆，临阵脱逃，我一定禀明圣上，弹劾你！"说完老爷子又给了一拳。

杨一清是无权杀这位爷的，得交由圣上发落，但在发落之前，狠揍这汉奸一顿还是可以的，他的罪状已昭然若揭。

呼延直赶回来时，将士们已经死得差不多了，还有一些鞑子在厮杀，呼延直暴怒！驾驭黄膘金络脑将这些杂兵冲倒，在五脏六腑上来回踏了个粉碎……

找遍了军营，不见义父，到底是谁！是谁出卖了我们？一受伤兵士道出“郑宏通敌”之后，吐血而亡，呼延直只得仰天长啸。

城外又有一波鞑靼兵马姗姗来迟，这些鞑子真是得寸进尺，呼延直从营中带出熟睡的婴孩，绑在胸前，对几十余随军残兵败将道：“今日有进无退，有去无回，有死无生！我父子打算和鞑靼拼命，兄弟们要是害怕，就四处逃命去吧！”

将士们一看，呼将军居然这般忠义，把自己婴孩都带上了，人家全家报国，难道我辈要让婴孩挡在我们前面，从此苟且偷生？将军，你也太小看我等了，一起冲吧！

对，苟且偷生，活着也没什么意思，不如和鞑子拼命！

对！拼命！他们的好日子长不了，将军，你带我们冲吧！大不了鱼死网破，玉石俱焚！大明西北的边疆，不就得靠我们这些绥德汉吗？于是将士们不约而同念出呼延直的诗——

胡丘沙起如金屏，烽烟箭雨野云凝。死战强虏图边靖，欲剜忠肝献朝廷。

沁血北风鼙鼓宁，泪顾山河松常青。长城弓弦我即箭，南北驱驰报主情！

呼延直热泪盈眶，策马扬枪，大吼一声就带着将士们绝尘而去，适值凌晨。

大明将士，忠肝义胆，绥德好汉，天下共赞。他们与鞑子长年交战，三周一小战，五周一大战，早已习惯了刀头舔血的日子，呼延直算是后起之秀，带领众将的领头羊，头羊不怕死，羊群就勇敢。更何况，在鞑靼眼中，呼延直可是个万人敌，小王子巴不得将其生擒，成为自己的左膀右臂，就是平起平坐也无妨，因为这样有忠义之气的猛将，是民族的象征和骄傲。而南宋，就是再多的韩世忠、岳飞，也无济于事，因为，没血性，才是皇帝苟且偷生的安全感，能活着就是幸福，什么大一统王朝，没必要。所以南宋在国家形象上，老百姓的心灵上，活得是最憋屈的，明明可以奋斗，却选择了享受，最后必然是被时代激越的潮流所碾轧。它就像一个有钱的软蛋，人人来了都可以捏着玩两把。

但大明不是。明太祖朱元璋，原本就是一个看破生死，白手起家的混世王，太祖明白一个道理——野兽是不懂得感恩的，只认识鞭子。所以，谁能在一个乱世中勇敢地举起正义的鞭子，谁就能驾驭一个桀骜不驯的时代。

洪武大帝，永乐大帝，是杨一清从小歌颂和学习的偶像，大明的家族纷争，杨一清不愿意介入，但是大明的国家威严，国家主权领土不容侵犯，就是列祖列宗的先帝们交给自己的担子。所以，杨一清能在边境上数十年如一日。他很快招募了一批乡勇，绑着汉奸郑宏回营，却发现大营一片凋敝，狼烟肆虐，城楼已空。

呼延直二十余人与鞑靼千人之众在无定河旁周旋，居然冲出了包围，黄膘金络脑被沙场四溅的血迹染成了赤兔马，但仍是仰颅吐气，随时准备驰突，此时的呼延直，身边只剩了一名骑兵——田六。

呼延直望着田六愁眉苦脸的样子，倒是觉得好笑，说田六怕吧？田六跟随自己已经到这份儿上了，这份勇敢，天地可鉴。说他不怕吧？他的表情上写满了疑惑与无奈。

“田六，你是你们家最小的，快走吧，来日还得给你老娘送终。”

“我老娘早死了，否则我也不会来参军，拿命换钱。”

呼延直忽然觉得田六这孩子挺可爱，年纪轻轻，说话像个看破红尘的老人，也对，形势到了这份儿上，不看破红尘的人，也看破红尘了。

“换钱何必拿命呢，你去集子上卖个包子馒头，去酒楼端个盘子，一样挣钱。”

“当兵拿得多，可以给瘸子老哥治病。”

“嗯，我这里还有些碎银子，你全都拿了去，回去给你哥治病吧。”

“不用了，他刚死。”

“啊？你哥他是……”

“骑兵。刚才冲锋的时候缰绳断了，从马背上摔下来，被鞑子踏成了肉饼……”

“你哥死了？你小子怎么一点表情也没有？”

“因为我觉得我也快死了。我是个伙头兵，原本这不关我什么事的，可是我看我周围的弟兄们都上了，他们说，兄弟们都死光了，还给谁做饭？不如自己吃个饱，找匹马跟鞑子拼了！结果他们都牺牲了，我却活着。”

“六子，你的确是幸运的，天不亡你啊，所以，你走吧。”

田六眉宇间的迟疑更深了，问道：“为什么要走，不可以投降么？”

“投降？你什么意思？”

“我想投降。”

呼延直一听，笑着嗔出一口戾气，面临即将到来的追兵，呼延直解鞍下马。背对着田六，思忖良久，不动如山。此刻的战场上，除了风声、草声、无定河水声，什么也听不见。

“小六，你是逃兵，依军法本该当斩……可是，当我知道你与哥哥一同参军，作为伙头兵还如此忠义，看到你那愁苦的眼神，那一刻，我真不觉得你是坏人。”

田六听得潸然泪下，因为他父母双亡，家里的兄弟姐妹都各奔西东了，就剩自己和五哥，五哥有腿疾，就是因为骑马摔的，但他仍旧是要做骑兵。兄弟俩来投军，如今五哥也死了，最亲的人，就是眼前的呼将军了。

面临这样一位大将军，田六仿佛可以看到，他打算殊死搏斗之后死无全尸的下场。一想到，那真是震撼又感动——鸟之将死，其鸣也哀，人之将死，其言也善。田六不觉得自己是将死之人，因为在他看来，投降不等于叛逆，他是愿意投降的。而呼延直在他眼里，似乎没有那么好说话，他也知道，呼延直投降，反而会被鞑靼器重，但是那样，呼延直毕生的英名扫地，连他的子孙后代都会跟着受辱，于是，呼延直如今才能站成一面山崖，一面承受着惊涛拍岸却屹立不动的山崖。

田六也觉得说出投降的自己是渺小的，他低下头，无法直视这位将军。而此刻，他却听到了将军怀中发出婴儿般咿咿呀呀的声音，令他猛然抬起头，这时，一位满脸胡楂血渍，落魄但刚毅的大明铁将军笑容，映入了田六眼帘！田六被将军的笑容打动了。也同时发现将军他胸口鼓起，竟然藏着那个不停蹬腿，刚刚熟睡醒来的婴儿。

带着婴儿上战场是什么意思？这是从火头军中窜出来的田六无法理解的。

“将军！你这是……”

“呵呵，带着我的孩儿，我失败了。我们要同生共死了。”

田六想了想，觉得不甘心，但又不得不承认，最终还是流着泪说道：“将军……你没有失败……你是个英雄……这不怪你……”

“呵呵，六啊，人生有许多事，是我们不能左右的。总之，人要面对现实，这场战役，我们确实是失败了。”

“是，我渺小，我左右不了人生，可是我能左右这个孩子的命啊！你死便死了，为什么还要把宝宝搭上去陪葬，难道你不想在九泉之下含笑看着他健康成长吗？”

“我……”

“将军，我们并没有失败！大明江山幅员万里，岂是鞑子可以占领的？我这个人相信命运，既然我洪武太祖肇基，驱除胡虏，恢复中华，我相信大明绝不会就此一蹶不振，鞑虏更不会就此夺去江山，他们只是抢劫，这只是小败，根本不算什么。”

“那你为什么还要投降？”

“因为我要留得青山在。打仗，本来就是互有胜败，哪是一锤定音的买卖？能逃就逃，能降就降，只要心向大明，总有一天会东山再起，把失去的赢回来，再说——好死不如赖着活啊！”

“呵呵。六啊，你愿心在大明而投降，我愿心在大明而阵亡，但你貌似更长远更有道理。我就想问一问，你……觉得我这孩儿可爱吗？他娘死在鞑子手里，我只好处处都带着他……”

“嗯……他很可爱啊……”

“送给你！”

“啊？”

“呵呵，如何？你的好死不如赖着活说法打动了我，我忽然不想让我的孩儿死了，想在九泉之下看着他跟你活了，你收不收？”

“嗯……我收下他可以……可是你……”

“我必须死。六，你听着，我希望你投降之后能像你说的那样，心向大明。如果你把我儿子带成了汉奸，我做鬼也饶不了你。可是如果你俩能卧薪尝胆，韬光养晦，人有灵魂的话，我愿意在九泉之下日夜守护着你们……”

“将军你，这样说太可怕了……”

“我儿可怜，娘子在遇害前将他藏入井中，后来他被老井毒蛇咬伤，九死一生，是我斩杀毒蛇，用蛇血救了它，用马奶养着的。他还没有名字。临死前，我就给他取个名吧！”

呼延直苦笑两声，涌出热泪道：“我这辈子，活得孤独，死得屈辱。只知道打仗，从来没有挺胸抬头，好好仰望过太阳，我不希望这孩儿像我一样屈辱，我要让他站起来，成为一个堂堂男子汉。所以，我名为直，直字起立，是为——真。”

“呼延真！”田六惊叹道：“铿锵有力，好名字。”

呼延直拭去眼泪，叹道：“长大后，他就是你儿子，一切，就拜托你了……”

呼延直说完，双膝跪地，田六一看，这可受不起，立即下马，上前搀扶。当他伸出双手时，才发现，呼延直已经抹了脖子。此刻，天空响起了几声霹雳，开始落雨。

田六哭着从呼延直胸前抱出孩子，紧紧地抱住。

远处的鞑子追兵赶来，田六擦干眼泪，正想着怎么骗过鞑子兵，于是他隐藏着心里的悲痛，放声高喊：“杀死他了！我杀死他了！各位爷，我原本要投降，他一直缠着我，刚才他战马无力，摔下马来，我就顺势砍了他一剑……”

“砍得好！”鞑靼兵面面相觑，有人还夺过宝剑，厉声道：“这家伙终于死了！让我去再砍几刀，解解恨！”

眼见着鞑靼兵上前戮尸，田六不忍地转过头去，咽下了眼泪。

“咦？他怎么还抱个小崽子……”

“各位爷！这是我的孩子——我娘子生完孩子跟别人跑了，我就只能带着他，混口饭吃，呜……”

鞑靼兵顿时一阵哗笑，他们笑的是田娘子，田六哭的是呼延直。

雨，更大了。

第十四回

呼伦贝尔为奴二十载
那达慕会壮士魂兮来

自无定河托孤之后，已是十年，呼伦贝尔草原上，又是一年青草绿。

白云连绵，旭日高升，羊群遍野，十里春风。

远处传来飞快的脚步声，那是一个右臂上有蛇牙印，衣衫褴褛的少年。他赤裸着脚、踝、胳臂，却还是跑得飞快，丝毫不怕草丛当中的石子会绊倒他。

这边的羊群中，立即传来了他声如洪钟的呼喊——

“爹……”

呼喊伴随着风声，一位蓬头垢面的中年牧羊人，从羊群堆里站起来，茫然地望着声音传来的地方。

这个牧羊人，就是田六。受尽折磨、屈辱的田六，已沧桑得像个老人，有了依稀的白发，满脸的皱纹。

“爹，我发现一匹野马，快！把你的套马栓让我用用？”

“让你出来放牧，你总是这样。”

“让我用用嘛，好爹爹，求你了！”

田六一看这孩子脸上的表情，想起了当年呼延直皱眉的样子，那真是如出一辙……

于是，他把套马栓给了他，少年立刻释怀，眉宇一开，转身就跑了。

草坡的池塘边，少年悄然逼近，那野马原本还在悠闲地饮水，突然！套马栓不偏不倚地圈在它脖颈上，马一惊，前蹄扬起，侧身想飞快地逃走，但套马栓死死地扣在马颈上，少年怎么也不肯放手，就这样被马拖着走，像放风筝一样。

草原上传来了少年惊心动魄的号叫，田六不知道发生了什么，正要上前去看，身后的羊群却令它担忧，但狠一狠心，还是决定去看。

没等他走几步，野马拖着少年迎面冲来，田六只得往后退，羊听见马蹄声，惊得四处乱跑，田六退无可退，靠在一块大石上，少年一看，马要撞到爹爹了，一咬牙，咆哮一声，顿出惊人力量，那右臂的蛇牙印里竟溢出骇人的红光，上面青筋暴出，额上豆大的汗珠颗颗滚落，只听野马一声长嘶，止住了蹄子，乖乖地站在原地，四蹄乱踏。

这匹马的身形，足足有少年的十倍之遥，田六被这一幕惊呆了，他赶紧上前，看看孩子有没有事，少年只是爽朗一笑，双手叉腰。

这些年来，田六为了这个孩子，算是呕心沥血，殚精竭虑，他宁可自己饿着，也要让他吃饱肚子，宁可自己冻着，也要把最厚实的衣服留给他，宁愿自己受罚，也不能让他受苦，因为一个人——呼延直。

是的，这是呼延直的孩子。

想到他的生父，田六常常在夜里望着孩子熟睡的样子，暗自流泪。

田六不能让少年知道那样的身世，年幼的他知道了，会崩溃的。

羊群散了，能追回来的都追回来了，交接的时候，他们的主人嘎达斯，立即命令三五个魁耜壮汉，将田六绑了——竟然弄丢了羊？饭桶！看来不抽你几下你是不长记性了！

当奴隶的下场就是这样。

“不要打我爹，求你们了！”

少年哭得撕心裂肺，他根本拉不开那些壮汉，他们比马难缠多了，激怒了他们，那些勇士将他举起，足以摔他个半死，他不是没有经历过。半死之后，照顾他的，也只能是田六。于是他只得在一旁无助地，流着泪伤心地看着。那鞭子蘸了盐水，一抽人就皮开肉绽，血流如注。晚上，父子俩点着油灯，他满心惭愧地给爹爹上药。羊丢了，马也被没收，爹爹还挨了打，明天还要继续干活，直到累死为止。不过是奴隶，累死不要紧，尸体还能给狗管一顿饭。

“爹……对不起，都是我不好，害你被嘎达斯他们打。”

“你……什么时候……听过爹的……话？”

孩子悲从中来，索性把脸埋在他怀里，号啕大哭，田六疼得都哭不出，只能摸摸他的脑袋，然后试图推开他道：“真儿，你快别哭了，快，让爹爹起来，今天的柴还没有劈……”

孩子一听，哭声戛然而止，含着眼泪去找斧头，一边找一边说：“我去！我去劈！”

他将满怀的愧疚，一身的懊悔，全部发泄在砍柴上，因此他砍得很利索，田六插不上手，只能站在一旁痴痴地看。

这些年来，他们给鞑靼做奴做仆，挑柴劈柴，挤羊奶，堆牛粪，喂马匹，倒夜香，拉货推车，建帐篷，补衣服，端茶递水，铺床叠被……穿的都是人家丢弃的衣物，乞丐一样，住猪圈，吃饭的时候，只得眼睁睁看着一个个主子们吃完了，出了帐篷，这才能收拾盘碗，父子二人才能在餐布上捞点东西吃。冬天冷的时候，他父子俩享受不到炭火的温暖，主人命令他俩在帐篷外站岗，呼着冷气，即使摩擦着手掌，也难免会冻僵。平日都在各种季节中忙碌，不分昼夜。偶尔与小主人发生矛盾了，要任由小主人发泄，自己也不能还手，被打了还得给小主人赔礼道歉，再任由主人奚落一阵，这才作罢，继续干活。

寄人篱下的日子不好过，所以田六很少有笑脸，他甚至有些后悔当初投降的选择。呵呵，好死不如赖活着，如今在他看来，倒不如当初死了好，也不至于现在这么受累。每当他这样想时，看到孩子熟睡时那张倔强又可怜的小脸蛋，就觉得为了他，再忍气吞声也是值得，毕竟，将军当年没有处死我这个逃兵，他是如此相信我，虽然我这个人不信鬼，但是，夜空仰望星辰的时候，总感觉那些是似曾相识的眼睛。

然而鞑靼人并不拿他们父子当人，一天到晚令他们不停地干活，不顺心的时候打、踹、抽，开心的时候奚落、侮辱、戏弄，在鞑靼人眼中看来，这是一对没有骨气的父子，还不如他们屁股下面的一匹马，不不，不能拿屁股坐他们，他们脏。

其实不然。田六有空，就会趁着砍柴的机会，带田真去洗澡，父子互相搓背，也没有新的衣服换，旧衣服不能洗，毕竟衣服本身就是别人用过的粗布，已经很破了。

寒冬夜里临睡时，田六实在看不下去孩子的破衣，就把自己的衣服撕成两半，给他夹缝一层。

“爹，你给我缝衣服了，你怎么办？”

“没事，爹就爱穿薄点，行动起来利索。”

这样的谎言，孩子是不信的，这是个正直而有良心的孩子，就像他的父亲一样，他可以从一针一线中体会到田六的良苦用心。

田六拿剩下的布胡乱裹着上身，说是马甲都短得可怜。唯一可以温暖的，是父子二人相拥在一个被窝里。操劳了一天的田六，很快就睡着了，孩子望着他那张饱经风霜的脸，即便是睡着了，爹还是一脸的艰辛与愁苦，于是就与他凑得更近些。

父子俩平时没什么爱好，因为都是在干活，根本没有时间爱什么。在这种塞外苦寒，文明未开化之地，唯一能爱的东西，也被毁灭得差不多了。

挤羊奶算是一种爱。

田六告诉他，羊奶憋在肚子中，憋多了也是会生病的，不如把它挤出来，给人喝，你就是喝羊奶长大的，孩子觉得这挺有意思。挤羊奶的时候，孩子亲自喂养的羊羔“毛毛”在旁边看自己给母羊挤奶，转头问:“爹，我和毛毛都是喝母羊的奶长大的，算是兄弟吗？”

田六摇头苦笑道：“你说算就算吧！”

“哦！那大哥应该照顾弟弟啊。”田真放下手中的活，开始把沾着羊奶的手掌让羊羔舔，羊羔舔得很欢，他便一把将它抱在怀里，陶醉在它毛茸茸的世界里。

很快，来了两个鞑靼大汉，一把从孩子怀里揪起羊羔，拔出匕首，直接就是白刀子进，红刀子出，然后利索地掏出五脏六腑，随地一扔，割下羊腿，开始烧烤。这一幕，发生不过就是几个动作，孩子还来不及反应，一条生命就从此与主人告别。母羊凄惨地叫着，开始不安分了，踢倒了奶桶，田六怎么都稳不住，羊也是认自己孩子的，亲眼见到自己孩子被杀死，任何一个母亲，都无法承受这样天崩地裂的痛苦，她为人类贡献奶、贡献毛，得到的却是这样的回报！

等孩子回过神时，已是心惊肉跳，泪水比他的愤怒来得更快，他大吼道：“毛毛……你们干什么？你们为什么要杀它！为什么！”

两个大汉觉得这小孩有病吧？老子吃个小肥羊怎么了？你一个奴隶，敢跟老子这样喊？上去就是一脚，将孩子踹倒在地。他很快爬起来，含着眼泪嘶吼着，被田六拦住，他依旧骂道：“坏人！贪吃的魔鬼！魔鬼！比畜生还坏！”

两个大汉怒了，上前将他一顿痛打，田六阻止？连田六一起打，还不信你个下贱的奴隶，敢骂老子？

孩子在拳打脚踢里挣扎，继续骂，终于，一个巴掌狠狠地拍在他脸上——

他哭了。因为打他的不是别人，是田六。

两个大汉这才息怒了，一脚将他踹倒，继续享用美食，孩子望着自己唯一心爱的宠物，成了别人的食物，又望着打他的爹，转身泪奔而去。其实，他没有发现，田六望着他离去的背影，也哭了。

田六知道他肚子饿了终会回来，他确是回来了，但是不吃饭，就这样和田六僵持着，一连就是好几天，父子没有说过半句话。

从此以后，田六吃饭给他分手抓肉吃，他总是丢回来，田六以为他还在生气，其实，他经过那次以后，再也不打算吃肉了，只拼了命地喝奶，然后流泪。

一次，他摘了些野果子，被小主人看到，当然，草原上的任何一个孩子，都是他的小主人。

一群小主人过来抢他的果子，他不给，挨了一个胖子小主人一巴掌，他骂道：“是你抢我的东西，你怎么还打我？”

胖子脸一横：“我爹说，你爹是我爹的一条狗，所以，你也是我的一条狗。狗捕捉到的猎物当然属于主人。”

“胡说！谁是你的狗！滚开！”

另一个小主人也笑道：“我爹也说，你爹就是我爹的一条狗，跟屁虫吃屎狗，哈哈！”

“你胡说！给我闭嘴！”

一群孩子开始撕扯起来，小奴隶被一群小主人拳打脚踢，但这丝毫压抑不住他心中的愤怒，他在拳脚中挣扎，右臂的蛇牙印里顿时又闪出惊人的红光，于是怒上心头，振臂一呼，一股沛然真气将小主人们纷纷逼出十几步远，从高空重重摔在地上！当他站直时，发现小主人们已经被吓跑了。

遗憾的是，他毕竟只是个孩子。那些小主人回家告诉大主人，一个个鞑靼壮汉追了上来，将他揍得头破血流，从傍晚一直打到深夜。

“敢打我们的孩子，滚回你的猪圈吧！”夜里，他被壮汉们一脚踹回了猪圈旁的帐篷里，他是趴着进屋的，田六一看，心疼地想上前去扶他，但一想到这么多天都没有和他说话，只好故作平静。细看他毕竟一身是伤，而且头破血流的，田六只好走到他面前，端坐着，板着脸问：“为什么要和别人打架？这下被教训了，该乖了吧？”

他艰难地向前爬着，田六将他扶起，等着他的答案。浑身都痛，浑身是伤的孩子，泪眼蒙眬地望着田六，叫了一声——爹，田六的心一下就软了，然后他说：“小主人，他们说你是一条狗……”

田六一听，鼻子一酸，终于一把抱住他，紧紧地抱住，父子二人泣不成声，在一个北风呼啸的夜里，重归于好。

他真是我的孩子，是我没有好好待他，他恩怨分明，坚强仁厚，和我相依为命，相濡以沫这么多年，这都是些什么畜生日子？可是单纯的他，从来没有埋怨我什么，总是默默地跟着我，都是我在不断地要求他，说我们寄人篱下，做事要有分寸。其实我们应当是世间彼此最珍重的亲人，可我却只当作报答将军当年的不杀之恩，在可怜他，在抚养他，是我当年选择了投降，让他沦落了这样的苦命，他却在羞辱面前，为我挺直了胸膛。

这是我的孩子，田六坚信，他已经有了守护我的一颗心，他与我荣辱与共，对一个身为奴隶的我奉若神明，每当他抬头仰望我的时候，我可以看到，他的眼中充满了认可与坚信。我要保护我的孩子，要给他我能做到的一切——只要我能。只要我有。

从此，他们父子再也不吵架，有什么事都共同去面对，原本决定不吃肉的他，也开始和田六在收拾主人的餐布时大吃大喝起来，连主人剩余的酒父子也一起喝光，帐篷外的鞑靼人，看不懂这一对奴隶父子有什么可高兴的。田六背着睡着的他去砍柴，在丛林中将他叫醒，父子一齐抡着斧头发泄，田六教他写字，他就将“小主人”三个字写在柴火树上，然后砍着玩。田六在砍柴之余弄来了猎物，他们就地烤了吃，从不带一块骨头回来。田六教他武功，他的领悟力惊人，三天就学会了爬树，可以扛起比自己大几倍的柴，甚至能将田六抱起，在林子里打转。父子上山采药时，他没有抓稳，田六侧身，一把抓住了滑落的他，篓中药材全部倾覆，他惊呼道："爹，药材掉了！"田六却说："没事，你比药材更重要。"他坚强地笑了。

十年后，依旧是这方山崖，依旧是采药，依旧是一只手稳稳抓住另一只手，听到的，却是一个繁霜染鬓的老者惊呼："真儿，药材掉了！"

"没事，你比药材更重要。"

昔日的少年……长大了。

二十出头的他，身高八尺，雄健如牛，横眉重瞳，长发编辫，挂皮项圈，扎锡耳环，俨然一个英姿飒爽的鞑靼壮士。他身手矫捷，膂力惊人，上山擒虎，下海捉鳖，碗口粗的大树，断喝一声便连根拔起，粗活重活，全凭自己一个人干，骑马射雕，生擒野马，唾手可得。

这让皓首苍髯的老田，省了不少力气，老爷子只需挤挤羊奶，喂喂马，拾拾牛粪，缝补些衣物罢了。每当田壮士砍柴归来，大草原上抛下柴火，出其不意，抱起一百多斤重的放羊老爷子打转的时候，总会引来无数人的冷眼与憎恶。

有一回，田真在深山处砍柴，活劈了一只袭击的猛虎，就扛着柴，挟着虎回来，没有上缴猎物。当年的小主人们说过，狗捕捉到的猎物属于主人，如今，那些小主人们也已经变成大主人了，不变的是他们的专横。田真挟虎归来，正好被一个大胖子主人看到，他也正是当年那个小胖主人，旧病复发道："哟？我们的奴隶猎回来一只花斑虎啊，先到先得，看来是我的了！"

田真站着不动，用力回头，用一种极其锋利仇恨的眼光扫去，吓得胖主人彻底傻到原地了："那……我不要了，你拿走吧！"

"废话。"田真扬长而去。

都说胖子的性格往往比较温和，包容度好，可田真的主人却完全不是那种和事佬，因为他毕竟是奴隶，如今气势竟然强过了主人，这是大逆不道的，主人自己斗不过，就集合大家的力量，要给这奴隶一点颜色看看。

虎肉香得诱人，肉干上沾着油脂，嚼起来筋道爽滑，酥润而有弹性，不嚼二十几下都觉得没有把肉味咂完，汤气中还略略带一些膻味，吃一块就觉得回味无穷，田真与老爷子整整回味了几个晚上，这一幕被吃货主人看在眼里，恨在心里。

老爷子如今是很放心田真了，俩人有吃就吃，有喝就喝，管你什么规矩，我父子忍了你们二十年，二十年来我们做了多少事，吃个肉还需要给你解释？有本事就杀了我们，否则我父子活一天就潇洒一天，这就是我们的态度。

老爷子甚至不反对田真与主人打架，因为他长大了，可以左右自己的生死，这些主人，欺凌了他们一辈子，迟早会被暴力偿还。况且，那些养尊处优的后代，完全不是干粗活长大奴隶的对手，别说三拳两脚，一拳下去，胖子就捂着肚子蹲下了。

那达慕大会，蒙古摔跤，只要是男人，都可以参与，不分主仆，赢了赏一头牛。这种价钱，田真觉得太低，他长大之后，身体力行，可没有少吃肉。想吃肉了，虽然在主人那里得不到，自己随便在山林里进进出出，就可以捕获野猪，和砍柴的老爷子一起分享，就像当年老爷子和他分享一样。

赏头牛？还是算了吧。老爷子认为，毕竟是盛会，可以看看，田真不愿意去，就四脚朝天睡大觉了。

老爷子到了会场，锣鼓喧天，人吼马嘶，人潮涌动。眼见壮士们一个个都被摔倒在地，奴隶们最高兴，因为看到平日欺压自己的主人落魄了，真解恨。因此谁获胜奴隶们都喝彩，聪明的他们自己也不参加，来了就是为看主人的笑话。当然，只顾眼前狂欢他们也不会想到，失败的主人回去，会拿什么泄愤。

老爷子很愉快地观看比赛，没有别人那么激动。主人们却一个比一个沮丧，因为一场比赛下来总有一个输的。输的主人们越来越多，看到奴隶一个个却欢天喜地，于是恼羞成怒，要求奴隶也必须上场参赛，锻炼身体，有好身体才能干好活，至少要派出一个代表上来。

这就有问题了。遇见好事，人就喜欢代表群体去享受，遇见坏事，人都不愿意代表群体来承担。这很明显是一件坏事，由于奴隶们深深了解自己的过火，都猜到，那个代表奴隶的人，一定会被宣泄的主人摔得粉碎的，于是纷纷往后退。

这时，当晚偷窥的吃货觉得报复的机会来了，他提议让田六上，因为他当了二十年奴隶，足以见得其身体素质好，经验丰富。

这明显是刁难。

当了二十年奴隶，加上之前的二十多年，如今也是年近半百的长者了，田六白发苍髯，奴隶们难道都看不见吗？

是的，奴隶们都看不见。小人善于推卸责任的本能告诉他们，这个时候必须装瞎，因为他是个可以代表大家挡驾的，也是个被提名的，只要没有反对意见，自然名正言顺地由他来。

老爷子被迫和吃货开始“那达慕”了，吃货那剽悍的躯体，狂妄的眼神，嫉妒的心肠，仿佛在宣告，他丝毫不会留情。

那达慕的会场上，欢呼声盖过了哀号声。欢呼声是主人们的，哀号声是老爷子一个人的。老爷子像麻花一样，被对手拧成一疙瘩，人群当中，如果距离够近的话，可以清晰地听到老爷子骨头的断裂声。

这些年来，老爷子已经不像当年那么强健了，可以说他过的是被田真反哺的生活，粗活重活都没有让他做了，一把老骨头，早就松散了，如今在这样的场合里被人这样对待，他连抵抗的力气都没有，连喊痛的声音都是沙哑的。

奴隶当中，还是有好人的，实在看不下去，就悄悄从人群中退出，去报告田真。

田真在梦里，似乎听到了老爷子哀号的声音，感觉有什么不对劲，眉头一拧，就醒来了。他尚未从梦中的朦胧中走出，一奴隶就冲进帐说："田真，快去看看你爹，他在那达慕上都快要被人打死了！"

"什么?！"

伴随着老爷子带有哭泣声的哀号，有些奴隶开始觉得，那是摔跤吗？那根本是折磨，是虐待，但都敢怒不敢言。直到人群外迸发出一个浑厚的声音——

"住手……"

田真及时赶到，老爷子的一只腿已经断了，他要是再晚来两步，估计老爷子连脊椎都不保了。田真飞身上前，扶起将要倒地的老爷子，然后转身吼道："谁把我爹打成这样的？站出来！"

那个吃货主人听到声音，早就吓跑到一边去了。田真继续吼道："孬种！有本事打，没本事承认是吧？"

这下，众人都听见这句侮辱了，吃货也是有尊严的，就站出来说——是我，他是参赛选手，被我打败的，你不服气可以向我挑战。

吃货说这话，自己是心虚的，因为他的腿在发抖。

田真上前，与他面对面直视，两人之间，仅有一巴掌的距离，田真断喝一声："混账！我杀了你！"

那吃货差点跌倒，仍旧站直了说："摔跤就是摔跤，玩输了就想杀人，那你就太侮辱那达慕了……"

田真压抑着愤怒，怒视吃货，用很低声的语言道："你他娘的看清楚了，老子是来挑战的。"

吃货冷笑道："呵呵？挑战，挑战也得有规矩和对手吧，你挑战谁？"

没有人看到，吃货的额角，流下一滴冷汗。

"我要挑十个……"

吃货一愣："你……你说什么……"

“我……要……挑……十……个……”

田真一字一句说得清楚又低沉，那达慕摔跤大会，从来只有一对一的摔跤，十个人怎么摔？难道要来车轮战吗？田真完全不在乎这些，说完，他便一只手将吃货揪起……

当吃货的脚心逐渐离开地面，众人才发觉，这可是个将近三百斤重的大胖子呃……

张口结舌的奴隶们，哑然失笑的主人们，眼见着一声巨响，吃货被田真凌空一把摔出人群十步开外，口吐鲜血而亡……

田真开始放声大笑。

主人们慌了，更愤怒，一齐涌上，这次，他们发现这个奴隶好陌生，因为他的样子……他的样子开始发生了微妙又快速的变化……

在日光的照耀下，放声大笑的田真瞳仁不见了，逐渐翻出了白眼，流出了两行血泪，在脸上形成了清晰的泪槽，毛发焕发得通白如雪，头顶冒烟，俨然一座香炉一样！最重要的是，他右臂的蛇牙印不见了……

主人们一拥而上。

“啊——!!! ”

伴随着一声凌厉的尖叫，那些上前摔跤的主人被尖叫中心一团涌起的震荡波冲得漫天飘飞，一个个重重落地，非死即伤!

此刻无论是奴隶们，还是观战主人，皆双膝跪地，目瞪口呆，有人口中还念叨着——巴特尔（勇士）……巴特尔……

“巴特尔……巴特尔……”众人都开始念叨。

田真在念叨中渐渐恢复了原来的样子，唯一恢复不过来的，是他脸上泪槽的血。他什么话也不想说，小心翼翼地抱起瘸子老爹，在人群的念叨之中，默默离去……

在北方，有这样一个传说——当武士受到巨大压迫时，他的心理承受能力已达到极限，憎恨的怨气又极为浓烈，这时，就会有白夜叉附在他身上，帮助他在瞬间平添神力，去完成一些残忍的事情。事情完成后，他的怨气消解了，白夜叉就会从他的体内飘然离去。

第十五回 草原奴隶升级为可汗随从 登基皇帝竟然是热血少年

话说那达慕大会上，田真技压群雄，于众目睽睽中抱走被欺负的老爷子，从此即被众人称为鞑靼的巴特尔。对于鞑靼人来说，这是至高无上的荣誉，而田真在大会上摔死了他主子那件事，不但没有成为他的罪，反而成为奴隶们津津乐道的谈资，主人们默认的胜负。

这便是一个崇强国度里的潜规则——归根究底，没有君臣，只有强弱。

但田真始终愤愤不平。每当夜里，他从老人的呻吟中醒来，为减轻他的痛苦，为他捏一捏骨，就开始忙活烧火熬药。

多少个失眠的夜里，火光中映出一张流泪的脸，也许是在慨叹命运的不公，也许是悲戚人生的无常，也许是忍受了太多的屈辱，在一段时光中忽然感到茫然若失。直到一个晴日，老爷子的腿才有所好转，从此却多了个伙伴——拐杖。每当田真看到老爷子拄着拐杖，艰难前行的时候，他便更恨这样一个恃强凌弱的地方。

亚圣孟子云："天下有达尊者三，爵一，齿一，德一。"这些人哪里懂得尊重老人，在他们看来，老人和动物一样，老了，就没有价值了，这个地方把人的动物力量压榨到老，没用了再给它们一刀，连肉体骨髓也吞噬干净，这便是牧者的常态。

老爷子的右腿是彻底废了，田真只得更勤快，老人看到他比从前更加匆忙，也是无限懊悔，认为是自己当年做的决定，害苦了这个孩子。

是时候告诉孩子真相了吧……

几日以来，老爷子都在犹豫这件事，如果他当时在那达慕上有什么意外，这孩子岂不是永远也不知道自己的身世？谁能又能保证自己不再会有第二次意外？

人算不如天算，鞑靼小王子狩猎归来，听说了那达慕大会一事，草原上坐着，便把田真父子叫来，小王子难以置信，道："田真，听说你在那达慕上，摔死了人？"

田真以为小王子要惩罚自己，默不作声，对于一个受惯了惩罚的奴隶来说，连性命都掌握在主人的手里，更何况眼前的这位是草原之主？要杀要剐，悉听尊便吧。

此时，帐内走出一位异常高大的汉子，向小王子鞠了一躬，然后傲视田真，小王子鞭指勇士道："本汗想看看你的实力，给你一个机会，倘若你今天当着本汗的面，能够摔赢了他，本汗就取消你奴隶的身份，破格提拔你为鞑靼勇士。"

田真没有吭声，因为他不喜欢勇士这个称号，他想到了被勇士欺凌的老爹，那向弱者展示强大的懦夫们，是他最痛恨的，如今自己又怎能成为那样的人。眼见他迟疑，大汉觉得这小子居然如此默然小王子的命令，于是大吼一声，阔步上前，一把摁住了田真的肩膀，就像猛虎扑住了猎物一样。田真八尺男儿，在如此大汉面前仍显弱小，被大汉来回摔了好几番，五脏六腑震出的鲜血溢在嘴角，老爷子实在看不下去，厉声道："真儿，还手啊，还等什么？"

听到了爹爹的呼唤，田真拭去嘴角血迹，顽强一笑，大汉撸起长袖，龙骧虎步飞来，田真八字步站成泰山，在大汉到来之际，但见田真目光一锐，断喝一声，抄起大汉的胸口和下盘抓起，擎举过顶，逆着风，就将那厮抛出十步开外，鞑靼小王子惊坐起身，张口结舌。

大汉不服，咬着牙跑回来，一副想要撕碎了田真的模样，不料又被田真抓了个正着，擎举过顶，扔至半空一脚踹开，便像皮球一样连滚带爬，倒在二十步以外。小王子眯着眼点头，正要宣布结果，那大汉又跑回来了。这次他的步子把泥土都踢得四散，像一匹脱缰的野马一样，流着不甘的眼泪，疯狂冲过来。田真一咬牙，与他纠缠三招之后，钳制住问："难道你不怕死么？"

"呸！"大汉一口浓痰从他脸上擦过。田真眉心一紧，捉住大汉的躯体前后左右遍地摔他了个七荤八素，又将其抛起，连环几脚，踹到了蒙古包上，大汉砸垮了蒙古包，晕倒在了血泊中。

鞑靼小王子丝毫没有责备田真的意思，而是彻底服了，能打赢勇士的人，更是勇士，值得钦佩。

从那以后，田真成了小王子引以为傲的随从。名为随从，实则仍旧是奴隶，只不过由服务所有人变成服务小王子一个人。最屈辱的，是在小王子射死猎物之后，由田真跑去拾回猎物。从此，田真在鞑靼人的眼中，是那种明眼人一看就知道的身份。

这就是问题所在。对于鞑靼人来说，狗是十分神圣的、忠于主人的、骁勇善战的左膀右臂、好伙伴。昔日元太祖成吉思汗围猎全球时，座下四位著名的功臣——速不台、者勒蔑、哲别、忽必来，就合称“蒙古四狗”，是指骁勇善战、忠于大汗的伙伴。因此狗这个词，素来在游牧民族没有多少贬义，或者说褒义超过贬义。但若是用大明的文化理解它，第一印象就变了，就成了看人脸色、阿谀奉承、溜须拍马、寄人篱下的奴才。

鞑靼人会把给可汗拾猎物当作荣耀的事，这样的事在大明就是屈辱，是君主对臣子人格的亵渎，这便是孔孟之道和草原勇士的悖论。在孔孟之道中，人有最基本的底线，固然孔孟之道也是将人分等级的，但那是地位的高低，并非人格的等级，人有地位之别，就像有水有洋海江河湖潭泉溪沟之别，音乐有宫商角徵羽的高低之分，不同的大小，不同的高低，不同的名称，这是中华尊重个性、多样统一的绚丽文明。且人有基本的尊严，再大的统帅，不会当着众人的面往一小兵脸上吐口水，除非他的修养是小人，这就是地位不同但人格相同。

而在草原勇士看来，没有什么同与不同，人都是吃奶长大的畜生，人类——归根结底哪有什么面子？当你崇敬一个人时，想想他在厕所和床上时的动物表现，可以减轻你的病症。因此，把人看成动物，不是贬低，是一种原始的、本质的认同。在化外蛮夷之地，奉行的还是自然法则而非社会法则，是那种“忘君臣，略婚宦”的草原勇士之风。

从低级奴隶到高级奴隶，屈辱是一样的。然而在奴隶们眼中看来，田真算是升级了，高级奴隶比低级奴隶有身份，因为需要努力才能做到，一般人想做还做不成呢，这就是当惯了奴隶的思维，也只有奴隶才会有这样的思维。

文明未开化，塞外苦寒之地毕竟是这样——无尊无卑，直来直往。

在大明，则是另一番景象。

“八世明太祖”正德皇帝登基，承蒙先帝托孤之重，刘健、谢迁、李东阳三位顾命大臣辅佐，加上内阁梁储、杨廷和等辈，皆天子近臣，也同为天子之师。

正德皇帝可不是一个省心的主，他是佩带着宝剑登基的，内侍太监建议他不要这么做，皇上却说，佩剑乃君子之行，孔圣人也佩剑，朕文武双全，已有开天辟地之志，随时准备杀坏人，怎么能不随身佩带家伙？温柔体贴的太监听到皇上这话，只剩下赞扬了。

于是，乾清宫大殿，文武两班臣子中间，雕梁红毯，正德佩剑，龙骧虎步，迈向龙椅。

面对龙椅，皇上一个潇洒转身，左手托起传国玉玺，右手斜扶腰间天子剑，扬言道：“大明天下，终于轮到朕登场了！我大明自太祖太宗创业以来，河清海晏，九州宾服，万国来朝，天下归心。朕的皇叔功臣们，如今皆已成为封疆大吏！大明江山，不断在曲折中勇往直前，历经洪武开国，永乐盛世，仁宣之治，弘治中兴，迄今已历八世。如今朕承继大统，常思列祖列宗文成武德，故年号正德，朕登基即为八世明太祖，立志为大明扫除边患，驱除胡虏，恢复中华，大赦天下。”

“吾皇万岁万岁万万岁！”

“众卿平身！今天下之势，南倭告警，北寇渝盟，外临勍敌，内盘强藩，朕不以为然。朕当太子时，就有大臣对朕说过，帝王不可以一人之意而决断天下，朕以为，普天之下，莫非王土，率土之滨，莫非王臣。作为臣子，尔等只需忠于圣心，言听计从而已，只要朕有一颗铁血圣心，为国为民，功过好坏，自有后人评说。从今往后，朕要引领一个崭新、年轻的大明！谁要是不听话，与朕唱反调，那就不是朕的好臣子，朕宁可不与这样不理解朕的人共事，朕的江山朕自己守，朕的百姓朕自己爱。什么秦皇汉武，唐宗宋祖，今后朕要用朕的大明，和他们一较高下！直到成为万众称颂的，正—德—大—帝。”

“皇上万岁万岁万万岁！”

当众臣都在乾清宫叩首喊万岁时，有几个老爷子没有喊，他们看出来，这不是什么好兆头，如今这种独断专行的言论终于还是出来了。皇上从小就是这样，任性、鲁莽、热血、乖张，弘治先帝是中国历史上最专情的帝王，只有一个女人，就是正德皇帝的母亲张皇后，夫妻俩只有他一个儿子，就是正德，自然是百依百顺，言听计从。在这样的环境下生活惯了，正德自然不喜欢常常挑战他王权的老爷子，他宁愿更爱那些他说什么就是什么，执行力强的内侍太监，虽然他知道，太监是残缺的人，是被一般人看不起的低等下人，但是，他就是要做给大臣们看，意思是，只要听朕的话，连太监朕都会得到好处，你们这些老顽固，明白什么意思了吧？

不明白，也不愿意明白。皇上用好处来引诱忠臣，这一招显然是顽童伎俩，是把老爷子们想得都太势利了，很幼稚，也很失败。对于那些不喊万岁的老臣来说，他们当官不只是为了养家糊口，更是要为天下代言，为百姓发声，皇上不是完人，皇上也有错的时候，有错就要有人提出来，否则要内阁干什么？要御史大夫干什么？要是皇上成了爷，人人都对其言听计从，搞什么专制一言堂，那大臣还有什么存在的意义？这偌大的朝廷，您孤家寡人自己玩不就行了吗？自己给自己又当皇帝又当臣，也不是没有先例。

话说多了犯忌讳，明太祖朱元璋当年就不信任大臣，废弃了丞相，自己又当皇帝又当丞相，怎么样呢？差点没有把龙体累到驾崩！最后还不是设立内阁，这样才从一个工作狂回归到正常人。所谓用人不疑，疑人不用，你不放权，大臣就无法掌权。你也不能完全否定掌权就是坏，一件事出来，必有好的坏的，这是正常，只是大臣只有掌权，才能有效管理。要是权力都集中在皇帝手里，那即便把皇帝分成十份，也管理不好一个国家，皇帝要做的，是明辨腐败权臣，任用清廉贤臣而已。

皇上冲龄践祚，自然是不会懂得这个道理的，反而，他是在用一颗十五岁的少年心去思考大臣们，所谓“千里当官，只为吃穿”嘛。行啊！你们都听朕的，朕让你们吃好喝好，这总可以吧?

哎——这就把大臣们看得太市侩了，话也说得太露骨，归根结底，是大臣生活总要俸禄，这虽然是对的，但是做大臣的基本面子你得给人家。再者，大臣的追求怎么能只是吃饱喝足？这也把大臣们想得太畜生化，太没理想了，每个人都应该为事业承担一份志向，因为那是大家共同努力、殊途同归的目标，你身为人君，这样庸俗，事业如何有未来，大明王朝列祖列宗经营的事业，到你手里咋就这样任性？从没有见过一个老板在公司对他的员工说，你来这里不就是为了钱嘛，不管怎样，你都听我的，我就给你多发钱。这……这露骨的老板，伤了员工面子，员工自然觉得这个单位不严肃、不理性、不客观，没有核心价值追求，必不会长远——再见。

正德恰恰就是这样一个露骨而又直接的小皇帝，而他身边恰恰留下来了一批跟随先帝，甚至先先帝一直打拼过来的老臣。鉴于如今的小皇帝如此独断，几个没有喊万岁的老爷子认为，自己的存在完全是有点多余了，他们分别是——刘健、谢迁、刘大夏、梁储、李东阳……

朝廷内老爷子们大眼瞪小眼，朝廷外有一个老爷子更是悲愤归来——他就是杨一清。

如今，年过半百的杨一清，有一种活到尽头的感觉。他听着刘健、谢迁、刘大夏、梁储、李东阳老爷子们发皇帝的牢骚，不禁想到了二十年前，当年因为郑宏，那位朝廷派下来的爷，把西北祸害完了，身为武安侯的郑爷，“武”没有做到多少，“安”可是非常的安，他在西北搞自我专权还没完事，堡垒就被鞑靼从内部攻破了，害死了呼延直，阵亡了无数将士，延绥防线被鞑靼悍然突破，至今想起来还是心有余悸。当年，若不是呼延直带着弟兄们拼死抵抗，杀伤鞑靼兵无数，恐怕连自己都没命回来。说到这，杨一清掩面痛哭，对朝廷政策真是恨铁不成钢。

郑宏代表国家，却在西北大搞个人专权，压制杨一清，自己享受着总兵官待遇，最后，也代表国家，遭遇了一次彻底的国破家亡。当然，汉奸都比国家聪明，因为国家就是他算计的对象，不聪明怎么能算计到自己的祖国母亲、衣食父母呢？不聪明怎么能把朝廷内外大臣包括皇帝当傻子玩呢？所以，因为保家不卫国的“聪明”，郑宏的家也不会亡，人家早把后路想好了，可边境的老百姓就遭了殃，闹得家破人亡。倒是一点，还得感谢敌人，鞑靼小王子把郑宏的家小提前扣押了，要不这小子怎么会那么听话，服服帖帖地出卖大明？汉奸保家不卫国，古往今来都一个样，最令人痛心的是，就这样的货色，还常常义正言辞地代表国家，对忠臣下手，最后，白白毁了杨一清多年坚守西北的成果。

好在长江后浪推前浪，大明英雄儿女并没有死绝，如今，大明西北的壮士，又成长起来一批，杨一清的头发，又白了一层。当年弘治爷听到杨一清报告的西北军情，勃然大怒，下令将郑宏就地正法，有几个皇亲国戚出来说情，先帝依旧恨得咬牙切齿——死罪可免，活罪难逃，索性将郑宏革职，流放边疆吃沙子，永世不得回朝。这是仁慈的先帝最强硬的手段了。可惜，如今这些互相哭泣安慰的老爷子还不知道“八世明太祖”正德皇帝的脾气，这事如果发生在正德皇帝身边，年轻气盛的正德皇帝不亲自把郑宏剥皮，这事就不算完。

他们很快就会知道的。

因为鞑靼小王子又来了。

鞑靼小王子经常来。

鞑靼小王子才不管你什么打仗天时地利人和，只知道一点——我这边牲口把草吃完了，又下雹子了，牲口都没饭吃了，人把牲口都吃完了，不好意思，本大王来要抢点东西，聪明的就放下武器，滚了蛋让我抢，否则……宰了你抢光你还要烧了你的房。

皇上听到小王子扬言要来抢劫，第一个反应是——颤抖。

内阁老爷子们知道皇上害怕，想提出北宋范仲淹的策略，给点钱让小王子的弟兄们在边境买东西赈灾，了事。这种安抚策略对于国家是亏点，赔了钱也赔了国威，但对老百姓特好，第一，老百姓不用打仗送死了。第二，鞑靼买东西赈灾，问谁买？他们的地盘连草都不长了，当然是向大明边境的榷场买，边境的老百姓也能富裕了，表面上老百姓是赚鞑靼商人口袋的钱，实际上是大明国库给拨的赈灾款，被鞑靼转手买东西了。

“皇上，帝者，胸怀天下，怀柔远人，邻居有难……咱们……能不能……那啥？”梁储说着说着，就哑然失笑，他发现，皇上的颤抖不是因为害怕，而是因为极度的愤怒和兴奋，因为从小看着皇上长大的他知道，皇上一遇强敌挑衅，必然兴奋，定会说出那四个字。绝对不能让皇上说出那四个字……

偏偏正德是一个极度抠门吝啬的主儿，皇上只懂得直观粗鲁地去思考问题——你来打我，我还给你钱，我这是欠打吗？我有钱就是错吗？别以为有钱人就是混吃等死，无力反击，担惊受怕的肥羊——朕不是虚胖，朕是雄壮！汉武帝早就说过，匈奴杀朕子民，毁朕城池，夺朕财物，是可忍孰不可忍？你还美其名曰狩猎？你当朕是兔子打，朕还当你是贼呢！虽然朕脑袋上这大明皇帝的兔耳鎏金帽很金贵，也不能给你，你原始又野蛮，只当这是金子，哪里懂得尊重这里面博大精深的文化标志，朕戴上这帽子，继承的是祖先，代表的是国家。朕凭啥给你钱？你算老几！你饿死了人是你自己不会经营你的国家，关朕屁事，你求朕朕都未必答应，还敢打朕，如果饿极了就是畜生造反的理由，那朕就让你试试朕的刀枪。

“皇上……”梁储上前一步。

“朕决定了——御驾亲征！”

梁储阻止晚了，皇上还是说出口了。

年少气盛，受不得屈辱的一代少主——正德皇帝，朱厚照。

当然，能忍受屈辱的人啊，不都是不要脸的人，这种人，老了就成为乡愿，为了苟活，玷污了大国尚武精神，害尽了正直，熏臭了风气。历史不断在证明，要脸的和不要脸的没法比，有底线的和没底线的没法比，项羽要脸，纵然死了，老百姓也认可，算条汉子。韩信、勾践、司马懿这些人，不要脸，成功了，老百姓听到名字，只能是冷冷一笑，然后面对太阳，想着昔日那些繁华盛世，作长太息。

心中有光明的人，走到哪里，都能照亮阴暗。正德皇，就打算成为这样的男人。从小到大，他都太要脸了，宫里的脸都面向着他——朕从来都是太阳一样的焦点，从来没仰望过谁。这样要脸的主，常常伤害了别人的脸，现在有人主动要来伤害他，正好，朕就让你看看朕的脸，到底有多大。

理想是好的，现实是残酷的，没有理想的现实更残酷，没有现实的理想，说出来也不是坏事——有理想的照样被打动，没理想的照样当笑话。老百姓循环的青春，大概就是这样吧。皇帝剽悍的青春，已经决定开始爆发，只有那句话言犹在耳——

朕的江山朕自己守，朕的百姓朕自己爱。什么秦皇汉武，唐宗宋祖，今后朕要用朕的大明，和他们一较高下！

第十六回　八世明太祖兵出万里长城　老臣少将文武争功不输忠

历史上的鞑靼与大明，神似昔日的匈奴与西汉，尤其是在地理、外交、军事方面，可以说都是典型的长城南北不同文明之战——

长城以南，刀耕火种、精耕细作、重土安迁、五谷丰登，农业文明。

长城以北，牛羊遍野、骑马射雕、居无定所、茹毛饮血，牧业文明。

公元1506年，一场农场主与草原王的大战迫在眉睫！挑事的依然是习惯隔三岔五挑事并且不以为然的鞑靼小王子，挑事的原因很简单——下雹子了，草蔫了，动物都快饿死了，人干脆把动物吃完了，这下彻底没饭吃了，出兵！老子今天要抢死大明这个肥得流油的死胖子。

事到如今，就是大明给鞑靼补贴，小王子也不屑于要，信奉草原勇士之风的小王子，又要保持尊严又不要脸的名言是——别人施舍的哪有自己抢的用着痛快！

大明这边，完全没打算给，男子汉的道理也很简单——你打我还让我给你东西？我是欠揍吗？王八蛋，老子跟你拼了！

正德皇帝说这话是有本钱的。去年灵州、固原之战，正德皇帝携陌上阳、公孙向东抢在杨一清之前，勇挫鞑靼小王子，比正德皇帝大二十四岁的鞑靼小王子巴图蒙克，单挑失败后，居然叫了皇上“小叔子”，退兵时还被杨一清警告——好自为之。没想到这厮记吃不记打，怎么又来了？

听杨一清报告西北军情，正德皇帝气就不打一处来，慨叹这些年，余子俊、范瑾、呼延直、秦竑、徐廷章、杨瑾等辈皆已殉国，边疆将领少得可怜，长城被毁，百姓流离失所，依旧反复被鞑靼入侵劫掠。

正德边听上奏，边打沙包，听到最后，一记重拳，沙包开裂，沙子流了一地，转身道："你给朕立刻修筑长城，朕拨你三十万帑金，加强戒备，朕要整顿兵马，教训鞑靼！"

皇上说一不二，风卷残云，调动皇家兵将，连自己从小玩大的表哥也叫上了——姑姑仁和公主之子齐良。还有干哥许泰，弘治皇帝赐国姓的义子，当年的武状元。

鞑靼全民皆兵，五岁的小孩子都会骑马射箭，当然，小孩子还不至于参加劫掠行动，但是有一个人可以试用——奴隶田六之子，田真。

田真力大无穷，虓猛绝伦，性格沉毅，有大将之风，那达慕大会为了救老爹，单枪匹马，打倒了无数鞑靼勇士，堪称奴隶中的英雄孝子，只是这田真身为奴隶，如何才能效忠鞑靼？小王子决定从田六入手。

田六从来没有告诉田真大明的事情，因为怕他惹事，而且田真的真实身份，整个鞑靼，只有田六一个人知道。小时候，田真曾经问过："爹，为什么我们会是奴隶？"

田六只是叹息："是爹的错，这都是命运。"

田真说："爹，我不嫌你是奴隶，我生来就是你的儿子，奴隶就奴隶，我才不怕他们。就像你说的，咱们忍气吞声，就是为了活着。你看我现在还小，不能保护你，但愿我能快快长大，长大了，就没有人敢欺负你了。"

多少年来，田六一直都想告诉田真他身世的秘密，让他知道之后，自己选择。每次都是话到嘴边，看到这孩子这样孝顺，对生活坚定不移，实在不想破坏了他的平静。如今他已成人，成为一名鞑靼勇士，田六觉得时机已成熟，就想找一个机会，告诉他一切。

这个机会先被鞑靼小王子抓住了，小王子将田六囚禁，对田真诈称他与大明打仗时惨败，田六作为骑兵向导，被大明皇帝残忍杀害。田真仰天长啸，气晕过去。醒来时，双目含泪，他想着爹爹这些年的一颦一笑，父子走过的每一处地方，看过的每一处风景，那些都已成为过去，如今，他要独自一个人面对这个世界，可恨呐，大明……夺走了我的生父！我要你们血债血偿！

于是田真主动请缨，随军出征，小王子欣然答应，还将一匹宝马赐予他，那就是当年呼延直留下的——黄膘金络脑。

这马也怪，异常桀骜不驯，小王子实在驾驭不了。马固然是宝马，鞑靼不缺马，但这样难以驯服的，还是第一次见，小王子骑着他，多次中途忽然尥蹶子，将小王子摔得七荤八素，若不是看在这畜生是个光荣的战利品，真想一刀劈了吃肉算了。说来更怪，这黄膘金络脑见了田真，竟主动凑上去亲近，就像多年未见的朋友一样，田真骑上去，战马一声长嘶，快如闪电。小王子也只好认了，认为自己马术不行。其实呢?

被囚禁在石窟中的田六，由两名鞑靼勇士看守，田六腿疾，一个也斗不过，每日三餐，就像坐牢一样。好在是，如今的他只能安安分分，不用干活了，由奴隶变成囚犯，身子反而轻松了许多，但是田六始终乐观不起来，他不明白小王子为什么要将自己囚禁，对于小王子来说，自己只不过是个没有价值的老头，那么谁有利用价值呢？——孩子啊，你可千万不能出事，否则，叫我怎么对得起呼将军在天之灵！将军殉国前的那句话言犹在耳——六，你听着，我希望你投降之后能像你说的那样，心向大明。如果你把我儿子带成了汉奸，我做鬼也饶不了你……

想到这，阶下囚的田六，只好将脸埋在手心。

万里长城，万里烽烟，明太祖设立的九边重镇，像九颗眼睛，目不转睛地凝视北方，太祖知道，那些人随时可能来攻打自己的子孙。

事实证明，太祖的考虑是对的。因为，鞑靼小王子已经不止一次攻破了长城。

有诗云：

坚壁重镇睢狄戎，烽烟号角野云浓。兵法千言分宾主，将军百战决雌雄。

穿云箭雨壮士迎，汗血马嘶英雄逢。草动石走风吹处，谁堪驾此地伏龙?

正德皇帝御驾亲征，三万大军直扑鞑靼。长城以北久等的鞑靼，管你是谁，都当兔子一样打，方阵对圆，参差交错，犬牙互探，列阵交锋——

“来将通名！”一鞑靼小将叫道。

“河北冯祯，偏头关参将。”

“昨天晚上袭营的就是你？”

“正是。”

“杀！”

“手下败将，取你狗命！”

另一方阵对峙，一大明将领高叫“弟兄们，围起来”，所带部队一拥而上，将鞑子兵团团围困，铁桶一般，密不透风。眼见情竭势穷，被包围的鞑靼将领跨下马来，要求单挑，明军散开一道口子，一位身披丽甲，头插红缨，威风凛凛的将军当即下马，拔剑上前。

“苏州陆完，奉旨荡寇。”

交手不到十回合，陆完斩杀敌将，赢得兵士一阵惊呼，士气大振，余虏尽被俘虏。

“押回去。”陆完闭眼一挥手。

第三方阵，一位浑身鲜血的大明将军被二十余鞑靼兵包围，一大明小将突然杀进来，疾呼道:“戚将军——戚将军——末将来迟！”二人背靠着背，打算并肩作战，小将问道:“戚将军，其他的弟兄呢？”

“我让他们去保护主公了。”

“那你怎么办？”

“哼。”戚将军紧握手中沾满鲜血的龙牙剑，冷眼环视着鞑靼诸兵，带兵的鞑靼军官大吼道：“怎么办？死路一条！他一个人杀了我们一百多号弟兄，大爷今天不把他千刀万剐，这事就不算完！”

“想杀我，看你们有没有这个本事！功夫不到家的话，这地上的一百多具尸体，也许就是等一会儿的你们。”

身边小将看着满地的尸体，啧啧惊叹：“戚将军，不愧是我大明传说中的人物啊？”

戚将军咬牙道：“我手中的龙牙剑，是先帝赐予我们戚家的，我们家世世代代守护大明江山，不多杀几个贼寇怎能对得起先帝知遇之恩？”

“你……你到底是什么人?！”鞑靼兵士们慌了，戚将军冷笑一声，挥洒着龙牙剑迎上，不出他所料，几十招内，又解决了一批鞑靼兵，他游刃有余，选择最后杀那个问他姓名的人，直到剑逼到他脖子上，动手前，戚将军自报家门：“辽东——登州参将戚景通（戚继光生父）。你可以死了。”说罢，眼神一锐，抹了鞑靼军官的脖子。

第四方阵，是人数最多的方阵，又称“御驾”，之所以有这样的称呼，大明从上到下人尽皆知，只是鞑靼不知。皇上穿着朴素的铠甲，冲在最前面，皇上冲，大家都跟着冲，皇上迂回，大家就跟着迂回——这一幕，成为沙场上一道奇特的风景。

长城上面，杨一清带着护卫与朝廷老臣们观战，杨一清早说了不让他们来，是老爷子们执意要来——御驾亲征，何等大事，皇上要是有什么闪失，朝廷怎么办，江山社稷怎么办？皇上说了，他为国战死了你们就换个人当皇帝。什么？承继大统，国家头等大事，怎么能是换个人那么儿戏！皇上才十六岁，又是先帝独子，刚刚继位，还没有子嗣，他要是万一殉国了，弘治爷的坟头要颤抖着冒烟了，你说我们顾命大臣，能安心吗？

老爷子们一个个心急如焚，都抱怨皇上临时剥夺了杨一清的兵权，下硬圣旨不让他们参战报国，只能在旁边看，这些人分别是——杨一清、梁储、杨廷和、刘健、谢迁、李东阳、马文升、刘大夏，连退休的九十岁五朝元老，太师王恕听到消息，都来站在长城上操一份心了。

梁储最激动，他是皇上平日最爱逗弄的老爷子，热泪盈眶地望着沙场上纵横来去的皇上，老汉像个少妇一样揪着胸口，想着正德皇帝出征之前，那天清晨，双手背后走来走去和他的对话：“朕要活得更潇洒一些，太祖太宗也是马背上长大的汉子，朕已经看破生死，决定充当大明正德年间的第一条好汉，报效国家，你们就当朕死了吧。”

“皇上，何出此言?！”梁储目瞪口呆。

在场的梁储，把这段对话告诉老爷子们，刘大夏闭目摇头道："所以我早就跟你们说过，皇上是个贱骨头，胡作非为，任性骄傲，你们还不信，到现在还不死心，一个个垂头丧气有什么用？朝廷水太深，不如回农村。我有个建议——大家和我集体辞职，咱们回乡种地吧！理这小混蛋作甚？这就是个唯恐天下不乱，争着和地痞流氓称兄道弟，惹人操心的主儿，让他自己胡乱玩去。"

王恕咳嗽了一声，默然言道："时雍，你话太多了……"

刘大夏只得退到老师身后去。

刘大夏的话让梁储很不高兴："老刘，你说这什么话？身为朝廷命官，忠肝义胆，直言进谏，是为人臣子的本分！你这样放任不管，怎么对得起先帝知遇之恩？怎么对得起大明列祖列宗？"

"我无奈啊，狂歌当哭，这孩子我管不住，你有本事你管啊？"刘大夏争辩道。

梁储不说话了，因为他明白，皇上要干什么事，不论好事坏事，说一不二，执行力超强，自己也管不住。而皇上恰恰就因为这样的话曾经发过脾气——

什么管不管的！谁要你们管？一个个自以为是的老爷子，朕知道自己学习成绩不好，但是朕也是有优点的，你们怎么能以偏概全，完全把朕这个人给否定了？朕还是不是你们大家的皇上了？真是放肆！那好……你们几个老头子，谁认为自己最有本事，谁就来当这皇帝，别给朕念好学生的紧箍咒，朕不干了！

皇上出征前特别会见梁储，就因为梁储是"训皇派"里面最温和的老臣，换了其他老匹夫，最后君臣肯定是吵得狗血淋头，面红耳赤，不可开交，一拍两散。

"朕就是不想在宫里当'宅男'，忍受那些老头子的疾言厉色。一个人一个活法，朕是皇帝，也是男儿，朕就喜欢潇洒地活着，不违背自己男子汉的初心。秦皇汉武、唐宗宋祖那么伟大，最后还不是黄土一堆？创造过盛世又如何，充实了百姓，寂寞的还是自己。朕不是圣人，朕只是个男人，朕是崇拜圣人，但朕知道自己当不了圣人，那就痛痛快快当个大丈夫，也不枉此生！所以，朕创造的正德盛世，不需要抄袭古代任何帝王，这就是正德王朝的特色！"

"不效法先王，又怎能拥有先王一样的功德？不研究盛世，又怎能知道到什么层次才算盛世？"梁储追问。

梁储没有发现，皇上和他交谈的时候，已经眼中含泪："朕知道，你们都瞧不起朕，朕学习成绩不好，你们老爷子一个个都学习好，什么大学士，什么太傅太师，各种光环都叠加在你们身上，你们就风光了，你们就用你们学习的好口才，让朕在朝廷上说不上话。朕有时候都觉得自己好可怜！什么圣贤之道，什么先王之德，话语权都掌握在你们手上，所以你们就用你们的强项攻击朕的弱项，朕是四肢发达，头脑简单，但朕不是傻子，朕听得懂讥讽！看得透嘲笑！朕也是一个有尊严的男人，偏偏朕不想做一个被人看不起的男人！学习好又怎么样？总有你们不会干的事！朕偏要干成，朕要从另一个突破口赛过你们，看你们还拿什么胖脸藐视朕的才华！”

梁储听哭了，不断提起长襟拭泪，正德皇帝又说：“所以，朕选择练好武功，驰骋疆场，精忠报国，建功立业！朕就不信，当年的皇觉寺丐僧朱元璋，大字不识几个，都能当皇帝，如今的男子汉朱厚照就不行？就不配！”

“皇上！！！”梁储泪流满面，垂头跪地，羞愧不已，他觉得，身为臣子，大家用那么高的标准，能把小皇上逼到这份上，自己真是罪该万死！没想到皇上平时嘻嘻哈哈，心底原来一直是这样委屈地活着。终于，皇上扶起了老爷子，君臣抱头痛哭。

如今，皇上英姿飒爽地在战场上，带着他的将士们保家卫国，皇上到底在拼什么？那是身为一个帝王的尊严、荣誉，和本属于他应有的骄傲！皇上哪里来的力量？都是平日积蓄的不平之气，从皇上对敌人凶狠的一招一式可以看出，仿佛在说：“看到了吧，你们这些老头子，这才是朕！”

梁储终于明白了皇上的英雄志：身为帝王，也同为男人，是男人，就不满足于家长里短，更重视别人对自己才能的认可，更别说自己身边的臣子。不是每个人，都是能静下心来，读书的料，但不能说，一个不会平心静气读书的人，就没有卓越的才能。四肢发达，一样可以成为伟大的人，头脑简单，也许只是因为年轻。人，都在成长，你无法用一个六十岁的标准，要求一个十六岁的少年，更何况，他还不愿意听。然而他愿意做，总比什么都不做好。那就让他放手去做吧！去经历，去受伤，去奋斗，去不断历练，谁没有年轻的时候？谁能一步登天？凭什么用一个已经功成名就的人去藐视一个奋斗中的年轻人？年轻，就是一切的资本，就能创造一切的未知和可能。正因为未知，才值得期待，才必须勇往直前。无论好与坏——平行是美，相交也是美，没有摩擦与碰撞，哪有亮点的精彩。人类，不正是有这样的新旧更替，朝代更迭，长江后浪推前浪，才美轮美奂，目不暇接……一代一代，总有属于他们的英雄，属于他们的准则。曾经的英雄那么多，毕竟他照亮的是过去，既然是现在，那大丈夫就要当仁不让，华丽登场，一举一动，都是创造一个独一无二的时代。

梁储终于彻底理解了皇上！只是眼下皇上被贼寇包围，看得梁储心惊胆战，他恨不得单枪匹马去营救皇上，可皇上出征前明令禁止，你们这些打着忠君爱国旗号，担心皇上安危的逃班老爷子，既然不上班，喜欢观战，那正好，让你们当一回看客，看朕在长城下面给你们表演。既然是看，就老老实实待在上面，由杨一清监督，若有一个擅自离岗的，杨一清的责任。

梁储忧心如焚，综观长城以北，明枪暗箭，皇上竟然还驰突垓心，鞑靼兵个个如狼似虎，分布又状如蝼蚁，那御驾就像一条被蝼蚁包围的长蛇。而观长城近处，御前侍卫江彬杀得起兴，不上马横扫千军，反而下马与鞑子兵一一对决，梁储不禁怒从中来，吼道："江彬，你还在这逞什么英雄，快去保护皇上！"

江彬边杀边叫："谁逞英雄了你看清楚，是皇上自己不甘心站在指挥的位置，冲入敌阵了，你倒说我逞英雄？吼我有意思么？这里被攻破怎么办？"

梁储颤抖得指着远方大叫："长城被攻破不要紧，老夫就是抗旨也会带兵挡着，重要的是冲出去的皇上！江彬你给老夫听好了——你是御前侍卫，你的责任不是杀敌，是保护皇上！皇上要是有什么闪失，老夫回去杀你全家！"

"又来了……这几个老不死的，真他娘的神了！让爷打仗爷就打仗，弄一帮练嘴的老头子站在长城上瞎指挥什么，真希望鞑靼的弓箭射死你们这些老匹夫。还要杀我全家……大爷独步江湖，就一个人——早就看透生死了！用不着你们指手画脚，皇上我自会保护——有我江彬，天下归心！"说罢，江彬从蝼蚁中杀出一道口子，抢了一匹马，直奔皇上的位置杀去。

皇上的位置其实是最好判断的，因为你只要看大部队向哪个地方集中，那就是了。

大家都有眼色。

在大小将士出征之前，顺天府参将张钦，已经代表朝廷给大家训了话——这次，是皇上御驾亲征，皇上虽然穿着朴素的军装，但是长相英俊，在战场上算是鹤立鸡群的。画像你们都认得，有很多人还亲眼见过，皇上面如冠玉，气宇轩昂，十六岁就代表国家御驾亲征，何其壮烈？而我辈从军多年，试问我们怎么能不如少主人？他是先帝唯一的孩子，弘治爷在天之灵会守望着这一场战役，总之一句话，谁要是护驾有功，先帝自然会保佑你升官发财，儿孙满堂；谁要是临阵脱逃，别说先帝会雷劈尔等，我发现一个杀一个！都听清楚了吧？

"听清楚了！"

杀气如虹，张钦带的兵反而成为战场上最会做人的保皇小分队，比江彬的觉悟高多了，一个个遇到敌人绝不纠缠，挡路者砍，砍完了就向侧翼集中，向着皇上的身边跑去。这些兵呆头呆脑，一个个看似病虎，可一旦跑到皇上身边，竟突然转身，断喝一声，暴发惊人的勇气与力量，开始与敌人火拼。这就说明，打仗也是一种技巧，勇敢也可以炫耀，会哭的孩子有奶吃，会喊的兵士升级快。

终于，连皇上都被吓到了，探问："你们是哪个部队的？"

"回主公，我们是张钦张将军的部下。"

"顺天府张钦？哈哈！看来朕把他从贵州调过来果然没错，没想到他带出来的手下这么骁勇。"

骁勇的不只张钦一个，皇上越冲越远，大有不冲到鞑靼老本营誓不罢休的气势，只是他不知道——鞑靼没有老本营。老本营扎在哪，不是取决于政权，而是取决于水草。

先圣有云：匈奴食无定物，居无定所，逐水草而居，待天时而动，北虏刚悍善战，茹毛饮血，殆非人类。

没有老本营，那皇上是要往哪冲？这个问题其实皇上自己都不知道，总之既然跨上马背，就一路上前，朕的“喷云骅骝王”，一狂奔不跑到大汗淋漓，很少有停下看风景的习惯。

蟒蛇横式翻滚，压死蝼蚁无数。鞑靼兵像潮水一样向北退，但依旧有压不死的残兵败将靠近长城，厮杀中的戚景通，审时度势，一看长城危急，从腰间迅速抽出一把穿云箭，对着长城方向弯弓搭箭。

晴空一个霹雳，杨一清看到了，也听得清楚，可以拿出戚景通临行前交给他的秘密武器了——神机营。

神机营的弟兄，此刻听命于杨一清，虎蹲炮拉开架势，填充装弹，杨一清一声令下，长城以北瞬间铅丸横飞，裂地动天，破衣烂肉，血流成河。炮弹飞出，落地就像开花一样，百余人马俱碎……剩下还在扣关的杂兵，被明军高处放箭，全部射成了刺猬。

皇上周围的兵越聚越多，鞑靼增援也越来越频繁，大战步入胶着状态，皇上环顾左右：“二位哥哥，靠你们了！”

只见皇上一左一右，两个面如傅粉高贵的将领相视点头，一位是正德皇帝姑妈仁和公主之子，齐良。一位是弘治年间的武状元，弘治帝认的义子，许泰，赐国姓朱。二位哥哥都是正德皇帝从小玩到大的“亲”哥哥，铁哥们，因为正德皇帝是先帝的独子，张皇后又是先帝的独后，先帝不立妃，后宫一生只有张皇后一人，正德皇帝就成了皇帝皇后的掌上明珠，可谓古往今来最受宠，也是最孤独的皇帝。

正因为如此，大臣在学习方面才纷纷高标准严要求，对一个原本从寂寞、坚强变得天真活泼的男孩子拔苗助长，用这些“高标准严要求”的圣贤之道，先王之德，非要把皇上贬得一文不值不行。皇上作为一个大丈夫，也是要面子有骨气的人，从小集父皇母后万千宠爱，昔日那个自信的朕，到哪里去了？朕怎么干什么都一无是处了？倒不如死了算了！

因此，皇上真是带着生无可恋的决心去打仗的，既然失爱于内，朕就建功于外。成功便罢，失败了，死就死，总有一天朕要死，不如自己给自己的命做主。朕死在沙场，也比你们一个个老胡子，就知道在朝廷明枪暗箭数落朕批评朕强。

皇上的表哥齐良，那可是他姑父齐世美为国家精心培养的战斗种子，齐世美娶先帝的妹妹，与先帝兄弟相称，小时候，两个父亲还让正德皇帝与齐良比武，正德皇帝能赢的，都是齐良让的，后来，正德皇帝看出来是齐良让他，就在私下玩的时候问齐良，齐良指着宫里一棵粗树，让正德摇晃，正德笑道："这怎么能摇动？"

结果齐良搓搓手心，上去连环几掌，打得满地落叶，正德皇帝惊道："表哥你这么厉害，那平时比武输的那几次，都是你让我的？"齐良呵呵一笑。

如今，齐良成长得比江彬还厉害，只是很少在正德皇帝身边玩了，有时间都陪家人，或在爹爹办公的鸿胪寺学习接待外宾，或在爹爹的驸马府练武。

正德皇帝另一个哥哥许泰，那是弘治帝为他培养的苗子，当年的武状元，打遍天下无敌手，弘治帝现场一观摩，这小伙子力能举鼎，骑射准心，刀枪剑戟无一不精，于是得出结论——这小伙子俨然就是大将军的材料，长得也精壮无比，肌肉充盈，像个野兽一样，于是赐国姓"朱"，以后就跟着朕混吧，去宣府任副总兵。宣府是守护北京东南西北最重要的一道屏障——北方屏障。可见弘治帝用心良苦。

正德皇帝一声令下，二位哥哥从左右包抄鞑靼，朕从中间开一道口子，咱们仨兄弟，就像豹爪一样，扑向鞑靼的主阵营，看看前方到底有什么，竟敢在不断增援！

前方一个声音在说："是时候了……"

一个时辰以后，正德皇帝突破敌阵，拼命冲到最前，才发现，他的二位哥哥已倒在乱军当中，口吐鲜血，兵器被夺，一彪形大汉迎面而来——

那汉子，身高八尺，雄健如牛，横眉怒目，长发编辫，颈上银项圈，耳穿锡铁环，坐骑黄膘金络脑，威风凛凛，气势逼人。

壮汉大手一挥，鞑靼兵士散开成圆，往外看，四方都在交战，唯独这个圆，千人围困皇帝，圈内鸦雀无声……

就是连张钦的人，此时也不敢表现尽忠了，因为他们亲眼见到皇上没来之前的那一幕：齐良和许泰的兵士，被这壮汉双掌插入胸脯，用寸劲之力，手撕成为两团冒着热气的烂肉……

第十七回 呼延真十蹶大明皇家将 王太师预言九龙道天象

却说鞑靼乱军当中突然杀出一虎将，不但击败了齐良许泰，还包围了正德皇帝。皇上一看二位哥哥落马，立即抬手，让兵士救了他们，而包围大明的鞑靼兵竟然纹丝不动，皇上才看明白——这就是军纪。

鞑靼名将，田真，又名呼延真。

看阵势，这位敌方虎将是要与他单挒。

“呵呵。这次玩完了……”

正德皇帝无奈一笑。

然而，皇上就是再自嘲，也自认为他不是个孬种，他深知，面对强者拔刀，那是属于武士的尊严与荣誉。身为老大，哪里能退却，小弟们都看着呢。而且，来时他对梁储说，他打算以身殉国，那可是大丈夫一腔热血的真心话。

“老爷子们，咱们来世再见了！”

骅骝王上使劲夹了马肚子，一跃而起，天子剑凌厉出鞘，直指田真！

只听一身巨响，皇上被弹出数十米开外，田真只用了一个动作，就是踢。

凌空飞出的正德皇帝，正好砸到了姗姗来迟的张钦怀里，马背上的张钦一把抱住正德皇帝，命令身边步行的江彬：“江彬，快上啊！”

“啥？”江彬一看这对手，就愣住了，立即思考——我是比皇上的武功高，但是即使是我，一招之内也绝不可能将皇上揍出这么远的距离，显然，我不是这家伙的对手。

于是江彬当场就怂了，破口大骂张钦："混账，知道命令本大爷，你怎么不上？"

张钦道："皇上晕过去了，我要带他走！"

"那为什么不是我带他走，你上？"

"因为我离他近，皇上在我怀里啊！"

江彬无话可说了，张钦鞭指田真对江彬道："上啊，劈了他！"说罢掣马而去。

江彬手中的稚刀已经沾满了鲜血，足见他也杀敌不少，而眼前，所有的鞑子一声不吭围着他，前方不远处，一员虎将不动如山，江彬怎么感觉都有点不妙。

端详着这位虎背熊腰的高大将领，江彬虽然心生惧怕，没办法还是步步上前，因为他知道此时逃跑，面临的可能是敌人的万箭齐发，而鞑子兵为何没有对张钦万箭齐发，因为田真没有下令。也许，在田真眼里，刚才被他踢晕的那小子，根本不足为道，只不过是一员小将，放走便放走，随时来也随时奉陪，此刻的田真眼里，江彬才是主角。

习武之人能从气质里互相看出来。江彬手握从倭寇那里买来的日本稚刀，锋利无比，沾满鲜血。田真一看这人就不同寻常，强者的眼中，看到的当然只有强者。

江彬提刀迎上，提刀的手却在颤抖，田真横挎长枪，手心又将枪身攥紧了一分，鞑靼兵士们严阵以待，冷眼围观。

江彬被揍得好惨。

完全没有还手之力。或者说，他的稚刀无法劈断田真厚重的丈八点钢枪。枪是打仗用的重武器，稚刀是格斗用的轻武器，两种武器根本不在一个层次上。即便在沙场，江彬的武艺和稚刀只可以用来对付小喽啰，然而真正遇到了剽悍的大将，出招根本就是力不从心。可以说，马术交战上全凭武器的重量与控制力道，与武器的锋利程度关系不大，真正的马战大将，与敌交手只一回合，足以高下立判，因为他即便使用的是一把钝刀，也可以将敌一劈两半。只要长刀重量足够，挥刀力度足够，那些薄如纸片的斤两江湖轻武器，根本不足以抗衡那厚重凶猛的一击——就像粗重的铁柱子压在了铁片上。

田真是原始的马术高手，大草原的巴特尔，鞑靼武士中的佼佼者，而江彬的层次，比江湖小流氓强不到哪儿去。在江湖上，遇到了大流氓，江彬都需要叫人，通过人多势众才能获胜，如今眼前的这位，十个大流氓同时进攻，基本上大流氓毫无胜算。那种野兽一样的气质，只要慢慢逼近他们面前，就能带给大流氓们一种狂风扫落叶的感觉。

江彬的稚刀是劈不断铁柱子了，而且他握刀的手已经红肿不堪，江彬没有想到，这刀杀敌无数，怎么到这里就如此费劲？

因为之前他杀敌，砍的是肉，一刀一个，潇洒利落。如今他决斗，砍的是钢，砍不断，抵抗时还特别累，被压得喘不过气。一喘气随时就会被冷不防一枪刺死。

枪的厚重，刀的单薄，形成鲜明对比，只要枪刀一触碰，田真就开始步步紧逼，利用枪重的优势压着江彬，然后出其不意下盘一脚，江彬就凌空飞出，重重摔在地。

最后一次摔在地上的时候，江彬连刀都脱手了。

他再也没有力气拿刀，毕竟，他披荆斩棘杀到这里，已经筋疲力尽，田真各种能力都比他强，还是以逸待劳。

江彬痛恨，恨那张钦救走了皇上去邀功，他却留在这里断后、背黑锅、送命……

当江彬咬牙切齿，万念俱灰的时候，忽然听到阵外传来强健的马蹄声、慌乱的厮杀声，江彬起身，望见那是戚景通、陆完和冯祯的队伍，于是他昂首握拳，含泪在垓心放声高喊——

“戚将军……救我！”

一声马嘶，戚景通带兵从混乱的包围圈鞑靼兵士的头上跃入垓心，威风凛凛。

“辽东参将戚景通，在此。”

江彬立即上前，拾起了稚刀，喘息对戚景通道：“戚将军，我……我快要不行了，交……交给你了，这家伙不是人！”

然后江彬开始厮杀着冲出包围圈，这次他吃奶的劲都使上了，因为这是逃命，所以要拼命，他还是很聪明的，留了一些体力厮杀逃走，再加上陆完和冯祯从阵外杀来，包围圈就这样被撕破一个口子。

江彬让陆完下马，陆完问为什么，江彬吼道：“为什么？你江爷命都快没了，你们怎么才来！打仗太可怕了，快把马给我，我要回去护驾。”

“你都这样了还能护驾？”陆完不信。

“少废话，皇上受伤了，万一他醒了找我怎么办，内阁老爷子们说了，我的责任就是护驾，不是打仗，你快给老子下来！”

陆完只得老老实实下马，江彬抢了马，就临阵脱逃了，然而他丝毫不认为他这是临阵脱逃，按照他的理论——爷命都快送了，什么临阵脱逃？给“你们”杀了这么多敌，早就够本了，高帽子爷不需要，什么御前侍卫，反正就是个给皇帝打工的，不是送命的。

江彬跑了，鞑靼的包围圈也被三员大将的队伍冲散，戚景通和田真打得不亦乐乎，十几回合下来，戚景通已经大汗淋漓，为了保持辽东武将世家的风范，他忍着没有喘气。田真体力充沛，貌似刚刚开始的样子，江彬那阵只是个热身。

“鞑子体质就是好，比当年青州贼难对付多了……”戚景通寻思着。

田真一眼便望出戚景通手上的大剑，非比平常之物，锋利厚重，镶珠嵌玉，散发着高贵傲人的光芒。

“好剑……”他不由得称赞，因为这样耐打的兵器，比江彬的稚刀，看着雍容气派多了，那小子的刀拿着像个强盗，这剑拿着，像个帝王。

戚景通看出来田真欣赏他的剑，遂起身豪言："想要我的龙牙剑，杀了我，剑就给你。"

戚景通神秘一笑，这种笑，豁达而又洒脱，是一种将生死置之度外又顽强自信的笑，从笑容可以断定，这是一员老将。

棋逢对手，酒遇知音，英雄惜英雄。戚景通与田真年龄相仿，性格神似，皆是沉稳淡定的好汉，长相都很英武，故彼此欣赏。若不是各为其主，仅凭武艺切磋与人生命运，都可以交流很多，可惜造物弄人，使得两好汉偏偏是流星飞石的碰撞，而非高山流水的融洽。

"戚景通，龙牙剑，看来你与大明的皇帝渊源不浅？"

"好说，我戚家先祖从洪武开国就是行伍出身，一路走到今天，荣登将门，我有生之年，迄今为止，已经守护了三代皇帝。"

"看来你是这个妖孽王朝的守护神？那你就代替它死吧！"

田真凌空跃起，横挎钢枪迎上，枪头直逼戚景通喉间！戚景通一个转身，躲至一棵大树后。怎料点钢枪长而锋利，穿透大树刺中了戚景通右肩。戚景通忍痛侧身，右手龙牙剑斜劈，田真用铁护肘一挡，因戚景通右肩受伤，此举力道不足，竟被田真稳稳抗住，换了平时的力道，田真的右手早就掉了。

戚景通右手越用力，肩膀涌出鲜血越多，田真点钢枪卡在树身，难以拔出，便突然爆发寸劲之力，扭动点钢枪，大树噼啪一声分为两半——断裂的树身，还压掉了戚景通的龙牙剑。

掉了兵器，和江彬刚才一个下场，但不是一个反应。戚景通没有江彬临死前的惧怕和怨恨，而是知道自己小命不保，却顽强站着，等着田真最后一击到来，看看能不能躲得过。

田真并没有给他最后一击。

"快快拾起你高贵的宝剑，再重新过招吧！"田真孤傲一笑。

这是什么意思？这算不算包庇？果然……他不想让我死……戚景通很明白。

陆完和冯祯及时赶到。

太及时了。

带着肩伤的戚景通已经失去战斗能力，眼见陆完冯祯和他打得热火朝天，就拾了龙牙剑，左手握好，等待着出击。

他真的等待出击吗？这算不算乘人之危，或者伺机待发，投机取巧，隔岸观火并随时准备加把柴……

人家这么仗义，自己身为武士却要用这种下三烂的方式等着偷袭，实在难算是英雄……

陆完和冯祯不是田真的对手，戚景通深信，因为陆完和冯祯两个人曾经和自己打得平手。

眼见被打倒的冯祯是没招了，被鞑靼小兵持械生擒，戚景通去救，也被生擒了，毕竟他不是左撇子，也没有练过左手剑。陆完倒是完全没有分心，他知道同伴被俘，所以才更要拼命拿下这汉子，得以用来交换同伴，愤怒的招式不依不饶，破绽百出，田真挥洒自如的招就好像和他玩着打一样，瞬间一发狠！击败，陆完被俘。

这下，三个臭皮匠成了同是天涯沦落人，被五花大绑，打包装车，推到长城关卡下示众。大臣全体震惊！

正德皇帝已经醒了，气得跳脚，连忙要出关去救三位将军，而三位将军的内心，正是生不如死，所谓士可杀不可辱，这样给国家丢人，不如自杀殉国。

而如今，就是他们想自杀也没有机会。戚景通有些憎恨田真的行为，却不知道田真此来，只是为了交换被大明俘虏的鞑靼同伴，引蛇出洞，看看谁才是正德皇帝。

长城上的内阁老爷子们心急如焚，思忖着要不要交换人质，皇上一拍大腿：“这还有选择吗？”于是站立在最醒目的地方喊话，表示要换。

田真一眼就望见正德皇，后悔不已：“皇帝居然是你小子?！”

田真向身旁的哲别使了个眼色，哲别弯弓搭箭，嗖的一声放出一箭，眼看羽箭就要击中正德，却被一人力夺——公孙向东。身后还站着刘西凤和一众西北将领。

刘西凤到场的第一句话就令正德无言以对：“听说你打仗被人打晕了，我和表哥带人来救你！”

梁储眉毛一横：“大胆，竟敢对皇上出言不逊。”

正德皇帝原本还尴尬着，慢慢上前，搂着刘西凤肩对梁储说：“她是朕的女人，不许你凶她。”

“可是……皇上你什么时候有……”

“不必多言。”

刘西凤要求出战，老爷子们眼前一亮。此时此刻，沉默的只有杨一清，因为他越看，长城下那位雄壮的武士，越像一个人……

而那坐骑……是的！那是呼延直的坐骑！黄膘金络脑！没错！那是他当年赏赐给呼延直的黄膘金络脑！

只是……二十年前……呼延直殉国……黄膘金络脑随即必然落入鞑靼小王子手中……如今小王子将它赏给这位将领……也未尝不可……

不对！太像了！这鞑靼壮汉神似当年呼延直……

对了！呼延直当年从军，是带着一个被蛇咬伤的婴孩，他殉国之后那个婴孩也失踪了，难道说……他就是那个婴孩？怎么可能！看这壮汉的样子，魁梧雄健，外貌比呼延直有过之而无不及，这装扮，显然是标准的鞑靼人，怎么可能！

太师王恕，听到了杨一清的自言自语，也仔细盯着田真看——而王太师看到的，是另一种玄机。

刘西凤跨上卷毛鹿面兽，携錾金凤嘴刀，也是无比骄傲。古语有云：马之似鹿者千金。她并非是上战场攀比宝马才骄傲的，她骄傲的是，她一介美女，能救三个男人，真是好样的。

当然，这个骄傲有个前提，就是，只有她自己这么认为。

“凤姐”战场上是很强势的，她从不认为自己会输给谁，之前被那个海盗陌上阳打倒，她一直不服气，认为那是意外，这次，陌上阳回武夷山经营朱雀门去了，长城以北，就是姐的天地。

很快，她因为马术不济，坐骑卷毛鹿面兽，被田真的黄膘金络脑咬伤，跌落下马。

金络脑自从失去呼延直后，性情大变，不仅不吃草，伤心时还疯狂啃咬马槽，即便唇齿出血，恶习依旧不止，除非小王子用马鞭狠狠抽，它身体的痛苦才能暂时替代精神的痛苦。马儿有情，小王子又怎会得知？基于这样，金络脑的前牙已如鼠齿般锋利，吃草时也是一口咬断，再细嚼慢咽，这次马战，田真也大出意外——大黄，原来你还会咬人？

刘西凤的天生神力，足以和田真一决雌雄，然而马战，只要跌落马背，基本上都落得敌将策马上前，手起刀落的下场。

田真不杀刘西凤，只是将她生擒，这又多了一个筹码，他倒要看看，正德皇帝身边，究竟有多少高手。

公孙向东身后的四位将领出发了：

神木堡王效，前来参战。马术很好，力道不足，被拿下。

兰州彭泽，华丽登场，战马被金络脑撞晕，当场生擒。

西安雍泰，老将出马，七旬老汉，没几招就搞定。

镇原仇钺，一交手，发现力量不对等，想逃，光荣被俘。

自报家门来参战的将领岂止这些？事到如今，田真已经一举挫败了刘西凤、冯祯、陆完、戚景通、许泰、齐良、雍泰、仇钺、王效、彭泽等十员名将，无名之辈就更多了，正德皇帝怒火冲天，就要撸袖子自己上，跟这强盗拼了。

结果皇上被老爷子们按住。老爷子们看得最透彻——小祖宗，你有你手下任何一个人能打吗？你手下的人都被他反车轮战了，你去这不是羊入虎口吗？国家后继无人怎么办？快交换人质吧，趁他还没有改变主意！

“今天我来的目的很简单，把你们的皇帝交出来，我要杀他的头用来祭我爹！”

田真的一句话，惹毛了内阁军团，梁储破口大骂：“虏贼，你在说什么梦话，不要欺人太甚！”

正德皇帝终于挣脱了老爷子，公孙向东三步上前：“皇上，臣去！”

正德皇帝若有所思，公孙向东道：“皇上，今日若不拿下这鞑子，我皇佐国师也就虚有其名了，愿立军令状，以为世鉴。”

很快，小卒拿来军令状，公孙向东毫不犹豫咬破手指签了，正德皇帝还来不及制止，那潇洒的无极鹤氅金缕衣，就已出关。

正所谓：

儒冠何曾贪军功，圣贤挟剑只为忠，鹤不顾羽绝大漠，虎未惜死镇西宫。

拂尘可表除奸佞，银袷在身心向宗，天上众星皆拱北，人间无水不朝东。

王恕老太师最得意的弟子，“宏道七圣”的集大成者，公孙向东，一袭轻衫，飘飘然立于阵前。田真从上到下打量一番，觉得眼前这秀才毫无半点能耐，遂问：“你是来代表大明投降的吗？”

公孙向东道：“长城犹在，龙脉安泰，何以言降？”

“既非来降，少做说客。”田真枪指公孙向东，公孙向东笑而不语。

田真又问：“你是什么人？”

“天上众星皆拱北，人间无水不朝东——公孙向东。”

“公孙向东？很好，你向你的东，我要向南去杀皇帝了！”

此刻，长城关口大开，在两排兵士的保护下，正德皇帝换了身华丽的黄金衮龙袍，跨骅骝王持天子剑出阵。田真挺枪拍马，刚驰了几步，只听沙场忽然传来一阵悠然怪异的羌笛声，黄膘金络脑不受控制，田真用力抱住马颈，这才看清——眼前这位看上去轻飘飘的小秀才，绝非等闲之辈，而是精通妖法的邪门歪道，那今天就人挡杀人，佛挡杀佛了！

想骑在四条腿上欺负两条腿的，还嫩了点。公孙向东羌笛吹了几声又戛然而止，是为了让田真看清，他的敌人是这里。一曲《广陵散》但凡响起，除非是傻子或内功非常雄厚的高手可以不受控制外，一般人或有灵性的动物，皆会心神大乱，魂魄俱飞。

这是黄膘金络脑第一次主动尥蹶子，将田真摔下马来，虽然它主观意志还在抗拒公孙向东的羌笛声，只是它可怜得不会捂耳朵，只能饱受折磨地原地乱转……

田真大怒，如椽点钢枪要命袭来，公孙向东来去如风，几招躲过毫发未伤，一个轻功，后退几步。他深知，他的拂尘宝剑无法对抗那种粗重的长枪，但这又何惧，敢签生死状的人，怎会没有底气？

公孙向东索性抽出拂尘，丢在地上，又慢条斯理将羌笛装好，拍拍手掌灰尘，决定向这小子展示一下，什么是高手。突然，他的脸色沉下来，深吟道：“小朋友，遇见了我，就要让你明白，这个天下不只你一个强者！”

话音刚落，公孙向东抖擞精神，急提真元，打通任督二脉，双掌端平，飘飘然就此升空——悬浮术，天竺绝学。

半空中的公孙向东，像仙鹤斗蛇一样，俯视田真，田真立即断定——这货绝对是个妖道！

泛光高手，奇门法术，太师弟子，儒士风范。所有人大开眼界，唯有王恕太师一掐长须，叹道：“命理是西宫白虎的东儿，我宏道书院里降落的谪仙破军星，已经开始闪耀了……”

半空中，公孙向东运作发力，爪心一颤，将地上拂尘稳攫在手，是为隔空取物。田真弯弓搭箭，势必要将这装模作样的妖道像射雕一样猎了！只是公孙向东眼神一锐，拂尘挥出，一阵大风袭来，吹得田真手臂一晃，放出的箭正好走偏！再放一箭，拂尘再挥，箭又走偏……

弢中箭已用完，田真一看黔驴技穷，无计可施，半空中公孙向东那种傲视群雄的眼神是怎么回事？于是他手中的点钢枪就再也忍不住了。

公孙向东等的就是这一刻。田真是个重型武器高手，若论武艺，他一没有重型兵器，二也无法接住他的赤手空拳，偏偏，论速度，公孙向东的步法，那可是移形换影之功。

“啊——”

一声断喝，点钢枪标出手，公孙向东眼疾手快，躲过点钢枪，还顺手捉住枪杆，被标枪飞出的余力带出。枪头扎在城墙上，公孙向东飞身屹立枪杆，身轻如燕的他，此时终于可以放心着陆。毕竟这起源于中华老字号的“凭虚御风”之术，只能作暂时神驰，腾空极为耗费内力真气。

是时候出手了。公孙向东轻功迎上，与田真洒脱交手，以暴雨梨花之势，将浑身力道集合在指心，对准田真身上的穴道，进行了百余次劲击，田真猝不及防，根本来不及躲闪，每一次出拳反击，身体顿觉越来越吃力，最后，他浑身经脉尽被封死，原地动弹不得，像个秦俑。

金击指——公孙向东的自创绝学，封锁人行动的点穴大法。

正德皇帝喜出望外：“国师真乃天赐朕也！”

拂尘一挥，公孙向东唤来几名兵士，对纹丝不动的田真言道：“押回去。”

“是！”

正当兵士们准备给田真戴枷锁时，田真上演了一场武松脱铐，大喝一声，挣断了枷锁，挣飞了兵士，冲着背对他的公孙向东袭去，公孙向东正走向正德皇帝，正德皇帝指着其身后疾呼一声：“国师小心！”

提醒已迟。公孙向东被一股强势的角力全力冲击，就像经历了疯牛冲撞一样，凌空飞出，口吐鲜血，重重倒在城墙根！

“国师！！！”正德皇帝放声大叫，公孙向东已昏厥过去。此时，众人的目光集中在田真身上，惊讶地发现，田真变了！

那是一种怎样的形态……双目翻白，脸颊滑落两道血泪痕，形成泪槽，满嘴狼牙，额头青筋突出如蛇纹，掌上十指发黑似龟爪，最不可思议的是，连毛发都在日光下渐渐焕发成白色，身体像刚从烈火中走出的烧烤野兽一样，冒着袅袅烟气……

从头到尾都在长城观战的王恕，终于再也坐不住了，命人下去救自己的徒儿！梁储看到的是，田真步步紧逼，在靠近皇上……只是他走着走着，步伐忽然很难移动了，因为，公孙向东从昏厥中顽强醒来，正在反施“隔空取物”术。

田真眉宇一横，狰狞咬牙继续上前，公孙向东知道自己抵抗不住多久，终于昂首高叫一声：“师父……把琴予我丢下来……”

王恕立即从侍仆童子手中夺过公孙向东的绿绮琴，从长城上抛下，公孙向东将抵抗田真前进的双手分一只出来，隔空取物接住了琴，然后一咬牙，忍着痛苦，仰天呼啸。

嘴角的瘀血已凝结，从五脏六腑涌出的血块这一刻也被他全部吞下，他此时的目光，已经如猛虎一样威严，他不能输，因为皇上在看，师父在看，文臣武将在看，妹妹还落在敌人手里，所以他决定，拼死一搏！

收回双手，十指连弹，《引商刻羽》，绝世旋律。在琴声中，大风起兮云飞扬，天地日月重塑光。

“祖师爷，出现吧！”公孙向东厉声道。

飞沙走石，风尘漫天的沙场，从黄沙暴风中走出四人——者勒蔑、速不台、忽必来、哲别。

这四位，合称“蒙古四獒”，是跟随成吉思汗打天下中最能征惯战的四位蒙古悍将，曾经横扫亚洲。

哲别，号称“草原神射”，从来没有野兽在它的鸣镝中逃过，昔日跟随大汗打猎时，只要哲别一放箭，必然是例无虚发，熊哀虎嚎。后来，但凡打猎时哲别放箭，随从将领就跟随它放箭的方向万箭齐发！哲别，他的名字，就成了草原神箭手的代词。

速不台，号称“广征全球”，是史上走过最远征途的名将，死在他金光锬长矛下的敌人，比呼伦贝尔湖的鱼都要多。

者勒蔑，被成吉思汗称为“骑风饮露”的好兄弟，骑风之称是因为他马术极好，来去如风；饮露之称是因为他征途不知辛苦，餐风饮露，为了主公的成功，脑子能管住肚子的栋梁型英雄。

忽必来，他最崇敬的人是唐朝名将薛仁贵，很羡慕薛仁贵手上的一杆“陌刀”，传闻昔日大唐薛仁贵在助唐太宗东征朝鲜时，出手不凡，三军阵前将一位上来挑战的朝鲜名将一劈为二，陌刀出手，人马俱碎。忽必来用自己的财力和权力命手下人也打造了一把一模一样的薛仁贵陌刀，寒来暑往，勤奋练就了一身令人闻风丧胆的劈马功夫，人称“陌刀劈马”。

无疑，这四个人是蒙古人的祖先，也算是屠杀成吉思汗黄金家族的元朝部将、鞑靼国创始人“鬼力赤”的祖先。而公孙向东如何能召唤出蒙古祖师爷，是因为公孙向东同样有蒙古血统。公孙向东的先祖塔塔统阿，与丘处机、耶律楚材，是成吉思汗亲信的三位外籍名士，耶律楚材出身辽国贵族，丘处机是戚景通老乡，出身山东登州，塔塔统阿出身乃蛮。塔塔统阿在维吾尔文的基础上，为大一统蒙古帝国创建了文字，留下了一段震惊世界的称霸史，在蒙古国地位崇高，备受诸将景仰，大汗的太子太孙皆拜他为师。

《引商刻羽》是公孙向东最高级别的绝奏，不到万不得已，不会轻易动用这一招，因为这一招名为召唤，实为摄魂幻术。音律所过，除非听不懂乐调喜怒哀乐的傻子与内功异常深厚的世外高人可以不受控制，否则所有人都会受到“蒙古四獒”的幻觉影响。

显然，田真不是个傻子，他虽然不懂得草原上厚重的历史，但是他听得懂音乐，认得出人情，喜怒哀乐他有，忠孝节义他也懂。此刻他的眼中，只有“杀父仇人”正德皇帝，偏偏这个不知死活的妖道挡在皇帝面前，让他诸多掣肘，眼下狂风吹过又冒出四个人，好啊？不怕死就来！

结果是，一个白发野兽，被四位祖师爷轮番围攻，他失去了兵器，只有锋利的爪牙和一根马鞭，全然不敌。但即便是这样，他也未曾失败，只要赤手空拳击中对手，必然造成巨大伤害。他抢了忽必来的陌刀，劈死了者勒蔑的马，旋转着大刀在四人的包围圈中做困兽之斗。

王恕仰望傍晚苍穹以北，见七星环绕如龟蛇，惊叹道：“北极七星连环，这好汉与东儿棋逢对手，相生相克，难道……这就是传说中的北宫玄武？”

杨一清问：“北宫玄武，老太师此话怎讲？”

王恕掐指一算，自己也已九十高龄，风烛残年，时日无多，道破天机也罢，于是作长太息道：“昔日我与弘治先帝论及靖难之役——太宗借兵朵颜三卫之事。先帝忧心如焚，尤其是那曾经给永乐皇帝借过强兵的十七弟宁王朱权，等着永乐皇帝靖难成功，与他平分天下，可是天无二日，民无二主，永乐事成后，竟将宁王抛诸脑后，还派锦衣卫监视他生活。若日后宁王后代起兵反叛朝廷，如之奈何？先帝如此心思缜密，我担心的，还不只是宁王一人，想我太祖亲生二十六子，孙辈更多！子子孙孙世世代代皆分封王侯之位，如汉高祖刘邦一个样，封建家族式诸侯，然后诸侯做大，必会危及皇室，如今真怕重演汉景帝七国之乱、西晋八王之乱的历史，草莽英雄，子孙成群，真是堪忧，难怪坊间传言——放眼大明诸侯，巍如群山。”

王恕又言："先帝只有皇上这一个儿子，生前但凡一想到他驾崩后，当今皇上冲龄践祚，国内诸侯会形成强藩割据之势，万一经历九龙之乱，江山动摇，真是忧心忡忡，食不下咽，寝不安席。我曾在先帝面前流泪立下誓言，会提前为朝廷培养出人才，以克九龙之乱，于是在陕西三原成立宏道书院，名为教书，实为纳贤。今我宏道书院，人才济济，东儿又是我最为得意的文武全才，而我毕生犹有所憾……"

"太师为弘治中兴劳心劳力，深谋远虑，功成名就，桃李满天下，还有何憾？"杨一清问。

"憾不能亲见——四象克九龙。"王恕道。

杨一清道："四象？青龙、白虎、朱雀、玄武？难道……"

王恕点头："你猜对了。我曾用大唐凤翔李淳风《推背图》之法计算天机，发现大明正德王朝，的确是多事之秋，且皇帝无子嗣。"

杨一清大惊失色，王恕转而说道："可是细算之下，正德一朝确实又是紫气东来，卦辞的意思是——黑暗的夜幕里群星璀璨。那么这天机的意思就是说，正德王朝，会有九龙之乱，比先帝只对宁王的担心更甚。而正德王朝，又是群雄星辰辈出，四象归心之盛世——朝廷奸宄，地方祸乱，境外入寇，境内强藩。于是江湖豪杰，天下英雄勤王归心。所谓英雄出四境，我东儿命理为西宫白虎，发迹西域敦煌。如果我没有看错的话，那少年就是北宫玄武，发迹鞑靼。"

激战之中，田真由于久战疲劳，开始大口喘气，而公孙向东也因施展琴音幻术，额上汗流不止，心想："比武打仗这家伙绝对是一把好手，但是斗法……"

于是公孙突睁双目！纵指轮抹，蒙古四奏，同时发力，将田真"砍死"在垓心……

当众人都认为田真已死，包括田真自己也深陷死亡幻术时，琴音晏然渐止，众人这才擦亮双眼，见田真莫名其妙昏死在垓心，表情异常痛苦……

"王太师高徒，真是神乎其技！惊为天人呐！"众臣拜服。

王恕并没有被盛赞冲昏了头，他只是一言不发，意味深长地望着远处昏倒的田真，口中道："北宫玄武……"

此时，公孙向东这才拭去一头热汗，踉跄着起身，对身旁的侍卫说道："押回去。"

"是！"

第十八回 正德帝义释孝子名将 白虎玄武夜探可汗帐

被解救的将领们奋起反击，鞑靼完败，退回北方。当田真从昏厥中醒来时，已是三天之后。

醒来的田真，发现自己动弹不得，身处在密室的战俘监牢中，被铁链锁着，周围还坐满了会审的朝廷老臣，分布成一个半圆，正德皇帝在一旁与公孙向东喝着马奶茶配卤水花生米。

对于田真这个鞑靼战俘，在座诸臣当中有两个人一直很好奇——王恕与杨一清。王恕好奇的是他右臂上的蛇牙印，杨一清好奇的是他那张似曾相识的面庞。

“将军，打败了我们十几员大将，没想到最终栽到了我大明国师手里？”齐良问。

“你带兵要杀皇上？皇上招你惹你了？鞑靼三番五次入寇我大明，就是因为有你这样不知天高地厚的带头人！”许泰道。

“呵呵……两个手下败将，还好意思在我面前红口白牙数黑论黄，我捏死你俩就像捏死两只蚂蚁一样简单，还不谢我不杀之恩?!”田真咬牙道。

齐良与许泰吓得后退两步，张钦上前问：“这次领兵，怎么没有鞑靼小王子？”

“可汗正在秣马厉兵，派我出场。我得先杀了正德皇帝为父报仇，何劳可汗动手！”田真道。

正德皇帝起身：“胡说！朕就不认识你爹！”

“我爹是个无名小卒，你不可能认识。他就是在鞑靼与大明的交锋中战死的，作为骑兵先锋，被正德皇帝所杀。”田真道。

“朕斩杀的先锋官多了，你说的哪一个？”正德皇帝若有所思，而这话却惹毛了田真，他大吼着不断挣扎，奈何四肢被锁，龇牙咧嘴，就剩下用牙齿咬皇上了。

刘大夏眉毛一挑：“这鞑子死到临头了还想伤人？一看就不是个好东西，赶紧把他处死吧！”

正德皇帝其实不想处死田真，原因很简单：第一，田真为父报仇是因他而起的，确实有他好战之罪。第二，为父报仇，提兵入寇，虽然不忠于大明，但却是个鞑靼孝子，大明以儒治国，孝行天下，塞北这样有情有义的汉子，沦为战俘，实在可惜。

可是反过来一想，大明与鞑靼，是鞑靼小王子屡屡入寇，战争也是小王子挑起的，责任不能全在自己，这还真不是皇上找借口，皇上一直想和小王子抱德炀和，是小王子态度强硬，不接受大明的“施舍”，就要杀人越货。皇上只觉得遗憾，像田真这样一个孝子，怎么会有这样一个混蛋主公。于是就问：“斩杀先锋官，确实是朕常常引以为傲的缺点，但朕想知道，你爹是什么时候死在朕的手上？”

“上个月初！你经常带兵打仗你怎么会忘？”

“那你就真误会朕了，上个月初，朕并没有出征。不不，应该这么说，上个月初，鞑靼并没有在边疆挑事。这可真奇怪，你们还义愤填膺？哪一次战争不是鞑靼发起的？朕保家卫国，教训强盗，鞑靼经常抢劫朕的边疆百姓，朕身为天子，同是男人，能咽得下这口气吗？”

真是怪事儿。

“你带兵打朕，说是为父报仇，你说的时间，朕和你父亲就没有交过手，还是你的主公让你来为父报仇的，也就是说这里面肯定有一个人说谎。朕身为天子，一言九鼎，绝不会信口雌黄，诸位大臣可以做证，边疆百姓也可以做证。至于鞑靼小王子，朕就不敢保证了。强盗嘛，本身就是坏人，哪会讲什么信用……”

眼见众位大臣都点头为皇上做证，田真惊疑道：“不……不可能的……可汗他……难道是他骗我？那我爹到底身在何处？”

正德皇帝拍拍田真肩膀道：“唉！强盗说的话你也当真？他们从汉朝开始就和中原王朝一会儿打一会儿和，朝三暮四，不择手段，常常出尔反尔。你看，朕身为大明皇帝，这么憨厚的一个人，天恩浩荡，对鞑靼这么好，看他穷了都想帮助他，跟他讲和，他就是要来多抢多占！朕也有千千万万的百姓要照顾啊，他愿意称臣朕从来都未曾亏待他。现在是，朕帮他，他都要贪得无厌跟朕讲条件，一言不合，这不，还不是照样反朕？那朕以前的援助，那么多好心，都泡汤了？所以现在朕与大臣们都不相信他！”

大臣们纷纷点头，劝说田真，刘大夏就觉得奇怪了：“你们这都说什么呢！犯糊涂了？他也是鞑靼人，是战俘！夷狄渠魁，你们这样亲切沟通，怎么搞得跟对大明百姓说话一样？”

正德皇帝笑道：“老爷子莫生气，君者父母心嘛，天下有谁不是朕的子民？既然都是子民，子民也有听话的和不听话的而已。朕与这位壮士一见如故，他声称为父报仇，如今看来也是被小王子骗了？说真的，朕还真舍不得杀他，朕手下猛将如云，但都依次被他生擒，他却没有杀朕的将领，冤有头债有主，直奔朕而来，足见他是恩怨分明的一条好汉。朕最近看《三国演义》，感觉他就是书里描述的——马中赤兔，人中吕布。”

刘大夏道：“吕布一介匹夫，三姓家奴，有情无义，跟谁杀谁，何来好汉之称？臣以为，非我族类其心必异，皇上你收编这鞑子迟早会出事！”

杨一清拈须道：“想来我手下曾有一员绥德虎将，也和他一样。比吕布有过之而无不及，斩将杀敌，来去如风，单枪匹马，横绝塞北，驰突劫营，如入无人之境。二十年前，死在了鞑靼的侵略战里……”

王恕老太师也不再沉默了，起身问道：“少年，你右臂上的伤是怎么回事？”

“我爹曾说，我襁褓时曾经被井中的毒蛇咬过……”

老太师眼神一锐：“果然有那样的事……那不是毒蛇……那是玄武！”

“玄武？”众人目光一致投向田真。

老太师道：“龟蛇一体的神物，难得它赋予你那样的力量……诸位，恕我直言，当今天下，但凡武功高强之人，都败在过我东儿手下，东儿命犯破军星，是我宏道书院七星弟子最小的一位。我曾见过他修炼武功，传授他儒学道法，多与武林之人切磋。他更是以一人之力，从西域敦煌来到中原，一路上披荆斩棘，击溃无数阻挠他回国的高手。东儿他练就了铁布衫，精心搜罗遗失古琴曲，又从天竺神僧那里继承了古人凭虚御风之悬浮术，集百家之所长。我自认为，普天之下，还没有人能伤得了我徒儿。可是，之前在沙场上，当东儿使出他毕生最引以为傲的武功‘金击指’时，这少年双目翻白，脸上血泪槽，额头腾蛇纹，指上玄龟爪，虚身一晃，居然破了东儿的封穴，将他打成重伤！江湖上，还从来没有人能凭蛮力，突破金击指的封穴大法，除非——他本身就具有某种神秘力量，这就是，可以与我东儿西宫白虎命理中抗衡的——北宫玄武。”

“北宫玄武……”众臣议论纷纷，老太师拈须道：“昔日先帝在时，曾与我预言，正德王朝乃藩王多事之秋，内忧外患，势不可当，而又是紫气东来，黑暗中有群星璀璨之国祚，只有他们这些星，可以众星拱月，照亮整个大明。”

田真奈何笑笑：“老先生博学多才，恐怕末将配不上你的谬赞。如今爹爹生死未卜，我又沦落到你们手里，只得任凭你们发落。我田真死不足惜，只是，如果你们这里有爹爹的下落，请你们告诉他一句——感谢他这些年的养育之恩，田真没能光宗耀祖，生而为奴，死而为仆，黄泉之下若能相见，田真我依旧是他的好孩儿。”

田真的“生而为奴”，惹得众人又一阵惊异，在众臣的询问下，才知道这原来是一对鞑靼奴隶父子。从奴隶到大将军，经历了怎样的屈辱与坎坷，说到底，这对父子也是被鞑靼利用的可怜人，正德皇帝道：“大丈夫出身寒微并不要紧，重要的是，你有多大的志向，心中有多少梦想，是否愿意不计生死，不计得失，为梦想付出，爱国爱民。朕的大明太祖皇帝，何尝不是乞丐出身，皇觉寺出家，饱受人间历练，尝遍世间苦楚，方能开天辟地，定鼎中原。”

“明太祖是个英雄，我没有太祖那样的志向，事到如今，已成败军之将，对命运别无选择。如今的我，要选择的话，我宁愿找到一辈子寄人篱下的爹爹，赡养他终生。”

正德皇帝听到这，一剑劈开了田真的枷锁，言道：“那你就去找啊！朕没有杀他！朕确定！”

“皇上！”

“不必多说。朕要放了田真，他是个孝子，我大明以孝治天下，朕不要杀他。要说的话，他当时完全可以杀掉朕的所有将领，留一个要挟朕就可以，可是他并没有那样做，朕看得出来，他很敬重朕的将领们，虽然他比他们强，但他还是手下留情了，他恩怨分明，只是来讨债的，如今既然债不在朕身上，他自然会明白，他该到哪里讨债，就让他去哪里吧！”

“多谢皇上！”田真叩首。

刘大夏急了：“皇上，这是个战俘，放虎归山，后患无穷！你不可以一人之喜怒决定战俘之去留！”

田真道：“只要我找到爹爹，只要我能将他护送出鞑靼，到时田真再来当面认罪，任凭皇上发落！”

“真乃义士之言！朕从你身上，仿佛又看到了当年关云长的影子。”

刘大夏道：“有义士之言未必有义士之行。就算要放，也要派一个随时能约束他的人跟着，以防他欺君罔上，食言逃走。”

田真微微点头，公孙向东起身道：“我去。”

在这个黑灯瞎火的夜里，田真与公孙向东悄悄潜入鞑靼大营，小王子正在帐中发脾气：“一群饭桶！功败垂成！原以为那小子有多少本领，结果还不是被大明给降服了？把他老子给本汗带过来！”

田六已经被彻格济打得遍体鳞伤，田真在帐外正要一头冲进去，被公孙向东拉住，因为他这样鲁莽，只能让田六沦为人质，不如静观其变。

可是田真已经火冒三丈，小王子不止欺骗了他带兵，还将爹爹折磨成这样，这种虚伪的小人，田真恨不得将他撕了！

小王子一把抓住田六的头发，恶狠狠地盯着他的眼睛，沉吟道：“你儿子已经被大明抓走了，我留你这个废物还有什么用，鞑靼再怎么也不会缺一个放羊劈柴的货……”

田六笑了。

是的，他笑了。

那种释怀的笑容，从他血迹斑斑的脸上绽放开来，就像登山看到日出一样，欣慰而自信地笑了。

“我说，你儿子被大明抓走了，鞑靼战败了！你还笑？”

“一个在异域他乡深受苦难的孩儿，难道不应该回到他祖国母亲的怀抱么，难道不值得欣慰么？”

“你说什么?！”

“呼延真，他是大明的将门虎子，他原本就属于大明！他终于重回故土了！”

“呼延真……呼延？这……到底是怎么回事！难道……”

鞑靼军帐中，传来田六的仰天大笑，那是含着泪笑出来的，笑声中饱含着发自肺腑的畅快与欢愉。帐外的田真，在这一刻，已是晴天霹雳，他屏气凝神，认真听着军帐中田六的一字一句……

“二十年前，鞑靼入侵我大明，武安侯总兵官郑宏，中了鞑靼的擒贼擒王之计，出卖了国家，害惨了杨一清巡抚，害死了我们绥德无数兄弟。无定河托孤，是我说服呼将军，放过他怀中可怜的孩子。原本打算父子同生共死的呼延直将军，也不忍心将自己的小婴儿杀死，终于，将他交给了一个打算投降鞑靼的大明小兵——田六。”

“什么？田真是呼延直的儿子！田六你这个混蛋！”

“是的。这些年来，我一直瞒着他……不是怕他年纪小，被这些深仇大恨笼罩，就是怕他复仇心切，最后断送了自己。于是我们卧薪尝胆，养精蓄锐，忍辱负重，才有了今天他的挺胸抬头！”

“哼。那又怎么样？还不照样是个饭桶，被大明掳了去？你帮别人养儿子，自己到头来还不是竹篮打水一场空！”

“呵呵。其实……我一直把他当自己的儿子养的。那些年里，我看着一个小婴儿，在我的怀里一点一点长大，开心极了。从小，他就有着健壮的躯体，给你们套马，牧羊，砍柴，挤羊奶，堆牛粪，喂马匹，倒夜香，拉货推车……他和我一起干尽了苦活，还要被你们鞭打！很多时候，连我都受不了的苦日子，他却总是在强颜欢笑。只要看到他顽强的笑脸，就仿佛看到，他以后一定是个会出人头地的孩子。因为他任劳任怨，逆来顺受。那张笑脸，是我一直坚持下去的信心。看到他养的羊羔被你们残忍杀死，他和你们撕扯在一起，为了不让他挨你们的打，我心痛得先打了他……可是他的善良有什么错！后来，他不再吃肉，好几天都不再和我说话。他有着战士一样的躯体，却长着一颗圣人一样的心脏。他深知自己是个奴隶，小小年纪，就要被迫学会看人脸色，明明是自己光明正大的劳动成果，见了草原上的小主人，不去躲躲藏藏，就要被夺被抢。是我让他活得没有尊严，他却从来没有嫌我这个老奴。被小主人们欺负，他打赢了，还是被大主人残忍对待，我批评他，责备他的狂妄与鲁莽，他却在被小主人们称狗地羞辱面前，为我挺直了胸膛。他吃你们剩下的残羹冷炙，用你们丢弃的破衣烂鞋，冬天在猪圈里颤抖着身子，多少次冻晕过去——我宁愿自己一个老头儿死了，也不能失去这个孩子！因为，他如果不是奴隶的话，会比你们任何一个人都优秀，会强过你们鞑靼所有人！如今真好……他终于坚强地长大了，可以像当年我抱他那样，将我高高地举起，可以在那达慕上为我出气。你们摔断了我的腿，他从此好像多了一条腿，越跑越勤快，我知道，他是在拼命代替我的腿！他背着我跋山涉水，在千里之遥去放牧采集，再也没有让我受过伤害。你们让他去打仗，他一个人，面临大明那么多高手，他退后了吗？还是他犹豫过是否前进？他命中明明可以做大明最出色的将军，沦落在我手上，却只能和大明互相残杀，他从来不知道，他有个伟大的大明父亲，却跟了我这个窝囊废老累赘，在鞑靼受尽了屈辱……如今的我，可以放下一切，甚至我的性命！若是你仍旧笑我，白费力气。我会告诉你——我不后悔！我不后悔有过这样一个儿子！实际上，我多希望，有这样一个好儿子！作为父亲，我认为他足以成为家族的骄傲，国家的脊梁！”

彻格济一看，自己已经将这老小子打成这样了，居然还敢嘴硬？彻格济正要再次动手，只听帐外一声疾呼：“住手！”

田真热泪盈眶，闯入帐中，他最先望见的，不是彻格济和小王子，而是伤痕累累的田六。

“爹……”田真颤抖地叫了一声。

小王子看出了田真的羞涩，嘲讽道：“是你！你还有脸回来？刚才你也听到了，这个人根本不是你爹！”

田六已经什么都不在乎了，但还是满面羞愧地望着田真。

田真终于将目光投向彻格济，握拳道：“放开他……不然……我扒了你的皮！”

彻格济恶狠狠道：“大胆鼠辈，口出狂言。想不到你竟是呼延直的孽种，枉我一直把你当奴隶，田六这个降兵骗得我们好惨。当年我三番五次被呼延直打败，看来今天要杀他的儿子雪耻了！”

帐外传来一个声音：“三番五次被人打败还能活到今天，你可真不容易……”

“什么人？”

公孙向东入帐，掷出两颗站岗侍卫的头颅：“天上众星皆拱北，人间无水不朝东。”

“公孙向东！”小王子退后两步：“这……这就是正德皇帝身边的那个妖道！你们是一

起的？”

小王子终于看明白，原来田真已经和大明串通。这公孙向东来去如风，其妖法已夺天地之造化，落到他手上，就剩下束手就擒见皇帝了，这样的经验不是没有过。

此时不逃，更待何时。

一声“护驾”，无数鞑靼兵从帐外涌入，小王子与彻格济挟着田六溜之大吉，田真公孙向东与鞑靼兵大打出手。

一般来说，皇帝不是你想见就见的，可是正德皇帝偏偏是个例外，他放弃了无聊的皇宫，想方设法主动要看一看这个世界。一向喜欢角色扮演的正德皇帝，在各种角色里，最喜欢扮演的，是军旅人士。军旅人士他最热衷扮大将军，但梁储建议他最好是扮演小兵，毕竟将军太显眼，小兵多，服饰又统一，随便插个队就可以掩人耳目，身为皇帝没有性命之危。并且，皇上的武功，和大将军比起来确实是三脚猫，但比一般的士兵要强多了，在混乱的厮杀中只要他不得意忘形，自报家门，是不会有人注意他的，这样既能实现他大丈夫征战沙场的夙愿，又能保全他的龙体。

结果小王子与彻格济一出帐还没逃多远就遇见了一拨特殊的骑兵。

之所以说它特殊，是因为这拨貌似早已准备好的骑兵突击队里，带队的是一个小兵，这个小兵周围却簇拥着各位明朝大将军。

在凌晨的夜空下，那个小兵的脸上浮现一抹坏笑。

于是小王子被打了个措手不及，埋怨自己的救援部队怎么还没赶到？其实自己的部队已经被这个“小兵”指挥的更大的部队堵死在大本营了，这还是通过拼死突围来报信的鞑靼骑兵口中得知的，那骑兵报完信之后也死了。

不错，这小兵就是热衷角色扮演的正德皇帝。他是按照梁储的建议做了，但做出来的结果完全不是梁储的意思。梁储让他扮演士兵的意思是，顺着他的性子，但想让他在人多的小兵里隐藏安全，他倒好，的确扮演了小兵，还是带着各种大将的小兵，这样一来不是摆明了告诉敌人我这个兵与众不同吗？

幸好破晓前的暮色依旧有些朦胧，谁也看不清谁，小王子也确实是看蒙了，这突如其来但又貌似布置好的部队是怎么回事？说多不多，说少不少，单位战斗力却极强。

很明显，正德皇帝没打算让田真和公孙向东两个人深入敌营，而是把他们二位当诱饵了，他带着自己的亲卫军，早就在鞑靼大本营不远处下了套。

只是，好大喜功，自以为会全歼敌人的正德皇帝总是喜欢忽略一个真理——鞑靼从来就没有大本营。

这就是牧民和农民的区别。牧民四海为家，哪里有草到哪里。平时大家大草原上分散开来去放牧狩猎，打仗时遇见哪一支队伍集结哪一支队伍——全民皆兵，还是游击队。农民安土重迁，对土地的热爱就是对待自己生命的延续，动我的土地，不是让我断子绝孙吗？所以土地保卫战农民参与的积极性最高，搜刮侵略战牧民参与的积极性最高。牧民抢不来活不下去，农民守不住也活不下去。万里长城，一直在默然注视着，两拨文明，两种思想，几千年的交锋。

正德皇帝就是一个典型的大地主，他拥有着普天之下最强烈的地主思维，而且这还是个被强盗欺负惯了的地主，家里经常出现鸡飞狗跳的状况。

所以，御驾亲征这种事，最能直接表达他对强盗的愤怒。

这次皇上做得很低调，也没有当众宣布自己是“八世明太祖”，他只是在交战当中不断搜寻公孙向东和田真的下落，最后发现乱军中杀出二人，田真抱拳道：“皇上，有没有看到他们劫持着一个老人？”

“老人？”

“那就是我爹，他还活着！”

皇上一拍大腿：“呐！你爹还活着，你看，你冤枉朕了吧？你要怎么补偿朕？”

田真急不可耐：“皇上！臣罪该万死，恳求皇上借臣一匹马，去救爹爹，完事之后任凭圣上处置！”

正德皇帝心中窃喜，看来田真是他的囊中之物了，只要救回了田伯，田真必定死心塌地效忠自己，看来这真是曹操得关羽，如虎添翼啊。那么，朕就把朕的赤兔马……不是，是比赤兔马快的“托命四蹄轻”借给你用！

这“托命四蹄轻”的特点就一个字——快。是皇上专门用来逃跑和搞突袭的大宛宝马，西域千挑万选进贡过来的极品，得名于诗圣杜甫。

正所谓：

胡马大宛名，锋棱瘦骨成。竹批双耳峻，风入四蹄轻。

所向无空阔，真堪托死生。骁腾有如此，万里可横行。

正德皇帝酷爱军旅生活，也知“宝剑赠烈士，良驹配英雄”，即使他没有打算将战马送给田真的意思，但借给他都是皇上莫大的恩赐，皇上对借给别人御马是非常小气的，就连守边的杨一清曾想要借皇上的马搞骑兵团练，都被正德皇婉言吝啬了，后来杨一清干脆自己去打仗缴获，不求你了。

杨一清觉得皇上小气是有充足的理由的，因为据杨一清所知，正德皇帝麾下的御马不计其数，光有名儿的宝马就整整十八匹，号称“正德十八骏”，要么是藩邦进贡的，要么是榷场上重金买的，或者看上哪个大将军的马好，皇上就暗示一下，大将军瞬间就明白什么意思了。

皇上这种厚颜侵吞私人财产的行为军旅里已经尽人皆知，后来大家但凡跟着皇上御驾亲征，都不会骑宝马上阵，都知道皇上对马贪得无厌，自己也就不在主公面前显露家当了，用一个业内的词大家互相意会，就是逾制。就是说大庭广众下你表现出的物品比皇上的东西还要好，你什么意思？所以朝廷上有一部分文臣的观点说得好，少主没有错，都是被你们教坏的、惯坏的、诱导坏的……

纳贡、购买、侵吞甚至是捕捉，各种途径，皇上攒下一堆宝马，个个都是赛过赤兔马，不输的卢马的皇驹，三国能有什么好马？那时天下还没有统一，朕的大明江山幅员万里，物华天宝，人杰地灵，地上跑过去点儿好东西还能逃过朕识货的眼睛？朕在各地还布置了很多眼睛呢……

于是乎，包括之前的喷云骅骝王，如今的托命四蹄轻，还有夜行一闪逝、旅食京华春、万钱宝、生烟玉、突地吼、跃崖怪、朝歌、紫薄汗、热蹄子、紧镳魔、豆叶欢、忘秣恩、骇贼者、簇光铁浮屠、赫斯怒、袭虎电毛驹……

田真跨上宝马，绝尘而去，正德皇命部下尾随左右，公孙向东此刻却停留在原地，若有所思，望着田真的背影，口中道出一个名字：“呼延真……”

这个名字别人不熟悉，正德皇帝身边的杨一清如雷贯耳，原本还在思考自己曾经也问皇上借马的事情，这个名字让他瞬时脑海一颤——

“皇佐，你刚才叫他什么？”

公孙向东作长太息，开始向众人娓娓道出田真屈辱的身世……

第十九回 杭爱山田六殉国复命 无定河玄武受封归心

却说田真驾驭着“托命四蹄轻”穷追不舍，一路弯弓搭箭，羽箭飙出，小王子身边骑兵无不坠地。

终于，小王子忽然感觉到逃跑是一种耻辱，掉转马头要与田真一决雌雄，却被田真那一对怒气冲冲的双目吓回从前——

“呼延直！”

那不只是一个愤怒的少年，他的背后弥漫着一层更大的身影，那就是，当年让鞑靼闻风丧胆的绥德虎将——呼延直。

“他真的是呼延直的儿子……真的是呼延直！”

惊恐的回忆，小王子无法直视，只得掉头继续逃，手下彻格济要求与他分道扬镳，彻格济的人马带领田六逃向杭爱山一带，小王子这才摆脱了田真的追踪。

杭爱山下，一群牧民被彻格济召唤过来，要他们断后，由于鞑靼全民皆兵，牧民服从老大指挥，丢下手中的羊鞭，翻身上马，立即就成为战士，开始与田真对射。

托命四蹄轻果然非比寻常，箭雨袭来，宝马在“雨”中穿插而过，形成一道漂亮的S形弧线，战士们依次倒地，田真手上的丈八点钢枪已沾满了血迹。

时值凌晨，天边泛光，田真遥望杭爱山上危崖，彻格济居高临下，正挟持着田六，打算到此为止。

彻格济身为鞑靼名将，可没准备被人逼上绝境，做困兽之斗，恰恰相反，他选择杭爱山，是因为这一代屯集着非常厉害的鞑靼游击队（其实就是昔日战功卓著的富裕牧民），随时可以召集他们临时组成强大的突击敢死队，并且——

对方只有一个人。

彻格济吹响了集结号角，数以百计的鞑靼牧民丢下手中的务忙（如打猎、放牧、烧烤、扎营），提起马刀跨上战马背负弓箭，就从四面八方向号角响起的地方集中，杭爱山瞬间成为垓心。

彻格济志得意满，因为只有他在高处，看得见队伍的集中，他要田真死无葬身之地。

“彻格济！快放了我爹，从此你我互不相干！”田真怒吼中透出一丝哀求。

“狗屁！谁与你相干。我乃鞑靼名将，你一个人下人的战俘奴隶，拿什么脸对我如此平起平坐的说话！殊不知你现在的处境，单枪匹马孤军深入，已经是瓮中之鳖，等着鞑靼勇士们围过来将你大卸八块吧！”

田六眼见远处潮水般的骑兵向杭爱山集中，冲着山下田真大吼一声：“真儿，不要管我，你快走！这里危险！”

彻格济拽住被捆成粽子的田六，一顿拳打脚踢，田真遥指彻格济，嘶吼道：“彻格济！住手……”

彻格济置若罔闻，并用匕首逼近田六脖子，蔑视田真道：“小畜生，你也有今天，你可是越活越胆大了，竟然敢通敌大明，玩里应外合，害我损兵折将！”

田六忍着疼痛，笑出了声：“我本大明臣，身在曹营中，卧薪尝胆尽，何来通敌说？”

彻格济万万没想到，这老骨头是不见棺材不落泪，顺势就给了他腹中一刀，田真撕心裂肺高喊：“爹……”

田六口吐鲜血，微睁双眼，俯瞰田真，这样的称呼，叫了他二十年，好熟悉，眼前这样的少年，又变得好陌生——他长大了。

他，终于长大了。呼将军……

从那个不断啼哭，需要喝马奶才能在他怀中宁静睡去的婴孩。

从那个可以架在背上去放羊，却尿了他一脊背的孩提。

从那个可以在大草原上骑着比自己大好几倍的骏马，载着他一起遛弯的孩子。

从那个寒冬之际一起在蒙古包外站岗，父子几乎冻成冰块的小孩。

从那个在自己受了风寒时生起炉火，陪伴在他床前看着他睡去的少年。

从那个可以将他毫不费力地抱起在大草原上转上十几圈的壮士。

陌生的只是外表。他一直是那个和他跋山涉水，出生入死毫不犹豫的好儿子……

这二十几年来，田六站着、坐着、躺着，不同的时候，看过了这孩子不同的眼神。在那双眼神里，有过寂寞，有过悲伤，有过喜悦，有过失落和无奈，但始终不变的，是他对生活的一种坚定，对成长的一种坚忍，对生命的一种信念。而田六，就是这种信念。

田六也仿佛看到了，如今的这个孩子，他的身形，他的脸部轮廓，他的举手投足，他的背影，他的气质，越来越像他的亲生父亲——呼延直。健壮，勇武，威风凛凛！那是他这个瘦骨嶙峋的老男人所没有的，也是他自鸣得意欣赏的。

“他不是你认为的那种看人脸色，低三下四的俘虏，他没有阿谀谄媚地活着，而是一个有着战士一样骨鲠之气，坚强又伟大的男人！他是我的榜样！是我生命中最重要的人！他是生活的战士，他承受的不是耻辱，而是屈居人下的向前进，向前进！他唯一前进的理由，就是我……彻格济，你要干什么，都冲着我来！快放了他！”

田六十分欣慰，这么多年来，看来他没有给孩子塑造一个不堪而又屈辱的形象。

彻格济只是觉得莫名其妙，明明是一对微不足道的奴隶，却在自己面前惺惺相惜个什么劲：“混账东西，跪下！”

田真愣住了。

彻格济道：“如果你真的想让这个男人活着的话，就跪下！接受鞑靼勇士们的惩罚！”

田真默默下马，田六忍着伤口，在狂风中大吼道：“真儿……不许跪！男儿膝下有黄金，爹是怎么教你的？富贵不能淫，贫贱不能移，威武不能屈！你是呼延直将军的儿子，你身上流淌的是大明武士的鲜血！如今你代表的是大明，你这一跪丢的是国家的脸，站直了！别窝窝囊囊的！像棵松柏一样站直了！”

教诲喊完，伤口迸裂。田六脑海中忽然一阵眩晕，浮现出那个画面……当年，一个名叫田六的新兵蛋子面前，因为忍受不住艰苦的训练，被一位威风凛凛的呼将军呵斥——站直了！别窝窝囊囊的！像棵松柏一样站直了！

田六有一种恍如隔世的感觉，他仿佛又看到了，二十年前，无定河边，两个男人的对话——

“我必须死。六，你听着，我希望你投降之后能像你说的那样，心向大明。如果你把我儿子带成了汉奸，我做鬼也饶不了你。可是如果你俩能卧薪尝胆，韬光养晦，人有灵魂的话，我愿意在九泉之下日夜守护着你们……”

“将军你，这样说太可怕了……”

“我儿可怜，娘子在遇害前将他藏入井中，后来他被老井毒蛇咬伤，九死一生，是我斩杀毒蛇，用蛇血救了它，用马奶养着的。他还没有名字。临死前，我就给他取个名吧！”

呼延直苦笑两声，涌出热泪道：“我这辈子，活得孤独，死得屈辱。只知道打仗，从来没有挺胸抬头，好好仰望过太阳，我不希望这孩儿像我一样屈辱，我要让他站起来，成为一个堂堂男子汉。所以，我名为直，直字起立，是为——真。”

“呼延真！”田六惊叹道：“铿锵有力，好名字。”

呼延直拭去眼泪，叹道：“长大后，他就是你儿子，一切，就拜托你了……”

田六仰面而泣，朝阳迎面升起，田六的心中，忽然萌发了一种回归感，屈辱的二十年，也是令人欣慰的二十年，小兵田六，没有让托孤的呼将军蒙羞，没有让国家蒙羞，并且让鞑子深深记住了，大明不是待宰的羔羊，大明兼容五湖四海，九州万国，处处都有藏龙卧虎、鲸吞雕攫的英雄好汉，哪一片土地没有都城遗迹，哪一处风光不是龙兴之地？而我田六，不过是一个微不足道的小兵——田家老六，连名字都没有的乡村小兵。

想到这，田六恋恋不舍地望着田真，说出了二十年来他最后一句话：“孩子，你可以忘了我是谁，但永远不要忘了你是谁！”说罢，身子一扑，与彻格济从危崖上坠落，粉身碎骨。

“爹!!!”

呼将军，小六我兑现了二十年前的诺言，九泉之下，终于可以站直了来面对你了……

从四面八方赶过来的游击队，清楚地看到杭爱山崖两个人坠落，于是他们力振马鞭，加快了步伐，造成的结果就是——一个仰天长啸的汉子，双膝跪地，被一群弓箭手包围。

这是一拨最先赶到的弓箭手，一看哭泣的少年下跪了，以为是他在投降，于是纷纷翻身下马，提着刀上前一探究竟，结果，哭泣的少年突然抬头！露出了一对没有瞳仁的白眼，眼下挂着两行血泪，杭爱山下顿时传来了一阵惊恐万状的惨叫声……

其他队伍闻声而来陆续赶到，见到的却是一堆鞑靼兵的尸体，和一个抱着田六尸体哭泣的少年。

当这些兵正要放箭时，一个分心的弓箭手大叫一声，发现他们已经被另一队人马包围，这一队人马漫无边际，放眼望去是鞑靼兵的十多倍，正弯弓搭箭在他们外围虎视眈眈——

“上天总是让朕这个主角扮演压轴戏！”正德皇帝坐在黄膘金络脑上笑得志得意满。

鞑靼兵在明军的威胁下纷纷下马，放下武器，不敢直视马背上那个人，因为他穿得太华丽了，衣服上一条纹龙金光闪闪，于是所有鞑靼兵瞬间得出来一个结论——这显然就是大明皇帝。

正德皇带了十倍的兵缴了鞑靼的械，率领官员们骑马上前，当然，只有他骑着马，官员们早已经下马步行。

从公孙向东的口中，皇上已经明白了一切，看到了田真抱着田六的尸体哭泣，皇上也能猜到刚才发生了什么。公孙向东已经将真相和盘托出，皇上身边的杨一清再也不觉得田真是个陌生人，杨一清相信如果没有皇上在场，他一定过去搀扶起田真，并且仔细看看他的样子，因为田真的父亲呼延直，是他的义子，那么田真的辈分，应该算他的小义孙。

没想到原本过来集中迎战的鞑靼兵，瞬间成为大明的俘虏，与其说这是围歼，看上去更像是中计。所有鞑靼俘虏等着皇上一句话发落，皇上可以一声令下让他们人头落地，也可以一声叹息放他们走。紧随皇上御驾的文臣武将也屏气凝神，事情到了这种地步，只看皇上怎么发落了。

皇上此刻不想杀人。因为地上已经有很多尸体，七零八落的，想必是田真所为，而当年的降兵田六已经殉国，田六真有古时的“勾践之忍，苏武之节”，皇上望着这些鞑靼兵，一个个衣着华丽，貌似都是鞑靼贵族，既然都是贵族，那么一定和小王子有勾结。

于是正德皇帝蹬马上前，鞭指俘虏：“看你们一个个也像是鞑靼有头有脸的人物，朕不杀你们。回去告诉你们老大……”

这一刻终于来临了，从此以后边境可以熄火了，杨一清猜都能猜出皇上要说什么，无非是让鞑靼紧守盟约，勿再挑起事端，望双方以百姓友好、和平发展大局为重，化干戈为玉帛。

“想干仗就放马过来，朕随时奉陪！”

杨一清状若雷劈！咂舌望着马背上做君临天下姿态的正德皇帝，眼睛瞪得像个核桃仁，老爷子惊得差点没有昏过去。

我了个小祖宗，您这是议和还是挑衅啊？这样说也太绝了吧？

但是在场的武官却向皇上投去了认同的目光，大家一致认为跟着主公是一种荣耀，得出一个结论——看咱皇上多有种，多硬气。

然而在场的文官却呆若木鸡，抱怨——我怎么跟了这么个二百五主公？

“哼。”

正德皇帝开始骑着马来回溜达，持着马鞭望着这一群俘虏，就像老娘拿着鸡毛掸子，望着学习成绩不好的下跪孩子……

当天傍晚，鞑靼贵族带回去一位客人面见鞑靼小王子，这位客人的名字叫余寰，他是来传达正德皇帝释放鞑靼俘虏时的口讯。余寰在出行时，很多文臣劝他不要去，因为皇上一时兴起的二百五发言必然激怒鞑靼小王子，他将有性命之危，但文臣的意思说得总是很含蓄的，他们不会直接说，只说自己夜观天象，使君此次出行恐怕不利。余寰大笑：“两军交锋，不斩来使。我对鞑靼小儿，有信心！”

结果余寰竟一字不差，声情并茂地说出了正德皇帝的发言，鞑靼小王子虽然不读书，但是这句带种的话怎么听怎么熟悉，鞑靼的文官也表示：“这……这是太祖的名言啊！”

哪个太祖？

元太祖。

昔日太祖成吉思汗征战天下时，曾发明这句名言“你要战，我便战”，想不到正德皇帝居然有太祖的气势？

小王子勃然大怒：“不要胡说，他是明太祖的子孙，我辈是元太祖子孙，互为仇敌怎能混淆！元明势不两立，我们要反明复元！”

余寰道：“可是气势这东西，是不分朝代的，名人名言也是可以相互借鉴的，明朝推翻元朝，元朝何尝不是推翻了西辽、西夏、大理、金、南宋……”

鞑靼文官道：“你懂什么。蒙古崛起时天下万邦，我元朝做的是大一统工作，大一统比起内部造反的改朝换代，是很麻烦也是很厉害很伟大的。”

“但是元朝皇帝除了世祖之外，皆不学无术，导致大权旁落，奸相辈出，百姓涂炭，王朝沦丧，也是不争的事实。”余寰道。

“你是明朝使臣，当然帮着明朝说话，对现状歌功颂德。”鞑靼小王子道。

“哼哼……就知道你会这么说。巴蒙图克我告诉你，本人除了是明朝使臣外，还有另一个身份，正是南平王铁木健的玄孙之子。”余寰道：“想必你们也听说过，正德皇帝有个自封的外号——八世明太祖。如果按照他这种排名，我也可以排行成为八世元世祖，因为我余寰往上第八世，正是元世祖忽必烈。”

余寰本以为，自己道出宗谱，可以在鞑靼混个高官显贵，至少是太师的位置。结果，鞑靼小王子瞠目结舌，文官拿来宗谱一核对，果然如此。而小王子不但没有对余寰肃然起敬，反而看着他穿着一身明朝官服格外刺眼，火冒三丈，下令推出去斩了，结论是——你这个元奸，还好意思腆着个明朝胖脸和本汗说话。

余寰叱责说：“好你个鞑靼小儿，竟然敢以下犯上？我按辈分算你的天祖父，你这个没大没小的，你居然杀你的天祖父……”

“天祖父？不要让本汗啐你，亏你还知道自己是八世忽必烈，人家八世明太祖当了皇帝，你却穿着明朝的衣服来给本汗摆谱邀功？去死吧！”

余寰，正德元年（公元 1506 年 12 月 20 日卒），享年四十六岁。

余寰被剥皮处死的尸体送回来，上面夹着一封信，信中写道：“皇上，我为你除一叛逃奸臣，不必客气了——巴蒙图克。”

正德皇帝心领神会：“余员外真是勇敢，没有经过朕，仅凭着一颗爱国心，竟然自觉出使鞑靼，不料遭此横祸，赠奉训大夫，运回老家去吧。”

在场的文臣恍然大悟，原来这家伙并不是奉旨出使，而是叛逃邀功。

经历了战火浩劫，大明边境总算息事宁人，无定河边，正德皇帝与文武大臣厚葬大明烈士田六。田六墓前，杨一清牵来黄膘金络脑，正德皇帝递来一把乌油盘蛇戟，言道：“这把乌油盘蛇戟，是用当年呼延直将军夺来的蒙古神器苏鲁锭所化铁水打造而成，坚硬锋利，朕赐予你，望你日后能够继承生父和养父的遗志，效忠大明。”

田真单膝跪地，接过神器。日暮下的无定河，正德皇帝与呼延真，一站一跪，一予一受的身影，映着晚霞，散发着特殊的光芒。在他们的四周，围绕着一群将士，将士们纷纷高举兵器，山呼万岁，因为他们知道，大明王朝，加入了一个不得了的人物，这个人物，已经成为也会一直成为，大明王朝北方边境上，一等一的领军人物。

他，出生绥德，落难蒙古，横眉怒目，虎背熊腰，重环穿孔垂左耳，锡筒玛瑙排鬓辫，头戴吞头罗刹怒目盔，身擐冯夷神龟万寿甲，手绰一把乌油盘蛇戟，胯下黄膘金络脑，日行千里，夜行八百，肥硕刚戾，不知辛苦。

成长之路，对于他来说，是流泪之路到流血之路，养父田六耗尽毕生心血，终于将他在一个奴隶的人下人环境中培养长大，顽强的成长，一路上水深火热，伤筋挫骨，然而他却披荆斩棘，越挫越勇，最终功德圆满，强势回归。

后人有诗云：

樊笼契阔总伤龙，身堕渊薮更无腾。

雨打修竹节愈固，雪欺劲松不改容。

孛星休祲一时事，乾坤终教日月明。

独占峰高颜酡后，还酹谁敬将星雄？

正德皇帝封呼延真为太傅，五军提督，镇国公。皇上考虑得很周到，这三个结衔，第一个，是用来教自己武功的。第二个，是用来练兵出征的。第三个，是荣誉头衔，原本是皇上自封的，现在让给他，是为了让他明白生父、养父、自己一脉相承的伟大使命。

在一天清晨，无定河旁响起了悠扬热闹的歌声，歌名《踏浪》，是正德皇帝无定河旁宴请功臣，席间刘西凤表演的歌舞。歌词美妙撩人，刘西凤边跳边为大臣们敬酒，大臣们听得频频点头，连连拈须，因为这歌词他们实在是太喜欢了，乐在其中。

宴间，只有一个老人不吃不喝，沉毅远望，他的脑海中从左到右依次浮现出三个背影——南宫朱雀陌上阳，西宫白虎公孙向东，北宫玄武呼延真……再往右！他的脑海，突然浮现出第四个背影！

那是一道黑影，他看不清到底是谁，但他可以肯定的是，这个影子丝毫不亚于前三者，将会成为另一个传说，为大明抵御日后各种风波，“四象御九龙”的预言，他有生之年一定要看到前半部分，一定要看到！虽然他已经整整九十岁了……

但是，老夫命中还有两年阳寿，利用祖师爷所传《推背图》，掐指一算，他一定会出现。

老太师王恕，大明五朝元老，先帝“弘治中兴”第一功。

第四章 青龙传

第二十回 李承勋奉旨巡抚辽东 建州卫承昔日明宪宗

正德元年，是继“弘治中兴”落日之后的群星璀璨、众星拱月的神奇年代。

这一年，琉球岛一级逃犯陌上阳，漂洋过海，在福建武夷山建立“朱雀门”组织。

这一年，河西敦煌月牙泉“靖难之役”隐者后人公孙向东，骑骆驼横绝沙漠，穿越玉门关、嘉峪关，到达先祖阿必宝哈曾经营过的十三朝古都西安。

这一年，鞑靼小王子入侵灵州、固原。余子俊、徐廷章、秦竑、范瑾、呼延直、杨瑾、降兵田六殉国，正德皇帝无定河拜将呼延真。

这一年，九十岁高龄的王恕老太师已值风烛残年，告老还乡的他，每个夜里，都在陕西三原的宏道书院唉声叹气。老爷子身披鹿裘，手揣宣德炉，仰望星辰，忧心如焚。

想当年宪宗爷在位时，帝无治心，朝无正臣，老夫尚可以殚精竭虑，力挽狂澜。如今天下皆言“弘治中兴”，少主冲龄践祚，满朝文武，众星云集，可是苍穹之上，它为什么还不出现……

“朱雀，白虎，玄武……他呢？他在哪儿……”

“师父，我来了！”公孙向东欣然一笑。

“不是你，不是你……”老太师连连摇头，遂问：“为师让你找的人呢？”

“已经带来，在中堂候着，奉了茶。”

辽东巡抚——李承勋。原本只是南京刑部主事的他，在老太师的一再推荐下，正德皇帝派他巡抚辽东。当然，这种派遣应该说，是老太师的意思。老太师身在朝野，还能不忘国家社稷，真不愧为宪宗能臣，孝宗重臣。他和杨廷和，是正德皇帝最尊敬的两个大臣了。当然，像正德皇帝这种目空一切的大领导，是很少尊敬人的。

“立卿，事情怎么样了？”

“唉，没法说。”

“没法说，到底是好还是不好？”

“太师，您老位高权重，就是退休了，也是口碑在野，一言九鼎，在朝廷威望犹存。卑职实在不想在您面前传递负能量，可是建州女真，真的没法管！”

“何出此言？”

“卑职用南宋使臣的话回答你——女真人如龙，马如虎，上山如猿，入水如獭，其势如泰山，且夷虏刚悍善战，茹毛饮血，殆非人类。如今他们自己都管不住自己，卑职……卑职能力有限，实在管不了……”

“建州三卫，原本就是自治，朝廷派巡抚过去调研，也就是做做样子，只要朝廷大局稳，地方区域治安问题都可以慢慢来。”

“唉，太师你生在太平地，做的太平官，是不会懂得那种视聚众斗殴为喝白开水，靠拉帮结派分势力范围的原始生活。坦白说，女真人的械斗，跟大自然里的动物争霸，划分领地没什么两样。部落斗殴，成者为王败者寇，谁不服从，就往死里干，一场斗殴下来，死的人尸骨现场喂狗喂鹰，然后在场刁民全体默认并且隐瞒事实，跟没事儿人一样。战胜者领地重新扩张后，被部众默认，战败者死无全尸，查都没法查，那些野人连名字都没有，更别提什么户口，真有户口那都是他们随便虚报忽悠朝廷的，简直是一帮打着部落旗号的乌合之众，地痞流氓。”

“有这么严重？”

“唉。我邀请王宪一起去的，王宪还被他们给打了，后来王宪回来，说什么都不肯去了。现就剩我一人。”

“辛苦你了。那么老夫多问一句，女真的部落里，可曾出现过年少出众的英雄好汉？”

“英雄好汉？什么样的？什么英雄？”

“就是——嗯——年轻的，手段很厉害的少年，像我东儿这样的。”

“那可不。那地方，个个都是十几二十岁的棒小伙子啊！说真的，女真的战斗力真是不差，若是代表大明打仗，可真是沾光，就像太宗当年打天下，借宁王的朵颜三卫一样！女真人比蒙古汉化程度高，处事谨慎也爱学习，性格虽暴，但粗犷任侠，崇信道义，熟了会很好相处。建州土地肥沃，产出的粮食能养活很多人，所以他们才打打杀杀啊，用他们的话说，能生五个，就敢整出四个出战，留个根就行了，全死了也不在乎，说明苗子战斗力不足，命中该绝。孩子没了再生就得了。”

老爷子听得一愣一愣，脸上时常还露出害臊的笑容，这样他就放心了，因为时乱，必然出英雄！要是女真人人都躺在家里睡大觉，那老爷子可就头疼了。

所以，李承勋，你再去一趟吧，这次，带上老爷子的礼物，一块龙纹青勾玉，当你看到女真部落有一个特别出众的少年，就将这龙纹青勾玉交给他，带他回来。

“那，如何才判断太师所谓的出众呢？”

王恕仰望星空，又俯首思索，掐指算道：“应该是……二十岁左右，武艺高强，多次出现，个性像春风，作为像木……木……金主杀，木主生，对，喜欢行侠仗义，解救众生！”

“啊？女真都是穷凶极恶、好勇斗狠之徒，绝不会有这样的人。”

“总之你自己看着办，人的行为和结果很难判断，杀人有时候也是救人，卦象中是这么解释的。”

“卦象？”

“嗯。总之你尽力去办吧！记住，这是个对大明未来很重要的人，不可轻率马虎，绝对要多次审查，三思而后断。事成之后，大功一件，我会向皇上保举你为尚书。”

“那卑职就先谢过太师了！卑职一定不负所托！”

李承勋说的是实话，建州真不是个省心的地方，而在被打的王宪看来，那都不是人待的地方。

王宪被打事件，发生在一次女真的部落斗殴。由建州左卫率领的锡宝齐篇古部和建州右卫率领的卜花秃部进行百人械斗。王宪来时，两部斗殴事件正处在热火朝天的阶段，王宪亲眼所见女真人干架势头之强悍，程度之残忍，连小孩也参与其中，令王宪始料未及。一同在场观摩的李承勋巡抚意思是，等他们打完了，火泄了，我们再上去挑个首领交谈。王宪不同意李承勋的看法，认为我们来就是传递文明、颁布政令的，任由他们无法无天，那我们不是成了吃干饭的了吗？一群井底之蛙终日私斗，岂不知小小女真部落天外有天，就是我大明。

王宪原本想上去演讲一把，大致的意思就是，你们这帮小喽啰神经病不要打了，天外有天，大明管不住你们还是怎么的？并且王宪想用排比句发言，因为那样可以增强气势。让这帮野蛮人知道好歹，有点分寸，回归理性。

李承勋惊愕地望着王宪，他不是被王宪的言论吓到了，而是被王宪身为御史居然有这种迂腐的脑子。于是李承勋立即劝阻——万万不可。

为啥？

野蛮人头脑简单，打架连命都不要了，会听你王和尚念经？你还在人家打架的高潮骂两帮人都是神经病，你觉得你存活的几率是多少，你是来代表大明殉国的吗？

李大人不愧出身巡抚世家，经验丰富，一言惊醒梦中人，王御史急了："那你说怎么办？总不能任由他们厮杀，我们两个傻瓜站在旁边观看吧？"

事实还真是这样。并且只能这样。

李承勋用很负责任的眼神告诉王大人，根据自己以往的经验，他们打完了之后一定会找人评理，而代表朝廷的他们是最好的裁判。

为什么不能立即制止？毕竟他俩不是带兵来的都护，而是朝廷特派员。反过来，人家女真的老大才是领导。他们来了最多给个面子，真正有指挥权的，是建州的左、中、右都指挥佥事，合称"建州三卫"。

此时，三位都督正在酣然参战。他们在战马上英姿飒爽，神勇无比，并且都是老当益壮，以一敌十之辈。

听李承勋做现场战况解析，王宪很不理解，就算斗殴也是双方的事，怎么三个部落缠在一起了？

这恰恰是这场斗殴的特别之处，左卫和右卫争端，在中卫的地盘上，看似没中卫什么事，实则是奇耻大辱。这就好比街上两个地痞流氓干架，却撕扯到了店铺老板家里，打碎了老板的家具，吓哭了老板的小孩，还随时有可能伤及无辜。态度明显就是不把老板放在眼里。所以，最愤怒的应该是老板，最吃亏的也是老板。他多想说一句："你们两个神经病够了！"却常常得到的回答是："这事你别管。"

怎么能不管。建州中卫是三卫的核心。虽然实力不一定是最强，但位置是德高望重，在朝廷看来，中间人往往起调节作用，适合做领导。

实际上，如果抛开现状谈历史，建州三卫实在是没一个好东西。他们的先祖在宪宗爷时代就经常劫掠边境，带头滋事，和鞑靼小王子一个德行，地方穷啊，没钱花了只能抢，在朝廷受了点气就大开杀戒。

问题是，鞑靼小王子在朝廷看来是不学无术的强盗，而建州三卫却是朝廷一直扶持的大明部落，骁勇暴貌，战斗力强悍。一个家庭孩子多了，难免有不听话的孩子，一个国家地方大了，常常有窝里斗的各位大哥。从当年永乐帝在东北设立奴儿干都司开始，建州就属于朝廷直接授权，区域自治的少数民族领域了，是大明的一部分，连在它下面的朝鲜国，也称大明的藩邦，朝鲜王视大明为天朝上国，学习大明典章制度、礼仪文化，渐成大明版图里的一方诸侯，颇有唐时日本之风，但朝鲜与大明的关系实际上比唐与日本要亲密得多。

如果说唐与日本是毕恭毕敬的师徒关系，那明与朝鲜就是师徒关系加歃血为盟的亲属关系，且朝鲜乃商王箕子之后，提起血脉基因与大明更是血浓于水。朝鲜承认大明为父母之邦，太祖将朝鲜王子视如己出，封赐优厚，王子登基王位之后，带朝臣年年进贡，岁岁来朝，大明再涌泉相馈。皇明祖训，历代大明君主皆不能忘半岛三韩百姓之安危，大明万里疆域，皆朕之子孙也。

朝鲜原叫高丽，取高山丽水之意，明太祖道："高丽之地，山似大明之丘，水如大明之沟，称高山丽水，言过其实。"

朝鲜王身为大明诸侯，来到君父之国，感慨天外有天，大明富有三山五岳，九州万国，五湖四海之广袤，真大国也，君父所言不虚，那高丽将如何名副其实，请君父明示？

太祖东瞻，欣然道："高丽国在东方，先沐朝阳之光鲜，堪称朝鲜之国！"

"朝鲜，真盛名也！此名较之高丽更为壮美可钦，谢君父拟名！"

当朝鲜成为大明藩邦，对待其北方女真，就不以为然了。同样是大明同胞，文明的朝鲜看野蛮的女真，就像一个读过书的富家公子看地痞流氓，自然是不会正眼，然而，朝鲜的情绪也不会随便表露出来，这就是教养。

而女真的情绪却经常表现出来。女真一不高兴，连大明也打。这就太过分了。就像一个熊孩子路过街边店铺向父母索要玩具，当街拽母亲衣服、踢母亲小腿、掏母亲钱。大明身为母亲时，也曾溺爱，要什么就给吧。大明身为父亲，也常常发火。

但是这种没有教养的行为，朝鲜是非常鄙视的。还真别说，如果按照汉化程度来看，朝鲜确实比女真文明得多，学习好还有礼节，大明非常喜欢，反而给的关爱和照顾多。

女真就更窝火了。

成化三年，公元 1467 年，建州左卫董山，右卫纳郎哈开始劫掠边境，史称"丁亥之役"。

女真竟然对祖国母亲下手，杀害同胞，肆虐文物抢东西。令人气愤的是，连最应该懂事的建州中卫也来凑热闹了——中卫李满住带着大儿子李古纳哈、二儿子豆里、二儿子的大儿子甫罗充、二儿子的小儿子雪胡赤，真可谓全家齐上阵。

事实证明，家教是祖传的，没家教也是祖传的。

有家教的朝鲜此时拿出了他的家教——保护君父！大胆女真你这个野蛮人哥早就看不下去了，没想到你还真是个白眼狼！

朝鲜，一个读过书的贵族富公子，有钱就任性，速拨一万大军上阵，由大将康纯、尹弼商、南怡、鱼有沼参战。明宪宗感动得一塌糊涂。

宪宗爷派总兵官赵辅，大将邓佐、武忠，指挥使可昆、王瑛、王铨、黄钦、李秉、韦朗、裴显提兵三万清剿。

宪宗爷由于早年当皇子时受过软禁之苦，懦弱怕事，告诫将士们对女真差不多就可以了，而事实上，总兵官赵辅大人，可完全没给女真面子。

赵辅将军将门之后，雄辩有才，能文能武，世袭济宁卫为指挥使，天下大定明朝没有对外战役，赵将军就成了朝廷默认的剿匪专业户，征讨过大藤峡瑶民起义，生平最恨的就是这种喂不熟的白眼狼，吃谁的饭砸谁的锅，残杀同胞，对国家法令阳奉阴违的无义狂徒。

康纯与赵辅将军一见如故，表示愿意全力配合此次行动，朝鲜大王有令，全军行动一律听从君父他们的安排。于是赵辅、康纯约定分兵出击，赵辅对付建州女真左右卫，朝鲜对付中卫。

经过数番生死鏖战，连战连捷，女真毕竟寡不敌众，但百足之虫死而不僵，几千人竟和几万人打起了游击战，对抗数月，直到八月份，赵辅在广宁剿杀了董山、纳郎哈。康纯更神勇，生擒李满住部下百余人，斩杀百余人，焚烧窝点九十七区，俘获牛马器械无数，连李满住家属也给一窝端了，俘获五十余口。最终康纯在婆猪江上斩杀李满住、李古纳哈、甫罗充，豆里与雪胡赤趁夜袭营，也被康纯捕获截杀。

这个豆里，之前还是自封的朝鲜大使，经常去朝鲜索要物品，朝鲜看他是大明都司，兄弟之交，也不与计较，时常赏赐，但是啊，只有父母明白调皮孩子的贪婪不能纵容，否则他就会玩出大祸。朝鲜给了几次，受到大明的严肃批评，朝鲜就不给了，豆里就把怨恨归到大明头上，大有“我哥给我钱关你屁事”的心态。

大明置之不理。

因为大明之前给他的够多了，他怎么还好意思向邻居要？之前董山给大明进贡点牛羊，大明知他忠孝，就把牛羊钱兑给他，还报销了路费，管吃管住。他一看大明这么有钱又大方，就问大明要蟒衣、玉带、金顶帽，大臣一听就火了，蟒衣那是给王爷和大功臣的，无功不受禄，你凭啥？

宪宗爷好脾气，念在多年边境稳定，也算你的功劳，赏你一件，拿去玩吧。

大臣很不满。

回来纳郎哈一看，董山用点牛羊就换回来这么多东西，我也要。

于是纳郎哈也上路了，同样——牛羊折算，路费报销，管吃管住，我要金织衣、彩缎。大臣愤怒了，金织衣是赏治国有功、经天纬地的文臣的，你不读书不学无术就知道吃喝玩乐，怎么好意思开口？

宪宗爷笑笑，算了算了，你好好管理建州，善待百姓，东西就当朕给你的鼓励。

大臣非常不满。

后来文臣开会，强烈谴责皇上的滥赏行为，说这样只能让女真得寸进尺，食髓知味。早朝一上奏，宪宗爷笑笑：“知道了，下次不赏就是了。”说实在，宪宗爷的脾气可比他孙子正德皇帝温顺多了，这要是换了正德皇帝，估计就一句话——东西是有，凭什么给你，有本事来抢!

正德皇帝无时无刻不在琢磨着给自己创造舞台御驾亲征，在天下人面前当英雄的机会，虽然他自己武功是个三脚猫，但手下却高手如云。

宪宗爷这边囊中羞涩了，董山和和纳郎哈就想到了朝鲜，连一向“做事”都慢半拍的中卫也开始打朝鲜的算盘，因为中卫大人牵着牛羊去“做生意”的时候，宪宗爷已经是被批评过的宪宗爷，左一句不好意思，右一句暂时缺货。中卫大人扫兴而归，但他不甘心，立志一定要让朝鲜赏个够本，凭啥他俩都金线衣服四爪袍子，我啥玩意儿没有!

朝鲜也是没办法，豆里来要东西，不给，得罪大明君父；给了，这货不读书不知仁义，肯定不会记你的好，三番五次就把你要穷了。后来大明发话：“不准给！”这还是大臣们一致的意思，连感叹号都是大臣们的情绪，逼着宪宗爷下达的指令，朝鲜听到这指令太放心了，然后义正言辞地展示给豆里看诏书——你看，不是哥不仗义，君父已经生气了，你小子适可而止吧。

建州三个大老爷们是不会适可而止的，因为他们已经肠子吃出油了，今天你不给都不行，老子自己抢!

这就把大明惹火了。朝鲜对于这种白眼狼行为，更是义愤填膺——边境百姓过日子本身就不容易，你还抢劫，干脆你先别活了！留着你这种无情无义的狂徒也是个祸害，代表大明先把你这个定时炸弹给灭了。

结果就是，赵辅和康纯彻底来了一次狠的，把建州三卫地盘扫荡无遗，人员建制大换血：

建州左卫董山死了，儿子脱罗继位，脱罗短命，弘治年间他的弟弟锡宝齐篇古继位。

右卫纳郎哈完蛋，这位仁兄连儿子都没有，全家都死光了，剩个叔叔卜花秃继位。

中卫李古纳哈被灭门，上至老爹下至弟，太惨了，剩个侄子完者秃继位。

这三位继承人，可是在宪宗爷面前虔诚许过愿的，从今以后再不骚扰边境，再不和朝廷作对，一定一切从实际出发，以人民的根本利益为考量，干好本职工作，树立高尚文明的领导榜样，发扬吃苦耐劳精神，坚定不移走和平稳定发展的伟大道路，为大明实现中兴盛世争取模范带头作用。

宪宗爷对于他们的态度给予了高度评价。

志得意满的赵辅最终封侯——武靖侯，侯爷还给朝廷交了一篇战地报告文学——《平夷赋》，文采斐然，流传千古。

最终，宪宗爷驾崩了，实现了中兴的孝宗先帝也驾鹤西去了，斗转星移，到了正德元年，建州的三位大老爷们又开战了。手底下有兵做事就是任性，其实这兵就是当地的普通百姓，女真和鞑靼一样，骑马射雕吃肉干喝酸奶，全民皆兵啊。

不过这次不是劫掠百姓，而是互相争地盘。

王宪是很不理解的："国家的地盘怎么随便由他们三个抢来抢去的？"

"可是他们三个是国家指定的地方军阀啊。"李承勋道。

"那我们算什么？"王宪问。

"巡察安抚大员，而且还是特派的。最多干一个月时间。"李承勋道。

"一个月时间让我们驯服一帮野蛮人！"

"御史大人，你是不是已有退意？"

"哼，怎么说我也是朝廷命官，既然陪你来了，就不打算无功而返，看他们能拿我怎么样！"

"不要小看这些部落，训练好了他们可是大明的骑兵精锐，无坚不摧。前提是要培养出忠义之心，否则，臣子过强，造反也是很利索的……"

"我看他们死得差不多了……也都停手了。李大人，我们上。"

第二十一回 完者秃大义喟女真 叶赫扎左卫大屠杀

却说御史王宪跟着李承勋巡抚，在建州三卫的械斗中无能为力，隔岸观火之后，决定上前安抚。

王大人看着满地尸体，秉着“恨铁不成钢”的态度，最终还是没有忍住，上去把刚刚械斗完的女真勇士们骂了个狗血淋头，一无是处。并且王大人说的还是排比句，头头是道，很有气势。

女真勇士别的没听懂，王大人张口一个“夷狄”闭口一个“禽兽”却是令人如雷贯耳。

我们女真早已是大明的一部分，建州更是朝廷的军事特区，放眼大明谁不知道辽东出将才。想不到如今这些朝廷知识分子依旧是把自己当成野蛮禽兽看待，女真勇士们愤愤不平，气得龇牙咧嘴。于是刚刚还在私斗的部落老大们，听到这个统一批评，立即展示出他们民族团结、枪口一致对外的特点，摩拳擦掌，打算扒了王宪的皮。

王宪觉得不对劲，老子说了半天，你们居然一点悔过之心都没有，并且一个个凶神恶煞地走过来，想干什么？

虽说女真部分被汉化，毕竟有文化的不多，平时部落与部落之间的矛盾，能动手的尽量不动嘴。这回可好，来了个秀才，在一群不会说话的山炮面前充分展示了他铿锵有力、学富五车、有理有据的骂人口才，把热血勇武的弟兄们说得连人都不算，一下就沦为了社会渣滓，哥几个觉得，不把这孙子的肉咬下来一块，都对不起他下的禽兽结论。

李承勋没想到他之前对王宪的教诲全部是秋风过耳，而且王宪居然还用他的“安抚”

才能点燃了女真一致对外的斗志，这可如何是好？

啥也别说了，动手吧。

幸好李大人武艺高强，挡去了首当其冲三名女真武士的进攻，但他也立即被人包围起来，而包围圈外的王宪就惨了，他手无缚鸡之力，被女真武士像大人拉小孩一样揪着后领子要拖到斩首处，王大人一路哇哇大叫，连乌纱帽也给挣扎掉了。李承勋在包围圈里望到这一幕，真是国耻，于是他大吼："擅杀朝廷命官，是死罪，难道你们都不要命了吗？"

女真汉子们也直爽，他们像小孩吵架一样纷纷嚷道："是他先骂我们的。"

最终，李承勋拿出朝廷诏令，并代表王宪向弟兄们认错，已经被揍得面目全非的王大人这才免了被地头蛇斩首的灾难。

后来王宪一听说李承勋要去女真，说什么都不肯同去，李承勋只好孤身前往。

李承勋第一次去的时候，是调查建州的粮饷，代表朝廷，亲切询问一下弟兄们军粮够不够吃，家书要不要代送，有没有外敌入侵，等等。

第二次去的时候，就不光是这些了，还有老太师托付的寻人任务。

说起来王恕老太师也真是的，一个朝廷致仕老臣，九十岁的人了，不知道安安分分待在宏道书院享清福，还操心这么多事，交代的事还如此奇怪，什么"东北特别出众的少年"，"二十岁左右，武艺高强，多次出现，个性像春风"，还"行侠仗义，解救众生"，这些搜索条件让人摸不着头脑。每当李承勋在建州接待处晚上睡不着觉的时候，就会拿出老太师交付的龙纹青勾玉望着出神。

这东西真漂亮，却要交给一个素昧平生的人，老太师到底什么意思？难道他在女真有私生子，还是说这个人是皇上的什么人。

私生子……大致不可能。老太师一向德高望重，兢兢业业，在职的时候鞠躬尽瘁，别说先帝，就是先先帝也很倚重他，哪有时间惹风流债？

替皇上办事，这很有可能。要知道，当今正德皇帝可是个冲龄践祚、玩世不恭的任性少主，老太师有二帝托孤之重，先帝（明孝宗），先先帝（明宪宗）临终的时候，老太师都在身边听命，最后辅佐先帝实现"弘治中兴"。在老太师这里，连先帝都是他一手栽培出来的争气小孩，那么当今皇上，这个从小看着长大活蹦乱跳爱闹事的小祖宗，肯定是他临死之前最放心不下的牵挂。

于是李承勋得出一个结论——没错的，老爷子都九十岁的人了，估计认识到自己没多久可以活了，于是临死之前再给朝廷种几株苗子，用自己的威望为皇上办点实事，招揽人才，并且这种事皇上自己可能都不知道。

通过一夜没睡的思考，李承勋终于想通了，也深知自己的使命所在。如果说原本的他还有点私心，想着替老爷子办点事方便自己升官，那么如今，升官不升官已经不重要了，他已经被老太师的忠义之心所打动：老爷子一个行将就木之人，九十岁了还不忘国家，我们这些年纪轻轻的，不想着怎么把事情做好，整天就知道自己升官发财，惭不惭愧。太师为我送行时如此的语重心长，咱要是不把事情做成，怎么对得起他老人家日后在天之灵？

建州的老大们也很奇怪，最近巡抚大人晚上不睡觉，白天一醒来就东张西望的，而且，他怎么一直在建州住着不走呢？还是他已经习惯住我们这里了，或者他还不放心什么，不行我得去问问。

建州中卫都指挥佥事——完者秃，去见了李承勋。

李承勋不能将这个使命告诉中卫大人，毕竟这是朝廷机密，也是老太师私人交代的差事，关键是建州人心不齐，三卫之间原本就有矛盾，万一要是寻找的那个人，恰恰是中卫大人的敌人，那到时候事情反而难办了。

所以李承勋只是说，他怕建州像上次那样出事，想多了解一些建州三卫详细的情况，所以多住一阵子。这一点完者秃是非常认同的，也是非常无能为力的。

“李大人，你别看我堂堂建州中卫，其实根本管不住他们。原本建州左右卫的实力是很平衡的，近几年来，右卫卜花秃大肆扩充实力，联合了强悍的叶赫部，开始在建州纵横肆虐。卜花秃有宪宗爷御赐的金织衣，打着朝廷的旗号剿灭不法分子，其手下有一侍卫，名叫叶赫扎，女真人，挎一把虎口大环刀，交战时一骑当千，劈人斩马，如狂风扫秋叶，卜花秃仗着有叶赫扎辅佐，在建州有恃无恐，好几次与我针锋相对，我都被迫忍气吞声了……”

李承勋大怒：“卜花秃目无王法，恃强凌弱，是想让女真四分五裂吗？”

“李大人你也应该知道，女真原本就是四分五裂的……女真要是统一，朝廷也很担忧不是？”

李承勋醍醐灌顶：“中卫大人高见。的确，昔日辽太祖耶律阿保机有言——女真不满万，满万不可敌。我明太祖沿袭汉文帝之法，分建诸侯而少其力，就是为了避免女真统一。只是，这担忧能从中卫大人嘴里说出来，说明中卫大人识大体，看大局，我代表朝廷谢过中卫大人！”

“唉。我祖上蛮横杀戮，对不起百姓，如今顺应王道，也是替先祖还债。说是女真统一，身为酋长，倒也有此宏愿，可谈何容易。若女真能像朝鲜一样，以诸侯之礼归顺大明，以礼仪之邦教化百姓，开盛唐之风，摒弃夷狄之见，也未尝不是一件好事。只是这里，民风剽悍，化外之地，不习诗书，只逞刀剑。动辄血流成河，我这中卫眼见生灵涂炭，如坐针毡。”

正说着，急脚子来报，卜花秃带领千人之众，去袭击建州左部了，声称剿匪，李承勋与完者秃瞿然起身。

左卫全然不是右卫的对手，叶赫扎英勇无比，挡者必死。左卫的部众眼见弟兄们依次被劈成两半，叶赫扎口中长嘶着猖狂奇怪的叫声，脸上狰狞着享受杀人的狠笑，还有那双直愣愣瞪着前方、目不转睛的环眼，左卫兄弟们害怕极了，纷纷退至寨上、哨塔上，来不及逃的，都被叶赫扎追上一刀砍死。

突然，左卫寨们大开，冲出一拨骑兵，锡宝齐篇古带领左卫精锐，打算和卜花秃拼个鱼死网破，而卜花秃根本就没有出手，只是骑着马在高处得意扬扬地欣赏叶赫扎的屠杀。

建州左卫——锡宝齐篇古，的确是个英雄。

他从哥哥脱罗手中接到一个强悍的部落，受大明的册封，成为都指挥佥事，从来没有想过让自己的部落受制于人。于是他穿着当年宪宗皇帝御赐的蟒衣、玉带、金顶帽，沙场中纵横无匹，俨然一个浑然无惧的王爷，大有明太宗朱棣当年的英姿。

逃兵一看老大的骑兵出来了，士气大增，尾随骑兵冲杀，潮水般将叶赫扎的部队逼得步步撤退。

左卫寨门大开，门外卫士一字排开，誓与大寨共存亡，锡宝齐篇古一声令下："无须守寨，人即是寨！弟兄们，大寨腾空，全军出动，随我上去生擒叶赫扎！"

杀得兴起的叶赫扎一听对方老大居然要生擒自己，抽出腰间爆竹，拉断引线放出信号，右卫的主力开始从两翼钳形进攻，对左卫进行包抄。卜花秃也出动了，他这次动员了九成的弟兄，除了老弱妇孺，右卫几乎是全军出动。这几年来右卫疯狂扩张，队伍中有女真人、蒙古人、朝鲜人、罗刹国人以及少量的大明土匪，卜花秃为了扩充势力，来者不拒，什么人都收，也主动去招抚一些边境剽悍的流民。

他们奉行的原则只有一个——抢。这就沿袭了鞑靼原则，开始伤天害理。

锡宝齐篇古是很规矩的，他在左卫和中卫大人一样，有罪恶感，祖上明明做了坏事，感念朝廷宽厚仁德，原谅了他们，虽然给他们的头衔都降了级，但实质上部落还是原封不动由他们管理的。大哥脱罗临死前的话就是："莫要妄杀百姓，女真也是大明的一分子，多感念宪宗、孝宗两朝天恩浩荡，向皇上尽忠。"锡宝齐篇古在大哥临死前立下誓言，绝不忤逆大明，脱罗这才撒手人寰。

可女真不是他说了算的，他只能做到自己规矩，无法决定别人，右卫卜花秃就不信这个邪——先不说大明怎么样，老子统一了女真，当个老大再说。

锡宝齐篇古骂卜花秃是逆贼，卜花秃骂锡宝齐篇古是匹夫，两人马战打得不可开交，叶赫扎一出手，基本上锡宝齐篇古就只剩挨打的份了，身中数箭从马背上跌下来，要不是多年来打猎体质好，一般人早已命丧黄泉。

可怜左卫大人中箭像个刺猬一样，仍旧要轮着刀在阵中乱砍，一般人也是不敢逼近。

只有叶赫扎敢。他一眼看出左卫大人是外强中干，中了箭还在那撒野，于是叶赫扎嘴角扬起，收敛了虎口大环刀，迅速逼近锡宝齐篇古，交手之余，顺势拔出锡宝齐篇古身上中的羽箭，一箭拔出，伤筋动骨，连皮带肉就下来了，顷刻间锡宝齐篇古身上，千疮百孔，血流如注……

“保护主公！”卫士们冲上来，将锡宝齐篇古团团围住，锡宝齐篇古已经在包围中站不稳，拄着宝刀单膝跪地，卫士长萨年，连声嘶吼：“主公！主公你怎么样了？坚持住……”

卫士长说这话有点心虚，事到如今，如何坚持？眼见左卫一败涂地，右卫就像一把火烧尽了马蜂窝，来多少死多少。锡宝齐篇古终于呕出一口鲜血，苦笑道：“没想到……老夫经营左卫多年……终于还是叫这逆贼攻破……大哥！二弟没有保住你的摊子，愧对大哥在天之灵！”

萨年仰天呼啸：“老天爷！谁来惩治这些不法之徒，我主忠心耿耿，无负于朝廷，奈何是这般下场！快叫这乱臣贼子不得好死，天打雷劈！”

萨年说罢，被叶赫扎怒发一箭射中胸膛，就此倒地，保护锡宝齐篇古的卫士们纷纷迎上，激战叶赫扎，叶赫扎狂笑道：“一群瘪犊子！你们的好日子到头了！今天就让大爷来个庆典大屠杀吧！”

刀锋耀眼，血珠横飞。狂笑声，哀号声，马嘶声，交织一片……

居高临下，建州左卫退者如潮，原本大开寨门，死战到底的气势，荡然无存。留下的，是右卫铁蹄所到之处，尽披腥红。

正所谓：战马踏尽烈士血，号角吹时满城空，吾身岂待恩城破？倾巢而出赴国忠！

叶赫扎杀得尽兴。左卫越是往锡宝齐篇古周围集中，他越是有一种披荆斩棘的兴奋，仿佛大刀不砍到锡宝齐篇古的头上，他脸上的狞笑是不会消失的。

终于，叶赫扎刀锋旋转，一举歼灭了合围之众，凌空跃起，高扬大刀，猿啼般长叫，直冲锡宝齐篇古头上砍去。

突然！只听锡宝齐篇古头上一阵轰鸣，一口鲜血落在锡宝齐篇古头上——那是叶赫扎吐出的血。

叶赫扎自开场以来，吐出的第一口鲜血……还是热的。

倒地的叶赫扎晕头转向，七荤八素找不着北。朦朦胧胧中，他只望见了一个人的背影——

那是一个矫健的少年背影，赤膊却孔武有力，两条坚实的玉臂上肌肉隆起，散发出长白山冰雪一样神圣的光泽，臂内却纵着松柏一样的精骨。短发，发心垂着女真人特有的金钱鼠小辫，双手都紧握着兵器！叶赫扎这时才发现，他方才就是被那样的兵器凌空戳中的，还不止一下，现在已浑身是洞，站不起来……

能在半空中用短兵器风驰电掣将一个进攻之人打成这样，来者到底是何方神圣？

锡宝齐篇古仰望眼前屹立不动的少年，脸上眉宇一开，忽然涌出热泪。

蜷缩在地的萨年，似乎受到了感召，也从疼痛中醒来，脸贴着黑土地，睁开眼，望见那个他熟悉的影子，嗫嚅道："少主……少主他回来了！"

叶赫扎不明所以，捂着肚子一鼓劲儿站起来："岂有此理，大兵压境，尔等死期已到，怎能功亏一篑，众人随我，百尺竿头，更进一步！"

事实上，只有叶赫扎一个人冲了上去。

建州右卫虽然人多，毕竟一帮乌合之众，能说聚就聚，说散也就散。众人都知道，早期建州左卫也曾称霸过东北，藏龙卧虎，他们只是没有集中部众的力量，被右卫打了个措手不及……

叶赫扎是外来人士。虽然他借着右卫的名义带着自己的部众经常和左卫起冲突，那也只是趁某个人不在的时候。

某个人是谁？正是眼前这个少年。关键是，叶赫扎从来都不知道左卫这个人的存在。凑巧他称霸建州的时候，这个人不在。

叶赫扎对这个"半路杀出的程咬金"完全一无所知，并且在被这个人突然击败时又二次冲上。

结果是，少年一个凌厉转身，与叶赫扎交手不到十回合，又将他暴击倒地——在场将士一片目瞪口呆。叶赫扎咬着牙，觉得这是奇耻大辱，刚才还在沙场上威风凛凛的主将，怎么能一下子沦为了不经打的软柿子。他极不甘心，并且含泪嘶吼道："上啊！你们都站着看什么，老大被打了，你们哪来的脸在那里坐视不管？上啊！"

叶赫扎的吼声促动了一帮人上前，而少年更是转动利器——金刚钻，左右手舞成一片烂银，龙飞凤舞般周旋垓心。

片刻之际，全体倒地。这一幕被姗姗来迟的李承勋与完者秃看在眼里，李承勋当即发问："那就是叶赫扎？果然武艺高强……"

完者秃脸色一变："是他？"

李承勋觉得"叶赫扎"兴许是他要找的人，而不知道完者秃口中的"是他"并不是指叶赫扎。真正的叶赫扎，已经倒地不起。

叶赫扎终究还是起来了。他颜面尽失，对于现状的他，找回脸面要比丢失性命更加重要——人活脸，树活皮。一个人最痛苦的是，先大大有了脸，又狠狠丢了脸，要是没有之前的经历，丢脸也不算是丢，只是平常的失败而已，正是因为有过，才有了丢不起的痛苦，痛到难以承受，生不如死。这种从有到无"不现实"的领悟，会促使人真的不现实起来，其结果往往就是，为了脸，自己死，或者别人帮他死。

叶赫扎最不现实的就是，欺负弱者欺负顺手了，以为全天下都是弱者，一旦遇到高手，就难以忍受。

就算被打倒一次、十次、一百次，他也不愿意承认他打不过眼前这位少年的事实。因此他一次攻击不如一次，次次被击倒，最后一次起身，还是哭着起来的，他像个被逼到绝境的崩溃野兽一样涌出泪水，嘶吼着起身，像老太太挥菜刀一样，秉着他的虎口大环刀冲少年砍去，那缓慢步子，那笨重粗鲁的砍人样子，最终被少年神龙摆尾凌厉一脚，踹出十丈开外……

叶赫扎说着脏话流着泪，继续挣扎着起身，这一幕连卜花秃都看不下去了，唤人上去扶，叶赫扎推开左右，捞起大环刀阔步迎来，少年用利器挡住大环刀，道："二虎吧唧的……"说罢连环几脚，将叶赫扎踢得五脏俱碎，重重倒地，不省人事，脸上还挂着眼泪……

少年神气地指着卜花秃，剑眉扫过，卜花秃吓得连人带马一趄趔，掉转马头，心中只有一个信念——逃跑。

"小样。仰脖朝天唠嗨磕，都装自己是大哥……龙嗔箭！"一拍左肩，一把金枝长箭从弢中飞出，轻功跃起，铣瑶弓在手，龙嗔箭离弦，迅雷疾风之势，将卜花秃之马刺死在地，一动不动，羊肉串一样固定在地上，卜花秃从马背上跌落，被部下救走，一路上不停擦着额头冷汗，因为他知道，少年全然可以一箭射死他，却故意射死他的马，什么意思？那就是，爷今天放你一马，要你知道，取你狗命，全在爷喜怒之间……

这一刻，锡宝齐篇古正双手叉腰，得意扬扬，好像感受不到被射成刺猬般的疼痛，只是站着望见卜花秃逃走的熊样，刚"哼哼"了两声，就体力不支倒下，被少年扶起……

第二十二回 花玄孙沧州深造归来 李成栋长白山展猎才

建州右卫开始不平静了。

这种不平静是奇怪的，因为大堂内鸦雀无声，却坐满了各部参战的首领——看似波澜不惊，内心各自波涛汹涌。大堂中间置放着叶赫扎半死的躯体，由郎中医治，还在不停吐血。

叶赫扎很愤怒，而他越愤怒就越是怒火攻心，郎中劝不住，最后索性撂出一句话 :“有本事你就死啊，死不了就别动那么大气。”

一代女真战神被人这样戏谑，叶赫扎也是够了，而他看着各位首领都若有所思的样子，感觉只有自己被蒙在鼓里——

“他到底是什么人？”

叶赫扎张着血口，瞪大了眼珠子，就是躺在地上，也是硬撑着环视了一遍坐着的各部首领。首领们唏嘘嗟叹，却没有一个人回答他。

“说啊！他到底什么人！”叶赫扎大吼一声，咳得更厉害了，首领们吓得一个个冷战，仍是欲说还休。

叶赫扎也是首领。可悲的是如今的他也领不了谁了，手下二百多弟兄在左卫反攻的时候全死光了，自己就成了孤家寡人，还受了重伤。但在叶赫扎看来，这都是其他首领作壁上观的错，如果一开始大家团结一致全力出击就不会这样。当然，也怪自己一开始冲得尽兴也就没顾上责问这些，如今功败垂成，当然要追究战败责任。

郎中急了 :“你再这样我不治了，都快死了还嗤嗤呼呼问这问那的，这家伙伤的是五脏六腑，脑子没问题吧？”

建州右卫首领，卜花秃始终不愿意相信，那个用长箭射死他坐骑的少年，就是当年他像叶赫扎一样袭击左卫时，锡宝齐篇古身中千刀在战俘营中救走的宝贝儿子——福满。

卜花秃不得不承认，那就是福满。只是，十几年不见，当年他袭击左卫时，那个用弹弓打他脸，又被他用套马栓生擒的毛头小子，如今竟变得如此强悍，这些年他到底经历了什么？整个建州都传言，他失踪了，似乎只有锡宝齐篇古知道什么，一直对传言不为所动，还尽量让人不要谈及此事。

右卫年长的首领都知道福满，并且是在他出现时猛然想起的，毕竟他已消失多年。只有叶赫扎不知道，只有叶赫扎是右卫最年轻的首领，这一场仗，也只有他摔得惨。

直到受了伤，看到这些首领一个个好像还觉得失败是当然的，叶赫扎才发现，自己就像是被这些老首领骗着去冲杀的，而建州左卫到底什么情况，水有多深，他竟一无所知。

叶赫扎渴望知道真相，卜花秃也只是说了一句：“今日之事，权且过失在我，你损失的人手我会补偿给你。没想到，千算万算，算漏了一个他，他居然还活着……”

而在建州左卫的大营里，这又是相同的景象，福满站在最中间，大堂内议论纷纷，坐满了各部参战的首领，萨年扶出锡宝齐篇古，锡宝齐篇古露出一种要让位的表情，众首领以他马首是瞻。

这次的会议，参会的还有另外两个人——李承勋、完者秃。

完者秃带领中卫的弟兄们，向大家隆重介绍了朝廷派来的巡抚大人李承勋，李承勋没有作多余的自我介绍，三卫的事他已经很清楚了。再者，他有一种强烈的预感——就是这个少年。

右卫扩张势力，由北打到南，甚至要鲸吞长白山，中卫管不住，左卫挡不及。李承勋强烈表示，上次王宪挨打我就看出了势头不对，如今左卫真的到了紧急关头，我可以带兵过来平叛，军情紧急，先斩后奏。

锡宝齐篇古和完者秃面面相觑，自己本身就是建州首领之一，还要让朝廷来平建州，说来说去，都是自己这个当首领的太幼稚，不能再给朝廷添麻烦了，不能再给建州丢人了。

锡宝齐篇古道：“不用了，中卫大人，李大人，我建州左卫，还不至于那么弱，再说，这次失败的是他们。”

说到这里，锡宝齐篇古不得不向众位隆重介绍，建州左卫二当家——福满，汉名花乐，字玄孙。这是他与花皖君的孩子，花皖君是大明开国名将花云之后，长得黝黑秀丽，有“中原黑玫瑰”之称，后嫁到这里来的。当年追皖君可不容易，人家虽不是大家闺秀，也是小家碧玉，还是大明英烈之后，自己向大明进贡时遇到的。得知他前夫早逝，就陪在她身边，知她与前夫有一女花欢，锡宝齐篇古视如己出。按照他所说，如今我建州左卫也是门楣光大，祖孙同堂了。因为，花欢与丈夫李泾已有一子李成栋，五岁，调皮可爱。都说外甥像舅，李成栋则活脱脱是儿时的花乐呵！

李成栋四岁习武，骑马射猎，跋山涉水，如入无人之境。无论山中狼虎，更兼洪水猛兽，皆为其口中佳肴。跟随李泾出入长白山，弄些人参、貂皮、乌拉草于榷场贩售。李泾本为朝鲜浪人，流亡到女真，被锡宝齐篇古收留。

锡宝齐篇古道："我们家祖孙三代，除了我，个个有汉人血统，我建州左卫何尝不是大明的一分子？鉴于此，我才将花乐送到沧州习武，三年回来一次。花小子也很争气，我大明武术之乡南仰佛山，北瞻沧州，花乐在沧州，不但武艺精进，还跟随当地师傅打造各种兵器、铠甲，以资大明王师之用。一旦北寇告警，他就跟随当地团练抗击鞑靼，战功显赫，名震河北，只是他为人低调，从不邀功。"

花乐听得不好意思，只得连连摇头："这要不是我回来，老爷子你恐怕就被人家宰了吧？"

锡宝齐篇古眉头一皱："胡说，敢杀我，量他卜花秃还没有那个胆，总有一天我会报仇！"

报仇？听你说话慢条斯理，德高望重，你不一直都是和平使者吗？李承勋脑子开始混乱了……

花乐摇头道："知父莫若子。你不就是看着老李在，说些体面话嘛，还别装，无风不起浪，足见平时你也没少揍卜花秃。"

李承勋头大了，人生观崩溃，心想："这建州三卫……到底谁好谁坏……"想着，他向完者秃瞟了一眼，那眼神的意思是——你也不是好人，平时也参与过干仗的，对吧？

完者秃摸了摸鼻子，不说话。

什么首领，什么老大，根本就是一帮习惯你争我抢的野兽，话说得再动听，那都是见李承勋来了，大家给个面子，化外之地，平时杀个人抢个东西，都是再正常不过了，天高皇帝远啊。锡宝齐篇古被媳妇儿调教得有文化，所以就把自己包装得看似很规矩很老实，其实呢，儿子最了解他爹——喝醉了酒就踹寡妇门，一到朝廷就胡乱告状，穿着蟒服自称王爷，去趟朝鲜装得人五人六。总之，要么是好色，要么是贪财，要么是虚荣，要么是任性。千万别把他高看成什么有修养的大圣人，他没有人家大明翰林学士那么君子那么有文化。

有，也是装的。

以往花乐不超过三句话，准能挑逗出他的内心想法。今天，一句话就出来了。

让李承勋慢慢和他们云里雾里唠海嗑吧，听着那帮大茬子给你吹，不明真相的人还挺佩服，只有花乐知道那是一帮二虎吧唧的大老爷们儿。于是他退席了，他宁愿去姐姐家找小侄子玩儿，说不准还能跟着姐夫凑顿野味。

雪花飞舞，仙气连绵，高空俯瞰，大山如苍龙卧地，极其雄壮，正所谓：

苍龙假寐横天关，军征万里马平川，因风皱面鸭江水，为雪皓首长白山。

风搓松涛烧酒暖，雪沐梅骨剑光寒，老仙得道笑凭峦，忘却天上是人间。

峰峦雄伟，叠嶂起伏，长白山下，传出一阵爽朗的笑声——

“快！快！麋子要跑了！”

五岁少年身后跟着俩双胞胎侍卫，穿梭在密林间。

小家伙花貂皮袭，穿马靴棉裤，戴着毡帽，神气十足。

“真完蛋，你俩太慢！”

奔跑中少年双脚一发力，凌空跃起，从一棵树跃至另一棵树，最后荡一条树枝，一个翻身，挡在麋鹿前，露出坏笑。那麋鹿立即警觉，掉转身子向左，遇见一侍卫，再向右，也遇见一侍卫，索性掉转了头。

少年一声轻哼，羽箭离手，正中麋鹿，双胞胎开始鼓掌。

“张辉，张亮，怎么样？我的箭法还可以吧？”

张辉道：“小主人的箭法例无虚发！”

张亮道：“小主人从来都是百发百中！”

少年双手叉腰，得意大笑：“追了一晌午，总算是有口饭吃了！”

张辉张亮面面相觑。张辉道：“可是，驸马爷让我们捕到猎就带回去。”

张亮道：“是啊，驸马爷不让我们随便处理战利品。”

少年一撇嘴：“什么战利品，我不是给爹的肉铺狩猎，我可是自己出来找吃的……是你们自己要跟着我的。”

张辉张亮无言以对，少年道：“就算出来打猎，猎人也是要吃饭的！听好了，既然你们跟着我，我就不会亏待你俩，咱仨先吃个饱，剩下的再带回去……看什么看？咱今天出来没带干粮，这就是食物，难道你俩要饿着肚子交差吗？”

少年一看张辉张亮心动了，继续说道：“我知道你俩是姥爷（锡宝齐篇古）派出来监视我的，说好听点叫保护。我看你俩经常跟着我在这长白山上蹿下跳，这日子过得，也挺不容易的，就算是保镖，那也得吃饭啊，没理由自己打的东西自己不准吃吧？你们说，跑了一天，你俩饿不饿？”

张辉道：“我……挺饿的……”

张亮道：“我也是……”

“饿就整点肉吃啊，这都现成的！咋？难不成你俩要饿着肚子上缴战利品啊？这个问题其实很简单！”少年眼睛一张，一摊手：“吃了！就当咱没打到，哈哈哈哈？”

张辉点点头：“小主人你说得挺有道理的。”

张亮道：“小主人说得对呀！”

少年道：“你们这俩二傻子倒是挺有意思的，长得完全一样，穿得完全一样，武功完全一样，连说话都像是有回音！我看你们，饭量也能完全一样！”

张辉道：“小主人，我能吃，你放心！”

张亮道：“小主人，我也能吃！”

少年大笑：“好好，能吃是福，咱仨在这长白山上蹿下跳了一天，可把这小崽子给逮住了，饿死大爷们了，今天最好吃得一根骨头都不剩！回家的时候，再随便打点山鸡野兔啥的交差就行了！怎么样？”

张辉张亮同时鼓掌。

这个少年，就是李泾和花欢的儿子，锡宝齐篇古的外孙，花乐的侄子——李成栋。

锡宝齐篇古对李成栋爱得不行，他活脱脱就是儿时的花乐——勇敢、机灵、仗义。小时候，花乐看到一群女真野孩子欺负一个小女孩，听说那小女孩手上拿着很珍贵美味的东西——琉球黑糖。琉球黑糖在大明卖得很贵，一般人都吃不上，不知道在建州怎么会有这种东西。有人说小女孩的父亲是个渤海鱼贩，东西是从海盗手里买来的。野孩子争抢小女孩的黑糖，抢不到就打，小女孩蜷缩着身子，小拳头握得紧紧的，流着眼泪。花乐见了，点了一串鞭炮丢过去，吓跑了那些小孩，上前扶小女孩时，发现小女孩被打得遍体鳞伤，站不起来，一扶就直哭。花乐一跺脚，决定给小女孩报仇。他趁着那些孩子各自回家的时候，依次在半路堵截，面具一戴，堵一个打一个，声称：“如果你以后再敢抢我妹妹东西，我见你一次打你一次！”各个击破，那些野孩子被教训得不轻，连对方是谁都不知道，真以为是小女孩的哥哥。然后有一个落网的，又回去抢了，这下花乐打得过了，以面具哥哥的身份把那熊孩子揍了个昏天暗地，后来那小子是哭着逃走的。花乐扶起遍体鳞伤的小女孩，背着她回家。到家门口的时候，小女孩伸出了细小的手臂，张开，露出了那颗琉球黑糖——晶莹剔透，散发着浓郁的蔗香。想不到，那么多孩子争抢的宝贝，她紧握着不肯给，如今却交给了他。

“小哥哥，你张嘴。”

花乐微微将嘴一张，小女孩将掌心稍有融化的琉球黑糖，轻轻推到他嘴里，害羞一抿嘴，转身就走了。

花乐望着女孩慢步离去的背影，两种甜意涌上心头，脸红了。

这一幕被锡宝齐篇古看到，自言自语道：“我儿子就是好——像我！”

却说李成栋和张家二蛋（张辉张亮）吃得开心，一只烤全鹿被仨人吃得各自像个孕妇，李成栋酣然道：“听姥爷说，你俩的祖父还是明英宗宣府的参将，将门之后啊！可为啥会跟着姥爷混呢？”

张辉道：“唉，说来话长……”

张亮道：“是啊，说来话就长了！”

张辉道：“总之，父亲、大哥、四弟、五弟，都为国战死，我和老三是胞兄弟。”

张亮没有说话，开始抽噎。

张辉道：“我兄弟俩在宣府跑腿，是王爷出差时，看上我俩，要我俩跟他来建州发财的。”

张亮道：“是的，是王爷叫我们来的……”

张辉道：“可是来了之后才发现，这地儿啥玩意儿没有！远不比大明富庶……就王爷一个人有钱……”

张亮道：“是啊，咱建州的老百姓穷，王爷一个个都有钱，这是咋回事啊？”

李成栋是懂事的，但是不愿意去想，只是尴尬笑笑。

张辉道：“从宣府辞职之后，现在回不去了，锦衣卫的工资领不到，美食吃不到，这儿的美女也没法看，钱也没怎么赚。整天还得管着你，原本想着是王爷带我俩来发财，结果是让我俩回来给他家里当保姆来了……”

张亮道：“是啊！王爷这人不厚道！”

李成栋道：“这么说，你俩是被姥爷忽悠来的……现在没有退路，只能老老实实当奴才了。哎我就纳闷，姥爷就姥爷，他啥时候成王爷了？还有，我爹是个卖肉的，啥时候成驸马了？”

张辉道：“是王爷让我们这么叫的。”

张亮道：“王爷还说他有大明的册封！”

“啊？”李成栋昂首望天：“听他给你吹吧！人家大明的王爷姓朱，他姓爱新觉罗，算哪门子的王爷？你看他整天五马长枪，胡说八道，傻了吧唧的……人家王爷一个个都有学问，读书写字，琴棋书画的，哪是他那怂样？提溜两瓶烧刀子，心里想着大妹子，吃饭抠着脚丫子，说话满嘴大茬子……我晚上跟他睡觉，打呼、磨牙、梦话、放屁他占全了，我当孙子的都嫌他！他还整天给人嘚瑟，说他去朝廷开会皇上赏赐他这个那个，我觉得大明皇帝真有耐性，换了我是皇上——爱卿，您一张嘴一股羊肉大蒜味，拜托您先去刷个牙，再来启奏吧！”

张辉道：“小主人，你这孙子怎么能这么说王爷啊？”

张亮道：“是啊，不能这么说王爷！”

张辉道：“王爷的手里，还真有明宪宗赐予的蟒衣、玉带、金顶帽儿呢！赐蟒衣就相当于封王爷啊。”

张亮道：“是啊，蟒衣不就是王爷现在穿的衣裳吗！”

李成栋道："咗，那件破衣服，我小时候还拿它当尿布使呢！人家赐给他的时候，是按照大明王爷的体格随便给了一件，可是他胖，穿不上，但他硬要穿着显摆，结果撑破了，姥姥给缝了好几回呢！那确实是一件很漂亮的蟒衣，可是漂亮你也不能天天漂亮啊，他天天都要穿，穿着就没法洗，给弄得脏兮兮的，谁家的王爷像他那样脏……"

说着，李成栋从腰后掏出一尊小葫芦，喝了一口，张辉问："小主人，这是啥啊？"

李成栋道："饮料。"

张亮道："不对！小主人！你这是喝酒！回去我告诉驸马你就……"

李成栋递过葫芦："来来，给你喝一点，回去啥也别说。"张亮拒绝了。

"我喝！"张辉道。

结果，李成栋没醉，张辉和张亮喝醉了，烧刀子原本劲儿就大，加上张辉和张亮又都是酒桌新手，喝高了就靠着山腰睡着了。李成栋归途时打了只兔子，权当交差。回首长白山，晚照弥漫，残阳似血，很是壮观。在山的那一边，行进着一排人，那是建州右卫的阵势，只是距离稍远，模模糊糊看不清。

"这么晚了怎么还有人上山？"

李成栋迟疑着，说这些人是来打猎的，没人会信，可他们上山是做什么呢？山顶上有什么呢？李成栋和其他人一样，从小就听过长白山白云峰有一个传说：

白云峰上，伫立着一棵通人性的雌雄同体千年古树——青龙木。说到这棵青龙木，听过长白山传说的百姓也都会吟诵那句诗——"在天愿作比翼鸟，在地愿为连理枝……"这句诗用来形容青龙木，是再好不过的了。

明明日薄西山，却有那么多人上山，究竟会做什么呢？

"不好！"一种不祥之念涌上李成栋的心头。

第二十三回

卜花秃硕鼠盗国宝
海东青夫妇报主恩

长白山上的青龙木，女真人的心目中有个古称，叫“老祖宗”。在建州，但凡提及“老祖宗”这个名字，老人们都会说：“在我爷爷的爷爷的爷爷那时候就开始这么叫了。”

没有人知道，这棵连理枝到底栽种于什么时期，而稍有观察力的人就会发现，这树不可能是人为种下的，它品种特殊，位置险要，浑然天成。据说，是上古时期大鹏金翅鸟偷吃了青天君种子，难以消化，就凌空排泄下来，掉落在长白山泥潭里。种子吸收天地日月之精华，历经风霜雨雪之滋润，日久天长，长成了参天大树。当年辽宋夏金元时期，丘处机道长就是在这棵树下悟道成名的，老爷子成名时都七十多岁了，而在老头儿还是个小孩的时候，青龙木就已经被金人誉为“老祖宗”了。后来成吉思汗听说丘处机是东北著名的“老神仙”，就请他到千里之遥的大雪山传授长生不老之道。老爷子历经三年，途经千山万水来到西极大雪山，不但赐予大汗长春道，还奉上一些保健药丸，药丸就是用青龙木的叶子制成的。

千年青龙木，万世连理情。它不只是长白山守护神的象征，更承载着女真人的信仰——对老祖宗、对历史、对大自然、对繁育万物的大山信仰。游牧文明对圣山的景仰，农耕文明对土地的眷恋，情感分量是等同的。因为天南地北的子孙们要靠大山大水大土地去生存，那么这些山、水、土地，就成了子孙的衣食父母，正是因为有了这些美丽的山水风土，才能更加勾起子孙们的一颗眷恋、守护、建设的故乡情、爱国心！世世代代，千秋万世……

然而，越富庶的仓库，就越招老鼠，老鼠一旦混壮了，鼠多势众就不怕管理员，因为管理员一开始自以为有老鼠恰恰证明了咱富，就姑息养奸，坐视不管，老鼠偷东西也就理所当然，所以大家“一直都是这么过来的”，管理员也不认为一两只老鼠能吃一座仓库多少东西。但是管理员这种迟暮的眼光，是致命的。他忽视了一个重要问题，就是老鼠偷东西，是要养育后代的，老鼠的后代还会有后后代，它的繁衍速度和占领能力比管理员想象的要恐怖得多。

人类，可以像蜜蜂盗花蜜一样恭敬地对待大自然，也可以像老鼠偷东西一样小心而又恣肆地对待大自然。不同的是，蜜蜂盗花蜜，却使花开茂盛，老鼠偷东西，结果偷了就吃，吃饱了就生，生了就更要使劲偷，还要教子孙偷，最后老鼠吃下去的这些东西弄出来的，是更多无穷无尽贪婪的小老鼠，这才是最令人惊恐的。根本原因在于，老鼠吃食的追求只是为了传宗接代，蜜蜂经营大山大水的同时才吃一点点。蜜蜂从漫无目的到确定目标，始终都是传播花粉，让大自然自己成长，然后喜欢哪片地方，就经常去，工作之余捎带着，连自己的劳动环境也建设出来了——一片美丽的花园。而掠夺者老鼠才不管你那么多事情，吃完了就换地方吃，从来都不留心所有的环境。因此，老鼠掠夺大自然只是为了自己，蜜蜂却是在合理配置大自然，让大自然在风调雨顺中自己成长，最后笑着享受配置的成果。

在一个受教育层次低的环境里，野蛮人理解能力有限，不懂得可持续发展，只是纵容兽性与私欲，画地为牢，尽情祸害大自然，自己资源祸害完了再去祸害别人，美其名曰战争，实则就是势力扩张，资源掠夺。

在女真，“让大自然在风调雨顺中自己成长的蜜蜂”毕竟是少数，“老鼠”才是多数，一只大过猫的老鼠，早已经无法无天，明目张胆了。

那就是卜花秃。

化外之地，丛林法则，尤其是在“老鼠思维”统治下的人们，早已经习惯了不断失去资源，并且越失越快，因为“鼠”比人多。

卜花秃将建州右卫基本上分为两部分：支持自己的人和不支持自己的人，然后开始施加威力。这在大明，可以归纳成一句成语，叫顺我者昌，逆我者亡。

右卫是自己的，不是大明的，这是卜花秃内心坚定不移的酋长信念与执着。自己祸害右卫、盗窃右卫，再养活支持自己的人，只是为了先集权而后统一。为了吸收别部的力量，有老大要加入，提出什么要求，只要自己有，就尽量满足。于是他将右卫民间里最漂亮的少女挑出来，任由叶赫扎淫辱；于是他为了占据别部，联合另一小部落，自己但做领头狼，侵略和屠杀别部，事成之后答应分给同伴的土地和战果，如数兑现，条件是只要你听从右卫的统一指挥，像西周时期的宗主国概念一样，老大有难，或者老大要打谁，你经常受老大照顾，关键时候得帮一帮场子；于是他假意逢迎朝廷，回来在右卫散布谣言，说朝廷已经放弃了女真，大家总有一天要自谋出路，那么，谁才可以带领大家呢？答案是不言而喻的。

终于有一天，卜花秃在叶赫扎的怂恿下，认为建州右卫必须强大，成为三卫的标志，并且应该成立大寨，不是像左卫那样随随便便的大寨，而是具有象征性的，集权性的，可以容得下很多老大商议军事机密的女真民族王者之寨——古勒寨。

要建大寨，必先选材，卜花秃盯上了长白山的木料。

长白山是属于建州的，自己是建州的老大之一，所以长白山就是自己的，这是卜花秃简单而又霸气的思维。

至少有三分之一是自己的吧？卜花秃这样想，也派叶赫扎这样干。

于是，盘根错节、独占高峰的青龙木，活不长了……

“老祖宗”是最神圣的木材，用“老祖宗”做成的寨子，最有象征性，最能体现女真的“王权”。只有自己才配得上这棵树，因为自己是建州的王者。

谁不想做建州的王者？对于这一点，建州三卫，人人都这样想，但没人敢真正这样做，就是左卫首领锡宝齐篇古，穿着明宪宗赐予的蟒服，王爷之名也是笑称，大家也是笑听，没有人会当真。但卜花秃决定来真的。

“女真，是时候统一了……”卜花秃这样想。

尤其是在“左卫少主”花乐从沧州学成归来之后，更引起了卜花秃的恐慌，怕自己的地位动摇，怕锡宝齐篇古伤口好了就来复仇，人在害怕之余，难免会愤怒，愤怒之后，就是做傻事了，所以，恐惧令人做傻事，也是一个大概率结论。

卜花秃决定开万世之先锋，建古勒寨，代表建州最高“王权”，他唯一担忧的就是锡宝齐篇古以此为借口提兵报复，而叶赫扎拍案吼道：“不必担心！这次绝对不会再让那小子得逞，他要是再敢干涉，鱼死网破，老子就和他拼了！”

于是叶赫扎趁夜带人上了长白山白云峰……

白云峰上，“老祖宗”屹立于天地之间，枝繁叶茂，独占高峰。沧桑的褐色树身上，一闪一闪泛着绿光，那若隐若现的频率，就像大树在黑夜里呼吸一样。

“老东西，都说这货是棵千年古树，成精了还，浑身长着萤火虫还是咋地？居然会发光……”叶赫扎带领刀斧手，踌躇不前。

“老大，我听人说老祖宗在这白云峰上吸收日月之精华，每当它向天地汲取营养的时候，就会发光……”一随从道。

“上……”叶赫扎不确定地推了身边的刀斧手一下，刀斧手慢步上前，运斤成风……

李成栋快到白云峰时，忽然听到白云峰上传来一阵老者的悲号，那是先前刀斧手冲着老祖宗抡了一刀，老祖宗喊出来的。这一喊可了不得，震得整个长白山风起云涌，地动山摇，刀斧手捂着耳朵，叶赫扎后退两步，冷静地望着这妖树，立即得出一个结论——这货果然成精了！

随后，传来的是另一个人的哀号，那是砍老祖宗的刀斧手。当时他一斧头下去，绿色的树汁溅了他一脸，流进眼眶，双目顿时冒起白烟，融化成窟窿，当场失明！双手捂着脸，脸上难以忍受的灼痛最终渗透到肌肤里，烧得面目全非，连捂脸的双手也受到汁液的侵蚀，掌心糜烂，最终他蜷缩着身子在地上打滚，滚了一阵，就不动了。

叶赫扎伸手试探鼻息——断气了。

“这树的汁液有腐蚀能力！”叶赫扎猛然抬头，恨得牙痒痒：“老东西……果然非同一般……你们都退后！”

刀斧手纷纷退避三舍，叶赫扎持大刀上前，对着老祖宗连砍三刀！每一刀出手，他便闪至一旁，以免汁液侵蚀。

此技得逞，叶赫扎狰狞一笑，于是，长白山上不停传来老人的哀号之声……

“住手！”

李成栋登场，众人转身，一看是个小孩，夜幕降临这里怎么会有小孩，看来这小孩不简单，他不会是来给青龙木出头的吧？

然也。李成栋明显是来出头的，令他意料之外的是，这些破坏圣物的家伙他都认识，因为带头的人，是他再熟悉不过的坏人——叶赫扎。叶赫扎在建州左卫眼里，是超级大坏蛋，李成栋平时和锡宝齐篇古练箭，就是用叶赫扎与卜花秃的画像当靶子。叶赫扎也许不太认识这个小孩，但是他也许不知道，他的形象在这个小孩眼里，已经入心入肺，他就是坏人、歹徒、敌人、流氓、恶棍、强盗等各种贬义词的合体。于是李成栋看清歹徒之后，二话不说，就冲着叶赫扎放了一箭。箭法很准，正中叶赫扎左肩。

叶赫扎倒地，起身拔掉箭头，大怒，他虽然不知道这小子是谁，但可以确定的是，他要这小子的命。

“娘的，给我上！把这小子剁成肉酱！”

李成栋不白给，小家伙武艺非凡，抽出随身携带的匕首就开始大开杀戒，杀了几名刀斧手，但是由于对方人数太多，小家伙应付不过来，在打斗时叶赫扎看准时机凌空飞来一脚，将李成栋踢得内脏出血，瘫倒在地。

倒地的李成栋艰难地向后爬着，因为叶赫扎提着刀步步逼近，李成栋只得投出匕首，被叶赫扎闪过。穷途末路，李成栋硬撑着起身，赤手空拳冲向叶赫扎，三招之内，李成栋被叶赫扎连环数掌，转身一刀，砍下悬崖……

长空里传来两声鹰啼，两只海东青一左一右，提溜着昏迷的李成栋双肩，飞向长白山下，花欢李泾的肉铺。这一对海东青夫妇，是李成栋从小喂大的宠物。

长白山下的猎人小屋，花乐来串门子，花欢一向对这个弟弟很不待见，理由是："你怎么又来了？都跟你说了，你娘虽然是我娘，你爹却不是我爹……"

花乐笑笑："那我来看娘，总可以吧？"

"我娘不在，早被你爹拐跑了，你又不是不知道。寻娘，这里没有。你还是到你爹那里寻吧，这是我和我相公李泾的爱心小屋。"

"姐，咱俩无冤无仇，你怎么老是这样对我？就因为我爹拐走了——你娘？不，我爹拐走了我娘？唉……说不清了……"

花欢不想被这个奇怪的弟弟逗笑，板着脸转过身去不搭理，李泾倒是很好客："花乐！来来来，哥哥今天做了清蒸熊掌，正愁没人一块下酒呢，你来得正好，真有口福……"

花欢转身道："清蒸熊掌，做的时候我也有份，我的呢？"

李泾尴尬道："难得花乐来一趟，宾至如归，你就当一回东道主，请一回客，改天我给你做更好的……"

花欢不高兴，李泾尴尬道："那……要不我做东道主，你和花乐吃，我给你俩斟酒当小二……"

"我不……"花欢依旧不高兴。

李泾不知如何是好，花欢道："栋儿和张辉张亮还没回来，你也不管，就知道吃吃吃！"

李泾放下筷子："你放心，张辉张亮武艺高强，双剑合璧，保护他绰绰有余。加上咱儿子也不是吃素的，长白山上的东北虎、金钱豹，哪个伤过他？他猴精猴精的，指不准出了什么坏点子，兜着张辉张亮上哪儿玩去了……"

"上哪玩儿去了？这么晚了能上哪儿玩去？"花欢眉毛一扬。

"你儿子那么鬼灵精……这我哪儿知道……"李泾盘腿道。

花欢不停踢李泾屁股道："你……赶紧给我起来！给我找儿子去！看你那二百五样儿！那是你亲儿子，晚上不回家你当老子的在这喝酒吃肉，你哪儿来这么大的心？你是要气死我是不？今天你不给我把儿子找回来——以后你就一个人过！"

"那你去哪儿？"

"我……我……"花欢气得不行。

花乐灵机一动："去我们家！爹爹一定欢迎，娘也在那里，一家人团聚，多好！"

李泾眼睛一大："别！别！花乐……你是来拆婚的么？我俩的小日子刚过得红红火火，你这样说会失去哥哥我的……"

花欢把篮子往地上一摔："赶紧给我找儿子去！我快要疯了！"

李泾抱着头跑出了屋。此时，两只海东青抓着李成栋的肩膀从天而降，李泾大叫："儿子！儿子回来了！"

花欢立即窜出屋子，见到地上昏迷的李成栋，大惊失色，失声痛哭，不停捶打着李泾，意思是——你看，你看，儿子怎么会这样，你说！你说！

花乐转身从屋里瓮中舀出一瓢水，浇醒了李成栋，李成栋"啊"了一声，疼得呛出了泪水，因为他身上有刀伤，拳伤，掌伤……

花欢的心都要碎了，花乐问："栋儿，出了什么事，谁把你打成这样的？"

李成栋坚强地止住眼泪，嗫嚅道："叶赫扎带着很多坏人……他们拿着斧头……上了长白山……要砍老祖宗……老祖宗流了很多血……长白山不停颤抖……我……我打不过他们……从悬崖摔下来……"

花乐猛然起身，握紧拳锋："这帮杀千刀的——记吃不记打！"

李成栋转头，望着两只大鸟，啜泣道："原来……海东青……是你们俩救了我……"

海东青夫妇嘤嘤叫了两声，李成栋坐起，抱住一只海东青，呜呜地哭了。

李泾怒不可遏，准备牵着马上长白山找那帮混蛋算账，花乐一吹口哨，大呼一声："钻风芦花骢！"

一只青白杂毛花斑马从蒿草中蹿出，花乐翻身上马，二话不说，一夹马肚子，闪电般消失在夜幕中，李泾还没来得及扬鞭，花乐已经不见了。李泾目瞪口呆，在马背上回头望着花欢，花欢道："你儿子他舅，是女真最强的。你就别去添乱了，赶紧先看看儿子怎么样了……"

却说花乐"钻风芦花骢"一路快如虎豹，很快到了长白山白云峰！白云峰顶已经被青龙木汁液所覆盖，冒着袅袅青烟，叶赫扎和刀斧手们的鞋子都被腐蚀得直冒烟，而青龙木居然只是留下了碗口大的一道疤，粗壮的树身并未有任何动摇，叶赫扎夺过一把斧头，正要向青龙木砍去，只听"噌噌噌"铁器交鸣三响，第一响挡过了叶赫扎的斧刃，第二响刺穿了他的铠甲，第三响打落了他的斧头。

当叶赫扎捂着伤口反应过来时，花乐的金刚钻已经紧贴他的喉咙，兵器只要再进一分，就会刺破他的喉管，花乐已经随时准备送这人渣上西天。

"长白山上的青龙木，是女真的千年古树，也是大明东北的国宝——家有一老，如有一宝。你们这些龟孙子，连老祖宗都敢下手，真是不肖子孙，无法无天！"

叶赫扎吓得不敢说话，他的喉咙已经被金刚钻死死压住，又冷又难以呼吸，恐惧至极……

"叶赫扎，你小子真是个孬种……小孩子你也打……建州右卫的脸都被你们这帮虎哨子丢尽了……李成栋是我侄儿，是我爹最疼爱的掌上明珠，你把他打成那样，我是应该废你一只手，还是应该挖你一只眼……”

刀斧手一听，全体下跪，连声求饶，叶赫扎强忍着不甘的泪水：“少主……我……我并不知那孩子是你侄儿……我……我只是奉命行事……右卫大人要我来伐青龙木……你的小侄子突然杀出……还射了我一箭……我一时情急……”

“卜花秃要砍伐老祖宗？他要干什么？”

“我……我也不知道……我……我只是奉命行事……求少主……手下留情……”

“你回去告诉卜花秃，想动老祖宗，他小样还不够格！这青龙木不单属于建州，也是大明皇帝钦定的国宝！如果再让我知道他打青龙木的主意，我就带人踏平右卫，提卜花秃的狗头去见大明皇帝！听清楚了没有？”

叶赫扎咬咬牙，咽下泪水：“听……听清楚了……”

“滚吧！”

花乐一摆手，叶赫扎唯唯诺诺，连连点头，带着刀斧手灰溜溜地下了山。一路上，叶赫扎将牙冠咬得嘎吱作响，心想：“这小子绝对是个祸害，不想个办法先整死这家伙，右卫做什么事都诸多掣肘，仰人鼻息……”

长夜很快破晓，天边放晴，长白山又恢复了往日的平静——鸟语花香，莺歌燕舞，青龙木碗口大的疤，在旭日的照耀下，已开始慢慢恢复……

张辉张亮从宿醉中醒来，两人还同时打了一个饱嗝，四下张望，不知身在何处，扶着山石踉踉跄跄起身，趔趄着下了山……

第二十四回 锡宝齐篇古大骂锦衣卫家将 卜花秃缺席阴谋论统一女真

“什么？踏平右卫……”

卜花秃一屁股坐在椅子上，额上直接冒冷汗，心里有一种强烈的感觉，这椅子坐不稳了。

“那小子……真的敢这么做！他真的敢这么做啊！”卜花秃道：“老夫早就怀疑，锡宝齐篇古把他送到沧州干什么去了，原来是要给左卫培养接班人！那小子的这种口气，分明就是要一统建州。我卜花秃统领右卫多年，还从来没有人敢跟我这么说话，就算是他老子，也没有明目张胆说过要踏平右卫……他真的这么说？”

“不止，他还说要提你的头去上朝廷……”叶赫扎低头道。

“娘的……先斩后奏，贼喊捉贼，要是真被他得逞了，成功者言论自由，老子就什么都说不清了……”卜花秃起身，于堂内踌躇不定：“不行……必须先发制人！怎么能……怎么能让左卫他们……他们一定会这么干的……”

叶赫扎也是受够了，实在打不过。自从白云峰铩羽而归，就再没打算自己做决定，但叶赫扎心里，甚至比卜花秃更渴望冲在前面，一雪前耻，当右卫的杀人刀。而眼下的现实是，花乐基本上是无坚不摧，只在三招之内，就可以轻松要了他的小命，这虽然没有让叶赫扎害怕，但始终让他有些失望和不甘。

叶赫扎一向孤傲强势，在女真目空一切，一旦登场，就是弟兄们莫能仰视的老大。花乐的回归令他心灰意冷，但他始终不甘失败。俗话说天外有天，人外有人，而他的确又屡战屡败，技不如人，怎么办？怎么才能拔去这颗眼中钉，肉中刺……

背过身去的卜花秃，轻声道了一句：“阳的不行，就来阴的……”

“什么意思？”

“叶赫扎，你跟着我多年，也算是江湖中人，要知道，江湖不一定事事都得玩横的，男子汉大丈夫，能屈能伸，才是女真的一条好汉。自从福满回来之后，你心神不定，一向坐惯了女真武士第一宝座的你，位子被人抢去了，心中是什么感受？”

叶赫扎低头不语，卜花秃转过身来，环眼怒睁，却咬着牙对他轻声说道：“你是什么感受，我，就是什么感受？”

叶赫扎明白这话的意思，他只是在想办法，卜花秃道：“叶赫扎，你知道你最大的缺点是什么吗？能伸不能屈！跟我混的时候，你板着一副脸，是为了给弟兄们看，这样才能服众，带领他们冲杀。面对敌人的时候，你也板着一副脸，因此建州左卫没有人不曾畏惧过你勇敢的刀锋，健硕的战马……可是，老夫今天想告诉你，有时候，面对敌人，不要表现出来一副放马过来的样子，毕竟这个天下藏龙卧虎，处处强敌，总有你打不过的人。事实上，还是福满给你上了一课。你斗不过他，又想斗过他，你该怎么办？”

叶赫扎看出来卜花秃有招，立即问：“怎么办？”

卜花秃摸着髡发的脑门，不停地摇头苦笑，忽然，他的眼中冒出一丝豺狼般的凶光：“面对江湖上的对手，你想干什么，怎么能让别人一目了然？狼在斗不过猎人的时候，会吐舌摆尾，眯着眼像狗一样地温驯，可是——狼真的是孬种吗？狼真的甘心做一条狗吗？他内心恨不得将敌人撕成碎片，可是它的表情……仍旧是那样伟大……那样妙不可言呐……叶赫，你面对敌人时，为什么就学不会笑呢？那种真诚的笑，贴切的笑，温柔的笑，发自肺腑的笑！说出动听的话来，让他信任你，摆出一副无辜的样子，让他放下戒备……既然无法比他强大，就削弱他的防范让他变得弱小！然后伺机出动，出其不意，雷霆一击，一战成功！”

叶赫扎恍然大悟！

长白山脚下，李成栋的伤已经好多了，追逐着海东青玩耍，家里来了客人，他也不去在意那些。外公锡宝齐篇古，坐在屋子中央，花欢给上了一杯茶，锡宝齐篇古没有喝，目光死死地盯着眼前站着的两个“小学生”——张辉、张亮。

“给你俩发东北最高的俸禄，你俩混得可真得劲！原先跟你俩咋说的？亏你俩还挂着朝廷锦衣卫的头衔，大明锦衣卫就你们这吊儿郎当的怂样？”

“王爷，是小主人把我们灌醉的。”

“是啊！小主人请我们喝酒……”

“哎哟我去，亏你俩还好意思说！我都不好意思听！哎我就整不明白，你俩跟小孩儿出门打猎，小孩儿请你俩喝酒，小孩儿没事儿，倒把你俩祸祸得五迷三道的……”

张辉张亮尴尬得无言以对。

“喝啥酒？”

“烧刀子……”

“艾玛，整的玩意儿还真邪乎……”锡宝齐篇古转身问：“五岁的小孩儿哪儿来的烧刀子？”

李泾小声凑到老爷子耳边道：“偷我的……”

锡宝齐篇古没想到，李成栋这家伙比儿时的花乐，有过之而无不及，花乐小时候就算再能耐，五岁的时候也没偷过酒喝，何况还烧刀子……可是张辉张亮也实在太不争气，如果不是他们玩忽职守，小孩儿也不会出事，因为张辉张亮的武功，双剑合璧的话，远在叶赫扎之上，这“张家二蛋”是锡宝齐篇古出差时花重金从宣府挖回来的保安和保姆，专门请回来管外孙的，结果长白山唱了这一出，算是失策到家了……

锡宝齐篇古揪起一只死兔子耳朵，摇晃着道：“你们仨出去打猎，就整回来个这？”

张辉张亮面面相觑，只好点头，锡宝齐篇古一拍桌子，大吼道：“混蛋！俩大老爷们儿出马还不如一个女人，我媳妇儿当年跟老子上山，随随便便咋还不弄个野猪啥的回来！上交这东西你俩也不嫌寒碜……”

“皖君王妃是开国名将花云的后代，文武双全，肯定比我们强啊……”张辉道。

“是啊，当年是当年，如今山珍野味都被打光了，哪儿还有猎……”张亮道。

锡宝齐篇古起身道：“你俩还在这跟我瞎咧咧，长白山连绵千里，物产丰饶，野味儿怎么会打光？”

“不是啊王爷，现如今不只是左卫，中卫、右卫、朝鲜、海西都在长白山狩猎，长白山已经不算是我们掌管的地盘了，他们说这叫资源共享……”张辉道。

“有这事儿？”锡宝齐篇古若有所思。

“要不，他叶赫扎怎么敢带人砍伐咱们老祖宗，都是卜花秃下的命令，他要在右卫建古勒寨，要用长白山的青龙木老祖宗，小主人也是路见不平，才被他们打落山崖的……”张亮道。

“卜花秃真是无法无天，老子要不是看在巡抚大人在这，早揍他个臭不要脸的，现在福满回来了，看他叶赫扎还拿什么本事狂！”

于是锡宝齐篇古命花乐带三百勇士镇守长白山青龙木，待巡抚大人李承勋走了之后，再慢慢和卜花秃算总账。只是他没有想到，像卜花秃这样不按常理出牌的老奸巨猾者，是不会等某个人走了之后再算账的，当他感到建州左卫强大的威胁之后，就什么顾虑都顾不上了。

李成栋依旧是控制不住的调皮，自从被海东青夫妇救了之后，李成栋满怀感激，整日追逐着海东青四处玩，张辉张亮跟着。李成栋上午带着张辉张亮海东青在河道捕鱼，吃饱喝足了，下午又用打来的野味去榷场换一葫芦酒喝，孩子拿烧刀子当果汁喝，看得张辉张亮一愣一愣的。暮色时分，海东青夫妇停在山麓，好像有什么话要告诉李成栋，李成栋点点头，说罢，海东青夫妇就一左一右攫起李成栋的肩头，张辉张亮欲言又止，只见海东青飞到了一处悬崖绝壁上，绝壁上有山洞，山洞里铺着稻草，海东青夫妇冲着稻草叫了两声，稻草堆里倏地冒出几个可爱的小脑袋，李成栋大喜："海东青！你们夫妻俩有小宝宝啦？"海东青兴奋不已，冲着李成栋直叫唤，李成栋摸了摸小家伙们的脑袋，忽然想起自己的衣兜里还揣着半根没有嚼完的野山参，就将野山参掰成碎末，喂给雏鸟们，雏鸟们吃得很欢，它们原本就是等着海东青夫妇出去觅食的，李成栋知道海东青陪了自己一天，把雏鸟都饿坏了，不好意思道："今天你们夫妻俩一直在陪我玩，它们应该饿了好久了，平时你们都给它们吃什么呢？"雄海东青从穴里叼出一条死的五花蛇，啄一口蛇肉，喂一口孩子，李成栋笑道："真聪明，你们还懂得屯粮啊，也对，长白山这几天阴晴不定，有时候打雷下雨的，食物也不好找，就在天晴的时候积攒一些，以备不时之需。"海东青笑着点头，李成栋起身，拍手跳道："太好了，海东青也有小宝宝了，长白山越来越热闹了！"正说时，脚下一滑，摔落山崖，看得张辉张亮分别一个冷战，还好再次被海东青救回，张辉道："小主人，你可不能再出事了，再出事回去王爷会杀了我们的。"

张亮道："是啊小主人，天色已晚，让海东青回去吧，咱也该回家了。"

李成栋觉得这俩真扫兴，就冲着海东青夫妇使了个眼色，夫妇大叫一声，提着李成栋就飞下了山，张辉惊愕道："我滴妈呀，这又是要去哪儿？"

张亮道："那个，好像是回家的方向……"

张辉一拍脑门子："他可真方便，咱小祖宗现在长翅膀了，咱俩只能靠腿了，走吧。"

张亮道："给王爷家里打工当保姆，这钱不好挣啊……"

这是李承勋在建州的最后一个月，所以他大宴宾客，把建州的大佬们都叫过来吃顿便饭，顺便谈谈日后的管理问题。这一月结束，李承勋就要回朝廷办理交接手续，还会有别的人轮番巡抚建州，可是大家都对李承勋恋恋不舍，毕竟和李大人混熟了，再换个别的巡抚大人过来，指不准就是王宪那种欠打的类型。所以，朝廷还是不要换巡抚了吧？

这不是李承勋可以左右的，再者，李承勋也是有家室之人，总不能抛弃妻子安居塞外吧？这种难言之隐，李承勋还是咽下去了，只说是朝廷的安排，非臣下能讨价还价的，自己不过是出差，奉命行事，时间一到就得回去复命。锡宝齐篇古直爽道："这事好办！我去给朝廷说，让朝廷卖我个面子，把李大人永远留在我们建州，大家说好不好？"

众人都跟着起哄，李承勋环顾诸席："怎么不见右卫卜花秃大人来？"

中卫完者秃道:"我给他发了邀请函,但他没有来,估计是因为锡宝齐篇古在这。他俩……不能在一个环境下赴宴的……"

锡宝齐篇古拍案而起："他大爷的，老子又不会吃了他！更何况这是李承勋大人请客，你不看僧面看佛面。何必要像个缩头乌龟一样缺席，这不是不给我面子，而是不给巡抚大人面子！没礼貌……"

完者秃摇头道："李大人你也看见了，这就是他俩不能在一块吃饭的原因。"

众人哄堂大笑。李承勋也默认了，他想想自己来时的使命，唯一遗憾的，就是没有找到太师口中的那个少年，但他心目中已经有了人选，只是又忘记了他叫什么，于是问锡宝齐篇古："左卫大人，怎么没带着令公子来？"

锡宝齐篇古一愣："令公子？巡抚大人你是说福满吧……哦……我派他到长白山当守卫去了……"

李承勋不解："长白山是东北第一名山，怎么还需要守卫？"

锡宝齐篇古顿时来了兴致，指桑骂槐、含沙射影道："要！怎么不要？就是因为它太出名了，很多'山贼''强盗'在山上埋伏，杀人越货，不停搞事情，长白山既然是我左卫的势力范围，我觉得我有义务为朝廷守护好我们的大好河山，还我大明一片朗朗乾坤，浩然正气。"

李承勋肃然起敬："左卫大人说得好啊，大人如此忠于朝廷，维护地方治安，来，我代表朝廷敬左卫大人和各位大人一杯！"

锡宝齐篇古这杯酒，喝得可痛快了，喝完还不时望望赴宴的其他人，有些卜花秃的爪牙都不好意思面对他，因为他们知道锡宝齐篇古口中的山贼和强盗说的是谁。

只可惜，锡宝齐篇古想错了，卜花秃并非那种不识大体的人，恰恰相反，由于他太识大体了，早早就得知李承勋要大宴宾客，反而认为这是一次千载难逢，消灭左卫的机会。先斩后奏这场戏，怎么能让锡宝齐篇古来演？所谓先下手为强，后下手遭殃，趁着这些人眼瞎，自己必须是先斩后奏的主角。

于是他点齐人马，集合建州右卫与附属大佬所有的军事力量，刀枪耀眼，甲胄鲜明，打算踏平左卫，一战成功！那几个陪同李承勋吃饭的老大知道今晚"山雨欲来风满楼"，但都装作不知，因为卜花秃派给他们的任务就是——陪着巡抚大人喝个痛快，最好连锡宝齐篇古也给灌醉，这样，统一女真的大业就能在神不知鬼不觉的过程中定鼎东北！

卜花秃出发之前，拨给叶赫扎三百刀斧手，让叶赫扎去了长白山，叶赫扎已经知道要怎么做。

长白山白云峰，花乐靠在青龙木上，枕着双手，眺望远处云海翻腾，日落黄昏，照进云朵，烂霞如血，心中难以平静，总觉得有什么事要发生。青龙木叶子在它头上沙沙作响，枝干就像伸出的手臂一样，为他遮阳。花乐见状，猛然起身，端详着青龙木，因为，他来时，青龙木的身上并无这一条别枝。

“老祖宗，你居然新长出了枝干为我遮阳？都说你有灵性，是一棵雌雄同体的连理枝，你身上流淌着绿色的汁液，汁液所到之处，竟一夜间长出了青草，你真的，是女真的守护神吗？”

青龙木在风中沙沙作响，似有回应，花乐追问：“如果你能听懂我说话？你招一招手？”

刚才为他遮阳的枝干摇动了一下。花乐清楚地看到，那不是风，是老祖宗显灵了！

为了确认，花乐又说：“如果你能听懂我说话，你就落一片叶子！”

青龙木落了一片叶子，经过他的脸，花乐欣喜万分：“如果你能听懂我说话，落七片叶子！”

花乐的眼前，落下了七片叶子，那叶子落得很慢，经过花乐的笑容，在确认过这是七片叶子之后，花乐猛然抬头，仰望青龙木。他惊呆了，时间仿佛定格在那一刹那——落日余晖，长白山上，满目敬意的昂首花乐与枝干低垂到他额头的青龙木，就像祖孙之间一样。

“老祖宗，想不到你居然能听懂我说话，你真的是长白山的千年老祖宗啊！我一直好奇一个问题，你到底多少岁了？你可以用落下叶子的数目告诉我。”

结果，一阵大风袭来，青龙木在风中摇摆婆娑，落叶翩跹，如天女散花般不计其数，花乐喜不自胜，如此之多的叶子，放眼环视足足有千余枚，他突发奇想，不如数一数这些叶子的数目，于是他唤来十几名侍卫，收集这些落叶，加起来一算，不多不少，整整1350枚。

“老祖宗都1350岁了啊，1506减去1350是156，原来，老祖宗生于公元156年，当时可是汉朝时期。那么，老祖宗遇见过丘处机道长了？遇见过完颜阿骨打了？遇见明太祖……真是不可思议……”

正说时，两名侍卫将叶赫扎带上来，说他们在山下抓到这家伙，叶赫扎满不在乎道：“凭你们的本事，不可能抓住我，我是特意来向老祖宗赔罪的。”

花乐板着脸道：“赔罪？你这种人渣还知道认罪，你知不知道你已经成为建州左卫的公敌，我们多少兄弟死在你手上，你还敢来？”

叶赫扎道：“我既然来了，就不怕死，我也知道你们不会放过我。我今天没有带兵器，你们要乘人之危的话，要杀要剐随便你，我只是上山来给老祖宗磕磕头，喝喝酒……”

侍卫搜身之后，果然没有带兵器，却搜到两个瓷杯，叶赫扎夺过杯子，大步走到青龙木面前，斟了两杯酒，一杯放在树旁，一杯自己一饮而尽，然后道：“老祖宗，晚辈对不住你啊，是卜花秃要拿你盖寨子，我只是个无知的跑腿仔，原谅我吧，原谅我吧，孙子给你磕头了……”

叶赫扎磕了三个响头，开始在青龙木前跪着自斟自饮，侍卫要拔刀砍死他，叶赫扎听到抽刀的声音吓得不轻，花乐阻止道：“算了，让他自己玩吧，有我在这看着，我看他能耍什么把戏。”叶赫扎听到这话，总算松了一口气。

提着的一壶酒喝了半瓶，叶赫扎心想，这小子怎么还不上钩，就开始念叨：“卜花秃啊，卜花秃，都怪你不读书，想让老祖宗给你当房梁子，你他娘的比大明皇上的要求还高！”

花乐探问：“既然知道，为什么还助纣为虐？”

“没办法，拿人钱财，替人消灾。我拿了钱就得干活，活没干好，被扣工钱，我也认了，就算我要砍老祖宗，你不阻止，还是会有人阻止，就算我把这事办成了，他卜花秃用这青龙木做了房梁子，你不拆我不拆，大明皇帝知道了也会派人来拆，卜花秃他，想得太简单了，以为他就是建州的皇帝……我真没出息，我的势力不如他，所以我只能依附他，我叶赫扎好歹也是堂堂部落首领，寄人篱下，这种命运又能怎么办呢？改变不了就只能乖乖听话！”

“建州不止卜花秃一个势力！”花乐道。

“我曾经想过追随你爹，可是因为一开始眼瞎，跟了卜花秃，还和左卫干过几仗，所以投靠时被你爹骂了一顿，差点连命都丢了，后来就彻底打消这个念头了，这事你回去可以问你爹，估计他到现在还是那样。人一旦做错了事，就很难取信于原本就固执的对方了，唯一在对方面前保持尊严的做法，就是将错就错……原本想让你爹后悔，失去了我这个得力助手，没想到他已经培养出你这王牌，那自然就更不在乎我这小喽啰了……”

“你也不必妄自菲薄，将错就错算什么尊严，知道自己一开始干了坏事，你完全可以选择退出，却跟着卜花秃为虎作伥，所以失败是你自找的！”

“哈哈哈哈哈……”叶赫扎仰天狂笑：“福满，你是在沧州待久了，不懂得女真的丛林法则？像我们这种部落首领有选择吗？要么是吞并别人，要么是依附别人，不选择依附，也没法吞并，想自己单独活下去，根本不存在这种活法。我可以不攻打别人，你如何保证卜花秃强大了不会来攻打我？所以我选择主动投靠，恰恰是聪明的，安全的，因为——大树底下好乘凉。”叶赫扎指着青龙木道。

叶赫扎一见花乐被自己说得无言以对，就叹气道：“其实我挺欣赏你爹这个人的，仗义，豪爽，忠于朝廷，求贤若渴。听说对下属们都不错，连朝廷宣府世袭的参将双胞胎兄弟张辉、张亮都愿意跟着他，给他做家臣，足见左卫的势力越来越强……可惜我，只能望洋兴叹，跟着卜花秃这个二百五。”

“武士奉命行事，不是错。”花乐道：“如果你愿意加入的话，我可以帮你说说话。”

“真的吗？我真的可以加入左卫吗？少主？”

叶赫扎的一声少主，叫开了花乐的心扉，花乐微笑道：“我可没有答应你，我做不了主，我只能提议。至于能不能，那得看老爷子的态度。”

“不管能不能，只要有人愿意帮我说话，叶赫先谢过少主，事成之后，另容后报！”叶赫扎递过一杯酒，那是他敬青龙木的那杯酒，自始至终都没有动过，因为杯上抹了剧毒——鸩泪。

鸩泪，剧毒以瑶碧山鸩鸟之泪制成。鸩鸟通体有毒，食毒蛇毒虫为生，拔下一羽蘸酒，即成毒酒，古代宫廷多用其法赐死，是谓“鸩杀”。鸩鸟之血更毒，一滴融入井中，足以毒死百人。鸩鸟之泪剧毒，制成后的鸩泪，只要用毛笔微微一蘸，涮入酒坛，伙计用手指尝酒，当即毒入骨髓，血液凝固而亡。在大明，鸩鸟被山贼捉住之后，会被拔光羽毛，一根鸩鸟羽毛市面上和一坛好酒等价。再用老碗放血，一只成年鸩鸟可以放出三碗到五碗血，一碗血凝固之后，切成小拇指甲般大小一块块售出，售半碗的价就足以买一头牛。鸩鸟拔毛时会因为恐惧和憎恨流泪，因此鸩泪毒性最大，价比黄金，收集的鸩泪，用鼠须微微一蘸，点入拇指般大小的瓷瓶中，瓶中有水，摇晃均匀，就制成一瓶毒药。每次用药，再用毛笔蘸小瓷瓶即可。

听老板介绍完产品，叶赫扎心潮澎湃，花重金在榷场买了一瓶鸩泪，回去用毛笔蘸了两蘸，就已均匀涂抹在杯壁。当他完成杰作，对着酒杯狞笑的时候，就知道，花乐的性命，全然在此杯中。

“干掉了臭小子，女真第一武士的位子，舍我其谁！”

叶赫扎仔细地欣赏着花乐杯酒过喉的样子，比他欣赏什么美女金钱，都要激动万分。因为那些东西，他在建州唾手可得，而这小子的命，才是女真王者的象征，将王踩在脚下的人，就是主，成为“主”的那一点，更为重要。

“建州之主，不会是这小子，更不会是他爹，当然也不会是卜花秃！就让他们互相残杀，最后留下我——最强者叶赫扎！”

第二十五回 宣府正德帝借钱要出城 白云峰暴雨花乐天取龙

叶赫扎笑敬了一杯酒，花乐笑饮了一杯酒，但是两人的笑容却截然不同。

眼见花乐毫无防范地将毒酒一饮而尽，叶赫扎牙冠咬紧嘴角扬起，瞳仁放大，拳锋紧握，尚未等花乐反应过来，重重一拳已将他击倒在地，然后长白山上，传来了叶赫扎狂妄的大笑，响彻山间。

花乐欲动真气，却硬生生从腹心呕出一口黑血，头晕目眩，再也站不起来。

叶赫扎原本跪地颤抖的双膝，此刻却莫名充满了力量，让他站得笔直，笑得痛快。

山下四处传来喊杀声，预先埋伏的三百刀斧手突然出现，袭击左卫勇士，杀得一个不剩，事毕又像豺狼一样扑向山顶，集中在叶赫扎周围耀武扬威。

“你……你这个龟孙子……”

叶赫扎没想到，一个将死之人居然还敢如此指责一个活着的人，顺势一脚踩住其胸口，吼道：“你们这些愚顽左卫，一个个讲义气，称兄道弟，表面上忠于朝廷，到头来还不是拉帮结派，自立门户？我叶赫没有你们那么冠冕堂皇，我只相信一个真理——无论是义气还是卑鄙，我只不择手段成为最强！如果有人挡我的王道之路，人挡杀人，佛挡杀佛！就算我亲手解决不了你，这个天下总有能干掉你的东西——毒药、刺客、诬陷、收买，成功的手段多得是，我一种都不会嫌弃！”

花乐用一种极其鄙夷的眼光死死盯着叶赫扎，叶赫扎对视这种眼光，只得抬起了脚……

猛然！叶赫扎又用力一踩，这一脚可比第一次重多了，花乐胸口瞬时被自己吐出来的血所染红，叶赫扎怒哼道："我真是不明白，锡宝齐篇古怎么生了你这个憨货，学了一身武功，一点开天辟地的雄心壮志都没有！你学武功有什么用！有什么用！"

叶赫扎边说边踩，花乐的血吐得到处都是，叶赫扎对于眼前这个"失败者"，哀其不幸，怒其不争："我要是你，有这么好的武功，先干掉卜花秃，再连完者秃那个摆设一块儿收拾了！朝廷派过来个李承勋自投罗网，就让他有来无回，上报朝廷撒个谎多简单，你们都学不会？杀的人多了，我看以后谁还敢来女真撒野，装模作样！谁才是女真的老大？只有我叶赫扎！"

李承勋在宴席上有个难言之隐，由于卜花秃没有到场，李承勋就更不知此话当讲不当讲，其实当不当讲，他都得讲，因为即将出场的，是一位重量级人物，并且此人必须出场，所谓箭在弦上，不得不发……

事情是这样的，李承勋之所以要准备宴席，一方面是感谢建州诸位首领这些日子以来的担待，一方面是给自己践行，还有一方面，也是最重要的一点——这宴席根本不是他办的。看着桌上琳琅满目的好酒好菜，但凡是有点经济头脑的人，就知道这根本不是一场小宴，而是大宴，没有花建州的钱，李承勋当然也没有这么多钱，那么这是谁的宴？真正的东道主已经在幕后蠢蠢欲动了，这个东道主但凡在建州有头有脸的人物都见过，只要他们去过大明，没有人不会拜见这位东道主——正德皇帝。

皇上怎么会来建州？听说锡宝齐篇古把宣府的世袭参将给挖墙脚了，偶巡游宣府的正德皇帝拿资料来一看，明英宗时期老张家的满门忠烈，父亲、大哥、四弟、五弟皆为国战死，就剩下老二张辉、老三张亮，还是个双胞胎，这锡宝齐篇古居然连朕的人也敢收买，是想造反吗？皇上打算亲自上建州找他理论一番。毕竟他知道锡宝齐篇古这人还是很不错的，身为建州左卫，忠于朝廷这一点不曾改变，但他最爱和皇上讨价还价，一来朝廷就要这要那的，说什么宪宗爷赐予祖上的蟒衣破了，要求皇上重新赐一件，皇上倒是想赐，因为皇上知道他也就是图个虚荣心，给就给吧，一看身旁杨廷和太傅板着的脸，就只好说："那啥，你先回去吧，蟒衣最近断货了，没有合适你的尺码，你这东北大汉身材魁梧，一般的你也穿不上，朕再给你瞅瞅，改日有好的你再过来取。"

锡宝齐篇古没办法。没想到他一到宣府恩将仇报啊，把朕的锦衣卫双胞胎参将给挖走了？这还得了！

要去建州，先备盘缠，随驾在宣府的户部右侍郎韩文就俩字——没钱。韩文甚至摆出一副"要钱没有，要命一条"的铁公鸡姿态，把皇上卡住了。户部尚书（财政部、民政部、农业部三部最高长官）王鏊是韩文的老上司，在朝廷很有威望，手下还搜罗了很多人才，就像王恕老太师的宏道书院一样人才济济，王鏊手下不只有韩文，也有唐伯虎、祝枝山、石阶……都是他的好学生。老上司之前特意叮嘱过韩文，国家血脉在于财货，皇上要是以天子之名抽国家之血脉，你应该怎么做？

韩文就大义凛然地在老师面前演讲了一番，获得了老上司的高度评价和师兄弟们的一致赞扬。

王鏊不是不给皇上钱花，而是皇上不需要钱，一个平时吃喝拉撒睡全有人负责的人，要钱干啥？要钱肯定就胡乱赏赐太监宫女，君不君臣不臣；要钱肯定就贿赂侍卫，溜之大吉；要钱你能指望他能出宫买本书看，做做慈善？肯定是花天酒地，酒色财气……所以，不给钱，不是王尚书和皇上争一时之长短，这实在关系到江山社稷，主上修养问题……

皇上知道这是王鏊的命令，只好跟韩文说，这钱朕保证不乱花，朕就是去建州出趟差，会一会老朋友，摆几桌上好的酒菜请兄弟们吃顿饭，你别不信，那些可都是建州三卫的指挥佥事哦，负责的可是国防问题哦，关系的可是民族问题哦，这出差也是属于大明的内政哦，你们户部是朕的国家钱袋子没错，但也是朕的臣子，朕难得为国为民做一些以身犯险的大事，希望这种爱国之心户部尚书和侍郎大人们可以理解。

结果韩文一听皇上这是办正事，真的给皇上取了笔钱，没理由不取啊，回去就被王鏊批评了："他说去建州请客你就信以为真，他万一是去建州花天酒地怎么办？"

"尚书大人，这个微臣想过。你想想，皇上要花天酒地，没必要去建州啊，中原有的是好去处。为何不到上有天堂，下有苏杭的吴越之地，甚至体验一把桂林山水甲天下，或者烟花三月下扬州，又或葡萄美酒夜光杯，欲饮琵琶马上催的汉唐长安？何必跑到塞外苦寒之地的建州？"

"那你的意思是？"

"君无戏言。我相信皇上。就算皇上欺我，我也已安排好了李时和谭庆随时监视他，他们两个武艺非凡，定能保护皇上安然无恙。李时是从小和皇上读书长大的文华殿侍读，谭庆是朱雀门大总管。这次出差，还有一个人主动请缨，以确保皇上不发生意外，他就是来自琉球岛的肃武侯陌上阳。"

"南宫朱雀？是他……肃武侯？皇上封的？"

"是啊。"

"皇上总是喜欢胡乱封人，这种以武功擢升的侯爷可是要享受千户的待遇的。"

"人家才不稀罕，就是挂个侯爷的牌子，出入皇宫方便而已。人家朱雀门在福建的生意做得风生水起，朱雀门旗下囊括了中原镖局、情报、海航、考古、雇佣、建筑工艺等等……"

"好你个韩贯道，你欺为师消息不通啊。据我所知，陌上阳搞的那一套并非你说得那样光彩照人啊？靠海盗发家，至今还保留着自己的海上武装力量，是想干什么？什么海航，不就是海盗吗？所谓的保镖和雇佣不就是生产职业杀手吗？所谓的考古……他连古人也不放过？还有情报，莫非他还想匹敌东厂不是？这些事皇上都知道吗？”

“知道。这都是皇上在幕后支持的。估计皇上的打算是要在未来称霸东南海了……”

“他真是胡来，一会儿安抚女真，一会儿称霸东南海，搞得八面玲珑，四脚朝天！现在居然还和海盗玩一起了？人家古之帝王仰慕贤德之人，见贤思齐，咱这皇上怎么净交一些地痞流氓，哥们儿弟兄。”

韩文笑了：“你要是这么说，按照皇上的思维，他一定会说，所以古之帝王都死了，现在轮到朕登场了，朕活着，你们要听活人的话还是死人的话？”

“他离死不远了——他是在作死！”

果然，当李承勋喝得颜酡微醺，摇头晃脑之时，想到了皇上还在后台等着登场，什么酒劲儿都给吓醒了。终于，他面色凝重，义正言辞地起身：“各位，实不相瞒，今天这场宴席并非李某所设，真正的东家，另有其人……”

李承勋话音未落，已经引起了众位首领的好奇，伴随着豁然的笑声，正德皇帝双手背后，像个憨厚的老者一样傻乎乎地从后台走出，认识皇上的大首领一时间哑然失笑，酒杯吓得都掉地上了，还有的刚嘬进一口酒，见了皇上，惊得立时喷了出来。

群臣跪倒一片，抱拳道万岁，万岁来东北，真是建州之福。众臣等着皇上发话，皇上却自斟自饮一杯酒，呵呵一笑道：“这个……也没啥事……朕想你们了，就来看看！”

这下彻底完蛋了——卜花秃正在攻打左卫，锡宝齐篇古不知情，完者秃还受宠若惊地代表首领们和皇上聊天，没李承勋啥事了，皇上一来，巡抚大人可以靠边站当店小二了。

在场的右卫老大基本上都是卜花秃派来的饭托儿，原本想缠着李承勋趁夜火拼，灭掉强大的左卫，没想到这下李承勋是不用缠了，一个更难缠的主来了——当今圣上！他要是知道在他吃喝聊天的时候，外面正在打仗，根据皇上年少气盛的个性，桌子都会拍碎了……

陌上阳虽然碎发遮住了一半脸，锋利的隼鹰目依旧是看出了在场一些人心里有鬼，那双在夜里可以看清移动物的双眼，是他与生俱来的才能与骄傲，于是他对谭庆道：“谭庆！”

“少主，怎么了？”谭庆道。

“你护驾。”

“哦。”

陌上阳转身一闪而逝，谭庆还觉得莫名其妙，护什么驾？

右卫的老大们一看陌上阳离席了，知道这小子看出了什么，好像还想去调查什么，就派了几个弟兄跟踪陌上阳。

结果酒过三巡，菜过五味，那几个弟兄一个都没回来。老大们不禁生疑，又派第二拨人去打探，结果这帮人在半路上发现了第一拨的尸体……

死相还很惊讶，基本上都是被一招毙命。

回来凑到老大们耳边一报告，老大起身大怒："什么？"

喝得摇摇欲坠的皇上和锡宝齐篇古酣然在划拳，皇上七分醉意中保持了三分清醒，探问道："你们几个怎么了？发生了什么事？"

"没……没什么……呵呵呵呵呵……"

谭庆和李时没有喝酒，看出了一些端倪，就劝皇上少喝一点，谭庆还给皇上和锡宝齐篇古吃了醒酒丸，李时拿出了皇上特意为锡宝齐篇古定做的蟒衣，凑到皇上耳边道："皇上，您忘了，您给左卫大人准备什么礼物啦？"

于是现场开始了送礼大会，这个礼物把在场的右卫老大们看得更是目瞪口呆，皇上赐左卫蟒衣，也就是说，在皇上的心目中，左卫是值得表彰的，而当下正在发生的是，右卫在屠杀左卫……这……右卫的饭托儿老大们都快要崩溃了……

战况如火如荼，左卫大将萨年为了保护李成栋而战死，李成栋一家人也莫名其妙，怎么回娘家吃个饭竟然遭到这样的屠戮，难道是右卫提前谋划好的阴谋？花皖君已经顾不上那么多了，她要求花欢李泾带着李成栋与自己分头而行，才不至于被一网成擒，然后又派一拨骑兵速速去通知"王爷"，自己带着少量的精锐骑兵突围，决心战死沙场。花欢哭着不愿意走，李泾也觉得把丈母娘一个人丢这里自己一家人逃走算不上真汉子，李成栋也表示自己不愿意走，要和姥姥共同进退。一家人正争执着，敌方将领对花皖君急放一箭，只听半空中两声鸟鸣，雌海东青为花皖君挡了这一箭，落在李成栋怀里，李成栋的心都要碎了，弯弓搭箭，正射那员将领，被那将领闪过，雄海东青振翅盘旋，垂到那员将领头上，利爪抓碎了他的两颗眼珠，李成栋再放一箭，终于将那盲人射死。

那是除了叶赫扎之外，右卫第二骁勇的将领了，居然死在一只飞禽手里，卜花秃望着雄海东青，连发三箭，终于最后一箭射中了它。

眼见雄海东青悲鸣着从长空坠落，李成栋悲愤交加，抄起匕首就向卜花秃冲去，卜花秃骑着优良的战马，长鞭出手，就缠住了李成栋的脖子，臂腕一振，将李成栋凌空揪起，李成栋空中飞刀，刺中了卜花秃的胸口，卜花秃怒跨下马，拔出飞刀，一只手抄起李成栋，高举过顶，就像猛虎捏死一只兔子一样……李成栋壮烈牺牲！闭上双眼，垂下双臂，时年五岁……

战场上传来了花欢和花皖君撕心裂肺的哭喊声，她们惊恐万状！犹如五雷轰顶！怎么也没有料到，原本一家人正在和和气气的吃饭，怎么就忽然间暴雨倾盆、雷电交加、家破人亡……

雷声大作，暴雨倾盆，落在地上，并没有冲淡左卫勇士们的鲜血，因为他们还在拼死奋战，尤其是李泾和卜花秃，两人都浑身是伤，区别是，卜花秃有些力不从心了，李泾却是目眦尽裂，盯准了这个丧尽天良的混蛋，今天要是不把他剁成肉泥，他这个朝鲜籍建州的女婿也就没脸当下去了！

长白山白云峰上，此刻却是雷雨交加，乌云密布。叶赫扎的笑声已经停止，花乐却还在颤抖。

“臭小子，命真硬……”

叶赫扎打算上去一刀给他个痛快，举起屠刀时，却被一道雷电劈了个正着，雷电顺着刀头导入叶赫扎体内，叶赫扎顿时通体一阵酥麻，两脚一软，丢了刀倒地。

但他只是倒地，刀也可以再拾起来，只是这雷电，来得貌似有些诡异……

突然，一道闪电打入青龙木里！青龙木顿时枝叶抖动，里一层外一层泛着红光、紫光、青光……

在场的右卫武士们纷纷退后，因为他们看到的是，青龙木居然伸出枝条将倒地奄奄一息的花乐裹成一个蛋形。

叶赫扎眼珠子都快掉出来了，他似乎知道这是不祥之兆，就抡起刀上前冲着“蛋”一通乱砍，突然又一道雷电打入叶赫扎刀上，叶赫扎挣扎着想要紧握刀柄，只可惜雷电似乎比他更有针对性，他最终还是一身焦麻，宝刀落地……

“老大！”

众武士有些慌了，甚至想要阻止叶赫扎，叶赫扎一看军心动摇，厉声吼道：“不要管什么雷电，打雷下雨跟你杀人有什么关系，快上去剁了这树精！”

刀斧手一哄而上，却个个都是万分心虚，不知道下一幕会发生什么。有人冲着青龙木身子抡了一斧头，青龙木依旧溅出了绿色腐蚀的汁液，和之前并没有什么两样。

这回刀斧手学聪明了，三五个人拿着一方大锯头，开始在青龙木身上锯，虽然溅不出来腐蚀液了，只是锯到一半，锯刃被腐蚀了……

“蛋”似乎在吸收青龙木的力量，仔细看，是青龙木在输出力量到“蛋”里。那输送的枝条上，彩光迸裂，花影斑驳，还不时地颤抖，貌似青龙木很用力，想要尽快将毕生力量输送到“蛋”里。

“蛋”已经开始发光了，原本褐色藤条包裹起来的“蛋”，瞬间冒出碧玉一样晶莹的绿光，由褐变绿，由绿变光，由光变透明——

猛然！众人从透明蛋中瞧见了花乐，他默然站立着，全身悬空在蛋中央，周围还环绕着一条黑乎乎的类似大蜈蚣一样的东西……最后，那蜈蚣直接“贴”在了他的背上，只见花乐拳锋一紧，脚心一直，骄傲地一昂头一睁眼，“蛋”中青光四射，白雾蒸腾，轰隆一声，破碎开来，炸开的碎片击倒一片刀斧手……

白雾之中，走出一人，但见他：

青缯椎髻流苏绳，云肩獐皮罩貂绒，身下膝裤夔纹上赭色，腰上灵鞭六拧号青葱，手操利器金刚钻，背负宝兵铣瑶弓，面如冠玉，四体生风，剑眉星目，浑然一人中之龙！

尤其是在他背上，多了一条醒目骇人的盘肩青龙纹，这是一条会生长的文身，当青龙纹受到内力触动而生长，龙爬到他脸上，龙颜和他的脸合二为一的时候，那就是解开青龙封印的时候……

曩者天师老祖张道陵七魄凝聚之处，祖师爷在世，曾将东方春夜苍穹之上的七颗星辰鲸吞，并入七魄打入长白山青龙木，已逾千年。就连昔日的无神论者，东汉王充，见到此景，也曾写书《论衡》感叹："盛夏之时，雷电击折树木，发坏室屋，俗谓天取龙，谓龙藏于树木之中，匿于屋室之间也，雷电击折树木，发坏屋室，则龙见于外。龙见，雷取以升天。"

诚然——天取龙。

青龙木依托雷电，将毕生之精华赐予花乐，是念他命中注定，肩负振兴东北，成为大明朝廷的四分之一栋梁，花乐乃大明开国名将花云之后，女真名爱新觉罗·福满，日后必将成为大明四国栋之一的东宫青龙，难道说，大明的最终龙脉会垂青东北？

垂青东北未可知也，女真不肖子孙叶赫扎的命是活不长了……

却说长白山青龙木舍身促道，后人有诗云：

千年风华集一身，羽化魂魄驻乾坤。
东逝长白青龙木，西开重阳筑全真。
灵山走云有赉教，精风过耳是回申。
圣人形灭归草木，春来万品别样尊。
若有奸竖忤天道，罡星雷霆尽销恩。
义字天成一神器，至情永固莫须根。

第二十六回 秦朱雀奉旨擒贼惊辽东 黑花云再世不可挡其锋

狂风大作，雷雨滂沱，长白山白云峰上已是尸横遍野，斧断刀折，血流如注。

青龙木已然枯死成一棵死树，只因之前它从中心被雷劈开。如今，九天乌云之上，隐隐回荡着龙哮声，化作一道闪电在乌云中穿梭。

三百刀斧手，横七竖八地陈尸山巅，任由雷电暴雨冲刷。叶赫扎的手中，仍旧紧握着刀柄，只是握刀的他，已没有了头颅……

正德皇帝和锡宝齐篇古俩人喝得爽啊，锡老大正穿着皇上赐了的蟒袍为大家舞剑，右卫心怀鬼胎的饭托儿们根本无心去看，他们担心的是，卜花秃老大到底事成了没有？况且这事根本不敢往下想，就算事成了，如今皇上一来，什么状况都得跟着变，你成事了是逆贼，失败了是绺子，怎么看都是在劫难逃。你卜花秃为了统一女真，趁着朝廷眼瞎先斩后奏，要杀花乐祭旗，要砍老祖宗青龙木建古勒寨，总不能连皇上也杀吧？况且，卜花秃根本不知道皇上驾到啊，还在左卫的刀光剑影里凝视着自己王者的未来。

李泾被他砍得不成人样，浑身血肉模糊，他自己也是心惊肉跳："这小子怎么还不死？"

废话，你杀了李成栋，李泾唯一的儿子，指不准还是未来建州左卫的继承人，现在斩草除根居然被你灭了。你还突袭左卫，兴不义之兵，走霸者末路，李泾就是拼死，也得用尸体挡住这只饿狼。花皖君保着不会武功的女儿，花欢见她受了伤，就把她手上的双剑夺过来一把，跟着左卫勇士们一起冲杀。

宴席上的右卫饭托再也忍不住了，他们知道，现在才告诉皇上已经来不及了，卜花秃已经大开杀戒，于是各自找了个退席的理由逃命去了。

李承勋觉得不对劲，怎么右卫的首领都纷纷离去，问中卫完者秃，在歌舞欢笑中，完者秃心中有一种极其不祥的预感。他正要派人去右卫，但见一中箭侍卫策马闯入宴席，他用尽了最后一分力气挈住缰绳，自己只得从马背上摔下来……

这个人正是萨年。

看见萨年尸体，锡宝齐篇古什么酒劲都被吓醒了，立刻上前抱住萨年的尸体，仰天长啸。

皇上也醒了。他握着酒杯不敢说话，等着看锡宝齐篇古的反应，而此刻锡宝齐篇古脑海中浮现的是他宝贝外孙李成栋的音容笑貌，他已经顾不上禀报什么，只说了声："皇上，臣这就去要了卜花秃的命！对不起你了！"说罢点齐人马，誓回左卫，怒杀回马枪。

此刻不需要任何人解释，皇上已经明白了建州脉脉温情下的动荡局势，冲着左卫完者秃大吼："这就是建州？"又冲着李承勋大吼："这就是你巡抚的建州？"

李承勋作为巡抚确实失职，基本上他也是个被糊弄的来客，完者秃作为中卫渎职，基本上从头到尾都扮演老好人的角色，导致建州矛盾不断加深升级，最终积重难返，天意难回。而皇上不方便责问完者秃，因为他知道中卫实力不足，只是李承勋作为巡抚，居然也不和朝廷及时保持联系，想着凭一己之力就可以解决宏大问题，导致大难临头。

皇上气得踹翻了桌子，一掸衣襟，叫道："众臣立刻提兵随朕去左卫！"并附赠李承勋一句话："朕回去再和你算账。"

李承勋能说什么呢，唯有叹气而已。虽说外来的和尚会念经，毕竟强龙压不过地头蛇啊，这年头，巡抚的差事不好干啊。要不要听从朝廷特派你可以选择，但是特派之后就必须得巡抚巡得好。通俗地说，就是不干不会出事，干了有可能出事，于是大部分臣子都选择不干，比如王宪，再也不触建州这个霉头，拒绝调动，李承勋算是有担当的了，他只是没做好，小肩膀子没担起来这个大活儿……

镜头回到右卫。

花皖君和花欢母女同心，在众将士的奋勇抵抗下，才找到李成栋的尸体，花欢一把抱住栋儿，背上中了一箭也在所不惜，只好原地坐下，事到如今，作为亲生母亲，最心爱的儿子死了，还求什么呢，自己又不会武功，但求一死，李泾看出花欢的灰心，大吼道："媳妇儿，你干什么呢？快给我清醒一点！孩子没有了咱们有命可以再生，今天临死都要先给栋儿报这个仇！"

李泾分心时，被卜花秃连砍三刀，右手的手筋被砍断，鲜血直流，这下连刀也拿不住了，他只得地滚一旁，左手拾起刀，靠着花欢，用颤抖的刀尖对着迎上来狞笑的卜花秃。

突然，卜花秃大叫一声，因为有人从背后给了他一下。

李泾和花欢也被卜花秃的叫声吓了一跳。

卜花秃回头时，但见一人：身穿蓝海白梅阵羽织，肩上窃曲巴纹紫金披，脚踏赤鸷攫阳翘头履，肋下五尺三寸太阿剑，左手錾金五指牡雀手，右臂袖里乾坤盘龙丝，风过而不眨眼，山崩而若无闻，肩耸如雄鸟，睛锁似沉鱼，一言不发，气氛竟毛骨悚然，四目对视，眼中杀气令人生寒……

“你是什么人？”

陌上阳低眉嗔目，舔了一口左手錾金指甲上的血，又狠狠吐了出来。微风吹过他半遮面的碎发，斜刘海一起一落，那颗藏在刘海下眼睛，比另一只眼更为坚定，也就是那一只眼，上天赋予他同飞禽走兽一样的才能——在黑夜里可以看清移动物。

陌上阳没有说话，卜花秃也不可能知道他是个半哑巴，但是卜花秃宁愿等着和他对峙，因为对方只有一个人。

卜花秃等着有人攻击陌上阳，这样他就可以前后夹击，他心中难免得意：“就算你是左卫雇来的杀手，在这场右吞左，风卷残云的战役里，也没有人能逃得出大势所趋！”

卜花秃的计划实现了，因为有十数名侍卫发现了陌上阳，卜花秃握紧了刀，打算在这十几人攻来时，在陌上阳转身御敌的时刻也突然给他一下。

结果十几名侍卫确实大叫着攻过来了，在卜花秃正要迎上之时，侍卫们已经倒地。

“我去？什么情况！”

卜花秃挥着刀站在原地。

因为陌上阳的太阿剑已经指着他鼻尖了。

“太……太快了……你这小子……究竟是什么人？”

居合斩。

陌上阳可不是江湖上的三脚猫。海盗出身的他，是东南海上专门抢劫海盗的海盗，并且从不抢大明的船，因为父亲告诉它，那里是琉球岛的祖国，有一天，如果你有机会的话，一定要到那里去，效忠我大明，大明地大物博，文脉历史源远流长，东南西北，兄弟姐妹，五湖四海民族甚多，以我阳儿的资质，皇上一定会喜欢得非常。

陌上阳八岁就开始过刀头舔血的日子，跟着父亲在东南海上抢劫海盗。海盗都是什么人？见钱眼开，以身犯险，贪利忘义，杀人不眨眼的穷凶极恶之徒。大多数是日本武士，而陌上阳更有一位不为人知的日本师傅，很奇怪，这位师傅明明隐居在日本，却总说自己是大唐子孙，而这位师傅平生就收过两个徒弟，一个叫陌上阳，一个叫平田将监。这位平田将监剑术同样了得，他甚至自己都不知道，百年之后，他会有一个孙子，这个孙子将继承他的剑术，称霸日本，这孙子的名字叫宫本武藏。

后来，陌上阳在武夷山建立朱雀门，和江彬成为正德皇帝的左膀右臂，但实际上，江彬这种小混混和他根本不是一个层次的，要不是看在皇上重用江彬，连谭庆都不会搭理这样一个自己随时都可以要了他命的江湖二流子。

江彬曾向陌上阳讨教武功，问："总舵主，为什么你的剑一出手就能克敌制胜呢？"

陌上阳："因为快。"

江彬："听说你这太阿剑是祖传的，是欧冶子祖师爷给你们家祖先墨子打造的吗？和秦始皇配对的剑果然和我们这些地摊货不一样啊，为什么这把剑一挎上战场就给人一种与众不同的感觉啊？"

陌上阳："因为长。"

江彬："不是吧，那你袖里乾坤的暗箭不算长，一样可以在眨眼间置敌于死地，这又为何？"

陌上阳："因为短。"

江彬听得云里雾里。陌上阳宝剑入鞘，道："一寸长，一寸强。一寸短，一寸险。"

江彬稍懂。

时至今日，陌上阳的朱雀门组织已经在中原发展成一方诸侯，定鼎南方，还打着个肃武侯的牌子，这都是正德皇帝招贤纳才，集天下英雄于一朝的恩德与性情。而一腔热血的正德皇帝，最看不惯无义之徒，尤其是这种"吃谁的饭砸谁的碗"的叛徒，皇上对你不好，你说你揭竿起义，老百姓心里都会斟酌你情有可原；皇上对你恩宠有加，你不知道回报感恩，反而凭借一己之力自相残杀，割据势力，这就太不厚道了。卜花秃是没有搞清楚，如今天下大定，刚刚经历"弘治中兴"的大明，百姓安居乐业，六畜兴旺，并不是天怒人怨的乱世三国啊。

卜花秃认为自己可以打出三国曹孟德的局势，这就不得不让大明给他加上一些不齿的定语——白眼狼、叛徒、反贼……

都说擒贼先擒王，在陌上阳剑指卜花秃之时，右卫其他人还没有料到，老大已经被人盯住了。或者，即便是料到了，乌合之众就是乌合之众，你问他们打仗是为了干啥？统一的理想，抢劫。银子、瓶子、票子、女子、绸子……样样来。

乌合之众是不会服从你什么统一指挥的，城破之日，就是皆大欢喜之时。什么热爱百姓，什么善待妇女，乌合之众见到城里的妇女比自己见过的漂亮，人性的贪婪会善待哪个妇女，打仗不就是为了抢钱和抢美女吗？

卜花秃的远大思想，只图眼前的弟兄们根本理解不了，弟兄们难得倾巢出动一次，不抢个够本，哪能回去啊？再说，也不一定要回去。这种突发情况出了事只能领头的一个人扛，发财却是大家的。游牧民族弟兄们机动性强，抢个够本说不定明天就奔朝鲜隐居去了，奔大明做生意去了，未必会继续停留在右卫卖命。

这是卜花秃做梦也想不到的。

所以卜花秃感觉很奇怪，老大被盯住了你们都还在那闹哄哄干什么？

还能干什么，我们来是为了什么我们就干什么啊。

弟兄们没有经过思想教育，凭卜花秃的文化水平也不可能对这些化外之民进行战前思想培训，因此弟兄们还以为是大哥带着我们一起抢劫呢。大哥被盯住了，和大哥关系好的几个护驾弟兄，都死在陌上阳剑下了，其他那些平时都见不到大哥面的弟兄，都放开了手脚往马背上揣东西，揣了就跑，这是咱一贯的打法啊，难道还留在这儿等着锡老大带人回来算账，那不是找死吗？

卜花秃看着这些不争气又无组织无纪律的货，真是又气又怨，而滑稽的是，陌上阳也对其他人的抢劫不为所动，因为陌上阳一动，卜花秃就要动，陌上阳知道援军很快就会来，已经逮住的耗子，可得盯紧了，不能让到手的鸭子又飞了。

皇上已经会合了锡宝齐篇古，并告诉他无论发生了什么事，不要冲动，一切有朕做主，朕就不信他们敢拿朕怎么样！李承勋听到这话可是紧张极了，因为皇上的安危，全系他手里，自己失职在先，如今再护驾不利，回去之后二罪并罚，估计得满门抄斩，而皇上的性情不可捉摸，他要做主，他还不信叛贼敢对自己怎么样，这明显就是告诉李承勋，你所保护的主子还随时可能挑事情，你自己看着办。李承勋只得坐在马背上不停地擦汗，不知道自己带的三千边防军能不能靠得住。

绝对靠住了。因为卜花秃的“弟兄”们已经跑得差不多了，为什么跑得差不多了，答案也很简单——因为抢够了。

眼看着“弟兄”们抛下自己，在众目睽睽之下分道扬镳，卜花秃这个老大做得有一些扎心之痛，如果不是被陌上阳长剑指着鼻子，卜花秃真想上去砍死他们，那样就会成为攻城夺地时乌合之众更符合其性情的一幕——内讧。

无组织无纪律！卜花秃恨死这些货了……

皇家部队姗姗来迟，皇上一声令下，李承勋带领的边防军开始剿匪，剿匪很顺利，能反抗的都是没抢到东西或者准备抢东西的，不反抗的早都见风使舵，溜号了。

李承勋都没有想到自己会这么威风，比他更威风的还有一人，那就是陌上阳。

皇上看到陌上阳剑指卜花秃，就像猫盯耗子一样坚定，俩人就这样一动不动，皇上恨死了卜花秃，在马背上就对陌上阳产生了无限敬意，于是他对陌上阳点点头，冲着卜花秃厉声道：“来人呐，把这个忘恩负义的白眼狼给朕绑了！”

皇家部队一拥而上，正在五花大绑挣扎的卜花秃，突然听到一个声音——

“慢！”

锡宝齐篇古抱着李成栋，在女儿女婿的尾随下，老泪纵横，并且满目戾气地望着皇上，花欢用手绢为他拭去眼泪，他双膝跪地，低垂着头，像个战败的将军一样。此时此刻，他恨不得上去将卜花秃这个匹夫凌迟处死，只是君臣之礼，还限制着一个老首领的丧亲之心，他之所以那样望着皇上，是他坚信，皇上说过，会替他做主。现在就让皇上看清楚，老臣……已经一无所有了！一无所有了！皇上要怎么做主，老臣要亲眼看看，圣上明察，一定要为老臣讨回公道！

花皖君也上前，陪着他姥爷跪在皇上马前，一言不发，皇上探问：“你就是花皖君吗？”

“回皇上，是臣妾。”

“听说你祖上是花云花将军的后代。花云是太祖最钟爱的将领之一，曾为大明开国立下汗马功劳，世世代代享受袭封，你是女儿家，嫁人之后不便受封，所以锡宝齐篇古把你从大明娶回来的？”

“回皇上，臣妾与先夫育有一女花欢，与老爷育有一子花乐。老爷去大明出差，怜惜贱妾丧夫之身，不嫌爱女亚父之称，妾便一家人跟随他来到了建州。”

“唉。锡宝齐篇古挖朕墙脚，不可谓不深矣。朕的宣府双胞胎参将张辉、张亮被他挖走了，朕的烈士之后，也被他挖过来当了压寨夫人，而且你挖朕墙脚，也从来不知会一声，让朕知道，实在可恨呐……”

锡宝齐篇古磕头道：“微臣知罪。事已至此，望皇上成全。”

“好吧。那张辉张亮呢？”

正德皇帝正说着，但见一寨屋之上突然飞身而出二人，抱拳上前：“张辉张亮参见皇上！”

李承勋带人搜屋，屋里全是张辉张亮夺回来的财物，屋子前后左右弄死了一大堆人，李承勋惊叹道：“真宣府名将也！”

皇上纳闷：“你们两个，左卫被攻打了你俩却只知道把财物往回抢，屯了一屋子，跟座金山一样，侍卫们死了怎么办？”

张辉道：“回禀皇上，侍卫死了是他们能力不足，武士应该认可优胜劣汰的现实。”

张亮道：“是啊，皇上，东西抢回来可以继续过日子，人死了我们也帮不了啊，那么多人来抢劫，我们兄弟俩最多只能连带帮一个，合起来帮两个人，还要守着仓库，否则钱被他们全抢去了，大家以后喝西北风啊？后来我们干脆一个去往回夺东西，一个守着仓库，来多少杀多少。”

皇上没有想到，张家二蛋居然是这样的答复，于是慨叹道：“不愧是给宣府看场子的丘八，实在啊！”

在右卫抢劫成功后欢天喜地的逃窜中，最大的一拨人是往回逃的，因为颟顸愚蠢的他们还想着自己可以回家过日子，对于他们来说——抢劫是一种生活，不是一种罪过。被抢是软弱，想要的话可以以命相搏，再抢回去就是了。当然，被反抢时自己可以选择逃走，抢劫别人时，别人也可以选择逃走，这都是大家自由自在选择的丛林生活。遇到抢劫时抵抗的人，那就是敌人，也是奇怪的人，抢你东西你丢掉东西就是了，为何要玩命？你要玩命我可就要想一想了……这就是典型又简单的强盗思维。

直到这些人回来，都没有发现，回到右卫其实是他们最愚蠢的选择，因为和他们同样愚蠢的先到者已经大批死在了右卫，满地沾着血的战利品没有人去捡。

这些血，有可能是这些人抢左卫时左卫百姓反抗的血，有可能是他们自己的血，可是他们怎么会死在这里？

在一拨人东张西望的时候，背后突然掠过一个黑色凶残的影子，将这拨人的头从马背上切落下来，颈上喷出三尺多高的血，身子居然还稳稳地牵着马缰，把随从的人吓得不轻，立即掉转马头。突然！这些随从同样看到一个凶残的黑色影子驰过，然后他们开始看到自己的肩膀、腰盘、大腿、马肚、马蹄，因为头掉了，眼睛就只能随势地看了……

地上有一颗睁着眼的头望见一匹青白杂毛的宝马横空越过自己，上面坐着一位威风凛凛，脸上有龙纹的黑皮肤将军，由于黎明朝阳的刺眼，当他想看清这位将军的面容时，已经被马的后蹄一尥蹶子，自己的头就像蹴鞠一样在沙子上连滚带爬地溅着血，眼前就漆黑一片了。

由强盗自发组织的“百人团”一下死了二十几个，还看不见对手是谁，只有一个巨长的影子在面前晃呀晃，晃着晃着就有一拨人头从马背上掉下，太可怕了！

这些人呵斥道：“他大爷的，到底是谁，是好汉就以真面目示人！别玩这一套弯弯绕！”

适值天晴，朝阳之下，花乐骑着钻风芦花骢，自己全身已是黝黑无比，手上的金刚钻插到一起，成为非常经典的马战长兵器——无尾双头矛。

“百人团”见此人顶着太阳，黝黑的皮肤上闪烁着颗粒晶莹的汗珠，折射出钻石一样的光芒，刺眼到无法直视。能看到的，只是他黝黑的身子，和那身子上，与人头合一的一条龙纹刺青……

于是他们交头接耳，说出了一句与古人暗合的名言：“这个黑将军非常勇猛，不可挡其锋……”

但是他们的公开讲话是这样的：“鉴于上天有好生之德，今天哥几个就先放你一马，谅你一个人也不是我们‘百人团’的对手，我们正要回右卫卸下战马，吃早点，你从哪里来就回哪里去吧！”

掩耳盗铃。百人团忽悠了一阵，居然还真准备走了，而且他们之中的大部分人都在掣马时不住地回头看——结果那位黑将军果然冲上来了！

“百人团”骑着马仰天咆哮，哭爹喊娘，他们使劲夹马肚子，用力甩马鞭，仍旧是止不住地一个个头往下掉……

赛马?

钻风芦花骢在小沙漠上来回跑出了几道猎豹一样优美的曲线，小沙漠上的马都伫立在原地不动了。

因为，他们的主人都没有了头……

第二十七回

花欢徙居誓育次子李成梁 预言正德帝王恕云集四象

却说建州右卫卜花秃穷兵黩武，欲在朝廷未觉之前驰突三卫，统一女真，先斩后奏。不料正德皇帝巡视宣府，移驾建州，卜花秃兵败被擒。花玄孙长白山斩首叶赫扎，直奔右卫大寨，胯下钻风芦花骢，手执无尾双头矛，一骑当千，杀得右卫“抢劫团”闻风丧胆，无家可归，做鸟兽散。

花乐挑起一具尸体的挎兜，发现了两只海东青，这是陪伴着李成栋一起长大的一对海东青夫妇，可怜它们竟遭此横祸，那么李成栋他……

于是花乐如同遭了晴天霹雳般杀回左卫。原本正在左卫垂死挣扎的叛贼已经被陌上阳凌厉的剑法所惊呆了，就想着敌强我弱——闪。

陌上阳驾驭宝马“绝尘万里骓”一路追杀，这些叛贼便丢一些抢来的兽皮人参，银两制钱，想诱惑陌上阳停止追杀，却不知陌上阳坐拥朱雀门产业链，财大气粗，毫不动心，带领谭庆、李时、张辉、张亮，硬生生追了好几里地，加之陌上阳眼疾手快，箭过身而不入，右卫叛贼精锐小分队黔驴技穷，只得哇哇大叫。

正叫时，“黑花云”玄孙迎面而来，将无尾双头矛拆成金刚钻，钻锋倒横在肘，驰过叛军，低头横肘，一拨人马应声倒地，于是花乐双手放开缰绳，只夹马肚子脱缰而驰，双肘在战马交错中又挡又摆，叛贼落马坠地阵亡者无数。

张辉张亮见花乐归来，身上却是黑肤盘龙，惊呼道：“少主，你怎么了……”

“左卫怎么样了？爹娘怎么样了？姐姐姐夫呢？小侄子呢？”

花乐连续四个发问，张辉张亮低下了头，不停擦眼泪，花乐二话不说，径直冲着左卫的方向驰去……

英雄归来之时，左卫已经在打扫战场。硝烟弥漫，一片狼藉的建州左卫，横七竖八布满了尸体，听到的，只是妇孺们家破人亡的哭泣声。

花乐放开建州汉子粗犷的嗓音，冲着左卫四顾大吼："爹……娘……"

只见披发憔悴的锡宝齐篇古扶着墙从另一头无力地叫道："福满……"

花乐从未听过锡宝齐篇古有这样嘶哑又无力的嗓音。锡老大他，爱吹牛，爱嘚瑟，但却一点也不招人讨厌，弟兄们都喜欢听他吹，听他以王爷自称，骂骂咧咧说些有鼻子有眼的大话，在左卫弟兄们的心目中，锡老大从来都是爽朗敞亮的东北大汉，大笑的时候会眯着眼看得见牙齿和嗓门的人。

如今的他，就像风烛残年的老爷子一样，眼泪已经泡酸了他的瞳仁，爱吹牛的热血也已经变得冰凉透心，以至于他平地站着，都会因为心太冷，而畏畏缩缩。

失去了忠心的将领、心爱的外孙、无数肝胆相照的弟兄，他再也不好意思到哪儿去喝酒了，再也不以什么王爷、皇上的干爹吹牛了，再也不去想什么统一女真的战争。他将所有的责任归结到自己身上，都是自己这张坏嘴惹的祸，爱喝！爱说！现在老天爷让你断子绝孙，你老头儿看出点眉目了吧？

他这样对自己说，然后又暗暗掉眼泪……

当花乐见到李成栋和萨年合葬的坟，身体一软，手中的金刚钻掉落，他双膝跪地，叩着头啜泣，不愿意起来。众人见到他的样子也很奇怪，花乐的皮肤变得黝黑透亮，背上还有盘到前身一条刺青龙纹，龙头正好和他的脸混为一体。

花皖君好奇问了一句："乐儿，怎么你……你的身子怎么会这样黑……身上还多了一条龙的刺青……"

花乐转身道："叶赫扎那小子，用毒酒暗算我，老祖宗显灵，在长白山顺天取龙，赐我百毒不侵之身！我喝了叶赫扎的毒酒鸩泪，不但没有中毒，反而打通了任督二脉，解开了老祖宗赐予的封印，就变成这样了……"

李泾的心头猛然一震，他想到了他经常和花欢探讨的家世问题，口中吐出一个名字："花云……"

花皖君尴尬笑笑："你这样，倒是和我们花家祖宗很像……"笑着笑着，花皖君转而望着坟头："可是栋儿他就没有那么好的命，没有给李家留下子嗣……"

花皖君转过身抽噎着，花欢起身道："我就不信，李大哥家会绝种！我花欢岂是不会下蛋的料，告诉你们，假以时日，我花欢定要为李大哥再生一个好儿子，也会教他建功立业，精忠报国！”

李泾安抚着激动的花欢，花欢道：“我和花乐同母异父，我爹不像花乐他爹那么土豪，我爹是个文弱的秀才，考取功名时被强盗所杀，所以我从小教栋儿习武，就是要他健身自强，没想到他还是死在了建州这个是非之地，我恨死了这个毁灭李家后代的地方！我无法在我儿子遇难的地方嬉皮笑脸！我不要再留到这里，我要跟李大哥回朝鲜！”

花皖君望着李泾，李泾只得点点头，可见这是他们早已商量过的决定，花皖君叹了口气道：“朝鲜也好，是我大明的藩邦，国名都是太祖给起的，大明世代先帝对朝鲜世子恩宠有加，视如己出。世子登基后，对大明更是以君父视之。他们贵为一方诸侯，礼仪教化，彬彬不亚于中原……建州这个地方，的确是野蛮了些，难得李泾是朝鲜浪人，在朝鲜也有些地位，可怜我嫁出去的女儿，既然她这么坚定愿意跟着你，作为母亲，我还能说什么呢？”

花欢心头一酸，只得抱着花皖君，在李成栋的坟头号啕大哭，花皖君安慰道：“娘知道你没有了孩子，娘也失去了外孙，难得栋儿这么天真可爱，聪慧优秀，罢了……罢了……”

花欢擦干眼泪，握拳道：“不罢！丧子之痛怎么能罢！我还要生儿子，一定要生儿子，生个更强的，教他文武双全，纵横天下，好好治理天下这些不知好歹的野蛮人！我李泾哥乃大唐皇室后裔，大唐的后代没有孬种，李家祖上只是避祸才迁徙朝鲜，我们现在徙居同样是避祸。有朝一日，我李家一定会重新崛起，成为大明的栋梁之材，守护乾坤浩大，万里河山。”

李泾见花欢这样悲愤，拍拍她后背道：“别这样，你怎么知道我们一定生出的是儿子，万一生个女儿呢？”

花欢道：“我不管，反正我就要儿子！生个女儿就再生，再生个女儿就再生！”

李泾哭笑不得：“那好吧，我奉陪到底。反正最后生出的儿子还是我在养，我再当爹，我再当教官，我给起名……”

“不！”花欢道：“名字我已经想好了！”

“什么名？”

“我要让他永远记得他曾经有过一个优秀的哥哥，死于战火，但不是他哥哥的错！哥哥叫李成栋，他就叫——李成梁！”

“李成梁……”

众人在一片议论声中，皇上驾到，随驾侍卫们绑着卜花秃，正德皇帝听到了花欢的发言，问道：“谁是李成梁？”

花欢怄气，不想理皇上，只说了声：“不知道。是个还没有出生的英雄……”

正德皇帝摇头笑道：“呵，东北人就是会唠嗑儿，还没有出生就成英雄了……李成梁是不是英雄朕没听说过，但是这里有一个自称英雄的人被朕逮住了，你们说，怎么办？”

跪地的花乐已经对这个罪魁祸首忍无可忍，额角一紧，抄起地上的金刚钻，起身就径直冲卜花秃脖子用力一抹——人头落地……

血溅了正德皇帝一脸。

“大胆！”李承勋勃然大怒：“花乐你竟然自作主张，玷污圣驾，来人呐！将他拿下！”

在侍卫还没有到花乐身旁时，花乐的金刚钻锋已经对准了自己的喉咙：“为爱侄报仇，为爱将报仇，为左卫千千万万屈死的百姓和长白山的老祖宗报仇，我早已做好了必死准备——不用你们忙活了，我以死谢罪！”

“住手！”

正德皇帝断喝一声，舔了舔嘴唇四周的鲜血，都快吐了：“反贼的血……真臭……”然后上前拍拍花乐的肩膀道：“感谢你，为朕除了一害。”

皇上说完，慢悠悠地迈着四方步，走到李成栋坟前，深深地鞠了一躬。此刻，所有人——哭泣的、悲愤的、惊愕的、茫然的、严肃的、无奈的……都纷纷跟着皇上没有抬起身子的那一鞠躬，上前对坟鞠躬，那表面上是对李成栋和萨年的一躬，包含的心情，是大家对左卫所有阵亡的将士，所有受难的百姓，深深的歉意，只有十一个字——对不起，我们的正义，来迟了。

正德二年，卜花秃死，从此建州再无右卫惹是生非，风轻云淡。

一天晚上，在大堂嗑瓜子的正德皇帝突然对李承勋说了一句话：“老李，花乐这个人，朕喜欢。想要收为己用，你就说说怎么办吧？”

李承勋若有所思，因为他脑海中浮现的是另一段话：“二十岁左右，武艺高强，多次出现，个性像春风，作为像木……木……金主杀，木主生，对，喜欢行侠仗义，解救众生。当你看到女真部落有一个特别出众的少年，就将这龙纹青勾玉交给他，带他回来。”

正德皇帝用嗑完的瓜子皮狠狠砸了李承勋发呆的脸：“朕跟你说话呢，你发什么愣，没礼貌！”

李承勋立即反应过来，双膝跪地道：“皇上，臣知道该怎么办了！臣立刻就去！”

正德皇帝望着李承勋都下跪了，觉得此事必成，然后抓了一把瓜子，塞到他袖口，拍着他的胸脯说：“别紧张，招贤纳良，偷地方人才这种事，要慢慢做……好事多磨。事成之后，朕封你做洪都知府，这下你也可以做山大王了，不用给朝廷当跑腿的了？”

李承勋觉得皇上今天说话怎么阴阳怪气的，还塞给自己一把瓜子，原来如此，于是叩头道：“皇上！臣知罪了，臣可不敢做洪都知府，南昌是宁王的地盘，听说宁王为人很横的，臣怕去了就回不来了……皇上！您要治臣的罪就明说，臣不想成为被玩死的牺牲品。”

正德皇帝一脸坏笑："你看看你，巡抚个建州，建州现在是一塌糊涂，山河残缺，人心不齐……"

李承勋叩头道："皇上！建州本来就人心不齐！臣已经尽力了，臣是明知不可为而为之，这里民风剽悍，情况复杂，朝廷很多人都不愿意来，臣是冒天下之大不韪，忠于朝廷命令，才自己给自己赶鸭子上架的。"

"这么说朕要表扬你了？"

李承勋摇头道："臣只是希望皇上知道臣的委屈和鲁莽的担当，但臣巡抚不力，确实是臣才能不足，请皇上治罪！"

"鲁莽的担当……说得好！鲁莽你确实有点犯二，双方干仗的势头你没有瞧出来，还让朕在百姓危难之时请客喝酒，原本朕可以当英雄的……你却让朕当了一次二百五。担当嘛，你这小肩膀子似乎也没有担住大东北的担子……所以朕就罚你，将功补过，去给朕说服花乐来投。要是这件事再出纰漏，数罪并罚，朕可就要挥泪斩马谡了……"

李承勋吓得一身冷汗，正德皇帝却用袖子帮他撸了一把汗，然后又抓一把瓜子，塞在他另一个袖口……

李承勋被正德皇帝无厘头的举动惊呆了，不知道皇上此举何意，只是连连点头，正德皇帝一边塞一边道："老李，好好干，朕这个人其实还是很好说话的，只要你效忠朕，干活勤快，但凡不是故意犯的错，朕讲义气，都会帮你扛过去，但你若干一件事烂一件事，事事都给朕办得一塌糊涂的话，那就不是朝廷任务分配不公的问题了，你听出来朕的意思了吧？"

李承勋坚定不移地点了点头。

正德皇帝道："你看，南昌是个好地方，皇叔把那里经营得不错，事成之后，朕派你过去，是享福的，这你可误会朕的好心了，多少朝廷大员想要名额朕还不给呢。朕看出来，锡宝齐篇古他们一家好像还挺尊敬你，那个花乐，是花云的后代啊，花云当年跟随太祖，他就得跟随朕，总不能没出息地在建州当一个小混混吧？想必他也能参悟出这其中的缘分……再者，花乐黝黑的躯体，和他身上的那条刺青，真的是打雷打出来的吗？长白山是不是有神仙啊，丘处机当年给长白山下咒了？还是张道陵祖师爷显灵了？朕明天也要去拜一拜，让老神仙也赐朕一条青龙……"

李承勋尴尬道："皇上，容臣愚钝，长白山阴晴不定，青龙木已毁成残根，皇上玉体金贵，实在不宜去感受什么打雷闪电。皇上乃九五之尊，本身就是真龙天子，何须龙刺青。花乐那个，说不定是太祖显灵给他盖的章，让他命中辅佐皇上你，成为东宫青龙。"

"嗯——有道理，朕也觉得，你还记不记得王老太师的四象之说？你不知道吗，老太师曾经对朕说过，但凡天下有盛世或中兴，四方英杰必然集中在朝廷，所谓朝野清明开盛世，万国衣冠拜太平。我大明东有青龙，北有玄武，南有朱雀，西有白虎，如今朕得到南宫朱雀陌上阳，西宫白虎公孙国师，北宫玄武呼延真，朕觉得，花乐就是东宫青龙，他命中就是朕藏在东北的守护神，朕要把他这个大人参挖出来，不会错的！”

李承勋想到了自己身上携带的龙纹青勾玉，又陷入了沉思，皇上说什么他又没有听清，再次被皇上嗑的瓜子皮砸醒，皇上有些郁闷了："老李你怎么回事？魂不守舍的，在建州垂青哪个姑娘啦？”

李承勋使劲摇头，皇上又开始阴阳怪气道："这就对了。朕派你来建州，不是让你搞外遇来了，至于生活作风问题，你做得还算端正，没有给朝廷丢人。虽然说这不是什么大问题，但是至少证明，你的心还在事业上。那么，好好干事业，事情干好了，朕自会赐一些如花似玉的小妾，伺候着你，让你为自己而自豪。事情要是干不好，不但小妾没有，朕还得让你夫人守寡……”

李承勋叩首道："臣一定以身作则，竭尽全力，赴汤蹈火，做大明廉吏的好榜样！”

“乖。回去了，嗑嗑瓜子，好好想想，事情怎么才能办好，朕等你的好消息，去吧去吧。”

“遵旨。”

却说李承勋一路嗑着瓜子，胡乱转悠，不知不觉就转到锡宝齐篇古的赫图阿拉寨，仰望明月道："真是天意！我知道该怎么做了！”

所谓他山之石，可以攻玉，旁敲侧击，剑走偏锋，围魏救赵，往往会显现出意想不到的奇效。李承勋对锡宝齐篇古禀明来意，锡老大当即就一句："那怎么行？花乐可是我儿子，我刚没了外孙，你还要夺走我儿子，我一把年纪了怎么活？”

“嘿？朝廷什么时候怠慢过你，再说你锡老大是缺钱的人吗？你拿了朝廷的钱，就得帮朝廷办事，就是不拿朝廷的钱，身为地方首领，该尽的义务你还得尽。怎么能抗旨呢？再说了，皇上看上你儿子，那是多大的殊荣，我要是有你这么一个儿子，做梦都能乐开花！这可是光宗耀祖，名垂青史的大好事！男儿的最高追求，就是效忠国家，精忠报国啊！现在国家的龙头老大看上你儿子，你怎么好意思拒绝，亏你还是大明臣子，这点觉悟都没有？”

“这么说，我这个儿子是非要献给皇上当孙子不可了？”

“什么当孙子，你这人说话怎么这么寒碜？皇上比你儿子还小呢！皇上性格开朗，喜欢结交天下英雄豪杰，江湖能人异士。他不爱读死书，率真任性，就爱微服私访，体察民情，是一位很侠义很热血的国家少主，他是先帝和张太后的独生子，缺乏兄弟姐妹之爱，所以你儿子这方面倒是可以弥补皇上缺失的亲情……当皇上的亲人多好，皇上能跟你儿子能玩儿到一块儿，那是他的福气，什么孙子，皇上只有在坏人面前才自称爷，你儿子是坏人么？

真是身在福中不知福，皇上怎么说也是皇上，他从来也没有藐视众生，在宫里连个哭泣的小太监都能给哄开心了，在下层劳动人民的口中口碑极好，哪里找这么好的主公啊。”

锡宝齐篇古半信半疑：“真的吗，你确定他会善待我儿子，不会一怒之下就给宰了，让我家绝后？”

“皇上要是想宰你儿子，他斩首卜花秃的时候溅皇上一脸血，皇上只要定一条大不敬的罪就可以宰了他！可是皇上没有，我当时为了给皇上台阶下，也为了保全你那冲动的傻儿子，才叫人把他抓起来，你看，恰恰是皇上宽宏大量，开金口救了他……”

“也对哦。”

“看你这不明就里的小样，告诉你，皇上就是想栽培你儿子，当他的左膀右臂，才让我来谈这事的，皇上自己来有点屈尊下顾不好意思，我才做了圣旨的马前卒。皇上身边的年轻人可多了，还就差一个你儿子这类型的……”

“我儿子什么类型？”

“呃……大概就是性格开朗，武艺高强，维护地方安宁有功，出身东北。”

“这和出身东北有啥关系？”

“当然有了！皇上要东南西北四方各培养一个国家栋梁，号称青龙、白虎、朱雀、玄武，你儿子就是东宫青龙！命中注定的，瞧好吧！”

“我儿子是龙？那我怎么不是龙？”

“你看，你儿子身上的刺青，那是老祖宗赐给他的封印，连我一个外行人现在都看出门道了，你这个山炮。他喝了叶赫扎的毒酒，不但没事，反而变得更厉害了，这就是拜老祖宗所赐，否则，哪个人喝了毒酒能活过来的？鸩泪是江湖第一剧毒，不仅毒，还价格高昂，也不知道叶赫扎从哪儿买来的便宜货，总之没有毒死你儿子，还因祸得福，这就是天意。”

“天意让我儿子因祸得福？那为啥让我孙子和我的爱将因福得祸？”

“所谓鱼与熊掌不可兼得，有一利必有一弊。”

在李承勋激动地游说下，他忽然停止了游说，因为他看出来，锡宝齐篇古是成心捣乱，不想好好谈，于是李承勋噎住口水，不怎么说话了。良久，锡宝齐篇古才起身，走了好多步，叹了口气，道：“我一个刚刚没有了孙子的人，你突然跟我要走儿子，你没有当过爷爷，是不会体会这种亲人一走再走的寂寞感受的……”

李承勋终于平静下来，想着，也许是自己太过于心急了，也许自己从来没有站在锡宝齐篇古的角度去想想，像他这样年纪的人，还求什么呢？无非就是子孙满堂，而如今，得而复失的结果，比不得更叫人痛苦，因为留下的永远是没有守护好的自责……

一个自责的人，需要的，是恢复信心的时间。

几个月后，朝廷上，突然传来了锡宝齐篇古的进贡，进贡的东西是——牛羊一千头，战马五百匹，粮食八万石，貂皮三百件，人参六十盒，儿子一个。

太监念到这，还以为自己念错了，仔细看没有错，是儿子一个。结果，花乐带着锡宝齐篇古进贡的货品，隆重参上。

正德皇帝大喜，封花乐为都察院左都御史，建州承宣布政使司，赐绯袍麒麟补子服，七梁朝冠，玉带，云凤四色绶，象牙笏。

后来，张辉张亮也跟着来了，说是："王爷生气我们把小主人保护死了，说不想看见我们，不给我们开工资，让我们回大明由少主发落。"

花乐就将他们两个留在自己身边，第一年俸禄减半，将功赎罪，以观后效，张辉张亮也谢少主收留。

有一天晚上，李承勋将龙纹青勾玉交给花乐，说有个人一直想见他，希望他能和自己到陕西三原的宏道书院去一趟。花乐觉得很奇怪，陕西他没有熟人，三原这个地方也不曾听说过，书院就更离谱了，要是去平叛自己可能还有点用，去书院教书？自己还没那水平，虽然在沧州读过几年书，但平日习武为主，一个大老粗去书院能如何呢？

顶着这份好奇心花乐就去了，结果一去就让花乐开了眼：

一位目光矍铄，皓首霜鬓，白眉垂颧的老爷子，儒冠道袍，宛如神仙一样静坐大院中央，周围还有三个早已经到来的人——陌上阳、公孙向东、呼延真。

老爷子周围点了一圈火烛，就像要登坛作法一样。当花乐得知这就是辅佐先帝"弘治中兴"的五朝元老，王恕太师时，肃然起敬。老太师九十出头了，还能侃侃而谈，令人敬畏，而这天夜里，老太师就向他们四个道出了一个用大唐李淳风《推背图》演绎出来的天机——四象克九龙。

"我朝少帝冲龄践祚，命运多舛，中兴之后，国祚式微，竟见夕阳西下。但，檐有欂栌，殿有铆榫，是谓枢矣。日薄西山，竟有众星拱月之粲象，兹可谓战龙在野，四象归心，以正天罡。尔等四人，皆身负国家命运之兴衰，九州板荡之机变，老夫曾与先帝有约，有生之年必会挑选出四方英烈，以克九龙之变，为大明埋下四颗种子，撑起未来一片天。以朝廷为棋盘，英烈为棋子，出一步好棋。子四人，号称东宫青龙，西宫白虎，南宫朱雀，北宫玄武。分别代表大明的工、农、学、兵。秦国墨子之后陌上阳，若能引领工人，发展造船事业，于国必会有一番功劳；绥德呼延真，若能引领农人，团结百姓，忠君爱国，则大有作为；建州左卫花乐，若能统率骑兵，则国家军力强大；河西敦煌公孙向东，若能引领文臣学者，则出将入相，运筹帷幄之中，决胜千里之外，内圣外王，留国士之名在千古，垂皇佐之风于万世。"

正所谓：

玄机道破星辰布，命理点通人龙苏。

烛情已同秋风叶，苍鬓何惜力托孤。

耄耋宝刀犹在野，老骥遥指千里途。

山河壮看后发劲，迈古争今一丈夫。

于是老太师咬破手指，命四人一一上前，在他们的眉心分别点上了几道章纹，为陌上阳点了黑桃，主刺杀；呼延真点了梅花，主出兵；花乐点了方块，主招抚；公孙向东点了红桃，主宴请。然后将他们四人的手撮合握在一起，语重心长地说：“大明的未来，你们四个一定要像擎天柱一样，齐心协力，同舟共济，辅佐吾皇，守护百姓，以兄弟之义，尽国栋之忠，并要将此忠君爱国精神传承下去，培养继承人，代代相传，生生不息……”

四人面面相觑，互睹良久，再回看老太师时，老人家已经笑着闭上双眼，使命完成，乐归大限，随之苍穹响起几声旱雷。

正德三年，公元1508年四月，王恕于宏道书院，闭户独坐，与世长辞，享年九十二岁。九龙预言正式开始上演，大明藩王，龙生九子，皇叔少主，外敌内寇，各种壮丽恢宏的王府逸事，铁血柔情的民间传奇，开始在群星璀璨的帝国里，横空出世，异彩纷呈，纵横交错，荡气回肠……

第五章 周藩·狴犴

第二十八回

狴犴篇参上沈邱王朱同铍
始乱终弃无情王爷歹毒妃

大明弘治年间，在世人眼中皆是四海升平，朝多君子的光辉形象，然而在河南周家口，沈邱城的王府内，传来的却是一个丫鬟的苦苦哀求之声——她怀了王爷的孩子。

她是被强暴的。在夫人去小顶寺拜佛的那一天夜里，电闪雷鸣，忽然间倾盆大雨，夫人就和其他丫鬟们在寺庙里过了一夜，只把她留在王府。

事情就发生在那一天晚上。

夫人恰恰是去小顶寺求子的，作为王妃，她出身贵族，却没有为王爷生下半个子嗣，连女儿也没有，日渐年老色衰的她，当有一天对镜梳妆，发现自己的一缕白发时，才觉得子嗣这件事情不能再拖了。

王爷曾经和她谈过纳妾的事，被她大骂了一顿，还扬言如果他敢，她就要告上朝廷。王爷深以为恨，并且觉得可笑："大明哪一个王爷不纳妾，你不下蛋也不能让我朱同铍绝种了哇？"

虽然王爷这么说，但他毕竟不敢这么干。身为小王的他，娶了这位王妃，可算是攀龙附凤了，王妃贵为国舅爷张延龄的"义女"，嫁到王府来还算是下嫁了。只是她不知道，张延龄在民间当了五十多个"义女"的干爹，她只是五十分之一，她一直还以为她是张延龄的唯一。直到张延龄提出要和她分手，说他的姐夫弘治皇帝耳目众多，不好糊弄，最近查得紧，才不得不忍痛割爱。最后，为了给她一个好的分手归宿，就赐给了朱同铍。

朱同铍恨透了张延龄，也知道自己的夫人是个什么货色，所以从来不和她计较，宁愿到青楼和年轻漂亮的小妞喝小酒，也不愿意回来面对这个看见就恶心的“义女”。

后来张夫人也看开了，认为只要能保住她王妃的宝座就可以了，子嗣这种事还不简单，做不到就四个字——借鸡生蛋。

要子嗣也不一定要纳妾啊，养妾可比养丫鬟费钱多了，丫鬟是服务王府的，妾是在王府挥霍的，王府有我一个人挥霍就可以了，不需要那么多花钱的人。

王爷认为王妃说得很有道理。

王府那么多丫鬟，后天我去小顶寺上香，丑的我都挑走，你看上哪一个，你自己看着办吧。

于是那个雨夜，就发生了那一幕。

她是一个柔弱老实的丫鬟，内向，羞涩，不健谈，只在王府里规规矩矩地干活，洗衣烧饭，挑水劈柴，铺床叠被，端茶递水……就是和王爷，也没有多说过几句话。逢人有事，就交流两句，然后就低着头离开，去干自己的事了。

就是这样一个姑娘，她的羞涩与老实却被擦肩而过的王爷所看中，有几次王爷有意与她多说了两句话，她抬起头，大眼一睁，一捂脑袋，忽然想起来灶房还在煮着米饭，估计都要糊了，于是立即鞠躬转身，就拎着抹布奔灶房去了，王爷对那娇小轻快的背影，真是久久难忘……

那天夜里，她苦苦哀求，如果自己犯了错，希望王爷将自己逐出王府，不要这样。王爷问她为什么想离开，她哭着说出自己的志向——就是想趁着年轻，在王府挣点钱，回到家乡开封，找个自己中意的汉子，嫁了，过普通人的生活。

王爷的话更是令他心惊：“住到王府的人，怎么会有普通人，一日为奴，终身为婢，走到哪里，都会有王府的烙印，这是何等的荣耀，怎么能委身于贩夫走卒！”

就这样，她怀了王爷的孩子。

王妃也默认了这种行为。

她最初怀着小王子的时候，每天还是会干活。挑水砍柴，栽花除草，有时腹中会隐隐作痛，也没有人发现什么。可是，这世上总不缺有心人，很多想成为王爷女人的丫鬟，而没有被王爷看上的，自然就会很关注这方面的事。她发现有几个好姐妹开始巴结她，她还是那样的内向、勤劳、不善言谈，只是她的害羞变成了尴尬，她觉得这几个好姐妹和别的丫鬟不一样，她们是知情人，也是这种事的关注者，但是她依旧还是秉着小性子严肃告诉她们一句话：“没什么事，不要胡说。”

这句话换来的却是好姐妹的一致评价——装。

直到她肚子越来越大，实在隐瞒不住了，知情的小姐妹在干活之余又故意逗弄了两句，她只好一个人在蒙蒙细雨中跑出王府，躲到小顶寺上对着佛祖大哭。她举起木鱼想砸掉这个孩子，却看到佛祖慈悲为怀的表情，她的心软了，木鱼从她的手中脱落，落地响声惊醒了正在禅堂打坐的小沙弥，小沙弥原本是来斥责她的，看到她的眼泪，得知事情原委，然后向她阿弥陀佛深深鞠了一躬，叹道："善哉女施主，你这样回去，你家老爷一定不会放过你的，他要的是子嗣，你恨的是他，这个孩子并没有罪啊？我佛慈悲，上天有好生之德，如果你愿斩断尘缘，不妨生下这孩子，要解脱自己，可以出家为尼，侍奉佛祖，修来世大德，也未尝不是一件善事。"

侍奉佛祖修来世，她觉得她做得到，并且孤零零的她也没有什么牵挂，就这样服从命运的安排吧。

那年冬天，北风呼啸，瑞雪纷飞，颍河都结了冰，河面上人来人往，商人小心翼翼地挑着担子，有的还赶着毛驴。王府中传来一声洪亮的婴啼，穿越寒风冰雪，在颍河上荡漾。这冥冥中的声音似乎都惊醒了过往的路人，人们四顾张望，哪家的孩子，这么大的嗓门。

小王子诞生。按照大明王子起名的辈分，这一代是安字辈，五行属水，所以名字必须加三点水，王妃抱怨"王府又多了个赔钱货"，王爷大笑，不如把赔字去掉偏旁加三点水，于是得名——朱安涪。

"我朱同镀终于有儿子了！"王爷终于像一个王者一样，虎躯一震，打算好好培养，争取让他成为人中之龙，最好能夺下帝国的江山。

小王子长得浓眉大眼，天庭饱满，隆准玉肌。王妃看得很是嫉妒，但又不得不承认，这确实是王府唯一的继承人。

作为生母，她还来不及看看孩子，就被王妃心生一计——过河拆桥。

"你的任务完成了，等你身子恢复了，养老钱提前发给你，你就走吧。"

王妃的一句话令她万念俱灰，原本她也已经做好了离开的准备，于是她满头大汗地躺下，眼泪与汗珠一同从眼角滑落。

襁褓中的小王子哭个不停，无论是谁抱，小王子总是哭得撕心裂肺，胡乱挣扎，她轻声地向侍女道了声："让我来试试……"

王妃转过身去，等于默许了她的请求。侍女将小王子递到她怀里，一股血浓于水的味道油然而生，她哼了几声摇篮曲，将婴儿摇着念着，奇迹发生了——婴儿停止了哭泣，还睁开了双眼，依稀地望着眼前这个给她哼歌的女人……在朦胧中婴儿看着，这个哄他的女人微微地笑了，于是婴儿也笑了……

刚出生的婴儿居然嘟囔出笑声，这一幕令在场的丫鬟都刮目相看，她们看到了什么叫母性的温柔，这种温柔，没有当过母亲的女人是不会懂的。

王妃自然也不懂。反而觉得这是对她没有母性的一种讽刺，听到这种声音，她就嫌啰唆、刺耳！呼喝着命人赶紧把孩子抱走，奶娘在客房等着给喂奶。

孩子刚被人一接手，就开始放声大哭，她有些想抢夺，但是没有挣脱过侍卫，只能无力地趴在床头，低声啜泣。王妃原本就妒忌，看她这样矫情，更加怒斥道：“你哭什么，不就是下了个蛋，王府又不会亏待你！别哭丧了，这孩子就当是你给王府做的贡献，身为仆人，这就是你的忠心！”

王爷也欢喜道：“真没想到是个儿子，原本想着要是女儿，就母女一并轰走了，现在真是意外收获。”

王妃道：“你别乐得太早，赶紧给人准备养老钱，儿子不是白给你的！”

其实王妃根本不理解王爷一毛不拔的性格，原本无论是男女，他都没打算给钱，他比王妃更精打细算，敢于始乱终弃，要不是王妃一直说什么养老钱，王爷脑海中是不会有这个概念的。

夜里，王爷将这个心眼告诉王妃，王妃惊异地问：“不给钱，那怎么办？”

“处理一个下人，什么怎么办的，杀了啊。”

“杀她？嗯……这个丫头是开封人，那年黄河泛滥，闹洪灾，她是逃荒过来的，家里人都死光了，杀了应该不成问题……朝廷要是追究怎么办？”

“这种事情还能让朝廷发现了，天高皇帝远，就算是巡抚大人来了，也是强龙压不过地头蛇，我出马摆平就是了。”

生过孩子的她，没有安排和其他丫鬟同住，而是给分了房——柴房。就是王府堆柴、屯炭、置杂物的库房。一间不到五十平米的简陋屋子里，储物占了一大半，屋子潮湿阴暗，正对着门就是一张木板床，与门并齐的是窗，窗下立着一张破旧的槐店镇槐木桌凳，带抽屉，勉强可以用来写字，做账。木桌右上角摆着未用完的煤油灯，左上角放着斑驳包浆的宣德炉。柴房明显是被粗略打扫过的，因为门沿上还隐约连着残破的蜘蛛网，门口挂着一盏灯笼，灯笼内的烛火在碎雪寒风中瑟瑟发抖。

与其说是分房，不如说是隔离，将她与其他丫鬟隔离开来。这柴房显然没有丫鬟们住的地方舒适、干净、温暖，但她倒也随遇而安，庆幸没有和丫鬟们住到一起。内向羞涩的她根本抵挡不住那些刁钻好事丫鬟的连环发问，说话夹枪带棒，冷嘲热讽，含沙射影，指桑骂槐的奇怪腔调，是最令人难受的了。

她将门口的灯笼卸下，用蜡烛点燃了所剩无几的煤油灯，又将灯笼吹灭挂回去，免得浪费。就这样，她躺在用猪毛毡简单铺过的木板床上，盖着不知道多少人用过，肮脏的棉被，望着煤油灯，进入梦乡……

在梦里，她梦见一个可爱的小男孩，高兴得张开手臂，笑着奔向她，她也敞开胸怀，奔向那个孩子。忽然！男孩的背后浮现了王爷王妃板着脸的样子，那男孩越拼命地奔跑，竟然距离她越来越远，直到她看不见！

她终于被噩梦惊醒。飞雪的冬季，她竟出一身汗。

她茫然若失地坐在床上，一动不动……

她想她的孩子。

非常想。

她回顾着那个无力又委屈的梦，害怕，怕得呛出了眼泪。

她都这样害怕，孩子岂不是活得更无助，谁知道他们将来会怎样对待他？于是她的心中有了一种坚强的想法，这种坚强来自于柔弱。

在这个世界上，她已经没有亲人了，唯一的亲人，就是这个孩子，天底下哪有母亲主动和孩子分离的？原本她还有出家侍奉佛祖的打算，直到她看到了自己的骨肉，在自己的怀里，一会儿笑着，一会儿又宁静坚定地盯着自己，她完全不相信自己曾有过出家的念头。侍奉佛祖？一个连自己的骨肉都照顾不好的母亲，去侍奉佛祖，这不是太过虚伪的逃避行为吗？佛祖会原谅这样一个虚伪又不负责任的人，想想都觉得先前的自己多么可笑。

她缺钱花？也不是，作为丫鬟，她还是有一点点少得可怜的积蓄的，就算是王爷不给钱，她也可以出去自力更生，只是她从来没有动卖自己儿子的心，她不认为爱是一种交易。爱，就是主动无私的付出。就算是她命中注定，无法去爱，她最低的期望也是——就算是给，也要给个好人家。

而王府这个水深火热的地方，粗暴的王爷会对他做什么？疾言厉色的王妃会对他做什么？指手画脚的姐妹会对他做什么？他将来会活在一种怎样的恐慌和无助氛围里……

当一个母亲意识到儿子有危险时，最坏的结果都是就算不能解决危险，也会勇敢站出来一起去面对，这恰恰是女人坚强的地方，一种超越生命的担当，血浓于水的心灵共振。

对！无论发生什么，我都不能离开他，他是我的，我要和我的儿子站在一起，没有人可以从我手中夺走他！就算是死，我也要陪着他一起，因为，他是我身体的一部分，是我生命的延续，我对这个世界没有那么多要求，只希望这个世界善待另一个新鲜的我，就算毁灭了这个我，也在所不惜。

擦干眼泪，她决定去见王爷王妃，表明心迹。

凌晨的王府内厅里，又传来了婴孩的啼哭声，奶娘喂了一夜的奶，婴孩一口都没有吃，全吐了，吐了一地，王爷王妃看得火冒三丈。

王妃嫌弃地躲开地上的奶渍，质问道："是不是你吃什么脏东西了，他为什么消化不了你的奶？"

王爷话锋更犀利："我看你就不像个讲究的人！穿得脏兮兮的，身上一股狐臭味儿，干不了这活儿就把钱退回来给我滚蛋！你以前到底是干什么的，要是让我知道你冒充奶娘，骗王府的钱，我宰了你！"

奶娘吓得一个冷战，差点没把孩子掉了，当即跪下道歉："王爷饶命！老婆子我以前确实是个奶娘，喂大了村儿里几十个孩子呢，我自己也七个孩子，都活蹦乱跳的。可能是如今老了，奶水质量不太好了……"

王爷惊愕道："你生过七个孩子？老子才养一个就这么费劲，老天真他娘的不公平……"

老婆子害臊地笑笑，又一本正经道："王爷，恕老婆子我直言，这个孩子模样长得真不错，有王爷虎头虎脑的威严。只是他天生体质不太好，估计是母亲怀胎的时候营养跟不上，他母亲怀他的时候都吃的什么补品啊？至少得一周一次鱼头汤吧？"

王爷和王妃此时心里都清楚了原因，却无法回答，老婆子接着说："所以这孩子抵抗力差，我的奶水硬，他消化不了，加上这样的天，很容易感染风寒……"

"你说了半天，倒是想个办法解决啊？"王妃问。

"解决的办法很简单。"老婆子起身道："就是让他吃他母亲的奶。虽然我身为奶妈，不应该说这话，但是老婆子我一把年纪，站在道义上，是不建议动不动就请奶妈的。母亲给儿子喂奶怎么能托手别人？这种事本身就有悖天理人伦。除非亲生母没有母乳或者母乳质量太差，那也是实在没办法的办法。否则，孩子吃母乳，是最健康最天然的事情了，母子的血缘相同，各种营养都契合，对孩子的身体发育，各种抵抗力都很有帮助。"

王妃听得不耐烦："总之你就是干不了这活，去吧去吧。"

老婆子临走的时候，王爷还多加一句"等等，把钱留下"，老婆子也是无奈，把孩子放到椅子上，掏出一银锭子搁在案几上，默默离开了。

她在门外已经听得清清楚楚，等老婆子一走，她就飞身进入大堂，双膝跪地道："王爷，留下我吧，我能照顾这个孩子，保证不出差错。"

王妃冷冷道："哼，留下你，我算什么？你是想让这个孩子长大，做了王府的继承人，你就可以转正了，到时候母子联手对付我，我就可以靠边了？你这招可真毒啊……"

王爷也转身道："儿子一定是我的，你只不过是个丫鬟，是我一时兴起的女人，还不配做我的小妾。母仪天下，有王妃就可以了，你还是死了这条心吧。"

她哽噎着双唇，滚烫的泪珠不住地滑落，烫得整个眼眶有些泛红，盯着王爷道："王爷，我已经死心了，自从王妃说要把养老钱发给我，轰我走的时候，我就已经死心了。但是，养老钱我不会要，我也不会走。我还年轻，可以给王府出力，王府上上下下的杂务我都很熟，以后内务的杂活就都交给我，包括养这个孩子。虽说是我生的他，但是他的母亲是王妃，这一点我很明白。我认为自己当个奶娘还是可以的，这个秘密只要我不说，你们不说，再让亲信的人保密，就不算是什么了，王府的名誉最重要。”

她说过那么多的话，今天这一番话王妃最爱听，王妃道:“这丫头，还真是有点觉悟了。说真的，我倒不是怕这孩子没了你活不了，是觉得你走了挺浪费。你腿脚麻利，干活儿利索，工钱又便宜，平时规规矩矩，也没出过什么差错。王府本身就缺人手，现在人都娇情，新手的雇佣费还高，一时之间还真找不到像你这样的便宜货……”

她觉得有希望了，她不会去算计什么工钱，她已经什么都不在乎了，只要能留在孩子身边，只要能留在他身边照顾他就好……

冬天里的炉火，格外明亮，虽然天冷，但是空气新鲜，石炭烧得很旺。王妃用火钳子夹起一块，在她眼前左右摇晃着：“今天，我不得不刮目相看，竟然暗暗开始佩服你这个闷葫芦，长了一张如此灵巧的嘴。可是——我平生最恨能说会道的女人！你说你不会说出秘密？用什么来证明？用什么来表达你对王府的忠心？”

她紧张得不敢说话，像一只摇尾乞怜的丧家犬一样，等待着主人的裁决。王妃给出的答案是：“除非你愿意变个哑巴，我才能对你有所放心，才能相信你方才那一段话的忠心，你要表示你的忠心，就得让我有所放心。否则你就别想留下！”

她的眼前一片朦胧，双手无力地垂在膝前，挺着身子，昂首望着王妃，眼前火红的炭块被王妃像个玩具一样在她面前左右晃动，并且轻佻地说：“想留下来……就微微地张开嘴……慢慢地……张大……直到……露出你的舌头……”

她原本是流着眼泪，微微地张嘴，不知为什么……椅子上的孩子突然失声大哭起来，她听到哭声知道自己再也不能犹豫了！于是突然张大了嘴！吐出了舌头！王妃用力将石炭往里一塞！拇指盖大的石炭灼伤舌头！摩擦着灼破喉管！被她硬生生咽下！隆冬之际的王府大堂！传来一声丫鬟悲惨凄厉的哀鸣——

她，再也不是一个无名的丫鬟了……

从此以后，她得到了王妃的赐名——哑姑。

失去声音的她，得到了一个身份——王子的奶娘。

第二十九回 含辛茹苦王子初长成 舐犊情深朱门一浮萍

吞炭立誓泪眼枯，秣陵王储为君出，弄婢始乱终弃日，教存乳母称哑姑。

宝寺钟声今犹在，颍河冰封春去苏，弧桥暮霭时叆叇，缭绕大明一龙珠。

冰天雪地里的王府大堂，丫鬟吞炭立誓，换来的是得以母子团聚，舐犊情深的温暖生活。

这个世界是寒冷的，对于孤儿来说更是凄凉。

哑姑不是孤儿，可自从黄河水灌开封之后，她已举目无亲，孤身一人漂泊在外，沦落为王府丫鬟。

原本的打工计划已经泡汤。如今，什么婚姻、家庭对她来说，都是虚妄和幻想，常言道——“一入侯门深似海”。

更何况她入的是王府，是朱家的王门——王之下是公，公之下是侯，侯之下伯，伯之下子，子之下男，这个天下就是这样的等级。

那么王府丫鬟的人生就更像一片汪洋。

身为沧海一叶，她无法决定海水要流向哪里。海水流向哪里都会折磨着内向又柔弱的她，面对大环境，她能做的，只能是随波逐流，然后随遇而安。

她不愿意向命运妥协，尽管她原本是要妥协的。可当她的人生万念俱灰时，命运赐予了她新生。虽然在王爷和王妃的掩饰下，这个新生不属于她，可是，那毕竟是他们在掩耳盗铃啊。

谁生的孩子就是谁生的，不会因为一句话而改变了血浓于水的事实，就算名义上不是，只要自己知道真相就行了，能够母子团聚，朝夕相处，就已经是最好的结果。

每当她抱着自己婴孩时，想象着自己的人生，竟不会觉得那么难过了。原本在这个世上无依无靠、坚强活着的她，突然多了一个亲人，还是个小王子，她的窃喜与欣慰胜过了一切的赏赐与赞扬。

她小心翼翼地抚摸着孩子的胎发，捏着他柔软的小手，望着他沉沉睡去的样子，想唤他一声“涪儿”，却硬生生说不出话来，只能作为哑巴一样“咿呀”两声，然后热泪盈眶，顾影自怜。

因为……她真的是个哑巴了。

她曾经是个不爱说话的丫鬟，如今有了孩子，想多说些话了，却怎么也说不出来。

多少次因为自己变成哑巴，她哭湿了枕头，眼泪甚至滴在了婴孩的襁褓里，她期盼，如果将来这个孩子能够健健康康地长大的话，她真的希望有一天，他可以知道，生他的母亲愿意为了这样一个新生的他，做任何事。

当然，她会信守誓言。这个秘密除非是她死了，否则不会让孩子知道，这是一个忠诚丫鬟做人的本分。

喂饱了婴儿，却要将他送入别人的怀抱，在这之前还要给王爷和王妃铺好床拉好被，撒上驱蚊的香灰，把罗帐轻轻垂下，收拾好鞋榻，抹一抹桌子，提走喝光的空茶壶，放上煮沸的新茶壶，最后掐灯，恭恭敬敬地倒退着步子，退出卧室，悄悄关上房门。有时临出门的时候，还能听到王爷与王妃调情的笑声。她知道，那种笑声与他们身边的婴孩无关，只是夫妻睡在床上手脚不安分的游戏。她不在乎这些，作为母亲的她，只希望孩子有一个没有蚊虫叮咬可以睡觉的地方，总比跟着她睡在破旧潮湿的柴房里好。

她成熟了。

作为不能说话的哑姑，使得她更喜欢思考。她认为，不管怎么样，孩子终归是自己的，只要能看着他健健康康地长大，就比什么都美好。王妃与王爷再缠绵，终究是无花果一样的生活，她不羡慕，毕竟她从来都没有喜欢过王爷，所以不会在意他身边的女人和他们所谓看似恩爱的感情，更何况，王妃还是一个不会下蛋的女人。

作为哑巴，自己已经有孩子了，有孩子的女人和没有孩子的女人是不一样的，没有孩子的女人，常常不懂什么是女人。

她懂了，所以她表现得稳重、严谨、端庄和体贴。她已经不再是那个曾经羞涩的丫鬟了，她比以前勇敢了许多，也踏实了许多，她有了努力的方向，关注的焦点，人生不再迷茫，而是一心一意。

这使得曾经喜欢讨论她的小姐妹们刮目相看，姐妹们知道她已经被灼伤了舌苔喉管说不出话来，可是如今的她做事反而更加规规矩矩，仔细认真，令人同情之余产生了几丝认可与钦佩。

当然，也有人说妒忌的话："人家是为了自己的孩子在踏实干活，不像我们，哪有那么好的命呦！这一下就弄出来个王子，不好好表现，将来怎么转正？"

妒忌的人多嘴，自然有人提醒："你忘了王府的规矩？这是王妃的孩子，就算你知道真相也不能乱说。"

结果有一天，这些知情者一夜之间消失在了王府，由于她们当日的交谈被王爷听见了，为防泄密，一个不留，包括那些刚刚开始认可和关心哑姑的丫鬟们，也都丧命在王爷的魔爪下……

哑姑也不曾注意到她失去的一些关心与温情，就算是她觉得王府丫鬟少了，天真善良的她也不会看出王爷朱同钹其实是个神功奇绝，秘密谋朝篡位的武林大魔头。

她每天用心服侍王爷、王妃。一家人吃饭，人家坐着她站着，人家吃着她看着，也不觉得有什么不对，因为她不追求那些锦衣玉食，关注的只是王妃怀中的孩子怎么样了，有没有热出痱子，有没有睡着。除了喂奶，其他时间王子几乎都在王妃的怀中，王妃漠不关心地抱着，她知道这孩子非她所出，但又不想让孩子长大之后不认识她这个"母亲"，所以尽量多让孩子瞧一瞧她的脸，摆出一副"你要听话，不听话弄死你"的样子，孩子也就傻乎乎地望着。抱累了，就交给身边的哑姑，哑姑也不会表现得格外开心，因为她知道她要是表现得太明显，王妃会不高兴的。所以善良懂事的她，就按捺着自己的母性，将喜悦与安慰放在心底。

但是伟大的母性在善良的女人心里，是按捺不住的，总会表现出来。

孩子大病一场。通体冰凉，保持着微弱的呼吸，就像快不行了，王府上上下下开始忙活，丫鬟太监们走进走出，太医会诊，得出的结论就一句话——营养不良，而且是先天的。

也就是说，孩子在娘胎时就没有得到妥善的照顾，所以生下来体弱多病，这就是后遗症。

这和当初的老婆子奶娘说的话如出一辙。还养胎？孩子明明是哑姑在霉变阴暗的柴房里躲人躲出来的，最后纸包不住火，才不得不……

哑姑不懂得那么多，她只知道孩子生病了，她能做的就尽量做，做不了的就拼命做！可怜地听着太医教诲，自己能做什么呢？最后太医对大家说，孩子浑身冰冷，需要不停用热毛巾敷头，擦背，也许会好些。她就从井里不停地挑水，像个汉子一样左右手各拎一个大木桶到灶房，引火加柴扇风，大锅大锅煮水，汗流浃背，灰头土脸，终于提着一大桶热水摇摇晃晃地出了灶房，慌忙中在门口绊倒，木桶倾覆，热水一泻千里，烫伤了她右半个身子。

一声惨叫，丫鬟们三三两两赶紧围上来帮助她，只见她的右臂立刻红肿起泡，把丫鬟们吓坏了，正要去禀报王妃，被她拉住了，她流了两滴眼泪，顾不上伤心难过，就坚强着起身，又冲进灶房了。后来，孩子的病好了，她的右臂却溃烂了，看着都令人害怕，再也没有好过。她只得流着泪用白布缠着自己的臂膀，今后露出个手可以干活就行了。

哑姑经常出没城里的一家药铺。药铺老板是个神医，华佗的后代，喜欢出远门，采摘收集珍藏一些名贵的药材，他和哑姑约定时间，半年他回来一次。

哑姑经常到他那里去买药，买的还都是名贵的补品，什么野山参、灵芝、鹿茸、何首乌，华神医纳闷，你一个丫头整天吃这些东西，不怕营养过剩啊？

哑姑只是笑笑，华神医看出来她是给别人买的，就问："那个人对你很重要吧？"

哑姑使劲点头，华神医也笑了："我就说，一个哑巴丫头，可怜得一个月领那么点薪水，好不容易攒几个月积蓄，全花在我这药铺了，这药不是给家人救命才怪呢。"

哑姑哭了，家人……是给家人救命……老神医说得对……

老神医看她穿的，衣衫褴褛，蓬头垢面，倒也不像是个富家丫鬟，倒像是个酒楼跑堂的，右手还包裹着受了烫伤，这日子过得可真不容易。于是老神医打开了原本包好的药材包，从柜台拿了一根上好的人参塞了进去："这算是我的一点小小心意，医者父母心，我看着你这样，还真是挺不容易的。这根是上好的长白山人参，昨天刚到的货，很新鲜的，应该对你有帮助。"

哑姑含着眼泪，连连鞠躬道谢，老神医道："好了好了，老客户，别光忙着鞠躬了，快回去救人吧！回去晚了，就是我家老祖宗华佗再世也没用了，救人第一，救人第一……"

老神医的夫人望见哑姑走了，就从内堂出来说："可怜的丫头……是个哑巴呀？医者父母心，你怎么还好意思收钱？一点献爱心的精神都没有。华佗的脸都被你丢光了，以后别说你是祖师爷的后人。"

老神医郁闷了："哎，我毕竟是个穷大夫，我收的只是进货的跑路费，这次的药材已经算是白给了！刚才又贴进去的那根老参够她买好几次药的钱了。再说，以前她每次来都我给她打折了……"

"嗯。"老夫人点头道："我就说嘛，祖师爷当年给关二爷刮骨疗毒，都没有收钱，你如今这么大的铺子，还不救人危急？"

老神医摇头道："关羽跟这小丫头能一样？关羽当时是重赏祖师爷诊疗费，祖师爷慕其忠义，才不收。这丫头……我能看出来，她啊，真没有钱。"

"怎么说？"

“她要有钱，肯定会先把她右手的烫伤给治一治，你是没有看到，整个手臂就像剥开的核桃仁一样，残忍极了，估计烧伤范围也不小……”

“这丫头，到底是干什么的……”

“我猜，就是富家财主折腾的对象，年轻漂亮时让人家小姑娘当小老婆，一看干活烫伤了之后就嫌恶心，碍于面子留在身边当个下人，给发个基本工资，小丫头就成苦力了。然后，小丫头还要养活家里的老父亲老母亲，就只能拼命干活了，以前的宠爱都没有了……”

“瞧你，说得跟真的一样……”

“现在这世道可不就是这样嘛！”

经过哑姑私下不断地煮补品，给小王子调理体质，小王子恢复得很快，整天红光满面，在襁褓里左顾右盼，会哼哼唧唧说一些话了，会放声大笑，会挣扎，会挥动拳头了，当哑姑抱着他，他却不停地要挣扎跃出襁褓时候，哑姑开心极了，丫鬟们也都争相抱着，逗弄小孩。的确，婴儿长大一些，更活泼，也就更讨人喜欢了。

王妃是不喜欢的，因为王妃只是个女人，不是母亲。王妃已经被自己身边的活泼婴儿搞得沮丧又毛躁，这家伙整天吃了吐，吐了拉，还精力充沛，晚上睡不着觉就大吼大叫，大有让全天下陪他一块闹的意思。

王妃气得恨不得将他一把丢出窗户。最后，得，干脆也别跟我们夫妻睡了，谁的猴谁耍，谁的娃谁打，去跟你的母猴子睡吧。

哑姑是很高兴的，因为终于可以和宝宝一起睡了！同时又很忧心，这地方……这条件……闷热不说……还时常有蚊子出没……

没有母亲解决不了的问题，因为她为了爱什么都可以豁出去。

哑姑想了一个奇招——她把自己脱得只剩下诃子，身子围着小涪，右手再为他扇着扇子，这样蚊子就只会叮她一个人的冰肌玉体了，叮饱了就不会伤到孩子……

日月如梭，光阴似箭，斗转星移，乌飞兔走。

五年之后，一个浓眉大眼的童子从她身边醒来。

他趁着哑姑没有发现，悄悄起床，掀起被子又盖上被子，一个泥鳅翻身，轻巧地挪动到床边，结实的大脚从木板床上跳下，望着桌上的书本，嘴角荡漾起一丝坏笑，打算抛弃它们，溜出门去——开玩。

开门时，一个声音吼住了他。

他笑着转过身，发现哑姑正端坐在床上，一动不动地望着他，就像一只威严的母狮子，他看得垂头丧气，心不甘情不愿地拿起书本，被哑姑一路跟随着去了书房。

教书先生已经等得很久了，哑姑先为先生冲一杯早茶，再用抹布打扫了先生书桌和他书桌上落了一夜的灰尘，摸一摸他的后脑勺，然后向先生恭恭敬敬地鞠一个躬，就退出房间了。

先生对哑姑的礼节和伺候也很受用，毕竟她就是王爷派来打扫卫生的丫鬟嘛。

于是先生开始耐心地教，他开始摇头晃脑地念，昨天学习的三首唐诗都背过了，先生连连称赞，好好，孺子可教也，再接再厉。

其实能有如此的成绩,多亏哑姑每天晚上把他叫到柴房的补习,盯着他练字、背诗、读《论语》，不这样干不行啊！聪明的女人都明白一个道理，世上能有几个男孩是主动听话的？

哑姑没有走开，她就在窗外透过缝隙盯着看，从开始请先生来讲学到现在，一年多的时间，哑姑觉得这是最好的事情了。她文化水平不高，小时候家里穷，只在私塾偷听过两年的课，如今哑了，又无法教导王子什么，而王府却有这样的条件，请的还是沈邸城里最有学问的先生，一对一辅导，这是穷人家的孩子做梦也没有的待遇，自己的孩子能够过比自己好的生活，这是每个家长都足够欣慰的理由。只是，她心目中的涪儿，似乎不像她想象的那样勤奋好学。上课昏昏沉沉打瞌睡，袖子里还藏着鸡毛自己玩，先生一转过身去，他就开始用上嘴唇吸着鸡毛玩。这看得哑姑是急得跳脚，突然推开了门，把正在朗读的先生都吓了一跳。

哑姑走到王子面前，从他背后的双手里夺过了鸡毛，然后还使劲拍了一下王子的后背，嘴里叽里咕噜的，看得先生是莫名其妙。

“这丫鬟居然如此无礼，出去！”

先生大吼一声，声如雷霆，哑姑倔强地望着王子，满眼责备和伤心，王子也低下了头。

“听到了没有？你是哑巴难道耳朵也聋了吗？出去！”

先生的第二次大吼，哑姑这才慢慢腾腾，对王子指指点点地走出了书房，先生亲自关上门，探问：“王子殿下，她是伺候你的丫鬟还是照看你的保姆？”

王子支支吾吾：“是……是奶娘。”

“哦，原来如此。”

当晚，王子就被哑姑强行关在柴房里补课，哑姑盘腿在木板床上，像个愣和尚一样没好气地盯着他，王子转过头看一下她，又转过头去低下，再转头看一下，又再低回头去。想说又不想说，想写又不想写，最终，他还是选择了说：

“你只是王府一个照顾我的下人，我才是这里的主人，你应该服从我的命令，我说什么就是什么，我今天不要写作业。”

哑姑气得拍了一下床板，王子哆嗦了一下，但还是争执道:“这都是你额外布置的作业，写唐诗。先生说唐诗只要背过就可以了，今天布置的论语我也已经抄写好了，为什么还要抄唐诗？唐宋元明，我是大明的子孙，唐诗都是老古董了，我不要抄。”

哑姑一股脑从床上蹿起，抄起鸡毛掸子就冲着王子的屁股抡了两下，王子咬着嘴唇流泪了，但是没有哭出声。为了赌气，他用力拿过书本，用力捉过砚台开始磨墨，砚台里本就有水，他的泪水也滴进去了，磨了几下，又一把捉过毛笔，蘸了墨，下笔如刀，开始抄写。

哑姑很满意这样的态度，这孩子，犟归犟，但懂得化悲愤为力量。这就好，只要听话，少些牢骚，多干点事，还是可以成材的。但是王子心中绝对不是这么想的，他觉得自己忍辱负重了，好，你要玩，大爷陪你玩，受委屈也就这么一次了。

果然，第二天傍晚一下课，哑姑远远就使了个眼色，要王子去柴房“补课”，王子就像见了鬼一样，拔腿就跑，哑姑不停追，最后，王子跑到了王爷和王妃面前。

“父王——母后——救命！”

王子一把抱住王妃，告状道：“母后，奶娘又逼我做我不愿意做的事，我不听她就要揍我！”

王妃一听这还得了，反了你个丫鬟了，于是拍案而起，怒斥哑姑：“你是怎么回事，越来越胆大包天了？王府可不是你家，你想当这里的主人，问过姑奶奶没有？”

王爷一咬牙：“哑姑……别逼我发火。我发起火来，怕你们所有人都招架不住。你最好立刻给我乖乖地回你的柴房，要是再让我看见你在王府追着王子不放，那我，可就要清理门户了……”

由于哑姑倔强地站立在原地，还竟然用一种奇怪的眼光望着自己，王子依旧是害怕，就撸起自己的袖子给王爷王妃看：“父王母后，我不想再和奶娘住了，她每天逼我学唐诗，我是大明的子孙，不要学，她就打我，你们看，胳膊上也有，手心上也有，腿上屁股上也有……”

王妃一看王子身上的红印，就更是大吃一惊，冷笑道：“哑姑，真是没想到哇，你还是个狠角色？竟敢这样对待王爷的独苗！”

哑姑仍旧是一动不动，用一种意味深长的眼光望着王子，仿佛在说，没想到你居然是这个样子。

王妃说的话发的怒哑姑丝毫都没有在意，从她一进门，深邃洞察的目光就已经紧锁住王子，她只看到了一个躲着他的孩子，其余什么都没有听到。

终于她转身就走了，还颇有些任性不管的娇情，这就把王妃看火了——什么东西！王爷，你都看到了，这丫头要是再不好好教训教训，以后我这后宫之主就别想坐稳了！

“你想怎么做就怎么做吧，我说什么了吗。”王爷不以为然地闭上双眼，抿了一口盖碗茶。

当天夜里，王子从熟睡中惊醒，发现，王爷没有在他身边，应该去后院练功去了，王妃也没有在他身边，王府大堂外还传来一阵阵鞭子声……

他越走越近，靠着大堂的窗户向外望去，才发现——哑姑皮开肉绽，浑身是血！她在地上挣扎翻滚，被王妃狠狠地鞭笞，周围站了一圈不敢说话的丫鬟太监。

王妃一方面在出傍晚的气，一方面把奴才们都叫过来，也是杀鸡儆猴。

“奶娘……”

朱安涪的眼睛湿润了，他害怕，怕得脊背发凉，不停颤抖。他终于感受到了王府的威严与残酷，由于他撒娇的一句话，却让最爱他最珍惜他的奶娘，被打成这样。小小年纪的他，第一次感觉到什么叫无地自容，什么叫羞愧不已。他怕得只能躲在窗户下面，听着哑姑声泪俱下的哀号声，那每一声惨叫，都让他泪流满面，追悔莫及……

翌日，哑姑没有来书房打扫卫生，他却坐得端端正正，规规矩矩。先生见他态度认真，也没有在意自己要不要喝茶，就直接开讲了。

一天进两次书房，早上和下午，哑姑都没有来打扫。

傍晚下了课，给先生鞠了躬，恭送先生出书房之后，他迫不及待地收拾东西，去了柴房。

推开房门，哑姑不在，他有些失望，于是就坐在破旧的书桌前，自己写字，读书。读了半晌，哑姑推开房门，提进来一个木桶，木桶里放着葫芦舀子——她浇花去了。

他继续读，哑姑轻轻地坐在木板床上，坐在垫子上，不知道他今天怎么会来，也不想知道了。

忽然，他一个转身，笑着说：“背过了！今天先生教我的三首诗都背过了！”

他见哑姑无动于衷，递过来书本：“奶娘，你帮我检查检查，我真的背过了！”

哑姑睁开疲倦的双眼，她一夜没睡，挨了打，白天又接着干活，撕裂肌肤在汗水的浸泡下已经开始蜇疼，又筋疲力尽，虽然是这样，她还是愿意看看这孩子今天学了什么——

《芙蓉楼送辛渐》，唐，王昌龄。寒雨连江夜入吴，平明送客楚山孤，洛阳亲友如相问，一片冰心在玉壶。

《九月九日忆山东兄弟》，唐，王维。独在异乡为异客，每逢佳节倍思亲，遥知兄弟登高处，遍插茱萸少一人。

《江南春》唐，杜牧。千里莺啼绿映红，水村山郭酒旗风，南朝四百八十寺，多少楼台烟雨中。

哑姑默默地点点头，递过来书本，她已经没有力气去微笑了，只是茫然地望着窗外，望眼欲穿，不知道该思念谁，也不知道自己心向何处才是对。王妃打了她一夜，打累了，清晨就去睡了，她却还要苦苦在这里撑着，锄草，浇花，这一切都是为了什么?

王妃用鞭子告诉她：“王子是属于王府的，你打他就是打王府，就是打我，就是打王爷，你以为你是谁，你以为你是谁……”

哑姑放下了她当娘的姿态，因为那会让她像主人，她不该是这里的主人，她也明白。

现在王子是主人，王爷是主人，王妃是主人，只有她成了下人，是丫鬟。毕竟，连王子也是这么说的。她相信了，这不是王子逃避学习的气话，而是他源自内心的优越感，是的，涪儿他是王子，我是下人，这是人人都懂得的礼节，我为什么就失去了分寸？

王子见她有气无力地发呆，就将书本收拾了，尴尬道："奶娘，你忙了一天，我还来打扰你，让你给我温习功课，真是不好意思。我看……你已经很累了，早点休息，我去大厅里自己做晚自习！"

说罢，王子低着头，小步子，静悄悄地离开，关上门。

哑姑要躺着睡觉，可浑身都是伤口，不如坐着不动，还能休息一阵。不经意间，她望见煤油灯后放着一个瓷瓶，那是王子落下来的玩具？

拿起瓷瓶一看，上面贴着"消肿散"，打开瓷瓶，里面除了药粉之外，还塞着一张字条，字条上写着：奶娘，对不起……

哑姑翻起悬窗，望见远处王子渐行渐远踱着步的背影，拭去了眼角的泪，心中一个信念："是我儿子，他是我的儿子。"

第三十回

戏河道庶母子见真情
开禁门朱同钹传神功

王府就是这样，与王子关系再密切的丫鬟，哪怕伴读伴吃，同床共枕，终究是丫鬟，一旦得罪了小主人，少不了王妃的一顿鞭子。就算小主人是任性，丫鬟的打也是挨定了。

王子唯一惭愧的事，是因为他逃避学习被奶娘教育，反到王爷王妃那里告了奶娘一状，让他们毒打了奶娘。

他不知该怎样表达他的歉意，也看不懂父王母后为何那样残忍，他只知道，他伤害了一个爱他的人。他确定奶娘一直以来是真的对他好。

哑姑作为奶娘，完全可以对他的学习不闻不问，每天要干那么多活，晚上还耐心在油灯下教导王子读书写字，虽然她是个哑巴，但那咿咿呀呀的谆谆教导声，无不体现她的耐心与温柔，王子强烈地感觉到，奶娘比王妃王爷都关心他的成长。

“她只是严格了点，怕我没学问，落后于别人。一个王子，这么好的学习条件，还不如平民家的孩子，那不是太混蛋了吗？奶娘说不出来这些话，但是我能看出来。”

小王子朱安涪，从一个任性狡辩还摆架子的小主人，活脱脱被哑姑教导成了一个自觉学习，不找借口，爱民亲民的小少爷形象。

他越长越大，帮着丫鬟们打水，教小太监写字，跟着侍卫学劈柴，还尾随哑姑进厨房烧火煮饭。当他看到满桌喷香可口的饭菜，也有自己的一份功劳时，心里高兴极了，哑姑把手在围裙上一擦，规规矩矩站在一旁，等着王府全家人用膳。

王爷和王妃理所当然落座，王子也入座，哑姑只是站在一旁，眉开眼笑的王子让奶娘也入座，王爷狠狠盯了王子一眼。王妃咳嗽了两声，又将一块肉夹到他碗里，说："奶娘已经吃过了，乖，你快吃吧！"

"奶娘没有吃，我和她一起做的饭，我知道，她没吃！"

哑姑咿咿呀呀用手势向王子撒谎，说自己做饭前都吃了，你快吃。王子不信，王爷一把拍住筷子，再也没有食欲，离席练功去了。

王妃劝道："你看，你父王生气了，他要是练功回来见你还是这碗饭，会狠揍你的。"哑姑见状，就用手势劝王子赶紧吃，她要去忙别的了。

当天夜里，王子在凉亭读书，远远瞧见柴房的灯笼还亮着，就好奇想看看哑姑在干什么。踮步过去，透过窗棂，他发现，哑姑正在微弱的煤油灯前，啃一颗发霉的窝窝头……

他悄悄地推开木门，哑姑给他拿了凳子坐下，他不解地望着哑姑的背影："奶娘，你下午没有吃饭对不对？这就是你的下午饭对不对？"

哑姑摇摇头，将窝窝头放在桌上，装模作样地摸了摸自己的肚子，意思是，自己吃饱了，这是藏起来的消夜。

小王子老气横秋地叹了一口气，双掌托着小脸蛋，不知道该说什么。过了一会儿，他从兜里掏出来一颗梨，说："我也有消夜。可是我天天吃，今天这个让给你！"

哑姑连连摆手，王子拉过她的手，将梨拍在她掌心，又按拢了她的手指说："这是命令，你不吃我会不高兴的。"

哑姑只得点点头，王子盯着她说："那就快吃啊？"

哑姑一愣，王子说："我要看着你吃宵夜，你吃完了我再走。"

哑姑只好轻轻咬了一口，王子笑了。吃了几口梨，哑姑忽然想起一件事，于是她搁下梨子，拉开抽屉，从破旧的抽屉中掏出一双崭新的虎头布鞋，这是她用这个月的一点积蓄买的，王子接过，爱不释手，哑姑用手势告诉王子，她今天去了集市，这是在集市上买的，让王子试试。

王子踏着虎头鞋，威风凛凛，觉得这图纹似乎有些幼稚，但还是很可爱的，因为它包含着奶娘的一片心。奶娘一个月没有多少工钱，却愿意买一双珍贵的鞋子送他，他更觉得奶娘是这个世上最爱他的人了，比谁都爱，于是他道了声"谢谢奶娘"，亲了哑姑一下，就跑掉了。哑姑回过神来，望着桌上的梨子，煤油灯下，闪烁着独特的光芒，那似乎预示着什么。

阳春三月的郊外，小桥伏流水，白云盖纸鸢。哑姑在河道旁洗涤、晾晒王府的衣服。两根竹竿一插，中间拉一根绳，就可以晾衣服了。勤劳的哑姑在河道旁晾晒了好几排这样的衣服，还在不断搓洗剩下的。小王子无忧无虑在河道旁跑来跑去放风筝。

颍河上游的水是很急的，哑姑在下游，小王子跑着跑着，就到了上游，他见下游哑姑认真干活的样子，想捉弄一下她。

于是哑姑在搓洗衣服的时候，听到上游“扑通”一声巨响，像是什么东西落到水里，起初她没有注意，继续干自己的活，后来发现不对——王子可是正在上游玩耍着啊！

她立刻惊悚着起身，眼神木讷，迅速在围裙上抹干了双手，在河道旁哇哇大叫。

哑姑不会说话，但是她的叫声，一般人还是可以听出喜怒哀乐的，那咿咿呀呀的声音，仔细听就觉得可怜，其中夹杂着一个哑巴对这个世上的恐惧、紧张、哀求和呼唤。

哑姑边走边叫，越叫越伤心，脚下被石头绊倒了，就像没感觉到一样，爬起来慌乱四顾，眼眶里夹杂着焦急的泪水，沿着河岸来回寻找。

那天晌午，颍河上，一个哑巴焦急啜泣的呼喊声，成了山林间的绝响，伴随着一个母亲的凄凉与哀求，在河道旁回荡……

河道旁，哑姑无力地双膝跪地，将脸埋掌心，手掌瞬间就被泪水沾湿了。此时，一个小手指在她柔软的肩上轻轻点了两下，哑姑回头一看，王子正双手叉腰，嬉皮笑脸地望着她，然后又将一颗大石头丢到河里，发出“扑通”的响声……

哑姑眉心一拧，又把脸埋在掌心，号啕大哭起来。

惨了，这回玩过了，奶娘生气了。王子无所适从，遂在地上找了颗五花石，粗糙加工涂抹了几下，变成了一张憨厚笑脸，递上来道：“奶娘你看！这是我的脸，像吧？送给你！不要哭了……”

哑姑看了那张“脸”，哭笑不得，遂一把抱住了小王子，哭得更伤心了……

小王子只觉得奶娘的伤心有些不可思议，怎么这么胆小呀，实则，如果他有一天知道了真相，换一种角度去看待这件事，他就会发现，这不是胆小，而是一个原本就一无所有的女人，最后的珍惜……

白天玩得慌，夜里补裤裆，仍旧是哑姑的活——

经纬纵横穿古今，玉手裁出几番新，总角弱冠恩难断，始知妇人有锦心。

不教君身遭沙扰，怎忍卿体受风侵，游子他乡惊细致，情针意线别样亲。

光屁股小王子朱安淯，虽然已到了读书习字的年龄，但在哑姑眼里，依旧是个孩子。他已经有了羞耻之心，用深衣把自己下半身掩饰得严严实实，坐在角落里认真端详着奶娘的一针一线，手上撩的裤子，就是他白天胡乱跑弄扯的。他已经三年不穿开裆裤了，如今就是想穿，也会克制自己的，因为太监丫鬟们看到他的“小弟弟”会笑，毕竟王子也是爱面子的人。

煤油灯下，奶娘的动作，他望着出神，忽然迸出一句：“奶娘，你好像我娘……”

哑姑刺破了手指，惊疑地望着他，他转而说道："不不，你比娘对我还要好！娘是王妃，都没有给我缝过衣物，我去找她，她说她不会。"

哑姑咬断了线，将裤子抖一抖，要给他穿，他靠着墙道："不不，我自己来，你把头转过去，我自己穿。"

哑姑不依，硬是上前给他套上，小王子这时候才感觉到，什么是母亲的憨直。被穿上裤子的他，弱弱地问了一句："奶娘，你有孩子么？"

这一问，可把哑姑的心问碎了，只见她好久都不说话，只是泪眼蒙眬地望着他，用力地抿着嘴，摇着头。

"你为什么没有孩子？"

对于这些问题，哑姑真的不想回答，因为每一次的回答，都意味着一次心底的地震，内心都要承受翻江倒海般的剧痛。可是王子信誓旦旦，很认真地问，哑姑只好用手势比画道："家乡发大水，我已经没有亲人了。我穷，养不起孩子。"

"那你就把自己卖给王府了？"

哑姑委屈地点点头。

"那我希望你一辈子穷。"

哑姑愣了。

"那你就会一辈子待在王府了，不会因为赚到钱就离开我，回家乡生孩子去了。"

哑姑不知道该说什么，只是摸着他的脑袋，不住地点头。

渐渐地，哑姑成了王子最依赖的人，不只是奶娘，也是知己，朋友，可以撒娇的伙伴。王子就连吃饭，也要有哑姑陪着了。王府的聚餐，哑姑站他身后伺候。平时自己吃个甜点，也要哑姑来喂。他在王府的秋千上荡来荡去，荡来的时候，哑姑喂一口八宝粥，荡过去的时候就咽下去吃完，再荡过来的时候张开嘴，八宝粥喂上，再荡过去嚼一嚼咽下……如此反复，看得王府老太监一愣一愣的，上前就给哑姑一嘴巴，厉声道："谁让你这么喂王子吃饭的？真是胡闹！"

小王子立马从秋千上跳下，冲着老太监就手脚并用，胡乱使一套王八拳，一边捶打一边叫道："让你打奶娘！让你打奶娘！"

老太监吓得一屁股坐在地上，哑姑费了好久才劝住小王子，为了平息他的怒火，再喂一口八宝粥，不料小王子竟夺过勺碗，在老太监面前摔个粉碎，然后大吼一声："奶娘！我们走！"

说着就拉住哑姑的手出门散心了。老太监始终没看懂，他收拾一个下人，怎会惹得小王子发这么大的火？小王子的内心想，平时父王训斥她，母后打她，忍气吞声也就算了，如今连你一个太监也欺负她，实在可恶。小王子也不是需要人喂饭，他只是在和奶娘玩，在母亲的温柔里享受着一个当小孩的任性。结果最陶醉的时候，被老太监的一巴掌打碎了。

出了王府，才能感受到车水马龙，市井繁华，天大地大。哑姑知道他不开心，就带着他去拜佛、拜真主、拜华佗冢，什么都拜，就是为了到处散散心。沈邱城里有元朝留下的至元寺，建于元世祖忽必烈至元十年，伊斯兰风格的清真寺，里面还散养着穆民崇尚的骆驼、鸽子等动物，骆驼是西域最好的交通工具，鸽子是中原最好的通信工具。

小王子对小鸽子爱得不行，哑姑摸摸身上带着的一点积蓄，就向管寺的买了一黑一白两只鸽子。临走时，看到寺外有信徒乞丐坐地乞讨，哑姑教小王子出乜帖，就是用右手拿出铜钱去给乞丐布施，小王子照做了，那乞丐连声道“太斯米”，意为——恭敬的对真主承诺自己以后做礼拜的功德愿意分给他们。

在至元寺里看完了“文狮子”表演，又到华佗冢上了香，还排队买了闻名遐迩的“周家麻花”，哑姑花光了一个多月的积蓄，但是很开心，母子吃着笑着回了府。

一回王府，两个人偷偷摸摸，先到柴房把东西放好，哑姑拧了毛巾，两人互相擦了脸，就准备送他去大堂吃饭。到了大堂，一个人也没有，桌上干干净净。等到两个人转身，猛然发现王爷王妃已在院里恭候多时，大院一时间站满了人！

王妃阴阳怪气道:“哟？玩够了，回来吃饭了，晚宴早都结束了，也不看看现在几时了？没规没矩，无法无天，你这个贱人！”

王爷和王妃身后，站着那个晌午被王子打了的老太监，王子这才看明白是怎么回事。没等王子反应过来，只听王爷断喝一声：“来人！把哑姑给孤王绑了！”

哑姑被绑至一木桩上，被王爷用蘸了盐水的皮鞭猛抽。王爷的手可比王妃得劲多了，第一鞭就抽出了血，接下来的鞭子就都在血上抽了……

眼见十几鞭子下去，哑姑俨然已被抽成了个血人，懦弱的王子早已忍着恐惧，泪流满面，终于，他跑到哑姑身边，对着王爷，双膝跪地，磕头求饶：“父王！求你！不要打奶娘！都是我的错……你不要打她！不要打奶娘！”

王爷冲着小王子的脸，凌厉一鞭子，将他抽飞在地，原本哀号的哑姑终于冲着王爷，疯狂嘶吼，意思是，你不要打他，冲我来，冲我来啊。

王爷多精明的人，立即看出了哑姑的挑衅，于是一边抽还一边骂道：“贱人！还敢冲我瞪眼睛？贱人！贱人！”

一连抽了几十鞭子，最后一鞭下去的时候，绑着哑姑的麻绳已经被抽烂，断开，哑姑失血过多，昏厥过去，倒在血泊中……

这天夜里，王府上上下下所有的人，经历得胆战心寒，没有人敢抬头，围观者都在颤抖。

没有王爷王妃的命令，也没有人敢去碰哑姑，她就是那样，凄惨地躺在自己的血泊里……

打雷了。老天爷下了一场过云雨，只有半个时辰，这些雨水将哑姑身上的血水冲去，仿佛给她灌上了能量一般，让哑姑得以在大雨中，瑟瑟发抖，慢慢蠕动，向她的柴房蠕去……

自己，到底是为了什么而活着？活着……只为了他……一定要看到他平平安安……健健康康地长大……如果没有了自己……还有谁……在这个黑暗的王府……来守护他……

昏迷的王子是被王爷一只手拖着，拖到了一片空地上。

这是一片他从来没有来过的空地，因为这是王府的后门被推开之后的“别有洞天”。

王府的后门也是王府的禁门。这里除了王爷有钥匙之外，连王妃都没有来过这片地方，只是听王爷说，这是他的练功场。

偌大的练功场地上，中心是一片狴犴图腾，图腾的东南、西南、东北、西北，置放着四个金刚圈，三个金刚圈里已经站着武士，只有第四个金刚圈，一武士刚踏进去，就立即被一股向上冲的能量附体，当即成为绝世高手。这股储存的能量，就是来自王爷的师父。

王爷在傍晚刚刚干掉了自己的师父——山神饕餮。

他的师父传授他一种“先天龙子功”，并且告诉他身为王爷的命理，他是大明王朝的九龙之一。龙生九子，各不相同，先天龙子功，最适合他来练，因为他的命理，是“狴犴”，也就是九龙当中的老七。

这九龙非龙，又可化为龙，只要得势。

好的武功对于王爷来说，是如鱼得水，如龙得云。但凡具备相应的实力，力量发挥得不好，都能成为武林高手，独霸一方，如果力量和智慧使用准确得当，就可以逆天改命，成为真龙天子！王侯将相宁有种乎？更何况大明王朝，朱字当家，一笔写不出两个朱，姓朱的人人有机会做皇帝！你朱同铉也是一样！这是明太宗朱棣留给后人的铁血真理！

王爷跟随山神修炼多年，勤学武功，悉听教诲，代价就是，每周要给山神祭祀一活人。所谓山神，名为饕餮，实为长得像人脸的一座山，可以上下移动。平时藏在地表中，一旦王爷出现，它就会像雨后春笋一样从地表破土而出。山洞即是山神之口，只要将祭祀者推到山洞里，山神合上大口，自会享用。王爷很听话，每周都会按时给山神献上祭品，但是，他听话的目的，是为了学好本事之后造反。

山神似乎没有琢磨过一个道理，这处心积虑的王爷，连皇帝的反都打算造了，还会顾及一个野狐禅的师父？

于是，王爷在完全学会“先天龙子功”后，就向山神的口中推进去了一个像人的特殊祭品——炸药。

山神终于成为一堆烂石头。

以前，山神都会将阳光投射出人影来，教王爷练功。如今，王爷的功夫炉火纯青，根本不需要人教，还会自己打造兵器，自创招式，培养高手。

饕餮终于成为王爷手下的又一高手。

朱同钹手下，有四大杀器——梼杌、穷奇、混沌、饕餮。

梼杌指尖心狠，习王爷所传“剜心手”。

混沌脸上只有轮廓，没有五官，习王爷所传“无相神功”。

穷奇披风生刺，习王爷所传“鬼行蓑”。

饕餮为山神散元附体，习“先天龙子功”。

当王子朱安涪在练功场依稀睁开双目时，他才真正认识到一位神功奇绝的父王：他身穿地综夹缬酡红衿，绉纱出锋獒皮统子，腰绾九尺绫地追风缟，下身凤尾戗绛丝黑绔，脚上嵌杂宝玉鼍皮靴，双腕各悬嵩山墨铜雕龙环，背负玄铁镶环狴犴杀威棍，风中披发四扬，虎视眈眈。

“忘记你之前所有扭扭捏捏的生活吧！涪儿，今天，你要开始学武功了！”朱同钹拳锋一紧，嘴角扬起。

第三十一回

王爷笑谈少主秦汉唐宋明
王子失恋王爷骇言曝隐情

就这样。

王子开始跟着王爷练功了。

先天龙子功并非童子功，练功需要耗费异常的体力与毅力，王爷也是三十岁出头才开始修炼的，由于他急于求成，要求七岁的王子必须掌握基础，因此每次的修炼都非常的苛刻，父子二人坐在狴犴图腾上运功，王子稍有懈怠，就会被王爷一掌击飞，口吐鲜血，昏厥在地。

由于练功需要耗费超常的体力，还都是在明月当空的深夜，王子只得白天躲在厢房里忍着疼痛，顾影自怜，睡觉养伤。

有一次，哑姑看到王妃深夜不眠，去了禁门，然后哑姑尾随，躲在离禁门不远的阁楼下探听情况，只听禁门内的练功场里传来铺天盖地的打斗声，王子被王爷击倒在地，骂道："混账东西，都练了一个月，一点长进也没有，真是废物！"

然后就听到了王子的抽噎声，啜泣声，王爷断喝道："还有脸哭，再哭老子就杀了你！"

哑姑听着心都碎了，然后又听到王妃的冷嘲热讽："呵呵？涪儿，你父王的脾气你是知道的，你可得争点气，不要让你父王难堪……"

七岁的朱安涪擦干眼泪，他不明白，为什么父王对自己这样残忍，母后也不帮着自己说话，"四大杀器"又像翁仲一样站着，视而不见，仿佛练功场上，只有他一个人，还是最弱的弱者，得不到任何人的同情与安慰。他只得捂着肚子，自己振作，坚强地站直了，道："父王……母后……我没事……我可以继续了！"

“好！有点像个爷们了……来吧！”

就这样了一夜。

这个清晨，王子遍体鳞伤地回到厢房，王妃在厢房里数落了几句“王府的继承人、男子汉不要太娇气”之类的话，就若无其事地开门走了。这时候，哑姑像个小偷一样，早已在不远处的走廊拐角瞧了好半天了，直到王妃慢慢地离开厢房，她慢慢地逼近厢房……

厢房门打开，看到床上的王子身上青一块紫一块，坐着喘不过气，她已泪流不止，迅速端出怀里藏着的筛子，筛子里置满了各种药物，有些是她平日备用的，有些是临时买的，她赶紧流着泪为王子涂抹、包扎、按摩，还将一瓶药水交给他，王子不疑，一口就喝了。

当哑姑流着泪帮王子安顿好了之后，扶着他睡下，王子微微一笑：“奶娘，我就知道，全王府你最疼我。”

哑姑抹去眼泪，咬着嘴唇点了点头，匆忙地收拾着东西，临走时，还用手势告诉王子：“如果你下次还疼，就不要回这里了，去我那里。他们不管你，奶娘管，奶娘帮你包扎！”

王子“嗯”了一声，就目送着哑姑，看着她依依不舍地走了。

一天夜里，哑姑干完粗重的活，推开柴门，发现王子已经躺在她的木板床上，沉沉睡去，应该是等候她多时了。哑姑终于放下锄头，侧身蹲在床头，仔细端详着她的涪儿——他浓郁的眉心里夹杂着一丝倔强和对人性的不解，还有浑身的疼痛，即使他睡着，也能从他挣扎的表情中发现，他这些日子过得并不轻松。结实的小身体，已经到处是拳伤、腿伤，被撕破的衣领、胳臂上的爪痕，这些印记都让哑姑钻心的痛，她泪流满面，不知道该如何表达对儿子的这份感同身受，她只能忍着不哭出声，轻轻地侧脸用额头靠着他的额头，祈祷着一个未来。

满天繁星的夜幕，半开的柴门，柴房外挂着的灯笼，闪烁着别样的光芒，那微弱又坚定的烛光，在这一刻，把整个大明王朝的温柔，都锁在这小小的柴扉之中了。

朱安涪，你可曾知道，你有多么幸福！你……从来都不是一个人，因为有人默默地守护着你！并愿意为了你付出她的一切！

十年之后，一个武艺高强的王子就此诞生。

儒家的教育并非是扭扭捏捏的，而是德艺双修，文武兼备，文质彬彬然后顶天立地的君子。读书不可不培养男子汉的浩然之气，男儿确实是要有纵横天下的气质和实力。尤其身为王子，不能如草芥秋露一样，活完了就完了。必须要有光宗耀祖的信心和欲望，才对得起祖先赐予的优良血统与精英思想。太祖太宗的子孙，岂能是酒囊饭袋，浪得虚名之徒？外面的世界强者那么多，没有和列强站在一起，最后成为列强大佬的宏愿，这样的人是不能被称为王的男人，也不会拥有大放光芒的璀璨天下。

带种的男人，活着，就要勇攀高峰，更上一层楼！时代如流水，原地不动，都会被冲刷下去，更何况逆流而上，咬着牙流着泪到达巅峰，那需要何等的意志与气魄！王子生在王府，拥有超凡的帝国血液，秉承祖先的骄傲与精英传统，宏大的天下观，与生俱来像龙一样的昂首本能，你不去优秀让谁去？难道让那些比你丑的人还比你努力，比你差的人还比你有野心，你这就太令祖先蒙羞了，俗语叫——羞先儿。

朱安涪绝不认可自己是父王口中的孬种，但他也绝不会像父王那样阴险、凶残。他之所以努力，就是因为他明白，身为大明王子，不可以只享受祖先带给你的荣耀和骄傲而活成一个混吃等死的动物，难道不应该做一些超越祖先，空前绝后，彻底赢过他们，让他们在天之灵肯定认可、感泣慰藉的伟大事情吗？

王子未必可以像皇帝一样，引领这个天下，但是也不可以对不起祖宗，成为父亲口中的混账、废物。既然有机会，就要修炼成武林高手，名字要成为这个天下鲜明而华丽的符号，像伟大的祖先一样，永远留在煌煌青史中，与日月同辉。

王子，当你抖开你波澜壮阔的披风，在整个天幕下一扫而过的时候，万姓就会仰望，你就会彻底明白，你是谁的子孙，你这颗太阳照亮了谁，你这颗星光辉映了谁。

皇城就是因为有过皇帝才叫皇城，王府就是因为住过王爷才叫王府。有过皇帝和王府的土壤，必将孕育一条又一条引领天下的巨龙，这些伟大的子孙，注定在时代的潮流里，翻江倒海，乘风破浪，跻身列强，气壮山河！

这就是你身为大明子孙存在的价值——朱安涪。你不是为了一个人而活，而是千千万万个人。明太祖，明太宗，明仁宗，明宣宗……那都是你引以为傲的祖先，你是他们的子孙，是老朱家在秣陵的独苗。

奶娘，是这样的吗？

哑姑听到这一番话，再仔细瞧瞧这个孩子——他，又长大了。十七岁的他，白皙的皮肤里透出龙一样的金光，宽大的额头，威严而隆重，倔强的嘴角，荡漾着王子的骄傲与自信，却眉头紧锁，双拳紧握，似乎随时准备成为一个强者。

这还是我的涪儿吗？哑姑有些不太认识他了，看到他对着自己顽强又坚定地一笑，她才确信，他是的，这些峥嵘的岁月总算是熬出来了，该放手了？该看着他去成长，去经历了？是啊，这已经不再是她一个人的孩子，他将属于这个时代，属于大明王朝，她含辛茹苦这么多年，终于修成正果，为大明贡献了自己的一份绵薄之力，培养了一位即将要伟大的王子，还是自己的儿子。他无情的父王要的只是个继承人，要这件工具，只有她要的是儿子，是他这个人。

其实哑姑一直是很单纯的，或者说被蒙在鼓里的。王爷培养工具的目的，是要一个能够和他一起造反并且值得信赖的人，实则他最终要的是这个天下。而在得到天下之前，他必须大范围培养自己的亲信，外人不可信，就打算多发展几个后人。事实上，王爷自从强暴了哑姑之后，又强暴了很多王府的丫鬟，这些事他都对王妃说过，王妃也好奇，问怎么样，结果是，再也没有生过第二个儿子。

王爷这种人，应该不会相信一个词，叫报应。

但现实是，他人到中年，两鬓依稀有了白发，却始终没有第二个儿子。如果说这不算是报应，至少也是一种命运。

王爷不是个轻易认命的人，就算他认识到他这辈子也许只有这么一个儿子，也不会放弃称霸天下的决心，更要将他培养成得力助手，用尽各种方法。

首先要解决的，就是他的妇人之仁，那是哑姑教出来的，成大事者不应该有那样仁慈的恻隐之心。

那是在一次下午用膳时，王府上了一道菜，叫酱香烧鸽。王子尝了两筷子，觉得非常好吃，王爷诡异一笑："这菜……味道还不错吧？"

"不错不错……"王子吃得津津有味。

"十年前在小镇的元朝清真寺里，哑姑给你买了小黑和小白，你在王府养了它们十年，它们也是时候为你奉献这一餐了……"

王子一听，心中五味杂陈，立时一顿作呕，捎带鸽子肉，将中午喝的稀饭都吐出来了，他惊异地望着王爷，王爷阴冷得意的笑容令他难以忘怀。

"成大事者，怀妇人之仁，必然失败！且看秦国皇太子扶苏，赵高李斯伪诏一封，就吓得伤心欲绝，拔剑自尽，把江山拱手让给无知小弟胡亥，任由宦官弄权，连对大秦忠心耿耿的蒙恬蒙毅两兄弟也跟着赔了命。扶苏这孬种实在是可恨，倘若他有唐太宗李世民一半的气魄，发动玄武门之变，带领蒙恬蒙毅直捣咸阳，囚禁胡亥，凌迟赵高，车裂李斯，那么大秦江山还不至于分崩离析。再看刘阿斗，邓艾偷渡阴平，兵临城下，那小子居然胆小如鼠，托词自己有好生之德？不战而降！后来又寄人篱下，乐不思蜀，实在是给蜀汉先烈抹黑！再笑那宋钦宗赵桓，优柔寡断，懦弱无能，老子危难之时退位让贤，他还拒绝登基，又听信谗言，最后靖康之变，父子被掳到金国，光屁股在人家百姓众目睽睽下游行，吃屎喝尿都腆着个胖脸好意思活着，毫无男儿血性！骨气！母亲姐妹都给人家做了妓女。最后——我朝朱允炆，天真无邪，跟着方孝孺读死书，读傻了脑子，妄想以德治国，结果被齐泰黄子澄等辈操纵削藩，逼反燕王，才有我大明太宗发动靖难之役，拨乱反正，肃清君侧，承继大统，舍我其谁！皇室之争自来残酷，你死我活，六亲不认，非心狠手辣者不能为之！倘若当日燕王软弱，乖乖就范，就不会有你我存在，就不会有如今弘治中兴的大好河山！

燕王，真是给我们朱家后人，上了浓墨重彩的一课啊……”

“父王……你……想干什么……”

王爷起身大笑，双手背后，离席出门，出门时，仰天大笑，笑声更加明朗了……

年少的朱安涪，还不懂得王爷的老辣，但他的确是被王爷残酷的行为所惊呆。陪伴了自己十年的鸽子，他舍不得下口，最终将它们埋在哑姑的柴房旁边，他没有哭，只是叹息，哭的是哑姑。

哑姑迄今为止都担忧，王爷竟然一直都是这样一个人，她在王爷的心里，只是一个不值一提的偶然生殖机器么？就算是，她烂命一条，死不足惜，也随他要好了，可是王子他诚恳善良，她真的害怕他沦为和王爷一样的人。当她看到王子亲手埋葬小黑小白的时候，王子貌似无力改变现实的样子，也叫人无奈。

朱安涪叹息道：“小黑，小白，感谢你们陪了我这么多年，咱们同吃同睡同玩的，跟小伙伴一样。你们还帮着王府的家丁给亲人送信，没想到转眼间竟被父王做成了一道菜！我舍不得你们，但是我更害怕父王，如今咱们的缘分尽了，你们也安息吧！”

人越成长，脸皮越厚，也许是见惯了残忍，才对一些“微不足道”的生命不为所动。

哑姑难得表现出一次愤怒，她将正在苗圃干活的锄头使劲往地上一扔，悲愤至极。王子尴尬地笑道：“怎么着？奶娘，你这是要抗议啊，你不怕父王么？”

哑姑冷冷一笑，王子起身道：“奶娘，你真的要抗议啊？千万别找父王评理，父王那人从来都不讲理，息事宁人吧。我真的不想让父王再打你了，每当我看到你身上血淋淋的鞭痕，我就吃不下饭，晚上还会做噩梦呢……求你了！”

哑姑见王子这样软弱，也不想理他，总之她就是要表现出她看不惯王爷，在她的心中，始终有最温柔和最坚韧的正义感。是王爷对不起她，就算是王爷要她死，她也行得正走得正，怀揣天地正气，无愧于心。这也是她越活越坚定的理由，就一个字——义。

年少的王子毕竟还是很怕王爷，因为只有他知道王爷武功有多深厚，心劲有多凶残。但是他机灵有趣，也哄得哑姑很开心，会帮着她干活，有时还抱着她在王府乱转，一旦有丫鬟发现了，王子就说：“看什么看，我抱着奶娘玩，你也想加入么？”年轻的丫鬟在被王子追逐一阵后，一溜烟就吓跑了。

盛夏之时，王子酣然躺在浴桶里，推开窗，冲着灶房呼唤一声：“奶娘——我还要热水啊——”

一个步履蹒跚，体态臃肿，额上依稀白发的佝偻老妇，提着盛满了热水的木桶，慢慢腾腾从灶房一步一个脚印向王子的厢房移动。

哑姑老了。

她已不再是当年那个手脚勤快，干活麻利的丫鬟了，她臃肿的体态套着围裙，粗笨的手臂提起水桶已显得吃力，头上顶着手帕，脸上镌刻着沧桑又温馨的笑容，活脱脱成了一个王府干粗活的老妈子，伺候着一个不知道她真实身份的少年王子。王子理所当然享受着她的服侍，一方面她是丫鬟，就是伺候人的；另一方面她是自己亲昵的奶娘，就是撒娇也要在奶娘怀里。

哑姑给他的浴桶里撒上花瓣，滴上花露水，换洗的干净衣服挂在竹竿上，用熏香熏着，然后就开始给他搓背。

哑姑用手势有言在先："下次自己洗，你已经长大了，不能再叫我给你搓背了。你好意思叫我，我不好意思进来。"

王子的回答简洁明快——我不。

哑姑惊疑地望着他，他笑道："奶娘，我真的不想夸奖你，可是你真的很会照顾人，搓背的力道刚刚好，做事又有条不紊，知道准备花瓣、花露水、竹竿、换洗衣服，连熏香都有！真是面面俱到，无微不至。整个王府只有你会伺候人，我已经离不开你了。上次叫个小太监来，手忙脚乱，给我弄得一塌糊涂，还没搓背呢就被我轰走了。"

哑姑只是搓背，不怎么表态，但她的脸上始终挂着微笑，她说是不愿意，其实每一次只要王子开口，她都无法拒绝，就提前准备一大摊东西，至少一套干净的换洗衣服是要有的。

十七岁的王子，每次泡澡，都当自己是七岁，四十岁的哑姑，每次给他搓澡，都当自己是二十岁。如果说这就是人间的天伦之乐，那他们都希望时间过得慢一些，让这些笑声和闹声能够久久在王府的那个温馨的角落，余音绕梁……

搓背时，王子慨叹道："哑姑，你都一把年纪了，真的要待在王府伺候我么？真的不结婚么？人生苦短，要不我给你在王府找个相好的吧？"

哑姑拍了一下他的背，用手势称："我出王府当尼姑去。"

"啊？这么悲壮啊？为什么要当尼姑，你看破红尘了？你还没有孩子，还没有享受人间的天伦之乐，就去诵经念佛，不太可惜了吗？你这么温柔体贴，要是有个儿子，一定会被你伺候得像皇帝一样的……"

哑姑望着自己这个身为王子的儿子，有些失落，她用手势不经意地问："那我伺候你，你觉得自己像不像皇帝？"

"我嘛……我没有那么大的心，况且我已经是王子了，很满意了，做人要知足，不是吗？"

哑姑不住地点头，王子又说："我感觉，就是皇帝也没有你这样好的奶妈。大明的皇帝都是混堂司给负责洗澡的，混堂司那些太监，我可是知道的，平时上个茅房都不洗手，哪有你这样爱干净，这样讲究啊，你是咱王府的金牌奶妈了，是我专用的仆人，给我个皇帝我也不换！”

哑姑感动得眼泪汪汪的，王子就使坏，夺过搓澡巾给她拭泪，哑姑夺回搓澡巾，用手势道：“别把我逗得又哭又笑的，有这本事，去逗姑娘们去。”

王子一听：“哎呀？你学我了，我还没给你相中个对象呢，你却让我找姑娘？”

哑姑比画道：“我是真心想让你成家。你成家了，就让娘子伺候你，我老太婆就可以功成身退了。”

王子道：“我不，我不准你走，你要是这样威胁我，我就打光棍了。”

哑姑无奈，只得让他坐好，没想到他十七岁了，竟是这样一个小孩。

王子在王府是有一个喜欢的丫鬟的。她刚刚入王府，连个名字都没有，王子就主动帮她干一些零活，哑姑也是看到了，从来都是笑着装没看到。后来王子发现，这个丫鬟居然是和她的相好的一块进入王府的，他的相好还是王府的厨子，俩人是一个村里出来的。

哑姑知道这件事后，看着王子整日闷闷不乐，就使劲用手势劝他：男子汉大丈夫，村里的姑娘自然有玩大的伴，还是不要指望了。将来纵横九州，多少冰清玉洁的金枝玉叶，大家闺秀等着你，中华儿女千千万，哪能欠你一个娇妻呢？境界放大一些，志向放远一些，秣陵毕竟小地方，大明的疆域，四京五百州，到处都是人，只要你放弃。

王子笑了笑，就放弃了，结果这件事被王爷看到了，王爷可是个不讲理的主，他年轻时的魔爪伸向过王府任何一个丫鬟，哑姑是知道的，她不是王爷的第一个，也不是王爷的最后一个。

结果王爷把那两个谈情说爱的家伙抓到王子面前，让王府的“四大杀器”绑住男人，像杀猪一样横置在屋外，将女人和王子关在房间，临走时告诫王子：“是男人的话，今天你要么强暴了她，要么杀了她，自己看着办吧。”

王子温文儒雅，这两件事情他都做不出，事实上，他听到王爷的这句话时，都惊讶万分，王爷的行为令人咋舌，但这就是王爷。

与心爱的丫鬟独处一室的王子，看着紧张无比的丫鬟，居然还有防范自己的意思，也不禁觉得可笑，没想到自己心仪的丫鬟，居然会对自己表现出这样强烈的防备，也许，她完全没有感受到自己的那份柔情。

“罢了，罢了，可笑，太可笑了……你何必这样防备我，就算你从来没有喜欢过我，也不用表现得这样紧张，好像我就是个什么样的人似的……毕竟，你也有你相好的人了，我也失去了一个暗恋的人了，请你体谅，在这份感情上，我是个受害者。就算你不重视这份感情，或者从来都没感觉，好歹也给我个台阶下，留一点面子给我，不要把我看成强盗了，我不想偷你什么！也不会抢你什么！你走……你走啊！”

丫鬟也没有道谢，转身打开门就走，结果刚开门，正面突然迎来一招凌厉的穿心掌！将她击毙，然后王爷望着血手狞笑道："顺我者昌，逆我者亡。"

被横置在角落，五花大绑的那个男人，望着这一幕呜呜直叫，王爷转身发现，还有他，于是冲着他的心脏，一招碎石脚，踩穿了他的身子，血溅三尺高……

"叫得跟杀猪一样，孤就把你当猪杀……皇帝老子孤都不放在眼里，杀几个下人还算得了什么……"王爷转身对王子怒斥道："你小子真是没种！就这一件事，老子就看出来，你小子将来什么事都干不成，连一个女人都搞不定，好意思学人家谈情说爱！"

王子有些不甘，怎么自己喜欢的丫鬟，莫名其妙的就被父王杀了，父王说这话又是什么意思？于是他大叫："你为什么杀了她！"

王爷伸出血手，一步步逼近王子，王子步步后退，王爷意味深长地说："你真不像老子，你这草包，生米煮成熟饭你会不会？她不喜欢你，你就让她走，作为男人，你一点血性也没有？一点都没有愤愤不平？老虎捕捉兔子的时候，兔子不让你追，你就宽宏大量地放了它？你小子脑子没病吧？在感情上，你居然败给了一个烧饭的，真是丢老子的脸！你怎么不会杀了他？身为王子，大权在握，这又是你的地盘，老子教你武功，是要你当好人的吗？"

王子完全听不懂王爷的话，他只知道，王爷杀人了，他流泪道："就算她不是我喜欢的人，就算她是王府普通的一个丫鬟，父王你也不能下此毒手，更何况，我放她走的时候，已经决定不再想她了，不喜欢她了，父王你怎么可以这样残忍霸道……"

"你不再想就可以不想了，你做得到吗？与其思念着她与别人勾搭的样子，不如彻底做绝！太祖爷说得好，你的就是我的，我的还是我的！没有人可以拒绝你，因为君尊臣卑，更何况她只是一介草民，连臣都算不上。拒绝你就意味着冒犯与自以为是，在王府，没有眼色的下人就应该被彻底清除！倘若你有种，就别找门不当户不对的小厮，可惜，你真是丢人，居然喜欢上了丫鬟，还被拒绝了，真是笑死我了，哈哈哈哈哈……"

王子终于羞愧难当，捂着耳朵吼道："王府又怎么样！王府也是有人情味的地方！怎么可以滥杀无辜！怎么可以强迫妇女！父王，我不要听你说话，你说话太难听了！"

王爷上前，连发三掌，将王子击倒在地，然后说道："你懂什么！老子教你你都学不会，真给老子丢人，书都把你读傻了，装什么斯文！今天，老子就告诉你，你老子是个怎样的人……你可听清楚了——这王府的所有丫鬟，全都成为过我的女人！"

"啊啊啊！！！"

王子放声大叫，他的眼珠已经充血，他不敢相信，他不敢听，如果可以，他真想找个洞钻进去，他终于明白了王府的黑暗，而王爷继续说道："拒绝我的人，你认为她能够在王府长久待下去么……告诉你，这就是王府！你小子……还差得远……对了，我强暴过的女人，还包括刚才死的那个，看着她在你面前装纯，当初她进王府的时候，已经被我言明了，她也默认了，陪过我，可是她事后不也装着没事人一样吗？在她的男人面前装忠贞，在你面前装纯情，你小子，太嫩了……”

王子彻底被王爷揭露的王府黑暗惊讶得昏过去，醒来时，还是躺在哑姑的床上，是“四大杀器”将他像垃圾一样丢到哑姑的木屋外的。

他一醒来，就莫名地流出了两行凄楚的泪，想着自己身处的环境，水深火热，黑暗至极，他觉得，从此以后，他大概再也不敢正眼瞧任何王府的丫鬟了，因为她们都……

微弱的煤油灯下，哑姑拧着热毛巾，温柔地给他擦汗，擦过了，又继续在盆里摆毛巾，他深情地望着哑姑慈祥的背影，脑海中忽然回荡起王爷的那番话，就失落地问道：“哑姑……父王曾经是不是强暴过你……”

毛巾掉落在盆里。哑姑僵硬地转过身，她不敢相信她所听到的话，只见王子泪流满面，不住地啜泣：“父王杀了小安和厨子，还说他强暴过王府任何一个丫鬟，父王……他竟然是这样一个人？哑姑……他曾经有没有对你……”

哑姑也有些悲凉，她想着王子的话原来是这个意思，就比画着手势说道：“那都是过去的事了，不要提了，他就是那样一个人……”

十七岁的王子，翻身趴在哑姑的枕头上哭了，哭得肝肠寸断，哑姑明白，就不停地抚摸着他的脑袋。因为，她当年被强暴后，也这样趴在枕头上，一样哭得肝肠寸断……

他果然还是个孩子。

夜深了，王爷约了他在禁门见面，因为今晚明月当空，月朗风清，适合练功。

神秘的练功场上，“四大杀器”为护法，王爷和王子四掌相对，盘腿在猹犴图腾上，调息运气。王子下意识地睁开眼，望着王爷老成自得的表情，想象着他傍晚说过的那些话，不觉一分心！

王爷立即从他的掌心里感受到了异变，王子的真气紊乱了，也打乱了传入自己体内的真气，遂冲着他腹心猛发一掌，将他打得退后三丈，口吐鲜血，并且大骂：“臭小子，注意力不集中，脑子想什么呢！”

“没……没想什么……”

“混账东西！先天龙子功在练习时最忌讳分心，这样之前的调息运作就前功尽弃了！不想让老子杀了你的话，就过来给老子坐好，继续练！要是再发现你分心，就打断你的腿！”

王子战战兢兢地爬过来，继续打坐，王爷命令看门的仆人：“来，把营养品端过来，给他补补……”

仆人递过一个茶几，茶几上搁着两碗药汤，一人一碗。

王爷干了，王子闻到药汤奇怪的味道，但是迫于王爷的淫威，也一饮而尽了。

补品就是补品，王子第一次喝，喝完之后浑身发烫，一运功，感觉之前中的那一掌不觉已经好了，还重新焕发了力量，于是他在调息时，格外的入神，将自己身上运营的一股沛然真气猛烈地推入王爷的掌心，传入王爷的体内，王爷大叫："好！臭小子！有点长进了！看来这补品果然不错，你第一次喝，就效果明显，以后就这样给老子练，只要你日益精进，终有一日，就会和孤王一样，拥有冠绝天下的神功！"

王子振作起来，更加专注，只不过他还不知道，他所喝的补品，拥有一个惊世骇俗的名字——元婴汤。

第三十二回 邓璋巡抚河南扮奸诈坑主 朱同铉鸿门宴大会十六王

沈邱城里一直流传着一个恐怖的传说：婴孩要“城外生，城里养”，因为在城里，很多孕妇熟睡中产子，自己却不知道，白天醒来，发现床上只有一摊血迹，生的孩子却不见了。老百姓说，这是由于沈邱城的风水克送子观音，所以观音菩萨把孩子没收去，做善财童子了。

这当然是个美妙的谎言，但是失去孩子的百姓都迷信得不敢说不是，并且也没有比这个更“实际”，更直观，更令人安慰的说法。所以就以讹传讹，三人成虎，众口铄金了。

能放出这样口风的百姓，必然不是一般百姓，都是被人收买了之后才这样宣传的，收买人这个机构，是个强大的“地方洗脑系统”，环环相扣，一层架一层，最高层，就是秣陵王朱同铉。

固然，就算是妇女熟睡产子，自己怎么会没有察觉？婴孩怎么会凭空消失？婴孩出世时难道没有哭声？一出世就“啪”一声不见了？

当然不是。可大家就是喜欢直观理解问题，孩子出世，观音带走，既然神喜欢咱的孩子，也算是他的福分，总之孩子有个好的归宿，咱们下次不要再犯了，在城外生孩子就是了……

这就是质朴又善良，“适应性强得令人叹息”的大明百姓。

那么那些孩子到底去哪儿了？

在一个月黑风高的夜里，当一根吹管穿透纸窗，吐出一种叫作“千年寐”的深度麻醉迷药时，不出半个时辰，整个屋子就连一只蜘蛛也会从网上坠落，蚊虫更是无处可逃，受熏则死。这时屋内的人，已进入活死人状态，敲锣打鼓都不会醒，就是砍上两刀也无妨，除非斩断一只胳臂、一只脚的疼痛程度，否则，被“千年寐”深度麻醉的人，与死了没什么两样。这时，王府的“四大杀器”兵分四路，各自带人，蒙面闯入屋子，挤压孕妇肚子，掏出元婴，剪断脐带，大功告成。

得来的元婴，三只藏入王府冰窖，一只交到厨房，自然会有人等着，加班烹饪，最终会制作出一碗元婴汤。婴儿肉分给“四大杀器”和特别加班的厨子，元婴汤交给王爷享用，为练功前后服用的大补之物。

朱同鈠所修炼的先天龙子功，极为耗费体力，每次修炼都需要服用元婴汤，一周四次，所以“四大杀器”一周出动一次即可。元婴汤补充体力的同时，还对提高五脏内劲与骨骼、肌肉的强韧性有意想不到的奇效，当一个人喝到“千盅元婴汤”时，体质会焕然一新，回到习武的最佳状态，这不再是世人所谓的长生不老，而是青春永驻。

王爷的效果有目共睹，因为他两鬓的白发很快就不见了，额上抬头纹、眼角鱼尾纹都逐渐消失，肩胛骨、胸腹的肌肉也越来越充实，武功与日俱增，以致能够轻而易举抱起王府镇宅的石狮子，抛出三丈开外。拥有这样的力道，一招普通的穿心掌就不再是只可以穿透人心，也可以穿透战马和猛虎。

“四大杀器”各自的武功也得到了提升，尤其是混沌，为吃到元婴肉，修炼“无相神功”的他，竟将脸上钻出了一个孔，方便进食，后来吃得越来越多，这小孔就像开花一样，长成了一只裂开的大嘴！嘴里面还长出了参差不齐，像野兽一样锋利的牙齿。在这之前，他修炼“无相神功”，补充体力的方法，也就是在矿泉池里泡澡，用身体吸收池水里的矿物质，维持生命。

就《大明律》来说，窃取元婴等同于杀人，是丧尽天良的犯罪行为，王爷身为一城之主，不知教化生灵，以身作则，反而阴养死士，鱼肉百姓，知法犯法，罪加一等。迄今为止已经盗吃八百多元婴，也就是说，他手上已沾着八百多无辜婴孩的鲜血，他身上长的每一根毫毛，每一寸肌肤，都牵连着一个无辜的生命，他不以为然，因为在他看来，整个沈邱城都是属于他的，包括百姓，也不过是他圈养的一群可以肆意宰杀剥削的动物而已。

公孙向东曾经在正德皇帝面前这样担忧过：大明的王爷，一个个都以地名为封号，这样的话，很容易造成强藩割据的心理暗示，因为中华文明博大精深，各地风俗不同但又齐头并进走到今天，地名本身就代表着各地雄厚的文化。比如，齐王自然会认为齐地是他的地盘，因为他是当地百姓拥戴的齐王；燕王自然认为燕地是他的地盘，因为他是燕地百姓拥戴的燕王；晋王自然认为晋地是他的地盘，因为他是晋地百姓拥戴的晋王。王爷与百姓关系不好是很可怕，王爷与百姓关系好更可怕。但凡是在当地好好发展，与民同乐的王爷，看似风平浪静，对于朝廷来说，也许是暗流涌动。因为王爷们在各地长久地熏陶，入乡随俗，世世代代，最后变成当地的一分子，天高皇帝远，一旦起了异心，笼络人才，蒙蔽朝廷，再振臂一呼，攻城夺地，直捣黄龙，就会造成靖难之役的局势。

正德皇帝疑惑不解：“靖难之役，是太宗皇帝的正义之举，怎么能批评呢？”

公孙向东羽扇掩面，露出双眼，道：“此一时彼一时。当年造反，成者为王败者寇，如今天下大定，凡事都要看立场——现在陛下是皇帝，如果有人重蹈覆辙，对皇上你发动了靖难之役，你还认为那是正义吗？”

正德皇帝如当头棒喝，踌躇不定，道：“如果……如果朕是个昏君的话……他们……他们发动靖难之役……当然也是——”

“不对！”公孙向东羽扇直指，言道：“欲加之罪，何患无辞！就算你是明君，他们要夺你的天下不会栽赃吗？王爷翅膀硬了，要的是天下，和你是昏君明君有什么关系？这个关键是‘他们要’，而不是‘你应该不应该给’，你给不给他们都要。这时你怎么办？所以要防患于未然以自强。皇上千万不要把江山寄托在儒家的以德治国上，以德治国可以作为一个目标去实现，但绝不能作为一种底线去依靠，因为——人性不可靠！人的本质都是贪婪、自私、利己、虚荣的动物，所以人类的文明才会提倡公平、礼节、奉献、忠义这些美好的价值观，并且表彰它们，扬善抑恶。人性是神性加兽性的阴阳体，原始人只有兽性，受过文明熏陶的人开始有了神性，然后努力培养自己的神性战胜自己的兽性，最终成为我们所说的——圣贤。当今天下，皇上需要防范的是两种人，第一种，是大部分的从简从快、唯利是图的原始人，他们只有自己的兽性也不会去在意什么国家荣耀，民族价值观，只是想方设法放纵贪婪、自私、利己、虚荣的欲望，如果全部满足，就沉沦享乐，其作为和追求对时代没有任何推进作用，对于国家来说，他们也并没有那么大的凝聚力和使命感，这是一种极度物质和精神空虚时代里潜移默化的危机。第二种，是魔人，是兽人经过神性熏陶之后失败的半成品，由于自制力差，神性战胜不了自己的兽性，就索性走火入魔，反其道而行，这种人比原始人更可怕。因为他是半成品，没有被文明完全熏陶出来，反而具备了文明的特质，带着沮丧的恨意，潜藏于潮流之中，一旦冒出头来，就会掀起江湖巨浪，撼动九州，造成极大的杀伤力。当年燕王，就是被削藩之事，逼成了一个表面文明，背地里野蛮的魔头……”

“说燕王是魔头？国师你真是岂有此理！岂不闻永乐皇帝，是开创盛世，使大明万国来朝的千古一帝？”

“呵呵……皇上，这些话是对别人说的，你身为内部知情人员，怎么能掩耳盗铃呢？君不见，永乐皇帝当年是如何杀方孝孺的？他死后又要有多少无辜的宫女为她殉葬？就连我家曾祖的铁铉族叔，忠君爱国，做了太祖的兵部尚书，都被他活活割下耳鼻，煮熟后塞入他口中，还问他滋味如何……若不是曾祖带领族人逃离西安，远涉塞外，迁徙敦煌月牙泉隐居，今天就没有在下站立在你面前……”

“国师，你家先祖经历过靖难之役？”

公孙向东擦去泪痕，笑道：“谁家先祖没有经历过，只不过我现在有机会发言而已。身为阿必宝哈的后代，先祖出任陕西地方官，他只不过想做个为民请命的好官，可惜没有想到，太祖驾崩后，朝廷领袖们就开始贪污腐败，你争我夺，皇室手足相残，让他这个小官无所适从，最后眼看怎么做都是错了，只有发扬自己的一点点自私的兽性，在塞外苟且偷生，为家族留下一点根苗，为发明了蒙古文字的塔塔统阿国师，留下一点希望。”

“而你，就是那个希望？哈哈，真是天赐国师予朕！国师你放心，朕一定会好好待你，不会像永乐皇帝那样了，朕下令，当年靖难之役的恩怨从此一笔勾销，此一时彼一时嘛。”

“唉。皇上你还是没有明白我的意思？”

“国师还有何要求，莫非想要替先祖讨一块功德碑？”

“靖难之役这样令官员无所适从的事不可再发生了！这样吧，如果皇上今晚没有什么事，请容我传唤一人……”

“那好吧，朕今晚就不和太监抓蛐蛐了，朕要秘密接见国师所传的人，一定又是一个多才多艺的江湖高手！”

结果，皇上夜里与公孙向东秘密接见的，是个官员，朝廷的右副都御使——邓璋。

邓璋先拜见了皇上，还有挂着右都御史头衔的公孙向东，公孙向东言道，他派邓璋去巡抚河南，让邓璋给皇上汇报一下河南的情况，邓璋就提到了很可疑的沈邱城主——秣陵王朱同钹。

当时他去的时候，见沈邱城里的孕妇零零散散都往外跑，得知了所谓“沈邱城风水克送子观音”的说法，但是他装着不知道，只是到王爷家里喝喝茶，结果临走时王爷贿赂他三百两纹银作盘缠，他大惊失色，一个小小的王爷居然有如此不菲的积蓄，可见他平时都做了什么。

而邓璋不愧是公孙向东调教出来的手下，面对如此高额的盘缠，他不动声色，只是拈须笑笑：“不瞒王爷，我来时带的五百两一路上已经花完了，平时朝廷发的俸禄确实不够用啊，我那盘缠还是布政使大人额外提供的呢！”

王爷一听，知道了邓璋的身价，他出个差都要花五百两，还是地方最高长官资助的，要买通这个人，看来不放点血是不行的。

而邓璋这边，对朝廷的忠心不言而喻，他表明，原本只是想假装成腐败分子，坑一坑王爷，测试一下他到底有多钱，没想到这一坑可不得了，王爷果然大手笔，一次性给了白银五千两作为孝敬！还提出了一连串要求：比如皇上出宫经常去哪里玩啊，户部尚书的关系通融一下啊，他有个朋友想去朝廷当个都尉、实在不行当太监也可以啊，等等。

当邓璋命人带上他从王爷那里敲诈来的五千两银子时，正德皇帝倒吸一口凉气：“朕从来都没有亲手花过这么多钱！朕平时问户部侍郎韩文借钱，他总是给朕哭穷，说没钱，看来……皇叔的日子过得比朕好呀！”

“皇上，重点不在这里！他哪里来的这么多钱？”邓璋面色凝重道：“身为大明的王室，朝廷每年给拨的款子都记录在册，这些钱明显是他贪污，或鱼肉百姓，或勾结不法分子得来的！他用这些钱贿赂微臣，要买通户部尚书，是什么意思？”

正德皇帝道：“户部尚书是国家的钱包，难道他要打国库的主意？但是，户部尚书王鏊刚正不阿，不是他所能动摇的。”

“至少他有这个心！”邓璋又问：“那他打听皇上出宫去哪儿玩儿是什么意思？”

“难道他想来陪朕一块儿玩？”

邓璋冷笑道：“皇上，你确定他是要和你玩，而不是行刺？”

正德皇帝背脊发凉，邓璋继续说：“他要走关系派人到朝廷当都尉，就连当太监他也愿意，就凭这一点就可以断定，他那么有钱，绝对不会养不起一个人，而是要探听朝廷的虚实，或者派武林高手趁机行刺，或者慢慢笼络朝廷人员，此志不小啊……”

经过一夜的详谈，正德皇帝高度赞扬了邓巡抚忠君爱国的精神，并私下没收了秣陵王所贿五千两赃款，奖励邓巡抚二百五十两和锦旗一面，作为表彰。事后公孙向东大呼万万不可，这样一来下次就没有人检举揭发了，至少该奖二千五百两，正德皇帝很是不情愿，但经过公孙向东一再进谏，皇上终于补赏了邓璋二千二百五十两，邓璋表示，绝对服从皇上的统一领导，高举“弘治中兴”的伟大旗帜，坚决维护朝廷主权稳定的帝国传统，与地方腐败分子决战到底。

正德皇帝给出的肯定答复是：“乖。”

由于公孙向东再三上书，此事可大可小，错综复杂，关系国计民生，不可坐视不理，正德皇帝终于派遣“五人巡抚小分队”莅临秣陵。这领衔的五人分别是——强烈要求出宫透气的贵妃刘西凤，凤姐加河南承宣布政使司衔；河南提刑按察使司陌上阳；河南都指挥使司呼延真；都知监李时，负责一路照顾凤贵妃；太医院吏目李言闻，负责凤贵妃和诸位大人万一水土不服的医疗服务。

去时公孙向东三令五申：“此事非同小可，田真可直接上任去备兵，以防临时生变。陌上阳可先去周王朱睦审那里一趟，毕竟他是河南的亲王，熟悉当地情况。凤贵妃……呃……虽然卑职没有什么资格要求您，但是作为您的兄长，为兄还是希望您走娘娘路线，从王妃和丫鬟们入手调查。”

刘西凤捶了公孙向东一下，笑道：“哥，跟你妹子还谦虚啥，要不要回来给你带点河南特产？”

公孙向东心平气和道：“哥只要你健健康康回来，你出了事皇上不会放过你哥哥我的，你最好认真对待这次任务，在路上不要给田真和陌上阳脸色看，他们都是我兄弟，一样是你的哥哥们。”

“哼，那要看他们的表现。”

“唉，哥真搞不懂，巡抚地方，皇上为啥要派你去？”

“不懂了吧？皇帝是我的男人当然听我的，我能管得住他拈花惹草，独霸后宫，你管得住吗？”

“不过你这一走，后宫岂不是无主？”

“人家夏皇后都不操后宫的心，你还管得多。总之我回来，一顿雷厉风行的扫黄打非之后，后宫必然立刻肃清！咳咳……作为后宫的女王，朕现在要出宫透透气，你们慢慢在这四九城里转，朕要去漂泊江湖了，啦啦啦……”

“你……”

就这样，刘西凤、呼延真、陌上阳、李时、李言闻一行人出发，他们完全不知道，他们去的地方，要经历一场龙潭虎穴的较量，还有一个凄惨悲凉的故事等着他们。

他们先到达的，是周王府，而作为河南的老大，大明亲王朱睦审，竟然不在府邸，而是外出去了。

《大明律》明文规定，大明王爷不得出封地四十里，一藩之中，无论是作为老大的一字王藩王，还是作为各种老二的二字王郡王，总之，二王不得相见。周王出门，不会出河南，必然是和其他郡王见面，最有可能见面的郡王，众人面面相觑，已经呼之欲出了——秣陵王朱同钹。

这天，风和日丽，蓝天碧水，朱同钹约了河南的其余十七位王爷在郊外霁云舫八角亭畅饮，他们分别是：周王朱睦审，永宁王朱安法，汝阳王朱同经，遂平王朱安洛，内乡王朱安潼，胙城王朱安浏，原武王朱安淇，鄢陵王朱同锬，河阴王朱安丘，颍川王朱同亶，义阳王朱同堞，临汝王朱同衔，鲁阳王朱同铌，临湍王朱安瀼，堵阳王父朱同法，子朱安冰。

朱同钹认为，大明王法中“二王不得相见”的规定真是荒唐，就算是朝廷忌讳，又怎么能割断人间亲情？

一番话一说完，诸位王爷都表示认同，大家自家兄弟，吃个饭约个会怎么不行，不要管那些烦琐的条例，你看，周王殿下不都亲自来捧场了嘛，既然大哥都出马了，咱们还有什么可怕的呢？

朱睦审也表示很想念诸位哥哥弟弟，今日既然钹弟有心，那就趁这个机会，大家不醉不归！

加上朱同铍，十七位王爷好兄弟，喝得酣畅淋漓，朱同铍表示，正德皇帝冲龄践祚，什么都不懂，昔日永乐尚且能联合诸王，发动“靖难之役”，我兄弟几个何不齐心合力，干一番大事业？

大家开始不说话了。

朱睦审道：“小铍，不许胡说哦。我主继弘治中兴之后，逢太平盛世，无负于诸王，大家都锦衣玉食，老百姓也安居乐业，日子过得不知道有多开心，怎么能和靖难之役相提并论呢？”

“王侯将相宁有种乎？更何况我本王储，也姓朱，一笔写不出两个朱，他朱厚照可以当皇帝，我为什么不行？”

遂平王朱安洛，武将出身，心直口快，道：“说出真心话了吧！那是你要当皇帝，别拉着自家兄弟给你垫背！”

“你说什么？”朱同铍环眼直愣。

原武王朱安淇道：“就是，要当皇帝也轮不到你，大哥身为周王，他都没有异志，照样忠君爱国，辅佐天子。你竟然在这诋毁朝廷，以下犯上，算哪根葱？说这话，分明是给哥哥们添堵，想让朝廷找咱们麻烦不是？”

朱同铍大笑：“我看出来了，龙生九子，各不相同。你们这些所谓的王爷，并非皇室的子孙，一个个都是孬种！”

鄢陵王朱同铥摔杯大叫：“皇室的子孙哪有你这样不讲道理的？你要是皇帝老哥我就是太上皇！”

朱同铍开始和鄢陵王推推搡搡，堵阳王朱安法也起身了，批评道：“小铍，你这是干什么，咱们弟兄们不是来聚会的吗，怎么演变成鸿门宴了，怎么……要打架啊？”

朱同铍挣脱开了众人，摇头道：“打架？哼。各位兄弟，我不是要和你们打架，而是觉得这个八角亭实在长得太难看，太碍眼了，兄弟们，麻烦你们站外面等等，小弟要和这个八角亭好好交流交流感情……”

十七位王爷莫名其妙，纷纷出了亭子，只见朱同铍在亭子里掏出墨铜雕龙环，戴在左右手，遂气运丹田，疾走任督二脉，骤提真元，将通体戾气集中在掌心，此时天地变色，风起雷鸣，但见朱同铍冲着八角亭凌厉四掌劈出，只见那亭子“噼啪”四声，上半身与下半身堆积在了一起，在一片神功奇绝的龙啸声中，成为一堆废弃的土木……

朱同铍从土木之中腾空而起，握紧双拳，对着诸王一阵狞笑，十三位王爷目瞪口呆。

这些王爷当中，有四位是武将出身，封镇国将军，对朱同铍的行为不以为然，比如朱安洛调侃道：“这算什么？耀武扬威？在我看来，这是赤裸裸的破坏公物啊！这里是你们谁的封地，哎哎，赶紧叫赔，他还不一定赔得起，不赔钱人可不能放走了，布政使大人会找你们麻烦的……”

颍川王朱同亶慌了：“钹子，这是哥哥我的地盘，你这是干什么？”

朱同钹冷冷一笑：“不过是一座八角亭而已，就是十座！一百座！老弟我一样会赔给你的！这算什么……”

朱同钹再一次暴露了他的财力，还是当着周王的面，周王思考着，一百座八角亭，他哪来那么多的钱啊，看来这秣陵王果然有事情……

朱同钹虎躯一震，笑道：“不瞒各位，小弟今日已经练就了盖世神功，百万军中取上将首级，如探囊取物！兄弟们，咱明人不说暗话，何人愿意与我起事？事业未成，无粮同饿，事成之时，得肉均分！”

原武王朱安淇笑道：“呵呵！就这点强盗理论，还什么得肉均分？当年燕王向宁王朱权借朵颜三卫的时候说的话可比你动听多了，最后人家打下天下来，不照样没宁王什么事儿了吗？你这套老祖宗早都玩过了，现在才唱，岂不是马后放炮，拾人牙慧……”

鄢陵王朱同铥笑道:“就是，我看他也就破坏公物这点本事，充其量也是个有勇无谋之辈！”

遂平王朱安洛松一松筋骨，道：“反正哥哥我今天也吃饱喝足了，就算你这是鸿门宴，来了都已经来了，恐怕你也没打算让哥几个回去？说白了，哥几个要是回去了，向朝廷参你一本，恐怕天兵一到，你再厉害的神功，也只能被大军所碾轧了罢……”

朱同钹拳锋一紧：“老子好心好意请你们吃饭，你们却逼老子发火。不服气的，上来试试……”

结果，遂平王朱安洛，原武王朱安淇，鄢陵王朱同铥，同时迎上，与秣陵王大打出手。眼见三人都在挨打，占了下风，堵阳王朱同法对自己的儿子朱安冰说：“冰儿，你上，不要让你三个叔叔吃亏了！”

一番残酷的格斗过后，四位王爷全体倒地，朱同钹笑道:“亏你们一个个都是镇国将军，大明的国由你们来镇，离亡国不远了，哈哈哈哈哈——”

朱同钹扬长而去，飞身上马。事后，周王集结大家：“这件事绝对不能泄露，回去之后就当什么事都没发生过——家丑不可外扬。”

朱安洛道：“可是大哥，那小子要造反啊！”

“我说过了——家丑不可外扬。他要造反是他的事，你们规矩就行了。朝廷本是多疑之地，你说了总会有人诬赖你通敌，装不知道比什么都安全。他要做什么就由他做，以后谁都不准再和他见面，哥哥是为了你们的性命着想，都听到了没有？”

“是的！王兄放心！臣弟知道了！”众人异口同声。

第三十三回 呼延真百骑突围助三司 陌上阳月夜挡道斩小厮

凤贵妃接替承宣布政使司，千户肃武侯陌上阳大人接替提刑按察使司，镇国公玄武大将军呼延真接替都指挥使司，另有都知监李时，太医院吏目李言闻随从。

朝廷特派五方巡抚，黄金组合，一行人到了河南，李时拿出圣旨一读，河南的三位地方大员，顿时傻了眼——

“我等无负于朝廷，何以被革去官职？”

“不是革去，只是临时做副手，配合调查，事情办好了，你们官复原职，事情办不好，不但要撸你们的官，严重的还要论罪。”

三位大员表示一定全力配合朝廷调研，问题是查谁？

“秣陵王朱同铉。”

按理说，朝廷调研只需要服从命令就是了，然而这三位地方官磨磨蹭蹭，唯唯诺诺，还为朱同铉说了很多好话。仔细想想，身为地方的承宣布政使司、提刑按察使司、都指挥使司，分别掌管地方民政、刑狱和军政，原本应该是各司其职，互不相干的，而当李时提到朱同铉这个名字时，三位好像知道些什么，并且溢美之词滔滔不绝，一下被凤姐看出来了。

凤姐在李时耳边吩咐了几句，李时点头道：“得，你们三个也别干了，新上任的三位大人表示要直接接替你们的活儿，给你们放两个月长假，还是带薪休假，你们就各自回老家带老婆孩子出去玩儿吧！”

三位大人表示愿意发扬吃苦耐劳的精神，“辅助”大人们调查，李时皱眉道：“让你休假就休假，废话那么多，跟朝廷讨价还价，想抗旨还是怎么回事？我就说，哥几个怎么突然这样勤快起来了？怎么不摸着你们的大肚皮想想，自己当地方官，活要是干好了，朝廷至于用牛刀杀鸡吗？你以为朝廷的各位大人们都愿意来这出差？他们放着朝廷的官不做，来给你们擦屁股，还不是因为你们失职在先！”

三位大人全体下跪，叩头知罪之后捂着乌纱帽痛哭流涕，李时继续说道：“好了好了，男子汉大丈夫，哭哭啼啼成何体统？现在让你们休假就休假，不过——哼，这件事要是查出来与你们有关联的话，皇上的脾气你们可是知道的，年轻气盛的他，一定会学太祖，亲手扒了你们的皮，做成衙门外面的鸣冤鼓，让老百姓没日没夜地捶。或者把你们脱个精光绑在沈邱城里，让老百姓自发决定要不要凌迟，想好了用刀子一片一片割你们肉吃。或者，一旦查出你们有贪污，就把你们贪污的钱化成水，撬开你们的嘴，像牛奶一样全给你灌进去，让你成为一个实实在在的有钱人……”

三位大人捂着脑袋，当场崩溃，哭得更大声了，李时见状，断喝一声：“还不从实招来！将功赎罪。把朝廷当傻瓜一样欺骗吗！谁要是痛改前非，将功补过，凭我们几个的身份，足以向皇上说情，采取宽大处理，前提是你们得让我们这次的降龙行动圆满成功，皆大欢喜，好向皇上交差。”

承宣布政使司道：“臣揭发，秣陵王霸占农田，与民争地。”

提刑按察使司道：“臣也认罪，秣陵王私会奸商，套取不法赃款。”

都指挥使司道：“臣也揭发，秣陵王阴养死士为他效力，势力极为庞大，悍不可敌。”

“我去……都悍不可敌了……你们还能若无其事！”李时气得恨不得上去给他们一人一耳刮子，转而看了凤姐，凤姐点了点头，李时接着说道：“这样，你们把详情写成奏折，立即回宫交给皇上，其余的事情，我们来办。”

都指挥使司道：“不行啊诸位大人，我们出不去，周王封地已被王爷控制得像烽火台一样，到处都有他的眼线，现在这里是有来无回，之前我所统领的数万大军数次被王爷带领的武林高手部队大扫荡，招降的招降，处死的处死，如今手下仅剩三百余人，现在就连封地最薄弱的突破口也有死士三千。”

呼延真起身道：“把你的人交给我，其余的你什么也不用管。”

都指挥使司惊异地望着眼前这位人高马大的将军，心中有种说不出的期待感。

结果，呼延真带领三百士气低迷的残兵向封地边境发起猛烈攻击，黄膘金络脑踏上战场，威风凛凛，当年熔化苏鲁锭所打造的乌油盘蛇戟，在日光下闪现出傲然黑光，横扫千军，如猛虎逐群羊！刘西凤也耐不住寂寞，驾卷毛鹿面兽，挎錾金凤嘴刀出战，只用四丈绊马索就得以在战场上大显神威，不只对付骑兵，还亲手勒死一员叫阵的大将，引得观战的三位大人一片惊呼。

三千人兵败如山倒，秣陵王“四大杀器”之一的饕餮领兵来支援，饕餮持雕龙环与呼延真交手仅三回合，就被田真踹下马来，然而饕餮并未罢休，他学秣陵王一样，将雕龙环套在腕上，运作真气，打通经脉，当即挥出一掌，淙淙龙啸之声，以排山倒海，技压群雄之势，将黄膘金络脑击倒，田真及时从马背上跃下，目光凌厉。

“这厮不简单，不过只可惜，我还没有真正发力。”

说罢，田真以“寸劲”之力硬生生与饕餮对了一掌，饕餮掌风浑厚无比，将田真推出三丈开外，口吐鲜血……

正当饕餮大笑着上前，刚走了三步，五脏一阵剧痛，搅得他肝胆俱裂，眼中一充血，身子僵硬倒地，一命呜呼。

援军群龙无首，当即丢盔弃甲，四散而逃。此时，边境上豁然开了口子，三位大人惊讶之余，拜别了“五方巡抚”，直奔朝廷。

正所谓：

闯将搏命如冲霄，忠睛常贯红丝绦。

掌绰乌戟跨神骥，势比腾渊一怒蛟。

奋武冠军凌千万，嚄唶勍敌已失骄。

黄河金汤浴玄武，壮心长随艳阳高。

当天夜里，一轮牙月斜挂沈邱城楼，城内飞沙走石，落叶漫天，凄凄然不见百姓。

混沌、穷奇、梼杌三人巷口集合，等候饕餮多时，竟不见来，只好各自分工，命穷奇将饕餮的份算上，准备两份，穷奇得意扬扬地答应了。

三人分散之后，穷奇轻功跃上屋顶，向屋内探望，四处滑翔，从一处屋顶跃向另一处。

月下，屋顶。

就像一只带翅的灵猫一样，穷奇矫捷的身姿划过夜空，空气中不曾留下任何痕迹。

然而他的秘密行动，却被另一个久候的，靠在烟囱旁的冷静杀手所警觉，死死地盯在眼里——陌上阳。

就像鹰盯住兔子那样，陌上阳不动声色，只移动着眼球，侦察着这家伙的所作所为。

捕猎时一旦看准时机，鹰一出手就是要命的。

大功告成。穷奇从一间房屋里蒙面飞出，怀中揣着一件血淋淋的东西，那是他盗取的元婴，孩子的父母早已被“千年寐”熏得不省人事了。

穷奇的任务还没有完成，因为他今晚还要帮饕餮多完成一份。

陌上阳已经看清这是在干什么了。

但穷奇跑到巷口，转身疾走时，陌上阳斜挎太阿剑，低头不语地挡在他面前，那飘逸的斜刘海挡住一只眼，另一只眼低头向上凝视着他，犹如恶鬼一样。

“什么人？”穷奇慌忙地吼了一声。

陌上阳没有回答他。

这是个从来不会说多余话的人，自从他在琉球岛上误杀了自己从小景仰、引以为傲的榜样父亲，追悔莫及的他，夜夜从噩梦中醒来，孤独地坐在床头，像个孩子一样，一个人默默拭着眼泪，自己抱着自己——啜泣，伤心。

没有人理解他的痛苦，因为这种痛苦源自毕生的懊悔，只要他还对曾经的父子之情有美好的回忆，那段日子就会经常浮现在美梦中，最后突然转折，变成那个自己亲手造成的噩梦，永远无法消除。渐渐的，外表冷酷，内心脆弱的他，在人前变得沉默寡言，甚至一言不发。最后，他终于失去了语言！失去了一张曾经充满阳刚之气，憧憬未来的笑脸，沦为了海盗口中，闻风丧胆的面瘫，死神一样的存在。

他可以说话的，但是脆弱的内心总会在最应该理直气壮的时候，不停颤抖，因此他说话也会颤抖，俗称结巴。为了掩饰自己的颤抖，他索性将所有话减少到一句，每次说话，都不会超过三个字，这样，就能最大限度避免自己的脆弱和惶恐被别人看出来，保持一点伪装的自尊。

他知道自己没有自尊。一个杀了自己亲生父亲的人，怎么配在别人面前谈什么自尊？由于他的理直气壮，犯过一次难以追回的大错，所以他怀疑自己的任何判断，他再也不会当出头鸟，再也不会去理直气壮，一马当先了。

他只能躲在最黑暗的地方，悄悄地，深情地，望着这个世界，他愿意相信美好的东西，但是他知道自己不配拥有，只能看着别人好，就放心了。

他也会在最黑暗的地方，保持最大限度的冷静，侦察，凝视着一切的黑暗和残忍，面无表情地看那些大老鼠是如何为非作歹，面无表情地看那些爪牙是如何逍遥法外，然后，以最迅捷最利索的手法，面无表情地消灭他们。

他是个面瘫，却拥有一颗千变万化的心，没有人看得出来，因为他从来不会表现，也表现不出来，世人所谓的喜怒哀乐。

穷奇见陌上阳没有说话，但是好狗不挡道，反言之——挡道非好狗。

陌上阳算不上是狗，他是正德皇帝养的一只皇家猎鹰，号称“南宫朱雀”，他不想听穷奇说什么，只想让他交出偷走的东西。

“东西……交出来……”

穷奇一愣，转而无赖地笑道："噢——要东西是吧？拿去！"

穷奇将活生生取出的新鲜婴儿往陌上阳身前随意一扔，陌上阳没有说话，只是死死地盯着地上的婴儿，实则，此刻他的心已燃起怒火万丈。

这家伙必须死。这是陌上阳此刻唯一的想法。

陌上阳上前两步，想捡起婴儿，不料此刻穷奇却突然发力，虚身一晃，抖开挂满了锋刃的披风——鬼行囊。陌上阳被他刺猬一样外表所止步了，太阿剑出手，却根本无从下手。那些锋刃里面还暗藏着机关卡簧，可以像镖一样凌空飞出，而一旦飞出了，就等于刺猬少了一根刺。

玩惯了暗器的陌上阳，还有一个名号，叫"袖里乾坤"，但陌上阳丝毫没有打算对这种小角色用暗器的意思，对付这种小厮，连剑都可以省。他亮出了戴满了金甲的雀手，冲上前，一面夺过迎来的弹镖，一面看准了那一道道锋刃，快手迅速将他们拔出……

当刺猬没有了刺，结果只有一个，就是束手就擒。

江湖中，没有人愿意束手就擒，尤其是大坏人。

穷奇掏出了一把鲈鱼般大小的匕首，并且故作镇静，道："你……不是这里的人。你……到底是什么人？"

一团乌云挡住了月光，沈邱城里一片漆黑，漆黑当中，穷奇笑道："哟？连月亮都回家了，不愿意给你这个莫名其妙的外地人照明！看来……今晚我们的战斗就到这里了？我是本地人，熟悉路况，就算看不见，摸黑也可以逃走，你……就慢慢待在这里等月亮出来吧，后会有期！"

只听一声钢弦绷紧！穷奇的头掉落在地，颈上涌出血喷泉，在黑夜里嗞嗞作响……他背靠着地倒下，临死，也不知道自己死在了何种兵器下，为何会死……

盘龙丝。

陌上阳，一个在黑夜里可以看清移动物的男人。

有道是：

太阿出鞘万光缩，盘龙丝上泛血波。

宝岛飞出朱雀儿，艅艎蔽海乂交戈。

武夷山驻不死鸟，南地肃倭奏凯歌。

墨祖侠嗣闻于世，宵鹳破晓应摩诃。

却说陌上阳一手拢着已死的婴儿，一手提着穷奇的头回到布政使都府，将两样东西往桌上一放，刘西凤、呼延真、李时、李言闻惊恐万状，刘西凤立即问："这是什么人？"

“坏人。”

“看来沈邱城果然有故事啊！”李时目不转睛。

“一定有。”陌上阳道。

子夜的秣陵王府，禁门里的练功场，王子朱安涪与王爷朱同钹，父子对练，正在将一只石狮子推来推去练功，掌风所及，石狮子犹如一颗棋子一样，来回移动。

王爷将石狮子高举过顶，抛向王子，王子也不甘示弱，虽然抛来的石狮子将他的擎天手臂压弯，但没有将他的脊梁压垮，反而被他一发力，又推给了王爷！王爷双掌合十，作各种结印，将五内潜能逼出，手腕上墨铜雕龙环瑟瑟颤抖，只见双环上龙眼双双一亮，王爷的身后伴随体内真气蒸腾出一条——衔环龙头，那便是龙生九子第七，狴犴神龙。

先天龙子功的最高境界，是身体可以获得未知力量的垂青，修为得以突破大乘，登峰造极，而龙元则是最容易垂青王室之人的未知力。

所谓“龙生九子，各不相同”，垂青秣陵王身上的龙，就是俗称的“衔环龙”狴犴。

得到狴犴龙元垂青的王爷，在一声断喝中，几道凌厉的双掌将石狮子击成粉碎，最终，他从漫天尘土飞扬中振臂钻出，立地狂放大笑。

朱同钹心想：“还剩最后五十个元婴，只要再逐渐喝下五十盅元婴汤，就达到了‘千盅元婴汤’的效果，真想试试，那是怎样一种极限的力量啊！”

想着想着，两碗元婴汤已经奉上，他和王子一人一碗，干了。

王子从来不知道他喝的是什么，王爷说是补品，那就是补品，关键是，喝了还真的奏效，练功时神清气爽，体力充沛。好奇心不强的王子从来都不深究补品的真相。只有给他洗床单和枕巾的哑姑，每次望见他床单枕巾上的鼻血，看得一惊一乍的。

哑姑开始觉得不对劲了，因为回回洗枕巾，回回见鼻血，王子的体质到底是变好了还是变差了？

应该算是变好了。可是营养过剩，滋补过度，经常流鼻血，算是好事么？

哑姑不想让王子再跟着王爷练功了，武功这种东西，有就可以了，能强身健体就行，难不成真的要称霸天下啊？

哑姑低估了王爷的意志。但是她认为，王子也不可能以伤害自己的身体为代价去修炼武功，王子从来都是听他的，她的道理在王子面前讲得通，王子也能耐心看完她要表达的每一个手势，也从不怀疑她的善良与忠实。

这时，哑姑看到老太监端着两个碗从禁门里鬼鬼祟祟走出来，她躲在没有人发现的角落，望着老太监离开，刚要冒出头，又见混沌和梼杌紧张兮兮地回来，两人怀里各自抱着一团血淋淋的东西，神色慌张，走到了王府的假山后面，转动了假山侧面的一颗石头，眼看着那假山居然移动了……

假山背后，那是一条密道，一条冒着冷气的密道！混沌和梼杌匆匆忙忙进去，似乎是去放了什么东西，又匆匆忙忙出来，一路还交谈着。

“穷奇的尸体……要不要跟王爷提一提……”

“就不到半炷香的工夫，他怎么会被杀了，到底是什么人干的？”

“饕餮不见了，穷奇也被杀了，这座沈邸城里，居然还有能杀得了穷奇的人……居然还把头砍了带走……不行，我一定要告诉主公！”

哑姑没有听清楚他们说什么，但假山上的机关她是清清楚楚地看到了。

第三十四回 哑姑义焚储婴窖激怒秣陵王 李言闻华佗本草纲目麻沸散

等到梼杌与混沌走后，哑姑一路摸着墙到了假山边，学着他们刚才的样子，扭动了那个机关。

假山突然向右移动，哑姑吓了一跳，那条密道当即出现。

一股冷气扑面而来，那是一种说不上的阴冷，这种感觉不由得令人止步，然而哑姑是无惧什么鬼神的，因为她行得正走得正，她只是好奇，顺着密道往下走……

密道两侧闪烁着拳头般粗的红烛，在琉璃灯罩里分外明亮。羊肠小道蜿蜒曲折，七拐八拐，越往下走越冷，两侧的墙壁也渐渐由石壁变成了冰壁，走到头，一张紫檀木龙椅跃然眼前，龙椅正对着出口，正是因为没有人坐，才显得那样神秘与吊诡。

哑姑向着龙椅走去，那里是密道最底部的正中心，尚未走到龙椅面前，环顾左右，眼前的景象令她惊恐万状——

龙椅的左右冰墙上竟满满镶嵌了形态各异的婴儿！

血淋淋的冰砖里，透出各种孩子的模样。那些婴儿似还在熟睡当中，实则早已没有了活着的气息，那是他们此生第一个表情，也是最后一个。

因为，他们尚未出生，就已被人从腹中强行取出，置于冰窖，像物品一样被储存，这就是王爷的"储婴窖"。

婴儿们还一个个保持着在母体沉睡般朦胧的表情，身上都还连着脐带。他们有的闭着眼握着拳；有的张嘴仿佛刚要说话时间却定格了；有的好像抿着双唇胆小又怯懦地沉沉睡着；

还有的脑袋顶着脚缩成一团，像个肉球；更有一些双拳贴脸，挂着泪水，仿佛临死之前感受到了剧痛……

哑姑看到这些，吓得是肝肠寸断，失声痛哭，为什么会有这些孩子？这些孩子都是做什么的？

她斜坐着瘫在地上，一手扶着龙椅，一手掩面而泣。突然！她的脑海中浮现了几个曾经偶然经历的画面，这些画面联想起来令她陡然一惊，陷入了恐怖的沉思——

第一幅画面，有一次她晚上睡不着觉，向窗外望去时，见梼杌那些人像今天一样，夜里抱着一团带血的东西鬼鬼祟祟的，但是都是去了灶房……

第二幅画面，深夜里灶房有老太监在开小灶，冒着炊烟……

第三幅画面，梼杌他们四个在灶房外分吃“鸡肉”……

第四幅画面，老太监深夜端着两碗补汤从灶房走向禁门……

第五幅画面，王子和王爷喝了补汤！

天呐！她不敢继续往下想，因为这样的逻辑结果令她难以承受。不会的，他们不会这样残忍……他们怎么可以吃——

可是！那么这些婴儿到底是怎么回事？王府的假山后面怎么会藏着一座储藏婴儿的地下冰窖！

哑姑知道这一切只有一个最恐怖又最合理的逻辑，但是她不敢面对现实的荒谬和难以承受的残忍，就算是欺骗自己，也要找到不存在的证据。

可是……残忍毕竟是真真切切地存着的……不管善良的人愿不愿意接受……

在残忍面前，善良只能选择哭泣，除非善良具备力量，否则，只能是：

真神不曾眷懦夫，蛮力安肯让妇孺。

失德野人纵兽欲，直教文弱泪眼枯。

教化本推仁义鉴，人性可化刚柔箍。

恣猿不通琴恭意，焉忍兽行一剑诛。

当哑姑在灶房的垃圾筐里发现了婴儿的骸骨，她终于彻底对现实失望，心如死灰的她靠在墙上，泪流不止，她不只是为了王爷的残忍而哭泣，因为王爷从来都是那样，她只是没有想到王爷会这样狠心！自己的孩子，就算是庶出，从小肆意打骂，现在连别人的孩子都不放过。那些婴儿，对于他来说只是一团肉而已吗？那是千千万万颗母亲的心！更令哑姑绝望无奈的是，连王子也服用过这些婴儿！虽然她坚信，王子的本性不坏，他只是因为惧怕而被迫服从父王的命令，对于一切并不知情。事实是，她的王子，在不知情的状况下，也犯下了不可饶恕的罪孽……

呵呵，呵呵呵呵呵……

王府？王爷？伟大壮丽的大明王朝，怎么会有这样的王府，这样的王爷，和这样的……丫鬟命。

看透了，哑姑把一切都看透了，如今的王子也已经长大，她这个奶娘身份的亲娘，这十几年来，做得可真是苟且又委屈。虽然她想再陪王子一程，看着他成亲，成家，小王妃能够像自己一样照顾他，儿子儿媳彼此相爱，那么她的人生，将死而无憾。

但是，不可能了，为了王子，为了千千万万个失去自己孩儿的母亲，她要豁出性命，结束王府这一切的罪恶。不能再让王爷的恶行继续下去，他把王子引上了丧尽天良的不归路，让千千万万个家庭支离破碎，只要她想到那些婴儿，那些一个个懵懂又稚气可爱的小表情，那些被扼杀在胞衣中，还没有真正看见过这个世界，就已经被陷害的小表情……她就能够想象出他们的母亲如果知道事情的真相，会多伤心，多痛苦。

于是哑姑从灶房提了两罐火油，毅然决然地再次进入冰窖，她对孩子们磕了三个重重的响头，最后一个响头磕得额上迸血——作为一个母亲，她为自己的孩儿不知情所犯下的罪孽，向孩子们赔罪，也向千千万万个母亲赔罪！她要将孩子们火化，将这一切付之一炬。

火，一场冲天的大火，终于壮烈地烧了起来！

王爷刚刚从混沌、梼杌的口中得知一连串令人震惊的消息——周藩被都指挥使司大人带兵攻破，三司逃走，饕餮阵亡，穷奇出门办事被人刺杀，凶手逍遥法外。

原本滴水不漏的沈邸城，瞬间变成了热闹的马蜂窝。常言道：福无双至，祸不单行。可这祸来得也太突飞猛进了……

“那三个兔崽子逃走，肯定是回朝廷报信去了，既然这层窗户纸已经捅破，那就是箭在弦上，不得不发了！至于穷奇被杀，很有可能是朝廷派东厂干的。可是，凭东厂的那点本事，怎么可能是我一手调教出来的穷奇的对手，难道朝廷还有比东厂更厉害的组织？岂有此理，到底是什么人……”

正当王爷沉吟沮丧之时，忽闻园内大火，带人跑上前一看——

熊熊烈火，哑姑面对着洞口，提着两坛火油罐，在烈火中痴痴发笑……

“你这个贱人！没想到你竟然敢在这里放火！我杀了你！”

王爷怒不可遏，飞身迎上，一掌将哑姑打得五脏俱裂，飞出三尺多高，两个火油罐碎了一地。他从背后抽出玄铁镶环狴犴杀威棍，大叫道：“难怪我近日来觉得诸事不顺，全是因为留着你这个祸胎！早就不应该留着你了，今天我秣陵王府要清理门户！”

王爷杀威棍出手，哑姑已经闭目做好了受死的准备，怎料这时，王子接过几招，挡在哑姑面前，双膝跪地道："父王！不要杀奶娘！"

"滚开！"

王爷横扫杀威棍，王子也没有抵抗，就活生生承受了这么一击，口吐鲜血。哑姑心头一惊，冲着王爷疯了似的嘶吼，王子的脑海中忽然浮现出了相似的画面——小时候他拉着哑姑带他出去玩，错过了王府的晚饭，回来哑姑却受到了王爷的鞭笞，浑身是血。那时候，他劝阻王爷，哑姑依旧是护着他，最后，他在中了王爷一鞭子倒地后，昏迷中的他最后一眼，看到的是，王爷抽断了那绑着哑姑的麻绳，哑姑倒在血淋淋的地上……

从那次以后，他暗暗发誓，再也不犯错，再也不让奶娘受到那样要命的惩罚，后来，他果然再也没有要求哑姑带他出去过，即使他很想出门玩。

这次，王爷打算是要哑姑的命了，他疯了似的对着哑姑拳打脚踢，还用杀威棍打断了她的一条腿，听到哑姑撕心裂肺的惨叫，王子忍着疼痛，冲上前来，用坚实的脊背挡住了王爷的杀威棍，却被击倒在哑姑怀里，又呕出一口血，被打断腿的哑姑已经痛得流泪，却一把抱住王子，冲着王爷大哭。

王子转过身，咽下从脏腑涌出的鲜血，跪在王爷面前，喘息道："父王，我求你，放过奶娘……奶娘虽然是个哑巴，但是她心地善良，温柔体贴。她从小照顾我长大，就像我的亲人一样，奶娘为了照顾我，从洗衣烧饭，到读书看病，她无微不至，为我操碎了心。奶娘每个月领一点微薄的工钱，都花在了我的身上，给我买好吃的，好玩的。小时候我身子虚，奶娘就偷偷跑到县城的华神医家里，买昂贵的补品，才救回了我一条命。没有奶娘，就没有今天的我。如果……你一定要杀奶娘的话，就先杀了我吧！"

王爷万万没有想到，王子会这么袒护这个女人，是的，一切都是由她造成的，要不是她负责王子的起居生活，王子也不会为她跪地求情，是这个女人，把王子的注意力全吸引到她身上去了，留着她真的是个祸害，不如让她走，换回王府的一片清净。

"你听着，你在王府待的时间也已经够长了，你的所作所为我没有兴趣，你烧了王府的假山，我打断了你的腿！从今以后，你再也不是王府的人，你已经被驱逐出府，最好滚回你的老家去，好自为之！"

王爷对混沌和梼杌使了个眼色，他们上前将哑姑抬出王府，走了很远，像垃圾一样被丢弃在巷子角落。

镜头翻转，回到"五方巡抚"这里。他们在周王府做客，递上皇上交代的密旨，密旨上写着——

"皇叔，别来无恙？这五个人是朕的亲信，朕派他们到地方去调查贪官，你可要配合他们调查哦，不可以藏污纳垢哦，你要是包庇下属，朕会不高兴的，朕不高兴，就要削藩了……

为了表示你的诚意，你可要好好招待朕派过去的代表，他们要是在你的封地上有什么闪失，那就说明你这地盘还真有问题？你知道，朕最喜欢御驾亲征了……”

周王看了圣旨，哈哈大笑："没想到我这个小侄子正德皇帝，还真是信不过他叔叔啊，奇怪，这圣旨怎么读着有种被威胁的感觉？"

李时道："王爷，不是皇上威胁你，就算皇上信不过诸位藩王，言语当中表露些质疑，但他还是直接说了啊，这说明皇上心胸坦荡，待人诚恳，至少他愿意把心里想的直接问你，总比背地里整你让你冤得不明不白吧？你要是行得正走得正，又何必与皇上计较呢……"

周王："我朱睦审有什么不明不白的，真搞不懂正德什么意思，派几个人来，耀武扬威，吓唬叔叔我啊？我这个皇叔当得已经够可怜了，比刘备还惨！我这封地，说起来真叫个多难兴邦，不是黄河泛滥就是蝗虫干旱，不像人家其他皇叔，坐拥一片桂林山水，洪都新府，汉唐古都，锦官城外……我可不是什么土财主，用不着他派人过来打土豪。说实话，大明这么多王爷，就我最穷了……"

"王爷，你是否两袖清风，世人有目共睹，但是其他的兄弟呢？周地强藩，你是藩王，是老大，其他人都是郡王，是藩属小弟。作为大明藩王你当然要以身作则，模范带头，但是你清正廉洁，你真的敢保证其他兄弟都是清清白白？"

"兄弟们的事，兄弟们自己会做主，我只是个普通人，最多只能做到独善其身，要兼济天下那是皇上，我只是王爷。至于别人怎么样，那你得去问他们。再说了，《大明律》不是明文规定吗——二王不得相见。说起来真是可怜，《大明律》为了保证王爷们不拉帮结派，老朱家的祖先永乐皇帝这招也做得也太绝了，连亲情都给我们斩断了。可怜得我们身为兄弟，连面都见不着，还不能出封地四十里，这还有天理吗？说白了这不就是软禁吗？"

"五方巡抚"原本想着从周王嘴里套出点消息，没想到周王喊了一个上午的冤，并表示自己穷得就剩下要饭了，也没钱请哥几个吃饭，你们就回去就给正德这么说，让他来御驾亲征，让他来削藩，让他来查，叔叔我想死的心都有了。

按照皇上从上到下查的指示，一无所获，而陌上阳潜入城里，倒是干掉一个祸害，这些盗窃婴儿的恶人，一定跟王府有着不可分割的关系！呼延真表示："不管他秣陵王怎么样，就算沈邱城是龙潭虎穴，也必须要闯一闯，周王不敢管这事，我们也没有时间慢慢调查了，直接接触最大的嫌疑犯，大丈夫行走天下，不是猛龙不过江。"陌上阳也坚决点头同意。

当哑姑从昏迷中醒来，已经是正午，沈邱城烈日当头，市井繁荣。

有几个调皮的孩子爬上屋顶玩，一个孩子王要给大家表演"下雨"，就从屋顶对着巷子角落的哑姑头上撒尿，正尿得酣畅淋漓，就发觉自己脖子上凉凉的——陌上阳正蹲在旁边，拿匕首逼在他的脖子上，把小孩的尿瞬间就吓断了。

那熊孩子吓得不敢动弹，连裤子也不敢提。陌上阳指了一下他，摇了一下头，又指了一下他的老二，又用另一只手的大拇指倒着指了指下面，小孩马上就明白了，点了点头，陌上阳头一歪，意思是让他滚蛋，熊孩子提了裤子就跑。

“五方巡抚”在王府周围的小巷子角落，发现了一个很可疑的老妇人，浑身是血，又瘸又哑，根据他们多年当好汉的经验，这个慈眉善目的老妇人一定是被奸人陷害，又在王府周围，八成是与王府有关系的线索人。

他们租了一间民房，就是华神医家，是李言闻要求的，因为李言闻作为朝廷的太医院人士，是很愿意结识民间的高手的，听说华佗家在沈邱，这家药铺外又挂着华佗的像，八成是神医的后代。

果然不出李言闻所料，神医真的姓华，华神医看到他们携带的病人大惊失色：“这不是哑姑吗？她怎么会变成这样！快快！放下放下，让我好好瞧瞧……”

经过两个神医会诊，华神医说：“这丫头的一条腿已经被人打断了。”

李言闻说：“看伤口，应该是六个时辰之前的事……”

华神医又说：“她貌似还受了内伤……”

李言闻说：“嗯，看伤势应该是被武林高手的掌风所创，还有拳打脚踢的痕迹……咦？这丫头不是个哑巴啊，她的声带是被炭火所灼伤的……”

李言闻掰开嘴一看，果然，舌头上也有灼痕。

华神医惊讶地问：“这位先生好眼力，莫非也是同道中人？”

“在下李言闻，家族世代行医，算得上是一江湖郎中。”

李时上前道：“事情已经到这个地步，不用装了，告诉华神医也无妨，我们是朝廷派来调查秣陵王朱同铉的临时巡抚，这里是刘贵妃、呼将军、李太医、肃武侯和在下都知监李时。”

华神医受宠若惊，没想到他家里一下来了五位贵客，连娘娘都驾到了，自己无所适从，当然，也顾不上高兴，目前最要紧的，是治好奄奄一息的哑姑。

对于哑姑的身份，刘西凤开口道：“这位大姐，如果你是从王府出来的话，就动一动食指。”

哑姑动了动食指，大家遂一致认为——啥也不用说了，赶紧治！

“唉，这丫头心善，年轻的时候经常在我这里买补品，没想到今天会变成这样，那王府，想想就是一个是非之地！多好的一个丫头，说抛弃就抛弃了，还折磨成这样，真是丧心病狂！”

于是众人分工合作。华神医为哑姑抓药，刘西凤捣药，李时敷药，陌上阳做拐杖，呼延真煮药汤，李言闻在一旁看书，李时说道：“李太医啊李太医，你我都姓李，为啥我就是下苦的命，你就悠闲得不行。到现在你还整天拿着你写的那《本草纲目》看来看去，能看出花儿来么？还不都是你自己写的方子，难道你记不住么？”

李言闻道：“不是写，是记录。这书里有我在宫里当差多年积累下来的行医经验和一些奇门偏方，对常见疾病很有用，对有些疑难杂症也屡有奇效。这本书不只我写，将来还要传给我的儿子，让他继续写，最好能出版，造福百姓。”

华神医道：“《本草纲目》是吧，那我届时一定要买一本，想当年，先祖的《青囊书》毁于战火，没能造福百姓，这部《本草纲目》，李太医你可一定要保管好了。”

李言闻道：“老华，这个你放心。《青囊书》是竹子刻的，《本草纲目》是纸质书籍，我已经命人誊抄了五百多份，散于亲戚手中，现在我手上拿的不过是最近搞地方调研的笔记本，回宫了才能把笔记整理到书上。我不是看书，我只是在想，能不能通过一点小手术，治好这个哑巴……”

华神医道：“老李你和我想到了一块！我家有先祖留下来的《麻沸散》秘方，可用于手术，不如我们一起合作试试？”

“好，就让你我双剑合璧，一起来创造奇迹！”

“好！”

镜头回到秣陵王府。

王子彻夜辗转难眠，一直想不通一个问题——奶娘为什么要烧假山？

是啊！一个规规矩矩，在王府从来都小心翼翼服侍人的丫鬟，会突然放一把火？这不是太奇怪了吗？

无风不起浪，王子决定亲自去假山看看。

夜里，他打着灯笼，来到了这片荒废的假山。假山没什么好看的，但是假山后面却呈现出很明显的塌陷，塌陷状就像一条蟒蛇一样，形成一条曲折的乱石道。

搬开挡道的石头，仍然能够闻到没有散去的烧焦味，还有地上的一河滩水。

“这里怎么会有一股烤肉味……还有一河滩水……”

王子拾起了一块“味道很浓的冒烟石头”，却突然吓得连灯笼都掉落在地了——

那不是一块石头，而是一颗人头！

非常小，是婴儿的头颅。

“这里怎么会有婴儿的头颅……难道说，这里原先有个密道，是藏匿婴儿的？然后……被奶娘发现了，她就放火烧了密道……”

王子自言自语着，背后一个声音吓了他一跳——

“不错。”

灯笼照见王爷一张阴暗的脸：“既然被你发现了，我就告诉你——这里是王府的无底洞、乱葬岗。王府里面，不守贞洁的丫鬟要是怀了孕，被人发现了，我就会命人堕胎，被堕胎的婴儿，都会扔到这个无底洞里。”

“为什么要堕胎？”

“哼！你怎么不问丫鬟为什么要怀孕？还没有成亲，就不守妇道，和男人私通，这种放荡无耻的行为怎么能容忍？”

“可是……可以将私通的男女逐出王府，这样他们孩子也能活，岂不更好？”

“国有国法，家有家规，触犯戒条，就应该受到惩罚。王府的丫鬟和小工都不是随随便便就可以赶走的，王府粗活繁重，除非是特别贫困的家庭，一般人也不愿意来。所以，除非是大错，才会被逐出王府，这种淫乱的小错，处理了孩子，给奸夫淫妇一点教训也就算了……”

“可是奶娘……她犯的是大错么……”

“放火还不算是大错？你那奶娘，生性放浪，年轻的时候勾引男人，被我处理过，于是她怀恨在心，发现了这个乱葬岗的秘密，就把这些婴儿火化了，连同她的婴儿……”

王子不信奶娘是那样的人，但是看着王爷言之凿凿，也不便当面顶撞。他只是觉得，没有了奶娘的王府有些茫然若失。

第三十五回

李言闻妙手回春哑姑说话
朱安涪母子相认噩梦一场

王爷的一通诬陷终究没有敌过哑姑善良的为人，王子始终不相信，奶娘是父王口中的那种女人。

之后他也曾经溜出王府寻过好几次，都没有奶娘的下落。他不愿意就这样相信奶娘死了，就算是沿街乞讨，他也硬是把城里的乞丐寻了个遍，终究是杳无音信。

仲夏的某一天，当他推开浴室的木窗，对着灶房下意识喊了一句："奶娘——我还要热水啊——"

这时他才发现，灶房并没有人出来。

他的眼中忽然涌出了泪水，他痴痴地望着那片灶房。也许，灶房再也不会走出一个步履蹒跚，顶帕围裙的妇人，对他会心地一笑，然后提着热气腾腾的木桶过来——

他终于永远失去了奶娘。

哑姑之所以没有出现在大街小巷，是因为她一直在华神医的医馆养伤，她的一条腿已经彻底被王爷打断了，只能拄着陌上阳制作的拐杖行走。陌上阳是墨子后代，心灵手巧，制作出来的拐杖里还含有卡簧装置，就是说，这个装置可以让拄拐杖的肩膀轻松许多，不那么垫，它的反弹力也可以最大限度让人走得快些。为了不让哑姑总是那样辛苦，陌上阳顺便制作出了轮椅，让她随时有自己休息的位置。

哑姑对他们的帮助感激不尽，就剩下磕头了，她也很配合华神医和李太医二位高手联合起来的手术。

手术很成功，哑姑尝试着发音，居然可以嘶哑地发出声来，她当着大家面，说出的第一句话是——谢谢。

刘西凤被二位神医的医术和哑姑的康复感动哭了。这已经是很大的突破，她服用了李言闻特制的几帖药之后，说话已经不是那么吃力了，虽然声音听起来有些沙哑难受，但毕竟是能说话了，然后她决定，在一个夜里，将她的故事，一字一句地告诉大家，不知大家有无耐心听。

众人都是愿洗耳恭听的，因为他们都知道，这个王府出身可怜的丫鬟身上，一定隐藏着一个重大的秘密。

秣陵王府王储的秘密终于被揭开，“元婴汤”事件更是骇人听闻，但最令人同情和怜惜的，就是眼前这个一步一步从丫鬟走向哑姑，从哑姑走向奶娘的女人。她是一个伟大的女人，更是一个伟大的母亲，在她身上，闪烁着大明王朝许多女性的美德，她的包容、慈祥、温柔、坚强、善良，令刘西凤感动不已，都说母仪天下，原来你是一个被王爷始乱终弃的庶妃……

刘西凤决定硬闯王府，杀了这个混蛋王爷。

女人都是感性的，像刘西凤这样，在城里被哥哥公孙向东娇惯，在家里被养父刘大夏娇惯，在宫里被皇帝娇惯，自然是出了门谁也看不惯，更遑论坏人。那是她必除之而后快的人渣，如果正德皇帝在身边，一定会和她一起去。这反而是皇上喜欢她的原因——坦荡，耿直，率真，还武艺高强，就像自己一样。

但是她和皇上的这些优点经常会被老年人贯上一个词——冲动。

心好的人往往心态不好，因为她柔软跳动的心脏承受不起那么多打击，什么都会直接表现出来；心态好的人往往心不好，因为心里承受了太多打击，各种构陷嫁祸，质疑栽赃，批评指责，羞辱委屈，通通化作一波酸楚泼辣、黏稠苦涩的泪水，咽下向肚子里流，把心房浇筑成铜皮铁骨，固若金汤，铁石心肠，水滴不穿，雷打不动，最后修炼出一种残酷的人性——泰山崩于前而不变色……

人越老，心越巧，因为经历多了，城府早就铸就好了。

秣陵王年轻的时候，心态都是非常好的，老了，心态就“更”好了。除了想方设法拿下江山，他不会为了任何事情而动心。在他眼里，哑姑连妾都算不上，就是自己一时兴起宠幸的一个丫鬟而已，而且这个丫鬟的态度还不见得比别的丫鬟好，别的丫鬟都是含羞带臊地拒绝，不敢声张；她呢，叫得像杀猪一样，所以，他不会再宠幸这个丫鬟第二次。在她诚挚的求饶声下，王爷并没有珍惜她的纯洁，反而认为那是娇情、不配合、不懂得潜规则的做作。这就会很令一个在这种潜规则下生活习惯的人讨厌。

当一个人，被别人顺从惯了，一旦有人抵触他，他的第一反应就会直接认为是那个人的错，不会去思考任何的道理，这是一种非常恶劣的人性惯性，一旦这种惯性还成功突破了抵触者的“阻碍”，再加上作为“胜利者”的自己不会反思还“越挫越勇”的劣根性，这种事实就会形成畸形的影响力和充沛的个人成就感，会促人变横、变傻、变得盲目自大，最终败给自己日后的荒诞和狂妄——被溺爱的孩子是这样，被惯坏的主人是这样，被蒙蔽的君王，也是这样。

秣陵王就是典型这样一个“顺我者昌，逆我者亡”的霸主，霸者盛气凌人，必遭天谴。古人云“大霸不过五，小霸不过三”，秣陵王不喜读书，自然也不会明白什么是正能量，什么是国家形象。他不认为他代表的是国家，是大明，他只是颟顸地为了自己的欲望而打天下，脑子里完全没有那些看不见的概念。他要的只是看得见的权力，不在乎什么看不见的影响力。所以他才会目空一切地去造反，活成了一个谁也不敢惹的井底之蛙。之前十六个王爷联手都劝不住他，更何况曾经王府的丫鬟奴才们，只会成为他蹂躏的工具。

冲动的刘西凤最终还是被众人劝住，留下来照顾哑姑了，她心生一计，派陌上阳和呼延真夜袭王府，“刺杀”王爷。

结果，当夜他们翻墙进了王府，就被熟睡中的王爷感觉到了异样，立即掀开被子，抄起杀威棍，出门迎敌，和陌上阳与呼延真打得不可开交。

在哑姑柴房里熟睡的王子也冲出来迎敌，问他们是什么人，呼延真回答说是哑姑老家开封府的英雄好汉，特来为民除害。

“没想到那个贱人已经回到开封府了，真后悔没有杀了她！”

王子有些不忍动手，毕竟是奶娘的亲戚，但是陌上阳却主动向王子进攻，逼得他与王爷纷纷掏出墨铜雕龙环，食指中指并拢戴在腕上，动用先天龙子功，将陌上阳呼延真的行刺匕首拧成了麻花。陌上阳主动出击，还中了王子一掌，但他顺手将一张纸条塞进了他右衽里，与呼延真打得不可开交的王爷始终没有发现。

倒地的陌上阳赞叹了声：“好功夫！”就飞身与呼延真逃走了，行刺失败。

王爷赞叹王子出手不凡，下次动用先天龙子功，下手应该再狠一些，那么他一施展轻功就会内伤发作，插翅难逃，王子点头遵命。

回到柴房，王子打开纸条一看，上面写着：欲见哑姑，来华氏医馆。

王子得到奶娘的消息喜出望外，原来她没有回开封府？

万一这要是刺客的陷阱怎么办？

不管了，就算是陷阱，也一定要去看看。

翌日正午，华氏医馆来了位贵客，连华神医也知道了他的身世，就说：“王子殿下，来找娘的吧？你娘在内堂，快去吧。”

王子觉得这掌柜的，说话好奇怪，于是就进了大院，步入内堂。此时内堂已坐满了“五方巡抚”和一直不停擦眼泪的华神医夫人，王子一见到哑姑，便上前跪在她侧面，像个小孩一样道：“奶娘！真的是你！看到你没事我真的太高兴了！”

顾不上寒暄，王子四顾，见到呼延真和陌上阳，虽然昨夜他们蒙着面，但是眼神是不会看错的。

“你们俩，就是昨夜王府的刺客！奶娘，你怎么会和刺客在一起？这些人到底是什么人？你的腿怎么样了，还疼吗？”

哑姑沙哑地说了句：“不疼了。”

王子先是“哦”了一声，猛然回过头来，望见哑姑温馨的笑，王子惊异道：“奶娘……你……你的嗓子……你会说话了！”

“是二位神医的妙手回春，落难时遇见了大家，大家救了我……”

王子一听，起身环视诸位，抱拳道：“各位英雄，不管你们从哪里来，是什么人，我们之间曾经有过什么过节，感谢你们救了我的奶娘，朱安涪多谢了！看诸位都是外地人，如果在沈邱城有什么需要，尽管吩咐，小王义不容辞！”

刘西凤最先说话了：“我们不需要你回报什么，只是请你看看清楚，朱同鈠是怎样一个衣冠禽兽！”

“这位姑娘，你我素昧平生，你为何一见面……就污蔑我的父王……”

“我污蔑他？他是怎样对待王府的丫鬟的，这些年你也看清楚了，多好的一个丫头，硬生生折磨成这个样子，看到他这样对待我们女人，我要让他知道，天下不是所有的女人都是那么好欺负的！他喝婴儿汤，练邪门武功，沈邱城里多少家庭尚未出生的无辜婴孩成为他的元婴汤，他下得去口，难道你也下得去？”

“刘姑娘！”哑姑想叫停。

王子大惊失色：“元婴汤……那是什么……”

“哈哈哈哈哈，你练功的时候经常喝的补汤，令你体力大增的补汤，就是用尚未出生的孩子炖出来的！你喝了那么多，难道都不知道吗？哑姑就是不想让朱同鈠继续作恶，才一把火烧掉了他储藏婴儿的冰窖，就是王府假山后面的冰窖！”

“元婴汤……补汤……婴儿……冰窖……”

王子回忆起自己喝过的一口口人肉汤，顿时冲向门外，呕吐不止……

李言闻起身道：“在下写《本草纲目》的时候，也曾想过收录《元婴汤篇》，婴儿汤确实滋补，但是有悖天理人伦，虽然可以作为药用，我却实实不敢记载。但是，元婴汤这种事，早就在历史上真实地发生过。昔日春秋五霸之一的齐桓公，为了滋补，就提出想喝元婴汤，齐国厨师易牙为了讨好齐桓公，就把自己的孩子烹杀做成元婴汤，献给齐桓公，表示对齐桓公尽忠；春秋时期的宋国，被楚国围困，城中百姓无粮，就互相交换自己的孩子，煮了吃，因为没有人忍心吃自己的孩子；历史上一些猎奇滋补的暴君昏君，后宫妃嫔，娘娘太后们，老了都妄图青春永驻，从穷人家手里买来婴儿，做成元婴汤……这都是皇宫里最见不得人的秘闻。朝野清平时，圣天子当朝，这种事当然不会发生。一旦天下大乱，民不聊生，食物短缺，那吃点人肉，烹杀婴儿妇孺，就是司空见惯了，只是我们这些太平年代的百姓没有见过而已。”

“我见过？我还吃过?！”王子吐得更厉害了。

刘西凤继续道：“喝过人汤不算什么，看着自己的亲娘被人打断了腿，都阻止不了，才是男儿最无能的表现！”

王子缓过神，靠着门槛，喘息道：“这位姑娘，这你就冤枉小王了，母后回娘家去了，我已经好几个月都没见过她了。”

“你仔细看看清楚，谁才是你的母后！”刘西凤声情并茂地倾诉道：“是谁，小时候为了保住你，一个被禽兽强暴了，吞下炭火，甘愿在王府当一辈子的奶娘！是谁，在你身子最虚弱的童年，领着微薄的薪水，却毫不保留地将私房钱全部拿出，偷偷到这里来，买这个世上最昂贵的补品；是谁，在你犯错的时候挺身而出，被朱同钹打得遍体鳞伤，却只能无力地望着一个稚气的你；是谁，看着你喝下一盅盅丧尽天良的元婴汤，发誓就算是抛弃自己的性命，也要烧掉那惨绝人寰的冰窖……哑姑本不哑，冷暖也自知。她熬了这么久，就是想看到一个健康的你，安全地长大。这个世上如果有天使，那一定是母亲。女人柔弱的一生，能有多少时间可以奉献，她把她对这个世间最美好的期望和回忆，都寄托在王府的那间小木屋里，只因她的生命中，忽然有了一个你！”

刘西凤说完，屋外雷声大作，似乎要下雨，王子张口结舌，一会儿望着刘西凤，一会儿望着哑姑，哑姑早已满目泪花，等着和他相认，他听着却步步后退，这个忽然浮出水面的真相，匪夷所思，他后退着，紧瞪双眼，摇着头，又被门槛绊倒，起身时，他终于握紧拳头，对着天空“啊——”了一声，跑了出去。

哑姑上前追了两步，终于跌倒在地。此时，整个内堂，只听到女人们的啜泣声，和男人们的叹息声。

大雨淋漓，颍河的水还是那样柔美，明丽，就像母亲的手心和笑容。

朱安涪在河道旁走动，他的眼泪已经和雨水混为一体，尽管雨水不停冲刷，它还是不停涌出眼眶。他走累了，就靠在河道旁的大树下歇息，他沉沉地闭上双眼，在嘈杂的雨打声中进入了梦境——

梦里，回旋着一个孩子银铃般的笑声，和一个哑巴追逐着的呼唤声。那是当年，哑姑在河道旁，那焦急又心碎的声音，至今还在颍河边回荡，响彻他的梦乡……

梦里，王府一家人吃饭，哑姑站在他身后，他现在，仿佛可以看到哑姑当年的表情，是那样祝福与安详。

梦里，他又想起，他为了逃避学习，不让哑姑监督自己，竟向王爷和王妃告状，那天夜里，哑姑被打得很惨。

梦里有颍河，有风筝，有芦苇，有至元寺，有周家麻花，有鸽子，还有市集上一个小男孩一手拿着麻花，一手抱着鸽子，心满意足的笑脸……

梦里有练功。有王爷一掌将他打得吐血，有王妃的冷言冷语，有哑姑躲在远处揣着筛子的偷偷摸摸，有一个小孩擦干眼泪之后的声音——奶娘，我就知道，全王府你最疼我。

梦里让他哭出了声。

梦里的人也会成长，做梦的人只有在很久之后，才会读懂一些当年梦里的细节——

“哑姑，你都一把年纪了，真的要待在王府伺候我么？真的不结婚么？人生苦短，要不我给你在王府找个相好的吧？”

哑姑拍了一下他的背，用手势称：“我离开王府了当尼姑去。”

“啊？这么悲壮啊？为什么要当尼姑，你看破红尘了？你还没有孩子，还没有享受人间的天伦之乐，就去诵经念佛，不太可惜了吗？你这么温柔体贴，要是有个儿子，一定会被你伺候得像皇帝一样的……”

哑姑望着自己这个身为王子的儿子，有些失落，她用手势不经意地问：“那我伺候你，你觉得自己像不像皇帝？”

“我嘛……我没有那么大的心，况且我已经是王子了，很满意了，做人要知足，不是吗？”

哑姑终究是功成身退了，还是被王爷打断了腿的……那场大火……那个提着火油罐女人颤抖着哭泣的背影……明明知道揭露罪恶的后果只有死亡……已经注定老无所依的她……还在乎什么呢……

还在梦里的王子，不想活在梦里，因为他终于知道，梦里的自己有多么无知，多么任性，多么令另一个人肝肠寸断……

终于，在这个云销雨霁的夜里，哑姑的房门被他低着头推开，他“扑通”一声跪在轮椅面前，哭泣着紧紧地抱住那个女人。

那个为她挡风遮雨，受尽委屈的哑巴……

“娘……”

王子早就愿意这样称呼她，早就看出来这是他至亲至爱的人，也是全天下最爱他的人。

她是娘，不是母后，母后是属于王府的，娘是属于我的。

所以她是娘。

原来，从头到尾，这个世上没有一个人在乎过她，也没有一个人在乎过我，而我们之所以能这样一路过来，王府能那样温馨，就是因为我们彼此在乎。

王府，就留给别人去住吧！

万恶的秣陵王府，我再也不要被这种阴暗所笼罩，我朱安涪不稀罕当什么王子，堂堂七尺男儿，更不愿意把什么荣华富贵，凌驾在一个手无缚鸡之力的女人身上，你们对一个女人的无情和残忍，我见识了，也见够了，今天，我就要带我娘走！

我已长大，看你们谁能拿我怎么样！

第三十六回
秣陵王起事造次震惊朝野
诸王反抗群雄激战黄河口

朱同铉绝对是周藩一个很强势的存在。先说一下他的“光辉”战绩：

第一，但凡是王府的丫鬟，没有不被他潜规则过，但凡是逃走的，半路都死在了他的地盘上，而且是被他亲手解决。

第二，他勾结盗贼与贿赂巡抚邓璋，私下培养武林高手为他效力，平时所做的事就是两件——敛财和贿赂。敛财是为了拥有雇佣兵，贿赂是为了蒙蔽朝廷，得以让他继续畅通无阻地敛财，独霸一方。那些躲在道路上抢劫富商的地痞，开赌场坑害玩家的恶霸，绑架良家妇女卖身青楼为自己赚钱的龟公，盗窃古代王朝不遗余力的墓贼，都是他培养和关照的对象。

第三，他私自在王府开凿冰窖，打造紫檀木龙椅，封存盗窃来的婴儿，并且喝过九百多婴儿熬成的汤，身强体健，练就了不世神功。

第四，他无视《大明律》，大搞鸿门宴，召集周藩王爷们非法集会，并且在会议上大放厥词，与兄弟们一言不合，摔杯开打，技压群雄之后逃走。

第五，他有明太宗朱棣的志向，却不具备朱棣的正义立场和实力，不习孔孟之道，不通教化万民之策，荼毒乡里，鱼肉百姓，搞“顺我者昌，逆我者亡”狂妄的恶霸行径，并且多次诽谤朝廷，非议朝政，宣传负能量，蓄意谋反。

第六，谎报食邑，朝廷赐予的田地收田租，明明可以把他养得很富裕，成为地主，他却不知满足，索求无度，用尽一切办法给朝廷装穷，报假账，骗朝廷发放各种“抚恤”款项，中饱私囊。

第七，控制地方三司并派人监视他们的家人，威胁朝廷命官，一旦不合作，就制造点“刺激”让他们听话。

这七项罪名，每一项都可以治他的死罪，尤其是最后一项，态度极其嚣张，影响极其恶劣，地方三司原本就是直接管理地方的，居然被他异化成了自己的“走狗”，不服从就收拾朝廷命官的家人，这就直接导致了东窗事发。

三司将消息传到朝廷，文臣武将炸开了锅，武将纷纷请缨出战，文臣觉得这似乎有点小题大做？正德皇帝则两方都不同意，他选择第三方——朕御驾亲征。

文臣大呼万万不可，国不可一日无君，此宗室造次，夜郎自大，目无王法，井底之蛙，不知天高地厚，竟有此以卵击石，螳臂当车之举，交由都指挥使司处理，足矣。

在正德皇帝看来，这是上天赐予朕当英雄的机会，不可不在地方百姓面前表现一下朕的英明神武，天纵奇才，实在可惜。就算是杀鸡焉用牛刀吧，朕也算是牛刀久置，英雄无用武之地啊。

由于内阁一致反对，皇上刚登基，最重要的是好好学习，厚积薄发，将来才能成为自己目标中的千古一帝，怎么能书都没有读好，就开始行走江湖，和地痞流氓玩刀呢？那不成了匹夫之勇吗，帝王坐拥天下，是大明最大的地主，打仗这种臣子的事情，怎么能君主去做？你什么时候见过有学问的诸葛亮跨马拿刀去和夏侯惇单挑？所以，运筹帷幄之中，决胜千里之外，才是人君之道，不读书，傻乎乎，打不了仗，也打不赢仗。

“谁说的，太祖不读书，照样驱除鞑虏，恢复中原，只要朕登场，你看朕打不打得赢？”

“皇上，你还是别逗了，你的那种‘碾轧式’歼敌不叫打仗，那就是赤裸裸的欺负人，敌人迎来一百，你出兵一万，你只是想看敌人如何被你大明的勇猛将士所蹂躏，根本是幸灾乐祸，没有任何兵法智慧和作战技巧可言。”

“这都被你看出来了……那你说怎么办？”

“都指挥使司拨兵发饷，不放心的话再擢几员大将军同去，万无一失。”

皇上与内阁梁储之间的对话，永远弥漫着祖孙情，梁储也是他最看得最顺眼的老爷子了。

在皇家天兵到来之前，朱同铍决定“攘外必先安内”，已经提前派人收拾了自己的几个哥哥弟弟，就是那之前的十六位王爷。这种行为，通俗地说叫作——抄家。虽然他没有这个权力，但是他有这个实力，所以他一往无前地干了。

那些王府的家丁，毕竟不是朱同铍一手调教出来地痞流氓的对手，每个王府派二百人拿下，妥妥当当。

当然，朱同铍也不是没有失算的时候。十六位王爷并非全部都是居家过日子的老实人，这其中有几个比较生猛的王爷，如遂平的朱安洛，原武的朱安淇，鄢陵的朱同镂，堵阳的小王爷朱安冰，都是镇国将军出身，武艺绝伦，带着家丁顽强抵抗，将逆贼杀了大半，跑了小半，不但解救了家人，还团结到了一起，扬言要杀进沈邱，活剥朱同钹。由于他们的封地距离许昌都差不多，因此他们四个飞鸽传书决定，到许昌集合，再从许昌的颍河顺流而下，就可以直接到达沈邱。

朱同钹不在沈邱，他提兵去了开封，因为那是周藩的老窝，擒贼先擒王啊，不占领大城市队伍怎么发展壮大？沈邱城留下的是王子朱安涪镇守。

王子完全没有镇守的意思，虽然王爷出征之前说得好好的，他也唯唯诺诺地点头："父王只管放心去，这里交给我。"

结果王爷一走，他就开始收拾包袱，把王府的钱财全部散给兵士和家奴们，并承诺："原本我是想向朝廷交兵的，可是将你们交给朝廷，万一朝廷将你们当作反贼严办，我于心不忍。你们都是王府的家奴和侍卫，但是你们也决定不了王府的命运。如今秣陵王起事，这是忤逆朝廷，杀头的大罪，希望你们不要助纣为虐，为虎作伥，最后一份薪水双倍发给大家，大家都回家乡好好生活去吧，再不要和他一起做伤天害理的事情了。"

有一部分兵士不同意，带头的出来说："王子，你怎么可以阳奉阴违王爷的命令，你这样是逼我们不忠！"

朱安涪大怒："不忠？你懂得什么是忠！你们忠于谁？你们是大明的子民，是大明王府的侍卫，当然要终于朝廷！难道现在要向大明开战，造反吗？"

"我们不知道什么叫大明，我们只忠于王爷，你是王爷的代理人，你现在背叛他，那你就是我们的敌人！"

"好啊！你们要跟着朱同钹一起造反是吧！来，先冲我来！"

于是王子和一部分侍卫大打出手，其余侍卫和家奴，四散而逃，想留下来帮忙的，也不知如何是好。

正当此时，陌上阳、呼延真、刘西凤、李时、李言闻冲进王府，呼延真和陌上阳一出手，就镇住了全场。呼延真寸劲击倒一排侍卫，侍卫们如海浪般倒地，陌上阳袖里乾坤出手，没有刺他们命门，只是刺了抡武器的手背，武器纷纷掉落。

呼延真一掇曳撒，断喝道："谁要忠于朱同钹，反我大明，我便将他就地正法！"

一兵士站出来道："我们不是造反大明，而是忠于王爷，我们是他的部下！"

陌上阳眼神一锐，盘龙丝出手，转瞬之际，那小兵的头已经被攥在掌中，滴滴流血，陌上阳正像当年的秦兵一样，半蹲在地，提着敌人的首级道："还有谁……"

众侍卫吓得一时不敢说话。呼延真环视众人，再次厉声断喝道："还不滚！非要我把你们一个个杀光了，你们才肯醒悟吗？”

侍卫们这才战战兢兢地离开了，朱安涪道：“我总算明白了，当年宋朝闹兵变的时候，那些兵是怎么想的了。”

“那你现在怎么想？”刘西凤笑问。

朱安涪叹道：“这个王子，当得也算是一场梦。现在梦醒了，我要带娘远走高飞，离开这个伤害了她半辈子的是非之地，回她的家乡——开封府，隐居起来，做点小生意。”

刘西凤羡慕不已，自始至终，她没有吐露出她皇妃的身份，也没有摆架子，因为她的眼中，只有这一对母子亲情，是她在意的，什么皇妃、王子、丫鬟、太医……就让这些头衔，在世间的真情面前，烟消云散吧……

然而，现实就是这样阴错阳差。朱安涪竟然和王爷去了一个地方，王爷是去占地盘的，他却是带着娘回老家。

却说王爷“莅临”周王府之前，被抄家的兄弟们几天前已经赶到了这里，求大哥定夺，大哥啥办法都没有，只能说：“看来咱们几个真的要死到一块了……”

吓得养尊处优的王爷们一个个像孩子一样号啕大哭。然而，朝廷的援军最终结束了他们的哭声，都指挥使司、提刑按察使司、承宣布政使司他们回来了！与此同时，朝廷的几个大将军正在收复失地，三司命令他们赶紧各自回王府，等他们回去，封地必然已经被肃清了，王爷们一个个这才安心回去了。

朝廷派来的人还真是不含糊——

百战名将，兰州彭泽，在延津城外连斩十余猛将，吓得那些王府侍卫们只好召集地方团练出战。老百姓的想法很实惠，让我上去对抗天兵天将，你咋不去？于是大家磨磨蹭蹭，出工不出力，根本不愿意帮忙，他们只好在城里面杀人，激怒了临时召集的“团练”百姓，城门被百姓打开，放彭泽的部队进城，一顿大砍大杀，彭泽成为延津百姓心目中的大英雄。

靖难将门，西安王镛，曾祖王真曾为朱棣手下五虎将之一，武力指数可比太祖身边花云，曾祖殉国，王镛世袭千户成山伯爵位，随身佩带明太宗赐予的诰券，捧着地图，带领骑兵从小路进城，包围河阴城的叛匪，被乱箭射死。有一悍匪中箭之后仍飞奔过来，凌空跃起要杀王镛，被王镛部下三步上前，用陌刀劈成两半。

甘肃仇钺，施骄兵之计，声东击西。在内乡城外近距离扎寨，被叛匪突袭，主力部队趁机进城，歼灭城内叛匪，再出城与诈逃的部队前后夹击，大获全胜。

蓬莱戚景通，带领神机营步步逼近，一炮轰开了封丘城门，碾轧式前进。城内一叛匪大叫着抡刀来袭，被戚景通部下点火铳铅丸击毙，戚景通道：“脑残。”

定国公徐光祚，开国名将徐达四世孙，中军都督，只是带领部队，高举旌旗，在汝阳城外武装游行了一番，城中百姓对比画像，惊呼徐达再世，叛匪闻风丧胆，自动请降。

朱同钹到达开封之后，才发现开封城池坚固，武备森严，甲胄精良，刀枪耀眼，非人力所能攻取，但是这里处在黄河下游，可以挖开黄河，水灌开封，将不费吹灰之力尽得周地。

这一招是历朝历代攻打开封、洛阳的毒计，正所谓“若问古今兴废事，请君只看洛阳城”，地处黄河腹心，这些城历史上多灾多难，总是在被淹和被重建的路上。朱同钹自然没有什么好生之德，在他看来，老百姓也与他非亲非故，就连沾亲带故，阻挠他霸业的王兄王弟，他都一样会出手，更别说他从来不放在眼里的百姓了。

黄河隘口，江彬早已安排了伏兵，久候多时。当然，作为正德皇帝的左膀右臂，江彬出马的排场是最大的，浑然一个少年太子的模样。但见他直裰金冠，配稚刀，享宝簫，杯酒盘肉，在丘陵上吃着喝着，还有奴婢撑起黄罗伞，手执蒲花扇，为他遮阴扇凉，太监为他献上地图与纸笔，他打算一战成名。

当然，江彬此时还不知陌上阳正赶往开封，他与陌上阳并称正德皇帝左右护法，但论才能，基本上是“腐草之荧光”与“天心之皓月”的区别。他是很怕陌上阳的，因为陌上阳沉默寡言，内心却是一个正直的游侠，而江彬能言善谄，内心却是胆小如鼠的小混混。若不是正德皇帝看得起他，陌上阳在武夷山建立的朱雀门组织，随便挑出一个部下，都比他强。谭庆就曾暴打江彬，只是因为江彬嘲笑琉球岛尽是野人渔民，弹丸之地。

屯聚险要，手握重兵，以静制动，一触即发。江彬认为自己赢定了，但是他却犯了一个轻敌冒进的错误。原本，他就算纹丝不动，朱同钹也是无计可施。因为水灌开封可不是说灌就灌的，必须要预测天文，熟识地理，提前堆砂囊，连夜逢大雨，计方可出。而这几日经常有过云雨，但都不成气候，难以蓄水。只要江彬坐享其成，朱同钹一帮乌合之众粮草耗尽，自然退去，可江彬偏偏要展示自己能征惯战的才能，认为自己大兵压境，对方不过一盘散沙，大爷正当狮子搏兔，有何惧哉！

狮子冲进了兔群，兔群里是没有庞大的生物，但是有刺猬黄蜂和毒蛇。再勇猛的狮子要吞黄蜂，黄蜂也不会放过它的舌头。混沌突然横空袭来，施“无相神功”，一掌击在他的天灵盖上，他就暂时什么也看不见了，于是混沌上前，把江彬打了个不知所措，江彬只顾着提刀胡抡。当他要起身逃走时，发现刚才的眩晕已经消散了，这才看清，他的对手，是一个几乎没有脸只有一张大嘴的怪物！就像被烧伤的人脸，看不到眼睛，只能看到眼睛处有两个孔，看不到鼻子，只能看到脸中央有两道隙，大嘴一张开，吓得江彬闭着眼一刀刺去，刀锋竟被那怪物咬住，江彬用力旋转刀柄，这才绞掉了它一嘴的牙。

梼杌也飞身而来，一招剜心手，江彬出掌相迎，掌心被刺了五个孔，大呼：“啊——混蛋！”

江彬发怒了，他终于集中百分之一百二十的警觉度，与混沌梼杌打得热火朝天。稚刀挥处，他停了一下，望着自己血淋淋的左手，怒叱梼杌道：“老子这只手是用来抱小妞的，你居然敢给老子刺成这样！”

梼杌再刺，江彬眼神凌厉，一瞬间潇洒挥出十几招，大有陌上阳的姿态，毕竟曾经偷学过。那刀锋过处，梼杌的手指尽裂，掉落在地，成了一堆碎肉，而双手当即沦为没有手腕的“肉棒”，江彬迎上来就是一刀，刺入命门，梼杌就此一命呜呼。

混沌的“无相神功”，招式间散发着浓郁的幻术气息，江彬与之越斗越生困意，不经意间就被击了一掌。混沌的掌风是有穿透力的，江彬中掌的部位一时间骨松筋软，异痛难当。终于，江彬再次被击倒，大吼一声：“护驾！”

几个贴身侍卫迎上来，成为屏障，江彬只得从屏障的胯下钻走，撞到了一人——陌上阳。

“总舵主！”江彬立即起身，都快哭了：“王……王爷的手下太厉害了……我……我打算休息一下……整兵再战。”

陌上阳知道他是要逃走，轻蔑地道了一句：“滚吧。”

江彬只好一瘸一拐逃离了战斗，还不时回头看，因为陌上阳要上了，并且来的不只他一个人，“五方巡抚”小分队都到齐了，除了李言闻没有参加战斗，其余的四个都会武功，包括小太监李时，也偷偷练就了“葵花宝典”，功力不亚于其他几位。李时毕竟是从小陪皇上读书练功的小太监，侍卫的基本功能还是具备的，而且是侍卫中的高手，太监中的头儿。

朱安洛、朱安淇、朱同铥、朱安冰四位王爷，打着大明镇国将军的旗号，带着家丁，从颍河顺流而下，包围了沈邱城。沈邱城里一团乱麻，王爷大军宣布：“只捉拿朱同钹，余者无咎。”

于是老百姓自发地给王爷们开路，慌乱的人群中让出一条过道，几个带路的百姓指着秣陵王府，王爷们带领家丁当即冲进了王府，就像朱同钹的手下冲进他们家一样。

从老家回来的王妃，见王府空无一人，让身边跟着的两个丫鬟去找，王妃屁股还没有坐热，就被闯进门的王爷们呼喝着拿下了，在百姓的欢呼喝彩声中，把她拖到县衙，交给了地方官，县令很是为难：“四位王爷大驾光临，令小县蓬荜生辉，受宠若惊。启禀诸位王爷，微臣只是一介县令，官卑职小，事关皇亲国戚，这事微臣可不敢管，还是等巡抚大人来吧？不知王爷们意下如何？”

“那好！你可得把人给本王看好了，要是敢有丝毫差池，孤王哥几个回来就撕了你的乌纱帽！”

“王爷放心，下官一定谨遵四位王爷圣谕！把人犯牢牢控制住，等候巡抚大人发落。”

朱安洛道：“听说这个贱人还是张延龄的义女？呸，小老婆就小老婆，装什么义女，看来朱同钹还是很喜欢穿人家破鞋的啊？”

县衙哄堂大笑，朱安淇又加了一句："不穿破鞋他也混不壮啊！"

县衙再次哄堂大笑，朱同铴道："不过这次他朱同铍可玩儿大发了，别说是国舅爷张延龄，就是孤王的侄子，当今皇上来了，哥几个也是要定她的小命了！"

小王爷朱安冰道："三位王叔，不如我们现在就去秣陵王府，看看还有没有什么罪证可以搜？"

"走！"

王爷们在一片掌声中，龙骧虎步地迈进了秣陵王府，人群当中有一秀才，摇头叹道："只怕会搜到一些婴儿的骸骨吧！"

"你怎么知道？"路人甲问。

秀才叹了一声气，就摇着折扇离去了。

王子与哑姑拜见了周王朱睦审，道明了一切，朱睦审很是惊讶，隶属开封府的永宁王朱安法对此事很是感动，问他们母子接下来打算怎么办？

朱安涪笑道："难得回老家，我要带着娘先住一段日子，熟悉熟悉开封的环境，然后再想想我们要做点什么小生意……"朱睦审顺便为他们母子提供了住宿。

黄河口岸的朱同铍一看自己大势已去，勃然大怒，动用十成功力开始与皇家兵马死拼，戚景通的虎蹲炮与火铳由于射速较慢，还得用火折子点火，射手很快被朱同铍狂风扫落叶般杀干杀尽，火折子也纷纷被抢了，丢入黄河中东流而去，戚景通只得带人进行白刃战。戚景通的龙牙剑对朱同铍的玄铁镶环狴犴杀威棍，一交手才发觉，一般兵器根本不是这杀威棍的对手，这玄铁杀威棍极其厚重，非陌刀与画戟那种重型兵器不可抵挡，加上王爷体力惊人，挥动重器如挥竹条般快速，戚景通根本不敌，连中数棍，被击出五丈多高，摔得粉身碎骨，呼延真上前搭救，戚景通振作着起身，紧握龙牙剑，苦笑道："没想到……太祖皇帝赐予我戚家先祖的龙牙剑……如今也不灵了……难道我注定要命丧黄河口……"

呼延真将他置在一旁，面色凝重道："世显，你放心，有我呼延真在，绝对不会让你这为国尽忠的戚家苗子断了代，你不仅要活着，还要为国家培养更多栋梁之材，继承你戚家将门之后的荣光！"

戚景通摇头笑道："田大哥，你逗乐小弟了，算命的说，小弟是老来得子的命。老来得子，还能继承什么荣光……"

呼延真摇着他道："那你不会建功立业，为孩子打下基础，让他平步青云，更上一层楼。"

戚景通若有所思："平步青云……打下基础……继承荣光……戚——继——光！"

呼延真用力点头，戚景通猛然起身，大叫一声："田大哥，我们上！"

陌上阳见了混沌的龇牙咧嘴，不为所动，因为他正是"传说中那个面瘫的男人"，不会笑，不会惊，不会哭的“三不”游侠，武夷山朱雀门总舵主。因此任凭混沌那虚晃做作的“无相神功”，双手在人面前乱摆，不但没有令陌上阳慌乱分心，反而令他更加专注。

实际上，陌上阳根本没有看他摆来摆去的手，而是一直低头盯着他的肚脐，专注地盯着，任由他在面前虚晃多少招，陌上阳只是盯着他的肚脐。因为陌上阳认为，那应该是他的弱点。因此正当混沌张着血盆大口，打算一口吞掉陌上阳头颅的时候——他的腹心中了陌上阳冷冷飞出的匕首。

陌上阳完全是好奇试探的一击，结果混沌却是眯眼一睁，顿时仰天咆哮，身体像泄了气的皮球一样在天地间胡乱窜动，最终成为一条落在地上的干尸。

最终——

戚景通、呼延真、刘西凤、李时、徐光祚、彭泽、王镛、仇钺、陌上阳……群雄联手，将秣陵王打得丢盔弃甲，毫无还手之力。秣陵王恼羞成怒，用尽最后一丝力气，动用先天龙子功，龙生九子的狴犴图腾伴随着他体内的真气浑然升起，他的无限掌风像雨点一样铺天盖地对着众人打来，群雄一时猝不及防，纷纷被击倒，秣陵王这才赶紧抢了一匹马，仓皇逃遁。

第三十七回
武林盟主朱棣凛然治藩
庶王子庶妃情断云梦山

秣陵江上多离别，雨晴芳草烟深。路遥人去马嘶沉。青帘斜挂，新柳万枝金。

隔江何处吹横笛？沙头惊起双禽。徘徊一晌几般心。天长烟远，凝恨独沾襟。

却说秣陵王朱同钹起事黄河口一战全军覆没，上万兵马三个时辰内灰飞烟灭，荡然无存。这使得以朱棣为偶像的他，彻底失去了造反的信心，一蹶不振。

怎么会失败得如此之快，还没有出河南就被灭了……

其实这不怪他，怪他的偶像——朱棣。

试想，当年通过“靖难之役”荣登大宝的朱棣，深谙强藩割据的隐患，虽然他是这样成功的，但是成功之后呢？他绝不希望这种事情发生在自己的子孙身上。

姜还是老的辣。于是老姜朱棣总结自己毕生的经验教训，制定了一套专门克自己这种人的《藩王制度》，好让子孙们平平安安。

所以朱棣之所以庙号被奉为“明太宗”，到后期更升级为“祖”，明成祖。开国大帝，圣人皇帝才被奉为“祖”，守成级别的帝王都被奉为什么什么宗。因为朱棣毕生不止打遍天下无敌手，到老的时候更上一层楼，还打败了年轻时候的自己，然后将这套打败自己这个“天下第一高手”的绝招，写入《大明律》，专门用来对付和自己一样强悍的藩王。

朱同钹绝对不会想到，自己的偶像成功之后居然消灭了自己，已经达到了“无我”的最高境界，这使得想学偶像的他，连失败都败得糊里糊涂，最后画虎不成反类犬。

纵观大明王朝风云变幻的江湖之路，其实朱棣才是真正登峰造极的武林高手。因为他成功之后并没有选择在行为上无所事事，而是将武学的奥义从境界的根本上突破，再创巅峰。老朱棣研究的是“武道”，而不是年轻时候的“武术”。术是技巧和方法，道是规律和制度。术是眼前的作为，道是基因的根性。任何眼前的作为都逃不出命中的注定，任何七十二变都逃不出贴身的紧箍咒。大明王朝所有王爷的命运，在朱棣成功之后，已经给他们从幕后设定好了结局，那就是——全体失败。

只是他们没有发觉，也不会发觉而已。就像鸟在飞的时候，只会想着怎样变换和摇动翅膀，从没有想过自己会身处在刮风打雷的天空；鱼在游的时候，只能想着怎样掉转和摆动尾巴，从没有想过自己会面临着波涛汹涌的海洋。行动环境和方式被规定了，就算你再勇敢，也是斗不过格局。

朱棣制定的天，就是——弟兄们，到此为止了，从今以后，息事宁人吧！各位，翻天覆地，一次就够了。皇帝，一个人当就可以了，这个位子你们别想了。

这是他说不出来又非常想说给那些觊觎皇位的蠢王爷们听的。

聪明的王爷们，悟到了这一点，安安分分，做个小地主也乐呵。“只想着学习偶像却没有看到偶像是如何消灭自己”的那些王爷，后期就蠢蠢欲动了。

大明王爷千千万，龙生九子，各不相同，若是每一个龙子都想当真龙天子，那这个伟大的王朝，大家都来破坏，谁来搞建设，还有完没完？没完，你们继续造反，有完，你们没事了在家里喝喝茶，下下棋，过日子嘛，又不是让你皇亲国戚饿着冻着了，干吗整天想着大闹天宫，当玉皇大帝？

很多造反的王爷都会一根筋认为，是皇帝不称职，他才造反，他从来不认为他要是当了皇帝，会更不称职，并且他从不相信自己不行，根据他的理论就是——我没有当过，我没有体验过，所以你不能说我不行，你不是我，你不懂我。

这种思维本身就是很粗鲁很可恶的。因为这样说话的人，他当皇帝看重的是体验，或者说他当皇帝的重点在于体验，体验皇帝吃喝玩乐的生活，而并不是钻研如何当一个勤政爱民的好皇帝。如果他真钻研了，不用当皇帝也一样能起到皇帝的作用。比如西汉的董仲舒，东汉的诸葛亮，大唐的魏征，大宋的范仲淹……这些人虽位不及人君，但是他们精研治国安民之道，与有追求的皇帝亦师亦友，理论和实践一样能起到人君的作用，何必把自己追求的重点放在当皇帝吃喝玩乐待遇上呢？这就是读书人与野蛮人的区别。

一个励志成为勤政爱民的好皇帝也不会对他的前任说“你的位子让我来体验体验”这种粗鲁的话，能说出这种话的人注意力也必然没有在勤政爱民上。励志勤政爱民的干部，他会像周公一样说话：“小侄子，听皇叔的话，为了你的江山，这件事你应该缓一缓……”

野蛮人都是重物质的，读书之后的动物就是社会人，动物不会去思考群体什么的，只会在意自己的情感、安全、吃喝、欲望和子孙。社会人更重视的是整个人类社会的安全、正义、伟大、幸福、和谐……这些价值观，而并非人只是身为动物的那些属性，那些属性你不用去提倡人自然就是那样，而人要创建人类社会，必然要确认规则、规律、制度和价值，这样才能克制人兽性里面的贪婪、自私和无知的部分，将人后天的神性发挥光芒，创造出一个健康、文明、干净、完善的时代环境。

只可惜，那些看不见摸不到的什么标准，是不会被只享受物质的王爷们在意的，至少朱同鈠这种爱吃爱喝爱玩爱嫖的人不会在意。他还会用兽性跟所有人这样怒吼：“你当皇帝设定的制度，老子凭啥遵守？大家都姓朱，你小子能当皇帝，老子也可以！”

他当皇帝的理由就是，他只看到了，“大家都姓朱”这一方面。

所以他敢说敢干，为了自己蛮横的追求，再残忍的事情都干得出来。

这种野蛮王爷的心态，他还没出生朱棣早就明白了。毕竟，谁不是从野蛮走向文明，野蛮人一旦走向文明，建立国家，会深谙野蛮人的想法，然后用各种高级手段逼着他们学乖就范。

鉴于大部分王爷想当皇帝的愿望是因为都只看到了皇帝的吃喝玩乐，朱棣的态度是：一句脏话。原本老子还想着养活着你们，你们能用心学习，满腔使命，心怀天下，和朕同心同德，一起为百姓做点实事，你们可倒好，为民谋福利的事情没干几件，先想着来夺老子的位了？以为老子读了书就不忍心跟你们玩刀开炮了吗？朱棣对他的孙子朱瞻基这样说：“你小子当了皇帝，你二叔要是敢胡来，别客气，干掉他，听爷爷的！爷爷把这杀鸡儆猴的责任交给你，你有本事，就干掉他，没本事，活该丢了你的江山，懂了吧？”朱瞻基坚毅地点点头，就发誓更要好好学习，将来好用各种手段对付野蛮的二叔朱高煦了。

对于听话的王爷，比如仁宗朱高炽的孙子朱瞻基，朱棣是很看重的，对于整天牛哄哄，什么都不学，还谋划着要造反的朱高煦，朱棣好几次勃然大怒——让你掌管市舶司，原本想着把你小子带出来，给你提高点待遇，没想到你小子有了钱自己整日花天酒地，吃喝玩乐，不管老百姓的死活。当了王爷的竟然就这点出息，这点境界。就这点能耐还当皇帝，你当了皇帝不更是没人管你，沦为吃喝玩乐嫖的憨货了吗？得了，现在啥也别想了，把你打回原形，好好啃着白菜帮子使劲哭吧，反正你哭了也不会反思。敢乱动老子宰了你，朕还就把你们这败家子馕糠货当动物一样圈养了。

朱棣开始反思自己：成功了，难道就追求肤浅的吃喝玩乐，活成动物了吗？这种动物的一生又有什么意义？古人云：达则兼济天下，穷则独善其身。我达了，发誓要兼济天下，做一个好皇帝。但是，如何让那些只知道吃喝拉撒嫖，时时刻刻想要造反的王爷们闭嘴，还要让他们都失败，那就是——无穷无尽的成功！人治和法治并用，在家里用人治，在国里用法治。人治的家庭，作为爷爷，大儿子仁慈宽厚，却得了残疾，可怜，那就好好培养聪颖的长孙朱瞻基，教他读书识字、爱民若子的儒家伦常之道。在国里，对谁都不客气，管你什么王爷，只要造反，一律铲除，大明不缺王爷，朕也不缺儿子！虽然身为父亲说这话毕竟有点痛心，但次子不争气，就只能把他作为反面教材公之于众，让文武大臣看看，谁还敢造次。对于王爷，威慑不顶用，就制定王法，王法就是用来专门管王爷的法——二王不得见面，王爷不许出封地 40 里，朝廷随时会派大员作为地方巡抚去视察，看你在封地乖不乖，如果有异样，马上调动军队彻底碾轧，连根拔起，将罪恶捏死在襁褓中。

可是，就是连正义感和责任感爆棚的朱棣，也没有看清一个人性的事实——自己打下来的天下自己肯定是珍惜的，因为只有自己知道当年的自己有多么不容易。儿子孙子也会很听话，事事照办。但是再往后的曾孙就不行了，曾孙一出生，就吃喝玩乐习惯了，就自然认为朕就是吃喝玩乐的命，不再想着有所作为，开天辟地，天外开天了。这是很多昏君从出生开始就一直惯性的惯性，最后致命，而且还是非正常驾崩。

皇家的家庭教育是儒家，皇家的国家教育是法家。皇上跟臣子们，客气归客气，一旦臣子没有礼貌，触犯了皇上的底线，皇上就会让他们看清，他们自己是什么货。

因此，秣陵王恨的是正德皇帝，没想到我这个皇帝小侄子这么厉害……其实他还是肤浅了，就算他小侄子不厉害，朝廷也是藏龙卧虎，高手如云之地，朝廷的精英团队怎么都比你一个虐待百姓造反县长的流氓团伙强。正德皇帝最大的缺点，就是他常常自己无视法规法纪，喜欢人治，正德皇帝最大的优点，恰恰也是这个。人治的王朝，拍马屁逗皇上玩的，给皇上穿衣梳妆叠被铺床的，为皇上倒尿盆洗澡搓背的，皇上喜欢。武林高手，江湖异人，绿林好汉，皇上也喜欢。谁不愿意当一个集精英团队于一身财大气粗的帝国总裁？所以正德皇帝当得非常享受，他的爽朗率直常常也能传递给大臣，大家都觉得皇上很仗义、直爽，像个江湖小哥，虽然有点任性，好歹也是个男子汉，所以大家都很领情，很忠心。

看不见皇上的人，想法就多了，以为皇上是个小屁孩，一把就可以捏死，然后自己哈哈哈哈。

像秣陵王朱同铵这种唯我独尊的郡王，一般都是目光短浅，由于文化水平低，做事想当然，性格自大又自负，失败了都会很愤怒，不甘心，所以古人说这种人，就是——百足之虫，死而不僵。他的思维不是说算就能算的，而是斤斤计较，怀恨在心。正德，你把我当蚊子打对吧？老子就是个蚊子，也要吸你一管子血，老子当不成皇帝，你小子也别想坐得安稳。

秣陵王其实很可悲，像他这种坏傻狂的郡王，其实压根就没有见过皇上。他不知道皇上有多动症，最讨厌端端正正坐着，皇上最难受的就是上朝，听臣子们轮番念经，只能靠偷吃点零食或者使眼色逗太监玩解闷。他甚至连皇上什么性格都不知道，他要是见了皇上真敢这么说，按照皇上的个性，还真会跳起来和他单挑，然后以皇位为赌注，豪赌一把，输了你来当皇帝，赢了你给朕当箭靶子。皇上心很宽，看得开，他的名言就是：朕随时打算御驾亲征，为国而战，亲手守护朕的百姓，大丈夫自当以死殉国，方不失为一条好汉。这种言论经常令在场大臣惊呆：大丈夫以死殉国，那是臣子和百姓们对你说的话，大家殉的就是你，保的就是你，现在连你都说这种话，你要是玩完了大家群龙无首怎么办？皇上语惊四座：驾崩一个朕，自有后来人，朕没有那么矫情，不会把生命看得太重，谁当皇帝不是临时工？

因此，皇上他武功不高，但是谁也不怕，他恰恰是这样的皇上，他很热衷于一对一。如果事情真这样发展，那皇上反而危险了，因为皇上的武功，和秣陵王相比，绝对是个三脚猫，虽然他很热血很贪玩，但那只是因为年少轻狂，童心未泯而已，与个人实力无关。最后，最懂皇上的人还是从小看他长大的老爷子——内阁梁储。老梁完全没有给秣陵王与皇上一对一的机会，却使了一招瓮中捉鳖，派大内高手在河南境内就把他收拾了。

王爷败得不甘心啊！这算个什么事？这还没开始造反呢，结果就是个这？真的就这样被人像拍苍蝇一样给打趴下了？

于是王爷决定整兵再战！他立即飞鸽传书给自己亲信的属下，一支穿云箭，千军万马来相见。

三天之后收到属下的回信，意思就是：王爷，我们被王子解散了。

什么？王子将孤的亲兵给解散了？不是让他守着老窝，等我回来吗，这怎么回事？信里面写得很清楚：朱安涪没有反朝廷，却反了王爷。

属下的回信回得也是很有他们的风格，因为在他们看来，他们只会直接关心那个给他们发工钱的老大——王爷。大明是什么，它爱是什么是什么！我的忠心，是忠于我的老大，我才不知道什么叫大明。这种思想，就是强藩割据的基础——不读书的丘八对忠君爱国文化粗鄙又直观的理解。

“真是祸起萧墙，家贼难防！孽种竟敢如此负我——顺我者昌，逆我者亡！”

于是他夜探开封府，见那些打败他的人们居然在觥筹交错，组团吃喝，他深以为恨。忽然，他听到他们交谈王子的事情，说朱安涪真是一个孝子，没想到，朱同铍那个逆贼居然有这样一个好儿子，真是“龙生九子，各不相同”。王子散尽家财，解散了王府雇佣培养的亲兵，这件事情大家务必要在道义上保密，这样朝廷也能少些追究，毕竟造反的是朱同铍，其他从犯，都是被朱同铍洗脑或者不明就里的普通人，也是百姓，上天有好生之德，看在滥杀无辜老百姓父母会伤心的份上，就放他们一条生路，让他们回家侍奉双亲去吧！来来来，大家喝。

席间有人问，既然王子如此大仁大义，宽厚善良，为何不请他一同赴宴？好让我们这些家国之士，也目睹目睹沈邱朱安涪的儒王风采。

朱睦审道："王子孝顺啊，他知道朱同钹谋反是大逆不道，不愿同流合污，就决意带着苦难的庶母远游去了。鉴于我开封古城，也曾是大宋京都，这片土地培养出来的大宋帝王，一个个宅心仁厚，崇文偃武，求贤若渴，厚养士人，开富宋三百二十年江山。孤王仰慕宋祖之德怀，蹈先贤之遗风，不忍见他母子风尘漂泊，就给他们在开封安排了住处，他们已经安定下来了。我开封附近，有云梦山一座，乃战国兵神老祖王禅修道之地，他们母子昨日起程，料是上山访古拜神，求太平去了。"

朱同钹一听，心想："好你个逆子，坏我大事，居然又找到那个贱人，还悠然自得，游云梦山！我要让你们这两个下贱坯子知道，背叛我朱同钹的人，是什么下场！"

翌日，云开雾散，和煦春光，云梦山上草木葱茏，流水鸟鸣。王子爬上一棵桑树，摘了些许桑果，又飞身而下，献给哑姑吃，哑姑尝了一颗，王子闻："娘，这果子甜否？"

哑姑笑盈盈地点头，不知道有多开心，又拿一颗，正吃时，发现桑果中卧着一只蚕宝宝，王子正要扔掉，哑姑却摊开手心道："别扔，给我。"

小心翼翼掌心端着小蚕，哑姑架起拐杖，一瘸一拐，走向那棵桑树，放下拐杖，慢慢蹲下，将小蚕放置树根周围落满桑叶的地方，那小蚕一下扑上去，开始沙沙地吃起桑叶。

看着小蚕那样快乐，哑姑笑了，而望着哑姑王子却转笑为惊，因为——朱同钹正站在她身后！

朱同钹一把摁住哑姑的脑袋，王子立即起身，朱同钹狞笑道："好哇，你们这两个贱坯子！背叛了我，居然还有兴致在这里游山玩水，你们怎么敢这样对我？"

"娘——"

王子一声大叫，朱同钹豁然开朗："哟，看来你已经知道了……"

王子咬牙道："我不想跟你这个逆贼废话，快放了我娘！"

"你说什么？臭小子，你还真长本事了？敢跟你老子这么说话！谁教你的！是不是这个女人？"

"没有！她不会说话，能教我什么？她已经被你打断了腿，逐出王府，你还想怎么样？"

"被打断了腿还能笑得出来……你看她是不是一个贱货？不会说话，你又怎么会知道这个贱人是你的娘……"

哑姑颤抖着说了一句："涪儿快走……"

朱同鈠一惊："呦呵？我就说，当年守口如瓶，为了一个孽种就吞炭发誓的小丫鬟，怎么会突然又和她的孽种走到了一块儿，原来你不会说话是装的啊？怪不得这个孽种知道真相，选择背叛了我……"

"不是！娘是被你赶出王府之后，遇神医救好的，赶出王府的时候你说过，她已经不再是王府的人，那么她身上的秘密，也不再是王府的秘密，是她自己的！更何况——就算是王府的秘密，你一个堂堂男子汉，居然三番五次威胁一个女人，折磨一个女人，算什么英雄！一个连自己的女人都不放在眼里的人，还指望你把老百姓放在眼里么？难怪你喝下那么多元婴汤，用冰窖储藏婴儿，你还想当皇帝？简直厚颜无耻！丧尽天良！"

"你说什么！王八蛋……敢跟你老子这样说话，反了你了！"

朱同鈠上前，动用先天龙子功，与王子大打出手，王子也不甘示弱，两人的武功一模一样！

几十招过后，朱同鈠嘴角扬起："你小子口口声声说得动听，元婴汤你也喝过，你不也丧尽天良？"

"我是被你逼的！我不喝你就会打我，我现在才知道那居然是人汤，想起来就一阵作呕，是你这个禽兽！陷我于不义！"

"你说什么？混账东西，老子废了你！"

一场父子大战，打得是天昏地暗，白日无光，飞沙走石，风起云涌。朱同鈠身穿地综夹缬酡红衿，绉纱出锋獒皮统子，腰绾九尺绫地追风缟，下身凤尾戗缂丝黑绔，脚上嵌杂宝玉鼍皮靴，双腕各悬嵩山墨铜雕龙环，背负玄铁镶环狴犴杀威棍，风中披发四扬，虎视眈眈。

朱安涪头戴二径绞罗素葛巾，身穿青地灯笼纹梭布右衽衫，腰缠方胜綦绣缔结带，下身对羊对鸟树纹皂罗裈，脚踏彩云归月翘头舄，双腕也悬雕龙环，目光如炬，黛眉斜扫。

朱同鈠没有想到，他的宝贝儿子武功日益精进，并同样会使用雕龙环，掌威与招式丝毫不逊于自己，任凭他如何心狠手辣，最终居然还是分庭抗礼，于是他用力排开一掌，仰天大笑："臭小子，你是我复制出来的产品，你让我领悟到了……原来武学的最高奥义，是突破自己，你武功学得好！学得真好哇！"

朱同鈠突然目光一亮，双眼横出一道红光，奋力抽出玄铁镶环狴犴杀威棍，将浑身的力道集聚在手腕，掌心一作力，杀威棍居然被他拧成一圈铁环，那铁环上本镶着金环，此时，那些金环纷纷串在了一起，金光淙淙流动，在铁环上形成了一道金色的龙睛。朱同鈠背后真气蒸腾集聚，一张衔环龙图腾悬浮而出，那便是他动用了所有的力量，这种力量吸引了另一种力量的垂青，使得他成为，冥冥中大明王朝"龙生九子"的第七位——狴犴王。

他释放了所有的力量，同时体内又充满了龙子垂青的力量，与王子再次交手时，狴犴环中探出他的一只龙爪，和王子双掌一接——顿时！王子飞出九丈多高，撞倒一棵大树，大树又撞倒另一棵大树……

在一片倾颓中，王子逞强起身，却是七窃流血，浑身一酥软，双膝跪地，就此倒下，不省人事。

“涪儿——”

哑姑一声肝肠寸断的嘶哑叫声，令朱同铍得意不已，因为，这就是下场。

哑姑丢掉拐杖，连滚带爬地匍匐到王子身边，托起他已经被鲜血布满的小脸蛋，拍打着，尖叫着……

梦中……恍惚的梦中……半梦半醒之际……

王子仿佛看见，那个温柔的奶娘，托着他的脸蛋，为他唱歌，哄他入睡……而现实中，哑姑其实是托着他的脸在哭。

可他明明看到的，是一张微笑着，慈祥又温柔的少女的脸，自己也明明是一个昏昏欲睡的小王子呵……而现实中，哑姑已经满鬓白发，俨然一位臃肿的老妇人。

不对，她应该是一个拥有着彩虹一样笑脸，陪伴着我长大的小丫鬟的……而现实中，他已经长大，哑姑也已经在王府度过了自己所有的青春，陪伴着他，大家都长大了……

哑姑老了。

“奶娘……”

不知为什么，王子反而这样称呼了她。可当他眯眼望着哑姑的时候，哑姑的头，已经被王爷凌厉的一掌所劈下，恰如雪花盖顶——哑姑的最后一对眼泪，落在了王子的脸蛋上……

那些陪伴着他长大的美好回忆，在这惊天动地的一掌下，一段一段地浮现在他的脑海，又一段一段地随风而去……他看到的眼前……是天崩地裂……

“啊——!!! ”

他怦然起身，对着朱同铍连发三十几掌！朱同铍措手不及，三十几掌全中之后，他嘴角含血，面目狰狞地退后几步，掌心又掏向狴犴环内，又探出一只龙爪，竟被王子一拳击碎！那龙爪像龟缩一样，迅速退回了环内，反而从另一头蹿出来冲着朱同铍就是一爪——

朱同铍丢了狴犴环，凌空飞向一棵大树，重伤倒地……

打败朱同铍这一幕，被一起来登山打算与朱安涪母子会合的朱睦审、刘西凤十余人等，看得胆战心惊，纷纷跑上前来……

在众人还不知道怎么回事的情况下，朱同铍冷笑着起身：“虽然……还没有喝够千蛊元婴汤……但是……据我现在的实力……足够清理门户了……你……你这个孽种……”

朱同铵刚一运作真气，忽然脑海中一片空白，浑身发冷，一个寒战之后，就什么也看不见了。

等到空白散去，他才发现，自己周围，居然布满了惨死的婴儿！那些婴儿，有些还拖着脐带，但明明已经死了，为什么可以移动！为什么可以出声！为什么可以爬到我的身上来……

他动弹不得，还不知道这一切都是他中掌之后的幻觉，周围人什么也看不见。但是对于他来说，却只能仔仔细细地看着不能动弹的自己，双腿被婴儿们拢着，双肩被婴儿们锁着，脖子被婴儿们搂着，还有无数的婴儿像海洋一样，从四面八方向他爬过来，蠕动过来，吃他的身体——咬腿……咬背……咬肩……咬脖子……

朱同铵倒下去了，浑身僵硬，再也没有醒来。

那天清晨的云梦山上，原本是鸟鸣流水，迅即变得悄然无声。只有一阵一阵的微风，不时经过，为王子擦着不止的泪痕……

时代留下的，只是《明史》中的一段记载：朱同铵，沈邱郡王，成化元年封，正德元年，薨，号荣戾王。荣戾王庶子朱安涪，正德三年袭封。

王子为何三年之后才袭封，当他的皇帝哥哥正德皇帝问起来时，他说，是为了给娘守孝三年。正德皇帝颔之，并带着张太后与文武大臣们参拜了王子带来的哑姑灵牌。由于是庶出，哑姑没有陵墓，沈邱城郊只有一片她的坟。但是，她是一个伟大的母亲，榜样的庶妃，在她的身上，闪烁着大明王朝女人很多温柔、善良、贤惠与坚强的品质，这是众所周知不争的事实。而朱同铵王爷，皇上懒得去看，也就派了小太监，给他随便扫扫陵就可以了，说不准，这样欺负老百姓，疯狂肆虐搜刮民脂民膏的王爷，哪一天，陵寝会被被盗……未可知也。

后人有诗云：

王储庶出最为悲，无有上荫命堪摧。

琼楼语少砖生寒，灯笼连夜暖柴扉。

颍水东去呼声在，天兵南行尽销威。

雏龙擎天终有日，西山曾照暮云归。

第六章 秦藩·蒲牢

第三十八回

蒲牢篇参上永兴王朱诚澜
秦王蝗灾托孤者竟是纨绔

弘治四年，公元 1491 年 10 月 27 日，秦藩永兴府内，四十六岁的永兴王朱诚澜却在院子里跪着。

他之所以跪着，不是因为他犯了什么错，他只是在思考自己是不是犯了错。

四十六岁的他，活了半辈子只有两个女儿，都出嫁在外，一个封金豁县主，一个封清源县主。如今，府里的第三个快要出来了，还不知道是什么情况。王爷的心里嘀咕着："老天爷，这么多年你这也太不给老夫面子了？逼着老夫家里一生再生，你这是等着看老夫绝后啊！我朱诚澜这辈子并没有做什么亏心事，反而还给老百姓做了很多好事，你为什么就不能赏我一儿子？"

公主是为别人养的，王子才是王府的合法继承人。对于王爷来说，他并不是个贪得无厌的人，他只是希望王府后继有人，能把大明王朝三秦大地的这段香火延续下去。根据他的打算，如果他第一个就是儿子，他肯定不会要第二个，如果他第二个有了儿子，他肯定不会要第三个，现在是第三个了，这绝对是最后的机会了！

王爷已经心力交瘁了。像他这个年龄段的人，在大明，和快死了没什么两样，因为这是个平均寿命不到五十岁的时代，他已经算是"高寿"了。

所以他很难过。

他给老天爷跪着，希望这颗真诚的心，能够打动老天爷，赏一个儿子。

王府的丫鬟太监们过来围着看，没人敢站在王爷前面，因为王爷在下跪，你站王爷前面，意思就是，王爷是给你跪的？所以他们就站在两侧，交头接耳地说些什么。终于，大家都互相交换了意见，也都看出了王爷是在做什么了，所以就上来尾随，跪在王爷身后，跟着王爷求子。

毕竟王爷平时对大家都不错，他一把年纪了只不过想有个儿子，观音娘娘您就准了吧？

有一个没礼貌的太监端着痰盂从王爷面前的走廊大摇大摆地经过，还笑着问："哎？主公，你们都在干啥？今儿王妃在里面生孩子，你们跪着干啥？"

王爷抬起了那张怒火中烧的脸，那太监吓得差点把痰盂掉了，于是王爷沉吟道："没礼貌的东西……靠边站！"

那太监不懂事，靠边站着自言自语，还觉得王爷莫名其妙："主公今天是怎么了？我怎么没礼貌了？我倒尿盆儿没有得罪他啊？我站在他面前问他事情，是关心他啊……"

终于有跪着的太监发话了："喂，小丁子，你端着个烂痰盂在这等着谝什么闲传，臭死了，赶紧滚蛋！"

小丁子眼珠一歪："滚就滚，一个个装什么人㞞……有种你们这辈子别撒别拉。"说完就踮着步子走了。

不一会儿，厢房内再次传来王妃挣扎的嘶吼声，惊得跪地的大家瞬间一个冷战，就纷纷合拢了双掌，嘴里絮叨着各式各样的祷词。

一声王妃的大叫，伴随着婴儿洪亮的啼哭声，接生婆喜出望外地在房里喊着——

"是个王子，是个小王子！"

王爷猛然起身，又赶紧跪下磕了三个响头还愿："谢谢老天爷！多谢老天爷！我秦藩永兴府老朱家终于有后了！"

王爷打算进屋，接生婆却垂头丧气地抱着婴儿出来了，王爷一看，婴儿活泼可爱，安然无恙，怎么接生婆一脸死气沉沉？

没等王爷追问，接生婆立马跪在地上。因为，王妃难产，断了气，孩子生出来了，她却……

那一天王爷再也没有说过话。夜里，他只是一个人坐在大堂发呆，望着摇篮中挣扎的小婴儿，心中五味杂陈。

对于这样出生的王子，他真的爱不起来。

坊间也有这样的说法，灾星降临之时，就是生母丧命之日，这种克母的儿女，不要也罢！如果，命运真的要我一个换一个的话，我宁愿……

他手掌摁着脑门，也不敢有什么样的想法，毕竟婴儿没有错，他只是克母，孩儿傻乎乎地来到这个世上，甚至不知道克死了自己的母亲，如果连这都要给孩子扣上不孝的帽子，那让孩子长大以后怎么活？

就算是一种命吧。王爷只是埋怨自己，太过自私，完全没有考虑到王妃，她已为自己生了两个女儿，都出落得亭亭玉立，为什么还要再生这一个？不就是为了什么王府的子嗣，说到底还是自私，怪自己！当初如果听王妃的，纳妾，就不会有这样的悲剧发生。

可王爷与王妃实在是太恩爱了，就算王妃看得很开，王爷也是不会纳妾的，他自从与王妃喜结连理，从来没有过二心，打理王府，善待百姓，在他们夫妻的生命中，也就差一个儿子，如今没想到，儿子有了，却要了她的命……

在西安府咸宁县鸿固乡乐游原，有永兴王继位之后，提前为自己修好的陵墓。现在，此墓却要埋葬自己的王妃。当王爷亲手为王妃送葬的时候，已经三天三夜没有吃喝合眼的他，形容憔悴，披头散发，跪在棺椁面前，像个囚犯……

忽然，他目眦尽裂，仰天长啸，一时间风起云涌，大雨滂沱。丫鬟跑来为他撑伞，说是雨下大了，主公节哀顺变，回王府吧？王爷扬了扬袖："你们去吧，让我再多待一会儿。"

丫鬟将伞递了他，伴随着其他几个丫鬟太监们回去了，王爷却将伞合拢置地，抽出宝剑，对着乐游原苍穹之上，舞剑给老天爷看。

老天爷是不会长眼的，否则老天爷也纳闷——你这是什么意思？

王爷是个有信仰的君主，意思很简单，他认为老天爷不讲信用。其实老天爷从来都没有答应过他什么，也不会答应他什么，一切都是他虔诚地自作多情——有了王子就高兴，赔了夫人就愤怒，人生总是不如意，总不能什么好事都让你大王爷占了吧？想要得到点什么，就必须失去点什么吧？

可惜王爷完全想不开。他只是像个疯子一样，一会儿拿剑指着老天爷大喊大叫，一会儿劈开一块大石骂骂咧咧，还用轻功在乐游原的大树上飞来飞去，砍来砍去。

老天爷愤怒了，当他扬起宝剑再次骂的时候，一道闪电，划过天际，打入他体内，只听乐游原上"嘭"的一声爆炸，他撑着一把老骨头从烟雾中走出，蓬头垢面，痴痴发笑："呵呵呵……没有劈死我，很可惜吧？来啊！有种再来！"他怒发冲冠地用宝剑指着老天爷。

第二道闪电下来，终于将他劈昏过去。

老天爷虽然不说话，雷电就是它的语言，它发起脾气来，那是很带劲的……

就这样，原本还虔诚爽朗的永兴府王爷朱诚澜，变得郁郁寡欢，脾气暴躁。

第二年，临潼闹旱灾，旱极而蝗。

风卷残云的蝗虫肆无忌惮，把临潼的庄稼吃了个遍，连大明秦藩的老大，临潼王朱诚泶的食邑也没能幸免。

蝗虫是不会管你什么王爷百姓的田，只要是田，一律扫荡到底，并且繁衍很快，所到之处，老百姓颗粒无收。眼睁睁看着自己辛辛苦苦经营的庄稼被蝗虫这样糟蹋，老百姓简直没法活了，老秦王朱诚漈就带着家丁冲进田里驱赶蝗虫，只是那蝗虫大军像龙卷风一样肆虐，老王爷他们钻进去之后，就再也没有出来……

老百姓也无法阻止蝗虫，只得远远地望着农田哭。关键时刻，朱诚澜带着自己的家丁大军，及时赶到，百余人从马背上下来，人手两口麻袋，朱诚澜冲着田里放声吼道：“大哥——”

老秦王没有回应，因为他们已经被蝗虫覆盖了。

“跟我来！”

朱诚澜指挥家丁，不要钻到“龙卷风”中心，只在周围挥动麻袋，要像吃桃子一样，一口一口将它们装进去！这些孽种多得很，一定要在外围捕捉，不要冲进去！

果然，家丁们站在“龙卷风”周围，冲着龙卷风随便一张麻袋，蝗虫就装满了，立即打上结放在一旁。每个家丁手上只有两张麻袋，两下就装满了，就只能再跑去马鞍上拿。

老百姓见状，自发跟着家丁去拿麻袋，然后大家大叫着冲入田里……

战争结束。三百五十袋蝗虫，也只是蝗虫大军的九牛一毛。

蝗虫们也飞走了，因为这里已被它们吃光了，一根麦草也没有给大家留下。老秦王朱诚漈，已经被蝗虫咬得血肉模糊，奄奄一息。临潼王府的家丁也很惨，一个个遍体鳞伤，毕竟都是年轻小伙子，从蝗虫堆里扛着老爷子，挣扎着出来了……

朱诚澜只有这么一个大哥，秦藩的王爷只有他兄弟俩年龄最长，而且是手足亲兄弟。

朱诚漈知道自己命不久矣，只握着朱诚澜的手说：“二弟……秦藩……就交给你了……三秦父老……就交给你了……你一向都善待百姓……大哥知道……弟妹去世的事情……给你造成了很大的打击……可是……你务必要节哀顺变……莫要……怨天尤人……善待百姓……忠于皇上……大哥……以你为荣……攒儿……你要听你王叔的话……父王走后……王叔就是你的亚父……你……知道了吗……”

王子朱秉攒摇晃着老爷子：“父王，不要丢下我！父王！”

大明秦藩临潼王朱诚漈，弘治五年，公元 1492 年，薨。

没有人知道，也无法定论，这算不算是殉国，至少他临死前，三秦父老和大小官吏是围在他身边哭的，他冲进去的那片田，也不是自己的采邑，而是老百姓的麦田。

朱诚澜这一次，注定又要亲手埋葬自己的大哥。

老王爷被埋在骊山脚下，临潼的老百姓都饿着肚子，参加了葬礼。

朱诚澜的心已经被“老天爷”伤得千疮百孔。再看到这些蝗虫，他气不打一处来，就顺手抓了一只活的，腿还在动，他愤然流泪将它塞入嘴里，使劲嚼，用力嚼，一口吞下！关中老百姓被这一幕惊呆了，不知该说什么好，朱诚澜一抹嘴角，恶狠狠道：“它能吃我们的粮食，我们就不能吃它吗？不吃就会饿死，干脆吃了它！”

在场的临潼县令看到，惊叹："昔日唐太宗也曾噬蝗，王爷此举，与古人暗合！"

朱诚澜粗鲁地舔一舔牙缝，道："哼！一股芹菜汁味……"

三秦父老一看，王爷都这样了，大家还犹豫什么，胆大的纷纷拿起来"尝一尝"，有的还说味道不错，原汁原味，很香很清新的。当然了，你不想想他吃的是什么？说起来，这虫子倒也干净，他不吃泥土不饮水，只祸害粮食秧苗，并无什么可忌惮之处，油炸之后，一定是酥脆无比……

失去了收成的百姓，也只能用这个法子，穷开心。

朱诚澜鉴于永兴王府仓库里还有些许存粮，就都拿出来接济临潼百姓，王府原本每日的米饭，也都成了稀粥，引来家丁的一片怨言，朱诚澜怒斥道："如果你的老家遭蝗虫了，你愿意看到别人对你这样吝啬吗？唉——大哥要我善待百姓，可是你们总惹我生气。都暂且宽心吧，亏欠大家的粮食，我都记录在案，等将来条件好了，会换算成银子，增加在大家的月俸里的！不会让你们这些小丫头片子小太监白白做善事的，但是如今我们必须要同舟共济，共渡难关。我已经死了老婆，没了大哥，你们就别再让我忧心了，我的心，已经千疮百孔了……"

家丁们这才意识到，原来王爷一直以来承受了这么多痛苦，自己还这么不懂事，就纷纷回去各司其职，再无怨言了。

老秦王朱诚溁去世了，临潼郡也取消了，新王爷要等着皇上册封，才能继承爵位，可惜继承人朱秉欆是个纨绔子弟，承受不起打击，也没什么大志。自从老王爷去世之后，再也没有人管着他，他就更放纵自己，整日花天酒地，纸醉金迷，朱诚澜好几次批评他衣衫不整，他却说，这是酒仙李太白的粗犷疏狂之气，在朱诚澜手里拿了钱就走，朱诚澜见他丧父可怜，花钱方面一开始都由着他。

他在长安城里胡吃海塞，拿东西不给钱，掌柜的问他要钱，他就说："小小个酒馆，还跟本王子要钱，本王子将来继承王位，就是大明的秦王！明太祖六世孙，会欠你一顿小小……小小……小小的酒钱？"

掌柜的也没办法，毕竟自己是小本生意，他也知道这家伙现在是王子，将来就是王爷，而且是秦藩最高级别的王爷，咋和朱诚澜一点都不像呢？真是龙生九子，各不相同。有知情人说，哪呀！他就是老秦王留下的败家子，老秦王在的时候，还管着他，现在老秦王将他托孤给二王爷了，二王爷当然管不住他了。

只听那朱秉欆猥琐地提着酒杯，吟道：五陵年少金市东，银鞍白马度春风，落花踏尽游何处，笑入胡姬酒肆中。

唱完他就真的走进花柳之地了……

弘治十三年，公元1500年，朱秉欓终于继承爵位，封秦藩临潼王，是秦藩级别最高的王，风头盖过了朱诚澜，朱秉欓见了朱诚澜，竟然骑在马上和他二叔说话，一点礼貌都没有，连王府的家丁都凑到朱诚澜耳边说："这白眼狼，王爷，您白养他了那么多年，真不是东西。"

朱诚澜对朱秉欓行了藩王礼节，问朱秉欓来到永兴府，所为何事？

朱秉欓正是来抢人的，曾经他在永兴王府看上几个丫鬟，现在要带走。朱诚澜大怒，朱秉欓笑道："当年看上她们的时候，就想把她们收了，没想到她们一个个依次都拒绝我，还说二叔您老会生气的，今日我贵为秦王，亲自来要人，二叔您老不会不给这个面子吧？"

朱诚澜终于忍无可忍，沛然一掌，击倒了朱秉欓的马，朱秉欓从马背上滚落，吓得抱着头，只见王爷大叫道："小子，你给我看清楚了，这里是永兴王府，不是妓院！你爹去世了，你不守孝也罢，居然还没心没肺，整天在外面胡吃海塞逛窑子，无法无天，真是羞了先人了！你这个败家子，我老朱家怎么会出了你这个浑货？你有本事，今天动我家人一根汗毛试试？看老子会不会扒了你的皮？"

朱秉欓立刻像个小混混一样，吓得连连磕头，说："二叔我错了，二叔您别发火呀，不给就不给，您别这样……"

朱诚澜吼道："下次要是再让我听老百姓说你逛窑子，强抢民女，老子就是在皇上面前豁出去这条老命，也要剁了你的脑袋，送你去见大哥！给老子滚！"

朱秉欓一看，他的马已经死了，吓得裤裆一湿，连滚带爬，就带着人走了。后来，他一去妓院，就有老百姓在楼下恶作剧喊道："二王爷来查房了，二王爷带着人来查房了！"

自己的亲卫军早就吓得不见踪影，朱秉欓慌乱四顾，没有人来查房啊？就骂骂咧咧地回到厢房里继续吃喝亲摸，喝一喝，再也没有兴致了，就摔酒杯道："那个老王八蛋有什么好怕的，别怕他！"

妓女很无辜地说道："王爷，臣妾没有怕啊？"

朱秉欓才知道是自己心虚。

老百姓很会玩"狼来了"的游戏，朱秉欓基于纨绔的本性也很配合。终于有一天，被朱诚澜得到消息，闯进来，一把揪起他的衣领，从二楼扔了下去，朱秉欓大叫着不敢了，最终还是摔断了一条腿，朱诚澜道："王府的钱都被你糟蹋光了！你已经是最大的地主了，还要霸占老百姓的田！临潼的百姓都告到我这里来了，你怎么对得起大哥在天之灵，今天我就杀了你去见大哥！然后再向皇上去请死！"

朱秉欓大哭，说自己再也不敢了，求二叔开恩，求亚父开恩，朱诚澜于心不忍，竟然也号啕大哭，妓女们都在酒楼上看热闹，这两个王爷是怎么回事……小的官大，老的又是他爹，小的不听话，老的就执行家法了……

朱秉攖回去之后，大病一场，经常梦见朱诚澜打他的时候的那一瞬间，忽然幻化成了朱诚滦，他吓得魂飞魄散，醒来在床上瑟瑟发抖，不久之后，就病逝了……

弘治十四年，公元1501年，朱秉攖薨。朝廷得知他品性恶劣，就再没有封他的儿子，他的儿子是自己在粉巷寻花问柳时的一妓户所出，那小姐为他生了孩子之后，就再也没有从业，只被他养在民间，还隔三岔五缺粮少米，因为钱都被他用来光顾新人了，那小姐只好心灰意冷，重操旧业，为了养着她一岁半的小婴儿，后来得知他薨了，小姐悄悄将孩子放在永兴王府门口，跳护城河殉情而死。

朱诚澜给小秦王起名朱惟焯，焯字意思就是让他成为一个明亮的人，不要像他父王那样，朝三暮四，寻花问柳。

朱惟焯长大应该叫他——王叔公了，因为他，按照辈分，已经算是爷爷了。

在他成为爷爷的时候，他受到了一个人的接见，那就是创造了大明王朝“弘治中兴”的弘治帝——朱祐樘。因为皇上有个秘密要和他分享，这还是厂卫太监告诉皇上的——

皇叔，你的儿子，和朕的儿子，同年同月同日生哦！这可是个令朕意外的消息，他是不是也已经十岁了？带北京来让朕瞧瞧啊?

于是，朱诚澜，和他十岁的“克母”儿子朱秉柔，收拾收拾，打算上紫禁城见皇兄了。

第三十九回 朱厚照太子多情曾为兄 议秦藩先帝御赐景云钟

诗云：

天门帝阙旭日高，乳钉九九喻天骄。
文韬武略六部殿，星罗棋布三色袍。
扶摇金龙雕梁表，翩跹玉凤宝冠梢。
日月当空群星萃，照遍山河粲九霄。
天子剑，绣春刀，功过史公朱笔刁。
五寺卿，内阁老，帝业万虑偕心包。
都督卫所千百户，四殿两阁肝胆哓。
二十四衙涉万监，绝阳愿为君折腰。
大理寺，都察院，刑部桎梏锁国蛟。
三厂公，锦衣卫，御前圣听八纮召。
翰林院，詹事府，般奉待进多寂寥。
今朝监察御史在，明日巡抚四海邀。
藩王兄弟洒州郡，龙主有情付神交。
论及成功惟看帝，又将多少忍全抛。

却说永兴王朱诚澜带着十岁王子朱秉柔应弘治皇帝之邀面圣，皇上散朝之后在偏殿接见了他们父子，他们一个把皇上叫皇侄，一个把皇上叫皇兄。

按辈分算，弘治帝是太祖五世孙。

太祖二皇子朱樉封为秦王，就藩西安府（今新城广场陕西省政府办公楼方圆一带），西安的莲湖公园都是秦王家里的花园。

朱樉的次子朱尚烈封秦藩永兴郡王，是为太祖一世孙。朱尚烈生朱志墣，太祖二世孙。朱志墣生朱公鉐，太祖三世孙。朱公鉐是朱诚澜的父王。

因此，朱诚澜是弘治帝的皇叔。

弘治皇上三十一岁，春秋正盛，朱诚澜已经五十六了，虽然身体还算强健，皇上得知他的年龄才大吃一惊。

皇上见了朱秉柔，哈哈大笑说："这就是我那十岁的御弟？"

旁边传来一个声音："父皇，他和我一样大，怎么会是你弟呢？应该是我弟。"

"照儿不得无礼，这是你的皇叔。"

十岁的朱厚照，娇生惯养，唯我独尊，完全不喜欢家族寒暄，卿卿我我这一套，招呼也没打，就跑出去玩了，朱秉柔也跟着去了，皇上把朱诚澜叫到内堂，说有要事相商。

"皇叔，朕知道你素来有德，保境安民，抗旱救灾，奈何永兴王毕竟是太祖二皇子次子的这一脉……老秦王嫡子朱秉攖薨了之后，朕原本想要立你做秦王，恐诸臣不服，这事你怎么看？"

"皇上，万万不可，帝王虽然一言九鼎，但不能乱了祖宗章法，次子就是次子，老臣没有那么多奢求，能当王爷已经是祖上积德，怎能让皇上为了老臣一人，打破祖宗章法，此举对皇上不利，对大明家风不利。"

"哼，可是那朱秉攖实在不像话，朕听探子汇报当时就想废了他。纨绔子弟，欺男霸女，毫无长者之风，大王之怀，岂能有后？唉——也怪朕，当初就不应该封他。"

"皇上不知情也是正常，老臣也没有料到他竟是那样，不瞒皇上，老臣在封地，已经逾制用家法三番五次教训了，还是屡教不改。整日沉迷酒色，嗣封仅一年，就薨了。"

"哦？什么家法？"

朱诚澜起身比画道："当日老臣听家丁汇报，他在粉巷饮酒，宿醉不归封地，因为王府已被他挥霍得财政亏空。他平日又纵容家丁，霸占农田，老臣单枪匹马，收拾了他几个欺压百姓的家丁，百姓向老臣哭诉，老臣这便飞身上马，直奔粉巷怡红楼，跳上二楼，一把抓住他，将他像沙包一样从二楼丢下……"

弘治皇帝听得聚精会神，朱诚澜这才觉得自己表现得有点过头了，抱拳道："结果……老臣就……摔断了他一条腿……"

原本以为皇上会怪罪他，结果皇上一拍大腿:“摔得好，摔得好，恁虐待百姓邪恶藩王，理当尝此报应，怎料我大明秦藩西京文章锦绣之地，竟有如此胆略忠义之老王爷，朕替三秦父老感到欣慰。”

“老臣愧不敢当。”

“朕决定了，既然朱秉擭这个浪荡子无后，皇叔就继承朱秉擭的秦王之位吧！”

“皇上！朱秉擭要是有后的话，是不是就可以名正言顺继位了？”

“皇叔何出此言？”

“朱秉擭曾在粉巷宠幸过一艺妓，为他生下一子，名叫朱惟焯，今已两岁，艺妓将其托孤于臣，殉情而死，不知这算不算子嗣？”

“果真如此，当算庶出。皇叔，事关皇亲国戚，不可马虎，此事可靠么？”

“千真万确！”

“可是朱惟焯才两岁，放任自流的话不知道会不会又出一个朱秉擭……不如这样，既然朱秉擭尸骨未寒，就当遗孤为他守孝三年，这三年过继给你，以观成效。三年之后，再做定夺，如何？”

“如此甚好。”

“可是这三年之内，秦王虚位，你就权且代理，秦地要是有什么风吹草动，朕可就要找你负责了？”

“皇上，这是不是有点就坡下驴之嫌？”

“哈哈……你怎么不说这是朕信任你，让你替朕分忧？”

“呃……老臣权且遵旨……此事希望皇上保密，不敢让保守派大臣知道，否则又要引起党争了。”

“这个皇叔放心，朕驭臣有道，他们奈何朕不得。呃……还有一事，要与皇叔当面交流……你也知道，朕就这么一个儿子，古往今来，人皆言帝王后宫三千，朕的后宫，只有张皇后一人。朕与皇后相亲相爱，相知相许，也是独宠她一人，决不纳妾！她为朕生下照儿，聪颖活泼，就是有些调皮捣蛋，朕很忧虑皇子的未来啊……其实朕完全懂得你的痛苦，你和朕一样，也没有纳妾，并且老而丧妻，留下一个儿子相依为命，还要帮别人养儿子，又要打理整个秦藩，实属不易。当朕听太监说，朕的朱厚照和你的朱秉柔居然是同年同月同日生，朕就觉得，这是一种缘分，虽然他们两个辈分是叔侄关系，但都是老朱家的可怜孩子啊……”

“皇子生性活泼，皇上为何说他可怜呢？”

“皇叔有所不知。照儿独自长在深宫，每天只能跟小太监在一起玩，整天学得油腔滑调，阴阳怪气。他生性大大咧咧，其实内心也想要个伴。他多次劝她母后，为他生一些弟弟妹妹。六年前，张皇后为朕生下了朱厚炜，照儿高兴得不得了，整天抱着弟弟到处玩，做鬼脸，换尿布，唱摇篮曲，捉小兔子，还亲手制作了很多玩具哄他。朱厚炜只有见他来的时候，才不哭……晚上，他要与弟弟同床共枕，兄弟俩在帐中不知道有多开心，打闹到天亮……可惜天不假年，他的弟弟年仅三岁，就中风去世了，照儿大哭一场，在他的陵前哭着烧了很多他亲手制作的玩具，还有新缝制的、都没有来得及交给他的白布兔子，炜儿是属兔的。如今，照儿又成为一个人了，你看着他嘻嘻哈哈，但往往，故意笑得最大声的人最空虚寂寞。这孩子，什么事情表面上大而化之，其实心里很有数，他只是装疯卖傻，怕伤心，不愿意与人提及。后来有一次，朕设御宴，宴席上有兔肉，他说吃不下，就走了，朕还纳闷，平时他胃口都很好的，怎么今日突然吃不下了？还是张皇后抹着眼泪告诉朕的，朕才知道，他又想起他的弟弟了，埋怨朕没有将他保护好，埋怨朕身为一国之君，居然为他连个兄弟也保不住……”

皇上哭了。朱诚澜也老泪纵横，叹道：“人啊，有时候不服命不行，身为一国之君，也有许多的无可奈何……或许，是二皇子太可爱了，观音菩萨看上了他，拉他去做了善财童子，皇上就当作，是为菩萨贡献一个帮手吧！”

皇上破涕为笑：“皇叔你可真会说话，你把朕逗笑了。”

“就是啊，王妃去世的时候，我就在想，是王妃她太漂亮太温柔善良了，天上的神仙看上了她，把她从我身边带走了！我当时就觉得，这些神仙太坏了，和我抢女人，我就在她的坟头练剑啊，剑指苍穹，让它有本事下来和我单挑，结果它闪了一道雷，把我劈晕了……”

皇上哭笑不得，道：“皇叔你好憨，但是憨得挺有趣，哈哈哈……”

却说太子朱厚照跑到了宫后苑，看到水榭有锦鲤，吆喝着贴身太监李时，让小李子拿钓竿来，小李子从少监手里接到了钓竿，交给朱厚照，朱厚照酣然就地坐下，岸边垂纶，神情悠然自得。朱秉柔走到他身边，坐下，他睁一只眼，见到朱秉柔来了，只是咳嗽道：“围观可以，不要出声哦……”

朱秉柔没有出声，朱厚照的手法还真不赖，感觉一条锦鲤在咬钩，他立即一收线，锦鲤从水面被他拽上来，放入瓷坛里，然后继续放线，很快又是一条。

高手啊！朱秉柔佩服得不行，冒昧地问了一句：“小侄子……”

“干啥？”朱厚照有些不高兴，因为“小侄子”这三个字听起来特别刺耳，太子心想：“我和你一般大，装什么皇叔……”

“我有个问题想问你……”

“说啊。”

“这池塘里的鱼明明都是你的，你为啥还要煞费苦心将它们钓上来？”

“因为好玩，好看，还好吃！”

“可是……你要是喜欢吃鱼，为什么不用渔网一把捞上来，或者让光禄寺给你弄些鱼吃，鸡鸭鱼肉，宫里应该不缺吃喝才对啊……”

“你是陕西来的秦始皇吧？”

“不不，我是秦藩永兴府的小王子……”

“我是北京城的小太子！”朱厚照一眨眼，叹了口气道：“秦藩小王子，你是不知道，光禄寺做的饭可难吃了，我都吃吐了，还没有宫外的灌汤包好吃呢，哎？还有你们陕西的牛羊肉泡馍、臊子面，我也喜欢。”

“你去过宫外？”

“去过啊。”

“怎么去的？”

“父皇带我去的啊？”

“哦……不对啊？你不应该叫我小王子，我是你的皇叔。”

朱厚照放下钓竿，义正言辞地说：“咱们能不能有个约定？”

“好啊。”

“以后在人前，我叫你皇叔，背后，我称呼你老弟，如何？”

“那哪儿成？你比我小啊。”

“什么啊，你没听父皇说吗，咱俩同年同月同日生！我是弘治四年十月二十七日……子时生的。”

“那我还真比你小一点点，我是正午烈日当头的时候生的。”

朱厚照窃喜，然后故作严肃地问：“怎么样？”

“那好吧，就依小侄子。不不……就依皇兄。”

“乖——哥哥请你吃鱼！”

“皇兄啊……”

“怎么啦？”

“吃鱼用渔网捞不是更快吗？”

“唉。所以我说，宫里没几个人懂我，宫外好不容易来个亲戚，也不会懂我——凭蛮力捞上来的，哪有凭巧力钓上来的好吃，吃着香啊！”

“有什么区别呢，不都是鱼吗？”

“唉。你们这些人，做人一点情趣都没有，气死我了！”

“我明白了！要有挑战性？”

“哟呵？你还真说对了一点，真不愧是我的老弟……”

不出一个时辰，朱厚照钓了一坛鱼，小李子拿来烤炉和酱料，就地生火，两人吃得不亦乐乎，有说有笑。不觉日薄西山……

皇上宴请王爷，太子和王子都不见了，有太监来报，说看见他们已经在宫后苑吃过了，野炊烧烤。皇上与王爷相视一笑：“他就是这样，照儿他就是这样，皇叔我们别管他俩，我们吃我们的。”

“难得有人能陪照儿玩，就让他们自己胡乱玩吧！用完膳，我还要给皇叔看一宝贝呢！”

朱诚澜喜出望外：“皇上能给老臣展示的宝贝，那绝对是宝贝！”

“那当然，还是件国宝！”

朱诚澜受宠若惊。

皇上展示的宝贝，是一件洪钟，用木轮车推上来，皇上屏退左右，问朱诚澜：“皇叔，朕要考考你是否识货，知道这是什么宝贝？”

朱诚澜大惊失色，因为他的表情已经知道了答案。

“哈哈！朕就说你一定会知道，因为这就是从关中出土的——大唐景云钟！”

朱诚澜惊叹：“此钟乃唐睿宗景云二年所铸，至今已逾七百九十年，堪称天下第一钟啊。”

“皇叔果然好眼力，但是朕让你看的，并非只是历史，而是文化。这钟顶立着一神兽，是龙生九子第四位——蒲牢。朕的文渊阁大学士李东阳曾著《怀麓堂集》一部，他告诉朕，龙生九子，各不相同，各有所好，蒲牢生性好吼，此乃宣龙，是龙子中的善类。这景云钟出自陕西，皇叔不觉得，它和你，有异曲同工之妙吗？”

朱诚澜端详蒲牢形态，言道：“我素来修炼金钟罩、千斤坠、狮吼功，平日随身还佩有一把钧天剑，性情还算粗犷任侠，与这龙子习性，也是契合。”

“此钟原本悬挂在西安钟楼，是太祖赏给二皇子朱樉的宝贝。靖难之役前，燕王将其征到北京，以祈祥瑞，求靖难大业，如唐太宗玄武门之变一样顺利。后来靖难成功，它就一直留在北京。如今天下大定，朕决定将它完璧归赵，重回西北，与皇叔同在，为朕镇压奸邪，宣谕圣威！”

“皇上……这……老臣受不起啊……”

“哎？皇叔不必过谦，朕话还没有说完。朕不沾酒色，励精图治，世人皆称这些年为‘弘治中兴’，朕以为不然，因为朕听到了负面消息。”

“啊？何人如此大胆！”

“不然。一个明君，应该有自知之明，光想听歌功颂德，粉饰太平的话，那就等于掩耳盗铃，远离江湖，自我欺骗，于国不利。正所谓兼听则明，偏听则暗。甜言蜜语听多了，就容易沉迷不醒；阿谀奉承听多了，就容易唯我独尊；四海升平听多了，就容易刻舟求剑；溜须拍马听多了，就容易受制于人；随波逐流听多了，就容易丧失心志；八面玲珑听多了，就容易沦为乡愿；我行我素听多了，就容易自娱自乐；我外无他听多了，就容易井底之蛙……朕身为天子，听过千千万万的话，最讨厌听到的，就是好话！因为朕觉得听好话一点作用都没有，除了让人膨胀、飘飘然、沾沾自喜，剩下的都是空虚。有谗臣对朕说，听好话可以让人自信，朕觉得朕的位子，已经是最自信的位子，现在天下如果论成功，整个大明，朕最成功，四境八荒入掌中，古来帝王皆已经被朕打败，因为天下如今在朕的手里！朕这样的登峰造极，群臣莫敢仰视，还需要什么自信？朕当然更需要接地气啊！时代是在变化的，怎么可能时刻都万事大吉？朕不逃避，人生总有不如意，社稷总有不如意，要坦然面对不如意，才是正常的心态吧？怎么能凭借喜怒选择听与不听，顺耳了就多笑多听，逆耳了就闭目塞听，这样造成的结果除了六部九卿人人为了各自的利益，把朕当傻子一样欺骗盘剥，还能有什么好的结局？最后造成的所有结果必然朕一个人背黑锅。老百姓不会说，六部九卿的谁谁谁祸害了江山，一定会说朕祸害了江山，因为朕在明处，天下皆知，江山是朕的，六部九卿亡国时可以投降，朕不能投降，朕代表了祖宗，代表了大明王朝的所有尊严。”

朱诚澜深以为然，皇上继续道：“最近朕看了《邹忌讽齐王纳谏》，胆战心惊，之前朕身边居然没有一个人说朕坏话，这实在是一个很可怕的现象……要创造大明弘治中兴的新局面，就要习惯听坏话，朕身边，只有一个令朕最踏实的大臣，那就是陕西三原的王恕太师。太师说，盛极而衰，朕只是力挽狂澜做了一些弥补宪宗、英宗过失的事情。根据照儿的任性率直的性格，如果没有良臣辅佐他，很容易招祸的，因此太师即决定为朕培养青龙、白虎、朱雀、玄武，以克九龙之乱。”

“九龙之乱？什么是九龙之乱？”

“是太师用李淳风的《推背图》演绎出来的九种朕驾崩之后可能出事的藩王。因此朕之所以召见你来，不只是为了叙旧，而是……九龙之乱的藩王里，就有秦藩……”

朱诚澜当即跪地，抱拳道：“皇上，老臣对皇上忠心耿耿，天地可鉴！望皇上莫要相信此歪门邪说！鲁莽模仿建文削藩之事！臣在秦藩，善待百姓，秦地本就尚武，有臣在且能镇住一些藩王，如朱秉擭之类，要是削藩，则不知道会冒出多少个朱秉擭。”

“皇叔请起，朕何尝不知皇叔忠心？朕刚才不是说了嘛，你过来看——大唐景云钟，顶上立蒲牢，蒲牢雄健，生性好吼，此乃宣龙，是龙子中的善类。”

“皇上到底何意，老臣愚钝，望皇上明示！”

“朕的意思是，如若皇叔命中真如太师所算，是蒲牢之命的话，应该是善类，龙生九子未必全都是要当真龙天子的强藩，也有保家卫国的英雄。朕就是希望你，能发扬蒲牢雄健宣谕之德，为朕镇守一方，警钟长鸣。”

“皇上放心，老臣必鞠躬尽瘁，肝脑涂地，守护我大明一方乾坤！”

“嗯……朕只是担心，虽然你是善类，可难免秦地会风起云涌啊……”

“皇上不必忧虑，昔日廉颇年八十，尚食斗米肉十斤，黄忠七十跟刘备，南北驱驰报主情。老臣年方五十六，骨头还是很硬朗，宝刀未老，仍能披荆斩棘，无惧任何牛鬼蛇神！”

“嗯！皇叔如此豪迈，朕实钦佩，朕就将景云钟赐你！却之不恭，莫要辜负了朕一番心意！”

“这……老臣谢皇上恩典！”

在北京住了半月，朱诚澜父子要离开了，临行时，弘治帝父子宫门相送，皇上深情地执着朱诚澜的手道：“皇叔……保重！”

朱厚照抛来一个梨给朱秉柔，道：“要离了，送你一个梨，在路上吃的时候要想起我。”

“是，谢谢皇兄！”

朱厚照眼珠一转：“嘿嘿，二老没有听见……”

望着绝尘而去的两匹马，朱厚照哭了：“不知道他什么时候还能来……”

“他？哪个他？”

“就那个陕西来的秦始皇啊。”

“啊？”弘治帝愣住了……

其实，弘治帝的心目中，一直藏着一个重大的秘密对王爷难以启齿，那就是，当日太师算卦之时，虽然得出蒲牢的卦象是善类，但是后面还有一句——善恶相克，蒲牢必死。

皇上是没有告诉王爷这句谶语，因为皇上懂得一个道理，那就是汉太史公司马迁说过的“人固有一死，或重于泰山，或轻于鸿毛”，既然他是善类，又必死无疑，那一定会成为秦地的英雄了。换句话说，哪个人活着，结局不是必死无疑？关键看你怎么活，活出何等的价值和重量。

还操心人家？皇上只要想到太师的另一句话，更是无奈地叹息自己，因为太师算出他的寿终，比王爷还来得早呢。

第四十回

蹈火啮指朱诚澜首当其冲
家贼潜入秦王府暗流涌动

却说王爷与王子从紫禁城回到秦藩永兴府，已是三个月之后。回来才发现永兴府大旱，漫天的蝗虫肆虐，永兴路正街上的百姓都在抱头乱窜，地方巡抚与各州县令都在灭蝗，用当年王爷的方法，却收效甚微。

这次蝗虫仿佛学聪明了，分散开来，形成好几个区域，对农田下手，这让想将蝗虫一网打尽的官员们东奔西走，无所适从。

结果连王爷也束手无策了，只能望着漫天的蝗虫大喊："又是你们这些孽种，到底还有完没完了？"

这一喊奇了，蝗虫仿佛得了指令一样，从半空中集合，迅速对着王爷俯冲下来，就像要为当年的"兄弟们"报仇一样。王爷大惊失色，终于感觉，这帮蝗虫是有意识的，有意识，必然有组织，有组织，必然有主宰。

于是成千上万的蝗虫开始围攻王爷，王爷非常清醒，他气运丹田，冲破体内奇经八脉，振臂一呼，"金钟罩"神功破体而出！真气运作的神功坚如磐石，蝗虫撞上"钟壁"后，犹以卵击石，纷纷落地。蝗虫们不甘心，继续撞，继续落。

这些东西的确是有组织的，是来报仇的，王爷看清了。但是，他不能让这些祸害再胡作非为，今天斩草必须除根！

于是王爷摩挲掌心，在金钟罩上连发三十余火云掌，迎上来的蝗虫正如飞蛾扑火，被烧得焦头烂额，嗡嗡大叫。这时，虫群中一只比普通蝗虫要大三倍的金色虫王，身上带着火焰，飞向永兴王府，仿佛在昭示一种情绪——就算我弄不死你，也要让你破产。

无疑。那只金色虫王绝对是蝗虫首领，因为它冲向王府的时候，其余身上带火的蝗虫也拼命尾随相至了，天降火幕，土木结构的永兴王府一时间轰然起火！几个丫鬟太监们大叫着从里面逃出来。

王爷家教有方，大部分家丁们都很负责任出门灭蝗，那几个跑出来的只是留守看门的，外面的家丁们一看王府着火了要回去扑救，王爷厉声道："不许去送死了……那些家伙……是故意的……"

家丁没有听懂王爷"故意的"三个字的意思，只觉得这样一来我们不是无家可归了？王爷只好说："暂时先搬到临潼王府住吧，这件事情，我会禀明皇上，再做定夺。"

眼睁睁看着多年居住的王府在熊熊烈火中燃烧，王府家丁们眼泪夺眶而出。王爷只是觉得，这事有蹊跷，到底哪里不简单，他也说不上来，他最多只能猜测到，如果蝗虫有意识，有组织的话，那么这一次的蝗灾，是上一次的延伸。

这样说来上一次的蝗虫，又是因为什么？那恐怕就要追溯到三十年前了……王爷根本想不到，三十年前，他身上藏着一个重大的秘密有待尘封。

王府一把火化为灰烬了，是蝗虫故意的，所以回天无力，然而与王府后院靠着的民居，也被火头跳了上去，开始燃烧，烈火中，依稀还能听到婴儿的哭声……

王爷、家丁、百姓、大小官吏纷纷赶到后院民居，一位丈夫正拉着疯狂嘶吼的妻子和自己的老娘从燃烧的火堆里跑出来，妻子执意要进火堆救孩子，丈夫使劲拽着她不让她再进去，丈夫也很难过，但是他认为，明明一个已经困在里头了，你再进去就是两个了。妻子认为，我不管，我听到宝宝在哭，我要去救他！放开我！

王爷望着在场的大小官吏，一个个父母官，平时都说自己爱民如子，关键时刻，竟无一人勇往直前，丝毫没有当父母的样子。他好歹也一把年纪了，看着这些三四十岁的不作为官员就着气，怒吼一声"让开"，就愤然冲进火堆里，王府的家丁们都看呆了，直吼着："王爷！不行啊！王爷，快出来！"

正所谓：

千金之躯得谁赉，菡萏唯美功翠盖。

烈日煎得身焦黄，终保芙蕖安在怀。

褫衣无愧太祖脉，服衮有惠万民赖。

人生来去赤条条，汗青永叙当年爱。

火越烧越大，孩子的母亲都快要崩溃了，刚满周岁的小宝宝，那是她心头的肉啊，急得那少妇双膝跪地，双手捂着脑袋仰天长啸——她的天塌了。

这时，烈火中听到婴啼声，越来越近，少妇猛然站起来，用力向烈火中凝视——只见永兴王朱诚澜，一手托着尿湿的襁褓，一手为婴孩挡住火舌，任由火苗扑向自己已经被烧焦的肌肤，那背后倒下再多的木柱砖瓦，也砸不弯他的脊梁，他流着汗，踏着火，咬紧牙关，双目直视前方，始终闪烁着沉毅的光芒！他不允许烈火烧伤这个孩子，自己则像一鼎洪钟一样，把他笼罩得严严实实，张开大手，挡着他稚嫩的小脸蛋，铁骨铮铮地向屋外走来……

在场的朱秉柔看得真真切切——父王，那一刻，你是我的英雄……你让我看清了，什么叫王爷，什么是王爷。

少妇接过孩子，孩子被烟熏得黑黢黢的脸蛋，哭声已经没有了，在大火中，他尿湿了襁褓，哭干了泪水，已昏厥过去。少妇不知如何是好，王爷在家丁的搀扶下，立即问："还愣着干什么，给娃一口水喝啊？"

旱极而蝗，井水都干了，哪来的什么水，三里外倒是有一口甜水井，但是，远水解不了近渴啊……

女人又哭了，王爷最怕看见女人哭，女人一哭他就心软，就急中生智。当年他对王妃就是这样，王妃的泪水仿佛就是他们爱情的保鲜剂，王爷始终让着她的眼泪，两个人恩恩爱爱，很少吵架。如今，自己已经成了孤家寡人，王子也已长大，总不能看着百姓的孩子在自己眼皮底下死去吧？

所以，当年百姓的哭诉，令他摔断了朱秉攖一条腿。如今……老百姓的眼泪再一次令他着急了……

水……水……王爷思考着……

"来，娃给我。"他接过孩子，咬破了自己的手指，撬开孩子的小嘴往进抹……这一幕看得老百姓一阵心酸，毕竟他也是浑身焦灼，蓬头垢面的不成人样。

渐渐地，孩子果然醒了，又开始哭泣，王爷却吮吸着自己的手指笑了。

老百姓仰慕之情溢于言表，终于，王爷笑着和宝宝的父母抱在了一起，好了，都过去了，一切都过去了。

当王爷摸着朱秉柔的脑袋告诉他，一切都过去了，可最终他还是倒在了人群。

原来，他从头到尾都是在硬撑，已筋疲力尽，浑身是烧伤。

当王爷醒来时，床头立满了笑眯眯的老百姓，他不知道自己已经昏迷了三天三夜，是被老百姓自发抬到甜水井村民家里的。甜水井这里的乡民得知永兴府有难，愿意将井水和一部分房屋贡献出来，大家同舟共济，共渡难关。最关键的，是这里有一条广济街，街上还有通济渠，是大唐的遗泽。昔日明太祖二皇子还将渠中的水倒灌入自己的莲湖花园中，如今，广济渠的使用已经有七百多年的历史了。

当王爷被老百姓搀扶着，来到广济街，看到那繁华的街道上，车水马龙，有林有水，叹道：“是这条大唐的遗泽，救了我大明三秦父老，是祖宗的遗泽，让广济街如此繁华，临此衢口，犹见古人贞观开元盛世……”

正当此时，圣旨驾到：奉天承运，皇帝诏曰，大明弘治十四年，朕与皇叔有约，秦藩多旱，藩主年幼，皇叔虽为一郡之封，在三秦父老危难之际力挽狂澜，独当大任，为朕分忧，解万民安危之困以水火之中，救苍生性命于倒悬之急，朕特赐唐朝景云钟一座，以彰王室圣德，钦此。

宣谕大太监与锦衣卫随从恭喜了王爷，问景云钟安置在哪？王爷遥望钟楼，叹道：“这口景云钟，陪伴先祖多年——昔日太祖二皇子秦王朱樉，每日清晨，闻钟声而读书，泛舟莲湖，钟鸣而身顾。就将它继续悬挂在西安钟楼上吧，愿三秦大地的百姓，也能居安思危，警钟长鸣。”

挂钟仪式上，朱诚澜头戴环窃曲于阗玉钿绛纮翼善冠，身穿七尺黈縹宫绦描龙玄罗绮，腰悬金铐牛筋兽面浮雕蹀躞带，腰下缁地蜀锦襞积洒线裳，脚踏凤仪怒放石榴花翘头履，携一把青光钧天剑，络腮胡一笑，憨厚气派，刚毅动人。王爷持鲨头木桩连撞七下景云钟，那一夜，大明吉星高照，四海升平。

钟是大家的，王府是自己的。没了王府，无家可归的王爷，只能带着永兴一百多号人借住在秦王家，如今的小秦王，还得叫他一声王叔公，那就是朱秉擙的儿子，两岁的朱惟焯。

谁也不知道弘治皇帝到底打算什么时候才封朱惟焯，按照嫡子传爵，两岁的朱惟焯就是独一无二的人选了。然而有一个人认为，朱诚澜的位子更有含金量，因为他亲眼看到了朱诚澜在百姓当中的威望和口碑，认为只要得到永兴郡王这个位子，就算是要将秦藩王取而代之，也不是不可能，虽然说藩王的爵位也是嫡长子制，但凡事都有个特例，比如，嫡长子发生意外，那么有可能会遭遇废藩，或者次子这一脉的后人又非常有威望口碑，这种情况下皇帝也会考虑的。事实上，弘治帝早就打算让朱诚澜当藩王了，所以才秘密召见他，是朱诚澜自己传统保守，尊重祖宗章法，不愿意为了一点无谓的晋升伤害皇上的权威，并且他这个人比较容易满足，责任心强，当个郡王已经如履薄冰了。这在很多知情者看来，这是很愚蠢守旧的一种行为。正所谓：天予不取，反受其咎。

那个经常盯着朱诚澜的人认为时机已经成熟。

结果在第一步他就碰了钉子。

他穿上刺客的行头，夜袭秦王府，没想到朱惟焯床上居然睡着朱诚澜，他手一探入罗帐就让逮了个正着，匕首被夺，还被打成重伤，翻窗而逃——

朱诚澜不白给，翻窗就追，追一路打一路，直到打斗声惊动了整个王府的侍卫，都纷纷涌上来，却没一个敢上前的。

因为王爷的武功太厉害了，看气场，绝对是武林高手。

作为刺客，这回算是丢人丢到家了。跟这样的王爷交手，上天无路，入地无门，这王爷不只武艺高强，连轻功都比他好，如此一来，逃都是个问题！幸好他行刺前考虑周到，随身携带了闪光弹，这才算是一边挨着打，一边用火折子点着引爆，在强光和烟雾弥漫中，带着伤翻墙逃走。

他不甘心，行个刺都快要死到王府了，连第一步都执行不下去，之后的计划是否还得照样进行？

经过了这一遭，王爷算是居安思危，居危思更危了。

第二天一大早，就召集训练秦王府的侍卫，没有想到秦王府的处境这样危险，堂堂藩王府居然有人行刺，这还得了！这要是没有一帮兵强马壮的家丁，下次孤王不在怎么办？下下次怎么办？

于是王爷倾囊相授，教他们金钟罩、千斤坠、梅花桩和钧天剑法。侍卫们梅花桩和钧天剑法习得还不错，千斤坠与金钟罩都需要内功，初学者就达不到了。

朱诚澜的金钟罩是一种很特殊的内功，一般人根本无法练就，因为它需要配合一种“内狮吼功”才能达到“与敌交手，敌惧如钟”的心理效果，实际上就是一种讲究爆发力和打斗气场的心理战术。但凡练武之人，技巧上的武学，一两年，甚至一两个月，都能小有所成，内功的修炼，没有天赋的人，即使修炼一二十年也未必会精进，因为内功与武士多年的修养、肌体构造、攻击经验甚至阅人方式都有莫大的关联。在诸多武学奥义之中，内功也属于术高莫用，因为它极为耗损元气，伤神折寿，除非到迫不得已，有性命之危的时候，可以用来保命，平日闯荡江湖，对付几个小毛贼臭鱼烂虾，用体力竞技足以御敌。

内功的传统，就在于气。在沙场上，猛将用足内力断喝一声的“外狮吼功”可以令敌闻风丧胆，人惧马惊，心理素质不好的对手基本上就当场尿裤子。再加上交手时突然使出爆发力，会让习惯某种力度的持久战敌人瞬间如临大敌，再通过眼神、语言、动作、达到强烈气场，这样一来，胜负有如神助。

内狮吼功是蕴藉在体内的气质，是多年练武之人的意志力、爆发力、愤怒值、好胜决心这些心理素质的结晶。内功蕴藉几十年，是可以形成一种高手的气质，却很少有人通过外在彻底表现出来，说通俗点，世间没有见过哪个老人大吼大叫，一下将自己几十年的真气、意志、情绪全部释放无遗的。

武林高手之间过招，九招之内，足以分辨出高下，因为彼此的力量，格斗技巧都互相摸清了，没有持久的体力那都是后话。可是一开始，力量不对称，基本上就一招毙命，就像薛仁贵的陌刀与一般小卒的环首刀对峙，由于兵器重量不对称，使用者力量不对称，再加上没有躲闪的技巧，一招交手的后果，可想而知。因此战场上经常发生这种不知天高地厚的小将挑衅，一交手才知道力量悬殊，等醒过来的时候发现自己的头已经掉地上的现象。

武林也是一方战场，刺客是最不知天高地厚的小人，因为没有经验的刺客只会计算他行刺的对手的战斗力如何，从来不会想到还有什么突发状况，半路杀出个程咬金，打不过怎么办？所以但凡考虑周到的刺客，都会随身携带烟幕弹、闪光弹，以便打不过的时候立即溜号。

这个行刺的人叫韩重四，就算朱诚澜揭开他的蒙面，也不会认识他，但是他在打斗时，拼命保护自己的蒙面，是因为他以后还要以其他身份成为朱诚澜的左膀右臂。毕竟，朱诚澜身边，已经有自己的相好的在侍候着了，就是永兴王府的头号丫鬟——李翠环。

李翠环这个丫头，是一个“很会照顾人”的丫头，服务态度很好，很讨王爷喜欢，平时也对王子朱秉柔和小王爷朱惟焯毕恭毕敬，做饭好吃，手脚勤快，还会带着丫鬟们太监们唱歌跳舞，每当王爷看到大家在院子里翩翩起舞时，就会想起他去世的王妃——凌惠平。

王妃也是一个能歌善舞的女子，她在的时候，带领百姓垦荒，唱着小曲，领着队往农田里撒药，那时的秦藩，从没有蝗虫骚扰过。王妃还在城里租了一间大房子，雇了三位大娘，和她们一起照顾无家可归的孤儿们。

当李翠环带着丫鬟太监们翩翩起舞时，仿佛就是当年孤儿院的凌惠平再世，王爷乍看之下，还真有七分相似。

那是因为李翠环整了容。

明朝的易容术是很发达的，神医遍地，个个都会手术，韩重四为了让李翠环更讨王爷的喜欢，故意将她的面部易容到最接近凌惠平的样子，虽然李翠环认为自己很美，不愿意易容成别人的样子，但是韩重四说，长相是给别人看的，别人说你美，那才是真美。李翠环不同意，她知道，韩重四的花言巧语，是为了让自己得到王爷的欢心，从丫鬟成为新王妃，等到王爷薨时，她肚子里韩重四的儿子就会成为王子，韩重四的目标就会实现——无冕之王。

韩重四经过李翠环推荐，成为王府管家，王爷看出这家伙精明能干，还会些拳脚，可以保护王府，殊不知昔日的刺客，就是这厮。

韩重四还会吹羌笛。有次王府食邑里有小范围蝗虫肆虐，韩重四声称用羌笛声就可以退了蝗虫，王爷半信半疑，结果听那羌笛声一起，蝗虫四散而逃，王爷赞扬神乎其技，大喜过望，认为三秦百姓有救了。殊不知，那些蝗虫就是他用羌笛声招来的。

王爷的病不过是大火中皮肉之伤，没有伤筋挫骨，之所以久治不愈，就是因为李翠环经常在王爷的饮食里偷偷下毒，再假意温柔伺候讨好王爷，说起来王爷也是一个服老之人，自然不会觉得自己身体应该很好，他已经五十六了，能活这么久已经很满足了。

听到王爷这么说，李翠环装作心一下就碎了，哭诉道:“不许你这么说，你是个大英雄，英雄就要长命百岁，哪有人这么说自己的，秦藩百姓还都仰仗着你呢！”

李翠环为王爷擦一把汗，王爷握住了她的手，她一看时机正好，便一把扑向王爷怀里，号啕大哭起来。

当天夜里，幔帐飞舞，香薷缭绕，李翠环把王爷灌醉之后，将彼此脱了精光，然后躺在她身旁，想象着自己成为王妃的那一刻，近在眼前。期盼着黎明，明天一大早，就要讹上了。

韩重四在户牖外，露出了一抹不甘的奸笑。因为，自己的相好，让他陪你这个老匹夫睡一觉，便宜你了。不过，翠环怀了我的孩子，也将会是你这个蠢货的孩子，永兴府的二王子——朱秉杰。

第四十一回 李翠环韩重四狼狈为奸 纳小妾老秦王完全中计

李翠环的一声大叫，吵醒了还在酣睡中的王爷，王爷醒来，也是陡然一惊，见李翠环一脸无辜的一样子，不知道发生了什么。

“发生了什么？王爷你看看你自己！想不到你居然还这样问……我恨你！”

李翠环披上王爷的衣服，跑出房门。她是故意不穿自己的衣服的，她是一个非常出色的演员。

王爷跳进黄河也洗不清了，李翠环大哭着，把王府跑了个遍，她是必须要跑遍的，因为她想让所有人都看见，她在展示自己受了欺负，而且欺负她的这个人，大家一目了然，因为她穿着这个人的衣服。

这下啥也不用说了。

王爷赶紧裹上睡衣，迈着老步子到处找李翠环，最终还是在管家的院子里发现了她，她正扑在她表哥管家的怀里，尽情地哭诉。

“王爷！你这个禽兽！”

韩重四上来就跟穿着睡衣的王爷交手，王爷因为理亏，没有怎么还手，竟然被他一掌击倒在地。王子朱秉柔看见了，上前将韩重四打退回去，扶起王爷，对韩重四道：“管家，有话你就说，竟敢跟父王动手？忘了你的身份了？”

“柔儿，这是大人之间的事情，你让开！”

韩重四故作委屈道：“没想到你们王府的人居然是这样，做了坏事，还如此霸道，我一定上告巡抚大人，让大家都来看看你秦藩永兴郡王朱诚澜的真面目。表妹，我们走！”

“慢！”王爷蹒跚着转身，道：“是我不对，昨夜喝了点酒，伤害了翠环……老四……这件事情……能不能不要闹大？”

“呵呵？我的老朱家大王爷，我韩重四虽然是你的管家，也不是你的冤大头啊，你睡了我妹，现在让我不要把事情闹大，事情都到这般地步了，你还顾着你的面子，那谁来顾我妹的面子？你当我妹是什么人！让我回老家怎么向我老舅交代！”

“不然……我娶了她做妾吧……只能这样了……”

“父王！”朱秉柔被王爷打住。

就是这句话，韩重四等的就是这句话，但是他必须装一装：“王爷，你也够可以的，你说你一把年纪了，跟我提出要娶我妹子？以你的年龄，都可以当她大爷了……”

“那你说怎么办？要钱孤只能赔钱，要名孤只能给名，不然呢？让你出去绘声绘色在大街上说段子，那孤岂不是成了登徒子了？大明藩王的威严何在？皇上的威严何在？”

“你本来个就是登徒子啊，不然你以为你是柳下惠啊？要钱？你太小看我韩重四了，我虽在你府上打工，但是不会卖我妹子，要名，我小妹也不贪你一个老王爷身边老王妃的名，这种事情，还是要她自己选择……”

李翠环就坡下驴：“表哥，现在说什么也没有用了，既然小妹已经成为王爷的人，想来也这就是小妹的命吧……”

李翠环哭了，哭得很委屈，王爷觉得很惭愧，韩重四也表现得很气愤，王子觉得事发突然，丫鬟太监们都窃窃私语，没有人知道，李翠环和韩重四的心里，其实是笑着的。

李翠环就这样成为永兴王府的第二位夫人。第二年，就住进了修葺好的永兴王府，工程是韩重四负责的，韩重四就像督造自己家一样重修王府，在王爷看来，他是很负责任的，王爷很放心，工程也进展得很快。那些干完活还想要工钱的工人，都死在了他们拿着工钱回乡的路上，被刺客老大韩重四带着刺客杀得一个不留，并毁尸灭迹。

李翠环对于自己住在偏房这件事耿耿于怀，王府如今的王妃是自己，居然要住在客房，这不正是说明，自己是王府的客人，而不是主人吗？原来凌惠平的房子，王爷依旧保留着，还不时进去看一眼大堂里挂着的画像，然后和王子一起，给她上炷香，毕竟这个女人，是他俩生命中最重要的女人。

当李翠环提出要住凌惠平的大房子，被王爷断然拒绝了，她虽然死了，但是孤王依然爱她，她是王儿的母亲，也是三秦百姓爱戴过的王妃，直到现在，她的灵堂都经常有百姓进来参拜，因为你不知道她为百姓做了多少好事，她的去世多么突然和可惜。如今你要搬走她的灵堂，孤王不会同意，三秦的百姓也不会同意的。

李翠环不依不饶，她是百姓爱戴的王妃？我算什么？我就是一个陪衬？就是她的绿叶吗？凭什么！她那样受人爱戴，就因为她是王妃，有那个在百姓面前展示自己品德的舞台，而我没有，所以我做得再好，别人也看不见，我不觉得她比我好，因为你没有像对待她一样平等地给我机会!

李翠环捏着手绢哭了，就算这样，也是不会令王爷动容的，重情重义的人，从来都不相信人走茶凉这一句话，王爷始终承认凌惠平是她的第一任妻子，这也是不争的事实，有什么好争的？老二就是老二啊，谁让你晚别人一步啊？这个时候你怎么不说这就是命了？怎么开始争取了？

坏人都坚持一个原则，面对好事坦然认命，坏事从来不认命，为达到目的，从简从快、不择手段,不惜加害别人,不相信世间所有的文明,只纵容自己的野蛮。可见,所谓的命运论，从来都是虚假的，如果人事事都不断妥协，服从命运，那危难来了不必躲，因为这是命运？机会没来不会去争取和创造，因为这是命运？疾病缠身不用大费周章去治疗，因为这是命运？粗俗猥琐不用学习改变，因为这是命运？那富人将永远是富人，穷人永远是穷人，和尚永远是和尚，乞丐永远是乞丐……

明太祖就不信这个邪。

当然，李翠环不是明太祖，她只是一个“有时候服从命运，有时候又不服从命运”的普通人。

总之，她现在要不服从命运了，因为命运给她的定义是——老二。

这个称呼实在太难听了。作为一个“美貌”“上进”“聪明”的女子，怎么能当别人的老二呢？她一定要想办法达到她的目的，于是她使出了自己的撒手锏：

“王爷，你这个负心人，我只不过想要一间大一点的房子，你就用各种托词来欺负我，你欺负我便罢，连自己的孩子，你也不能给他一个良好的生存环境，没想到，你不仅是一个无情又固执的王爷，更是一个不称职的爹！”

王爷根本听不懂她说什么,因为朱秉柔活得挺好的。直到李翠环摸了摸自己鼓鼓的肚子，王爷才恍然大悟，开始挣扎了……

你为什么，要和王妃争屋子呢，你的屋子，还不够你住么？

李翠环彻底怒了——“因为我要养胎！养胎！养胎！你这个无情又固执的爹，对一个死人的牌位那么好，却让我们活着的人跟着受罪，我李翠环真是瞎了眼了！才会给你这样的人生孩子！”

李翠环大哭，捂着脸跑了，但是她的撒手锏奏效了。

王爷没有想到，一切来得这样突然。

唉，人死不能复生，况且新人竟然有孕在身，那么，只能……让她暂时养胎吧！养完胎再让她搬，也来得及，王爷这样想。李翠环是那么轻而易举服从命运的人吗？不利于她的命运，她一定会反抗的。既然住了，就永远住下，天塌下来，也别想让姑奶奶搬走。

有一天，王子朱秉柔正在灵堂前拜凌惠平的遗像，上香，李翠环带着一拨人，进来指指点点，说这里大小合适，就是墙壁和家具又脏又差，窗沿上都落灰了，一定要好好整治整治。于是她指挥着众人开始“丢垃圾”，先搬这个再搬那个，家具都被仆人们往出抬，王子断喝：“你们干什么，把东西给我放下！”

李翠环一甩手绢：“愣着干吗？那么多土，赶紧搬走搬走，继续继续……都长点脑子，记住——谁把你们安排进王府的，谁给你们发工资的，你们就听谁的。”

王子听出来这些都是李翠环布置的人，倒也无惧，上前就是一阵痛打，李翠环惊得大叫：“来人呐，来人呐，王子发脾气啦——”

人都被李翠环喊来了，王子高声：“这没你们什么事，退下！”

没有一个人离开。这些人，已经被李翠环“异化”成自己的手下了，侍卫们只服从姑奶奶的，因为姑奶奶一句话，可以令管家给他们加薪，李翠环当然没有把这种事情告诉王子，甚至是王爷，因为，那样的话，不等于拿王府的钱给自己培养势力了吗？但是，侍卫只服从李翠环，是眼前铁一样的事实。

王子火冒三丈，开始和侍卫们大打出手，李翠环开始继续指挥着人搬“垃圾”，你打你的，我搬我的，开打才好，开打老娘搬东西你倒是顾不上阻止了，还方便了。

李翠环甚至连王妃的香案也不放过，她一把拿起案几上供香用的宣德炉，丢到屋外，指挥着人把案几搬走，墙上凌惠平的画像——死人呐！太不吉利了！

当凌惠平的画像被丢出屋子的时候，王子与侍卫们的打斗停止了，他惊异地望着门口站着的李翠环——这丫头，飞上枝头变凤凰，竟然是一脸的得意、骄横与满不在乎，把母后的画像丢垃圾一样丢出来，不可饶恕！这样的泼妇不可饶恕！

王子大吼一声，三步做两步，上前就要李翠环的命，他奋力掐住李翠环的脖子，侍卫们一拥而上，他断喝一声：“滚开！你们这帮唯利是图的狗奴才！都是被这狐狸精拉进王府的吧？我怎么一个都没有见过？王府的老家丁都哪里去了？解散了吗？说！”

有一个侍卫发言：“王子，莫要轻举妄动，永兴王府的老家丁还在，都已被王妃安排到临潼王府，伺候小王爷去了，我们都是新人，要不是王妃唤你的称呼，我们还真不认识你呢，否则，凭你的武功，我们早就可以将你拿下了！”

“这么说……你们还是让着我了？”

“当然，你毕竟是王子。不过，还请你手下留情，你要是伤了王妃，事情就不会那么简单了。”

王子勃然大怒：“住口！王妃是我娘！她算哪根葱！这家伙是个勾引我爹，后来居上的狐狸精，乱翻我家的东西，丢我娘的画像，她已经对王妃大不敬！我今天就算和她同归于尽，也要帮我娘出这口气！”

王子的手心又紧了一分，此时，王爷从屋檐飞身而下，一掌击开王子，救了李翠环。

“父王！”

当王子要上前争辩时，却挨了王爷重重的一巴掌！那一巴掌，声音回旋在整个王府……令他的心颤抖了，他的脸固然痛，更痛的是心！他什么也不想说，只流着眼泪望着一脸不以为然的李翠环，流着眼泪望着这些他从来没有见过的、冷冰冰的侍卫，更流着眼泪望着那个，他曾经景仰、尊敬、引以为傲的王爷。

正所谓：

鸾凤西归不复还，凤遗龙珠惹人嫌。

土雉高枝笑今日，哪管旧色哭月残。

美人骄横称红颜，驻颜再甚输新颜。

劝君莫重皮囊事，人生岂有月常圆?

“我曾经以为……父王是我眼中的大英雄……是老百姓心目中的大英雄……是皇上委以重任的大明皇叔……没想到英雄……也只不过是个喜新厌旧的好色之徒……喜新厌旧的好色之徒啊……哈哈哈哈哈……”

哭够了，也笑够了。王子摇着头，拍一拍左右衣袖和裤腿，像个拾荒者一样，默默地拾起母亲的画像和香炉，踉跄着小步子，孑然一身，离开了那个，他常常一有空就进来的小院——那是他母亲住过的小院，也是他活在这个世上，唯一可以寄托自己对母亲思念的地方。他想他永远也不会再去那个小院了，看样子，那个院子，已经属于别人，一个他讨厌的强盗狐狸精。

“母后，我们走……”

他带着王妃的画像，回了自己的小宅。

那一夜，十一岁的王子，抱着王妃的画像，哭得睡不着，香炉被他搁在桌上，送进来的晚饭他也不吃。王爷听厨子报告，说王子不吃饭，就亲自来看。夜里，他推门而入。看着一桌的上等好菜，那都是他特意安排厨子做的，想讨好王子，但是王子傍晚看到这桌菜，就冷笑道：“娶小老婆了，一顿饭就把大老婆的儿子打发了，娘，原来你在他心目中的地位，就值这一桌饭菜！父王他把你看得这么扁，老百姓还说他什么用情专一，夫妻恩爱，我呸！总有一天我要告诉老百姓，秦藩永兴王爷专情，那都是骗人的！大明只有一个专情的皇族，那就是弘治皇帝！皇上他独宠张皇后，只生了一个和我年龄一样大的小皇兄朱厚照。他才做不到！所以他只能当个小王爷，苍老又好色的老色鬼！用一桌饭就企图让别人原谅他纳小妾的老色鬼！娘，你赶紧缠着他，让他早点去陪你吧！这样我就可以去找我的朱厚照皇兄，问他借兵，杀进王府，肃清这些叛徒、狐狸精、幺蛾子！以免寄人篱下，受一个丫鬟的窝囊气……”

王子想着想着，泪水就从脸颊滑落，王爷知道他没有睡，就坐在他房里，自斟自饮，喝了喝茶水，然后放下茶杯，起身到他床前，抚慰一下他。看他抱着王妃的画像闭着双眼，什么都不想说。王爷轻声问道：“柔儿，脸蛋还疼吗？”

他紧闭的双眼里流出两行眼泪，王爷叹道：“确实，你二娘搬家的事情，是父王预先没有告诉你……”

王子啜泣道：“他不是我二娘，我没有娘。”

“胡说，你怎么会没娘，你又不是石头缝里蹦出来的……”王爷只听着他不断啜泣，都不知道该说什么好，看到他怀中抱着王妃的画像，准备的大餐也没有吃，哭得像个泪人，只好缓缓起身道：“总之，你已经十一岁了，不要让父王还像当年哄小孩那样哄你可以吗？你长大了，就要懂事，学会为父王分忧。你二娘的肚子里，怀着你同父异母的弟弟或者妹妹，你整天去私塾读书，这点恻隐之心你总应该有？怎么可以对二娘下那么重的手呢？还骂她是狐狸精，要和她同归于尽，这不更让人生气了吗？”

“她霸占娘的房子……搬走娘的桌椅案几……摔娘的宣德炉……还要丢掉娘的画像……她就是狐狸精……”

“你这孩子……那些东西，父王已经全都留下来了，搬到另外一个小房间去了。”

“你走开！不要烦我。”

“唉——就是父王喝了点酒，做错事了，那这样，父王以后不喝酒了，再也不纳妾了，你和你二娘也和平共处，怎么样？”

“私塾先生说过——冰炭不同器而久，寒暑不兼时而至。让坏人和好人和平共处，是对好人的侮辱，对坏人的纵容。”

“啊？你私塾先生居然说过这样的话，这话不对。做人要做一个坚定的好人。好人就能轻易被侮辱吗？坏人就能轻易被纵容吗？不要说得那么绝对，用好坏去评价别人是幼稚的，谁都有犯错的时候，你看，父王犯错了，这不就成了你眼中的坏人了？你二娘搬个家，就成了狐狸精了？你整天读《论语》，为什么就不能用一颗君子宽厚仁德的心去体谅别人呢？想想看，二娘会为你生了一个弟弟或者妹妹呀，你开不开心？”

“不是为我，是为你生的，我不要狐狸精生的弟弟妹妹！我有大姐二姐，虽然她们远嫁金谿县和清源县，没关系，我还有皇兄，他飞鸽传书对我送信说，将来会到西安找我玩，皇兄喜欢我，而且他会是未来的皇上。”

“你哪来的皇兄？朱厚照？他是你的侄子啊！你这样叫是乱伦呢？辈分是不能乱的……”

“你不要管我们，你去找你的狐狸精吧，等着她给你下蛋去吧！我咒她，生个死胎，这样她就不会那样趾高气扬了！”

“你……柔儿！注意你的措辞！你是想让父王再揍你一顿吗？”

朱秉柔不说话了，只是抱着画像抽噎，王爷临走时，摔门前说了声：“一个连弟弟妹妹都无法包容的王子，将来还拿什么爱百姓？”

王爷没有听见，他走之后，朱秉柔只说了另一句话：“弟弟妹妹一生出来……爱他们的亲人就会是你们俩……而爱我的亲人……只有娘一个……”

这天夜里，朱秉柔做了一个奇异的梦，梦里的一只萤火虫，带着他走向了密林，然后灌木丛四面八方涌出了不计其数的萤火虫，光如白昼！那些萤火虫凝聚成凌惠平的样子，深情地望着他，拉着他的手一起旋转，起舞，甚至起飞，飘向半空——

半空中的朱秉柔，眼看着母亲就像嫦娥一样越飘越高，越退越后，一路还嘱咐他：“柔儿，不要怪你父王……不要怪你父王……”

凌惠平化作了月亮，朱秉柔从半空中摔落……

梦醒！朱秉柔已是一个十五岁的少年了，如今的时间——大明正德元年！

第四十二回
先帝驾崩鞑靼寇少主进攻
正德帝结伴公孙吃遍西京

怎么一下就成大明正德元年了！

惊闻弘治皇帝驾崩，永兴王朱诚澜犹如晴天霹雳，当场昏厥。

被家丁围绕唤醒时，朱诚澜仰天长啸，老泪纵横。

上次一别，竟是永别，有生之年再也见不到皇上了！弘治帝如今已有了庙号——明孝宗。

呜呼哀哉！大明自“仁宣之治”后，历经英宗、宪宗、孝宗三代，唯独孝宗皇帝以身作则，励精图治，怎奈天不假年，竟然只活了三十五岁，叫孤白发人送黑发人……

五年前的北京，君臣双手紧握的谈话言犹在耳，叔侄间说了许多心里话，皇上还在皇叔面前流泪了……如今，等着嗣封的朱惟焯怎么办？这样一来大明秦王之位不又是虚位以待了吗？临潼王朱惟焯再不嗣爵，朱诚澜自己就成秦藩的老大了，这种现状得落下多少人的话柄，说本王欺负一个七岁小孩。

先帝曾在紫禁城秘会朱诚澜，道明生前最不放心的三件事——秦藩爵、九龙变、朱厚照。

如今先帝驾崩，一件事还没有完成，身为皇叔，自己能完成一件是一件，都是先帝的遗愿。先把新秦王朱惟焯嗣爵这件事给办了吧，以慰孝宗皇帝在天之灵。于是他立即写了折子，好酒好菜招待了前来宣谕的公公，将奏折交给公公，劳烦他转交给新皇上。

公公当场就给了回话：新皇上不在宫中。

那么新皇上是谁？就是当年在宫后苑的钓鱼高手正德皇帝啊！他不办公？他去哪儿了？

皇上留下纸条，给内阁请了假，出门儿打仗去了。

啥？王爷没听清，什么叫请假去打仗了？

也就是说，皇上把宫内的事情抛给内阁，自己潇洒地提兵宫外平乱去了。

一登基就出兵干架，他才十五岁啊！

王爷一头雾水，先帝新逝，尸骨未寒，皇上怎么能出门儿打仗呢？太胡闹了！

是啊，皇上也是这么说啊，先帝新逝，尸骨未寒，鞑靼小王子竟敢犯朕边疆，毁朕城池，夺朕财物，欺朕子民，是可忍孰不可忍！鞑靼欺我大明无人！正德皇帝拍案而起，认为这是天意！是时候御驾亲征了。他要在人民群众面前当英雄，要让小王子骑着进来，爬着出去，杀他个片甲不留。以前他多次要求御驾亲征，都被先帝婉言拒绝了，如今他是皇上了，谁还能劝得住他？就连先帝的托孤老臣刘健、谢迁、李东阳也望尘莫及了，皇上的脑子比他们三个臭皮匠加起来都转得快，而且完全和他们不在一个频道上。如果交流思想就是一场打仗的话，皇上的脑子属于抄小路疯狂进攻，让你意料之外，又出奇制胜的。

可是，皇上到底在哪儿打仗呢？

就在灵州、固原啊。前一阵还诈败到大散关设埋伏，打了大胜仗，据说还抓住了很多大人物呢！

大散关！西安周围的四关之一，武关、萧关、潼关、大散关。皇上在关中？大散关那不就是秦藩吗！皇上跑陕西打仗来了？不行，孤王要去助皇上一臂之力，历史再也不能发生明英宗“土木堡之变”的震惊事件了。

王爷莫急，这次不一样，“土木堡之变”那是当年英宗皇帝纵容王振穷兵黩武的无知，场面玩大了收不回来，这次咱大明占有主动权，战略上高人一等，属于严阵以待型的，不是主动挑事的。大军行动很低调，朝廷上下都在保密，连上朝都说是皇上抱恙，直到现在，皇宫里还有很多人都不知道皇上出宫了。这仗三个月前就开打了，大明已经赢了好几场，准确地说该心应是在关外。然而，这种游击战兼备埋伏战，谁知道他们躲在哪儿给鞑子下套。我只知道皇上这次没有玩他爱炫耀的碾轧式进攻，就是那种敌人出兵三百，他出兵十万，以压倒性的气势，上去一顿大砍大杀，全体歼灭。由于皇上身边有高人相助，此人复姓公孙，名向东，字皇佐，他让皇上明白明英宗当年的百万大军机动性差的原因，所以皇上这次模仿的是他的偶像——昔日的明太宗朱棣，带的都是自己一手培养的宣府亲兵和各种武林高手，王爷尽管放心。皇上身边猛将如云，层出不穷，加之他又乐于吸纳人才，什么九州豪杰，江湖异人，现在各种武林高手都被他收编成和自己没上没下，同吃同睡的哥们儿弟兄了！皇上他自己也颇具武艺，机敏过人，一般人还真伤不了他，他在大散关学于谦当年诱敌深入的埋伏战，把鞑靼大军切成好几块对付，各个击破，很是威风呢！说不定此时，皇上正骑着他的宝马，大喊大叫追杀鞑靼兵呢。

印绶监不愧是“大明十二监”里最老到的部门，行走天下，宣谕圣旨，消息灵通。皇上确实打了大胜仗，得到“西宫白虎”公孙皇佐的相助，连战连捷，大破鞑靼，不只威名远扬，还获得了一员鞑靼虎将，号称“北宫玄武”的呼延真。

老太师王恕的“四象克九龙”之说正要开始应验，有这些出自东南西北的少年环绕在皇上身边，正如众星拱月，光芒万丈，将扫除一切残缺布局。东宫青龙属木，西宫白虎属金，南宫朱雀属火，北宫玄武属水，皇上定鼎中原，属土，故中原又叫中土，是因为“事在四方，要在中央，圣人执要，四方来效”，法治的时代，“要”就是严刑峻法，人治的时代，“要”就是贤能之人，国家栋梁。

正德皇帝提倡人治，不太讲规矩、律法，不按套路出牌，这也是内阁老头子集团最头疼的地方。皇上承认，自己本身就是个率性、耿直、潇洒的人，以镇国公自居，恣肆任侠，奔放疏狂，是立志要当大明的最高守护神，诸神之神。

皇上赶走鞑靼之后，让特封的“五军提督”呼延真带兵归朝，用鞑靼的方式操练，养精蓄锐，以后鞑靼要来咱接着干。自己决定和国师公孙向东好好在陕西逛一逛，陕西是国师先祖的家乡，太祖二皇子的封地，出了老太师王恕、成山伯王镛、克乱之才雍泰、封关猛虎曹雄、西北活长城杨瑾、长安飞将军周尚文等辈，八百里秦川沃野，文章锦绣地，温柔富贵乡，是大明西北的擎天白玉柱、架海紫金梁。是秦始皇、汉武帝、隋文帝、唐太宗奠基的地方，一定有很多民俗与传统，好吃好玩的地方，不经历一下历代帝王级别的小吃名胜，怎么能称当今帝王？所以，无论秦皇汉武、唐宗宋祖，现在朕登基了，他们有过的，朕也要有，他们住过的地方，朕也要住着玩一玩。

皇上来到了大学习巷，觉得这个名字怎么这样奇怪，巷子不就是北京的胡同吗？和学习有什么关系？公孙向东道，自己身为畏兀儿人，自己的祖先，在唐朝时期，名为回纥，公元 788 年改称回鹘。昔日唐太宗与回鹘灭突厥诸部，联姻结盟，回鹘从此归顺大唐。大唐为了汉化回鹘宗亲，令一部分后人，共计三万，在此处学习汉语，故有大学习巷，小学习巷，汉化之后的大唐回鹘宗亲，居住的地方，就称回坊。到了唐中宗、唐玄宗时期，皇帝还为当时的皇叔皇嫂兄弟姐妹们在附近建造了诸多清真寺，以供信仰真主的宗亲礼拜、为大唐的安定繁荣祈福。由于唐朝本是混血王朝，唐太宗的母亲窦太后就是鲜卑人，所以唐朝时期，国家凝聚力、号召力和影响力要比以往朝代旺盛得多，以汉族为主的大唐帝国空前团结，唐太宗更是被突厥人称为“天可汗”，突厥小王子阿史那杜尔，为大唐南征北战，夜夜执戟，给唐太宗守帐，视太宗为自己的亲人，不许别人打扰他酣睡。后来，大唐为了表彰他的功绩，就将他和太宗皇帝埋在一起了。

听到这，正德皇帝感叹：“哎，要是鞑靼小王子也能为朕守帐就好了……看看人家阿史那杜尔，他怎么就不学好呢！一对比历史，朕就想揍他！”

走进大学习巷，各种商贩小吃，映入眼帘，周游回坊，令正德皇帝充满好奇——

“这是什么？”

“此乃镜糕，昔日杨贵妃沐浴时望着自己的铜镜，突发奇想，要是有一种小吃能这样灵巧，倒是很讨喜的，御厨就发明了镜糕。”

“来两个！”

“这又是什么？”

“此乃锅盔，昔日秦兵作战时携带的军粮——脱水、耐饥、防腐、携带方便、干爽酥脆。”

“嗓子干，不想吃。”

“这个是什么？”

“这个皇上没有尝过吧？明太宗最爱喝的茶汤，三保太监郑和巡抚陕西时，到大学习巷清真寺做礼拜，传给当地的老百姓，流传至今。”

“来一碗！”

“这是什么？”

“龙须酥，又名一合酥，你不是最爱看《三国演义》了吗？里面有记载，魏武帝曹操的点心。”

“对对！曹植和杨修他们偷吃了，一人一口酥，就是这个啊？尝尝……”

“这个色泽金黄，好漂亮，是什么？”

“此乃馓子，古称寒具，雅称缠臂金，春秋时期的小吃，在西北一带很出名的，畏兀儿人经常吃。是春秋时期的老百姓为了纪念晋国介子推和楚国屈原的小吃，宋朝苏轼还为此物题过诗——纤手搓成玉数寻，碧油煎出嫩黄深，夜来春睡无轻重，压褊佳人缠臂金。”

“缠臂金，好名字，吃吃看……”

“这一碗黏糊糊的是什么？”

“麻花油茶。西汉司马迁、司马相如家乡韩城的小吃，传入长安城之后，风靡大街小巷。”

“虽然不好看！但是味道很好！搅一搅……有许多豆……还有花生粉、芝麻末、杏仁……好香！好好吃！”

“这一碟红红绿绿的是什么？”

“此乃细沙炒八宝，周代小吃，学名周八士，诨名火化殷纣王，是周武王和姜子牙为了纪念武王伐纣的八位名士发明出来的庆功宴大餐。”

“竟能如此古老，周代距离我大明多少年？”

“两千五百年。”

“哇——尝一尝！尝一尝！酸甜可口，齿颊留香……”

“这一盘用牙签吃的是什么？”

“玫瑰蜂蜜凉粽子，唐中宗《烧尾宴》里面的名菜，官名蜜淋。”

“唐中宗，就是那个被媳妇韦皇后和老娘武则天管着的爱上吊的皇帝啊？史称——六位帝皇丸。”

公孙向东一怔：“唐中宗并无此称啊？什么六位帝皇丸？”

“嗨！他老娘是皇帝，老爹是皇帝，自己是皇帝，儿子是皇帝，弟弟是皇帝，侄子是皇帝，所以史称——六位帝皇丸。”

公孙向东豁然开朗，大笑道：“朱公子真会下定义，被你如此一说，还真是那样。”

“可不是嘛！呃……这长条的煎饼是什么？”

“并非煎饼，此乃锅贴。宋哲宗时期开封府有名的小吃，由工部郎中吕大忠传来的，宋朝治学，儒家关学大成者，有‘蓝田四吕’，名闻天下。吕大忠乃四吕之首，负责修建西安碑林，将开封的许多小吃都传过来了，例如寇准水晶饼、苏轼炒凉粉、徐州蜜三刀、宋哲宗花生糕、陆游甑糕……”

“本公子最喜欢吃的牛羊肉泡馍，西安哪家正宗一些？”

“最好的，都在小巷子里。”

“为什么会在小巷子里？”

“酒香不怕巷子深啊，只卖当地人，和一些老顾客。”

“有这种事？本公子偏要去吃吃看！”

正德皇帝与公孙来到小学习巷的一家名叫“天赐楼”的清真馆子，店里的伙计一看二位气宇轩昂，仪表不凡，连忙吆喝招呼，上了两杯酸梅汤，两个老碗，各塞两个馍。正德皇帝掰着馍，与伙计聊天道：“伙计，为啥你家的泡馍馆子在巷子里卖？”

“二位公子一看就是外地人？有所不知，大街上房租贵，咱租不起啊。再说了，咱家是正宗的清真泡馍馆，不凑那个热闹。”

“哦？正宗从何而来？愿闻其详！”

伙计把毛巾往肩上一搭，双手背后，昂首道：“想当年，太祖来我家吃泡馍的时候……”

“啥？太祖在你家吃泡馍了？我怎么没听说？”

公孙向东纠正道：“人家说的是宋太祖，不是明太祖，明太祖那个时候的社会风气坏，店家给太祖的是刷锅水……”

正德皇帝一拍大腿：“对啊！这个本公子也听人说了，所以元朝黑暗，我大明才推翻他们的啊！”

伙计咳嗽了两声，继续说道："你们有没有听过苏东坡的诗？看二位公子像是读书人，你们也许学过苏东坡的诗词，但我要说的是——苏学士也是大宋数一数二的美食家，妥妥当当的吃货。他风流潇洒，儒雅豁达，饕餮大江南北，自然不会放过陕西。正所谓——陇馔有熊腊，秦烹唯羊羹啊。"

正德皇帝一听，刮目相看："西安不愧是我大明西北最文明昌盛的都市，一个店家，竟也能出口成章，口吐莲花，把饮食说得头头是道，简直和国师不相上下啊。"

伙计抱拳："过奖过奖，这才起了个头，咱们做生意，平时都背熟了……"

正德皇帝哈哈大笑，伙计继续说："昔日宋太祖未得志之时，沦落长安，身上只剩下两块干馍，当年西北气候干燥，太祖无法下咽，向店家恳求一碗羊肉汤，店家见他可怜，就给他把馍掰碎了，浇上了一勺滚烫的羊肉汤，太祖吃后，体力大振，饥寒全消。后来太祖称帝，国号大宋，珍馐百味，仍不忘旧恩，回想着当年落魄时，西安小巷里那浓郁的羊肉汤香味，便微服私访，来到当年的店家，要来一碗羊肉汤泡馍！店家喜出望外，受宠若惊，只是他家只卖羊肉汤，不卖馍，怎么办？就连忙嘱咐自己的娘子赶紧烙几个馍，馍烙好了，一看是未发酵的死面，太祖吃了拉肚子怎么办？就把馍掰得很碎，把肉汤煮得鼎沸，往上一浇，馍就全熟透了，再放上几大片羊肉。太祖吃毕，大加赞赏，赐银百两，叙旧之后，心满意足而去。此事在当时不胫而走，风靡长安，一时间门庭若市，人人都问太祖吃了你们家什么好吃的？我家就从一个卖羊肉汤的，变成卖泡馍的……当时看着满堂的生意，觉得哭笑不得，怎么变成了这样？如今看来，这泡馍还真成了小吃……"

公孙向东道："这就是所谓的上行下效。一国之君，百姓都只闻其名，一旦目睹，在坊间的影响力是巨大的。"

正德皇帝联想着自己的影响力，就说："那本公子喜欢吃粉丝，能不能泡馍里加些粉丝尝尝？"

伙计笑道："这位公子一看就是大户人家，红光满面的，第一次来陕西吧？能行，能行，只要您吃得惯，小小粉丝咱还是有的，龙肝凤髓就没有了，哈哈。"

正德皇帝盘腿道："可是，如今这么多泡馍馆，再不寻大一点的铺子，你就不怕你们家生意萧条啊？"

伙计摇头道："小本生意，养家糊口罢了，不和他们胡乱竞争。老百姓要的是实惠——价格便宜才是王道，东西他们都是随便吃的，哪家都一样，不会在意的。"

公孙向东羽扇轻摇："店家，我有一个疑问，泡馍怎样才算是正宗？"

伙计身板一直："这位公子问的问题很深刻——首先，泡馍的汤一定要是自家祖传的高汤，这是泡馍最重要的一点！可是如今很多人都不是自己煮肉汤，只是从别的地方提来的肉汤去做，有专门煮汤的，所以大家做的东西都一个味道了，没有任何祖传技术。纵观现在这世道，商人急功近利，从简从快，看到什么东西有钱赚，就抛弃了自己原有的东西，开始做赚钱的东西，最终这个世道里，没有任何东西是专业的、正宗的，因为没有人坚持自己的原则，都随波逐流，自己打算做什么，就看别人干什么来钱快，自己就干什么。我也曾当过客人，去品尝一些商业街的美食，得出的结论是这样的——卖羊肉串的，看到有人卖包子挣钱了，卖羊肉串的马上把自己改成卖包子的，卖包子的又看到有人卖酸梅汤挣钱了，马上改头换面卖酸梅汤，而卖酸梅汤的看到卖羊肉串的生意开始红火了，就掉过头卖羊肉串。二位公子你们出身高贵，可能平时不出门，你们是不知道，现在这世道乱啊！这样二把刀的氛围，能留下什么正宗？还有几个像我们家这样养家糊口、踏踏实实经营的传统小店？都是不懂行的外行，一窝蜂砸钱涌进来，胡乱抄袭，胡乱模仿，还卖得便宜，硬把你正宗的打压下去了，那些如今所谓的大老板，都是三教九流市井之徒硬挤出来的大老板，他会告诉你，他是如何打一枪换一个地方，成为大老板的。你会发现，他卖过羊肉串、卖过包子、卖过酸梅汤，但他卖的什么都不好吃，可为什么会成长得如此之快，成为大老板呢？因为便宜。便宜就吃得人多，人家挣了钱就可以和你传统小吃慢慢磨，用算账的方法耗死你的小本生意。你要说，人家也是真枪实弹混出来的，一步一个脚印，实践出真知嘛。只是，人家的混法，不是专门磨炼自我技能的技法，而是磨炼如何混的混法。这就叫——剑走偏锋，与众不同，投机倒把，百无一能，有钱还横，你不服都不行……”

公孙向东与正德皇帝面面相觑，皇上对公孙向东竖起大拇指，意思就是，人家说得有道理啊……

伙计摇摇头，眼中含泪道：“说起来，我们子孙后代，把生意做成这样，真对不起先祖……泡馍是先祖传下来的清真小吃，现在抢饭碗的人多了，我们实在无法招架，就躲在这小巷子里，期待着三三两两的回头客吧！”

正德皇帝探问：“清真小吃和别的有什么不同？”

伙计庄重道：“清真用的是唐朝大食人传下的手艺做出来的馍，名叫饦饦，是在鏊上烙出来的，这个如今大部分人都学会了。最重要的一点，是一般人不知道的，因为，伊斯兰文化里，不直接吃动物的血，宰牛羊的时候，都由阿訇操刀，阿訇就是清真寺里的方丈，念着祭祀的经文，把牛羊血放干净了，然后吹气，剥皮。放过血的牛羊肉，煮出来的肉质会比不放血的更烂，味更香。”

“是这样的吗？”正德皇帝转而问公孙向东，公孙向东默然点头。

当两碗热气腾腾的泡馍和一句“慢用”迎上来的时候，酸梅汤已经喝光了，正德皇帝开始展开好汉作风，狼吞虎咽，大快朵颐，风卷残云。公孙向东却道了一句“太斯米”，吃得斯斯文文，正德皇帝问：“你们这些畏兀儿人真麻烦，吃个饭还要祷告？”

公孙向东道：“不是祷告，是太斯米，也就是感恩词，感谢大自然赐予我们食物。倭寇在唐朝的时候，学习大唐的礼仪，发明了吃饭前的いただきます，总之，保持一点礼节总比胡作非为好吧。”

“那句伊斯兰感恩词怎么说？”正德皇帝问，公孙向东道了一句，正德皇帝学了一句，然后哈哈大笑：“有趣有趣！本公子回家要多学几门语言！这样才能和邻居方便沟通啊。”公孙向东深以为然。

饭饱之后，正德皇帝拿出随身携带的笔墨，为店家题了八个大字:鼓肚而歌，回味无穷。落款，大明正德元年——天赐楼留念。并赏赐店家一锭雪花银，店家道：“二位公子，不对不对，这顿饭要不了这么多啊。”

“收下吧,东西这么好吃,租间大房子卖。”说罢正德皇帝与公孙向东扬长而去,目标——秦王府。

掌勺的厨子望着二人的背影，对他跑堂的弟弟说：“弟弟，你信不信，根据哥的阅人经验，这两个人的身份一定不简单，搞不好，他给你题的字，比你手上的银子还值钱。”

后来，伙计把字拿去文玩市场一问，那老板见了上面的印章，大惊失色地道出两个字：

“皇上！”

“啥？啥皇上？”

“你个文盲！你这纸上的章子是皇上的！你看！这上面刻着——正德行玺！正德不就是当今皇上的年号吗？那人还给你银子了？拿出来看看！”

伙计赶紧掏出银子，只见银子底部印着四个大字——宣府钱局。

文玩老板一屁股坐在地上，望着伙计：“兄弟……这幅字你要卖吗？开个价！”

伙计不知道该说什么好，立即收起来，道：“那我不卖了，不卖了。”

“哎？哎？别走啊？过来咱谝谝闲传啊？说说你到底经历了什么啊？皇上吃了你们家什么好吃的啊？天赐楼在哪儿啊？哎？”

第四十三回 朱秉柔私塾经历群鸡欺凤 炸雷劈梅花桩凌惠平示警

无论印绶监怎样眉飞色舞地和王爷聊起正德皇帝，让王爷“与时俱进”，然而王爷还是很念旧情的，毕竟新登基的正德皇帝他不了解，上次照面的时候还是个十岁贪玩的少年。而侄子弘治皇帝的驾崩对王爷来说，又是一个沉重的打击，六十一岁的他，内心是崩溃的。

从弘治四年到正德元年，这十五年来，他经历了王妃凌惠平去世，大哥朱诚潨去世，大侄子朱秉欆去世，现在连皇侄朱祐樘也驾崩了。人到老年，最可怜的事情，就是只能老老实实不断伤心——眼睁睁看着亲人一个接一个离世，自己无能为力，还体弱多病的一个人还活着，望眼欲穿面对着一个尽是陌生人的世道，慨叹举目无亲的寂寞与凄凉。

作为秦藩最老态龙钟的朱诚澜王爷来说，很多时候，他都想死在亲人前面，这样就可以减少一些面对他们离世的痛苦，可是一想到自己死了，亲人也会难过，就会觉得谁死都无济于事，伤心是一样的，怎么做都是错。

只有承受。只能承受。

送走了宣谕的印绶监公公之后，王爷一个人登上钟楼，靠着景云钟，掩面哭泣——

“此钟乃唐睿宗景云二年所铸，至今已逾七百九十年，堪称天下第一钟啊。”

“皇叔果然好眼力，但是朕让你看的，并非只是历史，而是文化。这钟顶立着一神兽，是也龙生九子第四位——蒲牢。朕的文渊阁大学士李东阳曾著《怀麓堂集》一部，他告诉朕，龙生九子，各不相同，各有所好，蒲牢生性好吼，此乃宣龙，是龙子中的善类。这景云钟出自陕西，皇叔不觉得，它和你，有异曲同工之妙吗？”

“我素来修炼金钟罩、千斤坠、狮吼功，平日随身还佩有一把钧天剑，性情还算粗犷任侠，与这龙子习性，也是契合。”

“此钟原本悬挂在西安钟楼，是太祖赏给二皇子朱樉的宝贝。靖难之役前，燕王将其征到北京，以祈祥瑞，求靖难大业，如唐太宗玄武门之变一样顺利。后来靖难成功，它就一直留在北京。如今天下大定，朕决定将它完璧归赵，重回西北，与皇叔同在，为朕镇压奸邪，宣谕圣威！”

“皇上……这……老臣受不起啊……”

“朕的意思是，如果皇叔命中真如太师所算，是蒲牢之命的话，应该是善类，龙生九子未必全都是要当真龙天子的强藩，也有保家卫国的英雄。朕就是希望你，能发扬蒲牢雄健宣谕之德，为朕镇守一方，警钟长鸣。”

“皇上不必忧虑，昔日廉颇年八十，尚食斗米肉十斤，黄忠七十跟刘备，南北驱驰报主情。老臣年方五十六，骨头还是很硬朗，宝刀未老，仍能披荆斩棘，无惧任何牛鬼蛇神！”

“嗯！皇叔如此豪迈，朕实钦佩，朕就将景云钟赐你！却之不恭，莫要辜负了朕一番心意！”

“皇叔……保重！”

当年紫禁城的对话言犹在耳，天下却已经斗转星移，物是人非。再也没有人能像皇上一样，为了缔造一个强盛的大明，呕心沥血，孜孜不倦地一个人努力；再也没有年轻人愿意，和自己坐下来，毕恭毕敬地谈心；再也没有一个家人，为这个家的日后，多一些想法，多操点儿心。作为皇叔，他答应过皇上的事，就一定会坚持到底。作为家长，他是王府的顶梁柱，秦藩的老领导，即使他这把骨头老了，暗淡了，也要撑住，就像萤火虫一样，活一天，就发一天的光吧。

他抄起鲨头柱，敲了三十五下景云钟，象征着皇上励精图治的一生，不仅是为了他的侄子，更是为了“弘治中兴”的大明。

就像王子朱秉柔说的那样，自己娶小妾的父亲，生活作风就是比不上弘治皇帝，皇帝都忠于爱情，你王爷为什么就不行？先帝，他确实是个勤政爱民、用情专一的好皇帝。大明的百姓日后提起历史，可以引以为傲地说，万民爱戴的太祖皇帝后人里，又出了一个好皇帝，他没有给大明丢人，没有让百姓失望，继“仁宣之治”后，有此明君，足矣。

钟楼钟声响，附近老百姓都凑了过来，望着一盘淡蓝色的大月亮下，屹立着一座明太祖洪武十七年，公元 1384 年建造的西安钟楼，六十一岁的老王爷，在不停地撞钟。他们也知道，那是作为皇叔的他，用自己的方法，送先帝最后一程。

作为大明的百姓，对一个再造中兴盛世的好皇帝，没有什么可以表示的，一盆花，一炷香，一支蜡，放在钟楼周围，就是一颗心，就是民意。人这辈子的价值，不论是上层的王侯将相，还是下层的名士贤德，不是看其活着的时候有多风光，而是看其有生之年，做过多少好事，奉献过多少良心，那么死了之后，冥冥中就有多少人记得他，多少人为他送葬。

“为天地立心，为生民立命，为往圣继绝学，为万世开太平。这是北宋关中大儒张载，张横渠先生的读书志向，是要告诉我们——学有所成，报效朝廷。要有丈夫责任感，家族使命感，国家荣辱感，为子孙开先锋，做榜样，时时刻刻心系天下，心系百姓，不自私，不妥协，为了让子孙能够在受人尊重的国度里成长，我辈须立足当下，弘毅图远，脚踏实地，做自己力所能及的事情。”

私塾里，朱秉柔王子的发言常常令教书先生格外感动，想必还是王爷平时端正他的学习态度教育得好。这还真非教书先生势利眼，因为能上得起私塾的学生，个个都是达官显贵，朱秉柔算是最穷的一个。

大明的王爷，只是皇亲国戚，并不掌握地方实权。地方上有三司，还有各种州郡县令，随时还会有朝廷下派的巡抚大人，个个都有实权。管制地方，巡抚权力最大，说白了，巡抚就是朝廷监视和督查地方的特派员。

加上如今的正德皇帝身边，继有直接听从皇帝命令，不受任何权力约束的锦衣卫、东厂、西厂、内行厂。除了“三厂”由宦官掌权之外，锦衣卫和巡抚大人都是有孩子和亲戚的，地方上谁敢得罪？

所以，大明的王爷千千万，一藩王底下十几或几十郡王，都不过是德高望重的贵族，严格说都不算是官，只是皇亲国戚，有点影响力的皇家大小地主而已，清廉规矩的王爷，实在还不如地方的土豪有钱，日子能过得去就不错了。

一个藩的大王爷，影响力全在自己平时的作为，比如接济一下贫苦百姓，派遣一些志愿者家丁修路、赈灾甚至剿匪，或者为民请愿直接面见皇帝，等等。

只是王爷作为有直接面见皇帝的亲戚关系，地方上才会特别尊重，基本上除了巡抚大人之外，地方上就没有人可以对王爷要做什么指手画脚了。王爷做好事大家管不着，王爷做坏事人人都可以管，基本上就是这样可有可无的地主角色。

所以，作为王子并没有那么光彩，土豪的孩子都比他吃得好穿得好，在朝廷做大官家庭的孩子，活得更是趾高气扬。

朱秉柔王子通过他的刻苦学习，给王爷长了脸，不愧为老朱家的龙脉子孙，一直以来，都是私塾的第一名，无论是他对四书五经的研习，还是诗词歌赋的积累，都远远超过那些有权有势的纨绔子弟。

只可惜：木秀于林，风必摧之；堆出于岸，流必湍之；鹤立鸡群，鸡必欺之；人卓于众，众必非之。

大明的秦藩，一直流传着这样一个寓言：

鸡是喜欢扎堆的，一群鸡嘲笑一只凤凰的事情，不会在凤凰堆里出现，只会在鸡堆里出现，因为鸡里要出凤凰了，所以不甘心当鸡的鸡开始沆瀣一气了，指责那个不应该、不配、自以为自己是凤凰的鸡。其实扎堆的每只鸡的内心都有挫败感，都是脆弱的，那么索性聚尿成湖，合蚊为鸟，凑成集体，才显得强大，才能掩饰各自内心的脆弱，维护各自被挫败的弱者尊严，展现出最“有道理”的姿态，道理就是——我们是群，你是少数，少数服从多数，你应该和我们一样，不不，你已经不配和我们一样，不属于我们这个高贵的群。

优秀者的优秀，暴露了平庸者的平庸，不怪优秀者生在优秀的环境，恰恰怪优秀者生在平庸的环境。所以一出头，就意味着沦为异类，意味着不合群的有罪。

好好一个鸡，不踏实，不老实，充什么凤凰，用自己的优秀把大家都得罪了，永远成为“大家”的笑柄。

那么，一群鸡嘲笑一只凤凰，谁是赢家？

鸡从来不知道，它眼中的“大家”，只是它目所能及的视野范围内和整个天下相比极小的一部分内心阴暗的同类。只有互相安慰，互相麻痹，互相都别出头找抽的成为同类，这样“大家”才都活得安心。

王子是太祖的子孙，怎么能用鸡样的价值观定义自己，那自己力甘下游，不思进取的这一生，不是侮辱自己伟大的祖先吗？虽然太祖曾经也是个要饭的，可是他恰恰用自己从乞丐到帝王励志的一生告诉后代，人可以改变自己的命运，只要你有种。

乞丐都能当皇帝，更何况你是皇帝的子孙，更不能放弃，怎么能让比你笨的人还比你努力？

而朱秉柔很快在一个不学习的环境里得到了“报应”。是金子总会发光，你在粪坑里发光，找屎啊？

“私塾可不是大家听你一个人讲理想的地方，把自己说得那么光鲜亮丽，装模作样，也只有先生那种摇头晃脑的老傻子会喜欢听你放屁。真那么高尚，怎么会克死自己的老母，我爹说，秦藩的朱秉柔就是个灾星，出生时克娘，长大了坑爹，现在你爹连小老婆都有了，你还装什么一枝独秀？”

被县令的儿子这样说，朱秉柔气不过，与之大打出手，县令的儿子帮手众多，都是平时一起偷鸡摸狗、欺负女生的纨绔子弟，同在一个屋檐下读书，一个是出类拔萃，一群是完全读不进去，纯属是被家人逼着上学，来混日子的。

朱秉柔被打得遍体鳞伤，县令公子还踩着他的胸口说：“猪鼻子插葱，装什么学富五车？

还他娘的大言不惭，为天下人读书，你们皇室子孙，做得了官么？告诉你，我三舅在朝廷可是做到吏部的大官呢，知道什么是吏部吗？就是专门管官的官！科举考试，只要他知会一声，那些小小的监考官，都得照应着，真以为你读书好就可以了？也不撒泡尿照照！大明的太祖可真能下崽啊——二十六个儿子，子子孙孙，到如今多少个王爷王子了，你算哪根牛毛？跟我们装人尿，在先生面前秀学问，故意让我们出丑是不是？王八蛋！”

县令公子用脚在朱秉柔脸上踩，其余的手下拳打脚踢，有两个路过的善良同学看不下去了，上来阻止，竟然也被当作同党一起打，朱秉柔眼见无辜的人受害，再听着他们口中的“扫把星”“灾星”“克母崽”，忍无可忍，一招金钟罩，就将众人弹开，于是他一抹嘴角鲜血，含泪道：“要不是看在父王面上，真想杀了你这个祸害！亏你是县令的儿子，就只会仗势欺人这点本事，真要打架，一个对一个才是有种！”

县令公子为了维护自己的面子，就让别人不要出手，结果被朱秉柔打得爬不起来，朱秉柔厉声道：“谁要是敢过来帮忙，我腰上的匕首可是不认人的，以我的武功，完全可以将你们全部杀了，杀一个算一个！我只是看在我父王的面子，不愿意给他抹黑，要是你们把我逼急了，咱就都别在乎身份了，不要怪本王子辣手！”

果然，这一声吓唬，没有一个敢上前的，朱秉柔便揪起县令公子的衣领道：“我不还手，是不想给我爹丢人，你以为我怕你这无赖，我是真觉得你是家族的耻辱。挑战我你就算了，告诉你！老百姓的孩子你最好也别欺负，兔子急了都会咬人，欺负人习惯了，走夜路的时候小心背后突然插上的一刀，你会连自己怎么死的都不知道……滚！”

县令公子的裤子湿了，只得连滚带爬地逃走。

当朱秉柔回到王府，县令派人早已把不一定属实的“事情”传到王爷耳中。为了维护自己的犊子，县令故意添油加醋，说得很严重，大致意思就是——两个孩子打架了，只因王子他爱在先生面前表现，常常不让我儿子发言，我儿子下课责问了他几句，他就动手打人，王子武艺高强，下手狠毒，打伤了很多同学们，大家都可以做证，我的儿子已经快不行了，你就是这样管教孩子的，真是叫人“敬佩”，原来这就是永兴王朱诚澜，我儿子要是有什么三长两短，巡抚大人来了，你我衙门见。

于是在朱秉柔回府，刚叫了一声“父王”时，王爷转身就是一巴掌。

王爷没有在意，朱秉柔也浑身是伤，因为知道他武功好，一个人打一群更不应该。事情的关键，在于王爷认为王子他根本不懂事，花钱让你上私塾，是学习去了，还是打架去了？这样对得起你母后在天之灵吗？

王子的心又一次被打痛了。他平日越是敬仰王爷，在王爷打他时，心就会越痛，因为人能称为伤心的，往往不是被自己讨厌的人所伤心，而是被自己喜欢的人所伤心。自己明明是对的，却偏偏得不到素来敬仰的父王一句理解。

王爷是在梅花桩下打他的一巴掌。因为梅花桩是练千斤坠的地方，他回来时，王爷刚从梅花桩上摔下来，他已经连走桩的技巧都不行了，老了。他想起大哥朱诚漈，想起先帝，想起与王妃当年在梅花桩周围的梅花树下，雪地里折一枝王妃最喜欢的梅花，戴在她的髻上。

“你这个逆子……跪下！”

王爷见王子还是很听话，就消解了盛怒，转为责备道：“你可知道，你母后在怀你的时候，最喜欢什么花？”

“梅花。”

“她为什么喜欢梅花？”

“因为梅花耐寒、暗香，象征着一个人坚忍不拔、不屈不挠的顽强品质。”

“那你做到了吗？”

王子想了想，竟然坚毅地说：“我做到了！”

王爷开始生气了：“打架斗殴，惹是生非，让王府被人说闲话，让母后九泉之下蒙羞，这就是你做到的？”

“是他们先污蔑我，说王府闲话，我才忍无可忍，出手的，也是他们先动手的。”

“他们……”

“就是县令的公子，还有其他同学们。”

“同学们都针对你，就是同学们的错？你好好的别人怎么可能针对你，无风不起浪！大家都围绕着县令公子，不袒护你，大家都是错的，就你对？你真是可笑！”

王子委屈地哭了：“我不想和你说话！也不想和你解释！你认为谁对就是谁对，你要打我也好，要杀我也好，悉听尊便，我什么都不在乎了，总之从来都没有人在乎我……”

“就是你这种态度！最讨人厌！别人扎堆起来针对你，足以见得你的人缘和你平时的霸道！你还在理了？难道那么多同学，说的都是错的吗？你把大家都得罪了，一点悔意也没有，还在这跟我犟嘴！你是不打算承认你的错误了吗？”

“我没错！”

王爷一脚将王子踹倒在地，颤抖着双拳说：“我……我怎么会有你这个失败的儿子……冥顽不灵！死不悔改！你……今天你傍晚就给我跪在这里，跪到明天早上，晚饭不要吃了！吃饱了你还是出去打架！”

夜幕降临，梅花桩下，一个孤独的身影。影子已经被一滴一滴的泪水浸湿，扩散开来，就像地上开出了一朵朵梅花一样。王子的泪，伴随着方才那些话，久久不能消逝，他擦干眼泪，不愿意再想那些话，他只是痴痴地望着天，他知道，天上有个人，会心疼他，因为一切的事情，她一定知道，只是她无法说话。

下雨了。

王爷和李翠环还有五岁的小王子朱秉杰刚用过膳，朱秉杰骑着木马嚼着蚕豆，管家韩重四在一旁心满意足地伺候着“自己的儿子”朱秉杰，李翠环不时给他抛媚眼，并且装模作样对王爷说：“武功本来就是把双刃剑，学了固然能自保，但是大多数人都会仗着自己有武功而欺负别人，更何况咱大名鼎鼎的秦藩永兴府王长子，这下别人都会说是王府欺负人，而不是王子欺负人了，唉。”

早上那路过的两个同学到王府来找朱秉柔玩，见朱秉柔居然在雨地里跪着，大吃一惊，撑着伞上前劝他起来，去和王爷认个错就息事宁人了，不要这样折磨自己。

“我没错！我不会认的！别人不知道，你们还不知道吗？好好说句公道话。”

有一个同学确实觉得自己有必要把事情的真相告诉王爷，就跑去向王爷禀明一切，王爷反而不以为然：“关键是他的态度恶劣，确实不讨人喜欢，孤王不单单是因为这件事情惩罚他，他这样不依不饶的性格，怎么能博得人缘？换了我是他的同学，也不会和他站在一起的。咦？你们两个倒是奇怪，还挺向着他？是因为你们彼此的学习成绩都一样差吗？三个臭皮匠啊，呵呵……”

“我俩不才，成绩还过得去，但是秉柔在私塾学习成绩很好的，先生经常夸他，让我们大家见贤思齐，向他学习。”

“噢……那是先生看走了眼啊，谬赞，谬赞的，呵呵……”

“上午的事真是纯属县令公子挑起的，秉柔是逼不得已才出手的，一开始都是他在挨打，我俩去劝架，然后我俩也被打了。”

“那是当然了，你们三个臭皮匠穿一条裤子嘛，当然是有福同享，有难同当，有打同挨了，这点江湖道义孤王也是懂的，呵呵……”

“总之，现在外边下雷阵雨，秉柔在雨地里跪着，身上还有伤，王爷您要惩罚他，也不用急于一时啊！他本身就没有娘，孤苦伶仃一个人长大，要是他娘知道他在世上被人这样欺负，那该有多伤心啊……”

这位懂事的好同学一语惊醒梦中人，王爷如同晴天霹雳，想到了和自己恩爱一世的王妃，确实，没有人能够替王妃照顾他了，如今只有……

于是王爷来不及撑伞，小步跑到梅花桩，发现，王子已经昏倒在另一个同学的怀里，那一刻，他有一种强烈的感觉，自己错了！尚未等他反应过来，一道雷已经劈在他面前，劈开了一根梅花桩，他猜想，这难道是王妃在示警——

不只是王妃，任何一个母亲，都无法忍受这样的痛苦。自己去世之后，一个狐狸精住自己的房子，砸自己的牌位，打自己的孩子，还欺骗了王爷，王爷还浑然不知，这叫人如何死得放心？

那道劈在梅花桩上的炸雷，劈醒了王爷，他一把将王子抱起，淋着雨，在城里四处寻医，奈何倾盆大雨，中医都关门了，随从的两位同学其中一个说：“我有个舅公，是开医馆的，只是他的医馆距离永兴路较远，在西华门，王爷我们怎么办？”

“太好了，快带路啊！”

“王爷，在西华门，距离这里要几里的路……”

“你们两个打着伞在前面跑，我用轻功一定会跟紧你们的，带路吧！”

雷雨天，安远门箭楼下，借了两匹马，在一对父子和两个少年的背影里，天渐渐放晴了……

第四十四回
韩重四树上开花争无冕之王
朱秉柔离家出走永兴府架空

李翠环和韩重四是一直盘算着王爷死的。

朱秉杰表面上是秦藩永兴府的二王子，实则是李翠环和韩重四的私生子，韩重四也并不是李翠环的什么表哥，只是以表哥的身份混到王府管家的相好。

当王爷背着王子上西华门求医时，李翠环觉得终于可以见表哥了。韩重四屏退左右，抱住李翠环的那一刻，天上又开始打雷下雨。

“我们还有多久……”

“再忍一忍，我已经加大了药量，可是最近不见老爷子有什么败象啊？是不是他练功努力了，下微毒就不顶用了？”

“那就下剧毒！实在不行，我直接干掉他！”

“不行，那样我们的计划不就暴露了吗，他已经差不多了，傍晚练功，还从梅花桩上摔下来了呢，我想毒还是起作用的……”

“这老不死的！他的武功还真难练……金钟罩我根本学不会，时至今日只学会了钧天剑法。不过……随着他越来越老，还慢性中毒，我则越来越强！现在，他永兴王不过是我掌心的一只蚂蚁一样，只要时机成熟，找机会将他父子二人分开，我派几个好手，干掉朱秉柔，那么我儿子朱秉杰的小王爷地位，将指日可待！”

李翠环看着韩重四神气的样子，捶了一下他胸口，笑道：“什么你儿子，那是我儿子，你可不要在人前乱说。”

韩重四搂着李翠环道："怕什么？反正横竖都是我们的儿子。翠环，你如今已经是咱们小家庭的大功臣，不再是当年那个服侍人的小丫头了。想那明太祖朱元璋诡计多端，他老朱家绝对想不到，几代之后，他的后人，会输给我韩重四一招'树上开花'，这样我韩重四就不再是个山林野人了，而是堂堂的秦藩永兴小王爷生父，无冕之王！你也不仅仅是秉杰的母后，更是我韩重四的王妃了，哈哈哈哈哈……"

大雨闪电，电光映在韩重四狂笑的脸上，呈现出异样，那皮肉下的脉络连接起来，竟并非是一张人脸……

西华门的医馆里，王爷焦急万分，王子的两个同学倒是很轻松，这两个同学一个叫冯宽，一个叫铁诚。王子在雨地里倒在冯宽的怀里，完全是冯宽的主意，冯宽的意思是，你父王还是在意你的，王子不信，两人就打赌，演了这一出，王爷一路上全被蒙在鼓里，连铁诚都给捎带着唬了。

开医馆的大夫，是铁诚的舅公。铁大夫给王子号了一下脉，才知道这几个小家伙葫芦里卖的什么药。

大夫心想："现在的孩子真是，你们装病也就算了，还到我妙手回春的老铁家医馆装病，砸场子啊？"但是虽然这么想，医者父母心，毕竟不会和几个小孩子计较，就装模作样地说："少主体虚贫血，感染了些风寒，问题不大。"

王爷这才放心了，就问："大夫，那他的外伤如何？"

"外伤了不得，看这伤口，至少是十几个人造成的，也不知道是谁，下手那么狠，以多欺少，哎呀！有的都溃脓了，啧……啧……打得严重……下手真狠啊……"

铁诚立马说："舅公，是县令的儿子还有同班同学，秉柔已经很忍耐了，他们就是咄咄逼人，我和冯宽看不下去，才仗义执言，结果连我们也被打了……"

铁大夫很领会铁诚说这话是什么意思，于是他望着王爷，瞪着眼睛点着头，故意装腔作势道："县令的儿子呢，好大的官呢……谁让你们三个臭皮匠行侠仗义不长眼睛呢？打狗也得看主人嘛，还好意思说，活该啊你……"

王爷终于火了，拍桌子道："哼，这个县令，想起来本王就一肚子火，溺爱子女，仗势欺人！还送书信来威胁本王，要在巡抚大人面前对质，对质就对质！我堂堂永兴王，还怕他不成？先帝在世，好歹都叫本王一声皇叔，他竟敢那样跟本王说话……"

王爷的正义之言令三个小伙伴宽慰不少，铁大夫也拈须一笑道："王爷，算了吧，您大人不记小人过。孩子们之间，总有学习好的和学习不好的，读书的被不读书的打，那就像蒙古打宋朝一样，谁让你那么优秀，那么规矩，那么文明呢，有钱又文弱，遭人嫉妒嘛！要是王子和他们一样不学无术，蝇营狗苟，反而就不是您的好儿子了嘛！算了吧，您想想，您由生到死，都是永兴府的王爷，是流着大明王朝皇家血液的老朱家人，正宗的龙之骄子。他县令只是个流水的官，和他一般计较，多失身份啊，让他去告，他要是真敢告您，您把我叫上，我给您拉一票冤屈的百姓，咱来真的，丁是丁卯是卯，只说实话，一个都不冤枉他的，把他做的那些坏事全给巡抚大人提溜出来，够他老小子喝一壶的，他告您？借他一百个胆，他也张不开嘴，他能不考虑自己做贼心虚吗？王爷您清正廉洁，爱面子，图一世清明，老百姓也都看在眼里，群众的眼睛是雪亮的！他啊，不敢动您，但是霸道惯了的他又生气？他怎么办呢？所以就用巡抚大人来吓唬您，您要不是王爷，早就被他公报私仇了，您想想，一个霸道惯了的人，还会受您这气？别说您儿子打了他儿子，就是打了他家的一个花盆，也得老老实实赔一棵树出来！才能咽得下这口气……您儿子挨打了？他儿子还挨了打呢！以他地头蛇的威名，可想而知！心里这个着急、生气、憋屈啊……平时爱欺负人的人，一旦被人欺负，会比一般人更气不过。您这德高望重，自己还带儿子过来看病，他霸气惯了，都快把整个秦藩的名医请县衙去了，请了我我都托病没去，这事儿您不知道吧？”

“如此，孤王就更不能放过他了，不能任由他这样的祸害大明江山。”

“王爷呐，我的好王爷，您快息事宁人吧。亏这家伙是个傻贪，要是个奸贪，老百姓连棺材钱都赔进去了。难得弘治中兴，四海也算清平，老百姓能过好日子的年岁不多，你们这些大人们，就别闹了吧，否则，大家都跟着遭殃啊。就当是小两口过日子，互相谦让一步，凑合着过吧。”

“铁大夫，呵呵……孤王还真是觉得，您这种和稀泥的态度，很像一个小县官啊！”

“那可不，不然我怎么能从师爷的位子里退下来，当了大夫呢？这一来，是由于师爷不属于朝廷编制，俸禄太低，县官克扣。二来，也是看不惯小官霸道、夜郎自大的地方风气。关键嘛……还是俸禄太低，就仗着点手艺，自立门户了。”

王爷大笑：“先帝在世，四海升平，县衙清静，我见过许多师爷下岗的，还从未见过铁大夫这样，见多识广，下岗再就业，还能侃侃而谈的。”

铁大夫眨一眨眼，吐舌道：“关键咱在职的时候也爱看书、爱观察、爱断案嘛，所以当然和那些混饭吃的不一样了嘛。”

躺在病床上的朱秉柔和二位同学商议着，不知道王爷和铁大夫在谈什么，那样投缘，朱秉柔只好问冯宽还用装吗？冯宽说不用了，你输了，事实证明，你父王还是在乎你的，并不像你说的那样冷血，因为我刚才听见他拍桌子生气了，在外面和铁诚他舅公数落县令呢，那么愿赌服输，说话算话，要请我吃半个月的早点。

朱秉柔欣然答应了。

王爷确认了王子的病情不是很严重，也就放心了，还去医馆外买了五个柿子饼。小贩说，这是咱临潼特产的“火晶柿子”，煎出来的柿子饼，滋味香甜，齿颊留香，保证病人吃了之后补气养血，对探病很有帮助的！当王爷提着柿子饼到门前，听到了朱秉柔、铁诚和冯宽的谈话，才知道他中计了，这三个臭小子竟然用他的担心来做赌注，于是他推开房门，将包好的柿子饼往朱秉柔脸上一砸，“哼”了一声就灰头土脸地走了。

王爷一走，铁大夫进来，拄着手腕道：“露馅了吧？臭小子们？堂堂男子汉学女人的那一套——装病？亏你们想得出来！合着伙地骗王爷……”

铁诚立即澄清：“是他们两个赌的，不关我的事，我最后才知道的……咦？王爷刚才用什么砸的你？”

冯宽打开一看：“柿子饼！”

铁大夫惊喜道：“哎呀呀，是老家临潼的特产火晶柿子做成的点心吧？今天西华门大街上又有卖的了？来来，让舅公也尝一个……”

“不给。这是王爷给我们的。”

“哎？我治病也有功劳的啊……”

“不，他没病，你也没治，没有功劳。”

“哎？我好歹有个出诊费吧！”

“出诊费王爷已经付给你了，这个点心是我们的，你有钱，可以自己出去买。”

“唉——你们这些孩子，真是抠门儿啊！就忍心让一个老人家看着你们吃点心吗？”

“忍心。你不是老人家，你是有钱人，有钱人花钱买，这是王爷赏给我们穷人的。”

铁大夫无言以对，只好摇着头出门自己掏腰包了。

王子在铁大夫医馆疗伤的这几天，李翠环一直对王爷抱怨，说是秉杰发烧了，作为亲爹你却不见人，同样是你儿子，你却只偏大的忘小的。高烧的朱秉杰一直哭，说是头疼，王爷抱也不是，劝也不是，走也不是，坐也不是。只好命人把铁大夫和朱秉柔一同叫回王府，李翠环还奇怪：“老大不是生病了吗？”

“只有点外伤，内伤是装的。”

李翠环一听，哭哭啼啼：“老大可真是诡计多端啊。你倒好，为了一个装病的孩子，就舍得丢下一个真病的，要是秉杰有什么三长两短，我也不要活了！”

朱秉柔回了府中，外伤也痊愈得差不多了，知道自己佯病，就躲在屋里再没有出来，铁大夫开始给朱秉杰号脉，这脉象很奇怪啊——

艰涩不畅，时实时虚，间歇沉迟，气滞血瘀，恐是中毒的迹象啊！

李翠环一听，目光狠狠地投向韩重四，没想到让他微微下点毒，博取王爷同情和专注就可以了，谁知他下了多少？

处心积虑的韩重四也有失手的时候，事后李翠环和他大吵一架，他声称，给孩子下的毒只是给王爷下毒的一半，没想到会这样严重，不过，我能下得了毒，就能解毒。

韩重四用羌笛声引来一拨蝗虫，让它们吃有毒的食物，再让它们各自吃各种解药，能活下来的那一种，就是有效的解药，加大剂量，让朱秉杰服用，就在铁大夫第三次出诊，打算向王爷告辞，表示无能为力的时候，朱秉杰吃了韩重四的解药，好了。

后来，铁大夫临行，王爷送他的时候，他表示——王爷，你的这个管家，不简单，害人之心不可有，防人之心不可无，请王爷务必多加小心。

王爷也略有迟疑。

铁大夫内心懂得一个道理，但他没有对王爷说——江湖上的人，但凡是下毒的高手，只有他自己能解自己下的毒，因为只有自己知道配方，有些剧毒都是祖传的。这样推论，难道是韩重四对朱秉杰下的毒？没道理啊？下了毒为什么又要解，难道要向王爷示好，展现解毒才能，提升自己在王府的地位？也不对，自己已经做到管家了，一人之下万人之上，怎么会是韩重四下的毒呢？

所以铁大夫没有说。

但确实是韩重四下的毒。铁大夫只顾着看病，只顾着分析道理，他没有感性地去感受一个问题，连朱秉柔王子都时常有这样的感觉——朱秉杰和王爷长得不像。

朱秉杰七分像李翠环，三分像韩重四——这是除了朱秉柔以外，所有人都感觉不到的事实。然而这话一说出来，就是大逆不道的，朱秉柔没有说，只把它咽到肚子里，并提醒自己以后不准再胡思乱想。

朱秉杰很有纨绔公子的根性，李翠环惯出来的。李翠环自从飞上枝头变凤凰，凶狠刻薄，自己当过丫鬟，自然知道丫鬟的缺点，最喜欢背后嚼舌根，就动不动逮住哪个丫鬟说闲话，就命令掌掴。李翠环在位的时候，王府建制大换血，党同伐异，排除异己，把那些不听话但是具有正义感的丫鬟太监家丁们统统勒令辞退，换了一批听自己话的人。太监一个个都胆小，都被她打怕了；家丁，外面有的是，不满意的立即辞退。曾经有家丁看见她和韩重四的不轨行为，一转身就被韩重四杀了，再从临潼秦王府调一个进来就是了。

王府的家丁，在李翠环眼里，不过是人头数目，随便打随便杀，不满意就换。而临潼的秦王府，在李翠环眼里，那还不如永兴王府，虽然临潼王是秦藩藩主，但是那个小秦王朱惟焯才比自己儿子大两岁，还是个啥也不懂的娃儿，并且弘治皇帝驾崩之后，还没有下令他可以嗣封，李翠环就把他当临潼王府的房客一样对待，朱惟焯把朱诚澜叫王叔公，李翠环就成了姑奶奶。

从此，永兴王府，临潼王府，李翠环只手遮天，成了人人畏惧的女王陛下。这样一个女人，对于儿子，能不娇惯吗？这样女人的儿子，能有不纨绔的吗？

六岁的朱秉杰在王府，要骑太监就骑太监，要摸丫鬟的胸就摸丫鬟的胸，丫鬟要是敢叫一声，一定被李翠环带着爪牙驾到，开始掌掴。朱秉杰最可恨的一次，是在太监睡着的时候在他脸上撒尿，还笑称“下雨了”，太监打了朱秉杰一巴掌，朱秉杰哭着跑去向李翠环告状，结果，那太监从此少了一根小拇指，也不敢跟王爷去说，因为说了会没命。

霸权蔽主。结果，永兴王府的家丁所有人私下都知道韩重四和李翠环的事情，甚至也看懂了朱秉杰根本不是王爷的儿子，而是李翠环韩重四这一对奸夫淫妇的孽种。却只有王爷和王子朱秉柔不知道。

朱秉柔看出了，但由于只是自己的猜测，他还怪罪自己不要有这样大逆不道的猜测，所以没有说。

朱秉柔是不喜欢朱秉杰的，而且他表现得很明显。平时自己出门上学，朱秉杰总是跟踪自己，跟到了一半，就发现人不见了，四处张望寻找时，还会被路上的砖瓦藤条绊倒，然后大哭。朱秉柔在暗处听着朱秉杰大哭的声音，高兴地上学去了。

回到家，李翠环的眼神，对朱秉柔那个恨啊，却还说不出口，因为，谁叫你儿子喜欢惹是生非，还跟踪人家玩呢？不知道大哥从来不认这个娇生惯养的野弟弟吗？

李翠环多次告诫朱秉杰，少和老大来往，朱秉杰就是不听，在李翠环的庇护下，朱秉杰的调皮和好奇被放大，调皮成了惹祸，好奇成了放肆，出了事李翠环自然会一力承担。朱秉柔对朱秉杰的胡作非为早已厌恶至极，后来，他每次欺负小太监时，就发现有人用石子扔自己，或者有小兔子突然跑过去，这都是朱秉柔为了分散这个小恶魔的注意力。

一家人吃饭，李翠环总是把肉给朱秉杰碗里夹，有时候就剩一块肉了，李翠环和朱秉柔同时夹住，李翠环就用筷子把朱秉柔的筷子一推，赶紧把肉夹了给自己的朱秉杰。这一幕，朱秉柔只埋怨王爷不去在意。自己一下就没了胃口，提着宝剑练功去了。

同样是王子，有娘的和没娘的就是不一样，没有娘的还得不到王爷的特殊眷顾，得到的常常是这样一句话——他是你弟弟，你要让着他。

唯一能让朱秉柔保持尊严的一句话就是：“他是你小妾的孩子，不是我弟弟，我娘只有我一个。”王爷不懂这话的另一层委屈的意思，常常直观表现出愤怒与放弃。

自从有了朱秉杰，王爷的父爱被分散了，这使得原本就没有母爱的朱秉柔，变得一无所有。

儿时的朱秉柔，经常会遭到街坊和各种达官贵人的小孩团唾骂，被逼得无法合群，没有人愿意和这样的小孩做朋友，因为晦气。

那些小孩用石头砸他，用狗凶他，用脚踹，然后像麻雀一样扎堆，窃窃私语，等他走上前一步，就有孩子立刻大喊：“站住！你这个克死母亲的扫把星！不要过来！”

朱秉柔握着拳头，流着悔恨的流泪，有心善小女孩要上前安慰他，也被一把拉过去，然后经过孩子团的一番解释，小女孩恍然大悟，从此，朱秉柔明显地感觉到，秦藩的小孩，不论男女，见了自己，都躲得远远的，而且他们躲的距离，会刚好让朱秉柔听见他们的谈话，这也是他们是故意这样做的，就是让朱秉柔听见，知道自己有多晦气，再也不要感染别人，让别人走霉运。

“我爹说，克死母亲的孩子，是恶魔转世，不吉利，最好离他远一点。”

“是的，我娘也说了，说上辈子作恶的人，这辈子投胎才会克死生母，六道轮回啊。”

“我家邻居不允许她的孩子靠近王府，说是王妃去世之后，王府的阴气太重，很有可能就是朱秉柔所致。”

儿时的朱秉柔，非常恨自己，既然自己的存在是个令所有人都不愉快的意外，那不如彻底消除这种不愉快，唯一的方法就是——死。

他跳过湖，被王爷救了；服过毒，被王爷救了；悬过梁，被王爷救了。当他拿起平日自残的小刀，对着胸口自戕时，王爷跪下了——父王只有你一个儿子，这些年来，父王失去了你母后，失去了大哥，已经很难过了！现在又要失去你，谁来可怜可怜我！堂堂的秦藩永兴王，我也恨自己，自己的女人，自己的大哥都保不住，现在，连儿子也要寻短见了，人到中年，若是举目无亲，我当这个王爷还有什么用！父王这样坚强地撑起这个家，为什么你就不肯为父王坚强一点！

父子俩抱头痛哭。从那以后，朱秉柔再也没有寻过短见，而是加倍努力地练功，读书学习，强大自己，让父王看看，自己没有给母后在天之灵丢脸。

“我朱秉柔不是一个克死生母的灾星，母后她那样辛苦，用尽最后一分力，也要将我生出来，足以证明她是爱我的，她是用自己的命成全了我的命！我的存在，恰恰证明了母后用生命给予我最后的祝福和期待！”

朱秉柔一边练功一边思考，想到这，朱秉柔剑法精纯，大吼一声，竟劈开一块巨石，使得路过的韩重四都惊呆了，没想到这小子剑法进步神速！如今俨然一代武林高手了！

“大哥，你的剑好厉害！我也要练剑！让我玩！让我玩！”

朱秉杰上前来夺剑，朱秉柔不给，朱秉杰硬抢，脸上不小心被剑刃划破了一道口子，朱秉杰倒在地上，四脚朝天，像只乌龟一样哇哇大哭，李翠环和王爷赶过来，李翠环一把抱住朱秉杰，哭得比朱秉杰还伤心，开始演戏。王爷为了平息李翠环的“伤心”，只好重重地打了朱秉柔一巴掌！

这一巴掌的确用力，打得朱秉柔嘴角溢血，泪水夺眶而出，十六岁的他，怒摔宝剑，跑出了王府！

直到下午用膳时，家丁准备了各式各样的糕点和蜡烛，王爷才听家丁说，这是朱秉柔晌午买回来的东西，今天是腊月十三（1491年10月27日），是少主的诞辰啊！

竟然没有人记得这个日子！连王爷自己也忘了，有人提才忽然想起，这足以说明他有多忽视这个儿子。

可是……早上还打了他……

人都离家出走了，诞辰没法过，朱秉杰却吵着闹着要点蜡烛吃点心，那就她们母子随意吧，王爷一个人踽踽独行，去了后院。

朱秉柔曾经告诉过自己，他已经不再是当年那个只会抱着娘的画像牌位，躲在被窝里哭泣的十一岁小男孩了。

这次，是十六岁的他，从十一岁开始坚强之后的第一次落泪。

他去了酒馆喝酒，喝到打烊，住店，也不回王府那个伤心地。

王儿长大了，已经不像小时候那样不懂事了，他做事应该会有分寸，那伤……不是他故意的，反而，不懂事正是朱秉杰的年龄……也许，孤真的错怪了他。

自此之后，每天夜里，王爷都会来朱秉柔的房间打量一番，看看人有没有回来，结果，每天夜里得到的都是一声叹息。

有一天，王爷实在累了，就躺在朱秉柔的床上睡，发现被单下垫着一块硬硬的东西，抽出来一看，是一本日记——

三年前的今天，父王教我写字，记得我第一次学写自己的名字——朱秉柔。父王说，字是人的门面，名字尤其要写得好。父王走后，我写了一千遍，虽然胳膊有些疼，但我终于可以把名字写得像模像样了，我拿出自己最满意的一张给父王看，父王说还凑合，我有点不高兴，决定回去再练。

昨天，我偷偷溜出王府玩，巷子里的小孩都用异样的目光盯着我，仿佛我就像瘟疫一样，我笑着走进了孩子群，他们四散开来，又迂回到另外一边，凑到了一起，不知道说些什么。

今天，我大哭一场。终于明白了，那些小伙伴不愿意和我玩，他们当我是灾星，恶魔转世，克死了母后！他们的爹娘，也让他们离我远一点，我不想活了！

今天，我终于明白了，只有父王是心疼我的，我失去了母后，他失去了王妃，原来我们两个都是可怜人。

今天，父王带我去爬华山，爬到山腰，向下看，我害怕，华山太危险了，我要回去。父王说，男人做事不可以半途而废，决定登山就一定要攀到最高峰。我问父王，什么是最高峰？父王说，山高人为峰，谁先爬到，谁就是山峰。我一鼓作气，一定要做山峰，可还是被父王赢了。下山的时候，我昏昏欲睡，父王背着我，我不敢向下看，就将他抱得紧紧的。父王的背很宽阔，就像一座山峰，我相信，我只要抱着这座山峰，就一定不会害怕了……结果我睡着了。

今天，父王带我去北京面圣，皇太子把我叫陕西来的秦始皇，可是秦始皇姓嬴，我姓朱啊。我俩秘密约定，以后在人前他叫我皇叔，背后我是他老弟，他说他是子时生的，这样看来我还真比他小几个时辰。之后皇兄请我吃了烤鱼，都是他钓上来的！他的钓鱼技术很高超，而且他就喜欢在花园钓鱼吃，不喜欢捞鱼，因为钓上来的鱼更好吃，他是这么认为的，我觉得……味道都差不多吧？

今天，秦藩闹蝗虫，父王在大火中救了一个小婴儿，小婴儿缺水晕过去了，父王就咬破手指喂他，直到他又发出了哭声，父王却抿着自己的手指笑了，我知道，父王也渴。大英雄最后还是晕倒了。

甜水井的老乡真不错，他们把房子给大家让出一半，让永兴路的百姓避难。甜水井的水很涩也很甜，救了我父王的命。通济渠的水清爽可口，他们说，渠是唐朝挖的，距离我大明有七百多年的历史了。

今天，一个会吹笛子的人成为我们的管家，我看他不像个好人，父王只听说他是翠环的表哥，就让他入府了，父王一定喜欢翠环，一定是！他怎么可以这样！

今天，是母后的奇耻大辱！父王娶了一个都可以当他孙女的丫鬟，就是李翠环那个狐狸精！我早就看出来，父王是这样的人！什么二娘，我绝不承认！一个给我洗脚、铺床、搓背的奴婢，怎么就成二娘了！狐狸精就是狐狸精！狐狸精狐狸精狐狸精狐狸精狐狸精……

母后，为什么你要丢下我！父王为了狐狸精打我，还把你的灵堂让给那个狐狸精住！母后！王府都是坏人，我不要这个父王了！

今天，一个公公传来弘治皇帝驾崩的消息，父王晕过去了，我知道他一定是装的，因为他自己就是个花心的人，总是说先帝这个好那个好，从来不向先帝学，先帝一国之君，尚且能从一而终，他身为王爷，为什么不行？好色就是好色！嘴上说得好听，光会表彰别人！虚伪！

今天，连县令的儿子都知道我出生的秘密了，一定是县令给他说的。为什么这些人总喜欢在背后数落别人的身世？就像老太婆一样，还当官，配吗？他儿子功课不如我，武功不如我，就是老爹贪污，有几个臭钱，我克死了娘又怎么样，太祖儿子多又怎么样，总比他们这些欺负老百姓的地痞强，我没有给母后丢人，也不会让太祖蒙羞。母后用她的一生换来了我的今生，就算父王再找多少个小妾，我也只认我的母后；就算我不做这个秦藩的烂王子，也一样做一个堂堂正正的人。我不需要谁的可怜，没有人在意我，我也不会在意任何人，谁要打我，我就打回去。善恶对错，时间会证明一切。

读着王子的日记，王爷愧疚难当，茫然若失，他觉得，王子带走了很多东西——亲情、理解、良知、关怀、真诚、感动、善良，还有那份对家族、对信念、对母亲的忠心。

是啊，从头到尾都是这个王府在忽视他，从来没有人在意他作为儿子、作为王子、作为孩子的感受。试想一下，如果一个家真的足够温暖，孩子怎么会离家出走？如若他是一个纨绔子弟、坏孩子，那是他不好。可他不是，他这样善良、虔诚、忠心，离家出走，那是家的问题还是他的问题？他走后，王府还能剩下什么？

窗外电闪雷鸣，瓢泼大雨，他此刻又在哪里？是露宿街头？还是酒肆买醉？或者已远走高飞……

不行，一定要把王儿找回来，不能再等了！

当王爷打开屋门的一刹那，韩重四早已堵在门外，硕大的身躯上，一张狰狞的脸在雷光下若隐若现，嘴角一歪——

“王爷……看来你已经众叛亲离了……那么……秦藩永兴府……也是时候改朝换代了……”

第四十五回 皇佐少帝莅临西京 王府空虚暗藏隐情

却说朱秉柔王子离家出走之后，正德皇帝与公孙向东也正在西京长安旅游，捎带调研视察。当然最主要的是走亲戚，正德皇帝要到秦藩永兴王府会一会他同年同月同日生的发小——朱秉柔王子。其实按辈分应该叫皇叔，但因为儿时的“约定”，皇上一下就从侄子变成哥了。

正德皇帝可是个很随意很任性的主，不太讲什么江湖规矩，伦理道德也讲一半，毕竟经常和内阁老大臣没有礼貌习惯了，再加上他是皇上，当年又是独一无二的皇子，从小宫里大家都让着他，没有人和他计较这些。

两人装得像刘备与诸葛亮，揣着宣府的银两，吃一路玩一路花一路，一掷千金，已经身无分文了。正德皇帝灵机一动，让公孙向东在巷子口等一等，他在垃圾堆捡了一堆破烂衣服穿上，土渣涂脸，拿个破碗，很专业地坐到一个乞丐旁边，那乞丐高傲地朝他一瞥：“小子，不知道这里是爷的地盘啊？”

皇上拾起一块砖头，在乞丐面前表演了铁头功，乞丐马上躲着道：“你的地盘，你坐，你坐。”

公孙向东忍着那破衣服发出的异味，捏着鼻子在一旁装作不认识问：“朱公子，你这是干什么？一国之君，这样不太好吧……”

皇上心很宽，满不在乎道：“你们这些人就是这样，能伸不能屈，装什么斯文？朕没钱了，弄点钱，这样来钱很快的。朕经常在宫里就这么玩，有时候翻墙出去，扮作乞丐向神武门的侍卫要钱，他们还认不出呢，也能骗几个零花。江湖经验，扮演乞丐，不仅能看出一个地方的经济繁荣与否，更是打听消息，观察世态人情的最佳方式！我朝太祖，当年还加入了丐帮呢，朕只不过是重操旧业，混点零花钱，没什么丢人的……你不懂得这里面的趣味。”

公孙向东实在看不出来这有什么趣味，倒是有很多臭味，话说这衣服是在哪儿捡的？

“垃圾堆啊？不穿得‘像样’一点，人家怎么会给钱？”

“我的老天爷，你可真有心得……”

一位大娘赏皇上了一个铜板，皇上连声装哭道谢，大娘看这孩子瘦得皮包骨头，营养不良，确实挺可怜的，又给了个馒头，皇上真的吃了，他真的吃了！

面对这样的一代天骄，公孙向东的价值观彻底崩溃，在一旁恶心得不行，真不知道，皇上哪里来的勇气，竟然能用他捡垃圾之后没洗过的手，就接过人家的馒头吃了，还是装哭吃的，一边哭一边吃，大娘还在旁边安慰，这下，大娘成了他不花钱雇的托，一时间很多人路过给钱——皇上哭得好开心。

等人都走后，公孙向东又捏着鼻子凑过来，絮叨:“公子，这有啥趣味？这不是骗人吗？钱差不多就可以了，咱们走吧？”

很快，两个人从澡堂子里出来，衣冠楚楚，神清气爽，还有了一袋钱，公孙向东大惑不解——原来人生还可以这样！

“国师，你花朕赚来的钱，就不要再数落朕的不是了吧？”

“皇上请我洗澡，算是封口费吗？”

“算吧。要不是户部尚书抠门，从来不给朕零花，朕也不会手头这样紧，这才出此下策。不过，到了地方，哼哼，告诉你，朕的脸就是钱！”

公孙向东忽然感觉皇上特别上道，比江湖小混混经验丰富多了，这人精一样的思维，黑社会大哥一样的语气，地方官遇见你，亏是吃定了。

到了永兴王府，管家韩重四声称，王爷不在，这位公子找王爷什么事？皇上一出手就是绝招，直接亮出了他的玉玺，韩重四吓得魂飞魄散，跪地大呼——圣驾光临，吾皇万岁万岁万万岁。

皇上心宽，就暗示韩重四：“管家请起，皇叔他们去哪儿了？”

韩重四心中有鬼，只说不知道，可能是去祭祖，也可能去狩猎了吧。

公孙向东一眼就看出来这家伙有说谎的气质。

“哦。朕舟车劳顿，连马都卖了，不瞒您说，现在已经没钱吃饭了。”

韩重四一想，这还算个事？立刻设宴，款待皇上，宴会前，他吩咐让李翠环不要出来，新王妃这种事情，多一事不如少一事，没想到事情变化这么快，皇上驾到！这下所有的计划都要临时改变了……

宴席上，公孙向东一直觉得韩重四的眼神飘摇不定，虽然韩重四站在旁边像个仆人一样服侍着他俩，一动不动，但公孙向东就是觉得，这个管家不简单。于是他使劲拍了一下桌子，立即观察周围人的表现，太监和家丁们都听到桌子的声响颤抖了，管家却没有。这就说明，这家伙很有底气，不像个伺候人的，伺候人的奴才，都是谨小慎微，非常怕事的，这家伙却异常冷静，冷静得有些阴沉。

“国师，你怎么了？”

“打蚊子。”

“哦，打死了吗？”

“呵呵，蚊子比人狡猾多了。就是因为太小，人们无法掌握，所以常常打不死啊……”

公孙向东又用力拍了一下桌子，这次不是打蚊子了，而是故作生气，他吼道：“管家！”

他仔细观察着，韩重四竟然心平气和地问：“国师，怎么了？”

公孙向东确认了自己的判断，这家伙绝对不是个吃素的——主怒而不惧。

“茶喝完了，你为什么不给我满上？”

韩重四一肚子怨气，只得老老实实地满上，当他和韩重四四目相对的时候，他发现，这家伙脸上有杀气。就笑着问：“管家，皇上喝酒，我喝茶，你为什么不问我喝不喝酒呢？”

没想到韩重四竟然这样回答：“国师不喝酒，一定是不喜欢，一定有原因的，既然有原因，又非臣下所能僭越，臣下自然不必多嘴。”

公孙向东紧盯着他，逐渐起身道：“你最好能明白什么是僭越……”

皇上正在吃喝，还没有反应过来，公孙向东已经和管家大打出手了，江湖中人，一交手就能知道对方轻重，公孙向东交手之后，看出了管家是武林高手，就丝毫没有谦让，管家为了不暴露自己的实力，装着被公孙向东揍，还委屈道：“国师，这是为何！我好酒好菜招待你们，国师为何要如此无礼？”

公孙向东立即抱拳赔笑道：“管家，得罪了，看你也是个练家子，一眼就知道你与众不同，所以就切磋一番，以为你不敢跟我动手，没想你还真有男子汉气魄，我使出了全力，差点就被你打倒了呀！”

韩重四一看原来是这样，就抱拳道：“好说，在下守护王府多年，没有功夫，怎么行？和国师比当然差得远了，呵呵……”

王府里传来一阵笑声，正德皇帝也似懂非懂地笑了。

酒足饭饱之后，正德皇帝要了两匹马，说要和国师去临潼王府坐坐。

“准小王爷朱惟焯和朕同辈，虽然只有八岁，按照祖制，只有他才是日后秦藩的藩主，朕打算再过两年就册封他为秦藩临潼王，毕竟他是太祖二皇子的嫡传啊。”

韩重四一听这话，眼睛瞪得像个牛铃，因为在他的计划，永兴王才是秦藩实际影响力的王爷，难道皇帝可以对永兴王视而不见吗？他不会懂得什么叫祖制，也不相信什么嫡长子继承，像他这种只相信自己“本事”的人，更愿意让皇上封永兴王为秦藩藩主，皇上笑道：“朕虽然是个比较自由散漫的人，但是祖宗之法，朕还是知道的，朕也很看好皇叔，可是先帝当年封他的时候，他都没有接受，想必如今朕破例封他，他还是不会接受的罢！况且，准秦王朱惟焯也没有什么过错啊，就按照祖制来吧，父王曾经告诉朕，皇叔才不是贪恋权位的人，他喜欢做实事，不爱慕虚荣的，那么，就让他当一个为百姓做实事的好王爷，一样名留千古，有什么不好呢？皇叔回来时，一定要把朕的话告诉他，让他在王府等着，朕会过了临潼王，就来找他，还有朕的发小，朱秉柔王子。”

上马之前，公孙向东其实已经明白了一切，就故意走向管家面前，死死地盯着他的双眼，问道：“管家，我再问你一遍，王爷和王子，真的出远门了？”

管家的眼珠不经意向下沉了一下，然后盯着公孙向东的双目，道：“是的。”

就此道别。

策马飞奔在郊外，公孙向东叫住了皇上，两人牵着马，一路聊天，公孙向东将自己的担忧全部告知了皇上，皇上很惊讶，问：“那国师的意思是？”

“依我看，永兴王府八成是出事了……”

“啊，会出什么事？”

“不知道，我只是可以确定永兴王府有事，并且盘根错节，绝对不简单。临潼王年幼，本身就属于朱诚澜王爷照看着，如今王爷和王子不在永兴府，也不会在临潼，管家没有向我们说清王爷和王子到底去了哪里狩猎或祭祖，我们无从查起，说不定，管家本身就在欺骗，王爷王子根本没有去祭祖也有可能！”

“岂有此理，欺君之罪！”

公孙向东朗笑道：“皇上，如果一个家臣要造反，他还在乎什么欺君之罪吗？更可能，他早已欺君，早已造反成功了，王爷王子，已经不在人世了……”

皇上一个冷战：“国师，你可不要吓朕……这样一来，朕与你，不是羊入虎口吗？”

公孙向东道：“皇上你私自出宫，到了哪里不是羊入虎口，可你偏偏爱出来玩，微服出巡啊？别说王爷造反，就是江湖小混混，买凶杀人，取你的命也易如反掌啊，改朝换代有时候就是一念之间的事儿啊……为什么说国不可一日无君，是有道理的。内阁大臣可以瞒得了一时，怎能瞒得了一世？其他大臣们发现皇上长期不在宫中，岂不哗变？内阁组织就是再强大，也难以堵得了悠悠众口啊……不过，我支持你出宫，是因为了解民间疾苦，比整天坐大殿批折子，有时候更能让一个皇帝清醒，如果他是一个好皇帝，就会发奋努力，因为他知道根源出在哪里，太祖就是这样一步一步通晓各个阶层的黑幕，成为皇帝的，所以迎来洪武大治，太祖将他对前朝贪官的恨，全部都转移到给自己当官的人身上了，所以他不相信任何当官的，才有了很多极端的作为……但即使是那样，老百姓还是说他好，因为他对老百姓好，他看破黑幕肃清朝纲，恰恰得益于他出自草莽的经历……”

“对啊！出了宫，朕现在就是草莽！国师你不提醒朕都快忘了，朕也是个武林高手，既然行走江湖，朕怕谁！”

“嗯，那么我们就彻底将永兴王府的事情一查到底，这里全部都是谜！”

“那……要从哪里入手？”

“既然管家说王爷祭祖去了，我们就将错就错，到秦藩永兴王祖坟处去看一看！”

“永兴王的祖坟国师知道吗？”

“咸宁县鸿固乡乐游原。”

第四十六回
祭王妃公孙向东开棺验尸
解尸语道凌惠平屈死真相

却说这一日，阴风阵阵，日隐云中，大明秦藩西安府咸宁县鸿固乡乐游原上，黄纸飘飞，惊雀四起。

永兴王妃凌惠平的坟墓前，王子朱秉柔已经泪眼盈盈，又在火盆里添了一把纸钱。

如今的他已经长大，只会给母后磕头，什么话都不会多说了，儿时的他，一旦在小伙伴或者王爷那里受了委屈，是一定会上这里跑来向母后诉苦的。

他不愿意相信，自己是别人嘴里“克死王妃的扫把星、恶魔转世、孽种”，他相信母后是爱他的，他经常听王爷讲起王妃生前的事迹，带着乡亲们赈灾灭蝗，成立孤儿院，婚后依旧还和乡亲们下田耕种，互相照应，从来没有王妃的架子。

儿时的王子经常在梦里见到一个向她敞开胸怀的女人，当他飞奔上前时，那个女人却呼唤着她的乳名，越退越远。

儿时的他，经常和小伙伴打架，每一次都是因为那些小孩用那些词语奚落他，他一个人始终打不过一群人，挨了打，淋了雨，捂着伤口，流着泪回到自己的小房间，在大雨天望着母后的画像入神。有一次那画像的眼睛还流下两道泪水，吓了王子一跳，以为母后显灵了，拿开画像一看，原来是墙壁渗水。

少年时代的他，经常到乐游原上练剑，让母后“见识见识”他的奇绝武功，都是跟着王爷学的，丝毫不比老爷子差啊。然后，上两炷香，摆几个包子，磕三个响头，趁着夜幕降临，就快马加鞭回王府了。

“母后，孩儿……不想当这个王子了……从此以后，浪迹天涯，做个平凡人。”朱秉柔掩面而泣:“父王娶了翠环，有了朱秉杰，只要我一离开，朱秉杰就是王子了！孩儿知道……翠环一直都想这样的，现在连父王也向着她，那么我成全他们！从今以后，王府已经没有孩儿的亲人了！”

朱秉柔哭着，向王妃磕了一个响头。磕头时，他的肩膀，忽然被一个人拍了一下，转身一看——正德皇帝正笑意盈盈地向他招手，叫道：“小皇叔！”

王子破涕为笑：“啊……你是……”

“哈哈！当年紫禁城里的小太子！朕现在是皇帝了！八世明太祖——正德大帝！”

“啊！皇上……怎么你……啊不对！吾皇万岁万岁万万岁……”

“哈哈，小皇叔请起。没有想到吧，朕来拜访大皇叔的……啊……那什么……又乱伦了……你比朕小，还是叫你秉柔吧！这位是朕的国师，来自敦煌月牙泉的公孙先生！是这样的，鞑靼小王子入寇灵州、固原，朕把他打回去了，首战告捷，正好路过陕西，就来玩玩，顺便看望王爷，去了王府，管家说他不在啊！他人呢？”

“我……我也不知道……”

“秉柔老弟，你怎么哭了？”

“给母后上坟，情到深处……”

“哦。”

正德皇帝这才与公孙向东转过身，看着墓碑上刻“贤妻秦藩永兴王妃凌惠平之墓”，一时间苍穹响起几道旱天雷。公孙向东深吸一口气，叹道：“这坟头满是怨气啊……”

朱秉柔不悦，索性将他的事情全部告知二人，正德皇帝听了，一摇脑袋：“岂有此理，这李翠环什么货色，竟敢如此对待朕的发小，弟弟放心，朕有仇必报，一定帮你雪耻，让李翠环给你下跪道歉！”

“皇兄……算了吧……臣弟已经打算……离开王府了……”

“那怎么行！老朱家的王子，是你说不做就不做的吗？你要是不当王子，就不是朕的好弟弟了！再说了，你身上流着朱家的血液，是你怎么都甩不掉的，你才是王爷的嫡长子！虽然先帝当年厚爱，王爷不贪图秦藩大位，但是永兴王嫡长子，也是王子。郡王和藩王，在朕看来，就是住的地方大了些，食邑多了些，伺候的家丁建制多了些而已。这些东西都无伤大雅，相反，你离家出走才是大逆不道啊，你让老百姓怎么看你？怎么看王爷？就教出了这么个儿子？离家出走的儿子？让他以后怎么见人……”

朱秉柔被正德皇帝说得哑口无言，皇上又说：“再者，朕给你做主，你还怕什么？朕一道圣旨就可以令王爷休了李翠环！然后再将朱秉杰这个熊孩子贬为庶人，当狐狸精无依无靠时，让她母子俩在老百姓面前慢慢表演熊孩子吧！”

朱秉柔道：“可是……这样会不会对父王太残忍了……毕竟父王还是喜欢这个狐狸精的……”

“是吗？那你喜不喜欢？”

“我……我遵从父王的意思……”

“不！朕现在就是问你！你就只说你的想法，你喜不喜欢这个二娘？”

“我……不喜欢……”

“那好，朕知道该怎么办了，回去了看朕给你表演，保证令你满意！朕有仇必报，说话算话。”

公孙向东摇头直笑：“陛下，殿下，你们两个一见如故，在这里自说自话，现在王爷都不在府邸，谁也做不了主。”

“谁说的？朕还做不了主？”

公孙向东道：“皇上，你忘了之前我们的谈话了？那个管家万一……”

正德皇帝立即问：“对了！永兴王府怎么会突然多了一个管家？哪来的？”

“是……翠环的表哥。”

皇上立马反应过来，瞪眼道：“啊！好你个奸夫淫妇……”

朱秉柔只觉得皇上有些太武断了，皇上成竹在胸地冷笑道：“朕自认为朕还有点阅人的能力，你敢不敢跟朕打赌？你这个管家一定跟狐狸精有一腿！”

“这……”

公孙向东起身道：“现在说什么也没用，管家明显欺君之罪！问他时，他说王爷王子出门祭祖还是打猎去了，现在王子被我们找到，王爷却不知所踪，岂不蹊跷？”

“这事怪我。臣弟是离家出走……父王……可能出门寻我去了……毕竟这种事情……家丑不可外扬……”

正德皇帝一摊手：“那怎么办？我们出发去找王爷？上哪儿去找？哎哎？我们在王妃的坟头这样明目张胆地谈话，是不是对死者不敬啊？王妃要是听见了，会出来收拾我们的。”

王子苦笑道：“她要是能听见，才好了，我每次来上坟，都对她说好多话，也不见什么动静，祭品也从不见得会吃一口呢……”

正说时，只见墓碑的角落露出一只手来，要拿祭品，那只手被王子一把抓住，顺势就从草堆里揪出一个小乞丐。

那小乞丐一看王子要动手打他，就一把抱住王子小腿，哀号道：“各位好哥哥，不要打我，我没有爹也没有娘，饿了三天三夜，终于寻见吃的了，上天有好生之德，看在凌惠平的面子上，赏我一口吃的吧。”

王子一瞪眼：“凌惠平的名讳也是你叫的！”

乞丐连连致歉：“好哥哥，我……我不知道什么名讳，我……我只知道吃的，我都快要饿死了，那包子……求你们赏给我吃吧！”

王子逗他道：“你知道这是谁的东西你就敢吃？你要是不怕坟中的人出来找你，你就去吃吧。”

乞丐嬉笑着上前伸手拿：“不怕不怕，我都吃了好几回了！”

正德皇帝一听，闷哼一声，怒视乞丐，乞丐吓得不敢拿。王子摇头笑道：“兄长，算了吧，让他吃吧。娘生前乐善好施，以救济孤儿为己任，就当作这是娘冥冥之中在指引我们做好事……”

“是啊是啊，做好事，我是孤儿，我就是孤儿啊。”乞丐四顾哀求。

最终，包子还是被乞丐一个人吃光了。只见他津津有味地吮吸着手指，坐在草垛上，舒舒爽爽地打了一个饱嗝，这才酣然长叹道：“这位夫人真是个好人啊！”

王子笑问：“你怎么知道？”

“因为她的贡品从来都没有断过啊，十几年来，每个月都陆陆续续有人祭祀，祭品有包子、馒头、水果……有时还有烤全羊呢！足以表明她生前很得人心嘛！话说，要不是每个月这里有祭品，我也早就饿死了。”

正德皇帝笑道:“你还挺会生活的嘛，瞄准了一个地方，大吃一顿之后，再上街讨点钱？怎么样？不用劳作很舒服吧？”

乞丐有些不服:“那是，咱就是干这行的，哎？谁不劳作了？我可是个很称职的守坟人，吃夫人的东西，就仗义地为她守着坟头。”

王子面对这样一个淳朴的小乞丐，忽然有些亲切感，就问：“那你说说，那个祭烤全羊的人，长什么样？”

“哎呀，说起那个人，可阔绰了！戴一顶有花纹又镶玉的绑红绳乌纱帽，穿一身黄色袖口胸前盘龙的黑色大袍子，肚子上有华丽的图腾金腰带，漂亮皱纹花纹的黑裤子，鞋子的头还是高高翘起来的，也有花纹，关键是，那人还带着一把青光宝剑，生得七尺来高，络腮胡，很是威武，一看就是个大老爷。”

王子大喜，心想——头戴环窃曲于阗玉钿绛纮翼善冠，身穿七尺黈襟宫绦描龙玄罗绮，腰悬金镑牛筋兽面浮雕蹀躞带，腰下缁地蜀锦襞积洒线裳，脚踏凤仪怒放石榴花翘头履，携一把青光钧天剑，络腮胡一笑，憨厚气派，刚毅动人。

忽然，他热泪盈眶：“父王……”

原来王爷从来没有忘记过王妃。

小乞丐就是证人，物证都被他吃掉了，现在只有他是这段爱情最好的人证。

小乞丐也没有听清他们之间的事情，只是有话直说，手舞足蹈：“今天高兴，给你们讲讲我这个守坟人有多称职——我曾经还见过很多贪婪的盗墓贼，趁夜来到这里，眼睛里都发着光，我就装着这样——呃……呃……呃……摩擦着嗓子眼在墓碑后面叫唤，那些人听见了声音，立刻就吓得屁滚尿流，然后我从坟头后面这么一伸手！脏兮兮的衣服，长发盖着脸爬出来，盗墓贼们当场就求爷爷告奶奶，有的抛下东西，全部都跑光了！”

“盗墓贼！”

“是啊，这里应该有宝贝，要不然怎么会有盗墓贼呢？他们打的洞就在十步开外的土丘后面……”

“快带我去看！”

小乞丐带着三人来到隆起的土丘后面，拿走架在上面掩人耳目的枯枝，发现豁然有一方盗洞出现在眼前，这盗洞连接墓穴，足够四五个人进去，与其说是一方盗洞，不如说是地穴。朱秉柔问小乞丐进去过么？小乞丐说自己胆小，况且那些盗墓贼都没有盗到东西，要是真有，他壮壮胆，有人陪的话，也是愿意进去发一笔横财的。

夜幕降临，朱秉柔买来了各种工具，有火炬、铲子、滑轮、火折子，还有一些含片，可以用来解毒，他要看看王妃的墓到底怎么回事，如果没有被盗，他也打算秘密将她重新埋葬了。

小乞丐说：“我还是不去了。老爹在的时候，告诉我这里闹鬼，说他雨夜曾经在这里听到鬼哭声，让我不要到这里来找东西吃。老爹死了，我还是来凌惠平夫人这里找东西吃了，现在又让我下去，我还真不敢。不如我帮你们把风，真有好东西，出来了分我一份就行？”

朱秉柔答应了，真的要是有陪葬品，他打算全部散给这个乞丐，从此以后，不能再让母后的灵柩被打扰了。

黑魆魆的墓道里，臭气熏天，偶尔刮起一阵阴风，也吹得人毛骨悚然，不寒而栗。蓦地几声霹雳，雷光照得墓口一闪一闪的，异常瘆人。小乞丐在墓外喊叫：“喂……三位哥哥，打雷了，眼看要下雨，你们快一点啊……”

不一会儿，一副雕龙画凤的木质棺材被三人从墓穴里抬出来，天上下起了蒙蒙细雨，依旧是雷霆满天，正德皇帝和国师都望着朱秉柔，意思是，开不开，你决定。

朱秉柔向棺材磕了三个响头，双手掀开了棺材——仔细一打量，没了，陪葬品已经被盗光了，墓穴里没有，棺材里也没有，只有一具母后的干尸，庆幸尸体完整。

小乞丐失望了，忙活了一下午，徒劳无功，他只好一屁股坐在地上，很失望地叹气。

朱秉柔见他有些沮丧，就掏出一些碎银子，塞到他手里，抱着他说："小兄弟，谢谢你这么多年来为我娘守坟！谢谢了！"

"你娘？凌惠平是你娘？那么你是……"

"嘿嘿。我是谁不重要，总之你以后再也不用为她守坟了，盗墓贼也别想再打扰她，我要把她埋到一个没有人发现的地方，让她安息。"

"啊……那……你这不是砸我的饭碗吗？"

"呵呵，这些碎银子不是赔给你了吗，你拿去做点小生意，也能赚些钱，堂堂男子汉，干吗要当乞丐呢？做点生意养活自己，读点书，参加科举。你这么聪明，只要愿意努力，一定会有出息的！"

朱秉柔愉快地送走了小乞丐。正准备将凌惠平安排到一处新地方重新下葬，却看到公孙向东对着干尸不停念经……

正德皇帝也在一旁跟着学，闭着眼睛念念有词……

"国师在干什么？"

"嘘……超度……超度……"

公孙向东并不是在超度。

他只是通过念经思考，他睁大眼睛惊异地望着这具奇怪的尸体——

"尸体竟然是这样！为什么她会是这样？为什么……"公孙向东思考着，不停地用拳头捶打自己的眉心，突然！他眼神凌厉，抬头再一次仔细端详了这具尸体，他越看越惊异，脸色煞白，猛然转身！问朱秉柔："殿下，你说你出生的时候，是克死母亲的？是吗？"

"国师……我不明白……为什么这种令人伤心事情你又要问……难道连你也觉得我是个灾星吗……"

"不对！你不是灾星！"公孙向东起身，仰望落雨的天空。

"你不是灾星……王妃也不是因你而死……"

公孙向东一语中的，九天之上，闷雷滚滚，又化作几道闪电，将乌云劈得四分五裂。

"国师……你什么意思？"

公孙向东望着雷电细雨的天空，摇头苦笑："王子……接下来的事情，我说了，可能会令你无法忍受，但如果你相信东某的推测，这很可能是王妃死亡的历史真相……"

朱秉柔哽噎了，他不知道自己经历了什么，而公孙向东的表情，完全不像是开玩笑，倒像是被某种真相吓到了……

随着朱秉柔的点头，公孙向东将他带到干尸旁，说："尸体是会说话的，一具正常死亡的尸体，表情应该是很安详的，绝不会像我们看到的这样，四肢翘起，张开大嘴，唯一的可能就是——她当时并没有死。分娩是很痛苦的一件事，一口气没有吸上来，产妇就会昏厥过去，当产妇昏厥过去，常常会造成假死的状态，这时，没有经验的产婆会通知家人，孕妇难产过世了，家里人愚昧，一看确实没气了，就匆匆将她埋葬。当然，王府的产婆不会有这种二把刀的情况，但是，王府的产婆，会有另一种情况——她很容易被买通，然后昧着良心做一些事情，比如为了帮助某个人上位，而害死另外一个人……我可以肯定，凌惠平王妃当年并没有因为难产而过世，而是一口气没有提上来，昏厥之后的假死状态——可是，之后发生的事情，就很可怕了，当王妃匆匆被下葬之后，她恢复过意识，醒来，发现，她已经停留在一个小箱子里，而那个小箱子——就是我们眼前的这具棺材！”

天上不停闪雷，层云翻滚。

“于是她拍啊，打啊，叫啊，哭啊……没有人听见，因为，她已经被下葬了……那天夜里，就像今天的夜里一样，雷雨交加，来偷祭品的乞丐，听到了她的哭声，就连祭品也丢下了，抱头逃跑，这就是那小乞丐口中说的——雨夜里的鬼哭声。一天过去了，两天过去了……每天夜里，这具棺材里，王妃那撕心裂肺的哭喊声！求救声！委屈声！渐渐低沉……渐渐沙哑……她曾尝试着推开棺材，棺材板却折断了她的手指，这也就是散落在棺材沿的小骨头，她的手指头比一般人短，因为断了。她的下体，流出了一团肉球一样的东西，那是她分娩之后的胎盘，原本还藏在体内，是她剧烈的疼痛挣扎出来的。她用尽全力在棺材里敲打，嘶吼，呼吸，最终张着大口，变成了一具这样不安的干尸……那么，当年到底是什么原因令王妃以难产的理由下葬，过世，含冤而死……又是谁，买通了产婆，糊弄了王爷，她这么做到底为了什么？那就看，她最后成就了谁？一切的案件，可想而知。这不是埋葬——这是谋杀！”

第四十七回 韩重四霸占县衙 朱诚澜狱中吹埙

狂风滚滚，大雨倾盆，雷霆万钧，乾坤失色。

乐游原上，公孙向东从一具尸体上道破了尘封十六年的王府阴谋，王子朱秉柔恍如隔世，裂眦嚼齿，终于仰天怒吼。

几道天雷打在他身上，朱秉柔硬是虎躯一震，再也没有谁能够阻挡得了他，正德皇帝与公孙目瞪口呆。

在朱秉柔眼里，这并非公孙向东的推测，而是多少年来历历在目的事实，想不到母后当年竟遭受如此构陷，善良忠厚的她从此与王府天人永隔，而作恶多端的韩重四李翠环好不逍遥快活，枉自己背负了十六年的“克母扫把星”恶名，岂料最初竟然是一场阴谋。

如今朱秉柔就是站在原地，仿佛都能听到韩重四和李翠环没心没肺的笑声。

当真相昭然若揭，朱秉柔跨上正德皇帝的马，径直去了永兴王府，他的心中只有一个信念——结束这一切罪恶。

正德皇帝一看，小皇叔骑着朕的马跑了，朕怎么办？唉，和国师同骑一匹吧。

两人骑马终究是赶不上一人骑马，朱秉柔率先到了永兴王府，一脚踹开府门，只见王府戒备森严，早已准备好瓮中捉鳖，所有侍卫望着朱秉柔，有一种“这小子真的来送死了”的感觉。

如今的永兴王府，早已被韩重四弄得面目全非，所有侍卫都是“建制大换血”之后的新面孔，既然全部都是管家的爪牙，那本王子只好大开杀戒。

宝剑出鞘，钧天剑法在王府中杀得是天昏地暗，人仰马翻，正德皇帝与公孙向东及时赶到，这时——所有人竟然都冲着皇上杀去了。

话说当日王爷要出门寻离家出走的王子时，韩重四挡在屋外，与王爷凌厉交手，王爷顿感体力不支，被韩重四强势击倒，原因是他多年来由李翠环照顾饮食，李翠环在王爷的茶水里下了微毒。韩重四可没想着把这老家伙整死，那样就名不正言不顺了，要的就是他上吐下泻，反正他年事已高，也撑不了多久。只要他正常薨了，朱秉柔又离家出走，这样一来他的儿子朱秉杰就是永兴府的接班人。可是他万万没有想到，皇上突然驾到，打乱了他的一切计划。

狗急跳墙的韩重四，再也顾不上什么名不正言不顺了，皇上来就是找王爷的，自己囚禁王爷的事，无法瞒天过海，干脆将错就错，皇帝小子来了更好！如若拿下了皇帝，那不就成了斩首战？擒贼先擒王，那就算是改朝换代，也不失为一代枭雄，就算自己当不成皇帝，也可以扶持一位听话的王爷做傀儡“汉献帝”，自己当“拥立之功”的董卓。

于是他将皇上的画像公之于众，命令见到此人杀无赦，能斩杀此人者，赏银千两。

当然，韩重四没有千两，但是他有将领赏那个人斩杀的本领。

侍卫们都奔着千两去了，人为财死，鸟为食亡，不懂得利令智昏的道理，就剩下贪婪导致的死亡了……

正德皇帝可不是一个好欺负的主，虽然他武功只是个三脚猫，对付武林高手有些困难，对付这些雇佣的臭鱼烂虾，就像砍瓜切菜一样绰绰有余，加上公孙向东根本用不着拔拂尘宝剑，只教皇上与王子捂住耳朵，施“悬浮术”凌空飘起，仙风道骨，抽出羌笛潇洒一吹，侍卫们纷纷都丧失了理智，开始像神经病一样互相砍着玩。

正德皇帝望着满地尸体，拍手击掌道：“妙！妙！不愧为朕的国师，真可谓西宫白虎敦煌英，圣贤登场龙钤轻，挑琴可乱千军阵，挥麈能动百万兵。”

皇上即兴吟诗一首，王子已经闯入府中搜了个遍，竟不见韩重四等辈，王子握拳四顾，真不知如何是好。公孙向东道：“常无欲以观其妙，常有欲以观其徼，王子，你若是韩重四，知道自己东窗事发，你会怎么做，才能最大限度保全壮大自己？”

朱秉柔冷静下来，言道：“我不会占据王府，因为王府只是荣誉机构，我会占据我能控制的地方。都指挥府全是兵，要控制很难，县衙里有衙役有大牢，可以盘踞。”

三人同时点头。

不错。韩重四抓了王爷，将他关在县衙大牢里，县衙就一百多号人，不服从的已经全部被韩重四杀了，鉴于日后生变，韩重四连服从的也杀了。将自己雇佣的爪牙安排到相应的位置，县令成了自己的师爷，因为县令大人有钱，所以最怕死。韩重四要他屯聚的所有钱财，他却不愿意承认自己有钱的事实，韩重四只好杀鸡取卵，用抢的，把县令一家灭了口，这下又可以雇佣一批不法分子了。

于是韩重四的所作所为彻底激起民愤，原因是县衙的每一个杂役都是有家属的，王府之间有正义的家丁也会走漏风声，于是百姓围攻县衙，韩重四动手杀了几个带头人，百姓一哄而散，怀恨在心，积蓄力量，打算伺机而发。

都指挥使司提兵来剿匪之前，被韩重四趁夜劫营暗杀，主将帐中他独奏羌笛一曲，召来一大批蝗虫恣肆，骚扰兵士，将士被咬得体无完肤，仓皇逃窜。

这下，再也没有障碍可以阻挡他杀掉一个贸然跑出来“旅游”的皇帝。这真是有心栽花花不开，无心插柳柳成荫，原本想当个无冕之王的大财主，没想到，守株待兔，竟跑来个皇帝，这不是送给自己当董卓、曹操、司马昭的机会吗？当年明英宗的土木堡之变，看来历史要再次上演了。

韩重四志得意满，每日去大牢看望被铁链捆住四肢，遍体鳞伤的王爷，捏起盐巴，在他的伤口上压着玩，听他的惨叫声，那真是全天下最美妙、最痛快的旋律了。

“原本想让你安乐死，然后上报朝廷，说你的蠢货老大离家出走，然后我儿子朱秉杰就可以成为永兴府的一把手！我韩重四就是无冕之王，可现在……我的心跳更快了！你的皇帝小侄孙来看望你了，他没有想到，你的永兴王府已经尽入我手，现在……我可以像捏死一只蚂蚁一样捏死他！然后，土木堡之变会再次上演！”

王爷已经什么真相都知道了，韩重四恨他不识抬举，王爷恨自己好糊涂，一家之主，竟然被管家和丫鬟玩弄于股掌之间。原来，李翠环只是趁他酒后讹了个二王妃的位子，原来，只有朱秉柔……才是他唯一的儿子……可是他却从来没有重视过这个儿子……从来没有在意过他的感受……

韩重四将一切都抖了出来，狞笑道：“现在，我不会让你死得那么舒服了，也不想当什么区区一个无冕之王了，你只不过是我对抗皇帝的道具。念在你这么难过，我只好让你更难过，告诉你一个秘密——当年……凌惠平的过世……也是我操纵的……”

王爷“啊”了一声抬起头来，眼中充满了泪水与疑惑，他不知道韩重四说的是什么，韩重四只好把话说得更清楚：“李翠环，是我的相好，她听说你王府的待遇不错，就给你们做了丫鬟。我们私会的时候，他跟我说起你和王妃恩爱的故事，责备我没有出息，为什么我不是王爷！命运真的是不公啊，朱元璋二十六个儿子，儿子又生儿子，孙子又生儿子，到如今，大明王爷千千万，居然没我韩重四的份，凭什么你们朱家的人只手遮天！让我的女人看不起我，天天给我撒娇你们珠联璧合的恩爱，嫌弃我只是个泥腿子！后来……我向她承诺，一定会给她，她所向往的生活，求她不要离开我，不要羡慕你们！一个人的心狠了，就什么事都干得出来，我不想再听到我的女人在我面前说你们任何的好！唯一的做法，就是——拆散你们。于是我花重金买通了产婆，让她在凌惠平生孩子的时候，伺候她喝一碗水，那一碗水，可以令她气提不上来，最终……达到假死的状态！当你认为她真的死了的时候，也就是我的女人开始出人头地的时候！我可以想象……凌惠平从棺材里醒来的时候，拼命叫喊的那个傻样，那个憨样！我想……直到她在地下憋死，她也不会明白，她与你的恩爱，恰恰是她在我心目中必须死的可恨之处！因为她让我的女人恨我的无能！我是个无能的人吗？我韩重四不是！如今，所有比我厉害的人都将被我打倒，这个女人她会明白，我不是她口中的泥腿子！你也不是一个可以用名门望族的夫妻恩爱肆意让别人羡慕的王爷！一切都是你逼的！都是你逼的！逼得好……逼得妙……不逼……我怎么会知道，我的人生还可以这样！”

王爷已经泣不成声，追悔莫及。他的心就像被木杵捣蒜一样，捣碎了，还要泼上一层滚油，将他彻底煎透，此时此刻，他最恨的不是韩重四，是自己！

韩重四双手背后，昂首酣吟道：“我真是一个优秀的男人啊！忍辱负重，卧薪尝胆，才有了今天。我的女人，为了取悦你，我将她尽可能易容成凌惠平的模样，没想到你却一点都不动心，结果呢？还不是被一顿酒灌醉了……事后我发现，你真是个蠢货，一个你没有睡过的女人，居然也能让你信以为真，封为王妃！况且……你之后竟然没有碰过她！难道你嫌弃她？还是说你依旧想着凌惠平？你的行为让我很放心。可我后来居然常常看到她顾影自怜，竟然反思自己为什么勾引不到你，这样，也让我有一种想杀她的冲动……当然，如今我一个就要当曹操的人了，也不会在意那么一个女人，我只是……不愿意被女人瞧不起，不愿意输给任何人，更不愿意，输给一个比我老，比我丑，比我蠢的人。”

韩重四一边说，一边将王爷当沙包一样揍，揍着揍着，看着王爷口中淌血，他心满意足地笑了，继续道：“看你这么蠢，再告诉你一个小秘密——我啊，根本没有名字。原本，我只是个被不知道哪两个偷情的王八蛋丢在荒野的弃婴，一个强盗为了博得村姑的欢心，将我收养长大，后来强盗抛弃了村姑，村姑跳崖自尽，我就成了一个靠偷人家水果和粮食长大的孤儿。有一天，我看到一个艺人，会吹羌笛，笛声能吸引蚂蚱，我就拼命偷东西孝敬他，学会了他的羌笛术，可以招来很多的蝗虫玩。终于，我用自己招来的蝗虫，将那些个经常打我的农夫田里的粮食，吃得一颗都不剩！看着他哭，我开心极了。之后，我自诩为蝗虫之王，给自己取名为——旱魃！也就是韩八，八字拆开字重四，就有了今天的韩重四！我流浪到哪里，看哪里的人不顺眼，就趁着干旱，召集兄弟们，吃光他们的粮食！没想到，在秦藩遇见了个硬茬子——凌惠平。这个女人知天时，会带着老百姓提前给田里撒药，还唱着歌，干农活就像表演一样。纵使她经常出入王府，我也没有想到，这样一个下地的村姑，竟然会是你的王妃，而不是丫鬟。更可恶的是，她制作的农药，人畜无害，偏偏就能杀死蝗虫！眼看着我的兄弟们大批大批地死亡，我决定，一定要先除掉这个女人，再发动蝗虫大军，一雪前耻。于是，凌惠平死后，秦藩就开始多灾多难了，那全是我的杰作，只有多灾多难，我才能有机会像你一样，成为平息灾难的大英雄！果然……驱赶蝗虫的能力还被你赏识，就获得了管家的身份，可以和我的相好朝夕相处了。这样看来，朱诚澜，你可真是个成人之美的极品王爷啊。”

王爷已经羞愧难当，侧过脸，闭着眼流着泪，不忍再听他说一句真相，韩重四一个嘴巴，将他的脸抽向另一边，吼道："眼睛闭上是什么意思？不想听我说话吗？都到了这般田地，你还摆出一副高贵王爷的架子，真是令人讨厌！你的手筋脚筋已经被我挑断，你已经没有任何力气了，就是我现在放了你，你也是个废人！更何况，我怎么会放你呢？你可是我的挡箭牌啊，有了你，我就可以威胁皇帝，皇帝却奈何不了我，我还要留着你，为我挡风遮雨呢，呵呵……”

王爷依旧是闭着双眼流泪，韩重四怒从中来，将他的眼皮掰开，龇牙道："看着我！看着我！看着我！”

韩重四手放下之后，王爷还是闭上双眼流着泪，他已经无颜再面对这个世界了，只能闭上双眼，默默承受已经发生过的残酷。

韩重四眉宇一扬："你以为你眼皮耷拉下来，就可以逃避自己的失败么？朱诚澜——我偏要让你看清这个残忍的世界！”

于是韩重四掏出一把匕首，逼近了王爷的眉尖，他要做的，是割掉王爷的一对眼皮……

牢狱里不断发出了令人难以忍受的呻吟声……

夜里，大牢的角落里，蹲着一个只能睁着眼睛的囚犯，因为他没有眼皮，双目周围沾着一圈血迹，他就是永兴王朱诚澜。

当左右牢房里的犯人都准备铺稻草入睡时，他无法闭上眼，或者说，他也睡不着。

他想起王妃，想起王子，想起王府曾经那些幸福的日子，潸然泪下，成为脸上的两道血痕。邻居的囚犯拿着一只埙，断断续续吹了几段，他转身看了看那个囚犯，囚犯问他："你也懂这个吗？这是我让我哥哥在鼓楼大街上买的，他是这里的看守，特意让我住进来，这里可以躲避仇家的追杀。”

王爷漠然地问了一句："你有什么仇？”

“我啊，没什么，就是赌博欠了人家点钱，把老婆孩子房子都输了，还输的是三倍，现在光棍一个，反而轻松。”

王爷苦笑了两声，囚犯问："你懂这个吗？看你像个地主，破产了吧？你们这些有钱人，整天声色犬马，这种老玩意儿，一定不会陌生，这可是半坡出土的乐器，我大明把它叫埙，古人把它叫陶哨，你要不要试试？”

王爷接过埙，很熟练地摁住它的孔，就像小时候他吹这个哄王子哭闹一样，每当这悠然古老的声音在王府响起，小朱秉柔的哭声就会戛然而止，静静地盯着这个吹埙的人入神，后来他渐渐明白，这个慈祥得愿意为他做牛做马，吹埙起舞的人，就是他的父亲。他吹埙的手艺，还是从王妃那里学来的。

当年孤儿院里的王妃，带着孤儿们玩耍嬉戏的时候，最能让一切事情都平静下来的，就是王妃悠然的埙声，他在屋外，不经意地听到看到的那一幕，真是人间最美的画卷。那是大明王朝的锦绣山河里，飞过的一只仙鹤，驻足的一片彩云。

王妃最喜欢梅花，最喜欢雪地折梅作钗头，更喜欢《梅花三弄》那苦涩缠绵的曲调和作者那荡气回肠的填词——

红尘自有痴情者，莫笑痴情太痴狂，若非一番寒彻骨，哪得梅花扑鼻香？

问世间情为何物，直教人生死相许，看人间多少故事，最销魂梅花三弄。

王爷一曲《梅花三弄》，吹醒了狱中多少熟睡者心底的美好……他们纷纷醒来，头靠在墙上，思念者自己悠远的过去。王爷的回忆，也伴随着自己悠然的埙声，和止不住的泪水，脑海中浮现了一幕幕如画的往事……

第四十八回

朱秉橘朱秉桄二王劫囚
朱诚澜龙首原封印旱魃

诗云：

自古佞臣妒善王，歹作诚态厉深藏。

鹰视狼顾戕近圣，鼠窃狗盗冀自昌。

乡愿媚世慝颂德，奸宄逞私斁万方。

柔云戢怒雷霆响，蜚廉在世必惩强。

又云：

欲将心事托陶埙，情天恨海愧对君。

九龙之变秦藩主，六十二载到如今。

到如今，阶下囚朱诚澜王爷，终于明白了先帝当年预言九龙之乱，应验在了自己身上。而当年他对先帝的承诺，只剩下两个字——呵呵。

自从他被囚，前前后后有很多骨干家丁扮作侍卫带他深夜逃走，结果都在半路上被韩重四干掉了。

“小丁子……阿城……阿旺……他们原本都是永兴王府的家丁，被李翠环调到临潼王府，不得已而屈服他们，韩重四造反之后，他们应征当了侍卫，争取到了狱卒的机会，就是为了解救我！可是我却连累了他们……不！我不能再害人，不能再让任何人为我牺牲，背着我逃走，然后被那逆贼杀害……我……”

王爷掩面哭了，靠着狱墙，回想着当年，他与先帝的约定——

“如若皇叔命中真如太师所算，是蒲牢之命的话，应该是善类，龙生九子未必全都是要当真龙天子的强藩，也有保家卫国的英雄。朕就是希望你，能发扬蒲牢雄健宣谕之德，为朕镇守一方，警钟长鸣。”

“皇上放心，老臣必鞠躬尽瘁，肝脑涂地，守护我大明一方乾坤！”

“嗯……朕只是担心，虽然你是善类，可难免秦地会风起云涌啊……”

“皇上不必忧虑，昔日廉颇年八十，尚食斗米肉十斤，黄忠七十跟刘备，南北驱驰报主情。老臣年方五十六，身体还是很硬朗，宝刀未老，仍能披荆斩棘，无惧任何牛鬼蛇神！”

“嗯！皇叔如此豪迈，朕实钦佩，朕就将景云钟赐你！却之不恭，莫要辜负了朕一番心意！”

如今的朱诚澜，掐指一算，自己已经六十二岁了，明太祖活了七十岁高龄，明太宗六十四，自己这小小的朱家王爷……不可能活过太祖太宗。老朽行将就木，又欲何为？常言道，人过七十古来稀，活这么大岁数，一辈子深受皇恩，衣食无忧，知足了……可以了……

苦笑之后，王爷终于狠狠扇了自己一嘴巴，虽然他手筋脚筋已经被挑断，遍体鳞伤，也没有了眼皮子，这一嘴巴还是很疼的。

“无耻！屈辱！愧对祖宗！我死之后，王儿怎么办？难道任由韩重四和李翠环继续逍遥法外？夫人就这样白死了吗？大哥就这样牺牲了吗？韩重四伤天害理，放纵蝗虫，害死百姓不计其数，又处心积虑，构陷王府。如今皇上来秦藩，万一被韩重四暗算怎么办？这个时候怎么可以妥协！已经没有人可以阻挡韩重四的野心了，自己要再不振作，不知道韩重四还会害死多少人……”

正想着，监牢里又抓进来一批人，都是成年或未成年的孩子。这些孩子哭哭啼啼，都是地方财团的败家子。韩重四要招兵买马，必须得把这些大老爷的家眷们扣下来当人质，否则他们都会学县令，不肯交赎金，说跑全家就跑了。这些民间土豪，摸爬滚打，投机取巧，凭狡兔三窟的本事发家，可比傻乎乎的贪污犯县令精明得多，要是不来点高级的诱饵，是不会钓到大鱼的。

韩重四的诱饵是，请客并监控。

分开来，给这些孩子吃鱼，但凡是第一筷子夹鱼肚子肉的，必然是穷鬼的孩子，送回去，杀了全家并抛尸乱葬岗。

一旦有第一筷子吃鱼鳃肉的孩子，立刻禀报，这就是肠子流油的肥羊，找到其家人，不敲诈到倾家荡产，这事不算完。

这一招非常奏效，识相的立刻都交了赎金，但是韩重四并不承诺放人，要细水长流。

流到什么时候？只有他一个人清楚，那就是流到他逮住正德皇帝的时候。

结果，打乱他计划的另一拨急行军来了，这就是秦藩的各位王爷。

秦藩在位四个王爷：主公六十二岁的永兴王朱诚澜被他下狱了；准临潼王朱惟焯才八岁，王府还是李翠环和朱秉杰住着，王爷朱惟焯成了李翠环手里的傀儡；宜川王朱秉楀，时年七岁，跟着他三十岁的表哥永寿王朱秉棁，带着团练直奔临潼，要解救准秦王朱惟焯。当天就和临潼王府李翠环的手下激战，朱秉棁身为镇国将军，武艺非凡，手起刀落，丝毫从不把这些雇佣来的地痞流氓放在眼里。

流氓们一看，居然来了个硬茬……自己明明是来打工的，怎么还会送命？也就不拼命了。朱秉棁让他们把佣金交出来，让朱秉楀收着，既然收钱不办事，钱也得拿出来，哪有一走了之那么好的事情，流氓们迫于永寿王的淫威，都交了钱，走人了。

朱秉棁俘虏了李翠环和朱秉杰，解放了临潼秦王府，一时名声大振——临潼、咸阳、西安、连陕北宜川的民间义士都闻风而来，百姓久慕老王爷朱诚澜的德望，也都听说韩重四在永兴的所作所为，有的家人亲戚已遇害，遂自发集合起来，说是要和永寿王一起铲除永兴府的逆贼家臣。

朱秉棁一看民心可用，此逆贼韩重四作恶多端，导致天怒人怨，千夫所指，既如此，小王就以镇国将军的身份，带领大家去救被关押在县衙的亲戚和王叔，匡我大明秦藩！

夜里，韩重四在县衙大会诸将，他的将领基本上都是一些乌合之众，平日偷抢拐骗的歹徒恶霸，跟着韩重四是要发财的，并且愿意一同逮捕微服出巡的正德皇帝，成就不世霸业。宴席上，急脚子来报，说临潼王府已被永寿王朱秉棁和宜川王朱秉楀带领地方乡勇攻陷，夫人李翠环和王子朱秉杰已落入敌手！

韩重四闻讯踹翻案几，扬言要和朱秉棁决一死战，夺回夫人孩子。结果在一大早，就接到一包东西，里面包着的是李翠环和朱秉杰的人头。

韩重四又惊又怒，还看到了朱秉杰嘴里塞了一封挑战书，书上写着：韩重四，孤乃咸阳永寿王朱秉棁，也许你没有听过孤的大名，今天就叫你认识认识。这是你的相好和你的孽种——还给你！你这逆贼，害死那么多人，囚孤王叔，老百姓都跑来给孤告状，孤身为大明镇国将军，杀你两颗头算便宜你了，你若是不服气，孤在泾阳等你，有种就滚过来和孤一战。

韩重四勃然大怒，立即就提兵去了泾阳，结果扑了个空，思来想去：糟了！

县衙被朱秉棁朱秉楀带人强行攻破，撞上了正在悄悄劫囚的正德皇帝、公孙向东、朱秉柔，二位王爷立即下拜，百姓也跟着拜，大家兴高采烈，皇上来劫囚！这是何等异事！何等殊荣！为了一睹皇上的尊容，大家都从四面八方凑上来，跪在地上，仰望着大明第一男神，心想：这就是皇上？原来皇上长这样，很英俊啊是不是？一时间大家都纷纷忘记了自己沦为囚犯的身份。皇上当众演讲，意思是让大家各回各家，关门上锁，等朕平了贼，你们再出来。大家表示不愿意回去，要和皇上共同进退，皇上拍了拍一个百姓的肩膀，点头道："好样的！不愧是我大明百姓！乡亲们如此忠君爱国，上下一心，何愁什么强虏穷寇，王师军旗所指，必教轸灭！"

皇上的发言获得了百姓热烈的掌声，他意犹未尽道："只恨今日无酒，不然一定与乡亲们痛饮三杯，再上阵杀敌！"

一老百姓马上端来了一坛酒，因为他们家在县衙门口不远的酒坊，就是卖酒的，供给大家，一人一碗，喝了酒，摔了碗，纷纷回家，提了各种兵器、农具，跟着皇上去龙首原集合，居高临下，打算埋伏韩重四的兵马。

朱秉柔负责留下来照顾体无完肤的老王爷朱诚澜。

看着朱诚澜一身是伤，朱秉柔悔不当初，要是自己没有离家出走，至少在父王落难之时，身边还有个帮手，那就是受苦，也不能让父王一个人承担。父王的身上，怎么到处是刀伤、鞭痕、穿孔……当朱秉柔为他拆下眼罩的时候，才发现，王爷已没有了眼皮！朱秉柔失声痛哭，王爷只是用脆弱的双手拢着他，也哭了。朱秉柔道："父王，那个畜生对你做了什么？你身上还有什么伤……"

王爷摇摇头："柔儿，你扶父王起来……"

朱秉柔发现，王爷的手脚已经没有任何力气了，动弹不得。原来，他的手筋脚筋也已被韩重四挑断。他小心翼翼将王爷扶起来，正咬牙切齿地流着泪，没想到，王爷却笑意盈盈地说："柔儿，你站在父王面前，站直了……"

朱秉柔哭着站得笔直，王爷笑了，王子读不懂这种笑，他只是觉得，父王是不是要死了？为什么他要我站着？

"父王只有你这一个儿子啊——"

朱秉柔双膝跪地："父王，你……你已经知道了？"

王爷没有回答他，黯然神伤地问："柔儿，你恨不恨父王……"

没想到朱秉柔啜泣着直摇头："不恨……我只恨韩重四这个狗贼！"

王爷双拳握紧，撑着床沿泣道："一切都是因为父王有眼无珠，如今这些都是报应。"

"不……父王你不要这么说……你一直都是个好人……是韩重四图谋不轨，罪恶滔天。"

"有生之年，父王最愧对的，一个是你母后，一个是你。父王……已经中了韩重四的毒，就算他造反不成功，父王也是命中注定，大限将至了……"

"逆贼，孩儿一定要将他千刀万剐，血债血偿。"

“不……你是斗不过他的……你年纪小，武功还不到火候，并且他还会使用法术，你是斗不过他的。”

“那我们就忍心让母后屈死吗？任他荼毒百姓吗……”

“柔儿……你过来……”

朱秉柔惊疑地凑上前去，却被王爷竭力一掌劈在脖颈，昏倒在地。此时，王爷艰难地从床上滚落，匍匐向前，爬出屋外，爬向马厩……

一声口哨，宝马“点花骥”挣了一下马缰。二声口哨，点花骥更加不安了。三声口哨，点花骥长嘶一声，不顾一切冲破缰绳，从马厩奔来，见王爷匍匐在地，点花骥只好跪下，让王爷慢慢爬上它的背，然后绝尘而去。

一路上，王爷心想：“柔儿，一切都是父王一手造成的，父王也必须亲手做个了断，你一定要好好活下去，父王这就去平息一切！从今往后，秦藩再也不会有韩重四，也不会有朱诚澜，永别了，我的孩儿！”

却说韩重四被永寿王骗到了泾阳，见四下无人，顿觉中了调虎离山之计，立即班师回永兴城，不料在城外的龙首原下，被近万伏兵截杀，这些伏兵凶神恶煞，都是带着血海深仇来和他拼命的，有百姓，有王侯，有地方团练，还有……喜欢角色扮演的正德皇帝。

皇上这次粘了胡子，穿着纻麻，系着葛巾，扮演的是种田大伯，拿一杆九齿钉耙，混在人群当中一路掩杀，异常神勇。韩重四在乱军中大呼：“哪个是朱秉棁？”

“爷在这里，往这看！”

韩重四策马转身，被朱秉棁一箭射中面门，大叫一声跌下马来。他起身愤然拔掉箭矢，箭锋随即扯下脸上一块肉，露出侧切牙，遂挺剑咬牙，直奔朱秉棁杀去。

朱秉棁翻身跃下龙首原就不见了，又从另一头冒出来，对韩重四射箭，这次被韩重四躲过。韩重四才没有那个耐心与他周旋——羌笛声起，飞蝗如天，刮风下雨般朝龙首原扑来。

正当此时，原上另外一头响起更精妙高深的羌笛声，那些原本进攻方向一致的蝗虫，居然自相残杀起来。韩重四闻声大惊：“什么人在龙首原上吹笛？”

公孙向东悬浮腾空，收起羌笛，道：“天上众星皆拱北，人间无水不朝东——公孙向东。”

“原来你就是正德皇帝身边的妖道！看来我今天要大开杀戒了！”

公孙向东求之不得，毅然与韩重四交手，韩重四挨了十几掌，竟哈哈大笑……因为，口吐鲜血的他，已经将公孙向东的羌笛偷到手了，这时，他的羌笛声再也没有什么力量可以阻挡，于是他肆意吹奏，搞得蝗虫遍野，一拨接一拨来，看着蝗虫撕咬大军，敌我不分，韩重四也不管那么多了，扬言：“今天，我就要将秦岭的蝗虫全部引到这里来，埋葬龙首原！你们再多的人也只有死路一条！哈哈哈哈哈……”

韩重四的笑声戛然而止，因为他突然感觉到自己背后掠过一个什么东西，然后头顶仿佛有千钧之重，动弹不得……

老王爷朱诚澜驾到！他用力一夹马肚子，被点花骥抖至半空，贯劲在手，倒竖身躯，将毕生之力凝聚在掌心，朝着韩重四天灵盖打去，一动不动。

韩重四不痛，只是动弹不得，同样，朱诚澜也动弹不得，韩重四咬牙道：“你这个老不死的，竟然被他们救了，却又来送死，明明手筋脚筋都被我挑断，还不罢休！”

朱诚澜吼道：“我早已看破生死，今天就是来拼了老命，和你同归于尽的！”

韩重四颤抖着尝试移动，他的手渐渐可以挪动到嘴唇了，并战战兢兢道：“老匹夫……你真的以为……你的千斤坠……可以奈何得了我吗？”

羌笛声响，所有的蝗虫都闻声飞向朱诚澜，众人惊呼——是王爷，老王爷朱诚澜来了，王爷他要做什么，王爷他……

韩重四的乌合之众，负着蝗虫的伤，纷纷逃走，再也不愿为这个敌我不分，丧心病狂的妖人卖命了。

蝗虫包围了朱诚澜，他倒竖在韩重四脑门上的身躯已经被蝗虫折磨得千疮百孔，血浆从身上倒流脸上……从脸上倒流胳臂……从胳臂流向韩重四的脑门……

韩重四忽然感觉这血的势头不对，怎么会让他感觉阵阵剧痛，朱诚澜忍着疼痛，大笑道：“疼了吧？告诉你，金钟罩的最高境界，并非刀枪不入那么简单，而是镇妖驱邪！我朱诚澜身上，流着大明王朝太祖太宗至强至刚的龙血，今天我就要用我这一身的龙血，封印了你这逆贼！让你也尝尝气绝身亡的滋味，永世不得超生！”

龙首原上，众人高喊：“王爷！不要！”

此刻，朱秉柔竟也赶到，望着丘原的一幕，疾呼：“父王……”

熟悉的呼唤声，使王爷微微翘起头颅，他用尽最后一丝力气，倒竖着身躯，对王子笑了笑，然后吼道：“柔儿，你是父王唯一的好儿子！父王此生……除了你母后，再没有爱过其他的女人！是父王对不起你们！今天，父王就要和这逆贼同归于尽，亲手结束这一段冤孽……”

此时，龙首原上地动山摇，层云滚滚，狂风夹杂着走石飞沙，驱散了朱诚澜身上包裹的一层层蝗虫。蝗虫被狂风驱走之后，朱诚澜俨然成了一个血人！只见他怒目圆睁，口中溢着五脏六腑呕出的血浆，目眦尽裂，悲吼道：“逆贼！你屠我秦藩百姓，害我妻儿兄弟，骠我王府，戕我家丁，今天孤王就与你这祸害玉石俱焚！即便到了地狱里——孤王就是做鬼也不会放过你的！啊……龙血封印……景云钟……”

一声暴喝，朱诚澜身上千孔破裂，血如泉涌，血光在外罩出一个钟形，血浆在内覆盖，把韩重四包裹得密不透风，惊恐万状！韩重四貌似在张开大口呼喊救命，可是血光景云钟外，什么也听不见，徒留龙首原上一阵阵狂风呼啸，地动山摇的轰鸣声，和众人伸手流泪的呼喊声。

一阵天昏地暗过后，王爷和韩重四，凝固成了一尊连体石碑，石碑上棱角分明，细致到可以看到王爷身上的每一处伤口，还有那从上到下，汩汩流淌的血痕……

下雪了。

盛夏的一场雪，将龙首原覆盖成一片冰丘，冰丘上，老百姓缓缓靠近，望着这座石碑入神，朱秉柔跪在石碑前泣不成声，正德皇帝叹道："小皇叔，现在，朕能理解你的感受。父皇当年驾崩前，丢下朕一个人，还说昔日建文削藩，幸有太宗靖难，才保大明藩王不绝，照儿独苗，朕走之后，如若寂寞了，别整天和太监没大没小的，把你的皇叔兄弟们叫来宫里聚一聚吧，莫要冷落了亲戚，像建文帝一样，让人寒心。"

于是朱秉柔起身，与正德皇帝抱头痛哭，在场王爷百姓，无不感泣流涕。

正所谓：

龙皇虎叔蒲牢尊，置藩常思先帝恩。

吞蝗痛泣失手足，啮指笑看襁褓孙。

洪钟响彻声振远，醒世何惜烂柯身。

英雄形灭归天际，瑞雪再造一方春。

石碑被拆开之后，王爷与韩重四的尸体在风沙的包裹中，已经僵硬。韩重四被百姓碎尸，老王爷被下葬到西安府咸宁县鸿固乡乐游原，和王妃凌惠平一起，生而同房，死而同穴，在地愿为连理枝。百姓一路焚香摇铃，夹道送行，铭文曰：正德二年，大明秦藩西安府永兴王朱诚澜，薨，享年六十二岁。呜呼！王以宗室之亲，为国藩辅，茂膺封爵，贵富兼隆，寿考令终，夫复何憾！爰述其概，纳诸幽圹，永垂不朽云。

啜泣的朱秉柔，亲手合葬了父王母后，眼泪滴处，开出了一朵点地梅，被正德皇帝留意到，指说："小皇叔你看，这朵点地梅，开得多鲜艳！"

朱秉柔若有所思地望着母后父王合葬的墓碑，朝阳之下，闪烁着温暖的微光，飞过两只蝴蝶，在他的头上盘旋。

数月之后，乐游原上，已经遍布点地梅了，百姓来这里踏青，访古，上坟。原上到处都是少男少女，他们都是王妃养大的孤儿，如今已经长大，在她的坟前读书。还有一个六岁大的小孩，站在坟前，久久不愿离开。他的眼中始终望着墓碑上那个名字——朱诚澜。

他没有见过坟里的人，但坟里的人，却见过他，只不过，就算亡人在天有灵的话，也会认不出了罢……